Contemporánea

Mijaíl Afanásievich Bulgákov (1891-1940) nació en Kiev, Ucrania, y estudió medicina aunque renunció al ejercicio a favor de la creación literaria. Entre sus primeras obras destacan *Maleficios* (1925), *Corazón de perro* (1925) y *Morfina* (1927). El reconocimiento le llegó con la novela *La guardia blanca* (1925), que posteriormente fue dramatizada con el título *La huida* (1926). Se enfrentó por ello a la crítica oficial por su favorable retrato de un grupo de oficiales antibolcheviques durante la guerra civil y por la falta de un héroe comunista. Aunque sus obras disfrutaban de gran popularidad, su sátira de las costumbres soviéticas le valió la prohibición a publicar a partir de 1929. Su obra más conocida, *El maestro y Margarita* (que no se publicó en la Unión Soviética hasta 1966) fue escrita entre 1929 y 1940, año de la muerte del autor. La fama de Bulgákov se vio reforzada a partir de 1962 por la publicación póstuma de sus novelas, obras teatrales y la biografía *Vida del señor Molière*.

Mijaíl Bulgákov

El maestro y Margarita

Prólogo de
José María Guelbenzu

Traducción de
Amaya Lacasa Sancha

DEBOLSILLO

Papel certificado por el Forest Stewardship Council®

MIXTO
Papel procedente de
fuentes responsables
FSC® C117695
www.fsc.org

Penguin
Random House
Grupo Editorial

Primera edición con esta portada: julio de 2014
Decimoquinta reimpresión: junio de 2023

© 1990, Penguin Random House Grupo Editorial, S. A. U.
Travessera de Gràcia, 47-49. 08021 Barcelona
© Alianza Editorial, S. A., por la traducción
Versión castellana de Amaya Lacasa Sancha
Diseño de la cubierta: Rundesign

Printed in Spain – Impreso en España

ISBN: 978-84-9759-226-0
Depósito legal: B-20.729-2012

Compuesto en Zero pre impresión, S. A.

Impreso en BlackPrint CPI Ibérica
Sant Andreu de la Barca (Barcelona)

P 8 9 2 2 6 D

ÍNDICE

LIBRO SEGUNDO

PRÓLOGO

Sospecho, estimado lector, que usted nunca habrá tenido tratos
con el diablo; me refiero a tratos personales, naturalmente, así
que no es probable que tenga una idea clara de su aspecto. Sin
embargo, no me cabe la menor duda de que en más de una ocasión se habrá preguntado, medio en broma, medio en serio, qué
aspecto ha de tener el diablo y muy probablemente se habrá
animado a imaginarlo. Yo, desde luego, lo he hecho y poco a
poco llegué a convencerme de que la figura del diablo debería
de tener mucho que ver con su manera de acercarse a nosotros
en los tiempos modernos: por seducción. Así, concluí que sería
un tipo simpático, con una excelente sonrisa —acaso bajo un
bigote bien delineado—, alto, delgado, en plena madurez jovial;
pero debía cumplir un requisito: si bien es cierto que el diablo
se esfuerza en estar al día para seducirnos, cierto también es que
no vive en la tierra sino en el infierno, y este desajuste hace que nunca consiga dar el tono adecuado a su aspecto porque siempre se
excede en algo, como un dandi vestido por unos grandes almacenes, por ejemplo. Hay un último punto excedido, cursi, un
poquito hortera en el conjunto de su figura. En fin, que le recomiendo atención si se le aproxima un tipo semejante a darle pa-
lique; porque también es muy locuaz.

Esta novela que tiene en sus manos trata del diablo y es
una obra maestra. En cuanto al diablo que habita en ella, el
autor no se priva de describirlo al hacerlo aparecer ante dos
sorprendidos ciudadanos en un bulevar de Moscú a finales de

9

los años treinta: ... ni pequeño ni enorme; simplemente alto. En lo que se refiere a su dentadura, tenía a la izquierda coronas de platino, y a la derecha, de oro. Vestía un elegante traje gris, unos zapatos extranjeros del mismo color, y una boina, también gris, le caía sobre la oreja con estudiado desaliño. Llevaba bajo el brazo un bastón negro con la empuñadura en forma de cabeza de caniche. Aparentaba cuarenta años y pico. La boca, algo torcida. Bien afeitado. Moreno. El ojo derecho, negro; el izquierdo, verde. Las cejas, oscuras, y una más alta que la otra. En una palabra: extranjero. Es una descripción excelente y la envidio, en especial el detalle de la boca ligeramente torcida. La sensación de pequeña, exageración, de algo fuera de sitio, se convierte en la novela en esa impresión de extranjero que causa a los dos personajes que inauguran la novela y a quienes primero se aparece. Ni que decir tiene que hace veinte años, cuando di con este libro, el encuentro con el diablo en las primeras páginas me provocó un arrebato de entusiasmo que nunca agradeceré bastante porque pocas veces he leído una novela tan intensa y tan divertida a la vez.

Mijaíl Bulgákov es una de las grandes figuras literarias rusas de este siglo. Nació en 1891, en la ciudad de Kíev, en cuya Universidad hizo los estudios de medicina, graduándose en 1916; enseguida empezó a ejercer como médico, coincidiendo con el gran movimiento revolucionario. Su primera publicación literaria data de 1919, pero es en 1921 cuando se instala en Moscú, abandona la práctica de la medicina y decide dedicarse de lleno a la literatura. Sobrevive como periodista y autor de breves relatos de corte satírico. La consagración le llega con una novela, *La guardia blanca*, en 1925, que posteriormente dramatizaría para su representación en un escenario; esta tuvo lugar en el Teatro de Arte de Moscú al año siguiente, bajo la dirección del famosísimo Stanislavski, con el título de *Los días de los Turbin*.

Tanto la novela como la obra teatral tuvieron una gran repercusión y le crearon los problemas que se agigantarían en el decenio de los treinta. La obra relata la historia de una familia rusa blanca durante la guerra entre bolcheviques y blancos en torno a Kíev y el pacto final, no deseado pero urgido por la necesidad de unificación, tras la victoria de los rojos. Bulgákov evitó cuidadosamente el maniqueísmo: ni idealiza la revolución proletaria ni ensucia la imagen de los blancos. Como es natural, la acusación oficialista y cerrilmente burocrática de elogiar valores que pertenecían al pasado poniendo así en peligro al «hombre nuevo» ruso tomó cuerpo enseguida.

Después escribió nuevos cuentos y piezas dramáticas, pero sus otras dos novelas no vieron la luz sino en 1965 y 1967. *Novela teatral* fue dictada por Bulgákov a su mujer poco antes de su muerte. En ella ataca duramente a Stanislavski, de quien se distanciaría a raíz de la penosa historia del montaje de su obra sobre Molière, lo cual se cuenta precisamente en la novela. También escribió biografías (de Cervantes, Molière y Pushkin) en las que aparece constantemente el tema del «artista perseguido». Su vida, a partir de las purgas estalinistas, fue cada vez más dura, hasta que en 1938 cayó enfermo de esclerosis. Al año siguiente perdió la vista y ya vivió entre constantes dolores hasta su fallecimiento el 10 de marzo de 1940.

El maestro y Margarita la comenzó, al parecer, hacia 1928, y hoy son varios los críticos que opinan que la versión que conocemos, siendo la última, no es la que su autor hubiera dado por definitiva. Lo cierto, como más adelante veremos, es que parece estar a falta de retoques y ajustes finales y que parecen quedar cabos sueltos. Al igual que *Novela teatral*, se publicó póstumamente, primero en una versión abreviada en 1966 y al año siguiente en la que actualmente conocemos. Es la cumbre de su obra literaria y la culminación de una capacidad satírica que comenzó en aquellos años de juventud, recién llegado a Moscú, y que nunca, ni en el teatro ni en la prosa, le abandonó. Y no solamente es un gran satírico sino que su empleo de lo grotesco —también admirablemente presente en *El maestro y Margarita*— pertenece de lleno a la originalidad y expresividad de la gran Europa de las vanguardias artísticas que se produce entre 1900 y 1930 a la vez que conecta con la tradición de la literatura rusa y, en especial, con un glorioso precedente: Nicolás Gogol.

Tradicionalmente se distinguen tres historias o relatos dentro de *El maestro y Margarita* y tanto el sentido de cada uno como el de los tres entre sí han dado lugar a gran cantidad de interpretaciones, dada la extraordinaria riqueza simbológica y la complejidad de intenciones de la novela. Las tres historias son las siguientes: 1) la aparición del diablo y su extravagante séquito en Moscú, que culmina en una gran velada de magia que subvierte estrepitosamente los fundamentos y valores de la vida moscovita; 2) la historia de amor entre un escritor al que se ha boicoteado su novela —el maestro— y una mujer casada —Margarita—; 3) la historia de Poncio Pilatos en los días del prendimiento y crucifixión de Cristo. La novela se divide en dos partes: en la primera de ellas predomina el relato de los desaguisados que organiza el diablo en Moscú y en ella se insertan dos capítulos de la narración de Poncio Pilatos; en la segunda, la complicación estructural se acentúa porque se da entrada además a la segunda historia, la del maestro y Margarita. Además, ya sabemos que la narración de Poncio Pilatos es, en realidad, la novela del maestro. Quizá sea bueno atenerse a este esquema para proponer unas cuantas reflexiones en torno a la formidable capacidad de sugerencia que contiene la obra.

En primer lugar, la figura del diablo. Bulgákov encabeza su novela con una cita del *Fausto* de Goethe: «—Aun así, dime quién eres. —Una parte de aquella fuerza que siempre quiere el mal y que siempre practica el bien». Nuestro diablo, llamado Voland, practica el bien sin el menor género de dudas; en realidad, más que un diablo parece un desenmascarador de vicios, lo que resulta muy satisfactorio para las almas honestas. Sin embargo, también practica el mal, o mejor dicho la malicia; responde a la cita de Goethe, pues, pero es mucho más contemporáneo: el ejercicio de su malicia pondrá al descubierto la ineptitud, la pereza, la irresponsabilidad, el egoísmo, la mezquindad... en fin, todo lo miserable y abyecto que puede contener una organización social dictatorial y burocrática como la que se está formando bajo el mandato de Stalin. Veremos a los responsables del teatro Varietés y de la Casa de Escritores —es decir, a los funcionarios de la Cultura— acabar dando con sus huesos en el sanatorio mental de maneras tan divertidas como extravagantes... todo ello gracias a la intervención del diablo. Su *malicia* solo se pone en marcha contra los hipócritas y, por el contrario, acogerá con decidida benevolencia a los dos héroes puros, el maestro y su amada. Incluso un hombre que se nos hará simpático, el poeta Desamparado, es convenientemente sacudido por él; Voland es, en fin, un diablo al que le molesta extraordinariamente la estupidez.

D. G. B. Piper, en un excelente ensayo sobre la novela y el período de las purgas estalinistas, recuerda que 1928, año en que Bulgákov empezó a escribir la obra, es el año del destierro de Trotsky a Alma Ata, al que siguió el período de colectivización que costó cerca de tres millones y medio de muertes; recuerda el hambre de 1932-1933, que se cobró cinco millones y medio de vidas; recuerda el terror que le sigue, donde el arresto de unos siete millones de personas se suma a los cinco que ya estaban en campos de concentración o en prisiones públicas... La escritura se realiza, pues, en unos años terribles; de hecho, Piper fecha la acción de la novela en 1937 no solo por las referencias a Pushkin en el año del centenario de su muerte sino, sobre todo, porque en marzo de 1937 pronuncia Stalin su discurso sobre las deficiencias del Partido, advirtiendo de la existencia en el país de trotskistas, guardias blancos y agentes «extranjeros». El primer capítulo de la obra lleva por título «No hable con extraños» o «No hable nunca con desconocidos» y en él Desamparado y Berlioz, el director de la más influyente revista literaria, son abordados por un extraño, un tipo con pinta de «extranjero» que resulta ser Voland. Conociendo la intencionalidad satírica de Bulgákov, la inquietud de ambos ciudadanos ante el extranjero no deja lugar a dudas.

Pues bien, Bulgákov utiliza al diablo y a su banda como medio para poner en ridículo al asfixiante aparato administrativo y social de la burocracia comunista. El diablo se justifica realizando el mal entre todos ellos, lo que deviene en cierta forma de bien que entraña todo desenmascaramiento. Pero invito al lector a considerar un punto más allá: la idea del paraíso recobrado tiene en el comunismo una versión que se refiere a la figura del paraíso en la tierra, un paraíso que puede lograrse porque el hombre se considera capaz, comunitariamente, de derrotar al mal —quienquiera que lo represente, digamos el capitalismo en este caso— y de conquistar el futuro. Bulgákov, con la figura del diablo, dinamita esta creencia. El diablo representa aquí algo más que la malicia y la sátira, es la representación de lo imprevisto, de lo no planificable, del poder del misterio en la vida de los seres humanos y, probablemente, de la fuerza de la imaginación, Así como en el caso de *Fausto* la naturaleza hace imposible el deseo mefistofélico de reducir la vida a las fuerzas oscuras, así la imaginación de Bulgákov, empeñada en la creación de Voland —y, naturalmente, en la concepción de la novela toda— pretende desafiar y exorcizar aquel paraíso comunista que Stalin estaba construyendo sobre los cadáveres de sus conciudadanos.

En realidad Voland es ese ser que sabe perfectamente que el bien y el mal van indisolublemente unidos. ¿Demasiado humano? Es posible que así lo haya querido Bulgákov; desde luego, esa indisolubilidad del bien con el mal en el devenir de la vida es otra carga de profundidad que, unida a la que acabo de exponer en el párrafo anterior, da a la obra una dimensión y una fundamentación llena de fuerza y de sugestividad. ¿Podríamos considerar así que el diablo es un poder vital que alimenta a la vez al bien y al mal y que pone patas arriba la grotesca y aniquiladora burocratización de un paraíso en la tierra? La crítica de Bulgákov iba directa al corazón del Sistema y, por ello, una forma eficaz de expresión de la crítica como es la sátira se convierte en sus manos, por medio de la complejidad y de la capacidad de sugerencia que contiene, en la obra de arte que trasciende el oficio de la escritura.

El segundo gran asunto es el de la relación de los amantes entre sí y su papel simbólico en el conjunto de la obra.

El maestro solo aparece ya bien avanzada la novela, en el sanatorio mental, en la habitación que ocupa Iván Nikoláyevich, Desamparado. Curiosamente, es el único de los internos del sanatorio que se encuentra allí por su propia voluntad. Su internamiento en el sanatorio es un acto de lucidez, una decisión ante la adversidad. Boicoteada la publicación de su novela, y consciente de que no puede ofrecer a Margarita otra cosa que la desgracia, decide desaparecer de este modo de su vida. Sin embargo, Bulgákov cuida particularmente su aparición en escena.

Desamparado es un desconcertado poeta deseoso de hacer carrera literaria, alguien a punto de convertirse en otro funcionario de la literatura. Tras los extraordinarios acontecimientos que presencia y tras escuchar de labios de Voland la narración de los momentos en que Poncio Pilatos se enfrenta a la exigencia de condenar a un «filósofo errante» llamado Joshuá Ga-Nozri, descubre la mediocridad y la falsedad que contiene el poema antirreligioso sobre la figura de Cristo que le ha encargado la revista *Massolit* y en el que, a su pesar, el resultado es un «Cristo vivo, testimonio de su propia existencia, aunque con todos sus rasgos negativos». El director le reprende porque de lo que se trata es de hacer un poema en el que se demuestre que Cristo no existió jamás, que era un cuento, un mito vulgar, y el pobre Desamparado no sale de su desconcierto. El relato que el diablo les recita le angustia por su veracidad. Por fin, comprenderá que su obra no tiene sentido y que él no es un poeta, un artista. Entonces decide no volver a escribir.

En este momento aparece el maestro. Definido ya el elenco de personajes «oficiales», de personajes del Sistema, Iván es el único que duda y, al dudar, se humaniza y reconoce el error —y, de paso, la impotencia literaria—. Y justo en ese punto, el maestro, personificación del artista, contacta con él, le relata su triste historia y se revela como el autor del relato que tanto ha impresionado a Desamparado y cuya fuerza expresiva obliga al pobre poeta al acto de lucidez de renunciar a la literatura. El maestro entra así en escena como un personaje en estado de pureza. No deja de haber claras concomitancias entre el carácter y la actitud de Joshuá Ga-Nozri —trasunto de Cristo— y el propio maestro.

El maestro conoce el amor en la persona de Margarita y conoce el arte en la creación de su novela. Tiene un aire casi místico a veces, tiene también la fuerza de la inocencia y la conciencia de infelicidad de aquel a quien le ha sido dado conocer lo que el destino parece impedirle disfrutar; en otras palabras: resume los caracteres de un cierto tipo de héroe al que no serían ajenos rasgos del príncipe Mishkin, de Dostoyevski. Margarita, por el contrario, es una fuerza de la naturaleza, una fuerza germinativa y práctica, tenaz y sensual, un espíritu contrario y complementario y será así, como representación de la vida, quien determine la suerte del maestro, de su amor y de su obra. La abstracción y la concreción como representación masculina y femenina, complementaria, del ser, de la existencia.

Pero, además, está presente la conciencia autosuficiente de la obra literaria con toda energía. Una vez concluida la ceremonia anual, el Gran Baile de Satanás, el maestro puede recuperar su obra —que había arrojado al fuego— y a Margarita. Confiesa, sin embargo, que la novela ya no le interesa, que la prueba que ha debido superar en vida le ha alejado también de su propia obra. Y en un momento dado, Voland afirma: «Le diré que su novela le traerá sorpresas». Es evidente el sentido de esas sorpresas porque lo que en realidad está afirmando el diablo es que la novela, ya finalizada, es autónoma, dispone de vida propia independiente de su creador. Y si este, desanimado de la publicación y cumplido el esfuerzo creativo con tanta pasión como su propia vida, la abandona, tampoco la obra le necesita a él. El ciclo creador se ha cumplido. La convicción contemporánea sobre el valor autosuficiente de la obra de arte también. Y aún queda una imagen latiendo si volvemos de nuevo al paralelismo entre Joshuá y el maestro: crucificados ambos, su obra permanece.

El tercer gran asunto del libro es la novela de Pilatos propiamente dicha. La visión que Bulgákov ofrece de la pasión de Cristo y los momentos posteriores a su muerte están mucho más cerca de la concepción primitiva del cristianismo como un auténtico movimiento de liberación que la suntuosa y edulcorada que la Iglesia recompuso sobre un mito que es la suma nada original de muchos mitos mediterráneos. El paisaje y las personas que pueblan esa historia están descritos con mano maestra —de hecho, es la parte más estilísticamente elaborada de todo el libro— y recrean de manera muy sugerente lo que debió de ser el polvo, el cielo, el calor y los hombres de Judea. Pilatos es aquí un observador atormentado que reflexiona y Joshuá un hombre capaz de un acto como este: «¿Por qué no me dejas libre, hegémono? —pidió de pronto el preso con ansiedad—. Me parece que quieren matarme». Dos personajes vivos, despojados de mítica pero no de épica. Pilatos contempla desde lejos a esa multitud y a esa ciudad que detesta y a los que debe entregar a Joshuá a cambio de Bar-Rabbán, pero en su distancia hay un tono trágico y un tormento moral; Voland, que detesta a la sociedad entre la que se encuentra en esos momentos, es quizá tan distante como el propio Pilatos, pero en él no hay tormento sino fastidio. Ese diablo que parece humano no es, sin embargo, un hombre.

Las posibilidades de asociación entre todos los componentes de esta compleja y fascinante novela es ilimitada; su riqueza simbólica, como dije, excepcional, y su capacidad de sugerencia, inagotable. También se observan dificultades o insuficiencias estructurales en el entreveramiento de las tres historias centrales que hacen pensar si no proyectaría el autor una última revisión y ajuste que no pudo llegar a realizar; pero poco importa, su potencia germinativa es tal que —como en el caso de *Victoria*, de Joseph Conrad, otra novela simbólica con serias deficiencias estructurales— trasciende cualquier defecto y hasta lo vuelve virtud.

Donald Fanger hizo una curiosa propuesta de definición de *El maestro y Margarita*. Llevándolo al terreno de la ópera, propuso la siguiente distribución: el desaguisado que organizan el diablo y sus compinches en Moscú es una ópera bufa; la historia entre el maestro y Margarita, una ópera lírica; el relato de la soledad de Poncio Pilatos, una ópera épica. Es una idea brillante. La presencia de la ópera, además, recuerda que Bulgákov fue un hombre de teatro y sin duda a ello debe en buena parte la maravillosa exposición coral de personajes y caracteres que pueblan esta novela. Una novela que es, sobre todo, inolvidable, como soñó su autor.

JOSÉ MARÍA GUELBENZU

—Aun así, dime quién eres.

—Una parte de aquella fuerza que siempre quiere el mal y que siempre practica el bien.

GOETHE, *Fausto*

LIBRO PRIMERO

1

No hable nunca con desconocidos

A la hora de más calor de una puesta de sol primaveral en Los Estanques del Patriarca aparecieron dos ciudadanos. El primero, de unos cuarenta años, vestido con un traje gris de verano, era pequeño, moreno, bien alimentado y calvo. Tenía en la mano un sombrero aceptable en forma de bollo, y decoraban su cara, cuidadosamente afeitada, un par de gafas extraordinariamente grandes, de montura de concha negra. El otro, un joven ancho de hombros, algo pelirrojo y desgreñado, con una gorra de cuadros echada hacia atrás, vestía camisa de vaquero, un pantalón blanco arrugado como un higo y alpargatas negras.

El primero era nada menos que Mijaíl Alexándrovich Berlioz, redactor de una voluminosa revista literaria y presidente de la dirección de una de las más importantes asociaciones moscovitas de literatos, que llevaba el nombre compuesto de Massolit;[1] y el joven que le acompañaba era el poeta Iván Nikoláyevich Ponirev, que escribía con el seudónimo de Desamparado.

Al llegar a la sombra de unos tilos apenas verdes, los escritores se lanzaron hacia una caseta llamativamente pintada donde se leía: «Cervezas y refrescos».

Ah, sí, es preciso señalar la primera particularidad de esta

1. Nombre compuesto que quiere decir «literatura de masas». (*N. de la T.*)

siniestra tarde de mayo. No había un alma junto a la caseta, ni en todo el bulevar, paralelo a la Málaya Brónnaya. A esa hora, cuando parecía que no había fuerzas ni para respirar, cuando el sol, después de haber caldeado Moscú, se derrumbaba en un vaho seco detrás de la Sadóvaya, nadie pasaba bajo los tilos, nadie se sentaba en un banco: el bulevar estaba desierto.

—Agua mineral, por favor —pidió Berlioz.

—No tengo —dijo la mujer de la caseta como ofendida.

—¿Tiene cerveza? —inquirió Desamparado con voz ronca.

—La traen para la noche —contestó la mujer.

—¿Qué tiene? —preguntó Berlioz.

—Refresco de albaricoque. Pero no está frío —dijo ella.

—Bueno, sírvalo como esté.

El sucedáneo de albaricoque formó abundante espuma amarilla y el aire empezó a oler a peluquería.

Después de refrescarse, a los literatos les dio hipo. Pagaron y se sentaron en un banco mirando hacia el estanque, de espaldas a la Brónnaya.

En este momento ocurrió la segunda particularidad, que concernía exclusivamente a Berlioz. De pronto se le cortó el hipo; le dio un vuelco el corazón, que por un instante pareció hundírsele; sintió que volvía luego, pero como si le hubieran clavado en él una aguja, y a Berlioz le entró un pánico tal que hubiese echado a correr para desaparecer rápidamente de Los Estanques.

Miró alrededor con desazón sin comprender qué era lo que le había asustado. Palideció y se enjugó la frente con el pañuelo. Pero ¿qué es esto? —pensó—. Nunca me había pasado nada igual. Será el corazón que me falla... Estoy agotado..., ya es hora de mandar todo a paseo... y a Kislovodsk...

Y entonces el aire abrasador se espesó ante sus ojos, y como del aire mismo surgió un ciudadano transparente y rarísimo. Se cubría la pequeña cabeza con una gorrita de jockey y llevaba una ridícula chaqueta a cuadros. También de aire... El ciudadano era largo, increíblemente delgado, estrecho de hombros y con una pinta, si me permiten, realmente burlesca.

La vida de Berlioz había transcurrido de tal manera que no estaba acostumbrado a ningún suceso extraordinario. Palideciendo aún más y con los ojos ya desorbitados, pensó horrorizado: ¡Esto es imposible! Pero desgraciadamente no lo era: aquel extraño sujeto, a través del cual se podía ver, se mantenía flotante, balanceándose en el aire.

Le invadió una tremenda sensación de terror y cerró los ojos. Y cuando los abrió de nuevo, vio que todo había terminado. La neblina se había disipado, el tipo de los cuadros había desaparecido y, con él, la aguja que le oprimía el corazón.

—¡Buf! ¡Cuernos! —exclamó el redactor—. Sabes, Iván, por poco me desmayo de tanto calor. Hasta he tenido algo parecido a una alucinación... —Trató de sonreír, pero todavía le bailaba el miedo en los ojos y le temblaban las manos. Logró tranquilizarse. Se abanicó con el pañuelo y, diciendo con una voz bastante animada: «Bueno, como decía...», siguió su discurso, interrumpido para tomar el refresco.

Este discurso, como se supo más tarde, era sobre Jesucristo. El jefe de redacción había encargado al poeta un largo poema antirreligioso para el próximo número de la revista. Iván Nikoláyevich había escrito el poema y en un plazo muy corto, pero sin fortuna, porque no se ajustaba lo más mínimo a los deseos de su jefe. Desamparado describía al personaje central de su poema —es decir, a Cristo— con tonos muy negros. Berlioz consideraba que tenía que hacer un poema nuevo. Y precisamente en ese momento, él, Berlioz, se lanzó a toda una disertación sobre Cristo con el fin de que el poeta se percatara de su principal defecto.

Sería difícil decir qué había fallado en el artista: si la fuerza plástica de su talento o el total desconocimiento del tema. Pero el resultado fue un Cristo vivo, testimonio de su propia existencia, aunque con todos sus rasgos negativos.

Berlioz quería demostrar al poeta que se trataba, no de la maldad o bondad de Cristo, sino de que Cristo, como tal, no existió nunca y que todo lo que se decía de él era puro cuento, un mito vulgar.

Hay que reconocer que nuestro jefe de redacción era un hombre muy leído y en su discurso citaba, con mucha habilidad, a los historiadores antiguos, al famoso Filón de Alejandría y a Josefo Flavio —hombre docto y brillante—, que no hacían mención alguna de la existencia de Jesús. Exhibiendo una magnífica erudición, Mijaíl Alexándrovich comunicó, entre otras cosas, al poeta, que ese punto del capítulo 44 del libro 15 de los famosos *Anales* de Tácito, donde se habla de la ejecución de Cristo, no es más que una añadidura posterior y falsa.

Todo lo que decía el jefe de redacción era novedad para el poeta, que le escuchaba atentamente, sin apartar de él sus vivos ojos verdes, con frecuentes accesos de hipo y maldiciendo por lo bajo el sucedáneo de albaricoque.

—No existe ninguna religión oriental —decía Berlioz— en la que no haya, como regla general, una virgen inmaculada que dé un Dios al mundo. Y los cristianos, sin inventar nada nuevo, crearon a Cristo, que en realidad nunca existió. Esto es lo que hay que dejar bien claro...

La voz potente de Berlioz volaba por el bulevar desierto y a medida que se metía en profundidades —lo que solo un hombre muy instruido se puede permitir sin riesgo de romperse la crisma— el poeta se enteraba de más y más cosas interesantes y útiles sobre el Osiris egipcio, bondadoso dios e hijo del Cielo y de la Tierra, sobre el dios fenicio Fammus, sobre Mardoqueo, incluso sobre Vizli-Puzli, el terrible dios, mucho menos conocido, que fue muy venerado por los aztecas de México. Precisamente cuando Mijaíl Alexándrovich le explicaba al poeta cómo los aztecas hacían con masa de pan la imagen de Vizli-Puzli, apareció en el bulevar el primer hombre.

Tiempo después, cuando en realidad ya era tarde, muchas organizaciones presentaron sus informes con la descripción de ese hombre.

La comparación de dichos informes no puede dejar de causar asombro. En el primero se lee que el hombre era pequeño, que tenía dientes de oro y cojeaba del pie derecho. En el segundo, que era enorme, que tenía coronas de platino y cojeaba del pie izquierdo. El tercero, muy lacónico, dice que no tenía rasgos peculiares. Ni que decir tiene que ninguno de estos informes sirve para nada.

Primero: el hombre descrito no cojeaba de ningún pie, no era ni pequeño ni enorme; simplemente alto. En lo que se refiere a su dentadura, tenía a la izquierda coronas de platino y a la derecha, de oro. Vestía un elegante traje gris, unos zapatos extranjeros del mismo color, y una boina, también gris, le caía sobre la oreja con estudiado desaliño. Llevaba bajo el brazo un bastón negro con la empuñadura en forma de cabeza de caniche. Aparentaba cuarenta años y pico. La boca, algo torcida. Bien afeitado. Moreno. El ojo derecho, negro; el izquierdo, verde. Las cejas, oscuras, y una más alta que la otra. En una palabra: extranjero.

Al pasar junto al banco donde se sentaban el redactor y el poeta, el extranjero los miró de reojo y, deteniéndose repentinamente, se sentó en un banco a dos pasos de nuestros amigos.

Alemán, pensó Berlioz. Inglés, pensó Desamparado. ¿Y no le darán calor esos guantes?

Entretanto, el extranjero se había parado a contemplar los grandes edificios que, en forma de rectángulo, rodeaban el estanque. Evidentemente era la primera vez que estaba allí y el lugar le sorprendía. Detuvo la mirada en los pisos altos, en los cristales que deslumbraban con el reflejo quebradizo de un sol que se iba para siempre de Mijaíl Alexándrovich; y después en los primeros pisos, allí donde las ventanas empezaban a oscurecerse presintiendo la noche. Sonrió con indulgencia y entornó los ojos. Apoyó las manos en la empuñadura del bastón y la barbilla en las manos.

—Tu representación, Iván —decía Berlioz—, del nacimiento de Jesús, Hijo de Dios, es justa y satírica, pero la clave está en que antes de Cristo habían nacido toda una serie de hijos de Dios; como el Adonis fenicio, el Attis de Frigia o el Mitra persa. En conclusión, ni nacieron ni existieron ninguno de ellos. Y Cristo, por supuesto, tampoco.

»Es necesario que tú, en vez de describir el Nacimiento o la llegada de los Magos, relates los rumores absurdos de este acontecimiento. Porque, según lo cuentas tú, da toda la impresión de que Cristo pudo nacer así.

Y al llegar aquí, Desamparado hizo un intento de terminar con el hipo que le seguía atormentando y contuvo la respiración. El resultado fue un ataque más agudo y doloroso. También entonces Berlioz tuvo que interrumpir su discurso, porque el extranjero se había levantado y se dirigía hacia ellos. Los escritores le contemplaban extrañados.

—Espero que ustedes me perdonen —dijo el caballero con acento extranjero, pero sin llegar a desfigurar las palabras— por atreverme... sin haber sido previamente presentados... pero el tema de su docta conversación es tan sumamente interesante que...

Diciendo esto se quitó la boina con elegancia y a nuestros amigos no les quedó otro remedio que levantarse y hacer una leve inclinación. No, más bien francés, pensó Berlioz.

Polaco, pensó Desamparado.

Es preciso señalar que el extranjero causó una pésima impresión al poeta y que, sin embargo, a Berlioz le agradó; es decir, no es que le gustara sino, ¿cómo diríamos?, que más bien parecía interesarle.

—¿Me permiten que me siente? —preguntó el caballero cortésmente, y los escritores tuvieron que hacerle sitio.

El extranjero se sentó entre ellos con prontitud y enseguida tomó parte en la conversación.

—Si no me equivoco, usted acaba de decir que Cristo no ha existido —dijo volviendo hacia Berlioz su ojo izquierdo, el verde.

—No, no se equivoca —respondió Berlioz—, eso es exactamente lo que había dicho.

—¡Oh, qué interesante! —exclamó el extranjero.

¿Qué diablos querrá este?, pensó Desamparado frunciendo el entrecejo.

—Y usted, ¿estaba de acuerdo con su interlocutor? —se interesó el desconocido, volviéndose hacia Desamparado.

—¡Cien por cien! —asintió el poeta, al que le gustaban las expresiones afectadas y metafóricas.

—¡Sorprendente! —exclamó el entrometido interlocutor y, mirando furtivamente en derredor, redujo la voz, ya baja, a un murmullo y dijo—: Perdonarán mi insistencia, pero me parece entender que, además, no creen en Dios —y añadió con expresión alarmada—: ¡Les juro que no se lo diré a nadie!

—No, no creemos en Dios —contestó Berlioz con una ligera sonrisa, al ver la sorpresa del turista—. Pero es algo de lo que se puede hablar con entera libertad.

El extranjero se recostó en el banco y preguntó, con la voz entrecortada de curiosidad:

—¿Quiere usted decir que son ateos?

—Pues sí, somos ateos —respondió Berlioz sonriente. Desamparado pensó con irritación: Este bicho extranjero se nos ha pegado como una lapa. ¡Pero qué tipo tan plomo!

—¡Qué encanto! —gritó el extraño turista, girando la cabeza a un lado y a otro para mirar a los dos literatos.

—En nuestro país nadie se sorprende porque uno sea ateo —dijo Berlioz con delicadeza y diplomacia—. La mayoría de nuestra población ha dejado, conscientemente, de creer en todas las historias sobre Dios.

El extranjero, entonces, se levantó y estrechó la mano al sorprendido jefe de redacción mientras decía:

—Permítanme hacerles otra pregunta —dijo el invitado.

—Pero ¿por qué? —inquirió Desamparado con estupor.

—Porque, como viajero, considero esta información de extraordinaria importancia —explicó el extranjero, levantando un dedo con aire significativo.

Desde luego, esta confidencia tan importante tuvo que impresionar mucho al forastero, que miraba asustado las casas de alrededor, como si temiera la aparición de un ateo en cada ventana.

No, no es inglés, pensó Berlioz. Y Desamparado pensó: ¡Cómo habla el ruso! ¡Qué bárbaro! ¡Me gustaría saber dónde lo habrá aprendido!, y de nuevo enarcó las cejas.

—Permítanme hacerles otra pregunta —dijo el invitado

extranjero, después de meditar con cierta inquietud—. ¿Y las pruebas de la existencia de Dios, que son cinco, como ustedes sabrán?

—¡Ah! —contestó Berlioz—, todas esas pruebas no significan nada hoy en día, la humanidad las archivó ya hace tiempo. No me negará que la razón no puede admitir ninguna prueba de la existencia de Dios.

—¡Bravo! —exclamó el extranjero—. ¡Bravo! Está usted repitiendo exactamente lo que nuestro viejo inquiridor Manuel opinaba de este asunto. Pero no olvide algo muy curioso: destruyó por completo las cinco pruebas y después, como burlándose de sí mismo, elaboró una sexta propia.

—La prueba de Kant —dijo el redactor sonriendo con benevolencia— tampoco es convincente; y no a humo de pajas dijo Schiller que los argumentos de Kant a este respecto solo podrían satisfacer a los esclavos. Y Strauss se reía de su sexta prueba.

Mientras el extranjero seguía hablando, Berlioz se preguntaba: Pero ¿quién puede ser? Y ¿cómo es posible que hable el ruso tan bien?

—A ese Kant habría que encerrarle tres años en Solovkí[2] —soltó de repente Iván Nikoláyevich.

—¡Iván, por favor! —le susurró Berlioz azorado.

Pero la idea de enviar a Kant a Solovkí no solo no extrañó al forastero, sino que pareció entusiasmarle.

—¡Estupendo! —gritó. Y le brillaba el ojo izquierdo (el verde) mirando a Berlioz—. ¡Allí es donde debiera estar! Ya le decía yo mientras desayunábamos: «Usted dirá lo que quiera, profesor, pero se le ha ocurrido algo absurdo. Puede que sea muy elevado, pero resulta incomprensible. ¡Ya verá cómo se reirán de usted!».

A Berlioz parecían crecerle los ojos de asombro. ¿Desayunando... con Kant? Pero, ¿qué dice este hombre?

—Pero —continuó el extranjero, sin hacer caso del asom-

2. Isla del mar Blanco, antiguo lugar de deportación. (N. de la T.)

bro de Berlioz y dirigiéndose al poeta— es imposible mandarle a Solovkí porque lleva más de cien años en un lugar mucho más lejano que Solovkí, y le aseguro que no hay modo de sacarle de allí.

—Pues yo lo siento —dijo el poeta agresivo.

—Y yo también —afirmó el desconocido. Y le brillaba el ojo—, pero a mí me preocupa lo siguiente: Si Dios no existe, ¿quién mantiene entonces el orden en la tierra y dirige la vida humana?

—El hombre mismo —dijo Desamparado con irritación, apresurándose a contestar una pregunta tan poco clara.

—Perdone usted —dijo el desconocido suavemente—, para dirigir algo es preciso contar con un futuro más o menos previsible; y dígame: ¿cómo podría estar este gobierno en manos del hombre que no solo es incapaz de elaborar un plan para un plazo tan irrisorio como mil años, sino que ni siquiera está seguro de su propio día de mañana? —Y volviéndose a Berlioz—: Figúrese, por ejemplo, que es usted el que va a disponer de sí mismo y de los demás, y que poco a poco le toma gusto; pero de pronto... resulta que usted... hum... tiene un sarcoma pulmonar —al decir esto el extranjero sonreía, como si la idea del sarcoma le complaciera extraordinariamente—, pues sí, un sarcoma —repitió la palabra sonora, entornando los ojos como un gato—. ¡Y se acabó su capacidad de gobierno! Todo lo que no sea su propia vida dejará de interesarle. La familia empieza a engañarle; y usted, dándose cuenta de que hay algo raro, se lanza a consultar con grandes médicos, luego con charlatanes y, a veces, incluso con videntes. Las tres medidas son absurdas, y usted lo sabe. El fin de todo esto es trágico: el que hace muy poco se sabía con el poder en las manos, se encuentra de pronto inmóvil en una caja de madera; y los que le rodean, conscientes de su inutilidad, le queman en un horno. Y hay veces que lo que sucede es aún peor: un hombre se dispone a ir a Kislovodsk —el extranjero miró de reojo a Berlioz—; puede parecer una tontería, pero ni siquiera eso está en sus manos, porque, repentinamente y sin saber por qué, resbala y le atropella un tranvía. No me dirá que ha sido él mismo quien lo ha dispuesto así. ¿No sería más lógico pensar que fue otro el que lo había previsto? —e inmediatamente se echó a reír con extraña expresión.

Berlioz había escuchado con gran atención el desagradable relato sobre el sarcoma y el tranvía; y unos pensamientos bastante poco tranquilizadores comenzaban a rondarle por la cabeza. No es un extranjero... ¡Qué va a ser!, pensaba, es un sujeto rarísimo... Pero, ¿quién puede ser?

—Me parece que tiene ganas de fumar —interrumpió de pronto el desconocido dirigiéndose al poeta—. ¿Qué prefiere?

—Pero ¿es que tiene de todo? —preguntó malhumorado el poeta, que se había quedado sin tabaco.

—¿Qué prefiere? —repitió el desconocido.

—Bueno, Nuestra marca —contestó rabioso Desamparado.

El forastero sacó una pitillera del bolsillo y se la ofreció a Desamparado.

—Nuestra marca...

Lo que más sorprendió al jefe de redacción y al poeta no fue que en la pitillera hubiese precisamente cigarrillos Nuestra marca, sino la misma pitillera. Era enorme. De oro de ley. Al abrirla, brilló en la tapa, con luz azul y blanca, un triángulo de diamantes.

Al ver aquello los literatos pensaron cosas distintas; Berlioz: No, es extranjero; y Desamparado: ¡Diablos! ¡Qué tío!

El poeta y el dueño de la pitillera encendieron un cigarrillo y Berlioz, que no fumaba, lo rechazó.

Puedo hacerle varias objeciones, decidió Berlioz. El hombre es mortal, eso nadie lo discute. Pero es que...

No tuvo tiempo de articular palabra, porque el extranjero empezó a hablar.

—De acuerdo, el hombre es mortal, pero eso es solo la mitad del problema. Lo grave es que es mortal de repente, ¡esta es la gran jugada! Y no puede decir con seguridad qué hará esta tarde.

¡Qué modo tan absurdo de enfocar la cuestión!, meditó Berlioz y le rebatió:

—Me parece que saca usted las cosas de quicio. Puedo contarle lo que haré esta tarde sin miedo a equivocarme. Bueno, claro, si al pasar por la Brónnaya, me cae un ladrillo en la cabeza...

—Pero un ladrillo, así, de repente —interrumpió el extranjero con autoridad— no le cae encima a nadie. Puedo asegurarle que precisamente usted no debe temer ese peligro. La suya será otra muerte.

—Quizá usted sepa cuál y no le importe decírmelo, ¿verdad? —intervino Berlioz con una ironía muy natural, dejándose arrastrar por la conversación verdaderamente absurda.

—Desde luego, con mucho gusto —respondió el desconocido. Y miró a Berlioz de pies a cabeza, como si le fuera a cortar un traje. Después, empezó a decir entre dientes cosas muy extrañas: «Uno, dos... Mercurio en la segunda casa... la luna se fue... seis, una desgracia... la tarde, siete...» y en voz alta, complaciéndose en la conversación, anunció—: Le cortarán la cabeza.

Desamparado miró furioso, lleno de rabia, al impertinente forastero. Y Berlioz, esbozando una sonrisa oblicua preguntó:

—¿Y quién será? ¿Enemigos? ¿Invasores?

—No —contestó su interlocutor—, una mujer rusa, miembro del Komsomol.[3]

—¡Mmm! —gruñó Berlioz, irritado por la broma del desconocido—, perdone usted, pero me parece poco probable.

—También yo lo siento, pero es así —contestó el extranjero—. Además me gustaría saber qué va a hacer esta tarde, si no es un secreto, naturalmente.

—No es ningún secreto. Primero pienso ir a casa y después, a las diez de la noche, hay una reunión en el Massolit que voy a presidir.

3. Unión de Juventudes Comunistas. *(N. de la T.)*

—Eso es imposible —afirmó muy seguro el extranjero.

—¿Por qué?

—Porque... —y el extranjero miró al cielo con los ojos entornados. Unos pájaros negruzcos lo rasgaban en silencio, presintiendo el fresco de la noche— porque Anushka ha comprado aceite de girasol y además lo ha derramado. Esa reunión no tendrá lugar.

Entonces, como es lógico, se hizo un silencio bajo los tilos.

—Por favor —dijo Berlioz después de una pausa con la vista fija en el extranjero que desvariaba—. ¿Qué tiene que ver el aceite de girasol?... ¿Quién es Anushka?

—Sí, ¡qué pinta aquí el aceite de girasol! —intervino de pronto Desamparado, que por lo visto había decidido declarar la guerra al inesperado interlocutor—. ¿No tuvo usted nunca la oportunidad de visitar un sanatorio para enfermos mentales?

—¡Iván! —exclamó en voz baja Mijaíl Alexándrovich.

Pero el extranjero no se molestó lo más mínimo y se echó a reír muy divertido.

—¿Cómo no? Y muchas veces.

Lo dijo entre risas, pero sin dejar de mirar muy serio al poeta.

—¡He visto tantas cosas! Lo que siento es no haberme molestado en preguntar al profesor qué es la esquizofrenia. Por favor, pregúnteselo usted mismo, Iván Nikoláyevich.

—¿Cómo sabe usted mi nombre?

—¡Pero, Iván Nikoláyevich!; ¿quién no le conoce a usted? —El extranjero sacó del bolsillo el último número de la *Gaceta Literaria* e Iván Nikoláyevich se vio retratado en la primera página sobre sus propios versos. Pero este testimonio de gloria y popularidad, que tanta alegría le deparara el día anterior, parecía que ahora no le hacía ninguna gracia.

—Perdone, ¡¿eh?! —dijo cambiando de expresión—. ¿Me permite un momento? Tengo que decirle una cosa al camarada.

—¡Por favor, con toda libertad! —exclamó el desconocido—. Me encuentro estupendamente bajo estos tilos; además, no tengo ninguna prisa.

—Oye, Misha —susurró el poeta, llevando a Berlioz aparte—, este tío ni es turista ni nada, es un espía. Es un emigrado que ha pasado la frontera. Pídele sus documentos, que se nos va...

—¿Tú crees? —dijo Berlioz preocupado y pensando para sus adentros: Puede que tenga razón.

—Hazme caso —repitió el poeta—, se hace el tonto para indagar algo. Ya ves cómo habla el ruso —y el poeta hablaba mirando de reojo al desconocido por si escapaba—. Vamos a detenerle o se nos irá.

Y tiró del brazo de Berlioz conduciéndole hacia el banco.

El desconocido se había levantado y permanecía de pie. Tenía en la mano un librito encuadernado en gris oscuro, un sobre grueso de papel bueno y una tarjeta de visita.

—Lo siento, pero en el calor de la discusión, he olvidado presentarme. Aquí tienen, mi tarjeta de visita, mi pasaporte y la invitación de Moscú para hacer unas investigaciones —dijo con seriedad el extranjero, mientras observaba a los dos literatos con aire perspicaz.

Se azoraron. ¡Diablos!, nos ha oído, pensó Berlioz, indicándole con un ademán que los documentos no eran necesarios. Mientras el extranjero le encajaba los documentos al jefe de redacción, el poeta pudo leer en la tarjeta la palabra «Profesor», impresa con letras extranjeras, y la letra inicial del apellido: una «V».

—Mucho gusto —murmuraba Berlioz muy cortado. El forastero guardó los documentos en el bolsillo.

Así se restablecieron las relaciones y los tres tomaron asiento.

—¿Ha venido en calidad de consejero, profesor? —preguntó Berlioz.

—Así es.

—¿Es usted alemán? —inquirió Desamparado.

—¿Yo...? —preguntó el profesor, quedándose pensativo—. Pues sí, seguramente soy alemán —dijo.

—Habla usted un ruso de primera —dijo Desamparado.

—¡Ah!, soy políglota y conozco muchos idiomas —respondió el profesor.

—Y ¿cuál es su especialidad? —se interesó Berlioz.

—Soy especialista en magia negra.

¡Lo que faltaba!, estalló en la cabeza de Mijaíl Alexándrovich.

—Y... ¿le han invitado a nuestro país por esa profesión? —preguntó recobrando la respiración.

—Sí, precisamente por eso —afirmó el profesor y explicó—: Han descubierto unos manuscritos originales en la Biblioteca Estatal de Herbert de Aurilaquia, nigromante del siglo x. Y quieren que yo los descifre. Soy el único especialista del mundo.

—¡Ah! Entonces, ¿es usted historiador? —preguntó Berlioz aliviado, con respeto.

—Soy historiador —afirmó el sabio y añadió algo que no venía a cuento—: Esta tarde ocurrirá una historia muy interesante en Los Estanques del Patriarca.

El asombro del jefe de redacción y del poeta llegó al colmo. El profesor hizo una seña con la mano para que se acercaran y susurró:

—Tengan en cuenta que Cristo existió.

—Mire usted, profesor —dijo Berlioz con una sonrisa forzada—, respetamos sus conocimientos, pero tenemos otro punto de vista sobre esta cuestión.

—No es cuestión de puntos de vista —respondió el extraño profesor—: simplemente existió, y eso es todo.

—Pero se necesita alguna prueba —comenzó a decir Berlioz.

—No se necesita prueba alguna —interrumpió el profesor. Y en voz baja, perdiendo repentinamente su acento extranjero, añadió—: Es muy sencillo: con un manto blanco forrado de rojo sangre, arrastrando los pies como hacen todos los jinetes, apareció a primera hora de la mañana del día catorce del mes primaveral Nisán...

2

Poncio Pilatos

Con un manto blanco forrado de rojo sangre, arrastrando los pies como hacen todos los jinetes, apareció a primera hora de la mañana del día catorce del mes primaveral Nisán, en la columnata cubierta que unía las dos alas del palacio de Herodes el Grande, el quinto procurador de Judea, Poncio Pilatos.

El procurador odiaba más que nada en este mundo el olor a aceite de rosas, y hoy todo anunciaba un mal día, porque ese olor había empezado a perseguirle desde el amanecer.

Le parecía que los cipreses y las palmeras del jardín exhalaban el olor a rosas, y que el olor a cuero de las guarniciones y el sudor de la escolta se mezclaba con aquel maldito efluvio.

Por la glorieta superior del jardín llegaba a la columnata una leve humareda que procedía de las alas posteriores del palacio, donde se había instalado la primera cohorte de la duodécima legión Fulminante, que había llegado a Jershalaím con el procurador. El humo amargo que indicaba que los rancheros de las centurias empezaban a preparar la comida se unía también el grasiento olor a rosas.

«¡Oh, dioses, dioses! ¿Por qué este castigo?... Sí, no hay duda, es ella, ella de nuevo, la enfermedad terrible, invencible... la hemicránea, cuando duele la mitad de la cabeza, no hay remedio, no se cura con nada... Trataré de no mover la cabeza...»

Sobre el suelo de mosaico, junto a la fuente, estaba preparado un sillón; y el procurador, sin mirar a nadie, tomó asiento y alargó una mano en la que el secretario puso respetuosamente un trozo de pergamino. Sin poder contener una mueca de dolor, el procurador echó una ojeada sobre lo escrito, devolvió el pergamino y dijo con dificultad:

—¿El acusado es de Galilea? ¿Han enviado el asunto al tetrarca?

—Sí, procurador —respondió el secretario.

—¿Qué dice?

—Se ha negado a dar su veredicto sobre este caso y ha mandado la sentencia de muerte del Sanhedrín para su confirmación —explicó el secretario.

Una convulsión desfiguró la cara del procurador. Dijo en voz baja:

—Que traigan al acusado.

Dos legionarios condujeron de la glorieta del jardín al balcón y colocaron ante el procurador a un hombre de unos veintisiete años. El hombre vestía una túnica vieja y rota, azul pálida. Le cubría la cabeza una banda blanca, sujeta por un trozo de cuero que le atravesaba la frente. Llevaba las manos atadas a la espalda. Bajo el ojo izquierdo el hombre tenía una gran moradura, y junto a la boca un arañazo con la sangre ya seca. Miraba al procurador con inquieta curiosidad.

Este permaneció callado un instante y luego dijo en arameo:

—¿Tú has incitado al pueblo a que destruya el templo de Jershalaím?

El procurador parecía de piedra, y al hablar apenas se movían sus labios. El procurador estaba como de piedra, porque temía hacer algún movimiento con la cabeza, que le ardía produciéndole un dolor infernal.

El hombre de las manos atadas dio un paso adelante y empezó a hablar:

—¡Buen hombre! Créeme...

El procurador le interrumpió, sin moverse y sin levantar la voz:

—¿Me llamas a mí buen hombre? Te equivocas. En todo Jershalaím se dice que soy un monstruo espantoso y es la pura verdad —y añadió con voz monótona—: Que venga el centurión Matarratas.

El balcón pareció oscurecerse de repente cuando se presentó ante el procurador el centurión de la primera centuria Marco, apodado Matarratas. Matarratas medía una cabeza más que el soldado más alto de la legión, y era tan ancho de hombros que tapaba por completo el sol todavía bajo.

El procurador se dirigió al centurión en latín:

—El reo me ha llamado «buen hombre». Llévatelo de aquí un momento y explícale cómo hay que hablar conmigo. Pero sin mutilarle.

Y todos, excepto el procurador, siguieron con la mirada a Marco Matarratas, que hizo al arrestado una seña con la mano para indicarle que le siguiera. A Matarratas, siempre que aparecía, le seguían todos con la mirada por su estatura, y también los que le veían por primera vez, porque su cara estaba desfigurada: el golpe de una maza germana le había roto la nariz.

Sonaron las botas pesadas de Marco en el mosaico, el hombre atado le siguió sin hacer ruido; en la columnata se hizo el silencio, y se oía el arrullo de las palomas en la glorieta del jardín y la canción complicada y agradable del agua de la fuente.

El procurador hubiera querido levantarse, poner la sien bajo el chorro y permanecer así un buen rato. Pero sabía que tampoco eso le serviría de nada.

Después de conducir al detenido al jardín, fuera de la columnata, Matarratas cogió el látigo de un legionario que estaba al pie de una estatua de bronce y le dio un golpe al arrestado en los hombros. El movimiento del centurión pareció ligero e indolente, pero el hombre atado se derrumbó al suelo como si le hubieran cortado las piernas; pareció ahogarse con el aire, su rostro perdió el color y los ojos la expresión.

Marco, con la mano izquierda, levantó sin esfuerzo, como si se tratara de un saco vacío, al que acababa de caer; lo puso en pie y habló con voz gangosa, articulando con esfuerzo las palabras arameas:

—Al procurador romano se le llama hegémono. Otras

palabras no se dicen. Se está firme. ¿Me has comprendido o te pego otra vez?

El detenido se tambaleó, pero pudo dominarse, le volvió el color, recobró la respiración y respondió con voz ronca:

—Te he comprendido. No me pegues.

Enseguida volvió ante el procurador.

Se oyó una voz apagada y enferma.

—¿Nombre?

—¿El mío? —preguntó deprisa el detenido, descubriendo con su expresión que estaba dispuesto a contestar sin provocar la ira.

El procurador dijo por lo bajo:

—Sé mi nombre. No quieras hacerte más tonto de lo que eres. El tuyo.

—Joshuá —respondió el arrestado rápidamente.

—¿Tienes apodo?

—Ga-Nozri.

—¿De dónde eres?

—De la ciudad de Gamala —contestó el detenido haciendo un gesto con la cabeza, como queriendo decir que allí lejos, al norte, a su derecha, estaba la ciudad de Gamala.

—¿Qué sangre tienes?

—No lo sé seguro —contestó con vivacidad el acusado—. No recuerdo a mis padres. Me decían que mi padre era sirio...

—¿Dónde vives?

—No tengo domicilio fijo —respondió el detenido tímidamente—; viajo de una ciudad a otra.

—Esto se puede decir con una sola palabra: eres un vagabundo —dijo el procurador—. ¿Tienes parientes?

—No tengo a nadie. Estoy solo en el mundo.

—¿Sabes leer?

—Sí.

—¿Conoces otro idioma aparte del arameo?

—Sí, el griego.

Un párpado hinchado se levantó, y el ojo, cubierto por una nube de dolor, miró fijamente al detenido; el otro ojo permaneció cerrado.

Pilatos habló en griego:

—¿Eres tú quien quería destruir el templo e incitaba al pueblo a que lo hiciera?

El detenido se animó de nuevo, sus ojos ya no expresaban miedo. Siguió hablando en griego:

—Yo, buen... —el terror pasó por la mirada del hombre, porque de nuevo había estado a punto de confundirse—. Yo, hegémono, jamás he pensado destruir el templo y no he incitado a nadie a esa absurda acción.

La cara del secretario que escribía las declaraciones, encorvándose sobre una mesa baja, se llenó de asombro. Levantó la cabeza pero enseguida volvió a inclinarse sobre el pergamino.

—Mucha gente y muy distinta se reúne en esta ciudad para la fiesta. Entre ellos hay magos, astrólogos, adivinos y asesinos —decía el procurador con voz monótona—. También se encuentran mentirosos. Tú, por ejemplo, eres un mentiroso. Está escrito: incitó a destruir el templo. Lo atestigua la gente.

—Estos buenos hombres —dijo el detenido, y añadió apresuradamente—, hegémono, nunca han estudiado nada y no han comprendido lo que yo decía. Empiezo a temer que esta confusión va a durar mucho tiempo. Y todo porque él no apunta correctamente lo que yo digo.

Hubo un silencio. Ahora los dos ojos del procurador miraban pesadamente al detenido.

—Te repito, y ya por última vez, que dejes de hacerte el loco, bandido —pronunció Pilatos con voz suave y monótona—. Sobre ti no hay demasiadas cosas escritas, pero suficientes para que te ahorquen.

—No, no, hegémono —dijo el detenido todo tenso en su deseo de convencer—, hay uno que me sigue con un pergamino de cabra y escribe sin pensar. Una vez miré lo que escribía y me horroricé. No he dicho absolutamente nada de lo que ha escrito. Le rogué que quemara el pergamino, pero me lo arrancó de las manos y escapó.

—¿Quién es? —preguntó Pilatos con asco y se tocó una sien con la mano.

—Leví Mateo —explicó el detenido con disposición—. Fue recaudador de contribuciones y me lo encontré por primera vez en un camino, en Bethphage, donde sale en ángulo una higuera, y nos pusimos a hablar. Primero me trató con hostilidad, incluso me insultó, mejor dicho, pensó que me insultaba llamándome perro —el detenido sonrió—. No veo nada malo en ese animal como para sentirse ofendido con su nombre.

El secretario dejó de escribir y miró con disimulo, pero no al detenido, sino al procurador.

—... Sin embargo, después de escucharme, empezó a ablandarse —seguía Joshuá—, por fin tiró el dinero al camino y dijo que iría a viajar conmigo...

Pilatos sonrió con un carrillo, descubriendo sus dientes amarillos y, volviendo todo su cuerpo hacia el secretario, dijo:

—¡Oh, ciudad de Jershalaím! ¡Lo que no se pueda oír aquí! Le oye, ¡un recaudador de contribuciones que tira el dinero al camino!

No sabiendo qué contestar, el secretario creyó oportuno imitar la sonrisa del procurador.

—Dijo que desde ese momento odiaba el dinero —explicó Joshuá la extraña actitud de Leví Mateo y añadió—: Desde entonces me acompaña.

Sin dejar de sonreír el procurador miró al detenido, luego al sol que subía implacable por las estatuas ecuestres del hipódromo que estaba lejos, a la derecha, y de pronto pensó con dolorosa angustia que lo más sencillo sería echar del balcón al extraño bandido, pronunciando solo tres palabras: «Que le ahorquen». También podría echar a la escolta, marcharse de la columnata al interior de palacio, ordenar que oscurecieran las ventanas. Tenderse en el triclinio, pedir agua fría, llamar con voz de queja a su perro Bangá y contarle lo de la hemicránea. Y de pronto, la idea del veneno pasó por la cabeza enferma del procurador, seduciéndole.

Miraba con ojos turbios al detenido y permanecía callado; le costaba trabajo recordar por qué estaba delante de él, bajo el implacable sol de Jershalaím, un hombre con la cara desfigurada por los golpes, y qué inútiles preguntas tendría que hacerle todavía.

—¿Leví Mateo? —preguntó el enfermo con voz ronca y cerró los ojos.

—Sí, Leví Mateo —le llegó a los oídos la voz aguda que le estaba atormentando.

—Pero ¿qué decías a la gente en el mercado?

La voz que contestaba parecía pincharle la sien a Pilatos, le causaba dolor. Esa voz decía:

—Decía, hegémono, que el templo de la antigua fe iba a derrumbarse y que surgiría el templo nuevo de la verdad. Lo dije de esta manera para que me comprendieran mejor.

—Vagabundo, ¿por qué confundías al pueblo en el mercado, hablando de la verdad, de la que no tienes ni idea? ¿Qué es la verdad?

El procurador pensó: ¡Oh, dioses! Le estoy preguntando cosas que no son necesarias en un juicio... Mi inteligencia ya no me sirve. Y de nuevo le pareció ver una copa con un líquido oscuro. Quiero envenenarme...

Otra vez se oyó la voz:

—La verdad está, en primer lugar, en que te duele la cabeza y te duele tanto, que cobardemente piensas en la muerte. No solo no tienes fuerzas para hablar conmigo, sino que te cuesta trabajo mirarme. Y ahora, involuntariamente, soy tu verdugo y esto me disgusta mucho. Ni siquiera eres capaz de pensar en algo y lo único que deseas es que venga tu perro, que es, por lo visto, el único ser al que tienes cariño. Pero tu tormento se acabará pronto, se te pasará el dolor de cabeza.

El secretario, sorprendido, se quedó mirando al detenido y no terminó de escribir una palabra.

Pilatos levantó los ojos de dolor hacia el detenido y vio el sol, bastante alto ya, sobre el hipódromo. Un rayo había penetrado en la columnata y se acercaba a las sandalias gastadas de Joshuá, que se apartaba del sol.

Entonces el procurador se levantó del sillón, se apretó la

cabeza con las manos y su cara afeitada y amarillenta se llenó de terror. Pudo aplastarlo con un esfuerzo de voluntad y se sentó de nuevo.

El detenido seguía su discurso. El secretario ya no escribía, con el cuello estirado como un ganso trataba de no perder una palabra.

—Ya ves, todo ha terminado —dijo el detenido, mirando a Pilatos con benevolencia—. Me alegro mucho. Te aconsejaría, hegémono, que abandonaras el palacio y fueras a dar un paseo a pie por los alrededores, por los jardines del monte El-Elión. La tormenta empezará... —el detenido se volvió mirando al sol con los ojos entornados— más tarde, al anochecer. El paseo te haría bien y yo te acompañaría con mucho gusto. Tengo unas ideas nuevas que creo que podrían interesarte; estoy dispuesto a exponértelas porque tengo la impresión de que eres una persona inteligente —el secretario se puso pálido como un muerto y dejó caer el rollo de pergamino. El detenido continuó hablando sin que le interrumpiera nadie—. Lo malo es que vives demasiado aislado y has perdido definitivamente la fe en los hombres. Reconoce que es insuficiente concentrar todo el cariño en un perro. Tu vida es pobre, hegémono —y el hombre se permitió esbozar una sonrisa.

El secretario pensaba si debía o no dar crédito a sus oídos. Pero parecía ser cierto. Trató de imaginarse qué forma concreta adquiriría la ira del impulsivo procurador tras oír tan inaudita impertinencia. No consiguió hacerse idea, aunque le conocía bien.

Se oyó entonces la voz cascada y ronca del procurador, que dijo en latín:

—Que le desaten las manos.

Un legionario de la escolta dio un golpe con la lanza, se la pasó a otro, se acercó y desató las cuerdas del preso. El secretario levantó el rollo; había decidido no escribir y no asombrarse por nada.

—Confiesa —dijo Pilatos en griego, bajando la voz—, ¿eres un gran médico?

—No, procurador, no soy médico —respondió el preso, frotándose con gusto las muñecas hinchadas y enrojecidas.

Pilatos miraba al preso de reojo. Le atravesaba con los ojos que ya no eran turbios, que habían recobrado las chispas de siempre.

—No te lo he preguntado —dijo Pilatos—, pero puede que conozcas el latín, ¿no?

—Sí, lo conozco —contestó el preso.

Las amarillentas mejillas de Pilatos se cubrieron de color y preguntó en latín:

—¿Cómo supiste que yo quería llamar al perro?

—Es muy fácil —contestó el detenido en latín—: movías la mano en el aire —el preso imitó el gesto de Pilatos— como si quisieras acariciarle, y los labios...

—Sí —dijo Pilatos.

Hubo un silencio. Luego Pilatos preguntó en griego:

—Entonces, ¿eres médico?

—No, no —dijo vivamente el detenido—; créeme, no soy médico.

—Bien, si quieres guardarlo en secreto, hazlo así. Esto no tiene nada que ver con el asunto que nos ocupa. ¿Aseguras que no has instigado a que derriben... o quemen, o destruyan el templo de alguna otra manera?

—Repito, hegémono, que no he provocado a nadie a hacer esas cosas. ¿Acaso parezco un loco?

—Oh, no, no pareces loco —contestó el procurador en voz baja, y sonrió con mordaz expresión—. Jura que no lo has hecho.

—¿Por qué quieres que jure? —se animó el preso.

—Aunque sea por tu vida —contestó el procurador—. Es el mejor momento, porque, para que lo sepas, tu vida pende de un hilo.

—¿No pensarás que tú la has colgado, hegémono? —preguntó el preso—. Si es así, estás muy equivocado.

Pilatos se estremeció, y respondió entre dientes:

—Yo puedo cortar ese hilito.

—También en eso estás equivocado —contestó el preso,

iluminándose con una sonrisa, mientras se protegía la cara del sol—. ¿Reconocerás que solo aquel que lo ha colgado puede cortar ese hilo?

—Ya, ya —dijo Pilatos, sonriente—. Ahora estoy seguro de que los ociosos mirones de Jershalaím te seguían los pasos. No sé quién te habrá colgado la lengua, pero lo ha hecho muy bien. A propósito, ¿es cierto que has entrado en Jershalaím por la Puerta de Susa, montando un burro y acompañado por un tropel de la plebe, que te aclamaba como a un profeta? —el procurador señaló el rollo de pergamino.

El preso miró sorprendido al procurador.

—Si no tengo ningún burro, hegémono. Es verdad, entré en Jershalaím por la Puerta de Susa, pero a pie y acompañado por Leví Mateo solamente, y nadie me gritó, porque entonces nadie me conocía en Jershalaím.

—¿No conoces a estos —seguía Pilatos sin apartar la vista del preso—: a un tal Dismás, a otro Gestás y a un tercero Bar-Rabbán?

—A estos buenos hombres no les conozco —contestó el detenido.

—¿Seguro?

—Seguro.

—Ahora, dime: ¿por qué siempre utilizas eso de «buenos hombres»? ¿Es que a todos les llamas así?

—Sí, a todos —contestó el preso—. No hay hombres malos en la tierra.

—Es la primera vez que lo oigo —dijo Pilatos, sonriendo—. ¡Puede ser que no conozca suficientemente la vida! Deja de escribir —dijo, volviéndose hacia el secretario, que había dejado de hacerlo hacía tiempo.

Se dirigió de nuevo al preso:

—¿Has leído algo de eso en un libro griego?

—No, he llegado a ello por mí mismo.

—¿Y lo predicas?

—Sí.

—Y el centurión Marco, llamado Matarratas, ¿también es bueno?

—Sí —contestó el preso—; pero es un hombre desgraciado. Desde que unos buenos hombres le desfiguraron la cara, se hizo duro y cruel. Me gustaría saber quién se lo hizo.

—Yo te lo puedo explicar con mucho gusto —contestó Pilatos—, porque fui testigo. Los buenos hombres se echaron sobre él como perros sobre un oso. Los germanos le sujetaron por el cuello, los brazos y las piernas. El manípulo de infantería fue cercado, y de no haber sido por la turma de caballería que yo dirigía, que atacó por el flanco, tú, filósofo, no podrías hablar ahora con Matarratas. Eso sucedió en la batalla de Idistaviso, en el Valle de las Doncellas.

—Si yo pudiera hablar con él —dijo de pronto el detenido con aire soñador—, estoy seguro de que cambiaría completamente.

—Me parece —respondió Pilatos— que le haría muy poca gracia al legado de la legión que tú hablaras con alguno de sus oficiales o soldados. Pero, afortunadamente, eso no va a suceder, porque el primero que se encargará de impedirlo seré yo.

En ese momento una golondrina penetró en la columna volando con rapidez, hizo un círculo bajo el techo dorado, casi rozó con sus alas puntiagudas el rostro de una estatua de cobre en un nicho y desapareció tras el capitel de una columna. Es posible que se le hubiera ocurrido hacer allí su nido.

Durante el vuelo de la golondrina, en la cabeza del procurador, ahora lúcida y sin confusión, se había formado el esquema de la actitud a seguir. El hegémono, estudiado el caso de Joshuá, el filósofo errante apodado Ga-Nozri, no había descubierto motivo de delito. No halló, por ejemplo, ninguna relación entre las acciones de Joshuá y las revueltas que habían tenido lugar en Jershalaím. El filósofo errante había resultado ser un enfermo mental y por ello el procurador no aprobaba la sentencia de muerte que pronunciara el Pequeño Sanhedrín. Pero teniendo en cuenta que los discursos irrazonables y utópicos de Ga-Nozri podían ocasionar disturbios en Jershalaím, lo recluiría en Cesarea de Estratón, en el mar Mediterráneo, es decir, donde el procurador tenía su residencia.

Solo quedaba dictárselo al secretario.

Las alas de la golondrina resoplaron sobre la cabeza del hegémono, el pájaro se lanzó hacia la fuente y salió volando. El procurador levantó la mirada hacia el preso y vio que un remolino de polvo se había levantado a su lado.

—¿Eso es todo sobre él? —preguntó Pilatos al secretario.

—No, desgraciadamente —dijo el secretario, alargando al procurador otro trozo de pergamino.

—¿Qué más? —preguntó Pilatos frunciendo el entrecejo.

Al leer lo que acababa de recibir cambió su expresión. Fue la sangre que afluyó a la cara y al cuello, o fue algo más, pero su piel perdió el matiz amarillento, se puso oscura y los ojos parecieron hundírsele en las cuencas.

Seguramente era cosa de la sangre que le golpeaba las sienes, pero el procurador sintió que se le turbaba la vista. Le pareció que la cabeza del preso se borraba y en su lugar aparecía otra. Una cabeza calva que tenía una corona de oro, de dientes separados. En la frente, una llaga redonda, cubierta de pomada, le quemaba la piel. Una boca hundida, sin dientes, con el labio inferior colgando. Le pareció a Pilatos que se borraban las columnas rosas del balcón y los tejados de Jershalaím, que se veían abajo, detrás del parque, y que todo se cubría del verde espeso de los jardines de Caprea. También le sucedió algo extraño con el oído: percibió el ruido lejano y amenazador de las trompetas y una voz nasal que estiraba con arrogancia las palabras: «La ley sobre el insulto de la majestad...».

Atravesaron su mente una serie de ideas breves, incoherentes y extrañas: ¡Perdido! Luego: ¡Perdidos! Y otra completamente absurda, sobre la inmortalidad; y aquella inmortalidad le producía una angustia tremenda.

Pilatos hizo un esfuerzo, se desembarazó de aquella visión, volvió con la vista al balcón y de nuevo se enfrentó con los ojos del preso.

—Oye, Ga-Nozri —habló el procurador mirando a Joshuá de manera extraña: su cara era cruel, pero sus ojos expresaban inquietud—, ¿has dicho algo sobre el gran César? ¡Contesta! ¿Has dicho? ¿O... no... lo has dicho? —Pilatos estiró la palabra «no» algo más de lo que se suele hacer en un juicio, e intentó transmitir con la mirada una idea a Joshuá.

—Es fácil y agradable decir la verdad —contestó el preso.

—No quiero saber —contestó Pilatos con una voz ahogada y dura— si te resulta agradable o no decir la verdad. Tendrás que decirla. Pero cuando la digas, piensa bien cada palabra, si no deseas la muerte, que sería dolorosa.

Nadie sabe qué le ocurrió al procurador de Judea, pero se permitió levantar la mano como protegiéndose del sol, y por debajo de la mano, como si fuera un escudo, dirigió al preso una mirada insinuante.

—Bien —decía—, contéstame: ¿conoces a un tal Judas de Kerioth y qué le has dicho, si es que le has dicho algo, sobre el César?

—Fue así —explicó el preso con disposición—: Anteanoche conocí junto al templo a un joven que dijo ser Judas, de la ciudad de Kerioth. Me invitó a su casa en la Ciudad Baja, y me convidó...

—¿Un buen hombre? —preguntó Pilatos, y un fuego diabólico brilló en sus ojos.

—Es un hombre muy bueno y curioso —afirmó el preso—. Manifestó un gran interés hacia mis ideas y me recibió muy amablemente...

—Encendió los candiles... —dijo el procurador entre dientes, imitando el tono del preso, mientras sus ojos brillaban.

—Sí —siguió Joshuá, algo sorprendido por lo bien informado que estaba el procurador—; solicitó mi opinión sobre el poder político. Esta cuestión le interesaba especialmente.

—Entonces, ¿qué dijiste? —preguntó Pilatos—. ¿O me vas a contestar que has olvidado tus palabras? —pero el tono de Pilatos no expresaba ya esperanza alguna.

—Dije, entre otras cosas —contaba el preso—, que cualquier poder es un acto de violencia contra el hombre y que llegará un día en el que no existirá ni el poder de los césares ni ningún otro. El hombre formará parte del reino de la verdad y la justicia, donde no es necesario ningún poder.

—¡Sigue!

—Después no dije nada —concluyó el preso—. Llegaron unos hombres, me ataron y me llevaron a la cárcel.

El secretario, tratando de no perder una palabra, escribía en el pergamino.

—¡En el mundo no hubo, no hay y no habrá nunca un poder más grande y mejor para el hombre que el poder del emperador Tiberio!

La voz cortada y enferma de Pilatos creció. El procurador miraba con odio al secretario y a la escolta.

—¡Y no serás tú, loco delirante, quien hable de él! —Pilatos gritó—: ¡Qué se vaya la escolta al balcón! —Y añadió, volviéndose hacia el secretario—: ¡Déjame solo con el detenido, es un asunto de Estado!

La escolta levantó las lanzas, sonaron los pasos rítmicos de sus cáligas con herraduras, y salió al jardín; el secretario les siguió.

Durante unos instantes el silencio en el balcón se interrumpía solamente por la canción del agua en la fuente. Pilatos observaba cómo crecía el plato de agua, cómo rebosaban sus bordes, para derramarse en forma de charcos.

El primero en hablar fue el preso.

—Veo que algo malo ha sucedido porque yo hablara con ese joven de Kerioth. Tengo el presentimiento, hegémono, de que le va a suceder algún infortunio y siento lástima por él.

—Me parece —dijo el procurador con sonrisa extraña— que hay alguien por quien deberías sentir mucha más lástima que por Judas de Kerioth; ¡alguien que lo va a pasar mucho peor que Judas!... Entonces, Marco Matarratas, el verdugo frío y convencido, los hombres que, según veo —el procurador señaló la cara desfigurada de Joshuá—, te han pegado por tus predicaciones, los bandidos Dismás y Gestás que mataron con sus secuaces a cuatro soldados, el sucio traidor Judas, ¿todos son buenos hombres?

—Sí —respondió el preso.

—¿Y llegará el reino de la verdad?

—Llegará, hegémono —contestó Joshuá convencido.

—¡No llegará nunca! —gritó de pronto Pilatos con una voz tan tremenda, que Joshuá se echó hacia atrás. Así gritaba Pilatos a sus soldados en el Valle de las Doncellas hacía muchos años: «¡Destrozadles! ¡Han cogido al *Gigante* Matarratas!».

Alzó más su voz ronca de soldado y gritó para que le oyeran en el jardín:

—¡Delincuente! ¡Delincuente! —luego, en voz baja, preguntó—: Joshuá Ga-Nozri, ¿crees en algunos dioses?

—Hay un Dios —contestó Joshuá— y creo en Él.

—Entonces, ¡rézale! ¡Rézale todo lo que puedas! Aunque... —la voz de Pilatos se cortó— esto tampoco ayudará. ¿Tienes mujer? —preguntó angustiado, sin comprender lo que le ocurría.

—No; estoy solo.

—Odiosa ciudad... —murmuró el procurador; movió los hombros como si tuviera frío y se frotó las manos como lavándoselas—. Si te hubieran matado antes de tu encuentro con Judas de Kerioth hubiera sido mucho mejor.

—¿Por qué no me dejas libre, hegémono? —pidió de pronto el preso con ansiedad—. Me parece que quieren matarme.

Pilatos cambió de cara y miró a Joshuá con ojos irritados y enrojecidos.

—¿Tú crees, desdichado, que un procurador romano puede soltar a un hombre que dice las cosas que acabas de decir? ¡Oh, dioses! ¿O te imaginas que quiero encontrarme en tu lugar? ¡No comparto tus ideas! Escucha: si desde este momento pronuncias una sola palabra o te pones al habla con alguien, ¡guárdate de mí! Te lo repito: ¡guárdate!

—¡Hegémono...!

—¡A callar! —exclamó Pilatos, y con una mirada furiosa siguió a la golondrina que entró de nuevo en el balcón—. ¡Qué vengan! —gritó.

Cuando el secretario y la escolta volvieron a su sitio, Pilatos anunció que aprobaba la sentencia de muerte del delincuente Joshuá Ga-Nozri, pronunciada por el Pequeño Sanhedrín, y el secretario apuntó las palabras de Pilatos.

Inmediatamente Marco Matarratas se presentó ante Pilatos. El procurador le ordenó que entregara al preso al jefe del servicio secreto y que le transmitiera la orden de que Ga-Nozri tenía que estar separado del resto de los condenados, y que a todos los soldados del servicio secreto se les prohibiera bajo castigo severísimo que hablaran con Joshuá o contestaran a sus preguntas.

Obedeciendo la señal de Marco, la escolta rodeó a Joshuá y se lo llevó del balcón.

Después llegó un hombre bien parecido, de barba rubia, con plumas de águila en el morrión, doradas y relucientes cabezas de león en el pecho, cubierto de chapas de oro el cinto de la espada, sandalias de suela triple con las cintas hasta la rodilla y un manto rojo echado sobre el hombro izquierdo. Era el legado que dirigía la legión.

El procurador le preguntó dónde se encontraba en aquel momento la cohorte de Sebástica. El legado comunicó que la cohorte había cercado la plaza delante del hipódromo, donde sería anunciada al pueblo la sentencia de los delincuentes.

El procurador dispuso que el legado destacara dos centurias de la cohorte romana. Una de ellas, dirigida por Matarratas, tendría que escoltar a los condenados, los carros con los utensilios para la ejecución y a los verdugos, en el viaje al monte Calvario, y una vez allí entrar en el cerco de arriba. Otra cohorte tenía que ser enviada inmediatamente al Calvario y formar el cerco. Con el mismo objeto, es decir, para guardar el monte, el procurador pidió al legado que destacase un regimiento de caballería auxiliar: el ala siria.

Cuando el legado abandonó el balcón, el procurador ordenó al secretario que invitara al palacio al presidente del Sanhedrín, a dos miembros del mismo y al jefe del servicio del templo de Jershalaím, pero añadió que le gustaría que la entrevista con ellos fuera concertada de tal manera que previamente tuviera la posibilidad de hablar a solas con el presidente.

La orden del procurador fue cumplida con rapidez y precisión, y el sol, que aquellos días abrasaba Jershalaím con un furor especial, no había llegado aún a su punto más alto, cuando en la terraza superior del jardín, entre dos elefantes de mármol blanco que guardaban la escalera, se encontraron el procurador y el que desempeñaba el cargo de presidente del Sanhedrín, el gran sacerdote de Judea José Caifás.

El jardín estaba en silencio. Pero al salir de la columnata a la soleada glorieta superior entre las palmeras —monstruosas patas de elefante—, el procurador vio todo el panorama del tan odiado Jershalaím: sus puentes colgantes, fortalezas y, lo más importante, un montón de mármol, imposible de describir, cubierto de escamas doradas de dragón en lugar de tejado —el templo de Jershalaím—. El procurador pudo percibir con su fino oído muy lejos, allí abajo, donde una muralla de piedra separaba las terrazas inferiores del jardín de la plaza de la ciudad, un murmullo sordo, sobre el que de vez en cuando se alzaban gritos o gemidos agudos.

El procurador comprendió que allá en la plaza se había reunido una enorme multitud, alborotada por las últimas revueltas de Jershalaím, que esperaba con impaciencia el veredicto. Los gritos provenían de los desasosegados vendedores de agua.

El procurador empezó por invitar al gran sacerdote al balcón, para resguardarse del calor implacable, pero Caifás se excusó con delicadeza, explicando que no podía hacerlo en vísperas de la fiesta. Pilatos cubrió su escasa cabellera con un capuchón e inició la conversación, que transcurrió en griego.

Pilatos dijo que había estudiado el caso de Joshuá Ga-Nozri y que aprobaba la sentencia de muerte.

Tres delincuentes estaban sentenciados a muerte y debían ser ejecutados en este mismo día: Dismás, Gestás y Bar-Rabbán, y además ese Joshuá Ga-Nozri. Los dos primeros intentaron incitar al pueblo a un levantamiento contra el César, habían sido prendidos por los soldados romanos y eran de la incumbencia del procurador; por consiguiente, no había lugar a discusión. Los dos últimos, Bar-Rabbán y Ga-Nozri, habían sido detenidos por las fuerzas locales y condenados por el Sanhedrín. De acuerdo con la ley y de acuerdo con la costumbre, uno de estos dos delincuentes tenía que ser liberado en honor a la gran fiesta de Pascua que empezaba aquel día. Por eso el procurador deseaba saber a quién de los dos delincuentes quería dejar en libertad el Sanhedrín, a Bar-Rabbán o a Ga-Nozri.

Caifás inclinó la cabeza indicando que la pregunta había sido comprendida, y contestó:

—El Sanhedrín pide que se libere a Bar-Rabbán.

El procurador sabía perfectamente cuál iba a ser la respuesta del gran sacerdote, pero quería dar a entender que aquella contestación provocaba su asombro.

Lo hizo con mucho arte. Se arquearon las cejas en su cara arrogante, y el procurador, en actitud muy sorprendida, clavó la mirada en los ojos del gran sacerdote.

—Reconozco que esta respuesta me sorprende —dijo el procurador suavemente—. Me temo que debe de haber algún malentendido.

Pilatos se explicó. El gobierno romano no atentaba en modo alguno contra el poder sacerdotal del país, el gran sacerdote tenía que saberlo perfectamente, pero en este caso era evidente que había una equivocación.

Realmente, los delitos de Bar-Rabbán y Ga-Nozri eran incomparables por su gravedad. Si el segundo, cuya debilidad mental saltaba a la vista, era culpable de haber pronunciado discursos absurdos en Jershalaím y algunos otros lugares, el primero era mucho más responsable. No solo se había permitido hacer llamamientos directos a una sublevación, sino que también había matado a un guardia mientras intentaban prenderle. Bar-Rabbán representaba un peligro mucho mayor que el que pudiera representar Ga-Nozri.

En virtud de todo lo dicho, el procurador pedía al gran sacerdote que revisara la decisión y dejara en libertad a aquel de los dos condenados que representara menos peligro, y este era, sin duda alguna, Ga-Nozri.

Caifás dijo en voz baja y firme que el Sanhedrín había estudiado el caso con mucho detenimiento y que comunicaba por segunda vez que quería la libertad de Bar-Rabbán.

—¿Pero cómo? ¿También después de mi gestión? ¿De la gestión del que representa al gobierno romano? Gran sacerdote, repítelo por tercera vez.

—Comunico por tercera vez que dejamos en libertad a Bar-Rabbán —dijo Caifás en voz baja.

Todo había terminado y no valía la pena seguir discutiendo. Ga-Nozri se iba para siempre y nadie podría calmar los horribles dolores del procurador, la única salvación era la muerte. Pero esta idea no fue lo que le sorprendió. Aquella angustia inexplicable que le invadiera cuando estaba en el balcón se había apoderado ahora de todo su ser. Intentó buscar una explicación y la que encontró fue bastante extraña. Tuvo la vaga sensación de que su conversación con el condenado quedó sin terminar, o que no le había escuchado hasta el final.

Pilatos desechó este pensamiento, que desapareció tan repentinamente como había surgido. Se fue, y su angustia quedó sin explicar, porque tampoco la explicaba la idea que relampagueó en su cerebro. «La inmortalidad..., ha llegado la inmortalidad...» ¿Quién iba a ser inmortal? El procurador no pudo comprenderlo, pero la idea de la misteriosa inmortalidad le hizo sentir frío en medio de aquel sol agobiante.

—Bien —dijo Pilatos—; así sea.

Entonces se volvió, abarcó con la mirada el mundo que veía y se sorprendió del cambio que había sufrido. Desapareció la mata cubierta de rosas, desaparecieron los cipreses que bordeaban la terraza superior, también el granate y una estatua blanca en medio del verde. En su lugar flotó una nube purpúrea, con algas que oscilaban y que empezaron a moverse hacia un lado, y con ellas se movió Pilatos. Ahora se le llevaba, asfixiándole y abrasándole, la ira más terrible, la ira de la impotencia.

—Me ahogo —pronunció Pilatos—. ¡Me ahogo!

Con una mano, fría y húmeda, tiró del broche del manto y este cayó sobre la arena.

—Se nota mucho bochorno, hay tormenta en algún sitio —contestó Caifás, sin apartar los ojos del rostro enrojecido del procurador, temiendo lo que estaba por llegar. «¡Qué terrible es el mes Nisán este año!»

—No —dijo Pilatos—, no es por el bochorno; me asfixio por estar junto a ti, Caifás —y añadió con una sonrisa, entornando los ojos—: Cuídate bien, gran sacerdote.

Brillaron los ojos oscuros del gran sacerdote y su cara expresó asombro con no menos habilidad que el procurador.

—¿Qué estoy oyendo, procurador? —dijo Caifás digno y tranquilo—. ¿Me amenazas después de una sentencia aprobada por ti mismo? ¿Será posible? Estamos acostumbrados a que el procurador romano escoja las palabras antes de pronunciarlas. ¿No nos estará escuchando alguien, hegémono?

Pilatos miró con ojos muertos al gran sacerdote y enseñó los dientes, esbozando una sonrisa.

—¡Qué cosas dices, gran sacerdote! ¿Quién crees tú que nos puede oír aquí? ¿Es que me parezco al joven vagabundo alienado que hoy van a ejecutar? ¿Acaso crees que soy un chiquillo? Sé muy bien lo que digo y dónde. Está cercado el jardín, está cercado el palacio, ni un ratón puede penetrar por una rendija. No solo un ratón, sino ese... ¿cómo se llama?... de la ciudad de Kerioth. Pues si... si penetrara aquí lo sentiría con toda su alma, ¿me crees, Caifás? Pues acuérdate, gran sacerdote, ¡desde este momento no tendrás ni un minuto de paz! Ni tú ni tu pueblo —y Pilatos señaló hacia la derecha, donde a lo lejos, en lo alto, ardía el templo—. ¡Te lo digo yo, Poncio Pilatos, jinete lanza de oro!

—¡Lo sé, lo sé! —respondió intrépido Caifás, y sus ojos brillaron. Alzó las manos hacia el cielo, y siguió—: El pueblo de Judea sabe que tú le odias ferozmente y que le harás mucho mal, ¡pero no podrás ahogarlo! ¡Dios le guardará! ¡Ya nos oirá el César omnipotente y nos salvará del funesto Pilatos!

—¡Oh, no! —exclamó Pilatos, y cada palabra le hacía sentirse más aliviado: ya no tenía que fingir, no tenía que medir las palabras—. ¡Te has quejado al César de mí demasiadas veces, Caifás, y ha llegado mi hora! Ahora mandaré la noticia y no a Antioquía, ni a Roma, sino directamente a Caprea, al mismo emperador, la noticia de que en Jershalaím guardáis de la muerte a los más grandes rebeldes. Y no será con agua del lago de Salomón, como quería hacer para vuestro bien, con lo que saciaré la sed de Jershalaím. ¡No! ¡No será con agua! ¡Acuérdate de cómo por vuestra culpa tuve que arrancar de las paredes los escudos con la efigie del emperador, trasladar a los soldados, cómo tuve que venir aquí para ver qué ocurría! ¡Acuérdate de mis palabras!: verás en Jershalaím más de una cohorte, ¡muchas más! Toda la legión Fulminante, acudirá la caballería árabe. ¡Entonces oirás amargos llantos y gemidos! ¡Entonces te acordarás del liberado Bar-Rabbán, y te arrepentirás de haber mandado a la muerte al filósofo de las predicaciones pacíficas!

La cara del gran sacerdote se cubrió de manchas, sus ojos ardían. Al igual que el procurador, sonrió enseñando los dientes, y contestó:

—¿Crees, procurador, en lo que estás diciendo? ¡No, no lo crees! No es paz, no es paz lo que ha traído a Jershalaím ese cautivador del pueblo, y tú, jinete, lo comprendes perfectamente. ¡Querías soltarle para que sublevara al pueblo, injuriara nuestra religión y expusiera al pueblo a las espadas romanas! Pero yo, gran sacerdote de Judea, mientras esté vivo ¡no permitiré que se humille la religión y protegeré al pueblo! ¿Oyes, Pilatos? —y Caifás levantó la mano con un gesto amenazador—. ¡Escucha, procurador!

Caifás dejó de hablar y el procurador oyó de nuevo el ruido del mar, que se acercaba a las mismas murallas del jardín de Herodes el Grande. El ruido subía desde los pies del procurador hasta su rostro. A sus espaldas, en las alas del palacio, se oían las señales alarmantes de las trompetas, el ruido pesado de cientos de pies, el tintineo metálico. El procurador comprendió que era la infantería romana que ya estaba saliendo, según su orden, precipitándose al desfile, terrible para los bandidos y rebeldes.

—¿Oyes, procurador? —repitió el gran sacerdote en voz baja—. ¿No me dirás que todo esto —Caifás alzó los brazos y la capucha oscura se cayó de su cabeza— lo ha provocado el miserable bandido Bar-Rabbán?

El procurador se secó la frente fría y mojada con el revés

de la mano, miró al suelo, luego levantó los ojos entornados hacia el cielo y vio que el globo incandescente estaba casi sobre su cabeza y que la sombra de Caifás parecía encogida junto a la cola del caballo. Luego dijo en voz baja e indiferente:

—Se acerca el mediodía. Nos hemos distraído con la charla y es hora de continuar.

Se excusó elegantemente ante el gran sacerdote, le invitó a que le esperara sentado en un banco a la sombra de las magnolias, mientras él llamaba al resto de las personalidades, necesarias para una última y breve reunión y daba una orden, referida a la ejecución.

Caifás se inclinó finamente, con la mano apretada al corazón, y se quedó en el jardín; Pilatos volvió al balcón. Dijo al secretario que invitara al jardín al legado de la legión, al tribuno de la cohorte, a dos miembros del Sanhedrín y al jefe de la guardia del templo, que esperaban a que se les avisara en un templete redondo de la terraza inferior. Añadió que él mismo saldría enseguida al jardín y se dirigió al interior del palacio.

Mientras el secretario preparaba la reunión, el procurador tuvo una entrevista con un hombre cuya cara estaba medio cubierta por un capuchón, aunque en la habitación, con las cortinas echadas, no entraba ni un rayo de sol que pudiera molestarle. La entrevista fue muy breve. El procurador le dijo unas palabras en voz baja y el hombre se retiró. Pilatos fue al jardín, pasando por la columnata.

Allí, en presencia de todos aquellos que quería ver, anunció con aire solemne y reservado que corroboraba la sentencia de muerte de Joshuá Ga-Nozri y preguntó oficialmente a los miembros del Sanhedrín a cuál de los dos delincuentes pensaban dar libertad. Al oír que era Bar-Rabbán, el procurador dijo:

—Muy bien.

Ordenó al secretario que anotara enseguida todo en el acta, apretó con la mano el broche que el secretario levantara de la arena y dijo con solemnidad:

—¡Es la hora!

Los presentes bajaron por la ancha escalera de mármol

entre paredes de rosas que despedían un olor mareante y se acercaron al muro del jardín, a la puerta que daba a una gran plaza llana, al fondo de la cual se veían las columnas y estatuas del hipódromo.

Al salir del jardín todo el grupo subió a un estrado de piedra que dominaba la plaza. Pilatos, mirando alrededor con los ojos entornados, se dio cuenta de la situación.

El espacio que acababa de recorrer, es decir, desde el muro del palacio hasta el estrado, estaba vacío, pero delante de Pilatos no podía ver la plaza: la multitud se la había tragado. Hubiera llenado todo el espacio vacío y el mismo estrado si no fuera por la triple fila de soldados de la Sebástica, que se encontraban a mano izquierda de Pilatos, y los soldados de la cohorte auxiliar Itúrea, que contenían a la muchedumbre por la derecha.

Pilatos subió al estrado, apretando en la mano el broche innecesario y entornando los ojos. No lo hacía porque el sol le quemara, no. Sin saber por qué, no quería ver al grupo de condenados, que, como bien sabía, no tardarían en subir al estrado.

En cuanto el manto blanco forrado de rojo sangre apareció en lo alto de la roca de piedra sobre el borde de aquel mar humano, el invidente Pilatos sintió una ola de ruido que le golpeó los oídos: «Ga-a-a». Nació a lo lejos, junto al hipódromo, primero en tono bajo, luego se hizo atronante y después de sostenerse varios instantes empezó a descender. Me han visto, pensó el procurador. La ola no se había apagado del todo cuando empezó a crecer otra vez, subió más que la primera y, como en las olas del mar surge la espuma, se levantó un silbido y unos aislados gemidos de mujer. Es que les han hecho subir al estrado, pensó Pilatos; los gemidos provienen de varias mujeres que ha aplastado la multitud al echarse hacia adelante.

Esperó un rato, sabiendo que no hay fuerza capaz de acallar una muchedumbre, que es necesario que exhale todo lo que tenga dentro y se calle por sí misma.

Cuando llegó este momento, el procurador levantó su mano derecha y el último murmullo cesó.

Entonces Pilatos aspiró todo el aire caliente que pudo, y gritó; su voz cortada voló por encima de miles de cabezas:

—¡En nombre del César emperador!...

Varias veces le golpeó los oídos el grito agudo y repetido: en las cohortes, alzando las lanzas y los emblemas, gritaron los soldados con voces terribles:

—¡¡Viva el César!!

Pilatos levantó la cabeza hacia el sol. Bajo sus párpados se encendió un fuego verde que hizo arder su cerebro, y sobre la muchedumbre volaron las roncas palabras arameas:

—Los cuatro malhechores, detenidos en Jershalaím por crímenes, instigación al levantamiento, injurias a las leyes y a la religión, han sido condenados a una ejecución vergonzosa: ¡a ser colgados en postes! Esta ejecución se va a efectuar ahora en el monte Calvario. Los nombres de los delincuentes son: Dismás, Gestás, Bar-Rabbán y Ga-Nozri. ¡Aquí están!

Pilatos señaló con la mano, sin mirar a los delincuentes, pero sabiendo con certeza que estaban en su sitio.

La multitud respondió con un largo murmullo que parecía de sorpresa o de alivio. Cuando se apagó el murmullo, Pilatos prosiguió:

—Pero serán ejecutados nada más que tres, porque, según la ley y la costumbre, en honor a la fiesta de Pascua, a uno de los condenados, elegido por el Pequeño Sanhedrín y aprobado por el poder romano, ¡el magnánimo César emperador le devuelve su despreciable vida!

Pilatos gritaba y al mismo tiempo advertía cómo el murmullo se convertía en un gran silencio.

Ni un suspiro, ni un ruido llegaba a sus oídos, y por un momento a Pilatos le pareció que todo lo que le rodeaba había desaparecido. La odiada ciudad había muerto, y él estaba solo, quemado por los rayos que caían de plano, con la cara levantada hacia el cielo. Pilatos mantuvo el silencio unos instantes y luego gritó:

—El nombre del que ahora va a ser liberado es...

Hizo una pausa antes de pronunciar el nombre, recordando si había dicho todo lo que quería, porque sabía que la ciudad muerta iba a resucitar al oír el nombre del afortunado y después no escucharía ni una palabra más.

¿Es todo?, se preguntó Pilatos. Todo. El nombre.

Y haciendo rodar la «r» sobre la ciudad en silencio, gritó:

—¡Bar-Rabbán!

Le pareció que el sol había explotado con un estrépito y le había llenado los oídos de fuego. En este fuego se revolvían aullidos, gritos, gemidos, risas y silbidos.

Pilatos se volvió hacia atrás y se dirigió hacia las escaleras, pasando por el estrado sin mirar a nadie, con la vista fija en los coloreados mosaicos que tenía bajo sus pies, para no tropezar. Sabía que a sus espaldas, sobre el estrado, estaba cayendo una lluvia de monedas de bronce y de dátiles y que entre la muchedumbre que aullaba, los hombres, aplastándose, se encaramaban unos sobre otros para ver con sus propios ojos el milagro: cómo un hombre que ya estaba en manos de la muerte se había liberado de ella; cómo le desataban, causándole un agudo dolor en las manos dislocadas durante los interrogatorios, y cómo él, haciendo muecas y gimiendo, esbozaba una sonrisa loca e inexpresiva.

Sabía que al mismo tiempo la escolta conducía a los otros tres por las escaleras laterales, hacia el camino que llevaba al oeste, fuera de la ciudad, al monte Calvario. Solo cuando estaba detrás del estrado, Pilatos abrió los ojos sabiendo que ya estaba fuera de peligro: ya no podía ver a los condenados.

Al lamento de la multitud, que empezaba a calmarse, se unían los gritos estridentes de los heraldos, que repetían, uno en griego y otro en arameo, lo que había dicho el procurador desde el estrado. A sus oídos llegó el redoble de las pisadas de los caballos que se aproximaban y el sonido de una trompeta que gritaba algo breve y alegre. Les respondió el silbido penetrante de los chiquillos que estaban sobre los tejados de las casas en la calle que conducía del mercado a la plaza del hipódromo, y un grito: «¡Cuidado!».

Un soldado, solitario en el espacio liberado de la plaza, agitó asustado su emblema. El procurador, el legado de la legión, el secretario y la escolta se pararon. El ala de caballería, con el trote cada vez más suelto, irrumpía en la plaza para atravesarla evitando el gentío y seguir por la calleja junto a un muro de piedra cubierto de parra, por el camino más corto hacia el monte Calvario.

Un hombrecillo pequeño como un chico, moreno como un mulato, el comandante del ala siria, trotaba en su caballo, y al pasar junto a Pilatos gritó algo con voz aguda y desenvainó su espada. Su caballo, mojado, negro y feroz, viró hacia un lado y se encabritó. Guardando la espada, el comandante le pegó en el cuello con un látigo, lo enderezó y siguió su camino por la calleja, pasando al galope. Detrás de él, en filas de a tres, cabalgaban los jinetes envueltos en una nube de polvo. Saltaron las puntas de las ligeras lanzas de bambú. El procurador vio pasar junto a él los rostros que parecían todavía más morenos bajo los turbantes, con los dientes relucientes descubiertos en alegres sonrisas.

Levantando el polvo hasta el cielo, el ala irrumpió en la calleja, y Pilatos vio pasar al último soldado con una trompeta ardiente a sus espaldas.

Protegiéndose del polvo con la mano y con una mueca de disgusto, Pilatos siguió su camino hacia la puerta del jardín del palacio; le acompañaban el legado, el secretario y la escolta.

Eran cerca de las diez de la mañana.

3

La séptima prueba

—Sí, eran casi las diez de la mañana, respetable Iván Nikoláyevich —dijo el profesor.

El poeta se frotó la cara con la mano, como si acabara de despertar, y observó que ya había caído la tarde sobre Los Estanques. Una barca ligera se deslizaba por el agua, ya en sombra, y se oía el chapoteo de los remos y las risas de una ciudadana. Los bancos de los bulevares se habían ido poblando, pero siempre en los otros tres lados del cuadrado, dejando solos a nuestros conversadores.

El cielo de Moscú estaba descolorido, la luna llena todavía no era dorada, sino muy blanca. Se respiraba mejor y sonaban mucho más suaves las voces bajo los tilos: eran voces nocturnas.

¡Cómo se pasó el tiempo!... Y nos ha largado toda una historia, pensó Desamparado. ¡Si es casi de noche!... A lo mejor no ha contado nada. ¿No lo habré soñado?

Tenemos que suponer que realmente el profesor les había contado todo aquello, de otro modo habríamos de admitir que Berlioz había soñado lo mismo, porque, mirando fijamente al extranjero, dijo:

—Su relato es extraordinariamente interesante, profesor, pero no coincide ni lo más mínimo con el Evangelio.

—¡Por favor! —contestó el profesor con una sonrisa condescendiente—. Usted sabe mejor que nadie que todo lo que se dice en los Evangelios no fue nunca realidad, y si cita-

mos el Evangelio como fuente histórica... —sonrió de nuevo.
Y Berlioz se quedó de piedra, porque precisamente era eso lo
que él había dicho a Desamparado mientras pasaban por la
Brónnaya en su camino hacia Los Estanques del Patriarca.

—Eso es verdad —respondió Berlioz—. Pero sospecho
que nadie podrá confirmar la veracidad de todo lo que usted
ha dicho.

—¡Oh, no! ¡Esto hay quien lo confirma! —dijo el profesor muy convencido, hablando repentinamente en un ruso
macarrónico. Les invitó con cierto aire de misterio a acercarse más.

Se aproximaron uno por cada lado, y, sin ningún acento
(porque tan pronto lo tenía como no; el diablo sabrá por
qué), les dijo:

—Verán ustedes, lo que pasa es que... —el profesor miró
en derredor atemorizado y continuó en voz muy baja— yo lo
presencié personalmente. Estuve en el balcón de Poncio Pilatos y en el jardín cuando hablaba con Caifás, y en el patíbulo,
de incógnito, naturalmente, y les ruego que no digan nada a
nadie. Es un secreto... ¡pchss!

Hubo un silencio. Berlioz palideció.

—Y usted... usted... ¿cuánto tiempo hace que está en
Moscú? —preguntó con voz temblorosa.

—Acabo de llegar hace un instante —dijo desconcertado
el profesor. Entonces, por primera vez, nuestros amigos se fi-
jaron en sus ojos y llegaron al convencimiento de que el ojo
izquierdo, el verde, era de un loco de remate, y el derecho,
negro y muerto.

Bueno, me parece que aquí está la explicación, pensó Berlioz con pánico. Es un alemán recién llegado que
está loco o que le ha dado la chifladura ahora mismo ¡Vaya
broma!

Efectivamente, todo se había aclarado; el extrañísimo desayuno con el difunto filósofo Kant, la estúpida historia del
aceite de girasol y Anushka, los propósitos sobre la decapita-
ción y todo lo demás: el profesor estaba rematadamente loco.

Berlioz reaccionó enseguida y decidió lo que había que

hacer. Apoyándose en el respaldo del banco y por detrás del profesor, empezó a gesticular para dar a entender a Desamparado que no llevara la contraria. Pero el poeta, que estaba completamente anonadado, no entendió sus señales.

—Sí, sí —decía Berlioz exaltado—, todo eso puede ser posible... muy posible. Pilatos, el balcón y todo lo demás... Dígame, ¿ha venido solo o con su esposa?

—Solo, solo; siempre estoy solo —respondió el profesor con amargura.

—¿Y dónde esta su equipaje, profesor? —preguntó Berlioz con tacto—, ¿en El Metropol? ¿Dónde se ha hospedado?

—¿Yo...? En ningún sitio —respondió el desquiciado alemán, recorriendo Los Estanques con su ojo verde angustiado y lleno de terror.

—¿Cómo? Y... ¿dónde piensa vivir?

—En su casa —dijo con desenfado el demente guiñando el ojo.

—Por mí... encantado —balbuceó Berlioz—, pero me temo que no se va a encontrar muy cómodo. El Metropol tiene apartamentos estupendos. Es un hotel de primera clase...

—Y el diablo, ¿tampoco existe? —preguntó de repente el enfermo, en un tono jovial.

—Tampoco...

—¡No discutas! —susurró Berlioz, gesticulando ante la espalda del profesor.

—¡Claro que no! ¡No hay ningún diablo! —gritó de todos modos Iván Nikoláyevich, desconcertado con tanto lío—. ¡Pero qué castigo! ¡Y apriétese los tornillos!

El demente soltó una carcajada tan ruidosa que de los tilos escapó volando un gorrión.

—Decididamente esto se pone interesante.

Decía el profesor temblando de risa.

—Vaya, vaya, resulta que para ustedes no existe nada de nada —dejó de reírse y como suele suceder en los enfermos mentales, cambió de humor repentinamente.

Gritó irritado:

—Conque no existe, ¿eh?

—Tranquilícese, por favor, tranquilícese —balbuceaba Berlioz, temiendo exasperarle—. Por favor, espéreme aquí un minuto con el camarada Desamparado mientras voy a hacer una llamada ahí a la vuelta. Y luego le acompañamos donde usted quiera; como no conoce la ciudad...

Hay que reconocer que el plan de Berlioz era acertado: lo primero era encontrar un teléfono público y comunicar inmediatamente a la Sección de Extranjeros algo parecido a que el consejero recién llegado estaba en Los Estanques en un estado evidentemente anormal. Y habría que tomar las debidas precauciones, porque todo aquello era una cosa disparatada y bastante desagradable.

—¿Quiere llamar? Muy bien, pues llame... —dijo con tristeza el enfermo, y suplicó exaltado—: Pero, por favor, antes de que se vaya, créame, el diablo existe. Es lo único que le pido. Escúcheme bien; existe una séptima prueba que es la más convincente de todas. Ahora mismo se les va a presentar.

—Sí, sí, naturalmente —asentía Berlioz muy cariñoso y guiñándole el ojo al pobre poeta, que no le veía la gracia a quedarse vigilando al demente, se dirigió hacia la salida de Los Estanques, que está en la esquina de la calle Brónnaya y la Yermoláyevski.

El profesor se sosegó y pareció volver a la normalidad.

—¡Mijaíl Alexándrovich! —gritó a espaldas de Berlioz.

El jefe de redacción se volvió, sacudido por un estremecimiento, y pensó para tranquilizarse que su nombre y su patronímico también podía haberlos sacado de algún periódico.

Poniendo las manos a manera de altavoz, el profesor volvió a gritar:

—Con su permiso voy a decir que pongan un telegrama a su tío de Kíev.

Berlioz no pudo evitar otra sacudida. ¿De dónde sabría el loco lo del tío de Kíev? Porque por un periódico no, desde luego. ¿Y si Desamparado tuviera razón? ¿Y si los documentos son falsos? ¡Qué sujeto más extraño!... ¡Al teléfono, hay que telefonear rápidamente! Lo aclararán enseguida.

Berlioz, sin escuchar nada más, echó a correr.

En aquel momento, y junto a la salida de la calle Brónnaya, se levantó de un banco y salió a su encuentro el mismo ciudadano que surgiera del calor abrasador. Pero ahora ya no era de aire, sino normal, de carne y hueso y, a la luz del crepúsculo, Berlioz divisó con claridad que su pequeño bigote era como dos plumas de gallina, los ojos diminutos, irónicos y abotargados. El pantaloncito de cuadros tan corto que se le veían unos calcetines blancos y sucios.

Mijaíl Alexándrovich retrocedió, pero le calmó la idea de que podía ser una simple coincidencia y que, fuera lo que fuera, no era momento de pensarlo.

—¿Busca el torniquete? —inquirió el tipo de los cuadros con voz cascada—. Por aquí, por favor. Siga derecho, que llegará donde va. ¿Y no me daría algo por la ayudita para echar un trago? ¡Está más averiao el ex chantre!...

Y se quitó la gorra de un golpe, haciendo muchos visajes.

Berlioz, sin escuchar al pedigüeño y remilgado chantre, corrió al torniquete y lo agarró con la mano. Lo hizo girar y ya estaba dispuesto a pasar sobre la vía, cuando una luz roja y blanca le cegó los ojos; se había encendido la señal: «¡Cuidado con el tranvía!».

El tranvía apareció inmediatamente, girando por la línea recién construida de la calle Yermoláyevski a la Brónnaya. De pronto, al volver y salir en línea recta, se encendió dentro la luz eléctrica; el tranvía dio un tremendo alarido y aceleró la marcha.

El prudente Berlioz, aunque estaba fuera de peligro, decidió volver a protegerse detrás de la barra; cogió el torniquete y dio un paso atrás. Se le escurrió la mano y soltó la barra. Se le resbaló un pie hacia la vía, deslizándose por los adoquines como si fueran de hielo; con el otro levantado, el traspiés le derrumbó sobre las vías.

Cayó boca arriba, golpeándose ligeramente la nuca. Aún tuvo tiempo de ver —no supo si a la izquierda o a la derecha— la áurea luna. Se volvió bruscamente, encogió las piernas y se encontró con el pañuelo rojo, la cara de horror, completamente blanca, de la conductora del tranvía que se le aproximaba inexorablemente. Berlioz no gritó, pero la calle estalló en chillidos de mujeres aterrorizadas.

La conductora tiró del freno eléctrico, el tranvía clavó el morro en los adoquines, dio un respingo y saltaron las ventanillas en medio de un estruendo de cristales rotos.

En la mente de Berlioz alguien lanzó un grito desesperado: «¿Será posible?» De nuevo y por última vez, apareció la luna, pero quebrándose ya en pedazos. Luego vino la oscuridad.

El tranvía cubrió a Berlioz. Algo oscuro y redondo saltó contra la reja del parque, resbaló después por la pequeña pendiente que separa aquel de la Avenida, para acabar rodando, brincando sobre los adoquines, a lo largo de la calzada.

Era la cabeza de Berlioz.

4

La persecución

Se calmaron los gritos histéricos de las mujeres, dejaron de sonar los silbatos de los milicianos; aparecieron dos ambulancias: una se llevó el cuerpo decapitado y la cabeza al depósito de cadáveres; la otra, a la hermosa conductora, herida por los cristales rotos. Los barrenderos, con delantales blancos, barrieron los restos de cristales y taparon con arena los charcos de sangre.

Iván Nikoláyevich se derrumbó en un banco antes de llegar al torniquete y allí se quedó. Trató de incorporarse varias veces, pero las piernas no le obedecían: sufría algo parecido a una parálisis.

El poeta había corrido hacia el torniquete cuando oyó el primer grito y vio la cabeza, dando saltitos por la calle. No pudo soportar lo que veía y cayó en el banco mareado. Se mordió una mano hasta hacerse sangre. Por supuesto, se había olvidado del demente, preocupándose solo de entender lo ocurrido: ¿Cómo era posible? Acababa de hablar con Berlioz y en un instante... una cabeza.

Unos cuantos hombres, horrorizados, corrían por el bulevar y pasaban casi rozando al poeta, pero él no oía sus palabras. Dos mujeres se encontraron junto a él y una de ellas, de nariz afilada y cabeza descubierta, gritó a la otra por encima de la oreja del poeta:

—... ¡Anushka, nuestra Anushka! ¡La de la calle Sadóvaya! Son cosas suyas... ¡Fíjate que compra aceite de girasol en la tienda y que al pasar por el torniquete va y se le rompe la botella! ¡Imagínate!, toda la falda hecha una porquería y ella, ¡hala!, venga a decir palabrotas... ¡y ese pobrecito que se resbala y a la vía...!

De todo lo que gritó aquella mujer, el cerebro dañado de Iván Nikoláyevich solo pudo retener una palabra: Anushka.

—¿Anushka?... ¡Anushka! —balbuceó el poeta mirando inquieto en derredor—, pero si...

A la palabra Anushka pudo añadir después otras cuantas: «Aceite de girasol» y luego, sin saber por qué, «Poncio Pilatos». Desechó a Pilatos y siguió ordenando la cadena que empezara con la palabra Anushka. Llegó enseguida al profesor.

¿Pero cómo...? Dijo que la reunión no tendría lugar porque Anushka había vertido el aceite. Y mira por dónde no habrá reunión. Bueno, todavía más: dijo exactamente que sería una mujer quien le cortara la cabeza y resulta que la que conducía el tranvía era una mujer. Pero bueno, ¿qué es esto?

Estaba claro. No, no podía quedar la menor duda. El misterioso consejero sabía de antemano el hecho siniestro de la muerte de Berlioz. Dos ideas atravesaron el cerebro del poeta. La primera fue: no tiene nada de loco, eso es una tontería, y la segunda: ¿no lo habrá tramado todo él mismo? Pero ¿cómo? ¡Ah! Esto no va a quedar así. Ya lo averiguaremos.

Haciendo un tremendo esfuerzo, Iván Nikoláyevich se incorporó lanzándose hacia donde estuviera hablando con el profesor. Felizmente aquel no se había ido.

Los faroles de la Brónnaya estaban encendidos y sobre Los Estanques brillaba una luna dorada. Y así, a la luz de la luna, siempre ilusoria, le pareció que lo que el hombre llevaba bajo el brazo no era un bastón, sino una espada.

El «metomentodo» ex chantre estaba precisamente en el mismo sitio donde había estado hacía muy poco Iván Nikoláyevich. Se había colocado en la nariz unos impertinentes del todo innecesarios a los que le faltaba un cristal y que tenían el otro partido. Ahora, el ciudadano de los cuadros tenía un aspecto todavía más repulsivo que cuando indicara a Berlioz el camino hacia la vía.

Iván, con el corazón encogido, se acercó al profesor y comprendió, mirándole de frente, que su cara no traslucía el menor indicio de locura. Ni antes ni ahora.

—¡Confiese de una vez! ¿Quién es usted? —preguntó con voz sorda.

El extranjero frunció el entrecejo, miró al poeta como si le viera por primera vez y contestó con hostilidad:

—No comprender... Hablar... Ruso...

—Es que no entiende —se metió el chantre desde el banco, aunque nadie le había pedido que explicara las palabras del forastero.

—¡No disimule! —dijo Iván Nikoláyevich amenazador, y tuvo una sensación de frío en el estómago—, le he oído hablar ruso perfectamente. No es usted alemán, ni profesor. ¡Usted lo que es es un asesino y un espía! ¡Entrégueme sus documentos! —gritó furioso.

El misterioso profesor torció con desprecio la boca —ya de por sí bastante torcida— y se encogió de hombros.

—¡Ciudadano! —intervino de nuevo el detestable chantre— ¿No ve que está poniendo nervioso al turista? ¡Ya le pedirán cuentas!

Y el sospechoso profesor, con un gesto arrogante, le volvió la espalda y se alejó. Iván se encontró desarmado y se dirigió muy exaltado al chantre:

—¡Oiga, por favor! ¡Ayúdeme a detener a ese delincuente! ¡Tiene usted el deber de hacerlo!

El chantre, animándose sobremanera e incorporándose de un salto, gritó:

—¿Qué delincuente? ¿Dónde está? ¿Un delincuente extranjero? —Le bailaban los ojillos de alegría—. ¿Era ese? Pues si es un delincuente, lo primero es ponerse a gritar «socorro». O si no, se larga. ¡Venga!, vamos a gritar a la vez —y abrió el hocico.

El desconcertado Iván, haciendo caso al chantre burlón,

gritó «¡socorro!», pero el otro no dijo nada. Le había tomado el pelo.

El grito solitario y ronco de Iván no dio un resultado positivo. Dos damiselas saltaron hacia un lado y el poeta pudo oír con claridad: «borracho».

—¿De modo que te pones de su parte? —gritó Iván furibundo—. ¿Te vas a reír de mí? ¡Déjame pasar!

Iván se lanzó a la derecha y el chantre también; Iván a la izquierda y el canalla también.

—Pero ¿qué?, ¿te atraviesas a propósito? —gritó Iván enfurecido—, ¡te voy a entregar a las milicias!

Trató de asir al granuja por la manga, pero no cogió más que aire, como si al chantre se le hubiera tragado la tierra.

Iván se quedó con la boca abierta de asombro, miró en derredor y vio a lo lejos al odioso desconocido que se encontraba ya junto a la salida a la travesía del Patriarca, y además no estaba solo. El más que sospechoso chantre tuvo tiempo de alcanzar al profesor. Pero eso no era todo. Había un tercero en el grupo: un gato surgido de no se sabe dónde. El gato era enorme, como un cebón, negro como el hollín o como un grajo, y con un bigote desafiante como el de los militares de caballería. Los tres se dirigían hacia la calle y el gato andaba sobre las patas traseras.

Iván se precipitó tras los maleantes, aunque enseguida comprendió que iba a ser muy difícil darles alcance.

Los tres pasaron la travesía en un momento y salieron a la calle Spiridónovka. Iván aligeraba el paso, pero a pesar de ello la distancia entre él y sus perseguidos no se acortaba. Antes de que el poeta tuviera tiempo de reaccionar se encontró, después de abandonar aquella tranquila calle, en la plaza Nikítskaya, donde su situación empeoró. Había bastante aglomeración y, además, la pandilla de granujas decidió utilizar el truco preferido por los bandidos: huir a la desbandada.

El chantre se escabulló subiendo ligero a un autobús que pasaba por la plaza de Arbat. Al perder de vista a uno de los del grupo, Iván concentró su atención en el gato; el extraño animal se había acercado al estribo del tranvía «A» que estaba en la parada, había empujado con insolencia a una mujer que dio un grito, agarrándose a la barandilla e incluso tratando de alargarle a la cobradora una moneda de diez kopeks a través de la ventanilla abierta por el calor.

El comportamiento del gato impresionó de tal manera a Iván que se quedó inmóvil junto a la tienda de comestibles de la esquina. Pero aún le impresionó más la actitud de la cobradora, que al darse cuenta de que el gato se metía en el tranvía, temblando de rabia, gritó:

—¡Los gatos no pueden subir! ¡Que no se puede entrar con gatos! ¡Zape! ¡O te bajas, o llamo a las milicias!

Pero a la cobradora, como a los pasajeros, les pasó inadvertido lo esencialmente asombroso, porque, al fin y al cabo, lo de menos era que un gato subiera al tranvía, pero es que este gato ¡había intentado pagar!

El gato resultó ser no solo un animal solvente, sino también muy disciplinado. Al primer bufido de la cobradora interrumpió su discusión descolgándose del estribo para irse a sentar en la parada, mientras se frotaba los bigotes con la moneda. Pero cuando la cobradora tiró de la cuerda y el tranvía se puso en marcha, el gato hizo lo mismo que hubiera hecho cualquiera en el caso de haber sido expulsado de un tranvía y que tiene necesariamente que viajar en él. Dejó pasar los tres vagones del tranvía, saltó al borde del último, se aferró con una pata a una de las gomas que colgaban de la trasera y así pudo hacer su viaje, ahorrándose además diez kopeks.

Iván, puesta toda su atención en el repelente gato, estuvo a punto de perder de vista al más importante de sus tres perseguidos: el profesor. Por suerte, este no había tenido tiempo de escabullirse. Iván descubrió la boina gris a través de la muchedumbre, al principio de la Bolshaya Nikítskaya de la calle de Hertzen. En un instante llegó hasta allí. Pero la suerte no le acompañaba. El poeta aligeraba el paso o corría empujando a los transeúntes, pero no conseguía disminuir la distancia que le separaba del profesor ni un centímetro.

A pesar de su disgusto, Iván no dejaba de admirarse de la rapidez tan extraordinaria con que se desarrollaba la persecución. Apenas transcurridos veinte segundos, Iván Nikoláyevich se encontró deslumbrado por las luces de la plaza Arbat. Unos segundos más y estaba en una callejuela oscura de aceras desiguales; se dio un trompazo y se hirió una rodilla.

Otra calzada iluminada, después la calle de Kropotkin y luego otra y otra y, por fin, una bocacalle triste y desagradable con luz escasa, donde Iván perdió de vista definitivamente al que tanto le interesaba alcanzar. El profesor había desaparecido.

Iván Nikoláyevich estaba confundido, pero se le ocurrió de repente que el profesor tenía que encontrarse en la casa número trece, seguramente en el apartamento cuarenta y siete.

Irrumpió en el portal, subió volando hasta el segundo piso, fue derecho al apartamento y llamó impaciente. No le hicieron esperar mucho. Una niña de unos cinco años abrió la puerta y, sin preguntar nada, desapareció en el interior.

El vestíbulo era enorme, estaba descuidadísimo, iluminado por una minúscula bombilla, débil y polvorienta, que colgaba de un techo negro de mugre. Colgada de un clavo en la pared, una bicicleta sin neumáticos; en el suelo, un baúl enorme, forrado de hierro. En un estante, sobre un perchero, un gorro de invierno con sus largas orejeras colgando. A través de una puerta, un receptor transmitía la voz sonora y exaltada de un hombre que clamaba algo en verso.

Iván Nikoláyevich, sin sentirse turbado por su extraña situación, se dirigió hacia el pasillo directamente, guiado por esta reflexión: Se habrá escondido en el baño. El pasillo estaba a oscuras. Chocó varias veces con las paredes hasta que vio una tenue y estrecha franja de luz bajo una puerta, encontró a tientas el picaporte y dio un ligero tirón. Saltó el cerrojo e Iván se encontró precisamente en el baño, pensando que había tenido suerte.

Pero no tuvo tanta como hubiera deseado. Envuelto en una atmósfera de calor húmedo y a la luz de los carbones que se consumían en el calentador, entrevió unos grandes barreños que colgaban de la pared y una bañera con unos horribles desconchones negros. Y en la bañera, de pie, una ciudadana desnuda, cubierta de espuma y con un estropajo en la mano, entornó sus ojos miopes, para mirar a Iván que acababa de irrumpir en el baño. Como la luz era tan mala, le confundió seguramente con alguien y dijo alegremente en voz baja:

—¡Kiriushka! ¡No seas fanfarrón! ¿Te has vuelto loco? ¡Fedor Ivánovich está a punto de volver! ¡Fuera de aquí! —Y salpicó a Iván con el estropajo.

La confusión era evidente y el culpable era, naturalmente, Iván Nikoláyevich. Pero no tenía intención de reconocerlo y exclamó en tono de reproche: «¡Qué frivolidad!», y enseguida, sin saber cómo ni por qué, se encontró en la cocina.

Estaba desierta, y en la lumbre, alineados en silencio, había cerca de una decena de hornillos de petróleo apagados. Un rayo de luna entraba por la ventana polvorienta, sucia desde hacía años, iluminando escasamente un rincón donde, entre polvo y telarañas, colgaba un icono olvidado. Detrás de la urna que guardaba el icono asomaban las puntas de dos velas de boda. Y debajo del icono había otro de papel, más pequeño, clavado en la pared con un alfiler.

Nadie sabe qué pasó por la imaginación de Iván, pero antes de salir corriendo por la escalera de servicio, se apoderó de una de las velas y del icono de papel; y con ellos en la mano abandonó el desconocido piso, murmurando algo entre dientes, azorado por el recuerdo de lo ocurrido en el baño y tratando de adivinar, inconscientemente, quién sería el descarado Kiriushka y si no le pertenecería el ridículo gorro de las orejeras.

De nuevo en la calle triste y desierta, el poeta buscó con la mirada al fugitivo, pero no había nadie. Iván se dijo muy seguro:

—¡Pues claro, está en el río Moscova! ¡Adelante!

Hubiera sido interesante preguntar a Iván Nikoláyevich por qué suponía que el profesor estaba precisamente en el río Moscova; y no en cualquier otro sitio, pero desgraciadamente no había nadie que pudiera preguntárselo. Aquella horrible calle estaba totalmente desierta.

Unos minutos después Iván Nikoláyevich se encontraba en los peldaños de granito de la escalinata del río.

Se quitó la ropa y la dejó al cuidado de un simpático barbudo que fumaba un cigarro, junto a una camisa blanca y rota y unas botas gastadas con los cordones desatados. Iván movió los brazos para refrescarse un poco y se tiró al agua como lo haría una golondrina. El agua estaba muy fría. Se le cortó la respiración, y por un momento llegó a tener la sensación de que no podría salir a la superficie. Pero emergió resoplando, sofocado, con los ojos redondos de espanto, y nadó en aquella agua que olía a petróleo, entre el zigzag de los haces de luz de los faroles de la orilla. Cuando el poeta, saltando los peldaños, llegó empapado al sitio donde dejara su ropa al cuidado del barbudo, se encontró con que esta había desaparecido, y no solo la ropa: tampoco había rastro alguno del barbudo mismo. En el lugar donde dejara el montón de prendas, había unos calzoncillos a rayas, la agujereada camisa, la vela, el icono y una caja de cerillas. Iván, enfurecido, amenazó impotente con el puño cerrado y se puso lo que había encontrado en lugar de su ropa.

Le llenaron de inquietud dos consideraciones; en primer lugar había perdido el carnet de Massolit, del que no se separaba nunca, y además, ¿podría andar libremente por Moscú con aquella pinta? Realmente, en calzoncillos... Desde luego no era culpa suya, pero ¿quién sabe? Podría haber algún lío y a lo mejor lo detendrían.

Arrancó los botones del tobillo, con la esperanza de que así, los calzoncillos podrían pasar por pantalones de verano. Recogió el icono, la vela y las cerillas y echó a andar diciéndose a sí mismo: «¡A Griboyédov! ¡Seguro que está allí!».

Había empezado la vida nocturna de la ciudad. Pasaron algunos camiones, envueltos en nubes de polvo, y en las cajas, sobre sacos, iban unos hombres tumbados panza arriba. Todas las ventanas estaban abiertas. En cada una de ellas había una luz bajo una pantalla naranja, y de todas las ventanas, de todas las puertas, de todos los arcos, los tejados, las buhardillas, los sótanos y los patios, salía el ronco rugido de la polonesa de la ópera *Eugenio Oneguin*.

Los temores de Iván Nikoláyevich estaban justificados.

Llamaba la atención y los transeúntes se volvían a mirarle. Decidió dejar las calles principales y seguir su camino por callejuelas, donde la gente es menos curiosa y hay menos probabilidades de que alguien se acerque a importunar a un hombre que va descalzo con preguntas sobre sus calzoncillos, que se habían negado obstinadamente a parecer unos pantalones.

Y eso hizo. Iván se sumergió en la misteriosa red de callejuelas y bocacalles de Arbat. Emprendió la marcha pegado a las paredes, volviéndose a cada instante y mirando temeroso alrededor, escondiéndose en los portales de vez en cuando, evitando los pasos de peatones y las entradas suntuosas de los palacetes de las embajadas.

Y durante todo su difícil camino, sentía un insoportable malestar, producido por una orquesta omnipresente, que acompañaba el profundo bajo que cantaba su amor hacia Tatiana.

5

Todo ocurrió en Griboyédov

Situado en los bulevares, al fondo de un jardín marchito, había un palacete antiguo de dos pisos, color crema, separado de la acera por una reja labrada de hierro fundido. Delante de la casa había una pequeña plazoleta asfaltada, que en invierno solía estar cubierta de un montón de nieve coronado por una pala hincada, y en verano, bajo un toldo de lona, se convertía en un espléndido anexo del restaurante.

El edificio se llamaba Casa de Griboyédov porque, según se decía, esta casa perteneció en otros tiempos a una tía del escritor Alexandr Serguéyevich Griboyédov.[1] Si fue o no de su propiedad es algo que no sabemos con certeza. Nos parece recordar que Griboyédov no tuvo ninguna tía propietaria. Pero el caso es que la casa se llamaba así. Y un moscovita bastante embustero llegaba a asegurar que en la sala ovalada y con columnas del segundo piso, el famoso escritor leía a aquella misma tía trozos de *La desgracia de tener ingenio*, y que la tía le escuchaba reclinándose en un sofá. Y a lo mejor era verdad, pero eso es lo de menos. Lo que importa es que la casa pertenecía precisamente a Massolit, que presidía el pobre Mijaíl Alexándrovich Berlioz antes de su aparición en Los Estanques del Patriarca.

En la actualidad nadie llamaba a aquella casa Casa de Gri-

1. A. S. Griboyédov (1795-1829), escritor y diplomático ruso, autor de la comedia *La desgracia de tener ingenio*. *(N. de la T.)*

boyédov, porque los miembros de Massolit se referían a ella como Griboyédov simplemente y el término se había hecho popular: «Ayer me pasé dos horas en Griboyédov». «¿Y qué tal?» «He conseguido que me concedan dos meses en Yalta.» «¡Qué suerte tienes!»; o bien: «Voy a ver a Berlioz, que recibe hoy de cuatro a cinco en Griboyédov», etc., etc...

Massolit no podía haberse instalado en Griboyédov mejor y con más confort. Quien visitaba Griboyédov por primera vez se encontraba de un modo involuntario con información destinada a los diversos grupos deportivos, así como con las fotografías en grupo o individuales de los miembros que componían Massolit, que cubrían las paredes de la escalera que llevaba al primer piso.

En la puerta de la primera habitación de este piso había un letrero: «Sección pesca-verano» con un dibujo que representaba una carpa que había tragado el anzuelo.

En la puerta de la habitación número dos estaba escrito algo no muy claro: «Inscripciones y plazas para un día de creación. Dirigirse a M. V. Podlózhanaya». En la puerta siguiente la inscripción era lacónica y completamente ininteligible: «Perelíguino». Luego el visitante casual de Griboyédov se mareaba entre los letreros que decoraban las puertas de nogal de la tía del gran escritor: «Para coger número en la cola para el papel, diríjase a Poklióvkina», «Caja», «Cuentas personales de los autores de sketches».

Después de recorrer una interminable cola que empezaba en la planta baja junto a la portería, se llegaba a una puerta, asaltada a cada instante por la gente, que ostentaba el letrero: «Cuestión Vivienda».

Pasada la puerta del problema de la vivienda se descubría un lujoso cartel que representaba una roca y, en la cima, un jinete que vestía una capa y llevaba un fusil al hombro. En la parte inferior había unas palmeras y un balcón, y en el balcón, mirando al infinito con ojos muy despiertos, un joven con tupé y con una pluma estilográfica. Al pie se leía: «Vacaciones completas para creación, de dos semanas (cuento, novela corta) hasta un año (novela, trilogía), Yalta, Suuk-

Su, Borovoye, Tsijidzhiri, Majindzhauri, Leningrado (Palacio de Invierno)». Para esta puerta había cola también, pero no exagerada: unas ciento cincuenta personas.

Y siguiendo las caprichosas líneas de subidas y bajadas en la casa de Griboyédov, se sucedían: «Dirección de Massolit», «Cajas n.º 2, 3, 4, 5», «Consejo de Redacción», «Presidente de Massolit», «Sala de Billar», varias dependencias de servicios y, por fin, aquella sala con columnas, donde la tía disfrutaba de la comedia genial de su sobrino.

Cualquier visitante —por supuesto, si no era irremediablemente tonto— se daba cuenta enseguida de llegar a Griboyédov de lo bien que vivían los dichosos miembros de Massolit y rápidamente sentía la comezón de la verde envidia. Entonces dirigía al cielo amargos reproches por no haberle dotado de talento literario al venir al mundo, ya que él no podía ni soñar en conseguir el carnet de miembro de Massolit; un carnet marrón, que olía a piel buena, con un ancho ribete dorado, conocido por todo Moscú.

¿Quién se atrevería a decir algo en defensa de la envidia? Es un sentimiento de ínfima categoría, pero hay que comprender al visitante. Porque lo que habían visto en el piso de arriba no era todo, ni mucho menos. La planta baja de la casa de la tía la ocupaba entera un restaurante, y ¡qué restaurante! Con toda justicia se consideraba el mejor de Moscú. Y no porque estuviera instalado en dos grandes salones, en cuyos techos abovedados había pinturas de caballos color lila con crines asirias; no solo porque en cada mesa hubiese una lámpara cubierta con un chal; no solo porque allí no podía entrar cualquiera, sino porque, gracias a la calidad de sus viandas, Griboyédov gozaba de la primacía sobre cualquier otro restaurante de Moscú, y estas viandas se servían a unos precios de lo más aceptables, nada excesivos.

No tiene, pues, nada de sorprendente una conversación como la que oyó el autor de estas verídicas líneas mientras estaba junto a la reja de hierro fundido de Griboyédov.

—¿Dónde cenas esta noche, Ambrosio?

—¡Pero que pregunta, querido Foka! ¡Aquí, naturalmente! Archibaldo Archibáldovich me ha dicho en secreto que van a tener sudak a la carta *au naturel*. ¡Es toda una obra de arte!

—¡Cómo vives, Ambrosio! —suspiraba Foka, demacrado, descuidado, con un carbunco en el cuello, dirigiéndose a Ambrosio el poeta, gigante de labios encarnados, cabello de oro y carrillos resplandecientes.

—No se trata de un arte especial —replicaba Ambrosio—, es un deseo natural de vivir como una persona. ¿Acaso se puede encontrar sudak en el Coliseo? Quizá sí, pero en el Coliseo una ración te cuesta trece rublos quince kopeks, mientras que aquí cinco cincuenta. Aparte de que en el Coliseo el pescado es de tres días, y además no puedes tener la seguridad de que no te dé en la cara con un racimo de uvas un jovenzuelo que salga del callejón del Teatro. No, no, me opongo radicalmente al Coliseo —tronaba la voz de Ambrosio el gastrónomo en todo el bulevar—, no me convences, Foka.

—No trato de convencerte, Ambrosio —piaba Foka—. También se puede cenar en casa.

—¡Hombre, muchas gracias! —vociferaba Ambrosio—. Me figuro a tu mujer, tratando de preparar en una cacerola en la cocina colectiva de tu casa, un sudak a la carta *au naturel*. Ji-ji... *Au revoir*, Foka —y Ambrosio se dirigió canturreando a la terraza bajo el toldo.

¡Sí, sí, amigos míos...! ¡Todos los viejos moscovitas recuerdan al famoso Griboyédov! ¿Qué son los sudak hervidos a la carta? ¡Una bagatela, mi querido Ambrosio!

¿Y el esturión, el esturión en una cacerola plateada, el esturión en porciones, con capas de cuello de cangrejo y caviar fresco? ¿Y los huevos-cocotte con puré de champiñón en tacitas? ¿Y no le gustan los filetitos de mirlo con trufas? ¿Y las codornices a la genovesa? ¡Nueve cincuenta! ¡Y el jazz, y el servicio amable! Y en julio, cuando toda la familia está en la casa de campo y usted está en la ciudad porque le retienen unos asuntos literarios inaplazables, en la terraza, a la sombra de una parra trepadora y en una mancha dorada del mantel limpísimo, un platito de *soupe printempnière*. ¿Lo recuerda, Ambrosio? ¡Pero qué pregunta más tonta! Leo en sus labios que sí se acuerda. ¡Me río yo de sus tímalos y de su sudak! ¿Y los chorlitos de la época, las chochas, las perdices, las estarnas y las pitorras? ¡Y las burbujas de agua mineral en la garganta! Pero basta ya, lector, te estas distrayendo. ¡Adelante!

A las diez y media de ese mismo día, cuando Berlioz pereció en Los Estanques, en el segundo piso de Griboyédov estaba iluminada solamente una habitación, en la que languidecían doce literatos, que esperaban, reunidos, a Mijaíl Alexándrovich.

Sentados en sillas, en mesas, e incluso, como hacían algunos, en las repisas de dos ventanas de la Dirección de Massolit, soportaban un serio bochorno. Aunque la ventana estaba abierta, no entraba ni una brisa de aire; Moscú devolvía el calor, acumulado en el asfalto durante el día, y era evidente que la noche no iba a ser un alivio. Desde el sótano de la mansión de la tía, donde estaba instalada la cocina del restaurante, subía un olor a cebolla. Todos tenían sed. Estaban nerviosos e irritados.

El literato Beskúdnikov, un hombre silencioso, bien vestido y con una mirada atenta pero impenetrable, sacó el reloj. Las agujas del reloj se aproximaban a las once. Beskúdnikov dio un golpecito con el dedo en la esfera del reloj, se lo enseñó a su vecino, al poeta Dvubratski, que sentado en una silla balanceaba los pies con unos zapatos amarillos de suela de goma.

—¡Caramba! —refunfuñó Dvubratski.

—Seguro que el mozo se ha quedado en el río Kliasma —dijo con voz espesa Nastasia Lukínishna Nepreménova, huérfana de un comerciante moscovita, que se había hecho escritora y se dedicaba a escribir cuentos de batallas marítimas con el seudónimo de Timonero Georges.

—¡Usted perdone! —empezó a hablar muy decidido Zagrívov, el autor de populares sketches—. También a mí me gustaría estar ahora en una terraza tomando té, en vez de asfixiarme aquí. ¿No estaba prevista la reunión para las diez?

—¡Y qué bien se debe de estar ahora en el río Kliasma! —pinchó a los presentes Timonero Georges, sabiendo que Perelíguino, la colonia de chalets de los literatos, era el punto flaco de todos—. Ya estarán cantando los ruiseñores. No sé por qué, pero siempre trabajo mejor fuera de la ciudad, sobre todo en primavera.

—Llevo ya tres años pagando para poder llevar a mi mujer, que tiene bocio, a ese paraíso, pero no hay nada en perspectiva —dijo amargamente y con cierto veneno el novelista Jerónimo Poprijin.

—Eso ya es cuestión de suerte —se oyó murmurar al crítico Ababkov desde la ventana.

Un fuego alegre apareció en los ojos de Timonero Georges, que dijo, suavizando su voz de contralto:

—No hay que ser envidiosos, camaradas. Existen solo veintidós chalets, se están construyendo otros siete y somos tres mil los miembros de Massolit.

—Tres mil ciento once —añadió alguien desde un rincón.

—Ya ven —seguía Timonero—. ¿Qué se va a hacer? Es natural que hayan concedido los chalets a los que tienen más talento.

—¡A los generales! —irrumpió sin rodeos en la disputa Glujariov el guionista.

Beskúdnikov salió de la habitación fingiendo un bostezo.

—Tiene cinco habitaciones para él solo en Perelíguino —dijo a sus espaldas Glujariov.

—Y Lavróvich, seis —gritó Deniskin—. ¡Y el comedor de roble!

—Eso no nos interesa ahora —intervino Ababkov—, lo que importa es que ya son las once y media.

Se armó un gran alboroto; algo parecido a una rebelión se estaba tramando. Llamaron al odioso Perelíguino, se confundieron de chalet y dieron con el de Lavróvich; se enteraron de que Lavróvich se había ido al río y esto colmó su disgusto. Llamaron al azar a la Comisión de Bellas Letras, por la extensión 930 y, como era de esperar, no había nadie.

—¡Podía haber llamado! —gritaban Deniskin, Glujariov y Kvant.

Oh, pero sus gritos eran injustos; Mijaíl Alexándrovich no podía llamar a nadie. Lejos, muy lejos de Griboyédov, en una sala enorme, iluminada con lámparas de miles de vatios, en tres mesas de zinc, estaba aquello que, hasta hacía muy poco, era Mijaíl Alexándrovich.

En la primera, el cuerpo descubierto con sangre seca, un brazo fracturado y el tórax aplastado; en la segunda, la cabeza con los dientes de delante rotos, con unos ojos turbios que ya no se asustaban de la luz fuerte, y en la tercera un montón de trapos sucios.

Estaban junto al decapitado: un profesor de medicina legal, un especialista en anatomía patológica y su ayudante, representantes de la Instrucción Judicial y el vicepresidente de Massolit, el literato Zheldíbin, que tuvo que abandonar a su mujer enferma porque fue llamado urgentemente.

El coche fue a buscar a Zheldíbin y le llevó en primer lugar, junto con los de la Instrucción Judicial (eso ocurrió cerca de medianoche), a la casa del difunto, donde fueron lacrados todos sus papeles. Luego se dirigieron al depósito de cadáveres.

Y ahora, todos los que rodeaban los restos del difunto deliberaban sobre qué sería más conveniente, si coser la cabeza cortada al cuello, o si simplemente exponer el cuerpo en la sala de Griboyédov, tapando al difunto con un pañuelo negro hasta la barbilla.

Mijaíl Alexándrovich no podía telefonear a nadie; en vano se indignaban y gritaban Deniskin, Glujariov y Kvant con Beskúdnikov. A medianoche los doce literatos abandonaron el piso de arriba y bajaron al restaurante. Allí hablaron de nuevo de Mijaíl Alexándrovich y con palabras poco amables. Todas las mesas de fuera estaban ocupadas, como era lógico, y tuvieron que quedarse a cenar en los preciosos pero bochornosos salones.

También a medianoche en el primero de los salones algo sonó, retumbó, tembló y pareció desparramarse. Y casi al mismo tiempo una voz aguda de hombre gritó desaforada-

85

mente al compás de la música: «¡Aleluya!». Era el famoso jazz de Griboyédov que rompió a tocar. Entonces pareció que las caras sudorosas se iluminaron, revivieron los caballos pintados en el techo, se hizo más fuerte la luz de las lámparas y, como liberándose de una cadena, se inició el baile en los dos salones y luego en la terraza.

Glujariov se puso a bailar con la poetisa Tamara Medialuna; también bailaba Kvant; bailó Zhukópov el novelista con una actriz vestida de amarillo. Bailaban: Dragunski, Cherdakchi, el pequeño Deniskin con la gigantesca Timonero Georges; bailaba la bella arquitecto Seméikina-Gal, apretada con fuerza por un desconocido con pantalón blanco de hilo. Bailaban los miembros y amigos invitados, moscovitas y forasteros, el escritor Johannes de Kronshtadt, un tal Vitia Kúftik de Rostov, que parece que era director de escena, al que un herpes morado le cubría todo un carrillo; bailaban los representantes más destacados de la Subsección Poética de Massolit, es decir, Babuino, Bogojulski, Sladki, Shpichkin y Adelfina Buzdiak; bailaban jóvenes de profesiones desconocidas con el pelo cortado a cepillo y las hombreras llenas de algodón; bailaba uno de bastante edad, con una barba en la que se había enredado un trozo de cebolla verde, y con él una joven mustia, casi devorada por la anemia, con un vestido arrugado de seda color naranja.

Los camareros, chorreando sudor, llevaban jarras de cerveza empañadas por encima de las cabezas; gritaban con voces de odio, ya roncas: «Perdón, ciudadano...»; por un altavoz alguien daba órdenes: «Uno de Karski, dos de Zubrik, Fliaki gospodárskiye».[2] La voz aguda ya no cantaba, aullaba: «¡Aleluya!»; el estrépito de los platillos del jazz conseguía cubrir a veces el ruido de la vajilla que las camareras bajaban por una rampa a la cocina. En una palabra: el infierno.

Y a medianoche hubo una visión en ese infierno. En la terraza apareció un hombre hermoso, de ojos negros y barba

2. Tipos de *shashlik*, plato caucasiano que consiste en trocitos de carne a la brasa. *Fliaki gospodárskiye*, plato polaco. *(N. de la T.)*

en forma de puñal, vestido de frac, que echó una mirada regia sobre sus posesiones. Dicen las leyendas que en otros tiempos el tal caballero no llevaba frac, sino un ancho cinto de cuero del que asomaban puños de pistolas; su pelo de color ala de cuervo estaba cubierto de seda encarnada, y en el mar Caribe navegaba bajo su mando un barco con una siniestra bandera negra cuya insignia era la cabeza de Adán.

Pero no, mienten las leyendas que quieren seducirnos. En el mundo no existe ningún mar Caribe, no hay intrépidos filibusteros navegando, y no les persiguen corbetas y no hay humo de cañones que se dispersa sobre las olas. No, nada de eso es cierto y nunca lo ha sido. Pero sí hay un tilo mustio, una reja de hierro fundido y un bulevar detrás de ella, un trozo de hielo se derrite en una copa, y unos ojos de buey, sangrientos, en la mesa de al lado... ¡Horror, horror...! ¡Oh, dioses, quiero envenenarme!...

Y de pronto, como por encima de las mesas, voló: «¡Berlioz!». Enmudeció el jazz, desparramándose como si hubiera recibido un puñetazo. «¿Qué? ¿Cómo dice?» «¡Berlioz!» Y todos se iban levantando de un salto.

Sí, estalló una ola de dolor al conocerse la terrible noticia sobre Mijaíl Alexándrovich. Alguien gritaba, en medio del alboroto, que era preciso, inmediatamente, allí mismo, redactar un telegrama colectivo y enviarlo en el acto.

¿Un telegrama? ¿Y a quién? ¿Y para qué mandarlo?, diríamos. En realidad, ¿adónde mandarlo? ¿Y de qué serviría un telegrama al que está ahora con la nuca aplastada en las enguantadas manos del médico y con el cuello pinchado por la aguja torcida del profesor? Ha muerto. No necesita ningún telegrama. Todo ha terminado, no recarguemos el telégrafo.

Sí, sí, ha muerto... ¡Pero nosotros estamos vivos!

Era verdad, se había levantado una ola de dolor, se mantuvo un rato y empezó a descender. Algunos volvieron a sus mesas y, a hurtadillas primero, abiertamente después, se tomaron un trago de vodka con entremeses. Realmente, ¿se iban a desperdiciar los filetes *volaille* de pollo? ¿Se puede hacer algo por Mijaíl Alexándrovich? ¿Quedándonos con hambre? ¡Pero si nosotros estamos vivos!

Naturalmente, cerraron el piano y se fueron los del jazz; varios periodistas se marcharon a preparar las notas necrológicas. Se supo que Zheldíbin había regresado del depósito ya. Se instaló arriba, en el despacho del difunto, y corrió la voz de que sería el sustituto de Berlioz. Zheldíbin mandó llamar a los doce miembros de la dirección, que estaban en el restaurante; en el despacho de Berlioz se improvisó una reunión para discutir los apremiantes problemas de la decoración del salón de las columnas de Griboyédov, el transporte del cuerpo desde el depósito a dicho salón, la organización para el acceso de la gente a él y otros asuntos referentes a aquel penoso suceso.

El restaurante reanudó su habitual vida nocturna, y hubiera continuado hasta el cierre, es decir, hasta las cuatro de la mañana, si no hubiese sido por un acontecimiento tan fuera de lo común, que sorprendió a los clientes del restaurante más que la muerte de Berlioz.

Causó primero la sorpresa entre los sagaces cocheros que estaban al tanto de la salida de la casa de Griboyédov. Fue uno de ellos el que hizo la primera observación, incorporándose en la delantera:

—¡Anda! ¡Mirad eso!

Repentinamente, como por arte de magia, se encendió una luz junto a la reja y fue acercándose a la terraza. Los ocupantes de las mesas empezaron a incorporarse y vieron aproximarse, junto con la lucecita, un fantasma blanco hacia el restaurante. Cuando llegó a la verja se quedaron todos como estatuas de sal, con trozos de esturión pinchados con el tenedor y los ojos desorbitados. El conserje, que acababa de salir del guardarropa del restaurante al patio para fumar, apagó el cigarro y echó a andar hacia el fantasma con la intención, seguramente, de cerrarle el paso al restaurante, pero, sin saber por qué, no lo hizo y se quedó parado con una estúpida sonrisa en los labios.

Y el fantasma, después de traspasar la puerta de la reja, puso los pies en la terraza sin que nadie se lo impidiera. Y todos pudieron ver que no se trataba de ningún fantasma, sino de Iván Nikoláyevich Desamparado, el conocido poeta.

Iba descalzo, con unos calzoncillos blancos a rayas y, sujeto por un imperdible a su camisa, llevaba un icono de papel con la imagen de un santo desconocido. En la mano llevaba encendida una vela de boda. Mostraba arañazos recientes en el carrillo derecho. Sería difícil describir la densidad del silencio que se hizo en la terraza. A un camarero se le derramó la cerveza de la jarra que llevaba inclinada.

El poeta levantó la vela sobre su cabeza y dijo con voz fuerte:

—¡Hola, amigos! —Miró por debajo de la mesa más próxima y exclamó con angustia—: ¡Tampoco está aquí!

Una voz de bajo dijo categóricamente:

—¡Otro! Delírium trémens.

Y otra voz de mujer asustada:

—Pero ¿cómo le habrán dejado las milicias pasar con esa pinta?

Iván Nikoláyevich la oyó y respondió:

—Por poco me detienen dos veces, en la calle Skátertni y aquí, en la Brónnaya. Pero salté una verja y ya veis, me he arañado el carrillo —entonces Iván Nikoláyevich levantó la vela y gritó—: ¡Hermanos en la literatura! —Su voz ronca se fortaleció e hizo más enérgica—. ¡Escuchadme todos! ¡Está aquí! ¡Hay que darle caza antes de que nos haga un daño irreparable!

—¿Cómo? ¿Qué dice? ¿Quién está aquí? —volaron las voces de todo el restaurante.

—El consejero —dijo Iván—, y este consejero acaba de matar a Misha Berlioz en Los Estanques.

Entonces, de los salones del interior salió gente en masa y una multitud se precipitó sobre la lucecita de Iván.

—Con permiso, explíquese, por favor —dijo una voz suave y amable al oído de Iván—. Dígame, ¿cómo que le mató? ¿Quién le mató?

—El consejero extranjero, profesor y espía —respondió Iván volviendo la cabeza.

—¿Cómo se llama? —le preguntaron al oído.

—¿Que cómo se llama? —gritó Iván con pesadumbre—. ¡Si yo supiera su apellido! No me dio tiempo a leerlo en su tarjeta. Me acuerdo nada más de la primera letra, es una «V». ¿Pero qué apellido empieza por «V»? —se preguntó Iván a sí mismo, apretándose la frente con la mano.

Empezó a murmurar:

—Ve, va, vo... ¿Vashner? ¿Vagner? ¿Vainer? ¿Vegner? ¿Vinter? —a Iván se le movía el pelo del esfuerzo.

—¿Vulf? —gritó una mujer con pena.

Iván se enfadó.

—¡Imbécil! —gritó buscando a la mujer con la mirada—. ¿Qué tiene que ver Vulf? Vulf no tiene la culpa de nada... Vo, va... No, así no saco nada en limpio. Bueno, ciudadanos. Hay que llamar inmediatamente a las milicias, que manden cinco motocicletas y ametralladoras para cazar al profesor. Ah, y no olvidéis que va con otros dos: uno alto con chaqueta a cuadros y con unos impertinentes rotos y un gato negro, grandísimo. Mientras, yo buscaré aquí, en Griboyédov, porque presiento que se encuentra aquí.

Iván sentía una gran desazón; se abrió paso a empujones entre los que le rodeaban, y apretando la vela, manchándose con la cera que goteaba, se dedicó a mirar debajo de las mesas.

Alguien dijo: «¡Un médico!», y ante Iván apareció un rostro de aspecto cariñoso, rollizo, afeitado y bien alimentado, con gafas de concha.

—Camarada Desamparado —habló el rostro con voz de aniversario—, tranquilícese. Usted está afligido por la muerte de nuestro querido Mijaíl Alexándrovich... no, simplemente nuestro Misha Berlioz. Ahora los camaradas lo acompañarán hacia su casa y dormirá con tranquilidad.

Iván le interrumpió, enseñando los dientes:

—Pero ¿no te das cuenta que hace falta atrapar al profesor? ¡Y me vienes con esas tonterías! ¡Cretino!

—Camarada Desamparado, ¡por favor! —contestó la cara, enrojeciendo, y retrocedió arrepentida de haberse mezclado en aquel asunto.

—Nada de favores, y menos a ti —dijo con odio Iván Nikoláyevich.

Convulso, se le descompuso la cara de repente, cogió la vela con la mano izquierda y le dio una bofetada a la cara que respiraba compasión. Creyeron que había que arrojarse sobre Iván, y así lo hicieron. Se apagó la vela, al poeta se le cayeron las gafas y quedaron aplastadas inmediatamente.

Se oyó un tremendo grito de guerra de Iván, que con el regocijo de todos llegó hasta los bulevares; el poeta intentó defenderse. Ruido de platos que se estrellaban en el suelo y gritos de mujeres.

Mientras los camareros trataban de sujetar a Desamparado con unas toallas, se estaba desarrollando en el guardarropa esta conversación entre el comandante del bergantín y el conserje:

—Pero ¿no viste que estaba en calzoncillos? —preguntaba con una voz muy fría el pirata.

—Pero Archibaldo Archibáldovich —decía el conserje con temor—, ¿cómo iba a impedirle la entrada si es miembro de Massolit?

—Pero ¿no viste que estaba en calzoncillos?

—Usted perdone, Archibaldo Archibáldovich —contestaba el conserje ruborizado—, ¿qué otra cosa podía hacer? Ya comprendo que hay señoras en la terraza y...

—No tiene nada que ver con las señoras. Además, a ellas les da lo mismo —decía el pirata, atravesándole literalmente con la mirada—. ¡Pero a las milicias sí que les importa! En Moscú, una persona puede deambular en paños menores solamente en un caso: si va acompañada por las milicias y en una sola dirección: hacia el cuartel de las milicias. Y tú, como conserje, debes saber que, sin perder un segundo, en el mismo momento que aparece un hombre vestido así, tienes que ponerte a silbar. ¿Me oyes? ¿No oyes lo que está pasando en la terraza?

El aturdido conserje oyó el estrepitoso ruido de platos rotos y los gritos de las mujeres.

—¿Y qué hago contigo ahora? —preguntó el filibustero.

La piel del conserje adquirió un color como de tifus, sus ojos parecían los de un cadáver. Y tuvo la sensación de que una pañoleta de seda roja, de fuego, cubría repentinamente el cabello negro, con raya, de su jefe. Incluso el plastrón y el frac desaparecieron, y sobresalía de un ancho cinturón de cuero el mango de una pistola. El conserje se vio a sí mismo colgado de una verga. Se vio con la lengua fuera, la cabeza inerte, caída sobre un hombro, y hasta llegó a oír las olas rompiendo contra el barco. Se le doblaban las piernas. El filibustero se apiadó de él, se apagó su mirada aguda.

—Escucha, Nikolái, ¡que sea la última vez! Ni regalados nos interesan conserjes como tú. ¡Vete de guardián a una iglesia! —y al decir esto el comandante le ordenó con rápidas y precisas palabras—: Llamas a Pantéléi del bar. A un miliciano. El informe, un coche. Y al manicomio —y luego añadió—: Silba.

Un cuarto de hora después el asombradísimo público, no solo el del restaurante, sino también la gente del bulevar y de las ventanas de los edificios que daban al patio del restaurante, veía salir del portal de Griboyédov a Pantéléi, al conserje, a un miliciano, a un camarero y al poeta Riujin, que llevaban a un joven fajado como un muñeco, que lloraba a lágrima viva y escupía a Riujin precisamente, gritando a todo pulmón:

—¡Cerdo! ¡Canalla!

Un malhumorado conductor intentaba poner en marcha el motor de su camión. Junto a él, un cochero calentaba al caballo, pegándole en la grupa con unas riendas color violeta, mientras decía a voz en grito:

—¡En el mío! ¡Que ya se sabe de memoria el camino al manicomio!

La gente que se había arremolinado, murmuraba y comentaba el suceso. En resumen, un escándalo repugnante, infame, sucio y atrayente, que terminó solo cuando el camión se alejó llevándose al pobre Iván Nikoláyevich, al miliciano, a Pantéléi y a Riujin.

6

Esquizofrenia, como fue anunciado

En la sala de espera de una famosa clínica psiquiátrica, recién inaugurada a la orilla del río Moscova, apareció un hombre de barba en punta y bata blanca. Era la una y media de la madrugada. Iván Nikoláyevich estaba sentado en un sofá bajo la estrecha vigilancia de tres enfermeros. A su lado, en un estado horriblemente alterado, se sentaba el poeta Riujin, y en el mismo sofá, amontonadas, las toallas que habían servido para atar a Desamparado, que ahora tenía libres los brazos y las piernas.

Riujin palideció al ver entrar al de la bata blanca, tosió y dijo con timidez:

—Buenas noches, doctor.

El médico hizo una inclinación de cabeza en respuesta al saludo de Riujin, pero sin mirarle, con la vista fija en Iván Nikoláyevich, que permanecía inmóvil, con cara de mal humor y el ceño fruncido y que no se había inmutado con la entrada del doctor.

—Verá, doctor —dijo Riujin en un misterioso susurro y mirando con expresión asustada a Iván Nikoláyevich—, este es el conocido poeta Iván Nikoláyevich, Desamparado..., y me temo que esté con el delírium trémens...

—¿Bebe mucho? —preguntó entre dientes el doctor.

—Pues sí, a veces; pero, en realidad, no como para esto...

—¿Intentaba cazar cucarachas, ratas, diablos y perros corriendo?

—No —contestó Riujin estremeciéndose—; le vi ayer y también esta mañana. Estaba completamente normal.

—¿Y por qué está en calzoncillos? ¿Le han sacado de la cama?

—Es que se presentó así en el restaurante...

—Ya, ya —dijo el médico, muy satisfecho—. ¿Y esos arañazos? ¿Ha tenido alguna pelea?

—Se cayó de una verja y luego se pegó con uno en el restaurante..., bueno, y con más.

—Bien, bien —dijo el doctor, y volviéndose hacia Iván añadió—: Hola, ¿cómo está?

—¡Hola!, saboteador —contestó Iván, furioso, en voz alta.

Riujin se azoró hasta el punto de que no se atrevía a levantar los ojos al correcto doctor. Pero este no pareció ofenderse lo más mínimo; se quitó las gafas con gesto automático y rápido y, levantándose la bata, las guardó en el bolsillo de detrás del pantalón. Luego preguntó a Iván:

—¿Cuántos años tiene?

—¡Váyanse al diablo todos! —gritó Iván con brusquedad, dándoles la espalda.

—Pero, ¿por qué se enfada? ¿Le he dicho algo desagradable?

—Tengo veintitrés años y presentaré una demanda contra todos vosotros. Sobre todo contra ti, ¡liendre! —dijo dirigiéndose a Riujin.

—¿Y de qué piensa quejarse?

—De que me habéis traído a mí, un hombre completamente sano, a un manicomio —contestó Iván lleno de ira.

Riujin miró con detención a Iván y se quedó perplejo: sus ojos no eran los de un loco. Eran sus ojos claros de siempre y no los de turbia mirada que tenía cuando llegó a Griboyédov.

¡Caramba!, pensó Riujin asustado. ¡Si realmente está normal por completo! ¿Por qué le traeríamos? ¡Vaya tontería que hemos hecho! Está normal y tan normal; lo único que tiene son los arañazos en la cara...

El médico, sentándose en una banqueta blanca de pie cromado, empezó a hablar con mucha calma.

—Usted está en una clínica, no en un manicomio. Nadie le va a retener aquí si no es necesario.

Iván Nikoláyevich le miró de reojo, desconfiando.

—¡Menos mal que hay alguien cuerdo entre tanto imbécil! Y el que más, el idiota de Sashka, que encima es un inepto.

—¿Quién es Sashka el inepto? —se interesó el médico.

—Este, Riujin —contestó Iván señalando con un dedo a Riujin.

El interpelado explotó de indignación.

En vez de agradecérmelo, pensó con amargura, encima de tomarme interés. ¡Es un puerco!

—Por su psicología es un cacique típico —siguió Iván Nikoláyevich, que se sentía inspirado para desenmascarar a Riujin—, y además un cacique que trata de disfrazarse de proletario con mucha astucia. Fíjese en la agria expresión de su cara y compárela con los rimbombantes versos que ha compuesto... ja, ja. ¡Mírele, mírele por dentro! ¡Qué estará pensando!... ¡Se quedaría usted boquiabierto! —E Iván soltó una carcajada siniestra.

Riujin se había puesto rojo, sofocado, y solo pensaba que había criado un cuervo y que se había interesado por alguien que a la hora de la verdad resultó ser un enemigo encarnizado. Y, sobre todo, que no podía hacer nada: ¡no hay posibilidad de discusión con un loco!

—¿Y por qué le han traído aquí? —preguntó el médico, después de haber escuchado atentamente las recriminaciones de Desamparado.

—¡Estos imbéciles! ¡Que se vayan todos al cuerno! Me sujetaron, me ataron con unos trapos y me arrastraron hasta aquí en un camión.

—Por favor, contésteme a esta otra pregunta: ¿por qué fue al restaurante en ropa interior?

—Pues eso no tiene nada de extraño —contestó Iván—; fui a bañarme al río Moscova y me birlaron la ropa. Dejaron esta porquería, pero es mejor que ir desnudo por Moscú, ¿no?, y además me puse lo que encontré porque tenía mucha prisa por llegar al restaurante de Griboyédov.

El médico miró inquisitivamente a Riujin, y este dijo de mala gana:

—El restaurante se llama así.

—Ah, bien —dijo el médico—. ¿Y por qué tenía tanta prisa? ¿Iba a algún asunto de trabajo?

—Estoy intentando pescar al consejero —contestó Iván Nikoláyevich, un poco inquieto.

—¿A qué consejero?

—¿Sabe quién es Berlioz? —preguntó Iván con aire significativo.

—Es... ¿el compositor?

Iván se impacientó.

—¡Pero qué compositor ni qué narices! Ah, sí..., claro, el compositor se llama igual que Misha Berlioz.

Riujin, aunque no tenía ganas de hablar, tuvo que explicarlo:

—Esta tarde, en Los Estanques del Patriarca, un tranvía ha atropellado al presidente de Massolit, Berlioz.

—No digas embustes cuando no sabes de qué hablas —se enfadó Iván con Riujin—. Fui yo quien estaba presente, no tú. ¡Lo puso debajo del tranvía a propósito!

—¿Le empujó?

—Pero ¿por qué «empujó»? —exclamó Iván irritado por la torpeza general—. Ese no tiene ni que molestarse en empujar. ¡Hace unas cosas que te dejan helado! Antes de que sucediera ya sabía que a Berlioz le atropellaría un tranvía.

—¿Alguien más vio a ese consejero?

—Eso es lo malo, que solo le vimos Berlioz y yo.

—Bien. ¿Qué medidas tomó usted para atrapar al asesino? —y al decir esto el médico se volvió y echó una mirada a una mujer con bata blanca. Ella empezó a llenar un cuestionario.

—Pues hice lo siguiente: cogí una velita en la cocina.

—¿Esta? —preguntó el médico, señalando una vela rota, que estaba con el icono sobre la mesa de la mujer con bata blanca.

—Esta misma, y...

—¿Y para qué quería un icono?

—Bueno, el icono —Iván enrojeció—; lo que más les asustó fue el icono —de nuevo apuntó con el dedo a Riujin—. Es que resulta que el profesor..., bueno, lo diré francamente..., tiene que ver con el diablo y no es tan fácil darle alcance.

Los enfermeros se pusieron rígidos sin apartar los ojos de Iván.

—Sí, sí, tiene que ver con él —seguía Iván—; es un hecho indiscutible. Ha hablado personalmente con Poncio Pilatos. ¡Y no tenéis que mirarme de esa manera! Ha visto todo: el balcón y las palmeras. ¡En una palabra, que estuvo con Poncio Pilatos, os lo aseguro!

—Bien, bien.

—Entonces, como digo, salí corriendo con él en el pecho. El reloj dio las dos.

—¡Huy! —exclamó Iván, y se levantó del sofá—. Son las dos, y yo aquí, perdiendo el tiempo con vosotros. Por favor, ¿dónde hay un teléfono?

—Déjenle pasar al teléfono —ordenó el médico a los enfermeros.

Mientras Iván cogía el auricular, la mujer preguntó a Riujin por lo bajo:

—¿Está casado?

—Soltero —respondió Riujin asustado.

—¿Es miembro del Sindicato?

—Sí.

—Oiga, ¿las milicias? —gritó Iván en el auricular—. ¿Milicias? Camarada, que manden cinco motocicletas y ametralladoras para detener a un profesor extranjero. ¿Cómo? Vengan a buscarme, yo iré con ustedes... Habla el poeta Desamparado desde la casa de locos... ¿Qué dirección es esta? —preguntó al médico, tapando el micrófono con la mano, y luego gritó de nuevo por el teléfono—: ¡Oiga! ¡Dígame!... ¡Qué canallada! —vociferó Iván arrojando el auricular contra la pared. Luego se volvió hacia el médico, y tendiéndole la mano se despidió secamente y se dispuso a marcharse.

—¡Pero, oiga! ¿Dónde piensa ir así? —intervino el médico, mirándole a los ojos—. En plena noche, vestido de ese modo... Usted no está bien, debe quedarse con nosotros.

—¡Déjenme pasar! —dijo Iván a los enfermeros que le cerraban el paso hacia la puerta—. ¿Me dejan pasar o no? —gritó con voz terrible.

Riujin empezó a temblar y la mujer apretó un botón de la mesa; en su superficie de cristal apareció una cajita brillante y una ampolla cerrada.

—Ah, sí, ¿eh? —preguntó Iván, mirando alrededor con ojos salvajes de hombre acosado—. ¡Ya veréis!... ¡Adiós! —y se tiró de cabeza a la ventana, tapada con una cortina.

Se oyó un golpe bastante fuerte, pero el cristal de detrás de la cortina no cedió, ni siquiera se rajó, y al cabo de un momento Iván Nikoláyevich se debatía entre los brazos de los enfermeros y trataba de morderles, gritando:

—¡Mira qué cristalitos se han agenciado! ¡Suelta! ¡Suelta!

En las manos del médico brilló una jeringuilla; la mujer, con un solo movimiento, descosió la manga de la camisa y le sujetó por un brazo, en un despliegue de fuerza poco femenino. La atmósfera se impregnó de éter.

Iván se desvaneció en brazos de los cuatro enfermeros y el médico aprovechó la ocasión para introducirle la aguja en el brazo. Así le tuvieron varios segundos y después le soltaron sobre el sofá.

—¡Bandidos! —gritó Iván dando un salto, pero le volvieron a sentar en el sofá.

En cuanto le soltaron se incorporó de nuevo y esta vez se sentó él mismo. Permaneció callado; miraba alrededor sintiéndose acorralado; bostezó y luego sonrió con amargura.

—Conque me habéis encerrado —dijo bostezando otra vez. Se tumbó, dejó caer la cabeza sobre una almohada, metió el puño debajo, como un niño, y con voz soñolienta, sin rencor ya, añadió—: Está bien..., ya lo pagaréis; yo os he prevenido; allá vosotros... A mí lo que realmente me interesa ahora es Poncio Pilatos... Pilatos... —y cerró los ojos.

—Al baño, solo en la ciento diecisiete, con un guardián —ordenó el médico, poniéndose las gafas. Riujin se estremeció de nuevo. Se abrieron silenciosamente las puertas blancas y apareció un pasillo con luces nocturnas color azul. Por el pasillo traían una camilla sobre ruedas de goma. Tendieron en ella a Iván dormido y desaparecieron; las puertas se cerraron detrás de él.

—Doctor —preguntó Riujin, conmovido, en voz baja—, ¿está realmente enfermo?

—Desde luego —respondió el médico.

—¿Y qué tiene? —preguntó tímidamente Riujin.

El médico le miró con aire cansino y contestó indolente:

—Alteración motriz y del habla..., interpretaciones delirantes... Parece un caso difícil. Tenemos que suponer que sea esquizofrenia y además alcoholismo...

De todo lo que dijo el médico, Riujin entendió tan solo que lo de Iván Nikoláyevich era algo serio. Y preguntó con un suspiro:

—¿Y por qué hablará de ese consejero?

—Seguramente vio a alguien que ha impresionado su perturbada imaginación. O puede que sea sencillamente una alucinación.

Unos minutos después el camión llevaba a Riujin a Moscú. Estaba amaneciendo, y la luz de los faroles de la carretera era innecesaria y molesta. El conductor, enfurecido por la noche en blanco, iba a toda marcha y el camión resbalaba en las curvas.

Se tragó el bosque, dejándolo atrás; el río se iba a un lado y delante del camión corría toda una avalancha de objetos: vallas y puestos de vigilancia, leña apilada, postes enormes y unos mástiles, y en los mástiles extraños carretes, montones de guijarros, la tierra surcada por canales; en una palabra, se notaba que Moscú estaba allí mismo, tras un viraje, y que enseguida lo tendrían encima, rodeándoles.

Riujin sufría el traqueteo y los vaivenes del camión, trataba de instalarse sobre un madero que se le escurría continuamente. Las toallas que Panteléi y el miliciano, que se habían marchado en un trolebús, arrojaron dentro del camión, resbalaban por la caja. Riujin hizo intención de recogerlas, pero reaccionó con enfado, les dio un puntapié y desvió la vista:

«¡Al diablo con ellas! ¡Soy un primo por ocuparme tanto de este lío!».

Su estado de ánimo no podía ser peor. Era evidente que la breve estancia en la casa del dolor le había causado una profunda impresión. Riujin trataba de encontrar lo que le estaba atormentando: ¿El corredor, con aquellas lámparas azules, clavado en la memoria? ¿El pensamiento de que lo peor que le podía pasar a uno era perder la razón? Sí, desde luego, también era esto, aunque solo como una vaga sensación; había algo más, pero ¿qué?

Una ofensa. Las hirientes palabras que Desamparado le lanzara. Y lo peor no fueron las palabras en sí, sino que tenía toda la razón.

El poeta ya no miraba el paisaje; con la vista fija en el suelo sucio que se movía continuamente, murmuraba y lloriqueaba consumiéndose.

¡Los versos! Tenía treinta y dos años. Y después, ¿qué? Seguiría escribiendo varios poemas al año. ¿Hasta que fuera viejo? Sí, hasta la vejez. ¿Pero qué le aportarían sus versos? ¿La gloria? ¡Qué tontería! No te engañes: la gloria no es para quien escribe versos malos, pero ¿por qué son malos?... Tiene razón, toda la razón; hablaba consigo mismo sin compasión alguna.

Intoxicado por aquel ataque de neurastenia, el poeta se tambaleó, el suelo dejó de moverse bajo sus pies. Levantó la cabeza y se dio cuenta de que hacía mucho rato que estaba en Moscú. Había amanecido, se veía una nube dorada y el camión estaba atascado en una larga hilera de coches a la vuelta de un bulevar. Casi allí mismo, encima de un pedestal, había un hombre metálico con la cabeza un poco inclinada que miraba indiferente el bulevar.[1]

Le invadieron unos extraños pensamientos. Se sentía enfermo. Este es un ejemplo de lo que es tener suerte —Riujin se incorporó en la caja del camión y levantó la mano amena-

---

1. Se refiere al monumento a Pushkin, que se encuentra en la plaza que lleva su nombre. (*N. de la T.*)

zando a la figura de hierro fundido que no se metía con nadie—. Cualquier movimiento que hiciera, cualquier cosa que le ocurriera, de todo sacaba provecho, todo contribuyó a su fama. Pero, en realidad, ¿qué ha hecho? No lo entiendo... ¿Habrá algo especial en esas palabras: «La tormenta y la niebla...»?.[2] ¡No lo entiendo! ¡Suerte es lo que tuvo! ¡Nada más que suerte!, concluyó mordaz.

Riujin notó que el camión se movía bajo sus pies. «Fue el disparo de aquel oficial zarista que le atravesó la cadera y le aseguró la inmortalidad...»[3]

La hilera de automóviles se puso en marcha. Dos minutos más tarde el poeta, completamente enfermo, hasta envejecido, entraba en la ya desierta terraza de Griboyédov. En un rincón terminaban su velada un grupo de juerguistas. En el centro mantenía la atención un conocido suyo, animador y presentador de revistas, que llevaba en la cabeza un gorrito oriental y sostenía en la mano una copa de vino Abrau.

Archibaldo Archibáldovich recibió con mucha amabilidad a Riujin, que cargaba con las toallas, y enseguida le liberó de los dichosos trapos. Si Riujin no hubiera estado tan deshecho por la visita al sanatorio y el viaje en camión, habría experimentado una gran satisfacción contando lo sucedido y decorándolo con detalles inventados. Pero no estaba de humor. Riujin era poco observador, pero a pesar de ello y de la tortura del viaje en camión, comprendió, nada más mirar al pirata con atención, que aunque este hubiera hecho algunas preguntas y exclamaciones tales como «¡Ay! ¡Ay!», no le preocupaba en absoluto lo que le hubiera pasado a Desamparado. Así me gusta. ¡Me alegro!, pensaba con humillante y furioso cinismo el poeta, y añadió interrumpiendo la historia de la esquizofrenia:

2. Palabras con las que comienza una célebre poesía de Pushkin. (*N. de la T.*)

3. Georges Dantés, monárquico francés que huyó de la Revolución de Julio y fue acogido por Nicolás I. Mató a Pushkin en un duelo en 1837. (*N. de la T.*)

—Archibaldo Archibáldovich, ¿me da una copita de vodka?

El pirata puso cara de pena y le susurró:

—Ya comprendo..., ahora mismo —e hizo una seña al camarero.

Un cuarto de hora más tarde Riujin estaba encorvado sobre una copa, bebiendo una tras otra, completamente solo. Comprendía, y se resignaba a ello, que su vida ya no tenía arreglo; lo único que podía hacer era olvidar.

El poeta había perdido la noche, mientras los demás estaban de juerga, y ahora comprendía que no podía hacerla volver. Bastaba levantar la cabeza, de la lamparita hacia el cielo, para darse cuenta de que la noche había terminado irremediablemente. Los camareros, con mucha prisa, tiraban al suelo los manteles de las mesas. Los gatos que rondaban la terraza tenían aspecto mañanero. Era irrevocable. Al poeta se le echaba el día encima.

7

Un apartamento misterioso

Si alguien le hubiera dicho a Stiopa esta mañana: «Stiopa, levántate ahora mismo o te fusilarán», seguro que habría respondido con voz muy lánguida y apenas perceptible: «Podéis fusilarme o hacer lo que queráis de mí, porque no me levanto».

Y no ya levantarse, ni siquiera abrir los ojos podría. Se le ocurría que al abrirlos se encendería un relámpago y su cabeza estallaría en pedacitos. Una pesada campana repetía monótona en su cabeza, y entre el globo del ojo y el párpado cerrado le bailaban unas manchas marrones con cenefas rabiosamente verdes. Y por si esto fuera poco sentía unas náuseas que parecían estar relacionadas con el machacante ritmo de un gramófono.

Trataba de recordar. La noche anterior le parecía haber estado... ¿dónde?, no lo sabía; ¡sí!, tenía una servilleta en la mano, intentaba besar a una señora; al día siguiente la iba a ver, le anunciaba. Ella se negaba diciendo: «No, no vaya. No estaré en casa», y él insistía: «Pues voy a ir de todos modos». Era lo único que le venía a la memoria.

Stiopa no sabía quién era la señora, ni qué hora era, ni qué día, ni el mes, y lo que era todavía peor: no tenía la menor idea de dónde se encontraba. Esto último, sobre todo, había que aclararlo enseguida. Despegó el párpado del ojo izquierdo. Descubrió un reflejo opaco en la oscuridad, por fin reconoció el espejo y se dio cuenta de que estaba echado boca abajo en su propia cama, es decir, en la cama que fue de la joyera, en el dormitorio. Una punzada aguda en la cabeza le obligó a cerrar los ojos.

Pero expliquémonos: Stiopa Lijodéyev, director del teatro Varietés, se despertó por la mañana en el piso que compartía con el difunto Berlioz, en una casa bastante grande, de seis pisos, situada en la calle Sadóvaya.

Tenemos que decir que este piso número cincuenta tenía desde hacía tiempo una reputación que podemos llamar, si no mala, sí extraña. Dos años atrás había pertenecido a la viuda del joyero De Fugere, Ana Frántsevna de Fugere, respetable señora de cincuenta años, muy emprendedora, que alquilaba tres habitaciones de las cinco que poseía; uno de los inquilinos parece que se llamaba Belomut, el otro había perdido su apellido.

Un domingo se presentó en el piso un miliciano, hizo salir al vestíbulo al segundo inquilino (cuyo apellido desconocemos) y dijo que tenía que ir a la comisaría un minuto para firmar algo. El inquilino ordenó a Anfisa, la fiel anciana servidora de Ana Frántsevna, que si le llamaban por teléfono, dijera que volvería a los diez minutos, y se fue con el correcto miliciano de guantes blancos. Pero no solo no volvió a los diez minutos, sino que no volvió nunca más. Lo sorprendente es que, por lo visto, el miliciano desapareció con él.

Anfisa, que era muy beata, o mejor dicho supersticiosa, explicó sin rodeos a la disgustada Ana Frántsevna que se trataba de un maleficio, que sabía perfectamente quién se había llevado al huésped y al miliciano y que no quería decirlo porque era de noche.

Pero, como todos sabemos, cuando un maleficio aparece, ya no hay modo de contenerlo. Según tengo entendido, el segundo huésped desapareció el lunes, y el miércoles le tocó el turno a Belomut, aunque de manera diferente. Como era costumbre, aquella mañana se presentó un coche para llevarle al trabajo. Y se lo llevó, pero nunca lo trajo de vuelta y nunca más volvió a aparecer el coche.

La pena y el horror que sentía madame Belomut son indescriptibles, pero no fue por mucho tiempo. Aquella misma noche, cuando Ana Frántsevna y Anfisa volvieron de la casa de campo a la que se habían marchado urgentemente —nadie sabe por qué—, se encontraron con que la ciudadana Belomut ya no estaba en su piso. Y eso no era todo: habían sellado las puertas de las dos habitaciones que ocupara el matrimonio Belomut.

Pasaron dos días. Al tercero, Ana Frántsevna, agotada por el insomnio, volvió a marcharse a su casa de campo... Ni que decir tiene que tampoco volvió.

Anfisa se quedó sola y estuvo llorando hasta la una y pico. Luego se acostó. No sabemos qué pudo pasarle, pero contaban los vecinos que en el piso número cincuenta se estuvieron oyendo golpes durante toda la noche y que hasta la mañana siguiente hubo luz en las ventanas. Al otro día se supo que Anfisa también había desaparecido.

Circulaban muchas historias sobre los desaparecidos del piso maldito; se decía, por ejemplo, que la delgada y beata Anfisa llevaba un saquito de ante en su pecho hundido, con veinticinco brillantes bastante grandes que pertenecían a Ana Frántsevna. Se decía también que en la leñera de la casa, a la que se fuera Ana Frántsevna con tanta urgencia, se descubrieron inmensos tesoros, brillantes y monedas de oro, acuñadas en los tiempos del zar. Y otras cosas por el estilo. Claro, no podemos asegurar que sea verdad porque no lo sabemos con certeza...

El caso es que, a pesar de todo, el piso solo estuvo vacío y sellado durante una semana, y después se instalaron en él el difunto Berlioz con su esposa y Stiopa con la suya. Naturalmente, los nuevos inquilinos del condenado apartamento también fueron protagonistas de el diablo sabe qué manejos. En el primer mes de su estancia allí desaparecieron las dos esposas, pero ellas sí dejaron rastro. Contaban que alguien había visto a la esposa de Berlioz en Járkov, con un coreógrafo, y la mujer de Stiopa apareció en la calle Bozhedomka, donde, según decían, el director de Varietés, sirviéndose de numerosas amistades, se las había arreglado para encontrarle habitación, pero con la condición de que no se le ocurriera volver por la Sadóvaya...

Como decíamos, Stiopa se quejaba de dolor. Iba a llamar a Grunia, su criada, y pedirle una aspirina, pero pensó que sería inútil hacerlo, porque Grunia no tendría ninguna aspirina. Trató de pedir auxilio a Berlioz y le llamó entre gemidos: «¡Misha! ¡Misha!», pero, como ustedes comprenderán, no obtuvo respuesta alguna. En la casa reinaba un silencio completo.

Al mover los dedos de los pies, Stiopa descubrió que tenía los calcetines puestos; pasó la mano temblorosa por la cadera para averiguar si también tenía los pantalones, pero no pudo comprobarlo. Por fin, dándose cuenta de que estaba abandonado y solo, de que nadie le podía ayudar, decidió levantarse, aunque para ello tuviera que hacer un esfuerzo sobrehumano.

Abrió los ojos con dificultad y vio su propia imagen en el espejo: un hombre con el pelo revuelto, la cara abotargada y la barba negra, los ojos hinchados; llevaba una camisa sucia con cuello y corbata, calzoncillos y calcetines.

Tal era su reflejo en el cristal, pero de pronto descubrió junto a él a un desconocido vestido de negro con una boina del mismo color.

Stiopa se sentó en la cama y se puso a mirar al extraño, desorbitando, en lo que era posible, sus ojos cargados. El desconocido rompió el silencio y dijo con un tono de voz bajo y profundo, y con acento extranjero:

—Buenos días, entrañable Stepán Bogdánovich.

Hubo una pausa y luego, haciendo un esfuerzo enorme, Stiopa pronunció:

—¿Desea usted algo? —y se quedó sorprendido por lo irreconocible de su propia voz.

Había dicho «desea» con voz de tiple, «usted» con voz de bajo y no fue capaz de articular «algo».

El desconocido sonrió amistosamente, sacó un reloj grande de oro, con un triángulo de diamantes en la tapa, que sonó once veces.

—Son las once. Hace una hora que estoy esperando a que despierte, porque usted me citó a las diez. Y aquí estoy.

Stiopa encontró sus pantalones sobre una silla que había junto a la cama y dijo, medio en susurro:

—Perdón... —se los puso y preguntó con voz ronca—: Dígame su nombre, por favor.

Hablaba con dificultad. A cada palabra que pronunciaba parecía que se le clavaba una aguja en el cerebro, produciéndole un espantoso dolor.

—¡Vaya! ¿Se ha olvidado de mi nombre? —y el desconocido se rió.

—Usted perdone —articuló Stiopa, pensando que la resaca se le presentaba con un nuevo síntoma. Le pareció que el suelo junto a la cama se había hundido y que inmediatamente se iría de cabeza al infierno.

—Querido Stepán Bogdánovich —habló el visitante sonriendo con aire perspicaz—, una aspirina no le servirá para nada. Siga el viejo y sabio consejo de que hay que curar con lo mismo que produjo el mal. Lo único que le hará volver a la vida es un par de copas de vodka con algo caliente y picante.

Stiopa, que era un hombre astuto, comprendió, a pesar de su situación, que ya que le había encontrado en tal estado, tenía que confesarlo todo.

—Le hablaré con sinceridad —empezó moviendo la lengua con mucho esfuerzo—. Es que ayer...

—¡No me diga más! —cortó el visitante, y corrió su sillón hacia un lado.

Con los ojos desmesuradamente abiertos, Stiopa vio que en la pequeña mesita había una bandeja con pan blanco cortado en trozos, caviar negro en un plato, setas blancas en vinagre, una cacerola tapada y la panzuda licorera de la joyera llena de vodka. Y lo que más le sorprendió fue que la licorera estaba empañada de frío. Pero esto era fácil de entender puesto que estaba dentro de un cubo lleno de hielo. En resumen, estaba todo perfectamente servido.

El desconocido, para evitar que el asombro de Stiopa

tomase desmesuradas proporciones, le sirvió medio vaso de
vodka con rapidez.

—¿Y usted? —pió Stiopa.

—Con mucho gusto.

Stiopa se llevó la copa a los labios con mano temblorosa y
el desconocido se bebió la suya de un trago. Stiopa saboreó,
masticando, un trozo de caviar.

—Y ¿usted no come nada?

—Se lo agradezco, pero nunca como mientras bebo —respondió el desconocido llenando las copas de nuevo.

Destaparon la cacerola, que resultó contener salchichas
con salsa de tomate.

Poco a poco la molesta nubecilla verde que Stiopa sentía
ante sus ojos empezó a disiparse. Podía articular palabras y, lo
que era mucho más importante, empezaba a recordar. Todo
había sucedido en Sjodnia, en la casa de campo del autor de
sketches Jústov, adonde le había llevado el mismo Jústov en un
taxi. Le vino a la memoria cómo habían cogido el taxi junto al
Metropol. Estaba con ellos un actor (¿o no era actor?) con un
gramófono en un maletín. Sí, sí, fue precisamente en la casa de
campo. Además recordaba que los perros aullaban al oír el
gramófono. Pero la señora a la que Stiopa quería besar permanecía en la oscuridad de su memoria. El diablo sabrá quién era.
Parece ser que trabajaba en la radio o puede que no...

Desde luego, el día anterior empezaba a aclararse, pero
Stiopa estaba mucho más interesado en el presente, sobre
todo en la aparición del desconocido en su dormitorio, y además toda aquella comida y el vodka. Esto sí que le gustaría
saber de dónde venía.

—Bueno, supongo que ya habrá recordado mi nombre.

Pero Stiopa sonrió avergonzado.

—¡Pero, hombre!, me parece que bebió oporto después
del vodka. ¡Eso no se debe hacer nunca!

—Por favor, le ruego que esto quede entre nosotros —dijo
Stiopa confidencial.

—¡Por supuesto, no faltaría más! Pero no puedo responder por Jústov.

—¿Conoce a Jústov?

—Le vi ayer, de pasada, mientras estaba en su despacho, pero basta una mirada para darse cuenta de que es un sinvergüenza, farsante, acomodaticio y tiralevitas.

¡Eso es!, pensó Stiopa, asombrado ante la merecida, precisa y lacónica definición de Jústov.

Sí, el día anterior empezaba a reconstruirse sobre sus fragmentos, pero el director de Varietés seguía preocupado; fuera como fuese, él no había visto en su despacho a este desconocido con boina negra.

—Soy Voland,[1] el profesor de magia negra —dijo el intruso con aplomo, y notando la difícil situación en la que se hallaba Stiopa, lo explicó todo ordenadamente.

Venía del extranjero y había llegado a Moscú el día anterior, presentándose de inmediato a Stiopa para proponerle su actuación en el Varietés. Stiopa había llamado al Comité de Espectáculos de la zona de Moscú y había arreglado el asunto (al llegar aquí, Stiopa palideció y empezó a parpadear); luego le hizo a Voland un contrato para siete actuaciones (Stiopa abrió la boca) y le citó a las diez del día siguiente para ultimar detalles. Y por esto estaba allí. Al llegar a su casa le había recibido Grunia, quien le explicó que ella misma acababa de llegar porque no vivía allí; que Berlioz no estaba en casa y que, si el señor quería ver a Stepán Bogdánovich, pasara a su habitación, porque ella no se comprometía a despertarlo, y que luego, al ver el estado en que se hallaba Stepán, él mismo había mandado a Grunia a la tienda más próxima a comprar vodka y comida, y a la farmacia a buscar hielo y que entonces...

—¡Permítame que le pague, por favor! —lloriqueó Stiopa, buscando su cartera, muerto de vergüenza.

1. Valand, uno de los nombres comunes del diablo en la lengua alemana. En las notas marginales del manuscrito de la novela *El maestro y Margarita* aparecen varios nombres propios del diablo, tales como Mefistófeles, Asmodeo, Lucifer, etc. Parece ser que Bulgákov eligió el de Valand (Voland) para evitar posibles asociaciones literarias. *(N. de la T.)*

—¡Pero qué cosas tiene! —exclamó el artista, obligándole a zanjar así la cuestión.

Muy bien, el vodka y el aperitivo tenían una explicación; sin embargo, a Stiopa daba pena verle: decididamente, no se acordaba en absoluto de aquel contrato y podía jurar que no había visto a Voland el día anterior. A Jústov, sí, pero no a Voland.

—¿Me permite el contrato, por favor? —pidió Stiopa en voz baja.

—Desde luego.

Stiopa echó una ojeada al papel y se quedó de una pieza. Todo estaba perfecto: su propia firma desenvuelta y, escrita en diagonal, la autorización de Rimski, el director de finanzas, para entregar al artista Voland diez mil rublos a cuenta de los treinta y cinco mil que se le pagarían por las siete actuaciones. Más aún: allí mismo estaba el recibo de Voland por los diez mil rublos ya cobrados.

¿Pero esto qué es?, pensó el pobre Stiopa con una sensación de mareo. ¿No serían los primeros alarmantes síntomas de pérdida de la memoria? Era evidente que las muestras de asombro después de haber visto el contrato serían sencillamente indecentes. Pidió permiso a su invitado para ausentarse durante unos minutos y corrió, en calcetines, según estaba, al vestíbulo, donde se hallaba el teléfono, mientras gritaba en dirección a la cocina:

—¡Grunia!

No obtuvo respuesta alguna. Miró la puerta del despacho de Berlioz que daba a la cocina y, como suele decirse, se quedó petrificado. En la manivela, sujeto con una cuerda, había un enorme lacre.

¡Caramba!, explotó en su cabeza. ¡Solo me faltaba esto! Y sus pensamientos empezaron a recorrer un camino de doble dirección, pero, como suele pasar en las catástrofes, en un solo sentido, y el diablo sabrá cuál. Sería difícil describir el lío que Stiopa tenía en la cabeza. Por un lado, la incongruencia del de la boina negra, el vodka frío y el increíble contrato, y por si no fuera bastante, ¡la puerta del despacho lacrada! Si se le contase a alguien que Berlioz había hecho un disparate, les aseguro que no lo creería. Pero el lacre allí estaba. En fin...

Tenía en la cabeza un hormigueo de pensamientos y recuerdos muy desagradables. Recordó que hacía muy poco le había encasquetado un artículo para que Berlioz lo publicara en su revista, y parecía que lo había hecho a propósito. Entre nosotros, el artículo era una auténtica estupidez, inútil y, además, mal pagado.

Después de lo del artículo recordó una conversación algo dudosa que sostuvieron en aquel mismo sitio cenando con Mijaíl Alexándrovich, el 24 de abril. Claro que no era lo que se llama una conversación dudosa exactamente (Stiopa no la habría consentido), pero hablaron de algo de lo que no hacía falta hablar. Se podía haber evitado facilísimamente. De no haber sido por el lacre, esta conversación no tendría ninguna importancia, pero ahora...

Berlioz, Berlioz..., repetía mentalmente. ¡No me cabe en la cabeza!

No había lugar para lamentaciones y marcó el número de Rimski, el director de finanzas del Varietés. La situación de Stiopa era difícil: el extranjero podía ofenderse si Stiopa no se fiara de él a pesar de haber visto el contrato, y tampoco era fácil la conversación con el director de finanzas, porque no le podía decir: «¿Firmaste ayer un contrato con un profesor de magia negra por treinta y cinco mil rublos?». ¡Era imposible!

—¡Diga! —se oyó al otro lado la voz aguda y desagradable de Rimski.

—¡Hola, Grigori Danílovich —habló Stiopa en tono muy bajo—, soy Lijodéyev. Verás, resulta que... tengo aquí a... el artista Voland... y, claro..., me gustaría saber qué hay de esta tarde.

—Ah, ¿el de la magia negra? —respondió Rimski—. Ya están los carteles.

—Bien, de acuerdo —dijo Stiopa con voz débil—; bueno, hasta luego entonces...

—¿Va a venir usted pronto? —preguntó Rimski.

—Dentro de media hora —contestó Stiopa; colgó el auricular y se apretó la cabeza, que le abrasaba, entre las manos. Pero ¡qué cosa tan extraña estaba sucediendo! ¿Y qué era de su memoria?

Le resultaba violento permanecer por más tiempo en el vestíbulo. Elaboró rápidamente un plan a seguir; ocultaría por todos los medios su asombrosa falta de memoria y trataría de sonsacar al extranjero sobre lo que pensaba hacer por la tarde en el Varietés, que le estaba encomendado.

Stiopa, de espaldas al teléfono, vio reflejada claramente en el espejo del vestíbulo, que la perezosa Grunia hacía tiempo no limpiaba, la imagen de un tipo muy extraño, alto como un poste de telégrafo, con unos impertinentes sobre la nariz (si hubiera estado allí Iván Nikoláyevich, enseguida le hubiera reconocido). El extraño sujeto desapareció rápidamente del espejo. Stiopa, angustiado, recorrió el vestíbulo con la mirada y sufrió un nuevo sobresalto: esta vez un enorme gato negro pasó por el espejo y también desapareció.

Le daba vueltas la cabeza y se tambaleó.

Pero, ¿qué me pasa? ¿No me estaré volviendo loco? ¿A qué se deben estos espejismos?, y gritó asustado buscando en el vestíbulo:

—¡Grunia! ¿Pero quién es ese gato? ¿De dónde sale? ¿Y el otro?

—No se preocupe, Stepán Bodgánovich —se oyó una voz que no era de Grunia, sino del invitado, que contestaba desde el dormitorio—. El gato es mío. No se ponga nervioso. Grunia no está, la he mandado a Vorónezh. Se me quejó de que usted se estaba haciendo el distraído y no le daba vacaciones.

Estas palabras eran tan inesperadas y tan absurdas que Stiopa pensó que no había oído bien. Enloquecido, echó a correr hacia el dormitorio y casi se convirtió en una estatua de sal junto a la puerta. Se le erizó el cabello y le aparecieron en la frente unas gotas de sudor.

Su visitante ya no estaba solo en la habitación. Le acompañaba, sentado en otro sillón, el mismo tipo que apareciera en el vestíbulo. Ahora se le podía ver bien, tenía unos bigotes como plumitas de ave, brillaba un cristal de sus impertinentes y le faltaba el otro. Pero aún descubrió algo peor en su propio dormitorio: en el puf de la joyera, sentado en actitud insolente, un gato negro de tamaño descomunal sostenía una copa de vodka en una pata y en la otra un tenedor, con el que ya había pescado una seta.

La luz del dormitorio, débil de por sí, se oscureció aún más ante los ojos de Stiopa. Así es como uno se vuelve loco, pensó, agarrándose al marco de la puerta.

—Veo que está usted algo sorprendido, queridísimo Stepán Bogdánovich —le dijo Voland a Stiopa, al que le rechinaban los dientes—. Le aseguro que no hay por qué extrañarse. Este es mi séquito.

El gato se bebió el vodka y la mano de Stiopa comenzó a deslizarse por el marco.

—Y como el séquito necesita espacio —seguía Voland—, alguien de los presentes sobra en esta casa. Y me parece que el que sobra es usted.

—Aquello, aquello —intervino con voz de cabra el tipo largo de los cuadros, refiriéndose a Stiopa— últimamente está haciendo muchas inconveniencias. Se emborracha, tiene líos con mujeres aprovechándose de su situación, no da golpe y no puede hacer nada porque no tiene ni idea de lo que se trae entre manos. Y les toma el pelo a sus jefes.

—Se pasea en el coche oficial de su organización —sopló el gato, masticando la seta.

Entonces apareció el cuarto y último de los que llegarían a la casa, precisamente cuando Stiopa, que había ido deslizándose hasta el suelo, arañaba el marco con su mano sin fuerzas.

Del mismo espejo salió un hombre pequeño, pero extraordinariamente ancho de hombros, con un sombrero hongo y un colmillo que se le salía de la boca, lo que desfiguraba el rostro ya de por sí horriblemente repulsivo. Además, tenía el pelo del mismo color rojo que el fuego.

—Yo —intervino en la conversación este nuevo individuo— no puedo entender cómo ha llegado a director —y el pelirrojo hablaba con una voz cada vez más gangosa—. Es tan capaz de dirigir como yo de ser obispo.

—Tú, desde luego, no tienes mucho de obispo. Asaselo[2] —habló el gato, sirviéndose unas salchichas en un plato.

—Precisamente eso es lo que estaba diciendo —gangueó el pelirrojo, y volviéndose con mucho respeto a Voland, añadió—: ¿Me permite, *messere*, que le eche de Moscú y le mande al infierno?

—¡Zape! —vociferó el gato, con los pelos de punta.

Empezó a girar la habitación en torno de Stiopa, que se golpeó la cabeza con la puerta y pensó, a punto de perder el conocimiento: Me estoy muriendo...

Pero no se murió. Entreabrió los ojos y se encontró sentado sobre algo que parecía ser de piedra. Cerca se oía un ruido monótono, y al abrir los ojos del todo vio que aquel ruido era del mar, una ola le llegaba casi a los pies. En conclusión, que estaba sentado al borde de un muelle con un brillante cielo azul sobre su cabeza y una ciudad blanca en las montañas que tenía detrás.

Sin saber lo que se suele hacer en estos casos, Stiopa se incorporó sobre sus piernas temblorosas y se dirigió por el muelle hacia la orilla del mar.

Un hombre que fumaba y escupía al mar, sentado en el muelle, se le quedó mirando con cara de espanto y dejó de fumar y escupir.

Stiopa hizo la ridiculez de arrodillarse y preguntarle al fumador:

—Por favor, ¿qué ciudad es esta?

—¡Pero oiga usted! —protestó el desalmado fumador.

—No estoy bebido —contestó Stiopa con voz ronca—, me ha pasado algo raro... Estoy malo... ¿Dónde estoy, por favor? ¿Qué ciudad es esta?

—Pues Yalta...

Stiopa suspiró, se tambaleó hacia un lado y cayó dando con la cabeza contra la piedra caliente del muelle. Perdió el conocimiento.

---

2. En la Cábala y en el libro apócrifo de Enoch aparece Asasel, diablo de la muerte y el desierto. (*N. de la T.*)

8

Duelo entre el profesor y el poeta

Precisamente cuando Stiopa perdió el conocimiento en Yalta, lo recobraba Iván Nikoláyevich, despertando de un sueño largo y profundo. Eran cerca de las once y media de la mañana. Iván se preguntaba cómo había ido a parar a aquella habitación de paredes blancas, con una extraña mesilla de noche de metal claro y en la ventana cortinas blancas que filtraban el sol.

Movió la cabeza para convencerse de que no le dolía y recordó que estaba en un sanatorio. Este pensamiento le trajo a la memoria la muerte de Berlioz, pero ahora, por la mañana, ya no le causó tan fuerte impresión. Después de haber dormido, Iván Nikoláyevich estaba más tranquilo y con las ideas más claras. Permaneció inmóvil durante unos instantes en la limpísima y cómoda cama de muelles, y de pronto descubrió a su lado el botón de un timbre. Lo apretó, porque tenía la costumbre de tocar, sin ninguna necesidad de hacerlo, los objetos que estuvieran a su alcance. Esperaba oír el timbre o que apareciera alguien, pero lo que sucedió fue algo muy distinto.

A los pies de la cama se encendió un cilindro mate en el que estaba escrita la palabra «Beber». Empezó a girar hasta que salió la palabra «Empleada». Como es natural, el ingenioso cilindro sorprendió a Iván. Después el cartel de «Llame al doctor» sustituyó a la palabra «Empleada».

—¡Hum! —profirió Iván sin saber qué hacer con el cilindro. Acertó por mera casualidad. Apretó de nuevo el botón cuando se leía «Practicante». El cilindro le respondió con un timbre discreto. Se apagó la luz y el cilindro se paró. Una mujer algo entrada en carnes penetró en la habitación. Tenía una fisonomía simpática, llevaba bata blanca y le dijo a Iván:

—¡Buenos días!

A Iván le pareció que aquel saludo estaba fuera de lugar y no contestó. ¡De modo que después de meter en una clínica mental a un hombre cuerdo, hacen como si no hubiera pasado nada! La mujer, sin perder su expresión bondadosa, subió la persiana apretando un botón. La habitación se inundó de sol, que entraba a través de una reja ligera que llegaba hasta el suelo. Por la reja se veía un balcón, más allá la orilla de un río sinuoso y al otro lado del río un alegre pinar.

—Puede bañarse cuando quiera —le invitó la mujer, y bajo su mano se abrió una pared interior, descubriendo un cuarto de baño completo, perfectamente instalado.

Iván, que había decidido no dirigirle la palabra, no pudo contenerse al ver el ancho chorro de agua que salía por un grifo reluciente y caía en la bañera.

—¡Igual que en el Metropol! ¿No? —dijo con ironía.

—Pues no —contestó la mujer con orgullo—, mucho mejor que allí. Vienen médicos y científicos expresamente para estudiar nuestro sanatorio. Incluso inturistas nos visitan todos los días.

¡Inturistas![1] Esta palabra le hizo recordar al consejero que conociera el día anterior. La cara de Iván se oscureció repentinamente y dijo, observando a la mujer con el rabillo del ojo:

—¡Inturistas! Estáis locos con los inturistas. Pero le aseguro que entre ellos hay gente muy curiosa. Precisamente ayer conocí yo a uno que era una maravilla.

Faltó muy poco para que se pusiera a contarle lo de Poncio Pilatos, pero se contuvo porque comprendió que no conduciría a nada, que ella no le podría ayudar.

1. Inturist, oficina de turismo extranjero en la Unión Soviética. (*N. de la T.*)

Cuando Iván salió del baño, encontró todo lo que un hombre en esas circunstancias puede necesitar: camisa planchada, calzoncillos y calcetines. Pero esto no era todo, porque la mujer abrió un armario y, señalando a su interior, preguntó a Iván:

—¿Qué prefiere, un batín o un pijama?

Iván, sujeto a la fuerza a su nueva residencia, por poco pega un salto de asombro ante el desparpajo de la mujer. Apuntó con el dedo a un pijama de franela roja.

Luego le condujeron a través de un pasillo desierto y silencioso hasta un enorme despacho. Decidió adoptar una postura irónica ante la magnificencia con que estaba instalado aquel edificio y bautizó el despacho con el apodo de «cocina fábrica».[2]

No andaba descaminado. Había armarios de todos los tamaños con brillantes instrumentos niquelados. Había sillones de complicada estructura, grandes lámparas con pantallas relucientes, un sinnúmero de frascos, mecheros de gas, cables eléctricos y aparatos completamente desconocidos.

Tres personas le atendieron en el despacho; dos mujeres y un hombre. Los tres de blanco. Empezaron llevándole junto a una mesa, que había en un rincón, con la clara intención de hacer indagaciones.

Iván se puso a analizar su situación. Se le ocurrían tres caminos a seguir. El primero, y el que más le seducía, era arrojarse contra las lámparas y el extraño instrumento y destrozarlos para demostrar su disconformidad con la injusta detención. Pero el Iván de hoy era muy distinto al Iván de ayer, y esta primera solución le pareció contraproducente. Era muy probable que le tomaran por un loco agresivo. Desechó por completo esta primera opción. Otra actitud podría ser la de contarles de inmediato todo el asunto del profesor consejero y de Poncio Pilatos, pero sus experiencias del día anterior le habían demostrado que nadie creería su relato y

2. Tiendas especiales en las que se pueden adquirir platos cocinados. *(N. de la T.)*

que lo tergiversarían. Rechazó también este camino y eligió un tercero: encerrarse en un silencio digno.

No le fue posible mantenerse en esta postura hasta el final, porque tuvo que responder a una serie de preguntas, aunque lo hizo de manera escueta y con bastante hosquedad. Le preguntaron todo lo preguntable sobre su vida pasada, hasta detalles tan pequeños como los relativos a la escarlatina que pasó quince años atrás. Una de las mujeres de bata blanca, después de llenar una página entera, la volvió y pasó a preguntarle sobre su familia. ¡Esto ya era el colmo! Quién murió, cuándo y por qué, si bebía o no, si no había tenido enfermedades venéreas, y cosas por el estilo. Por fin le pidieron que contara lo sucedido el día anterior en Los Estanques del Patriarca, pero no se pusieron muy pesados y parecían no extrañarse con la historia de Pilatos.

Entonces la mujer cedió a Iván a un hombre que tenía una táctica muy distinta y no le preguntaba nada. Le tomó la temperatura y el pulso, le miró los ojos alumbrándolos con una lámpara especial. Luego vino en su ayuda una mujer y le pincharon con algo en la espalda, pero sin hacerle daño; con el mango de un martillo le hicieron unos dibujos en el pecho, le dieron golpecitos en las rodillas con dos macillos haciéndole saltar las piernas; le pincharon en un dedo y le sacaron sangre, también le pincharon en una vena del brazo y le pusieron en los brazos unas pulseras de goma...

A todo esto, Iván esbozaba una sonrisa amarga como para sus adentros y pensaba que todo estaba resultando muy raro, absurdo. ¡Quién se lo iba a decir! Había querido advertirles de la amenaza de peligro que representaba el desconocido consejero, intentaba detenerlo y lo único que consiguió fue encontrarse en un misterioso gabinete, hablando de su tío Fedor, que en Vólogda se dedicaba a beber como una cuba. ¡Qué estupidez tan inaguantable!

Por fin terminaron con él y le acompañaron a su habitación, donde le sirvieron una taza de café, dos huevos pasados por agua y pan con mantequilla. Comió y bebió todo lo que le habían ofrecido; después, decidió esperar al que dirigiera aquella institución y reclamar de él atención y justicia.

Su espera no fue larga, porque el director apareció enseguida. De pronto se abrió la puerta del cuarto de Iván y entró un grupo de personas con batas blancas. Les precedía un hombre cuidadosamente afeitado, como un actor, de unos cuarenta y cinco años, con ojos simpáticos, pero muy penetrantes, y de correctos ademanes. Todo el séquito daba muestras de atención y respeto al director, por lo que su entrada resultó muy solemne. ¡Igual que Poncio Pilatos!, pensó Iván.

Sin duda alguna era el más importante. Se sentó en una banqueta; los demás permanecían de pie.

—Doctor Stravinski —se presentó a Iván el recién llegado, mirándole con benevolencia.

—Aquí tiene, Iván Nikoláyevich —dijo sin alzar la voz uno de barbita bien arreglada, alargándole un papel escrito de arriba abajo.

Han preparado todo un expediente, pensó Iván. El jefe echó una ojeada al papel con gesto mecánico, murmurando: «Hum, ajá», y cambió varias frases con los allí presentes en un idioma poco conocido. También habla en latín, como Pilatos, pensó Iván con tristeza. Oyó una palabra que le hizo estremecerse: «esquizofrenia», la misma que pronunciara el maldito extranjero el día anterior en Los Estanques del Patriarca, y que ahora repetía el profesor Stravinski. También lo sabía, meditó angustiado Iván.

Por lo que se podía apreciar, el jefe había decidido estar de acuerdo con todo lo que dijeran los demás y demostraba su alegría con expresiones tales como «bueno, muy bien».

—Muy bien —dijo Stravinski, devolviendo la hoja a uno de los del séquito.

Después añadió dirigiéndose a Iván:

—¿Es usted poeta?

—Sí, soy poeta —dijo Iván con aire sombrío; sentía de pronto una inexplicable repulsión hacia la poesía; sus versos, que acababa de recordar, le parecían embarazosos.

Frunciendo el entrecejo, preguntó a su vez a Stravinski:

—¿Es usted profesor?

Stravinski afirmó con una inclinación cortés.

—¿Y es el jefe de todo esto? —seguía Iván.

Stravinski inclinó la cabeza de nuevo.

—Necesito hablar con usted —dijo Iván Nikoláyevich con aire significativo.

—Precisamente para eso estoy aquí —respondió Stravinski.

—Es que —empezó Iván, pensando que había llegado su hora— me han tomado por loco y nadie me quiere escuchar.

—¡Por favor! Estamos dispuestos a escucharle con muchísimo gusto —dijo Stravinski serio y tranquilizador— y no permitiremos de ningún modo que lo tomen por loco.

—Pues entonces escuche: ayer por la tarde, un tipo muy misterioso se me acercó estando yo en Los Estanques del Patriarca. No estoy seguro de si era o no extranjero. Sabía de antemano todo lo referente a la muerte de Berlioz y había visto personalmente a Poncio Pilatos.

Los miembros del séquito permanecían inmóviles, escuchando al poeta en silencio.

—¿Pilatos? ¿Es el que vivió cuando Jesucristo, no? —preguntó Stravinski, mirando fijamente a Iván.

—Ese mismo.

—Bien —dijo Stravinski—. ¿Y ese Berlioz murió atropellado por un tranvía?

—Eso es, exactamente ayer le atropelló un tranvía en Los Estanques, delante de mis ojos, y ese misterioso ciudadano...

—¿El amigo de Pilatos? —interrumpió Stravinski, que parecía muy comprensivo.

—El mismo —afirmó Iván, estudiando a Stravinski—, y ya sabía que Anushka había vertido el aceite... ¡Y allí mismo fue donde resbaló! ¿Qué opina usted? —preguntó Iván con interés, esperando causar una gran impresión.

Pero no hubo tal impresión. Stravinski preguntó sencillamente:

—Y esa Anushka, ¿quién es?

A Iván le desagradó la pregunta, y, cambiando de expresión, respondió un poco nervioso:

—Anushka no tiene ninguna importancia. ¡El diablo sabrá quién es! Es una imbécil de la Sadóvaya. Lo que importa es que él lo sabía con anterioridad, ¿comprende? Sabía lo del aceite. ¿Me entiende?

—Perfectamente —contestó muy serio Stravinski, dándole al poeta un golpecito en la rodilla, y añadió—: siga y no se altere.

—Sigo —dijo Iván, tratando de hablar en el mismo tono de Stravinski, sabiendo por triste experiencia que solo la calma podía ayudarle—. Pues ese tipo siniestro (que se hace pasar por consejero) tiene un poder extraordinario. Por ejemplo, echas a correr detrás de él y no hay manera de alcanzarle... Le acompaña una parejita de cuidado y muy curiosa también, un tipo largo con los cristales de los impertinentes rotos y un gato de un tamaño increíble, que encima viaja solo en el tranvía. Además —en vista de que nadie le interrumpía, Iván hablaba cada vez con más seguridad y convencimiento— ha estado personalmente en el balcón de Poncio Pilatos, de eso no hay duda alguna. Pero ¿qué le parece todo esto? Hay que detenerle rápidamente, o hará un daño irreparable.

—Vamos a ver, si no le he entendido mal, lo que usted trata de conseguir es que le detengan, ¿no es así?

Es inteligente, pensaba Iván; hay que reconocer que entre los intelectuales también se encuentra gente con cerebro. No hay duda. Y contestó:

—Claro, pero ¿cómo no me voy a empeñar? Piense si no lo haría usted mismo. Y mientras tanto me tienen aquí a la fuerza, me meten una lámpara en los ojos, me bañan y me preguntan sobre mi tío Fedor, que hace ya bastante tiempo que no existe. ¡Exijo que me dejen salir!

—Muy bien, muy bien —respondió Stravinski—; ahora todo se ha aclarado. Tiene razón, ¿qué objeto tiene el retener en un sanatorio a un hombre cuerdo? Bien, le dejo salir ahora mismo si me dice que es normal. No me lo demuestre, dígamelo simplemente. Entonces, ¿es usted normal?

Hubo una pausa. La gorda que había atendido a Iván por la mañana miraba al profesor con veneración. Iván pensó de nuevo: Realmente, este hombre es inteligente.

La proposición del profesor le pareció perfecta y se puso a pensar con calma su respuesta, frunció el entrecejo y, por fin, dijo con seguridad.

—Soy normal.

—Muy bien —exclamó Stravinski aliviado—; si es así, vamos a dialogar con lógica. Empecemos por su día de ayer —se volvió y enseguida le dieron la hoja de Iván—. En la persecución del desconocido que se presentó como amigo de Poncio Pilatos, usted hizo todas las cosas siguientes —Stravinski empezó a doblar sus afilados dedos uno por uno, mirando alternativamente a Iván y a la hoja de papel—: se colgó un icono al pecho, ¿no es así?

—Sí —asintió Iván con aire taciturno.

—Se cayó de una valla, arañándose la cara, ¿no es verdad? Y apareció en el restaurante con una vela encendida, en paños menores. Y se pegó con alguien. Le trajeron aquí atado. Una vez aquí, llamó a las milicias, pidiendo que le mandaran ametralladoras. Luego intentó saltar por la ventana. ¿No? Dígame, ¿cree usted que actuando de ese modo se puede llegar a cazar a alguien? Y si usted es normal, me dirá que no, que no es un método. ¿Se quiere marchar de aquí? De acuerdo, hágalo. Pero antes una pregunta, por favor: ¿adónde piensa ir?

—A las milicias, naturalmente —contestó Iván, ya con bastante menos aplomo y sintiéndose un poco confuso frente a la mirada del profesor.

—¿Directamente desde aquí?

—Sí.

—¿Y no pasará antes por su casa? —preguntó Stravinski con rapidez.

—¡Pero si no tengo tiempo! Mientras yo me paseo y voy a mi casa, ¡se larga!

—Bien. ¿Y qué será lo primero que diga a las milicias?

—Lo de Pilatos —respondió Iván, y sus ojos parecían velarse con una nubecilla lúgubre.

—¡Perfecto! —exclamó Stravinski conquistado, y, volviéndose al de la barbita, ordenó—: Fedor Vasílievich, puede dar de baja al ciudadano Desamparado, pero no ocupe esta habitación ni cambie la ropa de cama. Dentro de dos horas el ciudadano Desamparado estará aquí. Bien —se dirigió al poeta—, no puedo desearle éxito, porque tengo la absoluta certeza de que no lo tendrá. ¡Hasta pronto! —se levantó y su séquito inició la marcha.

—¿Y qué razón voy a tener para volver aquí? —preguntó Iván, preocupado.

Stravinski parecía esperar esta pregunta, porque se sentó de nuevo y empezó a decir:

—Por la simple razón de que en cuanto aparezca usted en las milicias en calzoncillos, diciendo que ha visto a un hombre que conoce personalmente a Poncio Pilatos, le traerán aquí inmediatamente y se tendrá que quedar en esta misma habitación.

—¿Y qué tienen que ver los calzoncillos? —preguntó Iván, mirando alrededor, desconcertado.

—Lo importante es Poncio Pilatos, desde luego, pero el que vaya en calzoncillos también influirá. Porque tiene que dejar aquí la ropa del sanatorio y ponerse la suya. Le recuerdo que vino aquí en calzoncillos. Y como usted no tiene la intención de pasar por casa, aunque yo se lo he insinuado... Luego lo de Pilatos..., y es cosa hecha.

A Iván le pasaba ahora algo muy extraño. Su voluntad parecía escindirse. Se sentía débil y necesitado de consejo.

—Pero ¿qué hago? —preguntó tímidamente.

—¡Así me gusta! —respondió Stravinski—. Esto ya es ponerse en razón. Déjeme contarle lo que le ha pasado. Ayer hubo alguien que provocó un disgusto, un temor, contándole una historia sobre Pilatos y alguna otra cosa. Y usted, sobreexcitado y nervioso, se puso a recorrer la ciudad hablando de Poncio Pilatos. Es lógico que le hayan tomado por loco. Lo único que puede salvarle es una cura de absoluto reposo. Lo que tiene que hacer, por tanto, es quedarse aquí.

—¡Pero si hay que pescarle enseguida! —gritó Iván suplicante.

—De acuerdo, pero ¿por qué lo tiene que hacer precisamente usted? Escriba un informe, relate sus sospechas y su denuncia contra esa persona. Se mandará su declaración a donde sea necesario, no es ningún problema. Y si, como usted cree, se trata de un delincuente, lo aclararán enseguida. Pero todo esto con la condición de no hacer un enorme esfuerzo cerebral, y, sobre todo, piense menos en Poncio Pilatos. ¡Si fuésemos a creer en todas las historias que se cuentan!

—¡Comprendido! —exclamó Iván en un arranque de decisión—. Solicito que se me dé lápiz y papel.

—Dele papel y un lápiz cortito —ordenó Stravinski a la gorda—. Pero le aconsejo que hoy no escriba nada.

—¿Cómo que no? ¡Hay que hacerlo hoy, precisamente hoy! —gritó Iván asustado.

—Bueno, pero sin esforzarse. Si no lo hace hoy, ya lo hará mañana.

—¡Se escapará!

—Eso no —aseguró Stravinski—, no irá a ningún sitio, se lo garantizo. Y recuerde que aquí le ayudarán en todo lo posible, sin eso no conseguirá nada. ¿Me oye? —preguntó Stravinski con aire significativo. Cogiéndole las manos a Iván Nikoláyevich y mirándole fijamente a los ojos, repitió varias veces, sin soltarle—: Aquí le vamos a ayudar. ¿Entiende? Le vamos a ayudar. Se sentirá mejor, es un sitio tranquilo, silencioso... Le vamos a ayudar...

De pronto, Iván Nikoláyevich bostezó y se suavizó su expresión.

—Sí, sí —dijo en voz baja.

—Muy bien —concluyó Stravinski, como de costumbre, y se levantó—; adiós. —Le estrechó la mano y ya a la salida dijo, volviéndose hacia el de la barbita—: Sí, pruebe el oxígeno y los baños.

Instantes después, Iván no tenía a nadie frente a él. El profesor y su séquito habían desaparecido. Más allá de la reja de la ventana, iluminado por un sol de mediodía, se veía el pinar revestido de alegre primavera y un poco más cerca brillaba el río.

9

Cosas de Koróviev

Nikanor Ivánovich Bosói, presidente de la comunidad de vecinos del inmueble número trescientos dos bis, de la moscovita calle Sadóvaya —donde viviera el difunto Berlioz—, estaba bastante ocupado desde la noche anterior, es decir, desde la noche del miércoles al jueves.

Como ya sabemos, a medianoche se había presentado en su casa una comisión (en la que se encontraba Zheldíbin), que lo despertó para comunicarle la muerte de Berlioz y para que les acompañara al apartamento número cincuenta, donde fueron cuidadosamente sellados los manuscritos y objetos personales del difunto.

En el piso no encontraron ni a Grunia, la sirvienta, ni al frívolo Stepán Bogdánovich. Los de la comisión explicaron a Nikanor Ivánovich que se llevarían los apuntes y manuscritos del difunto para efectuar un análisis, y que la parte del piso que habitaba Berlioz, o sea, las tres habitaciones (despacho, cuarto de estar y comedor, que pertenecieron a la joyera), pasaría a disposición de la comunidad de vecinos. Los objetos personales tendrían que quedar depositados hasta que aparecieran los herederos.

La noticia de la muerte de Berlioz corrió por la casa a un ritmo sorprendente, y desde las siete de la mañana del jueves Bosói no dejó de recibir llamadas telefónicas y visitas de los aspirantes a la vivienda del difunto. A las dos horas, Nikanor Ivánovich había recibido ya treinta y dos solicitudes.

Solicitudes que contenían súplicas, amenazas, líos, denuncias, promesas de hacer obra en la casa por propia cuenta, alusiones a estar viviendo en una estrechez insoportable; incluso referencias a la imposibilidad de continuar conviviendo con bandidos. Había también una descripción, impresionante por su fuerza plástica, del robo de unos ravioles, expresamente colocados en el bolsillo de una chaqueta; esto había sucedido en el apartamento número treinta y uno. Y también había dos promesas de acabar con la propia vida, de suicidarse, y una confesión de embarazo secreto.

Nikanor Ivánovich tenía que salir a menudo al vestíbulo de su piso. Le cogían por un brazo, le susurraban algo al oído y le prometían que no olvidarían la deuda.

Hasta la una de la tarde duró el suplicio. Entonces Nikanor Ivánovich trató sencillamente de escapar, para lo que salió de su casa en dirección a la oficina que estaba situada junto a la verja del inmueble. Pero el asedio no cesó y también tuvo que huir de allí. Aunque con bastante dificultad, consiguió despistar a los que le perseguían entrando por el patio asfaltado, y por fin desapareció en el sexto portal, donde, en el quinto piso, se encontraba el maldito apartamento número cincuenta.

Nikanor Ivánovich, que era algo grueso, tuvo que pararse en el descansillo de la escalera para recobrar la respiración. Después llamó al timbre de la puerta del apartamento, pero nadie abría. Irritado y gruñendo en voz baja, llamó una y otra vez, pero sin resultado. Harto de esperar, sacó del bolsillo un manojo de llaves que pertenecía a la administración, abrió la puerta con mano autoritaria y entró en la casa.

—¡Oye, muchacha! —gritó Nikanor Ivánovich una vez en el vestíbulo, que estaba semi a oscuras—. ¡Grunia, o como te llames! ¿Dónde estás?

Nadie contestó.

Nikanor Ivánovich sacó de la cartera una cinta métrica, quitó el lacre de la puerta del despacho y dio un paso hacia adentro. Sí, un paso sí que lo dio, pero no llegó a dar más, porque el asombro le detuvo en la puerta; hasta se estremeció.

Sentado junto a la mesa del difunto estaba un ciudadano

largo y flaco, con una chaqueta a cuadros, gorrita de jockey e impertinentes; en una palabra: nuestro amigo de siempre.

—¿Quién es usted, ciudadano? —preguntó Nikanor Ivánovich asustado.

—¡Vaya! ¡Nikanor Ivánovich! —gritó el inesperado ocupante, con voz aguda y tintineante, y levantándose de un salto saludó al presidente con un respetuoso y forzado apretón de manos. A Nikanor Ivánovich no le calmó aquel saludo lo más mínimo.

—Perdone —habló con cierta sospecha—. ¿Quién es usted? ¿Es usted una personalidad oficial?

—¡Ay, Nikanor Ivánovich! —exclamó cordialmente el desconocido—. Personalidad oficial o no oficial, ¿qué más da? Todo es relativo. Depende del punto de vista desde el que se enfoque la cuestión. Sí, sí, depende de las circunstancias. Hoy puede que no sea una personalidad oficial, pero mañana, ¿quién sabe?, puedo serlo perfectamente. También sucede al revés, ¡y tan a menudo, además!

Naturalmente, estos razonamientos no sirvieron para tranquilizar al presidente de la comunidad de vecinos, el cual, desconfiado por naturaleza, dedujo de las divagaciones del ciudadano que no era una personalidad oficial y que, probablemente, sería un don Nadie.

—Pero bueno, ¿quién es usted?, ¿cómo se llama? —preguntó en tono severo, avanzando hacia el desconocido.

—Mi apellido —dijo el ciudadano, sin inmutarse lo más mínimo— digamos que es Koróviev. ¿Quiere tomar algo? Pero sin cumplidos, ¿eh?

—¡Oiga usted! —hablaba Nikanor Ivánovich con verdadera indignación—. ¿Pero qué es lo que dice? —Es auténticamente desagradable, pero hay que reconocer que Nikanor Ivánovich era un tipo bastante basto.— Está prohibido entrar donde el difunto. ¿Qué hace usted aquí?

—Siéntese, Nikanor Ivánovich —decía sin el menor azoramiento el ciudadano. Y se puso a trajinar de aquí para allá, intentando acomodar al presidente en un sillón. Nikanor Ivánovich, completamente enfurecido, rechazó el sillón.

—¡Que quién es usted, estoy diciendo!

—Permita que me presente, soy el intérprete de una personalidad extranjera que reside en este apartamento —dijo el llamado Koróviev, dando un taconazo con una bota rojiza y sucia.

Nikanor Ivánovich abrió la boca de asombro. La presencia allí de un extranjero y de su intérprete no era para menos. Pidió al intérprete que explicara su situación, lo que este hizo gustosísimo. El director del Varietés, Stepán Bogdánovich Lijodéyev, había tenido la amabilidad de invitar al artista extranjero, señor Voland, a que residiera en su casa durante los días que estuviera en Moscú para actuar, una semana aproximadamente. Sobre esto, Lijodéyev había escrito a Nikanor Ivánovich el día anterior pidiéndole que inscribiera al extranjero en el registro provisional, mientras él, Lijodéyev, estuviera en Yalta.

—Pues no me ha escrito nada —dijo el presidente sorprendido.

—Mire en su cartera, Nikanor Ivánovich —propuso Koróviev con dulzura.

Encogiéndose de hombros, Nikanor Ivánovich abrió la cartera y descubrió la carta de Lijodéyev.

—Pero ¿cómo es posible que lo olvidara? —balbuceaba Nikanor Ivánovich, completamente desconcertado.

—¡Eso pasa a menudo, Nikanor Ivánovich! —cotorreaba Koróviev—. Una distracción, un despiste, agotamiento, tensión alta, querido Nikanor Ivánovich. Sí, eso es cosa corriente. Yo soy más despistado que nadie. Ya le contaré cosas de mi vida otro día, cuando tomemos una copa, le aseguro que se partirá de risa.

—¿Y cuándo se va Lijodéyev a Yalta?

—¡Si ya se ha ido! —gritaba el intérprete—, ¡ya está en camino! ¡El diablo sabrá por dónde anda ahora! —y agitó los brazos como si fuera un molino de viento.

Nikanor Ivánovich quería ver al extranjero personalmente, pero recibió una rotunda negativa:

—Imposible —dijo el intérprete—. Está ocupadísimo.

Amaestrando al gato. Eso sí, si usted quiere puedo enseñarle el gato.

Nikanor Ivánovich se negó. Y el intérprete le hizo una propuesta inesperada: teniendo en cuenta que al extranjero no le gustaba en absoluto vivir en hoteles y estaba acostumbrado a vivir a sus anchas, ¿no podría la comunidad de vecinos alquilarle todo el piso, incluyendo las habitaciones del difunto, durante una semana, es decir, el tiempo que permaneciera en Moscú, cumpliendo su misión?

—Al difunto seguro que le da igual —susurraba Koróviev—, porque no me negará, Nikanor Ivánovich, que el piso ya no lo necesita para nada.

Nikanor Ivánovich estaba algo desconcertado. Alegó que los extranjeros tenían que vivir en el Metropol, no en casas particulares.

—Sí, sí, claro, pero es que este es muy caprichoso —decía Koróviev en voz baja—, ¡no quiere! No le gustan los hoteles. Estoy de los «inturistas» hasta aquí —se quejaba en tono confidencial señalándose con un dedo el cuello nudoso—. ¡Me tienen harto! Cuando vienen, o se dedican a espiar, como unos hijos de perra, o me dan la lata con sus caprichos: esto está mal, lo otro también. Y para su comité es un auténtico negocio. El dinero no es problema para él —Koróviev se volvió y le susurró al presidente al oído—: ¡Es millonario!

La proposición era realmente práctica. Esto era innegable. Era una proposición seria, desde luego, pero había algo terriblemente informal en el modo de hablar del individuo, en su modo de vestir y en los ridículos impertinentes que no servían para nada. Al presidente todo esto le producía una desconfianza angustiosa, pero, a pesar de todo, decidió admitir la proposición. La realidad, no declarada, era que la comunidad de vecinos tenía un déficit bastante respetable. Cuando llegara el otoño tenían que comprar petróleo para la calefacción, pero nadie sabía de dónde podrían sacar el dinero necesario. El «inturista» les ayudaría a salir del paso. Nikanor Ivánovich era un hombre práctico y prudente. Antes de decidir le dijo al intérprete que tenía que consultarlo con la Oficina de Turismo Extranjero.

—¡De acuerdo! —exclamó Koróviev—, hay que consultarlo, naturalmente. Ahí hay un teléfono, aclárelo enseguida, y ya sabe que por dinero no tiene que preocuparse —decía llevándole hacia el vestíbulo donde se encontraba el teléfono—. ¡Nadie mejor que él para sacarle dinero! ¡Si viera el chalet que tiene en Niza! Cuando vaya al extranjero el verano que viene, no deje de visitarlo, ¡quedará usted maravillado!

La rapidez con que solucionaron el problema en la Oficina de Turismo sorprendió a Nikanor Ivánovich. No pusieron ninguna dificultad y, por lo visto, ya tenían idea de que el señor Voland pensaba quedarse en el piso de Lijodéyev.

—¡Estupendo! —gritaba Koróviev.

El presidente, sin reponerse aún de su asombro, declaró que la comunidad de vecinos estaba de acuerdo en alquilar al artista Voland el piso número cincuenta por la cantidad de...

—Nikanor Ivánovich vaciló antes de contestar— quinientos rublos diarios.

Koróviev le hizo un guiño y, mirando furtivamente en dirección al dormitorio del que llegaba el rumor de los saltos del pesado gato, dijo con voz ronca:

—Eso serían unos tres mil quinientos a la semana, ¿no?

A Nikanor Ivánovich, que esperaba que el intérprete hubiera dicho algo así como: «pica usted alto, ¿eh?, querido Nikanor Ivánovich», el asombro ya no le cabía en el cuerpo cuando aquel dijo:

—¡Pero hombre, si eso no es dinero! ¡Pida más, que se lo dará! ¡Pida cinco!

Nikanor Ivánovich, ya enteramente trastornado, se encontró sin saber cómo junto a la mesa del muerto, donde Koróviev, con bastante prontitud y habilidad, esbozó dos ejemplares de contrato. Se lanzó al dormitorio y volvió con los contratos firmados ya por el extranjero. El presidente puso también su firma.

Koróviev solicitó que le extendiera un recibo por cinco mil.

—Con letra, con letra, Nikanor Ivánovich... —y diciendo algo que parecía no venir a cuento— *eine, zwei, drei* —sacó cinco paquetes de billetes nuevos y se los tendió al presidente.

Y después, la operación de contar, amenizada por las bromas y refranes que decía Koróviev: «Quien guarda, halla», «El ojo del amo engorda al caballo».

Una vez contado el dinero, Koróviev entregó al presidente el pasaporte del extranjero para su registro provisional. Nikanor Ivánovich guardó el contrato y el dinero en su cartera, e incapaz de contenerse pidió tímidamente un vale.

—¡Qué cosas tiene! —rugió Koróviev—. ¿Cuántos quiere? ¿Doce, quince?

El perplejo presidente explicó que necesitaba solo dos, uno para él y otro para Pelagia Antónovna, su mujer.

Koróviev sacó inmediatamente una libreta y firmó un vale para dos en la primera fila. Le alargó el vale a Nikanor Ivánovich con la mano izquierda, mientras ponía con la derecha un crujiente y grueso paquete en la mano del presidente. Nikanor Ivánovich echó una mirada al paquete, se puso rojo y lo rechazó con la mano.

—No, no, por favor, eso no está permitido —murmuró él.

—¿Cómo que no? —le decía Koróviev, al oído—. Nosotros no lo hacemos, pero los extranjeros sí. Si no lo acepta se va a ofender, Nikanor Ivánovich, y eso no sería conveniente. ¡Ha hecho usted tanto!...

—Se castiga severamente —articuló el presidente en voz bajísima y mirando en derredor.

—¿Y dónde están los testigos? —le susurró en el otro oído Koróviev—. Dígame, ¿dónde están?

Y entonces, como más tarde explicaba el presidente, sucedió un milagro: ¡el paquete, solito, se metió en su cartera!

El presidente, medio mareado, alteradísimo, se encontró en la escalera. Tenía en la cabeza un tremendo remolino de ideas. Pasaban por su mente el chalet de Niza, el gato amaestrado, la idea de que verdaderamente no hubo testigos y que Pelagia Antónovna se pondría muy contenta con el vale. Eran sensaciones incoherentes, pero agradables. Pero algo le perturbaba en el fondo de su alma, algo parecido a unos pinchazos. Era su conciencia intranquila. Y, ya en la escalera, una idea repentina, como un golpe, le cruzó por la mente. ¿Cómo había entrado el intérprete en el despacho, si la puerta estaba lacrada? ¿Y por qué no se lo había preguntado él mismo? Durante un momento se detuvo mirando fijamente con cara de borrego los peldaños de la escalera, luego decidió mandarlo todo a paseo y no atormentarse más con cuestiones complicadas.

En cuanto el presidente hubo abandonado el apartamento, salió una voz baja del dormitorio:

—No me gusta nada ese Nikanor Ivánovich. Es un fresco, un tunante. ¿No podríamos hacer algo para que no vuelva más?

—*Messere*, bastaría con una orden suya... —respondió Koróviev, pero con una voz no cascada, sino limpia y sonora.

A los pocos segundos el condenado intérprete entraba en el vestíbulo; marcó un número y se puso a hablar con voz acongojada:

—¡Oiga! Siento que es mi deber poner en su conocimiento que el presidente de la comunidad de vecinos de la casa número trescientos dos bis de la Sadóvaya, Nikanor Ivánovich Bosói, se dedica al tráfico de divisas. En su apartamento (el número treinta y cinco), en el tubo de ventilación del retrete, hay cuatrocientos dólares envueltos en papel de periódico. Les habla el inquilino del piso once de dicho inmueble, mi nombre es Timoféi Kvastsov y les ruego no revelen mi identidad, porque temo que dicho presidente se vengaría.

¡Y el muy canalla colgó el auricular!

Lo que pasó después en el piso número cincuenta es algo que desconocemos, pero sí sabemos lo que estaba ocurriendo en el piso de Nikanor Ivánovich. Después de encerrarse en el cuarto de baño, sacó el paquetito de la cartera —el que le encasquetara el intérprete—, se aseguró de que su contenido eran cuatrocientos rublos, lo envolvió en un papel de periódico y lo puso en el tubo de ventilación.

Cinco minutos después, el presidente estaba tranquilamente sentado a la mesa de su pequeño comedor. Su mujer le trajo de la cocina un arenque cuidadosamente partido y cubierto de cebolleta verde. Nikanor Ivánovich se sirvió un vaso de vodka que bebió enseguida, se sirvió otro y se lo tomó y pinchó con el tenedor tres trocitos de arenque... En ese momento sonó el timbre. Pelagia Antónovna traía una cacerola humeante. Con una simple mirada se daba uno perfecta cuenta de que en medio del *borsh* en llamas había algo de lo más apetitoso, un hueso con tuétano. Nikanor Ivánovich tragó saliva y gruñó como un perro:

—¡Que se vayan al cuerno! ¿Es que no me van a dejar ni comer? ¡Que no entre nadie! ¡Di que no estoy! Si vienen a preguntar por el piso, cuéntales que habrá reunión la semana que viene, ¡que me dejen en paz!

Su esposa corrió al vestíbulo y Nikanor Ivánovich con un cucharón en las manos, empezó a sacar el hueso con una raja a lo largo, en el mismo momento en que entraban en la habitación dos ciudadanos y, con ellos, Pelagia Antónovna, muy pálida. Al verlos, Nikanor Ivánovich palideció. Se levantó.

—¿Dónde está el retrete? —preguntó con aire preocupado uno que llevaba camisa blanca. Algo golpeó la mesa del comedor y produjo una detonación: era el cucharón que había caído sobre el hule.

—Por aquí, por aquí —dijo rápidamente Pelagia Antónovna.

Los recién llegados la siguieron ligeros al pasillo.

—¿Pero qué pasa? —preguntó en voz baja Nikanor Ivánovich, siguiendo a su vez a los ciudadanos—. En nuestra casa no pueden encontrar nada... Por favor..., me permiten sus documentos...

Uno de ellos le mostró el suyo, sin pararse, mientras que el otro estaba ya en el retrete, encima de una banqueta, buscando con la mano en el tubo de ventilación. Nikanor Ivánovich apenas veía. Descubrieron el paquete, que no contenía rublos, sino unos billetes desconocidos, azules o verdes, con la efigie de un viejo. Nikanor Ivánovich no pudo verlos con claridad; una nube, unas manchas, le cegaban.

—Dólares en la ventilación... —dijo pensativo uno de los

ciudadanos, y preguntó a Nikanor Ivánovich con voz suave y amable—: ¿Es suyo este envoltorio?

—¡No! —respondió Nikanor Ivánovich con voz terrible—. ¡Lo han puesto aquí enemigos!

—Sí, eso suele pasar —afirmaba uno, y añadió de nuevo con voz suave—: Bueno, hay que entregar el resto.

—¡No tengo!, ¡les juro que es la primera vez que los veo! —gritó el presidente lleno de desesperación.

Se precipitó hacia la cómoda, abrió nerviosamente un cajón del que sacó su cartera, mientras gritaba incoherente:

—¡Tengo aquí el contrato... Ese sinvergüenza del intérprete... Koróviev..., con impertinentes!

Abrió la cartera, echó una ojeada dentro, metió la mano... y su rostro adquirió una tonalidad azul; la dejó caer en el *borsh*. En la cartera no había nada, ni la carta de Stiopa, ni el contrato, ni el pasaporte del extranjero, ni dinero, ni el vale. En una palabra: nada; bueno, sí, allí estaba la cinta métrica.

—¡Camaradas! —gritaba el presidente frenético—. ¡Hay que detenerles! ¡El diablo está en esta casa!

Quién sabe lo que pasó por la cabeza de Pelagia Antónovna, que juntando las manos y con expresión de asombro, gritó:

—¡Confiésalo todo, Nikanor, lo tendrán en cuenta!

Los ojos rojos de ira, Nikanor Ivánovich levantó los puños cerrados sobre la cabeza de su mujer, lanzando un tremendo alarido:

—¡Maldita imbécil!

Después, casi sin fuerzas, se deslizó sobre una silla, decidido probablemente a afrontar lo irremediable.

Y mientras esto sucedía, Timoféi Kondrátievich Kvastsov estaba en el descansillo de la escalera, junto a la puerta del piso del presidente, con el oído o con el ojo pegados al agujero de la cerradura sin poder dominar su curiosidad.

Cinco minutos después, los inquilinos que estaban en el patio vieron cómo el presidente, acompañado por dos individuos, salía en dirección a la verja de la casa.

Contaban que Nikanor Ivánovich tenía la cara descompuesta, que andaba dando tumbos como si estuviera borracho y que iba murmurando algo entre dientes.

Y una hora más tarde, un ciudadano desconocido entraba en el piso número once, donde precisamente en ese momento Timoféi Kondrátievich, lleno de satisfacción, relataba a otros vecinos cómo se habían llevado al presidente. El desconocido le hizo una seña con el dedo, para que fuera de la cocina al vestíbulo, le dijo algo y desaparecieron los dos.

10

Noticias de Yalta

Mientras sobre Nikanor Ivánovich caía aquella desgracia, también en la Sadóvaya, y bastante cerca del inmueble número trescientos dos bis, Rimski, director de finanzas del Varietés, estaba en su despacho acompañado por Varenuja, el administrador.

El despacho estaba situado en la segunda planta del edificio. Dos de las ventanas del amplio despacho daban a la calle y una tercera, a espaldas del director, al parque de verano del Varietés, en el que había un bar con refrescos, el campo de tiro y un escenario al aire libre. Decoraban la estancia, además del escritorio, unos viejos carteles murales colgados en la pared, una mesa pequeña con un jarro de agua, cuatro sillones y una antigua maqueta llena de polvo, que debió de ser para alguna revista. Y había, como es lógico, una caja fuerte, de tamaño mediano, desconchada y vieja, colocada junto a la mesa, a mano izquierda de Rimski.

Rimski, que llevaba sentado a su mesa toda la mañana, estaba de mal humor; Varenuja, por el contrario, se encontraba animoso, con viva actividad. Pero no era capaz de dar salida a su energía.

En los días de cambio de programa, Varenuja se refugiaba en el despacho del director de finanzas, huyendo de los que le amargaban la vida pidiéndole pases. Este era uno de esos días. En cuanto sonaba el timbre del teléfono, Varenuja descolgaba el auricular y mentía:

—¿Por quién pregunta? ¿Varenuja? No está. Ha salido del teatro.

—Oye, por favor, llama otra vez a Lijodéyev —dijo Rimski irritado.

—Te he dicho que no está. Mandé a Kárpov. No hay nadie en su casa.

—¡Solo me faltaba oír eso! —refunfuñaba Rimski, haciendo ruido con la máquina de cálculos.

Se abrió la puerta y entró un acomodador, arrastrando un paquete de carteles suplementarios, recién impresos en papel verde con letras rojas. Se leía:

Todos los días desde hoy en el teatro Varietés y fuera
de programa
EL PROFESOR VOLAND
Magia negra. Sesiones con la revelación de sus trucos

Varenuja tiró un cartel sobre la maqueta, se apartó para contemplarlo mejor y ordenó después al acomodador que se pegaran todos los ejemplares.

—Ha quedado bien llamativo —indicó Varenuja al salir el acomodador.

—Pues a mí todo este asunto no me hace ninguna gracia —gruñía Rimski, mirando al cartel con enfado a través de sus gafas de concha—. Me sorprende que le hayan dejado representarlo.

—¡Hombre, Grigori Danílovich, no digas eso! Es un paso muy inteligente. El meollo de la cuestión está en la revelación de los trucos.

—No sé, no sé, me parece que no se trata del meollo... Siempre se le ocurren cosas así. Y, por lo menos, nos podía haber presentado al mago ese. ¿Lo conoces tú? ¡De dónde diablos lo habrá sacado!

Pero tampoco Varenuja había tenido la oportunidad de conocer al nigromante. Stiopa había irrumpido el día anterior en el despacho de Rimski («como un loco», según decía el mismo Rimski) con el borrador del contrato, pidiendo que lo pusieran en limpio inmediatamente y que entregaran a Voland el dinero. Pero el mago desapareció y nadie pudo conocerle, a excepción de Stiopa.

Rimski sacó el reloj: ¡las dos y cinco!, comprobó furioso. La verdad es que tenía toda la razón. Lijodéyev había llamado sobre las once, diciendo que llegaría enseguida y no solo no había venido, sino que, además, había desaparecido.

—Está todo paralizado —casi rugía Rimski, señalando con el dedo un montón de papeles a medio escribir.

—¡Mira que si lo ha atropellado un tranvía como a Berlioz! —decía Varenuja, escuchando las graves, prolongadas y angustiosas señales del teléfono.

—Pues no estaría mal —apenas se oyeron las palabras de Rimski, dichas entre dientes.

En este momento entró en el despacho una mujer, chaqueta de uniforme, gorra, falda negra y alpargatas. Sacó de una bolsita que le colgaba de la cintura un pequeño sobre blanco cuadrado y un cuaderno, y preguntó:

—¿Quién es Varietés? Un telegrama urgentísimo. Firme.

Varenuja hizo un garabato en el cuaderno de la mujer y, en cuanto se cerró la puerta tras ella, abrió el sobrecito cuadrado. Leyó el telegrama; parpadeando, le dio el sobre a Rimski.

El telegrama decía lo siguiente: «yalta moscú varietés hoy once y media instrucción criminal apareció moreno pijama sin botas enfermo mental dice ser lijodéyev director varietés telegrafíen instrucción criminal yalta donde esté director lijodéyev».

—¡Mira por dónde! —exclamó Rimski, y añadió—: ¡Vamos de sorpresa en sorpresa!

—¡Falso Dimitri![1] —dijo Varenuja, y se puso a hablar por teléfono—. ¿Telégrafos? A cuenta del Varietés. Telegrama urgente. ¡Oiga! «Yalta Instrucción Criminal director Lijodéyev en Moscú director de finanzas Rimski.»

1. Impostor y usurpador del trono de Rusia de principios del siglo XVII. *(N. de la T.)*

Después de la noticia del impostor de Yalta, Varenuja siguió buscando a Stiopa por teléfono; buscó por todas partes y, naturalmente, no lo encontró.

Cuando Varenuja, con el teléfono descolgado, pensaba adónde podía llamar, entró de nuevo la mujer que trajera el primer telegrama y le entregó un nuevo sobre. Lo abrió con mucha prisa, y al leer su contenido silbó.

—¿Qué pasa ahora? —preguntó Rimski con gesto nervioso.

Varenuja, sin decir una palabra, le alargó el telegrama y el director de finanzas pudo leer: «suplico crean arrojado yalta hipnosis de voland telegrafíen instrucción criminal confirmación identidad lijodéyev».

Rimski y Varenuja, las cabezas juntas, releían el telegrama; luego se miraron, sin decir palabra.

—¡Ciudadanos! —se impacientó la mujer—. ¡Firmen, y después pueden estar así, callados, todo el tiempo que quieran! ¡Tengo que llevar los telegramas urgentes!

Varenuja, sin dejar de mirar el telegrama, echó una firma torcida en el cuaderno de la mujer, que rápidamente desapareció.

—¿Pero no has hablado con él a las once y pico? —decía el administrador perplejo.

—¡Pero esto es ridículo! —gritó Rimski con voz aguda—. Haya hablado o no, ¡no puede estar en Yalta! ¡Es de risa!

—Está bebido... —dijo Varenuja.

—¿Quién está bebido? —preguntó Rimski, y de nuevo se quedaron mirándose el uno al otro.

No había duda, el que telegrafiaba desde Yalta era un impostor o un loco. Pero había algo extraño: ¿cómo podía el equívoco personaje de Yalta saber quién era Voland y que había llegado el día antes a Moscú?

—«Hipnosis»... —repetía Varenuja la palabra del telegrama—. ¿Cómo sabe lo de Voland? —parpadeó, y luego exclamó muy decidido—: ¡No! ¡Tonterías!... ¡Tonterías, tonterías!

—¿Dónde diablos se hospeda ese Voland? —preguntó Rimski.

Varenuja se puso en contacto inmediatamente con la Oficina de Turismo Extranjero y Rimski se sorprendió en extremo al saber que se había instalado en casa de Lijodéyev. Marcó el número de este y durante un buen rato escuchó las señales prolongadas y graves. Se oía también una voz monótona y lúgubre que cantaba: «Las rocas, mi refugio...». Varenuja pensó que había interferencias en la línea y la voz sería del teatro radiofónico.

—En su casa no contesta nadie —dijo colgando el teléfono—. ¿Qué hago? ¿Llamo otra vez?

Apenas pudo terminar, porque en la puerta apareció la cartera de nuevo, y los dos, Rimski y Varenuja, se adelantaron a su encuentro. Esta vez el sobre que sacó de la bolsa no era blanco, sino de un color oscuro.

—Esto empieza a ponerse interesante —dijo Varenuja entre dientes, acompañando con la mirada a la mujer que se iba muy presurosa. Rimski se apoderó del sobre.

Sobre el fondo oscuro de papel fotográfico se veían claramente unas letras negras, manuscritas: «Comprueba mi letra, mi firma, telegrafía confirmación, establecer vigilancia secreta Voland Lijodéyev».

En los veintisiete años de actividad teatral Varenuja había visto bastantes cosas, pero ahora se sentía incapaz de reaccionar, como si un velo siniestro le envolviese el cerebro. Lo que pudo decir fue algo vulgar que no dejaba de ser absurdo:

—¡Pero esto es imposible!

Rimski reaccionó de manera distinta. Se levantó y, abriendo la puerta, vociferó al ordenanza, que permanecía sentado en una banqueta.

—¡Que no entre nadie más que los de correos! —y cerró con llave.

Sacó de un cajón un montón de papeles y, cuidadosamente, hizo la comparación de la letra gruesa, inclinada a la izquierda de la fotocopia, con la letra de Stiopa que hallara en algunas resoluciones. Varenuja, apoyado sobre la mesa, exhalaba un cálido vaho sobre la mejilla de Rimski. Comprobó sus firmas, que terminaban en un gancho complicado, y dijo al fin con seguridad:

—Esta letra es la suya.

Y Varenuja repitió como un eco: «La suya».

Observando a Rimski con detención, el administrador notó con asombro el cambio que este había experimentado. Su delgadez parecía haberse acentuado, incluso daba la impresión de haber envejecido de repente. Tras la montura de sus gafas de concha, la expresión de sus ojos había cambiado, perdiendo su vivacidad habitual. Su fisonomía se había cubierto de un tinte no solo de angustia, sino también de tristeza.

Varenuja se comportó como cualquier hombre se comporta ante algo insólito. Recorrió el despacho dos veces, alzando los brazos a la manera de un crucificado, y bebió un vaso de agua amarillenta de la jarra, antes de exclamar:

—¡No lo comprendo! ¡No lo comprendo! ¡No lo comprendo!

Rimski, con la mirada perdida a través de la ventana, se concentraba en algún pensamiento. Su situación era realmente difícil. Era necesario hacer algo enseguida, inventar, sin moverse de allí, justificaciones ordinarias para sucesos extraordinarios.

Entornó los ojos imaginándose a Stiopa en pijama y sin botas subiendo a un avión superrápido a eso de las once y media y, a esa misma hora, apareciendo en calcetines en el aeropuerto de Yalta... Pero ¿qué diablos estaba pasando? Puede que no fuera él con quien hablara por la mañana, pero ¡cómo no iba a conocer la voz de Stiopa! Además, ¿quién, sino él, podía haberle hablado desde su casa por la mañana? Era él, seguro; el mismo Stiopa que la noche anterior entrara en el despacho, poniéndole nervioso por su falta de formalidad. ¿Cómo iba a marcharse sin decir nada en el teatro? Si hubiera salido en avión la noche anterior, no podía estar en Yalta a mediodía. ¿O sí podía?

—Oye, ¿cuántos kilómetros hay a Yalta? —preguntó Rimski.

Varenuja dejó de correr de un lado a otro y replicó:

—¡También yo lo he pensado! Hay unos mil quinientos

kilómetros por tren hasta Sebastopol, ponle otros ochocientos a Yalta. Bueno, por avión serían menos.

—Hum... ¡Por ferrocarril, ni pensarlo! Pero entonces, ¿cómo? ¿En un avión, en un caza? ¿Pero le iban a dejar ir en un caza, sin botas, además? Y ¿para qué? Ni siquiera con botas le hubiesen dejado. Nada, en un avión de caza tampoco. Si decía el telegrama que a las once y media apareció en la Instrucción Criminal y estuvo hablando por teléfono en Moscú... ¡Un momento!... (tenía el reloj frente a él).

Intentó recordar. ¿Dónde estaban las agujas?... Horror, ¡eran las once y doce minutos cuando habló con Lijodéyev!

Pero ¿qué había pasado? Si suponemos que inmediatamente después de la conversación se había lanzado, literalmente, al aeropuerto y en cinco minutos estaba allí (lo cual era inconcebible), el avión que tenía que haber salido enseguida había cubierto una distancia de más de mil kilómetros en cinco minutos, es decir, ¡a más de doce mil kilómetros por hora! ¡Imposible! Por lo tanto, no está en Yalta.

¿Y qué puede haber sucedido? ¿Hipnosis? No hay hipnosis capaz de trasladar a un hombre a mil kilómetros. Entonces, ¿se imaginará que está en Yalta? Puede que él se lo imagine, pero ¿y la Instrucción Criminal de Yalta? ¿También? No, eso no puede ser. ¿Y los telegramas de Yalta?

La expresión del director de finanzas era realmente de tragedia. Alguien forcejeaba por fuera con el picaporte de la puerta. Se oían los gritos de desesperación del ordenanza:

—¡Que no se puede! ¡No le dejo! ¡Aunque me mate! ¡Tienen una reunión!

Rimski hacía todo lo posible por dominarse. Descolgó el teléfono.

—Por favor, una conferencia con Yalta. ¡Es urgente!

¡Buena idea!, exclamó Varenuja para sus adentros.

Pero no pudo celebrarse tal conferencia. Rimski colgó el teléfono, mientras decía:

—Está la línea interrumpida, parece que lo han hecho a propósito.

Estaba claro que la avería en la línea le había afectado

profundamente, incluso le obligó a pensar. Después de un rato de meditación descolgó el teléfono con una mano y empezó a escribir lo que estaba diciendo:

—Telegrama urgente. Varietés. Sí, Yalta. A la Instrucción Criminal. Sí, texto: «Esta mañana sobre once y media Lijodéyev habló conmigo Moscú stop No vino al trabajo y no lo localizamos por teléfono stop Confirmo letra stop Tomo medidas vigilancia artista stop Director de finanzas Rimski».

Muy bien, se le ocurrió pensar a Varenuja, pero no llegó a expresárselo a sí mismo, porque por su cabeza se entrecruzó: Tonterías. No puede estar en Yalta.

Rimski recogió con mucho cuidado todos los telegramas recibidos y la copia del que enviara él mismo, los introdujo todos en un sobre, lo cerró, escribió en él unas palabras y dijo, entregándoselo a Varenuja:

—Llévalo tú personalmente, Iván Savélievich. Que aclaren esto.

Vaya, ¡esto está muy bien!, pensó Varenuja, guardando el sobre en su cartera.

Y trató de probar suerte, marcando el número de Stiopa. Oyó algo y empezó a gesticular y a guiñar el ojo misteriosa y alegremente. Rimski estiró el cuello.

—¿Puedo hablar con el artista Voland? —preguntó con dulzura Varenuja.

—Está ocupado —se oyó al otro lado una voz tintineante—. ¿De parte de quién?

—Del administrador del Varietés, Varenuja.

—¿Iván Savélievich? —exclamó alguien alegremente—. ¡Qué alegría oírle! ¿Cómo está?

—*Merci* —contestó Varenuja sorprendido—. ¿Con quién hablo?

—¡Soy su ayudante, su ayudante e intérprete Koróviev! —cotorreaba el teléfono—. A su disposición, querido Iván Savélievich. Puede disponer de mí con entera confianza. ¿Cómo dice?

—Perdón, pero... ¿Stepán Bogdánovich Lijodéyev no está en casa?

—Lo siento, ¡no está! —gritaba el aparato—, ¡se ha ido!

—¿Me puede decir adónde?

—A dar un paseo en coche por el campo.

—¿Có... cómo?, ¿un... paseo... en coche? ¿Y cuándo vuelve?

—¡Dijo que en cuanto hubiera tomado el aire volvería!

—Bueno... —dijo Varenuja desconcertado—, *merci...* Dígale, por favor, a monsieur Voland que su debut es esta tarde, en el tercer acto.

—A sus órdenes. Cómo no. Sin falta. Ahora mismo. Sin duda alguna. Se lo diré —sonaban en el aparato las palabras cortadas.

—Adiós —dijo Varenuja, muy confundido.

—Le ruego admita —decía el teléfono— mis mejores y más calurosos saludos. Mis buenos deseos. ¡Éxitos! ¡Suerte! ¡Felicidad! ¡De todo!

—¡Claro! ¿Qué te había dicho yo? —gritaba el administrador exaltado—. Nada de Yalta, ha salido al campo.

—Pues si es verdad —habló el director de finanzas, palideciendo de indignación—, es una verdadera cochinada que no tiene nombre.

El administrador dio un salto y gritó de tal manera que hizo temblar al director.

—¡Ya caigo! En Púshkino[2] acaba de abrirse un restaurante que se llama Yalta. ¡Ya comprendo! ¡Allí está! Está bebido y nos manda telegramas.

—Esto es demasiado —decía Rimski.

Le temblaba un carrillo y tenía llamaradas de furia en los ojos.

—¡Va a pagar muy caro este paseo! —y cortó de repente, añadiendo algo indeciso—: ¿Y la Instrucción Criminal?

—¡Tonterías! ¡Cosas suyas! —interrumpió el impulsivo administrador, y preguntó—: ¿Llevo el paquete o no?

—Sin falta —contestó Rimski.

Se abrió de nuevo la puerta dando paso a la misma mujer de antes... Es ella, pensaba Rimski con angustia. Y los dos se incorporaron adelantándose a su encuentro.

2. Población que se encuentra cerca de Moscú. *(N. de la T.)*

Este telegrama rezaba: «Gracias confirmación quinientos rublos urgentemente para mí instrucción criminal mañana salgo moscú lijodéyev.»

—Pero... está loco —decía débilmente Varenuja.

Rimski tomó un manojo de llaves, abrió la caja fuerte y, sacando dinero de un cajón, separó quinientos rublos, pulsó el botón del timbre y entregó el dinero al ordenanza con el encargo de que lo depositara en telégrafos.

—Perdona, Grigori Danílovich —Varenuja no podía dar crédito a lo que estaban viendo sus ojos—, me parece que no hay por qué mandar ese dinero...

—Ya lo devolverán —respondió Rimski en voz baja—. Pero él pagará muy cara esta broma —y añadió, señalando la cartera de Varenuja—: Vete, Iván Savélievich, no pierdas el tiempo.

Varenuja salió corriendo del despacho con la cartera bajo el brazo.

Bajó al primer piso. Había una cola enorme frente a la caja y supo por la cajera que no sobraría ni una entrada, porque el público, después de la edición suplementaria de carteles anunciadores, acudía en masa. Ordenó a la cajera que no pusiera a la venta las mejores treinta entradas de palco y de patio de butacas; salió de la caja disparado, escabulléndose entre los pegajosos que solicitaban pases, y entró en su pequeño despacho para coger la gorra. Sonó el teléfono.

—¿Sí? —gritó Varenuja.

—¿Iván Savélievich? —preguntó una voz gangosa y antipática.

—No está en el teatro —empezó a decir Varenuja, pero le interrumpieron enseguida.

—No haga el tonto, Iván Savélievich, escúcheme. Esos telegramas no tiene que llevarlos a ningún sitio y no se los enseñe a nadie.

—¿Quién es? —vociferó Varenuja—. ¡Déjese de bromas, ciudadano! Ahora mismo le van a descubrir. ¿Qué número de teléfono es el suyo?

—Varenuja —respondió la asquerosa voz—, entiendes ruso, ¿verdad? No lleves los telegramas.

—¡Oiga! ¿Sigue en sus trece? —gritó el administrador frenético—. ¡Ahora verá! ¡Esta la paga! —gritó amenazador, pero tuvo que callarse, porque nadie le escuchaba.

En el pequeño despacho oscurecía con rapidez. Varenuja corrió fuera, cerró la puerta de un portazo y salió al jardín de verano por una puerta lateral.

Después de aquella llamada tan impertinente, estaba convencido de que se trataba de una broma de mal gusto en la que se entretenía una pandilla de revoltosos, y seguro que tenía algo que ver con la desaparición de Lijodéyev. Casi le ahogaba el deseo de descubrir a aquellos sinvergüenzas y, aunque pueda parecer extraño, sentía nacer en su interior un agradable presentimiento. Eso suele pasar. Es la ilusión del hombre que se sabe acreedor de toda la atención por el descubrimiento de algo sensacional.

En el jardín, el viento le dio en la cara y se le llenaron los ojos de polvo. Aquella ceguera momentánea parecía una advertencia. En el segundo piso se cerró una ventana bruscamente, faltó muy poco para que se rompieran los cristales. Sobre las copas de los tilos y los arces se oyó un ruido estremecedor. Había oscurecido y la atmósfera era más fresca. Varenuja se restregó los ojos y advirtió que se cernía una tormenta sobre Moscú; un nubarrón con la panza amarillenta se acercaba lentamente. Sonó a lo lejos un prolongado estrépito.

A pesar de la prisa que tenía, Varenuja quería comprobar, con repentina urgencia, si en el aseo del jardín el electricista había cubierto la bombilla con una red. Corrió hasta el campo de tiro y se encontró entre los espesos matorrales de lilas, donde estaba el pequeño edificio azulado del retrete.

El electricista debía de ser un hombre muy cuidadoso, la bombilla que colgaba del techo del cuarto de aseo de caballeros estaba cubierta con una red metálica; pero, al darse cuenta, incluso en la penumbra que presagiaba la tormenta, de las inscripciones hechas en las paredes con lápiz o carboncillo, el administrador hizo un gesto de contrariedad.

—¡Serán...! —empezó a decir, pero le interrumpió una voz a sus espaldas:

—¿Es usted Iván Savélievich?

Varenuja se estremeció. Se dio la vuelta y vio ante sus ojos a un tipo regordete de estatura media que parecía tener cara de gato.

—Sí, soy yo —contestó Varenuja hostil.

—Muchísimo gusto —respondió con voz chillona el gordo, que seguía pareciéndose a un gato, y, sin explicación previa, levantó la mano y le dio un golpe tal a Varenuja en la oreja, que de la cabeza del administrador saltó la gorra, desapareciendo en el agujero del asiento, sin dejar rastro.

Seguramente por el golpe que asestara el gordo, el retrete se iluminó en un instante con luz temblorosa, y el cielo respondió con un trueno. Se produjo otro resplandor y ante el administrador apareció un sujeto pequeño de hombros atléticos, pelirrojo como el fuego, con una nube en el ojo y un colmillo que le sobresalía de la boca. Este otro, que por lo visto era zurdo, le propinó un golpe en la otra oreja. Sonó otro trueno en respuesta y un chaparrón cayó sobre el tejado de madera del retrete.

—Pero, camara... —susurró el administrador medio loco, y comprendiendo que la palabra «camaradas» no era adecuada para unos tipos que asaltan a un hombre en un retrete público, dijo con voz ronca—: Ciudada... —pensó que tampoco se merecían este nombre y le cayó otro terrible golpe, que no supo de dónde le vino. Empezó a sangrar por la nariz.

—¿Qué llevas en la cartera, parásito? —gritó con voz aguda el que se parecía a un gato—. ¿Telegramas? ¿No te advirtieron por teléfono que no los llevaras a ningún sitio? ¡Claro que te advirtieron!

—Me advirtie... advirti... tieron... —respondió el administrador, ahogándose.

—¡Pero tú has salido corriendo!... ¡Dame esa cartera, cerdo! —gritó el de la voz gangosa que oyera por teléfono, arrancando la cartera de las manos temblorosas de Varenuja.

Los dos cogieron a Varenuja por los brazos, le sacaron a rastras del jardín y corrieron con él por la Sadóvaya.

La tormenta estaba en plena furia, el agua se agolpaba ruidosamente en la boca de las alcantarillas, por todas partes se levantaba un oleaje sucio, burbujeante. Chorreaban los tejados y caía agua de los canalones. Por los patios corrían verdaderos torrentes espumosos. De la Sadóvaya había desaparecido cualquier indicio de vida. Nadie podía salvar a Iván Savélievich. A saltos por las sucias aguas de la riada, iluminados de vez en vez por los relámpagos, los agresores arrastraron al administrador medio muerto y le llevaron en un instante a la casa número trescientos dos bis. Entraron en el patio, pasaron al lado de dos mujeres descalzas, que estaban arrimadas a la pared con los zapatos y las medias en la mano. Se metieron precipitadamente en el portal y, casi en volandas, subieron a Varenuja, que ya estaba próximo a la locura, al quinto piso, y allí lo dejaron en el suelo, en el siniestro vestíbulo del apartamento de Lijodéyev.

Los maleantes desaparecieron y en su lugar surgió una joven desnuda, pelirroja, con los ojos fosforescentes.

Varenuja sintió que esto era lo peor de todo lo ocurrido. Retrocedió hacia la pared. La joven se le acercó poniéndole las manos en los hombros. A Varenuja se le erizó el cabello. A través de su camisa empapada y fría, sintió que aquellas manos lo eran aún más, eran gélidas.

—Ven que te dé un beso —dijo ella con dulzura. Varenuja tuvo ante sus ojos las pupilas resplandecientes de la muchacha... Perdió el conocimiento. No sintió el beso.

11

La doble personalidad de Iván

El bosque del otro lado del río, que una hora antes estuviera iluminado por el sol de mayo, era ahora una masa turbia y borrosa, medio disuelta.

Detrás de la ventana había una pared de agua, el cielo se encendía a cada momento con hilos luminosos y la habitación del enfermo se llenaba de luz centelleante, empavorecedora.

Iván, sollozando, miraba al río lleno de burbujas. Gemía a cada trueno y se tapaba la cara con las manos. Las hojas que había escrito estaban tiradas en desorden por el suelo, las había dispersado el golpe de viento que invadiera la habitación antes de la tormenta.

La tentativa de redactar un informe sobre el endemoniado consejero había sido un fracaso. Cuando aquella gordezuela enfermera, que se llamaba Praskovia Fédorovna, le entregó lápiz y papel, Iván se frotó las manos con aire muy resuelto y se apresuró a instalarse junto a la mesilla de noche. Las primeras líneas le salieron con bastante facilidad.

«A las milicias. Iván Nikoláyevich Desamparado, miembro de Massolit, declara que ayer tarde, cuando llegó con el difunto Berlioz a Los Estanques del Patriarca»...

Y el poeta se encontró indeciso de repente, sobre todo ante el término «difunto». Desde que empezara a escribir tuvo la sensación de que aquello resultaba un poco absurdo. ¿Cómo iba a ser eso posible: llegó con el difunto? Los muertos no andan. Sí, evidentemente, le podían tomar por loco.

Iván Nikoláyevich se puso a corregir lo escrito: «... con M. A. Berlioz, más tarde difunto...». Esto tampoco satisfizo al autor. Intentó una tercera redacción, que resultó mucho peor que las dos primeras: «... con Berlioz, que fue atropellado por un tranvía...». Además, la complicación era mayor, porque el compositor también se llamaba así y al otro parecía no conocerle nadie; tuvo que añadir: «No el compositor».

El problema de los dos Berlioz le dejó agotado. Tachó todo lo escrito y decidió empezar con algo fuerte que llamara de entrada la atención del lector; escribió que el gato había subido al tranvía y luego volvió a la escena de la cabeza cortada. Aquello y las profecías del consejero le trajeron a la memoria a Poncio Pilatos y, para que el documento resultara más convincente, decidió incluir todo el relato sobre el procurador, empezando por su aparición en la columnata del Palacio de Herodes con un manto blanco forrado de rojo sangre.

Iván trabajaba con auténtica dedicación, tachaba lo escrito, incluía palabras nuevas; incluso trató de dibujar a Poncio Pilatos y al gato, caminando este último sobre sus patas traseras. Pero los dibujos no servían para nada, y cuanto más se esforzaba el poeta, más confuso e incomprensible resultaba el informe.

Se divisó a lo lejos una horrible nube con bordes de humo que se aproximaba hasta cubrir el bosque, y empezó a soplar el viento. Iván sintió que se había quedado sin fuerzas, incapaz de hacer el informe, y se echó a llorar amargamente.

La bondadosa enfermera entró a hacerle una visita en plena tormenta y se alarmó al verle llorar; cerró la persiana para que el enfermo no se asustara con los relámpagos, recogió las hojas del suelo y subió corriendo en busca del doctor.

El médico le puso una inyección en el brazo y le aseguró que ya no sentiría deseos de llorar, que todo pasaría y que lo que tenía que hacer era olvidar.

No se equivocó. Muy pronto el bosque del otro lado del río recobró su apariencia habitual y en el cielo, que volvía a ostentar un limpio color azul, se dibujaba hasta el último árbol. El río se calmó. Y muy pronto, después de la inyección, también Iván se liberó de su angustia. Ahora estaba tranquilamente tumbado mirando el arco iris que se había desplegado en el cielo.

Así permaneció hasta bastante tarde, sin darse cuenta de que el arco iris se había disuelto, el cielo entristecido y descolorido y el bosque ennegrecido.

Bebió un vaso de agua tibia, volvió a acostarse, recapacitó con sorpresa sobre el giro que habían tomado sus pensamientos. Aquel diabólico gato ya no se lo parecía tanto, tampoco le perturbaba el recuerdo de la cabeza cortada, y, dejando a un lado estas rememoraciones, empezó a admitir que en el sanatorio no se estaba del todo mal y que Stravinski, además de una eminencia, era un hombre inteligente y de trato agradable.

Después de la tormenta se había quedado una tarde suave y fresca.

La «casa del dolor» empezaba a dormir. Iban apagándose las luces blancas y mate de los silenciosos pasillos, y, como mandaba el reglamento, se encendían en su lugar otras azules más débiles. Cada vez se oían menos pasos cautelosos de enfermeras sobre las alfombras de goma de los pasillos.

Iván se sentía invadido por una dulce debilidad. Miraba la bombilla cubierta por una pantalla, que proyectaba una luz tenue; miraba la luna, que salía del bosque negro, y hablaba consigo mismo.

Pero ¿por qué me pondría tan nervioso por el atropello de Berlioz?, pensaba. ¡Que se vaya al diablo! ¡Ni que fuera mi hermano o mi cuñado! Y, bien mirado, yo, en realidad, no conocía al difunto. ¿Qué sabía yo de él? Nada. Bueno, que era calvo y terriblemente elocuente. Y, ciudadanos —seguía su disertación, dirigiéndose a alguien—, vamos a aclarar una cosa: ¿A qué venía que yo me enfureciera con ese misterioso profesor, mago o consejero, con un ojo vacío y negro? ¿Y la absurda persecución en calzoncillos, con la vela en la mano? ¿Y la ridícula escena en el restaurante?

—Oye, oye —decía, en tono severo, el antiguo Iván a este otro nuevo, hablándole al oído desde dentro—, ¡pero si sabía de antemano que a Berlioz le cortarían la cabeza! ¿Cómo no te ibas a preocupar?

—Pero ¿qué están diciendo, camaradas? —discutía el nuevo Iván con el Iván caduco.

—Que hay algo que no está claro, lo notaría hasta un niño. Se trata, desde luego, de una persona extraordinaria y cien por cien misteriosa. Pero ¡ahí está lo más interesante!, ha conocido personalmente a Poncio Pilatos, ¿qué pueden pedir? En vez de armar todo aquel lío en Los Estanques, tenía que haberle preguntado muy finamente qué había pasado con Pilatos y ese detenido Ga-Nozri. ¡Y yo que estuve haciendo tanta tontería!... ¡Como si fuera tan grave el atropello del jefe de redacción! ¡Ni que se fuera a cerrar la revista! ¿Se puede hacer algo? El hombre es mortal, y, como acertadamente se dijo, es mortal de repente. Bueno, que en paz descanse. Pondrán a otro jefe de redacción que incluso puede que sea más elocuente que el anterior.

Después de dormitar un poco, el nuevo Iván preguntó con sorna al viejo Iván:

—Bueno, y yo ¿quién soy?

—¡Un imbécil! —se oyó claramente una voz grave que no pertenecía a ninguno de los dos Ivanes y que se parecía mucho a la voz del consejero.

Iván no se ofendió al oír aquel insulto; al contrario, fue para él una agradable sorpresa; sonrió medio dormido, calmado ya. Se le acercaba el sueño lentamente y le parecía ver una palmera en una pata de elefante, y el gato que se paseaba junto a él, pero no aquel gato espantoso, sino uno muy divertido. En resumen: el sueño le envolvía.

Y de pronto, la reja se corrió hacia un lado, en el balcón apareció una figura desconocida que se ocultaba a la luz y le hacía a Iván un gesto levantando el dedo.

Iván se incorporó en la cama sin miedo y vio a un hombre en el balcón. El hombre, llevándose un dedo a los labios, susurró:

—Psht...

12

La magia negra y la revelación de sus trucos

Un hombrecillo con la nariz de porra, amoratada, con pantalones a cuadros, zapatos de charol y un sombrero de copa amarillo lleno de agujeros salió al escenario del Varietés. Montaba una vulgar bicicleta de dos ruedas. Dio una vuelta al ritmo de un foxtrot y luego lanzó un grito triunfal que hizo encabritarse a la bicicleta.

El hombre continuó con solo la rueda de atrás en el suelo, se puso patas arriba, desatornilló en marcha la rueda delantera, la tiró entre bastidores y se paseó por el escenario con una sola rueda, pedaleando con las manos. Encaramada en un sillín, en lo alto de un mástil de metal, con una rueda en el otro extremo, apareció en escena una rubia entradita en carnes que vestía una malla y una falda corta cubierta de estrellas plateadas. La rubia empezó a dar vueltas por el escenario. Cuando se cruzaba con ella, el hombrecito gritaba frases de saludo y se quitaba el sombrero con el pie.

Salió, por fin, un niño de unos ocho años, pero con cara de viejo y se metió entre los mayores con una minúscula bicicleta y una enorme bocina de automóvil.

Después de hacer varios virajes, todo el grupo, acompañado por el vibrante redoble del tambor, llegó hasta el mismo borde del escenario; el público de las primeras filas abrió la boca, retirándose, creyendo que el grupo y sus vehículos se abalanzarían sobre la orquesta.

Pero los ciclistas se detuvieron exactamente en el momento en que las ruedas delanteras estaban a punto de deslizarse al abismo y caer sobre las cabezas de los músicos. Los ciclistas gritaron: «¡Ap!», y saltaron de sus bicicletas, haciendo reverencias; la rubia tiraba besos a los espectadores y el niño interpretó una graciosa melodía con su bocina.

Los aplausos sacudieron la sala, la cortina azul se corrió, escondiendo a los ciclistas, se apagaron las luces verdes que sobre las puertas indicaban la salida, y, en medio de la red de trapecios, bajo la cúpula, se encendieron unas bolas blancas, como soles.

Al único que parecían no interesar los malabarismos de la técnica ciclista de la familia Giullí era a Grigori Danílovich Rimski. Estaba en su despacho, solo, mordiéndose los finos labios, con el rostro convulso.

A la increíble desaparición de Lijodéyev se había sumado la de Varenuja, completamente inesperada.

Rimski sabía dónde había mandado a Varenuja, pero se fue... y no volvió. Se encogía de hombros y decía para sus adentros:

—Pero ¿qué habré hecho yo?

Sin embargo, resultaba extraño que un hombre tan cumplidor como el director de finanzas no llamara al lugar donde había mandado a Varenuja para averiguar qué había sucedido. Pero hasta las diez de la noche no podía hacerlo.

Rimski, haciendo un verdadero esfuerzo, descolgó el teléfono a las diez. Solo le sirvió para convencerse de que no funcionaba. El ordenanza le informó que lo mismo ocurrió con todos los teléfonos de la casa; era de esperar, pero este hecho, simplemente molesto, acabó de desanimarle, aunque, por otro lado, le servía de disculpa para no tener que hacer aquella llamada.

Una lámpara intermitente se encendió sobre su cabeza, anunciándole el entreacto, y al mismo tiempo entró el ordenanza en el despacho para anunciarle la llegada del artista extranjero. El director de finanzas cambió de expresión, y, más negro que el carbón, se encaminó a los bastidores para saludar al invitado, porque no había nadie más que pudiera hacerlo.

Empezaban a sonar los timbres y el pasillo estaba lleno de curiosos que intentaban husmear por los camerinos. Aquí y allá se veían prestidigitadores con sus batas de colores chillones y sus turbantes, un patinador que llevaba una chaqueta blanca de punto, un cómico con la cara empolvada y un maquillador.

La aparición del eminente invitado produjo expectación general. Vestía un frac de magnífico corte y de una longitud nunca vista, y además llevaba antifaz. Pero lo que más llamó la atención fue su séquito. Acompañaban al mago un tipo muy largo con una chaqueta a cuadros, unos impertinentes rotos, y un enorme gato negro, que andaba sobre las patas traseras y que entró en el camerino muy desenvuelto, arrellanándose en un sofá y entornando los ojos, molesto por la luz de las desnudas lámparas de maquillaje.

Rimski esbozó una sonrisa y su expresión se hizo más agria y hosca. No hubo apretón de manos. El descarado tipejo vestido a cuadros se presentó diciendo que era «su ayudante». El director le oyó con desagradable sorpresa: en el contrato no se hacía mención de tal ayudante.

Grigori Danílovich, con gesto forzado y seco, preguntó al imprevisto ayudante por el equipo del artista.

—Pero, queridísimo y encantador señor director —dijo el ayudante con voz de campanilla—, nuestro equipo lo llevamos siempre encima, ¡aquí está!, *eine, zwei, drei* —y moviendo sus rugosos dedos y ante los ojos de Rimski, sacó un reloj por detrás de la oreja del gato. Era el reloj de oro del director, que llevaba, hasta entonces, en un bolsillo del chaleco, bajo la abotonada chaqueta, y con la cadena pasada por el ojal.

Inconscientemente, Rimski se llevó las manos al estómago. Todos los presentes se quedaron con la boca abierta y el maquillador, que estaba asomado a la puerta, lanzó un silbido de admiración.

—Este relojito es suyo, ¿verdad? Tenga, por favor —decía el de los cuadros, alargándole el reloj con una mano sucia.

—Con este no se puede ir en tranvía... —susurraba alegremente el cómico al maquillador.

Pero lo que hizo el gato después causó mucha más sensación. Se levantó del sofá, y siempre caminando sobre sus patas traseras, se acercó a una mesa sobre la que había un espejo, destapó una jarra de agua, se sirvió un vaso, lo bebió, puso la tapadera sobre la jarra y se limpió los bigotes con una toalla de maquillar.

Nadie pudo articular palabra, se quedaron boquiabiertos, hasta que, por fin, el maquillador exclamó entusiasmado:

—¡Qué tío!

En ese momento sonó el timbre por tercera vez y todos, excitados y presintiendo un número extraordinario, salieron del camerino atropelladamente.

Se apagaron los globos de la sala y se encendieron las luces del escenario. Sobre un ángulo de este, en la parte inferior del telón, se proyectaba un círculo rojo, y por una rendija de luz apareció ante el público un hombre gordo de cara afeitada y alegría infantil; llevaba un frac arrugado y una camisa no muy limpia. Era el presentador Georges Bengalski, famoso en todo Moscú.

—¡Queridos ciudadanos! —habló con sonrisa de niño—, vamos a presentar ante ustedes —se interrumpió y, cambiando de entonación, dijo—: Veo que el numeroso público ha aumentado en esta tercera parte, ¡está en la sala medio Moscú! Precisamente el otro día me encontré con un amigo y le dije: «¿Cómo es que no vienes al teatro? ¡Ayer teníamos media ciudad!», y va y me dice: «Es que yo vivo en la otra mitad» —hizo una pausa, esperando que estallara la risa, pero tuvo que seguir, porque nadie se rió—. Y, como les decía, tenemos entre nosotros al famoso artífice de la magia negra, monsieur Voland. Nosotros, desde luego, sabemos perfectamente —Bengalski sonrió con superioridad— que tal magia no existe, que no es más que una superstición. Pero el maestro Voland tiene un gran dominio de la técnica de los trucos, que nos descubrirá en la parte más interesante de su actuación, es decir, cuando nos lo revele. Y como todos nosotros estamos por la técnica y los descubrimientos, vamos a pedir que salga ¡monsieur Voland!...

Después de esta estúpida presentación, Bengalski, juntando las manos, saludó por la ranura entre las cortinas, y estas empezaron a descorrerse con lentitud.

La salida del nigromante, de su larguirucho ayudante y del gato, que apareció en escena sobre sus patas traseras, fue un gran éxito.

—¡Un sillón! —ordenó Voland en voz baja, y no sabemos de dónde surgió en el escenario un sillón, y el mago se sentó en él—. Dime, amable Fagot —preguntó Voland al payaso a cuadros, que, por lo visto, tenía otro nombre además de Koróviev—, tú qué crees, ¿ha cambiado mucho la población de Moscú?

El mago miró al público, que permanecía en silencio sorprendido por el sillón que había aparecido de repente.

—Eso es, *messere* —contestó en voz baja Fagot-Koróviev.

—Tienes razón. Los ciudadanos han cambiado mucho..., quiero decir en su aspecto exterior..., como la ciudad misma. Ya no hablo de la indumentaria, pero han aparecido esos..., ¿cómo se llaman?..., tranvías, automóviles...

—Autobuses —le ayudó Fagot con respeto.

El público escuchaba atentamente la conversación, suponiendo que era el preludio de los trucos. Entre bastidores se habían amontonado tramoyistas, electricistas, actores, y, entre ellos, asomaba la cara, pálida y alarmada, de Rimski.

Bengalski se había instalado en un extremo del escenario y parecía estar muy sorprendido. Levantó una ceja y, aprovechando una pausa habló:

—El actor extranjero expresa su admiración por los moscovitas y por nuestra capital, que ha avanzado tanto en el aspecto técnico —y Bengalski sonrió dos veces: primero, al patio de butacas, y luego, al gallinero.

Voland, Fagot y el gato se volvieron hacia el presentador.

—¿Es que he expresado alguna admiración? —preguntó el mago a Fagot.

—No, en absoluto —contestó aquel.

—Y ese hombre, ¿qué decía, entonces?

—Sencillamente ¡ha dicho una mentira! —contestó el ayudante a cuadros con una voz tan sonora que resonó en todo el teatro, y, volviéndose hacia Bengalski, añadió—: ¡Ciudadano, le felicito por su mentira!

Una risa estalló en el gallinero y Bengalski se estremeció, poniendo los ojos en blanco.

—Pero a mí, naturalmente, me interesa mucho más que los autobuses, teléfonos y demás...

—Aparatos —sopló el de los cuadros.

—Eso es, muchas gracias —decía despacio el mago con su voz pesada, de bajo—, otra cuestión más importante. ¿Estos ciudadanos habrán cambiado en su interior?

—Sí, señor, esa es una cuestión importantísima.

Los que estaban entre bastidores se miraron. Bengalski estaba rojo y Rimski pálido. Y el mago, adivinando el desconcierto general, dijo:

—Nos hemos distraído, querido Fagot, y el público empieza a aburrirse. Haremos algo fácil para empezar.

Los espectadores se removieron en sus butacas. Fagot y el gato se colocaron uno en cada extremo del escenario. Fagot castañeteó con los dedos y gritó con animación: «¡Un, dos, tres!» y cazó en el aire un montón de cartas, las barajó y se las tiró al gato, formando una cinta. El gato cogió la cinta y se la devolvió a Fagot. La serpiente roja resopló en el aire. Fagot, abriendo la boca como un polluelo, se la tragó entera, carta por carta. Después el gato hizo una reverencia, dio un taconazo con la pata izquierda y la sala estalló en ruidosos aplausos.

—¡Qué bárbaro! —gritaban admirados desde los bastidores.

Fagot, señalando con el dedo al patio de butacas, dijo:

—Y ahora esta baraja, estimados ciudadanos, la tiene el ciudadano Parchevski, que está sentado en la séptima fila. Sí, la tiene entre un billete de tres rublos y la orden de comparecer ante los tribunales sobre la pensión alimenticia a la ciudadana Zelkova.

En el patio de butacas se produjo un movimiento general. Muchos se incorporaron; por fin, un ciudadano, que verdaderamente se llamaba Parchevski, rojo de asombro, sacó de su cartera una baraja y empezó a jugar con ella en el aire sin saber qué hacer.

—Puede guardársela como recuerdo —gritó Fagot—, y, ¿no decía usted ayer noche, en la cena, que si no fuera por el póquer su vida en Moscú sería insoportable?

—¡Es un truco muy viejo! —se oyó desde el gallinero.

—¡Ese de ahí abajo es también de la compañía!

—¿Usted cree? —gritó Fagot, mirando al gallinero—. En ese caso, usted también es de los nuestros, porque tiene la baraja en el bolsillo.

Alguien se movió y se oyó una voz complacida:

—¡Es verdad! ¡Aquí la tiene!... ¡Oye, pero si son rublos!

Los del patio de butacas volvieron la cabeza. Arriba, en el gallinero, un ciudadano había descubierto un paquete de billetes en su bolsillo, empaquetado como lo hacen en los bancos, y sobre el paquete se leía: «Mil rublos». Sus vecinos de localidad se habían echado sobre él, y el ciudadano, desconcertado, hurgaba en la envoltura para convencerse de si eran rublos de verdad o falsos.

—¡Son de verdad!, ¡lo juro!, ¡rublos! —gritaban en el gallinero con entusiasmo.

—¿Por qué no juega conmigo con una baraja de esas? —preguntó jovial un gordo desde el centro del patio de butacas.

—*Avec plaisir* —respondió Fagot—. Pero ¿por qué con usted solo? ¡Todos tienen que participar con entusiasmo! —y ordenó—: ¡Por favor, miren todos hacia arriba!... ¡Uno! —en su mano apareció una pistola—. ¡Dos! —la pistola apuntó hacia el techo—. ¡Tres! —algo brilló y sonó. De la cúpula, evitando los trapecios, empezaron a volar papelitos blancos sobre la sala.

Hacían remolinos en el aire, iban de un lado a otro, se amontonaban en la galería y luego caían sobre la orquesta y el escenario. A los pocos minutos, la lluvia de dinero, cada vez mayor, llegaba a las butacas y los espectadores empezaron a cazar papelitos.

Se levantaban cientos de manos; el público miraba al escenario iluminado, a través de los papeles, y veía unas filigranas perfectas y verdaderas. El olor tampoco dejaba lugar a dudas: era un olor inconfundible por su atracción, un olor a dinero recién impreso. Primero la alegría y luego la sorpresa se apoderaron de la sala. Se oía: «¡Rublos!», y exclamaciones tales como «¡Oh!» y risas animadas. Algunos se arrastraban por el suelo, buscando debajo de las butacas. Las caras de los milicianos expresaban cada vez mayor desconcierto; los actores salieron de entre bastidores con todo desparpajo.

De los palcos salió una voz: «¡Deja eso! ¡Es mío, volaba hacia mí!», y luego otra: «Sin empujar, o verás qué empujón te doy yo...».

Y sonó una bofetada. Enseguida apareció un casco de miliciano y alguien fue sacado del palco.

Crecía la emoción por momentos y no sabemos cómo hubiera terminado aquello de no haber sido por la intervención de Fagot, que, con un soplido al aire, acabó con la lluvia de billetes.

Dos jóvenes intercambiaron entre sí una significativa mirada, se levantaron de sus asientos y se dirigieron al bar. Pues sí, no sabemos qué habría pasado si Bengalski no hubiera encontrado fuerzas para reaccionar. Tratando de dominarse lo mejor que pudo, se frotó las manos como de costumbre, y con la voz más sonora que tenía, dijo:

—Ya ven, ciudadanos, acabamos de presenciar lo que se llama un caso de hipnosis en masa. Es un experimento meramente científico que demuestra de modo claro que en la magia no hay ningún milagro. Vamos a pedir al maestro Voland que nos descubra el secreto de este experimento. Ahora verán, ciudadanos, como todos estos papeles, con apariencia de dinero, desaparecen tan pronto como han surgido.

Y aplaudió, pero completamente solo, sonriendo como con mucha seguridad en lo que había dicho, aunque sus ojos estaban lejos de expresar tal aplomo y más bien miraban suplicantes.

El discurso de Bengalski no agradó a nadie en absoluto.

Se hizo un silencio, que fue interrumpido por Fagot, el de los cuadros.

—... Y esto es un caso de lo que llaman mentira —anunció con su aguda voz de cabra—. Los billetes, ciudadanos, son de verdad.

—¡Bravo! —soltó una voz grave en las alturas.

—Por cierto, ese tipo —Fagot señaló a Bengalski —me está hartando. Mete las narices en lo que no le importa y estropea la sesión con sus inoportunas observaciones. ¿Qué hacemos con él?

—¡Arrancarle la cabeza! —dijo con dureza alguien del gallinero.

—¿Cómo dice? ¿Eh? —respondió Fagot inmediatamente a esta barbaridad—. ¿Arrancarle la cabeza? ¡Buena idea! ¡Hipopótamo![1] —gritó, dirigiéndose al gato—. ¡Anda! *¡Eine, zwei, drei!*

Lo que vino a continuación era inaudito. Al gato negro se le erizó la piel y maulló con furia. Luego se encogió y saltó al pecho de Bengalski como una pantera; de allí a la cabeza. Murmurando entre dientes, se agarró con sus patas velludas al escaso cabello del presentador y con un alarido salvaje le arrancó la cabeza del cuello gordinflón en dos movimientos.

Las dos mil quinientas personas de la sala gritaron a la vez. La sangre brotó de las arterias rotas como de una fuente y cubrió el frac y el plastrón. El cuerpo decapitado hizo un extraño movimiento con las piernas y se sentó en el suelo. Se oyeron gritos histéricos de mujeres. El gato pasó la cabeza a Fagot, y este, cogiéndola por el pelo, la mostró al público. La cabeza gritaba desesperadamente:

—¡Un médico!

—¿Seguirás diciendo estupideces? —preguntó Fagot amenazador a la cabeza, que lloraba.

—¡No lo haré más! —contestó la cabeza.

1. En la Bula de 1233 de Gregorio IX aparece un enorme gato negro que participa en un aquelarre. Por otra parte, en el libro de Job (40, 15-24) se hace referencia al hipopótamo como símbolo del diablo. *(N. de la T.)*

—¡No le hagan sufrir, por Dios! —se oyó sobre el ruido de la sala una voz de mujer desde un palco.

El mago se volvió hacia la voz.

—¿Qué, ciudadanos, le perdonamos? —preguntó Fagot, dirigiéndose a la sala.

—¡Le perdonamos, le perdonamos! —se oyeron voces, primero solitarias y sobre todo femeninas, y luego formando coro con los hombres.

—¿Qué dice usted, *messere*? —preguntó Fagot al del antifaz.

—Bueno —respondió aquel pensativo—, son hombres como todos... Les gusta el dinero, pero eso ha sucedido siempre... A la humanidad le ha gustado siempre el dinero, sin importarle de qué estuviera hecho: de cuero, de papel, de bronce o de oro. Bueno, son frívolos..., pero ¿y qué?..., también la misericordia pasa a veces por sus corazones... Hombres corrientes, recuerdan a los de antes, solo que a estos les ha estropeado el problema de la vivienda... —y ordenó en voz alta—: Póngale la cabeza.

El gato apuntó con mucho cuidado y colocó la cabeza en el cuello, donde se ajustó como si nunca hubiese faltado de allí. Y un detalle importante: no le quedaba señal alguna. El gato pasó las patas por el frac y el plastrón de Bengalski y enseguida desaparecieron los restos de sangre. Fagot levantó a Bengalski, que estaba sentado, le metió en el bolsillo del frac un paquete de rublos y le despidió del escenario, diciendo:

—¡Fuera de aquí, que nos estás reventando!

Tambaleándose, con mirada inexpresiva, el presentador llegó hasta el puesto de bomberos y allí se sintió mal. Gritaba quejumbrosamente:

—¡Mi cabeza, mi cabeza!

Rimski, entre otros, se le acercó corriendo. El presentador lloraba, trataba de coger algo en el aire, de asirlo con las manos y murmuraba:

—¡Que me devuelvan mi cabeza, que me la devuelvan!... ¡Que me quiten el piso, que se lleven los cuadros, pero quiero mi cabeza!

El ordenanza corrió a buscar a un médico. Trataron de

acostar a Bengalski en un sofá de un camerino, pero se resistía, estaba agresivo y tuvieron que avisar a una ambulancia. Cuando se llevaron al pobre presentador, Rimski volvió al escenario y se percató de que habían sucedido nuevos milagros. En aquel momento, o algo antes, el mago había desaparecido del escenario junto con su descolorido sillón, y aquello había pasado inadvertido para el público, absorto en los sorprendentes acontecimientos que se desarrollaban en escena gracias a Fagot, que, después de librarse del malsano presentador, se dirigió al público:

—Bueno, ahora que nos acabamos de quitar a ese plomo de encima, vamos a abrir una tienda para señoras.

Enseguida medio escenario se cubrió con alfombras persas, aparecieron unos enormes espejos, iluminados por los lados con unos tubos verdosos, y, entre los espejos, unos escaparates. Los espectadores contemplaban sorprendidos diferentes modelos de París de todos los colores y formas. En otros escaparates surgieron cientos de sombreros de señora, con plumitas y sin plumitas, con broches y sin ellos, cientos de zapatos: negros, blancos, amarillos, de cuero, de raso, de charol, con trabillas, con piedrecitas. Entre los zapatos aparecieron estuches de perfume, montañas de bolsos de antílope, de ante, de seda y, entre ellos, montones de estuches labrados, alargados, en los que suele haber barras de labios.

Una joven pelirroja, con un traje negro de noche, salida el diablo sabrá de dónde, sonreía al lado de los escaparates como si fuera la dueña de todo aquello. La joven estaba muy bien, pero tenía una extraña cicatriz que le afeaba el cuello.

Fagot anunció, con abierta sonrisa, que la casa cambiaba vestidos y zapatos viejos por modelos y calzados de París. Lo mismo dijo de los bolsos y todo lo demás.

El gato taconeó con una pata, mientras gesticulaba extrañamente con las patas delanteras, algo característico de los porteros cuando abren una puerta.

La joven se puso a cantar con voz un poco grave, pero muy dulce, algo incomprensible, pero, a juzgar por la expresión de las señoras, muy tentador:

—Guerlain, Chanel, Mitsuko, Narcisse Noir, Chanel n.º 5, trajes de noche, vestidos de cóctel...

Fagot se retorcía, el gato hacía reverencias, la joven abrió los escaparates de cristal.

—¡Por favor! —gritaba Fagot—, ¡sin cumplidos ni ceremonias!

Se notaba que había nervios en la sala, pero nadie se atrevía a subir al escenario. Por fin, lo hizo una morena de la décima fila; subió por la escalera lateral, con una sonrisa, como sin darle importancia.

—¡Bravo! —exclamó Fagot—. ¡Bienvenida nuestra primera cliente! Popota, un sillón. Empecemos por el calzado, madame.

La morena se sentó en el sillón y Fagot colocó en la alfombra delante de ella un montón de zapatos. La mujer se quitó el zapato derecho y se probó uno color lila, dio unos golpecitos en el suelo con el pie, examinó el tacón.

—¿No me apretarán? —preguntó pensativa.

Fagot exclamó ofendido:

—¡De ninguna manera! —y el gato maulló, tan herido se sentía.

—Me llevo este par, monsieur —dijo la morena muy digna, y se puso el otro zapato.

Arrojaron sus zapatos viejos entre la cortina, y detrás de ella se metieron la morena y la joven pelirroja, seguida por Fagot, que llevaba varias perchas con vestidos. El gato desplegaba gran actividad, ayudaba, y, para darse más importancia, se colocó en el cuello una cinta métrica.

Instantes después reapareció la morena con un vestido tan elegante que en el patio de butacas se formó una verdadera ola de suspiros. Y la valiente mujer, extraordinariamente embellecida, se paró ante un espejo, movió los hombros desnudos, se tocó el pelo en la nuca y se retorció, tratando de verse la espalda.

—La compañía le ruega que reciba esto como obsequio —dijo Fagot, entregándole abierto un estuche con un perfume.

—*Merci*—contestó la mujer con gesto arrogante, y bajó por la escalerita a la sala.

Mientras iba hacia su butaca, los espectadores se incorporaban para tocar el estuche.

Entonces se alborotó la sala y las mujeres se lanzaron al escenario. En medio de las exclamaciones de emoción, las risas y los suspiros, se oyó una voz de hombre: «¡No te lo permito!». Y otra de mujer: «¡Eres un déspota y un cursi! ¡No me retuerzas la mano!». Las mujeres desaparecían detrás de la cortina, dejaban allí sus vestidos y salían con otros nuevos. Había toda una fila de mujeres sentadas en banquetitas de patas doradas, que daban enérgicas pisadas en el suelo con sus pies, recién calzados. Fagot se ponía de rodillas, manipulaba con un calzador metálico; el gato no podía con tantos bolsos y zapatos que llevaba, corría de los escaparates hacia las banquetas y volvía otra vez; la joven de la cicatriz aparecía y desaparecía, parloteando en francés sin parar, y lo asombroso era que le entendían enseguida todas las mujeres, incluso las que no sabían ni una palabra de aquella lengua.

Subió al escenario un hombre, que causó admiración general. Dijo que su mujer estaba con gripe, y pedía que le dieran algo para ella. Para demostrar la veracidad de su matrimonio, estaba decidido a enseñar el pasaporte. La declaración del amante esposo fue recibida con carcajadas; Fagot gritó que le creía como si se tratara de él mismo sin necesidad del pasaporte, y le entregó dos pares de medias de seda; el gato, por su parte, añadió una barra de labios.

Las mujeres que habían llegado tarde corrían hacia el escenario, y de allí volvían las afortunadas con trajes de noche, pijamas con dragones, trajes de tarde y sombreros ladeados sobre una oreja.

Entonces Fagot anunció que, por ser tarde, la tienda iba a cerrarse dentro de un minuto hasta el día siguiente.

En el escenario se organizó un terrible alboroto. Las mujeres cogían apresuradamente pares de zapatos, sin probárselos. Una de ellas se lanzó como una bala detrás de la cortina, se quitó su traje y se apropió de lo primero que encontró a mano: una bata de seda con enormes ramos de flores, y, además, tuvo tiempo de agarrar dos frascos de perfume.

Pasado un minuto, estalló un disparo de pistola, desaparecieron los espejos, se hundieron los escaparates y las banquetas, la alfombra se esfumó, al igual que la cortina. Por último desapareció el montón de vestidos viejos y calzado. El escenario volvió a ser el de antes: severo, vacío y desnudo.

Aquí intervino en el asunto un personaje nuevo. Del palco número dos se oyó una voz de barítono, agradable, sonora e insistente.

—De todos modos, sería conveniente, ciudadano artista, que descubriera enseguida todo el secreto de la técnica de sus trucos, sobre todo lo de los billetes de banco. También sería conveniente que trajera al presentador. Su suerte preocupa a los espectadores.

La voz de barítono pertenecía nada menos que al invitado de honor de la velada, a Arcadio Apolónovich Sempleyárov, presidente de la Comisión Acústica de los teatros moscovitas.

Arcadio Apolónovich se encontraba en un palco con dos damas: una de edad madura, vestida con lujo y a la moda; la otra jovencita y mona, vestida más modestamente. La primera, como se supo más tarde al redactar el acta, era su esposa; la segunda, una parienta lejana, actriz principiante pero prometedora, que había llegado de Sarátov y vivía en el piso de Arcadio Apolónovich y su esposa.

—*Pardon!* —respondió Fagot—. Lo siento, pero no hay nada que descubrir, todo está claro.

—Usted perdone, ¡pero el descubrimiento es completamente necesario! Sin esto sus números brillantes van a dejar una impresión penosa. La masa de espectadores exige explicación.

—La masa de espectadores —interrumpió a Sempleyárov el descarado bufón— me parece que no ha dicho nada. Pero teniendo en cuenta su respetable deseo, Arcadio Apolónovich, estoy dispuesto a descubrirle algo. ¿Me permite un pequeño numerito?

—¡Cómo no! —respondió Arcadio Apolónovich con aire protector—. Pero que descubra el secreto.

—Como usted diga. Entonces, permítame que le haga una pregunta. ¿Dónde estuvo usted ayer por la tarde?

Al oír esta pregunta, tan fuera de lugar y bastante impertinente, a Arcadio Apolónovich se le alteró la expresión.

—Arcadio Apolónovich estuvo ayer en una reunión de la Comisión Acústica —interrumpió la esposa de este con arrogancia—; pero no comprendo qué tiene que ver esto con la magia.

—¡Oh, madame —afirmó Fagot—, pues claro que no lo comprende! Pero está muy equivocada sobre esa reunión. Después de salir de casa para asistir a esa reunión, Arcadio Apolónovich despidió a su chófer junto al edificio de la Comisión Acústica (la sala enmudeció) y luego se dirigió en autobús a la calle Yelójovskaya a ver a Militsa Andréyevna Pokobatko, actriz de un teatro ambulante, y allí pasó casi cuatro horas.

—¡Ay! —exclamó alguien con dolor en medio del silencio.

La joven parienta de Arcadio Apolónovich soltó una carcajada ronca y terrible.

—¡Ahora lo comprendo todo! —gritó—. ¡Hace tiempo que lo estaba sospechando! ¡Ahora comprendo por qué le han dado a esa inepta el papel de Luisa!

Y de pronto le asestó un golpe en la cabeza con un paraguas de color violeta, corto y grueso.

El infame Fagot, alias Koróviev, gritó:

—He aquí, respetables ciudadanos, un ejemplo de descubrimiento de secretos que tanto pedía Arcadio Apolónovich.

—¡Miserable! ¿Cómo te atreves a tocar a Arcadio Apolónovich? —preguntó en tono amenazador la esposa de aquel, poniéndose en pie en el palco y descubriendo su gigantesca estatura.

Un nuevo ataque de risa diabólica se apoderó de la joven parienta.

—¡Yo! ¡Que cómo me atrevo! —contestó entre risas—. ¡Claro que me atrevo! —se oyó de nuevo el ruido seco del paraguas que rebotó en la cabeza de Arcadio Apolónovich.

—¡Milicias! ¡Que se la lleven! —gritaba la esposa de Sempleyárov con una voz tan terrible que a muchos se les heló la sangre en las venas.

Y por si eso era poco, el gato saltó al borde del escenario y rugió con voz de hombre:

—¡La sesión ha terminado! ¡Arreando con una marcha, maestro!

El director, casi enloquecido, sin apenas darse cuenta de lo que hacía, levantó su batuta y la orquesta, ¿cómo diríamos?, no es que empezara a interpretar una marcha, no es que se metiera con ella, ni que se pusiera a darle a los instrumentos; no, exactamente, según la deplorable expresión del gato, lo que hizo fue arrear con la marcha; una marcha inaudita, incalificable por su desvergüenza.

Por un momento pareció oírse aquella antigua canción que se escuchaba en los cafés cantantes, bajo las estrellas del sur, de letra incoherente, mediocre, pero muy atrevida:

Su excelencia, su excelencia
cuida de sus gallinas
y le gusta proteger
a las muchachas finas.

Puede que esta letra nunca hubiera existido, pero había otra con la misma música, todavía más indecente. Eso es lo de menos. Lo que importa es que después de que se interpretó la marcha, el teatro se convirtió en una torre de Babel. Los milicianos corrían hacia el palco de Sempleyárov, asediado por curiosos, se oían diabólicas explosiones de risas, gritos salvajes, cubiertos por los dorados sonidos de los platillos de la orquesta.

El escenario estaba vacío: Fagot, el embustero y el descarado gatazo Popota se habían desvanecido en el aire, como momentos antes hiciera el mago con su sillón desastrado.

13

La aparición del héroe

Como estábamos diciendo, el desconocido le hizo a Iván una señal con el dedo para que se callara.

Iván bajó las piernas de la cama y le miró fijamente. Por la puerta del balcón se asomaba con cautela un hombre de unos treinta y ocho años, afeitado, moreno, de nariz afilada, ojos inquietos y un mechón de pelo caído sobre la frente.

Al cerciorarse de que Iván estaba solo, el misterioso visitante escuchó por si había algún ruido, miró en derredor y, recobrando el ánimo, entró en la habitación. Iván vio que su ropa era del sanatorio. Estaba en pijama, zapatillas y en bata parda, echada sobre los hombros.

El visitante le hizo un guiño, se guardó en el bolsillo un manojo de llaves y preguntó en voz baja: «¿Me puedo sentar?». Y viendo que Iván asentía con la cabeza, se acomodó en un sofá.

—¿Cómo ha podido entrar? —susurró Iván, obedeciendo la señal del dedo amenazador—. ¿No están las rejas cerradas con llave?

—Sí, están cerradas —dijo el huésped—, pero Praskovia Fédorovna, una persona encantadora, es bastante distraída. Hace un mes le robé el manojo de llaves, con lo que tengo la posibilidad de salir al balcón general, que pasa por todo el piso, y visitar de vez en cuando a mis vecinos.

—Si sale al balcón, puede escaparse. ¿O está demasiado alto? —se interesó Iván.

—No —contestó el visitante con firmeza—, no me puedo escapar, y no porque esté demasiado alto, sino porque no tengo a donde ir —y añadió, después de una pausa—. ¿Qué, aquí estamos?

—Sí, estamos —contestó Iván, mirándole a los ojos, unos ojos castaños e inquietos.

—Sí... —de pronto el hombre se preocupó— espero que usted no sea de los de atar. Es que no soporto el ruido, el alboroto, la violencia y todas esas cosas. Odio por encima de todo los gritos humanos, de dolor, de ira o de lo que sea. Tranquilíceme, por favor, no es violento, ¿verdad?

—Ayer le sacudí en la jeta a un tipo en un restaurante —confesó valientemente el poeta regenerado.

—¿Y el motivo? —preguntó el visitante con severidad.

—Confieso que sin ningún motivo —dijo Iván azorado.

—Es inadmisible —censuró el huésped y añadió—: Además, qué manera de expresarse: «en la jeta...». Y no se sabe qué tiene el hombre, si jeta o cara. Seguramente es cara y usted comprenderá que un puñetazo en la cara... No vuelva a hacer eso nunca.

Después de reprenderle, preguntó:

—¿Qué es usted?

—Poeta —confesó Iván con desgana, sin saber por qué.

El hombre se disgustó.

—¡Qué mala suerte tengo! —exclamó, pero enseguida se dio cuenta de su incorrección, se disculpó y le preguntó—: ¿Cómo se llama?

—Desamparado.

—¡Ay! —dijo el visitante, haciendo una mueca de disgusto.

—Qué, ¿no le gustan mis poemas? —preguntó Iván con curiosidad.

—No, nada, en absoluto.

—¿Los ha leído?

—¡No he leído nada de usted! —exclamó nervioso el desconocido.

—Entonces, ¿por qué lo dice?

—¡Es lógico! —respondió—. ¡Como si no conociera a los demás! Claro, puede ser algo milagroso. Bueno, estoy dispuesto a creerle. Dígame, ¿sus versos son buenos?

—¡Son monstruosos! —respondió Iván con decisión y franqueza.

—No escriba más —le suplicó el visitante.

—¡Lo prometo y lo juro! —dijo muy solemne Iván.

Refrendaron la promesa con un apretón de manos. Se oyeron voces y pasos suaves en el pasillo.

—Chist... —susurró el huésped, y salió disparado al balcón, cerrando la reja.

Se asomó Praskovia Fédorovna, le preguntó cómo se encontraba y si quería dormir con la luz apagada o encendida. Iván pidió que la dejara encendida y Praskovia Fédorovna salió después de desearle buenas noches. Cuando cesaron los ruidos volvió el desconocido.

Le dijo a Iván que a la habitación ciento diecinueve habían traído a uno nuevo, gordo, con cara congestionada, que murmuraba algo sobre unas divisas en la ventilación del retrete y juraba que en su casa de la Sadóvaya se había instalado el mismo diablo.

—Maldice a Pushkin y grita continuamente: «¡Kurolésov, bis, bis!» —decía el visitante, mirando alrededor angustiado y con un tic nervioso. Por fin se tranquilizó y se sentó diciendo—: Bueno, ¡qué vamos a hacer! —y siguió su conversación con Iván—. ¿Y por qué ha venido a parar aquí?

—Por Poncio Pilatos —respondió Iván, mirando al suelo con una mirada lúgubre.

—¡Cómo! —gritó el huésped, olvidando sus precauciones, y él mismo se tapó la boca con la mano— ¡Qué coincidencia tan extraordinaria! ¡Cuénteme cómo ocurrió, se lo suplico!

A Iván, sin saber por qué, el desconocido le inspiraba confianza. Empezó a contarle la historia de Los Estanques, primero con timidez, cortado, y luego, repentinamente, con soltura. ¡Qué oyente tan agradecido había encontrado Iván Nikoláyevich en el misterioso ladrón de llaves! El huésped no le acusaba de ser un loco; demostró un enorme interés por su relato y se iba entusiasmando a medida que se desarrollaba la historia. Interrumpía constantemente a Iván con exclamaciones:

—¡Siga, siga, por favor, se lo suplico! ¡Pero, por lo que más quiera, no deje de contar nada!

Iván no omitió nada, así se le hacía más fácil el relato y, por fin, llegó al momento en que Poncio Pilatos salía al balcón con su túnica blanca forrada de rojo sangre.

Entonces el desconocido unió las manos en un gesto de súplica y murmuró:

—¡Ah! ¡Cómo he adivinado! ¡Cómo lo he adivinado todo!

Acompañó la descripción de la horrible muerte de Berlioz con comentarios extraños y sus ojos se encendieron de indignación.

—Lo único que lamento es que no estuviera en el lugar de Berlioz el crítico Latunski o el literato Mstislav Lavróvich —añadió con frenesí pero en voz baja—: ¡Siga!

El gato pagando a la cobradora le divirtió profundamente y trató de ahogar su risa al ver a Iván, que, emocionado por el éxito de su narración, se puso a saltar en cuclillas, imitando al gato pasándose la moneda por los bigotes.

—Así, pues —concluyó Iván, después de contar el suceso en Griboyédov, poniéndose triste y alicaído—, me trajeron aquí.

El huésped, compasivo, le puso la mano en el hombro, diciendo:

—¡Qué desgracia! Pero si usted mismo, mi querido amigo, tiene la culpa. No tenía que haberse portado con él con tanta libertad y menos con descaro. Eso lo ha tenido que pagar. Todavía puede dar gracias, porque ha sido relativamente suave con usted.

—¿Pero, quién es él? —preguntó Iván, agitando los puños.

El huésped se le quedó mirando y contestó con una pregunta:

—¿No se va a excitar? Aquí no somos todos de fiar... ¿No habrá llamadas al médico, inyecciones y demás complicación?

—¡No, no! —exclamó Iván—. Dígame, ¿quién es?

—Bien —contestó el desconocido, y añadió con autoridad, pausadamente—: Ayer estuvo con Satanás en Los Estanques del Patriarca.

Iván, cumpliendo su promesa, no se alteró, pero se quedó pasmado.

—¡Si no puede ser! ¡Si no existe!

—Por favor, usted es el que menos puede dudarlo. Seguramente fue una de sus primeras víctimas. Piense que ahora se encuentra en un manicomio y se pasa el tiempo diciendo que no existe. ¿No le parece extraño?

Iván, completamente desconcertado, se calló.

—En cuanto empezó a describirle —continuó el huésped— me di cuenta de con quién tuvo el placer de conversar. ¡Pero me sorprende Berlioz! Bueno, usted, claro, es terreno completamente virgen — y el visitante se excusó de nuevo—, pero el otro, por lo que he oído, había leído un poco. Las primeras palabras de ese profesor disiparon todas mis dudas. ¡Es imposible no reconocerle, amigo mío! Aunque usted... perdóneme, si no me equivoco, es un hombre inculto.

—¡Sin duda alguna! —asintió el desconocido Iván.

—Bueno, pues... ¡La misma cara que ha descrito, los ojos diferentes, las cejas!... Dígame, ¿no conoce la ópera *Fausto*?

Iván, sin saber por qué, se avergonzó terriblemente y con la cara ardiendo empezó a balbucir algo sobre un viaje al sanatorio... a Yalta...

—Pues claro, ¡no es extraño! Pero le repito que me sorprende Berlioz... No solo era un hombre culto, sino también muy sagaz. Aunque tengo que decir en su defensa que Voland puede confundir a un hombre mucho más astuto que él.

—¿Cómo? —gritó a su vez Iván.

—¡No grite!

Iván se dio una palmada en la frente y murmuró:

—Ya entiendo, ya entiendo. Sí, tenía una «V» en la tarjeta de visita. ¡Ay, ay! ¡Qué cosas! —se quedó sin hablar, turbado, mirando a la luna que flotaba detrás de la reja. Y dijo luego—. Entonces, ¿pudo en realidad haber estado con Poncio Pilatos? ¿Ya había nacido? ¡Y encima me llaman loco! —añadió indignado señalando a la puerta.

Junto a los labios del visitante se formó una arruga de amargura.

—Vamos a enfrentarnos con la realidad —el huésped volvió la cara hacia el astro nocturno, que corría a través de una nube—. Los dos estamos locos, ¡no hay por qué negarlo! Verá: él le ha impresionado y usted ha perdido el juicio, porque, seguramente, tenía predisposición a ello. Pero lo que usted cuenta es verdad, indudablemente. Aunque es tan extraordinario, que ni siquiera Stravinski, que es un psiquiatra genial, le ha creído. ¿Le ha visto a usted? —Iván asintió con la cabeza—. Su interlocutor estuvo con Pilatos, también desayunó con Kant y ahora ha visitado Moscú.

—¡Pero entonces puede armarse una gorda! ¡Habría que detenerle como fuera! —el viejo Iván, no muy seguro, había renacido en el Iván nuevo.

—Ya lo ha intentado y me parece que es suficiente —respondió el visitante con ironía—. Yo no le aconsejaría a nadie que lo hiciera. Eso sí, puede estar seguro de que la va a armar. ¡Oh! Pero, cuánto siento no haber sido yo quien se encontrara con él. Aunque ya esté todo quemado y los carbones cubiertos de ceniza, le juro que por esa entrevista daría las llaves de Praskovia Fédorovna, que es lo único que tengo. Soy pobre.

—¿Y para qué lo necesita?

El huésped dejó pasar un rato. Parecía triste. Al fin habló:

—Mire usted, es una historia muy extraña, pero estoy aquí, por la misma razón que usted, por Poncio Pilatos —el visitante se volvió atemorizado—. Hace un año escribí una novela sobre Pilatos.

—¿Es usted escritor? —preguntó el poeta con interés.

El hombre cambió de cara y le amenazó con el puño.

—¡Soy el maestro! —se puso serio y sacó del bolsillo un gorrito negro, mugriento, con una «M» bordada en seda amarilla. Se puso el gorrito y se volvió de perfil y de frente, para demostrar que era el maestro—. Me lo hizo ella, con sus propias manos —añadió misterioso.

—¿Cómo se llama de apellido?

—Yo no tengo apellido —contestó el extraño huésped con aire sombrío y despreciativo—. He renunciado a él, como a todo en el mundo, olvidémoslo.

—Pero hábleme aunque sea de su novela —pidió Iván con delicadeza.

—Con mucho gusto. Mi vida no ha sido del todo corriente —empezó el visitante.

...Era historiador, y dos años atrás había trabajado en un museo de Moscú, además se dedicaba a la traducción.

—¿De qué idioma? —le interrumpió Iván intrigado.

—Conozco cinco idiomas aparte del ruso —contestó el visitante—, inglés, francés, alemán, latín y griego. Bueno, también puedo leer el italiano.

—¡Atiza! —susurró Iván con envidia.

...El historiador vivía muy solo, no tenía familia y no conocía a nadie en Moscú. Y figúrese, un día le tocaron cien mil rublos a la lotería.

—Imagine mi sorpresa —decía el hombre del gorrito negro— cuando metí la mano en la cesta de la ropa sucia y vi que tenía el mismo número que venía en los periódicos. El billete —explicó— me lo dieron en el museo.

...El misterioso interlocutor había invertido aquellos cien mil rublos en comprar libros y, también, dejó su cuarto de la calle Miasnítskaya...

—¡Maldito cuchitril! —murmuró entre dientes.

...Para alquilar a un constructor dos habitaciones de un sótano en una pequeña casa con jardín. La casa estaba en una bocacalle que llevaba a Arbat. Abandonó su trabajo en el museo y empezó a escribir una novela sobre Poncio Pilatos.

—¡Ah! ¡Aquello fue mi edad de oro! —decía el narrador con los ojos brillantes—. Un apartamento para mí solo, el vestíbulo en el que había un lavabo —subrayó con orgullo especial—, con pequeñas ventanas que daban a la acera. Y enfrente, a unos cuatro pasos, bajo la valla, lilas, un tilo y un arce. ¡Oh! En invierno casi nunca veía por mi ventana pasar unos pies negros ni oía el crujido de la nieve bajo las pisadas. ¡Y siempre ardía el fuego en mi estufa! Pero, de pronto, llegó la primavera y a través de los cristales turbios veía los macizos de lilas, desnudos primero, luego, muy despacio, cubiertos de verde. Y precisamente entonces, la primavera pasada, ocurrió algo mucho más maravilloso que lo de los cien mil rublos. Y que conste que es una buena suma.

—Tiene razón —reconoció Iván, que le escuchaba atentamente.

—Abrí las ventanas. Estaba yo en el segundo cuarto, en el pequeño —el huésped indicó las medidas con las manos—; mire, tenía un sofá, enfrente otro, y entre ellos una mesita con una lámpara de noche fantástica; más cerca de la ventana, libros y un pequeño escritorio; la primera habitación —que era enorme, de catorce metros— tenía libros, libros y más libros y una estufa. ¡Ah! ¡Cómo lo tenía puesto!... El olor extraordinario de las lilas... el cansancio me aligeraba la cabeza y Pilatos llegaba a su fin...

—¡La túnica blanca forrada de rojo sangre! ¡Lo comprendo! —exclamaba Iván.

—¡Eso es! Pilatos se acercaba a su fin y yo ya sabía que las últimas palabras de la novela serían «... el quinto procurador de Judea, el jinete Poncio Pilatos». Como es natural, salía a dar algún paseo. Cien mil rublos es una suma enorme y yo llevaba un traje precioso. A veces, iba a comer a algún restaurante barato. En Arbat había un restaurante magnífico que no sé si existirá todavía —abrió los ojos desmesuradamente y siguió murmurando, mirando a la luna—. Ella llevaba unas flores horribles, inquietantes, de color amarillo. ¡Quién sabe cómo se llaman!, pero no sé por qué, son las primeras flores que aparecen en Moscú. Destacaban sobre el fondo negro de su abrigo. ¡Ella llevaba unas flores amarillas! Es un color desagradable. Dio la vuelta desde la calle Tverskaya a una callejuela y volvió la cabeza. ¿Conoce la Tverskaya? Pasaban miles de personas, pero le aseguro que me vio solo a mí. Me miró no precisamente con inquietud, sino más bien con dolor. Y me impresionó, más que por su belleza, por la soledad infinita que había en sus ojos y que yo no había visto jamás. Obedeciendo aquella señal amarilla, también yo torcí a la bocacalle y seguí sus pasos. Íbamos por la triste calleja tortuosa, mudos los dos, por una acera yo y ella por la otra. Y fíjese que no había ni un alma en la calle. Yo sufría porque me pareció que tenía que hablarle, pero temía que no sería capaz de articular palabra. Que ella se iría y no la volvería a ver nunca más. Y ya ve usted: ella habló primero: «¿Le gustan mis flores?». Recuerdo perfectamente cómo sonó su voz, bastante grave, cortada, y aunque sea una tontería, me pareció que el eco resonó en la calleja y se fue a reflejar en la sucia pared amarilla. Crucé la calle rápidamente, me acerqué a ella y contesté: «No». Me miró sorprendida y comprendí de pronto, inesperadamente, ¡que toda la vida había amado a aquella mujer! ¡Qué cosas!, ¿verdad? Seguro que piensa que estoy loco.

—No pienso nada —exclamó Iván—, ¡siga contando, se lo ruego!

El huésped siguió:

—Pues sí, me miró sorprendida y luego preguntó: «¿Es que no le gustan las flores?» Me pareció advertir cierta hostilidad en su voz. Yo caminaba a su lado, tratando de adaptar mi paso al suyo y, para mi sorpresa, no me sentía incómodo. «Me gustan las flores, pero no estas», dije. «¿Y qué flores le gustan». «Me gustan las rosas.» Me arrepentí enseguida de haberlo dicho, porque sonrió con aire culpable y arrojó sus flores a una zanja. Estaba algo desconcertado, recogí las flores y se las di. Ella, sonriendo, hizo ademán de rechazarlas y las llevé yo.

»Así anduvimos un buen rato, sin decir nada, hasta que me quitó las flores y las tiró a la calzada, luego me cogió la mano con la suya, enfundada en un guante negro, y seguimos caminando juntos.

—Siga —dijo Iván—, se lo suplico, cuéntemelo todo.

—¿Que siga? —preguntó el visitante—. Lo que sigue ya se lo puede imaginar —se secó una lágrima repentina con la manga del brazo derecho y siguió hablando—. El amor surgió ante nosotros, como surge un asesino en la noche, y nos alcanzó a los dos. Como alcanza un rayo o un cuchillo de acero. Ella decía después que no había sido así, que nos amábamos desde hacía tiempo, sin conocernos, sin habernos visto, cuando ella vivía con otro hombre... y yo, entonces... con esa... ¿cómo se llama?

—¿Con quién? —preguntó Desamparado.

—Con esa... bueno... con... —respondió el huésped, moviendo los dedos.

—¿Estuvo casado?

—Sí, claro, por eso muevo los dedos... Con esa... Várenka... Mánechka... no, Várenka... con un vestido a rayas, el museo... No, no lo recuerdo.

»Pues ella decía que había salido aquel día con las flores amarillas, para que al fin yo la encontrara, y si yo no la hubiese encontrado, acabaría envenenándose, porque su vida estaba vacía.

»Sí, el amor nos venció en un instante. Lo supe ese mismo día, una hora después, cuando estábamos, sin habernos dado cuenta, al pie de la muralla del Kremlin, en el río.

»Hablábamos como si nos hubiéramos separado el día antes, como si nos conociéramos desde hacía muchos, muchos años. Quedamos en encontrarnos el día siguiente en el mismo sitio, en el río Moscova y allí fuimos. El sol de mayo brillaba para nosotros solos. Y sin que nadie lo supiera se convirtió en mi mujer.

»Venía a verme todos los días a las doce. Yo la estaba esperando desde muy temprano. Mi impaciencia se demostraba en que cambiaba de sitio todas las cosas que había sobre la mesa. Unos diez minutos antes de su llegada me sentaba junto a la ventana y esperaba el golpe de la portezuela del jardín. Es curioso, antes de conocerla casi nadie entraba por esa verja; mejor dicho, nadie; pero entonces me parecía que toda la ciudad venía al jardín. Un golpe de la verja, un golpe de mi corazón, y en mi ventana, a la altura de mis ojos, solían aparecer unas botas sucias. El afilador. Pero, ¿quién necesitaba al afilador en nuestra casa? ¿Qué iba a afilar? ¿Qué cuchillos?

»Ella pasaba por la puerta una vez, pero antes de eso ya me había palpitado el corazón por lo menos diez veces, no exagero. Y luego, cuando llegaba su hora y el reloj marcaba las doce, no dejaba de palpitar hasta que, casi sin ruido, se acercaban a la ventana sus zapatos con lazos negros de ante, cogidos con una hebilla metálica.

»A veces hacía travesuras: se detenía junto a la segunda ventana y daba golpes suaves con la punta del zapato en el cristal. En un segundo yo estaba junto a la ventana, pero desaparecía el zapato y la seda negra que tapaba la luz, y yo iba a abrirle la puerta.

»Estoy seguro de que nadie sabía de nuestras relaciones, aunque no suele ser así. No lo sabía ni su marido, ni los amigos. En la vieja casa donde yo tenía mi sótano se daban cuenta, naturalmente, de que venía a verme una mujer, pero no conocían su nombre.

—¿Y quién es ella? —preguntó Iván, muy interesado por la historia de amor.

El visitante hizo un gesto que quería decir que nunca se lo diría a nadie y siguió su relato.

Iván supo que el maestro y la desconocida se amaban tanto que eran inseparables. Iván se imaginaba muy bien las dos habitaciones del sótano, siempre a oscuras por los lilos del jardín. Los muebles rojos, con la tapicería desgastada, el escritorio con un reloj que sonaba cada media hora, los libros, los libros desde el suelo pintado, hasta el techo ennegrecido por el humo y la estufa.

Se enteró Iván de que su visitante y aquella mujer misteriosa decidieron, ya en los primeros días de sus relaciones, que los había unido el propio destino en la esquina de la Tverskaya y la callecita, y que estaban hechos el uno para el otro hasta la muerte.

Supo cómo pasaban el día los enamorados. Ella venía, se ponía un delantal y en el estrecho vestíbulo, donde tenían el lavabo, del que tan orgulloso estaba el pobre enfermo, encendía el hornillo de petróleo sobre una mesa de madera y preparaba el desayuno. Luego lo servía en una mesa redonda de la habitación pequeña. Durante las tormentas de mayo, cuando un riachuelo pasaba junto a las ventanas ensombrecidas, amenazando inundar el último refugio de los enamorados, encendían la estufa y hacían patatas asadas. Las patatas despedían vapor y les manchaban los dedos con su piel negra. En el sótano se oían risas, y los árboles se liberaban después de la lluvia de las ramitas rotas, de las borlas blancas.

Cuando pasaron las tormentas y llegó el bochornoso verano, aparecieron las rosas en los floreros, las rosas esperadas y queridas por los dos.

Aquel que decía ser el maestro trabajaba febrilmente en su novela, que también llegó a absorber a la desconocida.

—Confieso que a veces tenía celos —susurraba el huésped nocturno de Iván, que entrara por el balcón iluminado por la luna.

Con sus delicados dedos de uñas afiladas hundidos en el pelo, ella leía y releía lo escrito, y después de releerlo, se ponía a coser el gorro. A veces se sentaba delante de los estantes bajos o se ponía de pie junto a los de arriba y limpiaba con un trapo los libros, los centenares de tomos polvorientos.

Le prometía la gloria, le metía prisa y fue entonces cuando empezó a llamarle maestro. Esperaba con impaciencia aquellas últimas palabras prometidas sobre el quinto procurador de Judea, repetía en voz alta, cantarina, algunas frases sueltas que le gustaban y decía que en la novela estaba su vida entera.

Terminó de escribirla en agosto, se la entregó a una mecanógrafa desconocida que le hizo cinco ejemplares. Llegó por fin la hora en que tuvieron que abandonar su refugio secreto y salir a la vida.

—Salí con la novela en las manos y mi vida se terminó —murmuró el maestro, bajando la cabeza. Y el gorrito triste y negro con su «M» amarilla estuvo oscilando mucho rato.

Continuó narrando, pero ahora de manera un tanto incoherente. Iván comprendió que al maestro le había ocurrido una catástrofe.

—Era la primera vez que me encontraba con el mundo de

la literatura. Pero ahora, cuando mi vida está acabada y mi muerte es inminente, ¡lo recuerdo con horror! —dijo el maestro con solemnidad, y levantó la mano—. Sí, me impresionó muchísimo, ¡terriblemente!

—¿Quién? —apenas se oyó la pregunta de Iván, que temía interrumpir al emocionado narrador.

—¡El redactor jefe, digo el redactor jefe! Sí, la leyó. Me miraba como si yo tuviera un carrillo hinchado con un flemón, desviaba la mirada a un rincón y soltaba una risita avergonzada. Manoseaba y arrugaba el manuscrito sin necesidad, suspirando. Las preguntas que me hizo me parecieron demenciales. No decía nada de la novela misma y me preguntaba que quién era yo y de dónde había salido; si escribía hacía tiempo y por qué no se sabía nada de mí; por último me hizo una pregunta completamente idiota desde mi punto de vista: ¿quién me había aconsejado que escribiera una novela sobre un tema tan raro? Hasta que me harté y le pregunté directamente si pensaba publicar mi novela. Se azoró mucho, empezó a balbucir algo, sobre que la decisión no dependía de él, que tenían que conocer mi obra otros miembros de la redacción, precisamente los críticos Latunski y Arimán y también el literato Mstislav Lavróvich. Me dijo que volviera a las dos semanas. Volví y me recibió una muchacha bizca, de tanto mentir.

—Es Lapshénnikova, la secretaria de redacción —se sonrió Iván, que conocía muy bien el mundo que con tanta indignación describía su huésped.

—Puede ser —replicó el otro—. Me devolvió mi novela, bastante mugrienta y destrozada ya, y, tratando de no encontrarse con mi mirada, me comunicó que la redacción tenía material suficiente para los dos años siguientes, por lo que quedaba descartada la posibilidad de publicar mi novela. ¿De qué más me acuerdo? —decía el maestro frotándose las sienes—. Sí, los pétalos de rosa caídos sobre la primera página y los ojos de mi amada. Me acuerdo de sus ojos.

El relato se iba embrollando cada vez más. Decía algo de la lluvia que caía oblicua y de la desesperación en el refugio del sótano. Y había ido a otro sitio. Murmuraba que a ella, que le había empujado a luchar, no la culpaba, ¡oh, no!, no la culpaba.

Después, Iván se enteró de algo inesperado y extraño. Un día nuestro héroe abrió un periódico y se encontró con un artículo del crítico Arimán en el que advertía a quien le concerniese que él, es decir, nuestro héroe, había intentado introducir una apología de Jesucristo.

—Sí, sí, lo recuerdo —exclamó Iván—, pero de lo que no me acuerdo es de su apellido.

—Deje mi apellido, se lo repito, ya no existe —respondió el visitante—. No tiene importancia. A los dos días apareció en otro periódico un artículo firmado por Mstislav Lavróvich en el que el autor proponía darle un palo al «pilatismo» y a ese «pintor de iconos de brocha gorda» que trataba de introducirlo (¡otra vez esa maldita palabra!).

»Sorprendido por esta palabra inaudita, "pilatismo", abrí un tercer periódico.

»Traía dos artículos, uno de Latunski y otro firmado "N. E.". Le aseguro que las creaciones de Arimán y Lavróvich parecían un inocente juego de niños al lado de la de Latunski. Es suficiente que le diga el título del artículo: "El sectario militante". Estaba tan absorto en los artículos relacionados con mi persona, que no advertí su llegada (había olvidado cerrar la puerta), apareció ante mí con un gran paraguas mojado en las manos y los periódicos, también mojados. Los ojos le echaban fuego y las manos, muy frías, le temblaban. Primero se echó sobre mí para abrazarme y luego dijo con voz muy ronca, dando golpes en la mesa, que envenenaría a Latunski.

Iván se removió azorado, pero no dijo nada.

—Los días que siguieron fueron tristes, de otoño —hablaba el maestro—; el monstruoso fracaso de mi novela parecía haberme arrebatado la mitad del alma. En realidad, ya no tenía nada que hacer y vivía de las reuniones con ella. Entonces me sucedió algo. No sé qué fue, creo que Stravinski ya lo habrá averiguado. Me dominaba la tristeza y empecé a tener extraños presentimientos. A todo esto, los artículos seguían apareciendo. Los primeros me hicieron reír. Pero a medida que salían más, iba cambiando mi actitud hacia ellos. La segunda etapa fue de sorpresa. Algo terriblemente falso e inseguro se adivinaba en cada línea de aquellos artículos, a pesar de su tono autosuficiente y amenazador. Me parecía —y no era capaz de desecharlo— que los autores de los artículos no decían lo que querían decir y que su indignación provenía de eso precisamente. Después empezó la tercera etapa: la del miedo. Pero no, no era miedo a los artículos, entiéndame, era miedo ante otras cosas que no tenían relación alguna con la novela. Por ejemplo, tenía miedo a la oscuridad. En una palabra, comenzaba una fase de enfermedad psíquica. Me parecía, sobre todo cuando me estaba durmiendo, que un pulpo ágil y frío se me acercaba al corazón con sus tentáculos. Tenía que dormir con la luz encendida.

»Mi amada había cambiado mucho (claro está que no le dije nada de lo del pulpo, pero ella se daba cuenta de que me pasaba algo raro), estaba más pálida y delgada, y no se reía y me pedía que la perdonara por haberme aconsejado que publicara un trozo de la novela. Me decía que lo dejara todo y me fuera al mar Negro, que gastara el resto de los cien mil rublos.

»Ella insistía mucho y yo, por no discutir (aunque algo me decía que no iría al mar Negro), le prometí hacerlo en cuanto pudiera. Me dijo que ella sacaría el billete. Saqué todo mi dinero, cerca de diez mil rublos y se lo di. "¿Por qué me das tanto", se sorprendió ella. Le dije que tenía miedo de los ladrones y le pedí que lo guardara hasta el día de mi partida. Cogió el dinero, lo guardó en su bolso y me dijo, abrazándome, que le parecía más fácil morirse que abandonarme en aquel estado; pero que la estaban esperando y que no tenía más remedio que marcharse. Prometió venir al día siguiente. Me pidió que no tuviera miedo de nada.

»Eso ocurrió al anochecer, a mediados de octubre. Se fue. Me acosté en el sofá y dormí, sin encender la luz. Me despertó la sensación de que el pulpo estaba allí. A duras penas pude dar la luz. Mi reloj de bolsillo marcaba las dos de la mañana.

Me acosté sintiéndome ya mal y desperté enfermo del todo. De pronto me pareció que la oscuridad del otoño iba a romper los cristales, a entrar en la habitación y que yo me moriría como ahogado en tinta. Cuando me levanté era ya un hombre incapaz de dominarse. Di un grito y sentí el deseo de correr para estar con alguien, aunque fuera con el dueño de mi casa. Luchaba conmigo mismo como un demente. Tuve fuerzas para llegar hasta la estufa y encender fuego. Cuando los leños empezaron a crujir y la puertecilla dio varios golpes, me pareció que me sentía algo mejor. Corrí al vestíbulo, encendí la luz, encontré una botella de vino blanco, la abrí y bebí directamente de la botella. Esto aminoró tanto mi sensación de miedo que no fui a ver al dueño y me volví junto a la estufa. Abrí la portezuela y el calor empezó a quemarme la cara y las manos. Clamé: "Adivina que me ha ocurrido una desgracia... ¡Ven, ven, ven!".

»Pero no vino nadie. El fuego aullaba en la lumbre y la lluvia azotaba las ventanas. Entonces sucedió lo último. Saqué del cajón el pesado manuscrito de mi novela, los borradores, y empecé a quemarlos. Fue un trabajo pesadísimo, porque el papel escrito se resiste a arder. Deshacía los cuadernos, rompiéndome las uñas, metía las hojas entre la leña y las movía con un atizador. De vez en cuando me vencía la ceniza, ahogaba el fuego, pero yo luchaba con ella y con la novela, que, aunque se resistía desesperadamente, iba pereciendo poco a poco. Bailaban ante mis ojos palabras conocidas, el amarillo iba subiendo por las páginas inexorablemente, pero las palabras se dibujaban a pesar de todo. No se borraban hasta que el papel estaba negro; entonces las destruía definitivamente a golpes feroces del atizador.

»En ese momento alguien empezó a arañar suavemente el cristal. El corazón me dio un vuelco, eché al fuego el último cuaderno y corrí a abrir la puerta. Había unos peldaños de ladrillo entre el sótano y la puerta que daba al jardín. Llegué tropezando y pregunté en voz baja: "¿Quién es?". Una voz, su voz, me contestó: "Soy yo...". No sé cómo pude dominar la cadena y la llave. En cuanto entró se apretó contra mí, chorreando agua, con las mejillas mojadas, el pelo lacio y temblando. Solo pude pronunciar una palabra: "Tú... ¿tú?", se me cortó la voz. Bajamos corriendo.

»En el vestíbulo se quitó el abrigo y entramos presurosos en la habitación pequeña. Dio un grito y sacó con las manos lo que quedaba, el último montón que empezaba a arder. El humo llenó la habitación. Apagué el fuego con los pies y ella se echó en el sofá, llorando desesperada, sin poder contenerse.

»Cuando se tranquilizó, le dije: "Odio la novela y tengo miedo. Estoy enfermo. Tengo miedo". Ella se levantó y habló: "Dios mío, qué mal estás. Pero, ¿por qué? ¿Por qué todo esto? Yo te salvaré, te voy a salvar. ¿Qué tienes?". Veía sus ojos hinchados por el humo y las lágrimas y sentía sus manos frías acariciándome la frente. "Te voy a curar", murmuraba ella, cogiéndome por los hombros. "La vas a reconstruir. ¿Por qué?, ¿por qué no me habré quedado con otro ejemplar?"

»Apretó los dientes indignada, diciendo algo ininteligible. Luego empezó a recoger y ordenar las hojas medio quemadas. Era un capítulo central, no recuerdo cuál. Reunió las hojas cuidadosamente, las envolvió en un papel y las ató con una cinta. Su actitud revelaba gran decisión y dominio de sí misma. Me pidió vino y, después de beberlo, habló con más serenidad: "Así se paga la mentira. No quiero mentir más. Me quedaría contigo ahora mismo, pero no quiero hacerlo de esta manera. No quiero que le quede para toda la vida el recuerdo de que le abandoné por la noche. No me ha hecho nada malo... Le llamaron de repente, había un incendio en su fábrica. Pero pronto volverá. Se lo explicaré mañana, le diré que quiero a otro y volveré contigo para siempre. Dime, ¿acaso tú no lo deseas?". "Pobrecita mía", le dije, "no permitiré que lo hagas. No estarás bien a mi lado y no quiero que mueras conmigo." "¿Es la única razón?", preguntó ella, acercando sus ojos a los míos. "La única."

»Se animó muchísimo, me abrazó, rodeándome el cuello con sus brazos y dijo: "Voy a morir contigo. Por la mañana estaré aquí".

»Lo último que recuerdo de mi vida es una franja de luz del vestíbulo, y en la franja, un mechón desrizado, su boina y sus ojos llenos de decisión. También recuerdo una silueta negra en el umbral de la puerta de la calle y un paquete blanco. "Te acompañaría, pero no tengo fuerzas para volver solo. Tengo miedo." "No tengas miedo. Espera unas horas. Por la mañana estaré contigo." Esas fueron sus últimas palabras en mi vida. ¡Chist! —se interrumpió el enfermo levantando un dedo—. ¡Qué noche de luna tan intranquila!

Desapareció en el balcón. Iván oyó ruido de ruedas en el pasillo y un sollozo o un grito débil.

Cuando todo se hubo calmado volvió el visitante. Le dijo a Iván que en la habitación ciento veinte había ingresado un nuevo enfermo. Era uno que pedía que le devolvieran su cabeza. Los dos interlocutores estuvieron un rato en silencio, angustiados, pero se tranquilizaron y volvieron a su conversación. El visitante abrió la boca, pero la nochecita era realmente agitada. Se oía ruido de voces en el pasillo. El huésped hablaba a Iván al oído, pero con voz tan baja que Iván solo pudo entender la primera frase:

—Al cuarto de hora de marcharse ella llamaron a mi ventana...

Al parecer, el enfermo se había emocionado con su propio relato. Una convulsión le desfiguraba la cara a cada instante. En sus ojos flotaban y bailaban el miedo y la indignación. Señalaba con la mano a la luna, que hacía tiempo que se había ido. Y solo entonces, cuando los ruidos exteriores cesaron, el huésped se apartó de Iván y habló más fuerte.

—Sí, fue una noche a mediados de enero. Estaba yo en el patio, muerto de frío, con el abrigo, el mismo pero sin botones. Detrás de mí tenía unos montones de nieve que cubrían los tilos y delante, en la parte baja del muro de la casa, mis ventanas. Estaban iluminadas débilmente, con las cortinas echadas. Me acerqué a una, dentro sonaba un gramófono. Es todo lo que pude oír, pero no vi nada. Permanecí allí, inmóvil, durante un buen rato y después salí a la calle. Soplaba fuerte el viento. Un perro se me echó a los pies, me asusté y corrí al otro lado de la calle. El frío y el miedo, que ya eran mis inseparables compañeros, me ponían frenético. No tenía adónde ir. Lo más sencillo hubiera sido arrojarme a las ruedas del tranvía que pasaba por la calle en la que desembocaba mi callecita. Veía de lejos los vagones iluminados por dentro, envueltos por el hielo, y escuchaba su odioso rechinar cuando pasaban por las vías heladas. Pero, querido vecino, el miedo se había adueñado de mí, se había apoderado de cada célula de mi cuerpo, ese era el problema. Lo mismo me asustaban los perros que me atemorizaba un tranvía. ¡Le juro que no hay en esta casa otra enfermedad peor que la mía!

—Pero podía haberla avisado —dijo Iván, compadeciendo al pobre enfermo—. Además ella tenía su dinero, ¿no? Seguramente lo habrá guardado.

—No lo dude. Claro que lo tiene guardado. Pero, me parece que no entiende, o mejor dicho, yo he perdido la facultad de expresarme. Y no, no me da mucha pena de ella, ya no podría ayudarme. ¡Imagínese —el huésped miraba con piedad en la oscuridad de la noche—, se habría encontrado con una carta del manicomio! ¡Cómo se puede enviar una carta con este remite!... ¿Enfermo mental?... ¡Usted bromea! ¿Hacerla desgraciada? No, eso no lo puedo hacer.

Iván no encontró nada que decirle, pero, a pesar de su silencio, le daba mucha lástima. El otro, angustiado por los recuerdos, movía la cabeza con el gorro negro. Siguió hablando:

—Pobre mujer... Aunque tengo la esperanza de que me haya olvidado.

—¡Usted se podrá curar algún día...! —interrumpió Iván tímidamente.

—Soy incurable —contestó tranquilo—. Cuando Stravinski habla de volverme a la normalidad no le creo. Es muy humano y procura calmarme. Y no tengo por qué negar que ahora me encuentro mucho mejor. ¡Sí! ¿Qué estaba diciendo? El frío, los tranvías volando... Sabía que existía este sanatorio y traté de llegar aquí, a pie, atravesando toda la ciudad.

»¡Qué locura! Estoy convencido de que al salir de la ciudad me habría helado, pero me salvé por una casualidad. Algo se había estropeado en el camión. Me acerqué al conductor —estaba a unos cuatro kilómetros de la ciudad— y me llevé la sorpresa de que se apiadara de mí. El camión venía al sanatorio y me trajo. Fue una suerte. Tenía congelados los dedos del pie izquierdo. Me los curaron. Y hace ya cuatro meses que estoy aquí. La verdad, encuentro que no se está nada mal. ¡Nunca se deben hacer planes a largo plazo, querido vecino! Yo mismo quería haber recorrido el mundo entero; pero Dios no lo ha querido así. Solo veo una ínfima parte de esta tierra. Supongo que no es la mejor, pero no se está mal del todo. Se acerca el verano, Praskovia Fédorovna ha prometido que los balcones se cubrirán de hiedra. Sus llaves me han servido para ampliar posibilidades. Habrá luna por las noches. ¡Oh! ¡Se ha ido! ¡Qué fresco hace! Es más de medianoche. Tengo que irme.

—Dígame, por favor, ¿qué pasó con Joshuá y Pilatos? —le pidió Iván—. Quiero saberlo.

—¡Oh, no! —respondió el huésped estremeciéndose de dolor—, no puedo recordar mi novela sin ponerme a temblar. Su amigo, el de Los Estanques del Patriarca, lo sabe mucho mejor que yo. Gracias por su compañía. Adiós.

Y antes de que Iván tuviera tiempo de reaccionar, la reja se cerró con suave ruido y el huésped desapareció.

14

¡Viva el gallo!

A Rimski, como suele decirse, le fallaron los nervios, y, sin esperar a que terminaran de extender el acta, salió disparado hacia su despacho. Sentado a su mesa, no dejaba de mirar, con ojos irritados, los mágicos billetes de diez rublos. Al director de finanzas se le iba la cabeza. Llegaba de fuera un ruido monótono. Del Varietés salían a la calle verdaderos torrentes de gente, y al oído de Rimski, extraordinariamente aguzado, llegaron los silbatos de los milicianos. Nunca presagiaban nada bueno, pero cuando el silbido se repitió y se le unió otro prolongado y autoritario, acompañado de exclamaciones y risotadas, comprendió que en la calle estaba pasando algo escandaloso y desagradable y que, por muchas ganas que tuviera de ignorarlo, debía de estar estrechamente ligado a la desafortunada sesión que el nigromante y sus ayudantes llevaran a cabo.

Y el sensitivo director de finanzas no se equivocó ni un ápice. Bastó una mirada por la ventana para hacerle cambiar de expresión y gruñir:

—¡Ya lo sabía yo!

Debajo de la ventana, en la acera, iluminada por la fuerte luz de los faroles, había una señora en combinación con pantaloncitos color violeta; llevaba en la mano un sombrero y un paraguas, parecía estar fuera de sí y se agachaba o trataba de escapar a algún sitio. La rodeaba una multitud muy excitada que reía en ese mismo tono que al director le ponía carne de gallina. Junto a la dama se agitaba un ciudadano que trataba de despojarse a toda prisa de su abrigo de entretiempo, pero parecía tan nervioso que no podía dominar una manga, en la que, al parecer, se le había enredado un brazo.

Se oían risas alocadas y gritos que salían de un portal. Grigori Danílovich volvió la cabeza. Descubrió a otra señora en ropa interior, esta de color rosa. De la calzada fue a la acera, queriendo refugiarse en un portal, pero se lo impedía la gente que le cerraba el paso. La desdichada, víctima de su frivolidad y de su pasión por los trapos, engañada por la compañía del odioso Fagot, solo una cosa ansiaba: ¡que se la tragara la tierra!

Un miliciano se dirigió a la infeliz rasgando el aire con su silbido. Le siguieron unos muchachos muy regocijados, cubierta la cabeza con gorras. De ellos provenían las risotadas y los gritos. Un cochero delgado, con bigote, llegó en un vuelo junto a la primera señora a medio vestir y paró en seco su caballo, un animal esquelético y viejo. Una risita alegre se dibujaba en la cara del bigotudo cochero.

Rimski se dio un puñetazo en la cabeza, escupió y se apartó de la ventana.

Estuvo sentado un rato, escuchando el ruido de la calle. Los silbidos en distintos puntos llegaron a su auge y luego empezaron a decaer. Con gran sorpresa de Rimski, el escándalo había terminado, solucionado con una rapidez inesperada.

Llegó el momento de actuar, tenía que beber el amargo trago de la responsabilidad. Ya habían arreglado los teléfonos de todo el edificio, tenía que telefonear, comunicar lo ocurrido, pedir ayuda, mentir, echarle la culpa a Lijodéyev, protegerse él mismo, etc. ¡Diablos!

Dos veces puso el disgustado director su mano sobre el auricular y dos veces la retiró. Y de pronto, en el silencio sepulcral del despacho estalló un timbrazo contra la cara del director. Se estremeció y se quedó frío. Tengo los nervios destrozados, pensó, y descolgó. Se echó hacia atrás y empalideció hasta ponerse blanco como la nieve. Una voz de mujer, cautelosa y perversa, le susurró:

—No llames, Rimski, o te pesará...

Y el aparato enmudeció. Colgó el auricular; sentía frío en la espalda, y sin saber por qué se volvió hacia la ventana. A través de las ramas de un arce, escasas y ligeramente cubiertas de verde, pudo ver la luna que corría por una nube transparente. No podía apartar la vista de aquellas ramas, las miraba y las miraba, y cuanto más lo hacía mayor era su miedo.

Haciendo un gran esfuerzo volvió la espalda a la ventana llena de luna y se levantó. Ya no pensaba en llamar, ahora lo único que deseaba era desaparecer del teatro lo antes posible.

Escuchó: el teatro estaba en silencio. Rimski se dio cuenta de que se encontraba solo en el segundo piso, y un miedo invencible, infantil, se apoderó de él. No podía pensar, sin estremecerse, que tendría que recorrer los pasillos él solo y bajar las escaleras. Cogió febrilmente los billetes del hipnotizador, los metió en la cartera y, para darse ánimos, tosió. Le salió una tos ronca y débil.

Tuvo la sensación de que entraba una humedad malsana por debajo de la puerta. Un escalofrío le recorrió la espalda. Sonó el reloj y dio las doce. También esto le hizo temblar. Se quedó sin aliento: alguien había hecho girar la llave en la cerradura. Agarraba la cartera con las manos húmedas y frías. El director sentía que, si se prolongaba un poco más aquel ruido en la puerta, gritaría desesperadamente sin poder resistirlo.

Por fin, cediendo a los forcejeos de alguien, la puerta se abrió, dando paso a Varenuja, que entró en el despacho sin hacer ruido. Rimski se derrumbó en el sillón, se le doblaron las piernas. Llenando sus pulmones de aire, esbozó una sonrisa servil, y dijo en voz baja:

—Dios mío, qué susto me has dado...

Sí, una aparición así, repentina, habría asustado a cualquiera, pero al mismo tiempo era una gran alegría: podía dar una pequeña luz a aquel embrollado asunto.

—Cuenta, cuenta —articuló Rimski, agarrándose a la nueva posibilidad—. ¡Anda, cuenta! ¿Qué quiere decir todo esto?

—Perdona —contestó con voz sorda el recién aparecido, cerrando la puerta—, pensé que ya te habías ido.

Y Varenuja, sin quitarse la gorra, se acercó a un sillón y se sentó al otro lado de la mesa.

En la respuesta de Varenuja se percibía una ligera extrañeza que enseguida chocó al director de finanzas, de una sensibilidad que podría competir con la de cualquier sismógrafo del mundo. ¿Qué quería decir aquello? ¿Por qué habría ido Varenuja al despacho de Rimski, si pensaba que él no iba a estar allí? Tenía su despacho. Además, al entrar en el edificio tenía que haber encontrado a alguno de los guardas nocturnos, y todos ellos sabían que Grigori Danílovich se había detenido en su despacho. Pero el director de finanzas no tenía tiempo que perder en hacer tales consideraciones.

—¿Por qué no me has llamado? ¿Qué has averiguado del lío de Yalta?

—Lo que yo te dije —contestó el administrador, haciendo un ruido con la lengua, como si le dolieran las muelas—, le encontraron en el bar de Púshkino.

—¿Cómo en Púshkino? ¿Cerca de Moscú? ¿Y los telegramas de Yalta?

—¡Qué Yalta ni que ocho cuartos! Emborrachó al telegrafista de Púshkino y entre los dos idearon la broma de enviar telegramas con la contraseña de Yalta.

—Sí, sí... Bueno, bueno —más bien cantó que dijo Rimski. Le brillaban los ojos con un fuego amarillento. En su cabeza se perfilaba la escena festiva de la destitución vergonzosa de Stiopa. ¡La liberación! ¡La liberación tan ansiada de aquel desastre personificado en Lijodéyev! Y puede que se consiga algo todavía peor que la destitución de su cargo...— ¡Detalles! —dijo Rimski, dando un golpe en la mesa con el pisapapeles.

Varenuja comenzó las explicaciones, los detalles. Al llegar a aquel sitio, donde le había enviado el director de finanzas, le recibieron inmediatamente y le escucharon con mucha atención. Claro, nadie creyó que Stiopa estuviera en Yalta. Todos apoyaron a Varenuja en su idea de que Lijodéyev, naturalmente, tenía que estar en la Yalta de Púshkino.

—¿Y dónde está ahora? —interrumpió al administrador el nervioso Rimski.

—¡Pues dónde va a estar! —respondió el administrador, torciendo la boca en una sonrisa—. ¡En las milicias, curándose la borrachera!

—Bueno, bueno... ¡Gracias, hombre!

Varenuja continuó con su narración, y según avanzaba su historia, avanzaba también la interminable cadena de fechorías y actos bochornosos de Lijodéyev que Rimski imaginaba con tremendo realismo, y cada eslabón de la cadena era algo peor que lo inmediatamente anterior. ¡Desde luego, bailando con el telegrafista, los dos abrazados, en la hierba, delante del telégrafo y al son de un organillo callejero! ¡La persecución de unas ciudadanas que chillaban horrorizadas! ¡La fracasada pelea con un camarero del mismo Yalta! ¡La cebolleta verde tirada por el suelo, también en Yalta! ¡Las ocho botellas de vino blanco seco Ay-Danil rotas! ¡El contador destrozado en un taxi porque el taxista se negó a llevar a Stiopa! ¡La amenaza de detener a los ciudadanos que trataban de poner fin a las barrabasadas de Stiopa!... En fin, ¡horroroso!

Stiopa era muy conocido en los círculos teatrales de Moscú y todos sabían que no era ninguna maravilla. Pero lo que había contado el administrador era demasiado, incluso para Stiopa. Sí, era demasiado, demasiado...

Rimski clavó sus penetrantes ojos en la cara del administrador y se ensombrecía cada vez más según hablaba aquel. Cuanto más reales y pintorescos eran los desagradables detalles que adornaban la narración del administrador, menos le creía el director de finanzas. Y cuando Varenuja le dijo que Stiopa había perdido el control hasta el punto de oponer resistencia a los que fueron a buscarle para llevárselo a Moscú, Rimski sabía con certeza que todo lo que contaba el administrador, aparecido a medianoche, era mentira. ¡Mentira desde la primera palabra hasta la última!

Varenuja no había estado en Púshkino, y el propio Stiopa tampoco. No hubo ningún telegrafista borracho, ni cristales rotos en el bar, tampoco ataron a Stiopa con cuerdas..., nada de aquello era cierto.

Cuando Rimski se convenció de que el administrador le estaba mintiendo, el miedo empezó a recorrerle por el cuerpo, subiendo desde las piernas, y otra vez le pareció que por debajo de la puerta entraba una humedad putrefacta, de malaria. Sin apartar la vista del administrador, que se retorcía en el sillón de una manera extraña, tratando de no salirse de la sombra, que dejaba la lámpara azul de la mesa, y tapándose la cara con un periódico porque le molestaba la luz, Rimski pensaba en lo que podía significar todo aquello. ¿Por qué le mentiría tan descaradamente el administrador, que había vuelto demasiado tarde, si el edificio estaba desierto y en silencio? El presentimiento de un peligro, desconocido pero terrible, le traspasó el corazón. Haciendo como que no veía las manipulaciones de Varenuja y sus movimientos con el periódico, el director de finanzas se puso a examinar su expresión, casi sin escuchar lo que quería colocarle su interlocutor. Había algo todavía más inexplicable que el relato sobre las andanzas, lleno de calumnias, inventado no se sabía por qué, y ese algo era la transformación operada en el aspecto y en los ademanes del administrador.

A pesar de todos sus intentos de taparse la cara con la visera de la gorra para esconderse en la sombra, a pesar del periódico, el director de finanzas pudo ver que tenía en el carrillo derecho, junto a la nariz, un enorme cardenal. Además, el administrador, que solía tener un aspecto muy saludable, estaba pálido, con una palidez enfermiza, de cal, y llevaba al cuello, en una noche tan calurosa, una bufanda a rayas. Si a esto añadimos su nueva manía repulsiva, y que por lo visto había adquirido durante su ausencia, de chupar y chapotear con los labios, el cambio brusco en su voz que ahora era sorda y ordinaria, su mirada recelosa y cobarde, podríamos decir con toda seguridad que Varenuja estaba desconocido.

Había algo más que al director le producía terrible sensación de incomodidad, pero a pesar de los esfuerzos de su excitado cerebro, y de no apartar la vista de Varenuja, no conseguía averiguar qué era. Lo único que podía asegurar era que la unión del administrador y el conocido sillón tenía algo de inaudito y anormal.

—Por fin pudieron con él, le metieron en el coche —seguía Varenuja con su voz monótona, asomando por detrás del periódico y tapándose el cardenal con la mano.

De pronto, Rimski alargó la mano, y como sin querer apretó con la palma el botón del timbre, tamborileando con los dedos en la mesa al mismo tiempo. Se quedó frío. En el edificio desierto tenía que haber sonado irremediablemente una señal aguda. Pero no hubo tal señal y el botón se hundió inerte en el tablero de la mesa. Estaba muerto, el timbre no funcionaba.

La astucia del director de finanzas no pasó inadvertida para Varenuja, que, cambiando de cara, preguntó con una llama de furia en los ojos:

—¿Por qué llamas?

—Es la costumbre —respondió Rimski con voz sorda, retirando la mano, y preguntó a su vez algo indeciso—: ¿Qué tienes en la cara?

—Es del coche; me di un golpe con la manivela en un viraje —contestó Varenuja, desviando la mirada.

¡Miente!, exclamó el director para sus adentros, y, con los ojos redondos, la expresión completamente enajenada, se quedó mirando al respaldo del sillón.

Detrás de este, en el suelo, se cruzaban dos sombras, una más densa y oscura, la otra más clara, gris. Se veía perfectamente la sombra que proyectaba el respaldo del sillón y la de las patas, pero sobre la del respaldo no se veía la sombra de la cabeza de Varenuja, ni tampoco sus pies proyectaban sombra alguna por debajo del sillón.

¡No tiene sombra!, pensó Rimski horrorizado. Le entró un temblor.

Varenuja se volvió furtivamente, siguiendo la mirada demente de Rimski, dirigida al suelo, y comprendió que estaba descubierto. Se levantó del sillón (lo mismo hizo el director de finanzas) y dio un paso atrás, apretando en sus manos la cartera.

—¡Lo has adivinado, desgraciado! Siempre fuiste listo —dijo Varenuja, soltando una risa furiosa en la misma cara de Rimski; de pronto dio un salto hacia la puerta y, rápidamente, bajó el botón de la cerradura inglesa.

Rimski miró hacia atrás desesperado, retrocediendo hacia la ventana que salía al jardín. En la ventana, llena de luna, vio pegada al cristal la cara de una joven desnuda que, metiendo el brazo por la ventanilla de ventilación, trataba de abrir el cerrojo de abajo. El de arriba ya estaba abierto.

Le pareció a Rimski que la luz de la lámpara de la mesa se estaba apagando y que la mesa se inclinaba poco a poco. Le echaron un cubo de agua helada, pero, felizmente, pudo rehacerse y no se cayó. Las pocas fuerzas que le quedaban le sirvieron para susurrar:

—¡Socorro...!

Varenuja vigilaba la puerta, daba saltos y giraba en el aire un buen rato, señalaba hacia Rimski con los dedos engarabitados, silbaba y aspiraba el aire, guiñando el ojo a la joven.

Ella se dio prisa, metió por la ventanilla su cabeza pelirroja, estiró la mano todo lo que pudo, arañó con las uñas el cerrojo de abajo y empujó la ventana. La mano se le estiraba como si fuera de goma, luego se le cubrió de un verde cadavérico. Por fin los dedos verdosos de la muerta agarraron el cerrojo, lo corrieron y la ventana empezó a abrirse. Rimski dio un ligero grito, se apoyó en la pared y se protegió con la cartera a modo de escudo. Comprendía que se acercaba la muerte.

Se abrió la ventana, pero en vez del fresco nocturno y el aroma de los tilos, entró en la habitación un olor a sótano. La difunta pisó la repisa de la ventana. Rimski veía con claridad en su pecho las manchas de la putrefacción.

En ese instante llegó del jardín un grito alegre e inesperado; era el canto de un gallo que estaba en una pequeña caseta detrás del tiro, donde guardaban las aves que participaban en el programa. El gallo amaestrado anunciaba con su sonora voz que desde oriente el amanecer se acercaba a Moscú.

Una furia salvaje desfiguró la cara de la joven, profirió

una blasfemia con voz ronca, y Varenuja, en el aire, dio un grito y se derrumbó al suelo.

Se repitió el canto del gallo, la joven rechinó los dientes, se erizó su pelo rojo. Al tercer canto del gallo se dio la vuelta y salió volando. Varenuja dio un salto y salió a su vez por la ventana detrás de la muchacha, navegando despacio, como un cupido.

Un viejo —un viejo que poco antes fuera Rimski—, con el cabello blanco como la nieve, sin un solo pelo negro, corrió hacia la puerta, giró la cerradura, abrió y se precipitó por el pasillo oscuro. Junto a la escalera, gimiendo de miedo, encontró a tientas el conmutador y la escalera se iluminó. El anciano, que seguía temblando, se cayó al bajar la escalera porque le pareció que Varenuja se le venía encima.

Corrió al piso bajo y vio al guarda dormido en el vestíbulo. Pasó de puntillas junto a él y salió con sigilo por la puerta principal. En la calle se sintió algo mejor. Se había recuperado de tal manera que pudo darse cuenta, tocándose la cabeza, de que había olvidado el sombrero en el despacho.

Claro está que no volvió por el sombrero, sino que se apresuró a cruzar la calle hacia el cine de enfrente, donde brillaba una luz tenue y rojiza. Se precipitó a parar un coche antes de que nadie lo cogiera.

—Al expreso de Leningrado; te daré propina —dijo el viejo respirando con dificultad y apretándose el corazón.

—Voy al garaje —respondió muy hosco el chófer, y le volvió la espalda.

Rimski abrió la cartera, sacó un billete de cincuenta rublos y se los alargó al conductor por la portezuela abierta.

Y al cabo de un instante el coche, trepidante, volaba como el viento por la Sadóvaya. Rimski, sacudido en su asiento, veía en el retrovisor los alegres ojos del chófer y sus propios ojos enloquecidos.

Al saltar del coche, junto al edificio de la estación, gritó al primer hombre con delantal blanco y chapa que encontró:

—Primera clase, un billete; te daré treinta —sacaba de la

cartera los billetes de diez rublos, arrugándolos—; si no hay de primera, dame de segunda... ¡Y si no, de tercera!

El hombre de la chapa, mirando al reluciente reloj, le arrancaba los billetes de la mano.

Cinco minutos después, de la cúpula de cristal de la estación salía el expreso, perdiéndose por completo en la oscuridad. Y con él desapareció Rimski.

15

El sueño de Nikanor Ivánovich

No es difícil adivinar que el gordo de cara congestionada que instalaron en la habitación número ciento diecinueve del sanatorio era Nikanor Ivánovich Bosói.

Pero no entró enseguida en los dormitorios del profesor Stravinski, primero había estado en otro sitio. En la memoria de Nikanor Ivánovich habían quedado muy pocos recuerdos de aquel lugar. Se acordaba de un escritorio, un armario y un sofá.

Allí Nikanor Ivánovich, con la vista turbia por el aflujo de la sangre y la excitación, tuvo que sostener una conversación muy extraña, confusa, o mejor dicho, no hubo tal conversación.

La primera pregunta que le hicieron fue:

—¿Es usted Nikanor Ivánovich Bosói, presidente de la comunidad de vecinos del inmueble número trescientos dos bis en la Sadóvaya?

Antes de contestar, el interpelado soltó una terrible carcajada. La respuesta fue literalmente lo siguiente:

—¡Sí, soy Nikanor, claro que soy Nikanor! Pero ¿qué presidente ni qué nada?

—¿Cómo es eso? —le preguntaron, entornando los ojos.

—Pues así —respondió este—: si fuera presidente tendría que hacer constar enseguida que era el diablo. O si no, ¿qué fue todo aquello? Los impertinentes rotos, todo harapiento. ¿Cómo podía ser intérprete de un extranjero?

—Pero ¿de quién habla? —le preguntaron.

—¡De Koróviev! —exclamó él—. ¡El del apartamento cincuenta! ¡Apúntelo: Koróviev! ¡Hay que pescarle inmediatamente! Apunte: sexto portal. Está allí.

—¿Dónde cogió las divisas? —le preguntaron cariñosamente.

—Mi Dios, Dios Omnipotente, que todo lo ve —habló Nikanor Ivánovich—, y ese es mi camino. Nunca las tuve en mis manos y ni sabía que existían. El Señor me castiga por mi inmundicia —prosiguió con sentimiento, abrochándose y desabrochándose la camisa y santiguándose—; sí, lo aceptaba. Lo aceptaba, pero del nuestro, del soviético. Hacía el registro por dinero, no lo niego. ¡Tampoco es manco nuestro secretario Prólezhnev, tampoco es manco! Voy a ser franco, ¡son todos unos ladrones en la comunidad de vecinos!... ¡Pero nunca acepté divisas!

Cuando le pidieron que se dejara de tonterías y explicara cómo habían ido a parar los dólares a la claraboya, Nikanor Ivánovich se arrodilló y se inclinó, abriendo la boca, como si pensara tragarse un tablón del parquet.

—¿Me trago el tablón —murmuró— para que vean que no me lo dieron? ¡Pero Koróviev es el diablo!

Toda paciencia tiene un límite; los de la mesa alzaron la voz y le sugirieron a Nikanor Ivánovich que ya era hora de hablar en serio.

En la habitación del sofá retumbó un aullido salvaje; lo profirió Nikanor Ivánovich, que se había levantado del suelo.

—¡Allí está! ¡Detrás del armario! ¡Se ríe!... Con sus impertinentes... ¡Que lo cojan! ¡Que rocíen el local!

Empalideció. Temblando, se puso a hacer en el aire la señal de la cruz yendo de la puerta a la mesa, de la mesa a la puerta, luego cantó una oración y terminó en pleno desvarío.

Estaba claro que Nikanor Ivánovich no servía para sostener una conversación. Se lo llevaron, lo dejaron solo en una habitación, donde pareció calmarse un poco, rezando entre sollozos.

Naturalmente, fueron a la Sadóvaya, estuvieron en el

apartamento número cincuenta. Pero no encontraron a ningún Koróviev, tampoco le había visto nadie en la casa, ni nadie le conocía. El piso que ocuparan el difunto Berlioz y Lijodéyev, que se había ido a Yalta, estaba vacío y en los armarios del despacho estaban los sellos perfectamente intactos. Se fueron, pues, de la Sadóvaya, y con ellos partió, desconcertado y abatido, el secretario de la comunidad de vecinos Prólezhnev.

Por la noche llevaron a Nikanor Ivánovich al sanatorio de Stravinski. Estaba tan excitado que le tuvieron que, por orden del profesor, poner otra inyección. Solo después de medianoche pudo dormir Nikanor Ivánovich en la habitación ciento diecinueve, aunque de vez en cuando exhalaba unos tremendos mugidos de dolor. Pero poco a poco su sueño se hacía más tranquilo. Dejó de dar vueltas y de lloriquear, su respiración se hizo suave y rítmica y le dejaron solo.

Tuvo un sueño, motivado, sin duda alguna, por las preocupaciones de aquel día. En el sueño unos hombres con trompetas de oro le llevaban con mucha solemnidad a una gran puerta barnizada.

Delante de la puerta sus acompañantes tocaron una charanga y del cielo se oyó una voz de bajo, sonora, que dijo alegremente:

—¡Bienvenido, Nikanor Ivánovich, entregue las divisas!

Nikanor Ivánovich, muy sorprendido, vio ante sí un altavoz negro.

Después, sin saber por qué, se encontró en una sala de teatro, con el techo dorado y arañas de cristal relucientes y con apliques en las paredes. Todo estaba muy bien, como en un teatro pequeño, pero rico. El escenario se cerraba con un telón de terciopelo que tenía, sobre un fondo color rojo oscuro, grandes dibujos de monedas de oro como estrellas. Había una concha e incluso público.

Le sorprendió a Nikanor Ivánovich que el público fuera de un solo sexo: hombres, y que todos llevaran barba. Además, también le causó sensación que en todo el teatro no hubiese una sola silla y que todos se sentaran en el suelo, perfectamente encerado y resbaladizo.

Nikanor Ivánovich, después de unos minutos de confusión —tanta gente desconocida le azoraba—, siguió el ejemplo general y se sentó en el parquet, a lo turco, acomodándose entre un enorme barbudo pelirrojo y otro ciudadano, pálido, con una barba negra bien poblada. Ninguno de los presentes hizo el menor caso a los recién llegados.

Se oyó el suave tintineo de una campanilla, se apagó la luz en la sala y se corrió el telón, descubriendo en el escenario iluminado un sillón y una mesa, sobre la que había una campanilla de oro. El fondo del escenario era de terciopelo negro.

De entre bastidores salió un actor con esmoquin, bien afeitado y peinado con raya. Era joven y agradable. El público de la sala se animó y todos se volvieron hacia el escenario. El actor se acercó a la concha y se frotó las manos.

—Qué, ¿todavía están aquí? —preguntó con voz suave de barítono, sonriendo al público.

—Aquí estamos —respondieron en coro voces de tenor y de bajo.

—Hum... —pronunció el actor pensativo—. ¡No comprendo cómo no están hartos! ¡La gente normal está ahora en la calle, disfrutando del sol y del calor de la primavera, y ustedes aquí, en el suelo, metidos en una sala asfixiante! ¿Es que el programa es tan interesante? Por otra parte, sobre gustos no hay nada escrito —concluyó filosófico el actor.

Entonces cambió el timbre y el tono de su voz y anunció alegremente:

—Bien, el próximo número de nuestro programa es Nikanor Ivánovich Bosói, presidente de la comunidad de vecinos y director de un comedor dietético. ¡Por favor, Nikanor Ivánovich!

El público respondió con una ovación unánime. El sorprendido Nikanor Ivánovich desorbitó los ojos, y el presentador, levantando la mano para evitar las luces del escenario, lo buscó entre el público con la mirada y le hizo una seña cariñosa para que se le acercara. Nikanor Ivánovich se encontró en el escenario sin saber cómo. Las luces de colores le cegaron los ojos y en la sala los espectadores se hundieron en la oscuridad.

—Bueno, Nikanor Ivánovich, usted tiene que dar ejemplo —dijo el joven actor con voz amable—, entregue las divisas.

Todos estaban en silencio. Nikanor Ivánovich recobró la respiración y empezó a hablar:

—Les juro por Dios que...

Pero no tuvo tiempo de concluir porque la sala estalló en gritos indignados. Nikanor Ivánovich, muy confundido, se calló.

—Según me parece haber entendido —dijo el que llevaba el programa—, usted ha querido jurarnos por Dios que no tiene divisas —y le miró con cara de compasión.

—Eso es, no tengo —contestó Nikanor Ivánovich.

—Bien —siguió el actor—, entonces... perdone mi indiscreción, ¿de quién son los cuatrocientos dólares, encontrados en el cuarto de baño de la casa que habitan su esposa y usted exclusivamente?

—¡Son mágicos! —se oyó una voz irónica en la sala a oscuras.

—Eso es, mágicos —contestó tímidamente Nikanor Ivánovich; no se sabía si al actor o a la sala sin luz, y explicó—: ha sido el demonio, el intérprete de los cuadros que me los dejó en mi casa.

De nuevo se oyó una explosión en la sala. Cuando todos se callaron, el actor dijo:

—¡Vean ustedes qué fábulas de La Fontaine tiene que oír uno! ¡Que le dejaron cuatrocientos dólares! Todos ustedes son traficantes de divisas, me dirijo a ustedes como especialistas: ¿les parece posible todo esto?

—No somos traficantes de divisas —sonaron voces ofendidas—, ¡pero eso es imposible!

—Estoy completamente de acuerdo —dijo el actor con seguridad—, quiero que me contesten a esto: ¿qué se puede dejar en una casa ajena?

—¡Un niño! —gritó alguien en la sala.

—Tiene mucha razón —afirmó el presentador—, un niño, una carta anónima, una octavilla, una bomba retardada y muchas más cosas, pero a nadie se le ocurre dejar cuatrocientos dólares, porque semejante idiota todavía no ha nacido —y volviéndose hacia Nikanor Ivánovich añadió con aire triste de reproche—: Me ha disgustado mucho, Nikanor Ivánovich, yo que esperaba tanto de usted. Nuestro número no ha resultado.

Se oyeron silbidos para Nikanor Ivánovich.

—¡Este sí que es un traficante de divisas! —gritaban—. ¡Por culpa de gente como él tenemos que estar aquí, padeciendo sin motivo!

—No le riñan —dijo el presentador con voz suave—, ya se arrepentirá —y mirando a Nikanor Ivánovich con sus ojos azules llenos de lágrimas, añadió—: bueno, váyase a su sitio.

Después el actor tocó la campanilla y anunció con voz fuerte:

—¡Entreacto, sinvergüenzas!

Nikanor Ivánovich, impresionado por su participación involuntaria en el programa teatral, se encontró de nuevo en el suelo. Soñó que la sala se sumía en la oscuridad y en las paredes aparecían unos letreros en rojo que decían: «¡Entregue las divisas!». Luego se abrió el telón de nuevo y el presentador invitó:

—Por favor, Serguéi Gerárdovich Dúnchil, al escenario.

Dúnchil resultó ser un hombre de unos cincuenta años y de aspecto venerable, pero muy descuidado.

—Serguéi Gerárdovich —le dijo el presentador—, usted lleva aquí más de mes y medio ya y se niega obstinadamente a entregar las divisas que le quedan, mientras el país las necesita y a usted no le sirven de nada. A pesar de todo no quiere ceder. Usted es un hombre cultivado, me comprende perfectamente y no quiere ayudarme.

—Lo siento mucho, pero no puedo hacer nada porque ya no me quedan divisas —contestó Dúnchil tranquilamente.

—¿Y tampoco tiene brillantes? —preguntó el actor.

—Tampoco.

El actor se quedó cabizbajo y pensativo, luego dio una palmada. De entre bastidores salió al escenario una dama de edad, vestida a la moda, es decir, llevaba un abrigo sin cuello y un sombrerito minúsculo. La dama parecía preocupada. Dúnchil la miró sin inmutarse.

—¿Quién es esta señora? —preguntó el presentador a Dúnchil.

—Es mi mujer —contestó este con dignidad, y miró con cierta repugnancia el cuello largo de la señora.

—La hemos molestado, madame Dúnchil —se dirigió a la dama el presentador—, por la siguiente razón: queremos preguntarle si su esposo tiene todavía divisas.

—Lo entregó todo la otra vez —contestó nerviosa la señora Dúnchil.

—Bueno —dijo el actor—, si es así, ¡qué le vamos a hacer! Si ya ha entregado todo, no nos queda otro remedio que despedirnos de Serguéi Gerárdovich —y el actor hizo un gesto majestuoso.

Dúnchil se volvió con dignidad y muy tranquilo se dirigió hacia bastidores.

—¡Un momento! —le detuvo el presentador—. Antes de que se despida quiero que vea otro número de nuestro programa —y dio otra palmada.

Se corrió el telón negro del fondo del escenario y apareció una hermosa joven con traje de noche, llevando una bandeja de oro con un paquete grueso, atado como una caja de bombones, y un collar de brillantes que irradiaba luces rojas y amarillas.

Dúnchil dio un paso atrás y se puso pálido. La sala enmudeció.

—Dieciocho mil dólares y un collar valorado en cuarenta mil rublos en oro —anunció el actor con solemnidad— guardaba Serguéi Gerárdovich en la ciudad de Járkov, en casa de su amante Ida Herculánovna Vors. Es para nosotros un placer tener aquí a la señorita Vors, que ha tenido la amabilidad de ayudarnos a encontrar este tesoro incalculable, pero inútil en manos de un propietario. Muchas gracias, Ida Herculánovna.

La hermosa joven sonrió, dejando ver su maravillosa dentadura, y se movieron sus espesas pestañas.

—Y bajo su máscara de dignidad —el actor se dirigió a Dúnchil— se esconde una araña avara, un embustero sorprendente, un mentiroso. Nos ha agotado a todos en un mes de absurda obstinación. Váyase a casa y que el infierno que le va a organizar su mujer le sirva de castigo.

Dúnchil se tambaleó y estuvo a punto de caerse, pero unas manos compasivas le sujetaron. Entonces cayó el telón rojo y ocultó a los que estaban en el escenario.

Estrepitosos aplausos sacudieron la sala con tanta fuerza que a Nikanor Ivánovich le pareció que las luces del techo empezaban a saltar. Y cuando el telón se alzó de nuevo, en el escenario solo había quedado el presentador. Provocó otra explosión de aplausos, hizo una reverencia y habló:

—En nuestro programa Dúnchil representa al típico burro. Ya les contaba ayer que esconder divisas es algo totalmente absurdo. Les aseguro que nadie puede sacarles provecho en ninguna circunstancia. Fíjense, por ejemplo, en Dúnchil. Tiene un sueldo magnífico y no carece de nada. Tiene un piso precioso, una mujer y una hermosa amante. ¿No les parece suficiente? ¡Pues no! En lugar de vivir en paz, sin llevarse disgustos, y entregar las divisas y las joyas, este imbécil interesado ha conseguido que le pongan en evidencia delante de todo el mundo y, por si fuera poco, se ha buscado una buena complicación familiar. Bien, ¿quién quiere entregar? ¿No hay voluntarios? En ese caso vamos a seguir con el programa. Ahora, con nosotros, el famosísimo talento, el actor Savva Potápovich Kurolésov, invitado especial, que va a recitar trozos de *El caballero avaro*, del poeta Pushkin.

El anunciado Kurolésov no tardó en aparecer en escena. Era un hombre grande y entrado en carnes, con frac y corbata blanca. Sin ningún preámbulo puso cara taciturna, frunció el entrecejo y empezó a hablar con voz poco natural, mirando de reojo a la campanilla de oro:

Igual que un joven ninfo se impacienta
por ver a su amada disoluta...

Y Kurolésov confesó muchas cosas malas.

Nikanor Ivánovich escuchó lo que decía sobre una pobre viuda, que estuvo de rodillas bajo la lluvia, sollozando delante de él, pero no consiguió conmover el endurecido corazón del actor.

Antes de su sueño Nikanor Ivánovich no tenía ni la menor idea de la obra del poeta Pushkin, pero, sin embargo, a él le conocía perfectamente y repetía a diario frases como: «¿Y quién va a pagar el piso? ¿Pushkin?», o «¿La bombilla de la escalera? ¡La habrá quitado Pushkin!», «¿Y quién va a comprar el petróleo? ¿Pushkin?»...

Ahora, al conocer parte de su obra, Nikanor Ivánovich se puso muy triste, se imaginó a una mujer bajo la lluvia, de rodillas, rodeada de niños, y pensó:

¡Qué tipo es este Kurolésov!

Kurolésov seguía confesando cosas, subiendo la voz cada vez más y terminó aturdiendo por completo a Nikanor Ivánovich, porque se dirigía a alguien que no estaba en el escenario y se contestaba a sí mismo por el ausente, llamándose bien «señor» o «barón», o bien «padre» o «hijo», o de «tú» o de «usted».

Nikanor Ivánovich solo comprendió que el actor murió de una manera muy cruel, después de gritar: «¡Las llaves, mis llaves!», luego cayó al suelo, gimiendo y arrancándose la corbata con mucho cuidado.

Después de morirse, Kurolésov se levantó, se sacudió el polvo del pantalón de su frac, hizo una reverencia, esbozó una sonrisa falsa y se retiró acompañado de aplausos aislados. El presentador habló de nuevo:

—Hemos admirado la magnífica interpretación que Savva Potápovich ha hecho de *El caballero avaro*. Este caballero esperaba verse rodeado por graciosas ninfas y un sinfín de cosas agradables. Pero ya han visto ustedes que no le sucedió nada por el estilo, no le rodearon las ninfas, no le rindieron homenaje las musas y no construyó ningún palacio, al contrario, acabó muy mal; se fue al cuerno de un ataque al corazón, acostado sobre su baúl con divisas y piedras preciosas. Les prevengo que les puede suceder algo igual o peor ¡si no entregan las divisas!

No sabemos si fue el efecto de la poesía de Pushkin o el discurso prosaico del presentador, pero de repente en la sala se oyó una voz tímida:

—Entrego las divisas.

—Haga el favor de subir al escenario —invitó amablemente el presentador mirando hacia la sala a oscuras.

Un hombre pequeño y rubio apareció en el escenario. A juzgar por su pinta, hacía más de tres semanas que no se afeitaba.

—Dígame, por favor, ¿cómo se llama?

—Nikolái Kanavkin —respondió azorado el hombre.

—Mucho gusto, ciudadano Kanavkin. ¿Bien?

—Entrego —dijo Kanavkin en voz baja.

—¿Cuánto?

—Mil dólares y doscientos rublos en oro.

—¡Bravo! ¿Es todo lo que tiene?

El presentador clavó sus ojos en los de Kanavkin, y a Nikanor Ivánovich le pareció que los ojos del actor despedían rayos que atravesaban a Kanavkin como si fueran rayos X. El público contuvo la respiración.

—¡Le creo! —exclamó por fin el actor apagando su mirada—, ¡le creo! ¡Estos ojos no mienten! Cuántas veces ha repetido que la principal equivocación que cometen ustedes es menospreciar los ojos humanos. Quiero que comprendan que la lengua puede ocultar la verdad, pero los ojos ¡jamás! Por ejemplo, si a usted le hacen una pregunta inesperada, usted puede no inmutarse, dominarse enseguida, sabiendo perfectamente qué tiene que decir para ocultar la verdad y decirlo con todo convencimiento, sin cambiar de expresión. Pero, la verdad, asustada por la pregunta, salta a sus ojos un instante y... ¡todo ha terminado! La verdad no ha pasado inadvertida y ¡usted está descubierto!

Después de pronunciar estas palabras tan convincentes con mucho calor, el actor inquirió con suavidad:

—Bueno, Kanavkin, ¿dónde lo tiene escondido?

—Donde mi tía Porojóvnikova, en la calle Prechístenka.

—¡Ah! Pero... ¿no es en casa de Claudia Ilínishna?

—Sí.

—¡Ah, ya sé, ya sé!... ¿Es una casita pequeña? ¿Con un jardincillo enfrente? ¡Cómo no, sí que la conozco! ¿Y dónde los ha metido?

—En el sótano, en una caja de bombones...

El actor se llevó las manos a la cabeza.

—Pero, ¿han visto ustedes algo igual? —exclamó disgustado—. ¡Pero si se van a cubrir de moho! ¿Es que se pueden confiar divisas a personas así? ¿Eh? ¡Como si fuera un crío pequeño!

El mismo Kanavkin comprendió que había sido una barbaridad y bajó su cabeza melenuda.

—El dinero —seguía el actor— tiene que estar guardado en un banco estatal, en un local seco y bien vigilado, pero no en el sótano de una tía donde, entre otras cosas, lo pueden estropear las ratas. ¡Es vergonzoso, Kanavkin, ni que fuera un niño pequeño!

Kanavkin ya no sabía dónde meterse y hurgaba, azorado, el revés de su chaqueta.

—Bueno —se ablandó el actor—, olvidemos el pasado... —y añadió—: por cierto, y ya para terminar de una vez... y no mandar dos veces el coche..., ¿esa tía suya también tiene algo?

Kanavkin, que no se esperaba este viraje, se estremeció y en la sala se hizo un silencio.

—Oiga, Kanavkin... —dijo el presentador con una mezcla de reproche y cariño—, ¡yo que estaba tan contento con usted! ¡Y que de pronto se me tuerce! ¡Es absurdo, Kanavkin! Acabo de hablar de los ojos. Sí, veo que su tía también tiene algo. ¿Por qué nos hace perder la paciencia?

—¡Sí tiene! —gritó Kanavkin con desparpajo.

—¡Bravo! —gritó el presentador.

—¡Bravo! —aulló la sala.

Cuando todos se hubieron calmado, el presentador felicitó a Kanavkin, le estrechó la mano, le ofreció su coche para llevarle a casa y ordenó a alguien entre bastidores que el mismo coche fuera a recoger a la tía, invitándola a que se presentara en el auditorio femenino.

—Ah, sí, quería preguntarle, ¿no le dijo su tía dónde guardaba el dinero? —preguntó el presentador ofreciendo a Kanavkin un cigarrillo y fuego.

Este sonrió con cierta angustia mientras lo encendía.

—Le creo, le creo —respondió el actor suspirando—. La vieja es tan agarrada que sería incapaz de contárselo no ya a su sobrino, ni al mismo diablo. Bueno, intentaremos despertar en ella algunos sentimientos humanos. A lo mejor no se han podrido todas las cuerdas en su alma de usurera. ¡Adiós, Kanavkin!

Y el afortunado Kanavkin se fue. El presentador preguntó si no había más voluntarios que quisieran entregar divisas, pero la sala respondió con un silencio.

—¡No lo entiendo! —dijo el actor encogiéndose de hombros, y le cubrió el telón.

Se apagaron las luces y por unos instantes todos estuvieron a oscuras. Lejos se oía una voz nerviosa, de tenor, que cantaba:

Hay montones de oro que solo a mí pertenecen...

Luego llegó el rumor sordo de unos aplausos.

—En el teatro de mujeres alguna estará entregando —habló de pronto el vecino pelirrojo y barbudo de Nikanor Ivánovich, y añadió con un suspiro—: ¡si no fuera por mis gansos! Tengo gansos de lucha en Lianósovo... La van a palmar sin mí. Es un ave de lucha muy delicada, necesita muchos cuidados. ¡Si no fuera por los gansos! Porque lo que es Pushkin... a mí no me dice nada —y suspiró.

Se iluminó la sala y Nikanor Ivánovich soñó que por todas las puertas entraban cocineros con gorros blancos y grandes cucharones. Unos pinches entraron en la sala una gran perola llena de sopa y una cesta con trozos de pan negro. Los espectadores se animaron. Los alegres cocineros corrían entre los amantes del teatro, servían la sopa y repartían el pan.

—A comer, amigos —gritaban los cocineros—, ¡y a entregar las divisas! ¿Qué ganas tenéis de estar aquí, comiendo esta porquería? Con lo bien que se está en casa, tomando una copita...

—Tú, por ejemplo, ¿qué haces aquí? —se dirigió a Nikanor Ivánovich un cocinero gordo con el cuello congestionado, y le alargó un plato con una hoja de col nadando solitaria en un líquido.

—¡No tengo! ¡No tengo! ¡No tengo! —gritó Nikanor Ivánovich con voz terrible—. ¿Lo entiendes?, ¡no tengo!

—¿No tienes? —vociferó el cocinero amenazador—, ¿no tienes? —preguntó de nuevo con voz cariñosa de mujer—. Bueno, bueno —decía, tranquilizador, convirtiéndose en la enfermera Praskovia Fédorovna.

Esta sacudía suavemente a Nikanor Ivánovich, cogiéndole por los hombros.

Se disiparon los cocineros y desaparecieron el teatro y el telón. Nikanor Ivánovich, con los ojos llenos de lágrimas, vio su habitación del sanatorio y a dos personas con batas blancas, pero no eran los descarados cocineros con sus consejos impertinentes, sino el médico y Praskovia Fédorovna que tenía en sus manos un platillo con una jeringuilla cubierta de gasa.

—Pero ¿qué es esto? —decía amargamente Nikanor Ivánovich, mientras le ponían la inyección—. ¡Si no tengo! ¡Qué Pushkin les entregue las divisas! ¡Yo no tengo!

—Bueno, bueno —le tranquilizaba la compasiva Praskovia Fédorovna—, si no tiene, no pasa nada.

Después de la inyección, Nikanor Ivánovich se sintió mejor y durmió sin sueños.

Pero su desesperación pasó a la habitación ciento veinte, donde otro enfermo despertó y se puso a buscar su cabeza; luego a la ciento dieciocho, donde el desconocido maestro empezó a inquietarse, retorciéndose las manos, acongojado, mirando la luna y recordando la última noche de su vida, aquella amarga noche de otoño, la franja de luz debajo de la puerta y el pelo desrizado.

De la ciento dieciocho la angustia voló por el balcón hacia Iván, que despertó llorando.

El médico no tardó en tranquilizar a todos los soliviantados y pronto se durmieron. El último en dormirse fue Iván, que lo hizo ya cuando el río empezó a clarear. Le llegó la calma como si se fuera acercando una ola y le fuera cubriendo, a medida que el medicamento le iba llegando a todo el cuerpo. Se le hizo este más ligero y la brisa suave del sueño le refrescaba la cabeza. Se durmió oyendo el cantar matinal de los pájaros en el bosque. Pronto se callaron. Iván empezó a soñar con el sol que descendía sobre el monte Calvario, que estaba cerrado por un doble cerco...

16

La ejecución

El sol descendía sobre el monte Calvario, que estaba cerrado por un doble cerco.

El ala de caballería que había cortado el camino al procurador cerca del mediodía, salió al trote hacia la Puerta de Hebrón. El camino ya estaba preparado. Los soldados de infantería de la cohorte de Capadocia empujaron hacia los lados a la muchedumbre, mulas y camellos, y el ala, levantando remolinos blancos de polvo, que llegaban hasta el cielo, trotó hasta el cruce de dos caminos: el del sur, que conducía a Bethphage, y el del noroeste, que llevaba a Jaffa. El ala siguió cabalgando por el camino del noroeste. Después de haber desviado las caravanas que se precipitaban a Jershalaím para la fiesta, los mismos soldados de Capadocia se habían dispersado por los bordes del camino. Detrás de los capadocios se agrupaban los peregrinos que habían abandonado sus provisionales tiendas de campaña a rayas, instaladas directamente en la hierba. El ala recorrió cerca de un kilómetro, adelantó a la segunda cohorte de la legión Fulminante y, después de otro kilómetro de marcha, se acercó a la primera, que se hallaba al pie del monte Calvario. Aquí se bajaron de los caballos. El comandante dividió el ala en pelotones que rodearon toda la falda del pequeño monte, dejando libre solo una subida, la del camino de Jaffa.

Al poco rato se acercó al monte la segunda cohorte y formó un segundo círculo.

Por fin llegó la centuria dirigida por Marco Matarratas. Avanzaba por el camino formando dos largas cadenas, y, entre las cuales, bajo la escolta de la guardia secreta, iban en carro los tres condenados, cada uno con una tabla blanca en el cuello, donde se leía «bandido y rebelde» en dos idiomas, arameo y griego.

El carro de los condenados iba seguido por otros, cargados con tablones recién cepillados, con travesaños, cuerdas, palas, cubos y hachas. En estos carros iban seis verdugos. Les seguían, montados a caballo, el centurión Marco, el jefe de la guardia del templo de Jershalaím y ese mismo hombre de capuchón con el que Pilatos había mantenido una entrevista muy breve en la habitación ensombrecida del palacio.

Cerraba la procesión una cadena de soldados seguida por unos dos mil curiosos que no se habían asustado del calor agobiante, que deseaban presenciar el interesante espectáculo. A los curiosos de la ciudad se habían unido los curiosos peregrinos, a los que dejaban colocarse en la cola de la procesión libremente. La procesión empezó a ascender al monte Calvario, acompañada por los gritos agudos de los heraldos, que seguían la columna y repetían lo que Pilatos proclamara cerca del mediodía.

El ala de caballería dejó pasar a todos, pero la segunda centuria solo a los que tenían relación directa con la ejecución, y luego, con rápidas maniobras, dispersó alrededor del monte a toda la muchedumbre de tal manera que esta se encontró entre el cerco de infantería, arriba, y el de la caballería, abajo. Ahora podía ver la ejecución a través de la cadena suelta de los soldados de infantería.

Habían pasado tres horas desde que la procesión iniciara la marcha hacia el monte, y el sol descendía ya sobre el Calvario, pero el calor todavía era insoportable, y los soldados de ambos cercos sufrían del bochorno, se aburrían y maldecían con el alma a los tres condenados, deseándoles sinceramente una muerte rápida.

El pequeño comandante del ala de caballería, que se encontraba al pie del monte, junto al único paso abierto de su bida, con la frente mojada y la espalda de la camisa oscurecida por el sudor, no hacía más que acercarse a un cubo de cuero, coger agua con las manos, beber y mojarse el turbante. Después sentía cierto alivio, se apartaba y empezaba a recorrer de arriba abajo el camino polvoriento que conducía a la cumbre. Su larga espada golpeaba el trenzado de cuero de sus botas. El comandante quería dar a sus soldados ejemplo de resistencia, pero sentía pena de ellos y les permitió que, con sus lanzas hincadas en tierra, formaran pirámides y las cubrieran con sus capas blancas. Los sirios se escondían bajo estas improvisadas cabañas del implacable sol. Los cubos se vaciaban uno tras otro, y los soldados de distintos pelotones se turnaban para ir por agua a un despeñadero al pie del monte, donde, a la escasa sombra de unos escuálidos morales, acababa sus días en medio de aquel calor infernal un turbio riachuelo. Allí mismo, siguiendo el movimiento de la sombra, se aburrían los palafreneros, sujetando a los cansados caballos.

El agobio de los soldados y las maldiciones que dirigían a los condenados eran comprensibles. Afortunadamente, no se habían confirmado los temores del procurador de que en su odiado Jershalaím se organizaran disturbios durante la ejecución, y, cuando llegó la cuarta hora del suplicio, entre la cadena superior de infantería y la inferior, de caballería, contra todo lo supuesto, no quedaba nadie. El sol, quemando a la muchedumbre, la había arrojado a Jershalaím. Detrás de las dos cadenas de las centurias romanas solo quedaban dos perros, que no se sabía a quién pertenecían ni a qué se debía su aparición en el monte. Pero también a ellos les venció el calor y se tumbaron con la lengua fuera, sin hacer ningún caso de las lagartijas verdes, únicos seres que, sin temor al sol, corrían entre las piedras caldeadas y las plantas trepadoras con grandes pinchos.

Nadie intentó llevarse a los condenados, ni en Jershalaím, invadido por las tropas, ni allí, en el monte cercado; y la gente volvió a la ciudad, porque en la ejecución no había habido nada interesante. Mientras tanto, en la ciudad seguían los preparativos para la gran fiesta de Pascua, que empezaba aquella misma tarde.

La infantería romana lo estaba pasando peor aún que los soldados de caballería. El centurión Matarratas solo permitió a sus soldados quitarse los yelmos y cubrirse la cabeza con bandas blancas mojadas en agua, pero les obligaba a permanecer de pie, con las lanzas en mano. Él mismo, con una banda seca en la cabeza, se movía junto al grupo de verdugos sin quitarse el peto con cabezas doradas de león, las espinilleras, la espada y el cuchillo. El sol caía sobre el centurión sin hacerle ningún daño, y no se podía mirar a las cabezas de león que hervían al sol y quemaban los ojos con su reflejo.

El rostro desfigurado de Matarratas no expresaba cansancio ni descontento, y daba la impresión que el centurión gigante era capaz de seguir caminando durante todo el día, la noche y el día siguiente, todo el tiempo que fuera necesario. Seguir andando de la misma manera, con las manos en el pesado cinturón con chapas de cobre, dirigiendo severas miradas a los postes de los ejecutados o a los soldados en cadena, dando patadas con la misma indiferencia, con su calzado de cuero, a los huesos humanos blanqueados por el tiempo y a los pequeños sílices que encontraba a su paso.

El hombre del capuchón se había situado cerca de los maderos, en una banqueta de tres patas; permanecía inmóvil, apacible, aunque de vez en cuando revolvía aburrido la arena con una ramita.

No es del todo cierto que detrás de la cadena de legionarios no había quedado nadie. Había un hombre, pero no todos podían verlo. No estaba donde el camino abierto subía al monte y desde donde mejor podía verse la ejecución, sino en la parte norte, donde la pendiente no era suave, ni accesible, sino desigual, con grietas y fallas, donde un moral enfermo trataba de sobrevivir, aferrándose a la seca y resquebrajada tierra, maldita por el cielo.

Y precisamente allí, bajo un árbol que no daba sombra, se había instalado el único espectador que no participaba en la ejecución. Desde el principio, es decir, hacía ya más de tres horas, estaba sentado en una piedra. Había elegido para observar los acontecimientos no la mejor posición, sino precisamente la peor. De todas formas podía ver los postes y, a través de la cadena de soldados, las dos manchas relucientes en el pecho del centurión; al parecer, esto era suficiente para el hombre que quería pasar inadvertido y sin que nadie le molestara. Pero cuatro horas antes, cuando el proceso de la ejecución daba comienzo, el comportamiento de este hombre había sido muy distinto. Pudo haber sido señalado, por lo que tuvo que cambiar su actitud y aislarse.

Cuando la procesión coronó el monte, dejando atrás la cadena de soldados, apareció este hombre con miedo de llegar tarde. Iba sofocado, corría, más que andaba, por el monte, empujaba a la gente y, al darse cuenta de que delante de él y del resto de la muchedumbre se cerraba la cadena, hizo un ingenioso intento de pasar entre los soldados al lugar de la ejecución, donde los condenados descendían del carro, haciendo como que no entendía los excitados gritos de los romanos. Recibió un fuerte golpe en el pecho con el extremo romo de una lanza y de un salto se apartó de los soldados, a la vez que exhalaba un grito desesperado exento de dolor. Dirigió una mirada turbia y completamente indiferente al legionario que acababa de pegarle, como si fuera insensible al dolor físico.

Corrió alrededor del monte, tosiendo y ahogándose, con las manos en el pecho, tratando de encontrar un claro en la cadena de soldados por donde pudiera pasar. Pero ya era tarde y la cadena se había cerrado. Y el hombre, con la cara desfigurada por el sufrimiento, tuvo que renunciar a sus deseos de acercarse a los carros, de los que ya habían bajado los maderos. Sus intentos no le habían conducido a nada; además podían haberle prendido, y en este día eso no entraba para nada en sus planes.

Por eso había ido a instalarse en el barranco, donde estaba tranquilo y nadie le iba a molestar.

Ahora, este hombre de barbas negras, con los ojos llorosos por el sol y el insomnio, permanecía sentado en una piedra. Estaba apesadumbrado.

Abría, suspirando, su taled gastado en las peregrinaciones, que, de azul celeste, se había convertido en grisáceo, se descubría el pecho golpeado, por el que chorreaba el sudor sucio, o, con expresión de insoportable dolor, levantaba los ojos al cielo, observando las aves que volaban en lo alto describiendo grandes circunferencias, en espera de un próximo festín; o clavaba su mirada de desesperación en la tierra amarillenta, viendo una calavera de perro medio deshecha y lagartijas que corrían a su alrededor.

El sufrimiento del hombre era tan intenso que a veces se ponía a hablar consigo mismo.

—Oh, imbécil de mí... —murmuraba, tambaleándose en la piedra, en medio de su dolor, mientras arañaba con las uñas su pecho moreno—. ¡Imbécil, mujerzuela insensata, cobarde! ¡Soy una carroña y no un hombre!

Luego se callaba, bajaba la cabeza y, después de beber agua templada de una calabaza, parecía revivir. Agarraba el cuchillo escondido en el pecho bajo el taled o un trozo de pergamino, que tenía enfrente en una piedra, con un frasco de tinta y un palito.

En el pergamino había ya varias cosas escritas.

«Corren los minutos y yo, Leví Mateo, estoy en el Calvario, ¡pero la muerte no llega!»

Y después:

«Desciende el sol, pero la muerte no llega.»

Ahora Leví Mateo apuntó, desesperado, con el palito:

«¡Dios! ¿Por qué te enojas con él? Mándale la muerte.»

Al escribirlo, sollozó sin lágrimas y de nuevo se arañó el pecho con las uñas.

Leví estaba desesperado a causa de la trágica mala suerte que habían tenido Joshuá y él, y además, por la grave equivocación que había cometido Leví, según él mismo pensaba. Anteayer Joshuá y Leví se hallaban en Bethphage, cerca de Jershalaím, donde habían sido invitados por un hortelano al que gustaron sobremanera las predicaciones de Joshuá. Los dos huéspedes habían estado trabajando toda la mañana en la huerta para ayudar al dueño y pensaban marchar a Jershalaím hacia la noche, cuando refrescara. Pero Joshuá tenía prisa, explicó que le esperaba un asunto inaplazable en Jershalaím y marchó solo, hacia el mediodía. Esta fue la primera equivocación que cometió Leví Mateo. ¿Por qué? ¿Por qué le había dejado marchar solo?

Por la tarde Mateo no pudo ir a Jershalaím. Le había atacado una dolencia inesperada y terrible. Temblaba, su cuerpo se había llenado de fuego, chasqueaba con los dientes y pedía agua a cada instante.

No podía ir a ningún sitio. Cayó sobre un telliz en el cobertizo del hortelano y permaneció allí hasta el amanecer del viernes, cuando la enfermedad abandonó a Leví tan inesperadamente como le había acometido. Aunque se sentía débil y le temblaban las piernas, angustiado por el presentimiento de una desgracia, se despidió del dueño y se dirigió a Jershalaím. Allí supo que su presentimiento no le había engañado y que la desgracia había ocurrido. Leví estaba entre la muchedumbre y oyó al procurador anunciar la sentencia.

Mientras llevaban a los condenados al monte, Leví corría junto a la cadena de soldados entre los curiosos, tratando de hacer una señal a Joshuá, como diciéndole que él, Leví, estaba allí, que no le había abandonado en su último camino y que rezaba para que la muerte llegara cuanto antes. Pero Joshuá, que miraba a lo lejos, hacia donde le llevaban, no le vio.

Cuando la procesión había avanzado, y a Mateo le empujaba la muchedumbre hacia la misma cadena de soldados, se le ocurrió una idea sencilla y genial, e inmediatamente el apasionado Mateo empezó a maldecirse por no haber caído antes en aquella idea. La hilera de soldados no era muy densa, entre ellos había algunos huecos. Con un poco de astucia y habilidad se podía pasar entre dos legionarios, correr hasta el carro y subirse en él. Entonces Joshuá estaría a salvo del sufrimiento.

No hacía falta más que un instante para clavarle a Joshuá un cuchillo en la espalda, gritándole: «¡Joshuá! ¡Te salvo y me voy contigo! ¡Yo, Leví Mateo, tu único y fiel discípulo!».

Si Dios le bendijera con otro instante más, podría darle tiempo de quitarse la vida él también, evitando la muerte en el madero. Aunque esto último era lo que menos interesaba a Leví, el que fue recaudador de contribuciones. Le daba lo mismo cómo fuera su propia muerte. Solo deseaba que Joshuá, que nunca había hecho a nadie daño alguno, fuera liberado del suplicio.

El plan era acertado, pero había un problema: que Leví no tenía cuchillo. Tampoco tenía ni una moneda.

Indignado consigo mismo, Leví escapó de la muchedumbre y corrió a la ciudad. Una idea febril se le había fijado en la cabeza: conseguir el cuchillo y alcanzar la procesión.

Llegó corriendo hasta la entrada de la ciudad, evitando las caravanas que afluían a Jershalaím, y vio a su izquierda la puerta abierta de una tiendecilla donde vendían pan. Sofocado por su carrera bajo el sol ardiente, Leví trató de dominarse, entró en la tienda con tranquilidad, saludó a la dueña que estaba detrás del mostrador y le pidió que le alcanzara del estante de arriba un pan que le había gustado especialmente. Mientras ella se volvía, rápidamente y sin decir una palabra, cogió del mostrador un cuchillo de pan, largo, afilado como una navaja, y echó a correr fuera de la tienda.

A los pocos minutos estaba de nuevo en el camino de Jaffa. Pero ya no vio la procesión. Echó a correr. De vez en cuando tenía que tenderse sobre el polvo para recobrar la respiración. Y así se quedaba, sorprendiendo a los que pasaban a pie o montados en mulas hacia Jershalaím. Permanecía echado, sintiendo los latidos de su corazón no solo en el pecho, sino también en los oídos y en la cabeza. Una vez recobrado se levantaba de un salto y seguía corriendo, aunque cada vez más despacio. Por fin, pudo ver en la lejanía la larga procesión envuelta en una nube de polvo. Estaba ya al pie del monte.

—¡Oh, Dios! —gimió Leví, comprendiendo que iba a llegar tarde.

Y había llegado tarde.

Transcurrida la cuarta hora de la ejecución, el sufrimiento llegó a su límite y Leví se llenó de ira.

Se levantó de la piedra, tiró al suelo el cuchillo robado —inútilmente, pensaba ahora—, aplastó con el pie la calabaza, quedándose sin agua, se quitó el kefi de la cabeza, agarró sus escasos cabellos y comenzó a maldecirse.

Se maldecía exclamando palabras sin sentido, rugía y escupía, denigrando a sus padres que habían traído al mundo a un ser tan imbécil.

Como viera que maldiciones y juramentos no servían para nada, y que nada cambiaba bajo el sol achicharrante, apretó sus puños secos y, entornando los ojos, los levantó al cielo, hacia el sol que se deslizaba cada vez más bajo, alargando las sombras y desapareciendo por fin, para caer al mar Mediterráneo. Y exigió a Dios un milagro.

Exigía a Dios que mandara la muerte a Joshuá en aquel mismo instante.

Al abrir los ojos se convenció de que en el monte nada había cambiado, excepto las manchas que ardían en el pecho del centurión y que ahora se habían apagado. El sol enviaba sus rayos contra las espaldas de los ejecutados que miraban a Jershalaím. Entonces Leví gritó:

—¡Dios, te maldigo!

Gritaba con voz ronca que se había convencido de la injusticia divina y que no pensaba seguir creyendo.

—¡Eres sordo! —rugía Leví—. ¡Me hubieras oído de no ser así y le habrías mandado la muerte enseguida!

Cerró los ojos esperando que cayera fuego del cielo para que él mismo muriera. Pero no fue así y Leví, sin despegar los párpados, siguió dirigiendo al cielo reproches amargos e insultantes. Hablaba a voz en grito de su completa desilusión; existían otros dioses y otras religiones. Sí, jamás otro dios hubiera consentido que el sol quemara sobre un madero a un hombre como Joshuá.

—¡Me he equivocado! —gritaba Leví, ya ronco—. ¡Eres el dios del mal! ¡O acaso tienes los ojos cubiertos con el humo de los incensarios del templo y tus oídos no oyen sino las voces ensordecedoras de los sacerdotes! ¡No eres un dios omnipotente! ¡Eres un dios negro! ¡Te maldigo, dios de los bandidos, eres su protector y su alma!

Algo sopló en la cara del que fue recaudador de contribuciones y crujió bajo sus pies.

Sopló de nuevo y Leví se dio cuenta al abrir los ojos que,

bien fuera por sus maldiciones bien por cualquier otra razón, todo había cambiado en el mundo. El sol había desaparecido antes de llegar al mar, en el que se hundía todas las tardes. Una nube de tormenta que avanzaba desde el oeste, amenazadora e inconmovible, se lo había tragado. Ya hervían sus bordes con espuma blanca, y su panza humeante tenía reflejos amarillos. El nubarrón gruñía y soltaba hilos de fuego de vez en cuando. Por el camino de Jaffa, por el pobre valle de Hinnon, bajo las tiendas de los peregrinos, volaban remolinos de polvo que huían del viento, levantado de repente.

Leví calló. Trataba de comprender si la tormenta que cubriría Jershalaím traería algún cambio a la situación del pobre Joshuá. Y entonces, al ver los hilos de fuego que cortaban la nube, empezó a pedir que un rayo diera en el madero de Joshuá. Miraba arrepentido al cielo limpio que aún no se había tragado el nubarrón y donde las aves de rapiña volaban sobre un ala para escapar de la tormenta. Leví pensó que se había apresurado tontamente en sus maldiciones, y que ahora Dios no le haría caso.

Volvió la vista hacia el pie del monte y se fijó en el lugar donde se encontraba repartido el regimiento de caballería. Se dio cuenta de que había habido grandes cambios. Desde lo alto veía perfectamente a los soldados, que se agitaban, que sacaban las lanzas de la tierra y se ponían las capas, a los palafreneros que corrían por el camino llevando de las riendas a los caballos negros. Estaba claro que el regimiento se preparaba para partir. Leví, protegiéndose con una mano del polvo que le pegaba en la cara y escupiendo, trataba de comprender qué significaban los preparativos de la caballería. Dirigió la mirada más arriba y vio una figura con una clámide roja que se acercaba a la plazoleta de la ejecución. El que fue recaudador de contribuciones sintió frío en el corazón al presentir próximo el final.

Quien subía por el monte cuando transcurría la quinta hora del suplicio de los condenados era el comandante de la cohorte que había llegado de Jershalaím, acompañado por un asistente. Obedeciendo a una indicación de Matarratas, la cadena de soldados se abrió y el centurión saludó al tribuno. Este se apartó con Matarratas y le dijo algo en voz baja. El centurión saludó de nuevo y se dirigió hacia el grupo de verdugos, que estaban sentados en unas piedras junto a los maderos. Mientras tanto, el tribuno dirigió sus pasos hacia el que estaba sentado en un banco de tres patas; el hombre se incorporó y amablemente salió al encuentro del tribuno; también a este le dijo algo en voz baja y se dirigieron hacia los maderos. Se unió a ellos el jefe de la guardia del templo.

Matarratas miró con asco el montón de trapos sucios que yacían en tierra, junto a los postes, trapos que habían sido la ropa de los condenados y que los verdugos se negaron a coger. Llamó a dos de ellos y les ordenó:

—¡Seguidme!

Del madero más próximo llegaba una canción ronca y sin sentido. Agotado por el sol y las moscas, Gestás se había vuelto loco cuando corría la tercera hora de la ejecución, y ahora cantaba por lo bajo una canción sobre la uva. De cuando en cuando movía la cabeza cubierta con un turbante; entonces las moscas se levantaban y luego volvían a posarse.

En el segundo madero, Dismás sufría más que los otros dos, porque no perdía el conocimiento; movía la cabeza con un ritmo fijo, ya a la izquierda, ya a la derecha, tocándose el hombro con la oreja.

El más feliz era Joshuá. Durante la primera hora habían empezado a darle desmayos, luego perdió el conocimiento y dejó caer la cabeza con el turbante deshecho. Las moscas y los tábanos le habían cubierto de tal manera que su cara había desaparecido bajo una masa viva. Tábanos grasientos chupaban su cuerpo desnudo y amarillo, posándose en las ingles, el vientre y las axilas.

Obedeciendo a los gestos del hombre del capuchón, uno de los verdugos cogió una lanza y otro llevó hacia los maderos un balde y una esponja. El primero levantó la lanza y le dio a Joshuá en los brazos, que tenía estirados y atados a los travesaños del poste, primero en uno y luego en otro. El cuerpo con las costillas salientes se estremeció. El verdugo pasó la punta de la lanza por el vientre. Entonces Joshuá levantó la cabeza: las moscas volaron con un murmullo y dejaron al descubierto la cara del ejecutado, hinchada por las picaduras, con los ojos hundidos: una cara irreconocible.

Ga-Nozri despegó los párpados y miró hacia abajo. Sus ojos, que siempre habían sido claros, estaban turbios.

—¡Ga-Nozri! —dijo el verdugo.

Ga-Nozri movió sus labios hinchados y contestó con voz ronca, de bandido.

—¿Qué quieres? ¿Para qué te has acercado a mí?

—¡Bebe! —dijo el verdugo, y la esponja, empapada en agua, clavada en la punta de la lanza, subió hasta los labios de Joshuá. En sus ojos brilló la alegría. Acercó la boca a la esponja y bebió con avidez. Del madero de al lado se oyó la voz de Dismás:

—¡Es una injusticia! ¡Soy igual de bandido que él!

Dismás se estiró, pero no pudo moverse: sus brazos estaban sujetos a los travesaños con anillos de cuerda. Encogió el vientre y se agarró con las uñas a los extremos de los travesaños, la cabeza vuelta hacia el poste de Joshuá; sus ojos estaban llenos de ira.

Una nube de polvo cubrió la plazoleta y se hizo más oscuro. Cuando el viento se llevó el polvo, el centurión gritó:

—¡A callar el del segundo poste!

Dismás se calló. Joshuá se apartó de la esponja, y, tratando de hacer que su voz fuera suave y convincente, pero sin poder conseguirlo, pidió con voz ronca al verdugo:

—Dale de beber.

Seguía oscureciendo. El nubarrón había cubierto medio cielo, precipitándose hacia Jershalaím. Unas nubes blancas, hirvientes, volaban delante de la nube grande, impregnada de agua negra y de fuego. Algo brilló y sonó sobre el monte. El verdugo quitó la esponja de la lanza.

—¡Glorifica al generoso hegémono! —murmuró con solemnidad y pinchó ligeramente a Joshuá en el corazón. Este se estremeció y murmuró:

—Hegémono...

La sangre le corrió por el vientre, la mandíbula inferior se convulsionó y la cabeza quedó colgando.

Con el segundo trueno el verdugo daba de beber a Dismás, diciendo las mismas palabras: «¡Glorifica al hegémono!», le mató.

Gestás, enloquecido, dio un grito asustado cuando el verdugo se aproximó, pero al tener la esponja en sus labios, rugió algo y la agarró con los dientes. A los pocos segundos su cuerpo colgaba inerte, sujeto por las cuerdas.

El hombre del capuchón seguía los pasos al verdugo y al centurión, detrás de él iba el jefe de la guardia del templo. Se detuvo ante el primer madero, miró fijamente al ensangrentado Joshuá, le tocó un pie con su mano blanca y dijo a sus acompañantes:

—Muerto.

Repitió lo mismo en los otros dos postes.

Después de esto el tribuno hizo una señal al centurión, y, dando la vuelta, empezó a descender por el monte con el jefe de la guardia del templo y el hombre del capuchón. El monte estaba semioscuro, los relámpagos surcaban el cielo negro, que de pronto estalló en fuego, y el grito del centurión: «¡Que quiten el cerco!», se perdió en un estrépito. Los soldados, felices, echaron a correr por el monte, poniéndose los yelmos.

La oscuridad cubrió Jershalaím.

La lluvia empezó de repente y alcanzó a las centurias a la mitad del camino de descenso. El agua caía con tanta fuerza que, cuando los soldados corrían hacia abajo, les alcanzaban enfurecidos torrentes. Los hombres resbalaban y caían en la arcilla mojada, tenían prisa por llegar al camino llano, apenas visible entre el manto de agua, por el que se dirigía a Jershalaím la caballería calada hasta los huesos. A los pocos minutos, en medio del vaho humeante de la tormenta, del agua y del fuego, solo quedó un hombre.

Agitaba el cuchillo, no en vano robado, cayéndose en el piso resbaladizo, agarrándose a todo lo que le venía a mano, arrastrándose a veces de rodillas. Ansiaba llegar a los maderos. Tan pronto desaparecía en la oscuridad total como le iluminaba una luz temblorosa.

Al llegar a los postes, con el agua hasta los tobillos, se quitó el pesado taled, empapado de agua, se quedó en camisa y se inclinó sobre los pies de Joshuá. Cortó las cuerdas que sujetaban las piernas, subió al travesaño inferior, abrazó a Joshuá y liberó sus brazos de las ataduras de arriba. El cuerpo desnudo y mojado de Joshuá cayó sobre Leví y le derrumbó. Leví quiso subírselo a los hombros enseguida, pero una idea le detuvo. Dejó en el suelo, en medio de un charco, el cuerpo con la cabeza echada hacia atrás y los brazos abiertos, y corrió por la resbaladiza masa de arcilla hacia los otros postes.

También cortó las cuerdas en ellos y dos cuerpos más se derrumbaron en el suelo.

Pasaron unos minutos. En la cumbre del monte solo quedaban tres postes vacíos y dos cuerpos que el agua sacudía y removía.

Ni Leví ni el cuerpo de Joshuá estaban ya allí.

17

Un día agitado

La mañana del viernes, es decir, al día siguiente de la condenada sesión de magia, todo el personal del Varietés: el contable Vasili Stepánovich Lástochkin, dos habilitados, las cajeras, los ordenanzas, los acomodadores y las mujeres de la limpieza, todo el personal efectivo, en vez de estar en sus puestos de trabajo, se encontraban sentados en las ventanas que daban a la Sadóvaya, mirando lo que pasaba abajo, junto a la puerta del Varietés. Había una cola inmensa, de doble fila, que llegaba hasta la plaza Kúdrinskaya. A la cabeza de la cola estaban cerca de dos docenas de revendedores, muy conocidos en el Moscú teatral.

En la cola reinaba la excitación, que atraía la atención de los transeúntes con sus apasionados comentarios sobre la insólita sesión de magia negra del día anterior. El contable Vasili Stepánovich estaba muy avergonzado oyendo aquellos relatos. Él no había presenciado el espectáculo. Los acomodadores contaban Dios sabe cuántas cosas y, entre otras, que después de la ya famosa sesión, algunas ciudadanas corrían por la calle con trajes indecentes, y muchas más historias por el estilo. Vasili Stepánovich, que era un hombre discreto y modesto, oía todo aquello con los ojos muy abiertos y decididamente no sabía qué medidas tomar. Y lo malo era que tenía que ser precisamente él quien las tomara, ya que se había quedado solo al frente del equipo del Varietés.

Hacia las diez de la mañana, la cola de impacientes había

tomado tales proporciones que llegó la noticia a oídos de las milicias, y con una rapidez sorprendente se presentaron patrullas a pie y a caballo, que consiguieron mantener cierto orden en la cola. Pero, de todas maneras, la serpiente kilométrica, aunque ordenada, constituía por sí misma una gran atracción y un motivo de asombro para los ciudadanos que pasaban por la Sadóvaya.

Esto en el exterior, pero dentro del Varietés el ambiente no era tampoco muy normal. Desde primera hora los teléfonos sonaban sin parar en los despachos de Lijodéyev, de Rimski, en el de Varenuja y en la oficina de contabilidad.

Al principio Vasili Stepánovich intentaba dar una contestación, o contestaba la cajera, o murmuraban algo los acomodadores, pero luego dejaron de atender a las llamadas, porque no había posibilidad alguna de responder a la pregunta de dónde se encontraban Lijodéyev, Varenuja y Rimski. Al principio, para salir del paso, decían: «Lijodéyev está en su casa», pero les respondían que habían llamado a su casa y allí les habían dicho que estaba en el Varietés.

Una señora, al borde de un ataque de nervios, llamó exigiendo que se pusiera Rimski, le aconsejaron que llamara a su mujer, y ella respondió entre sollozos que precisamente su mujer era ella y que Rimski no aparecía por ningún sitio. No había manera de entenderse en aquel lío. La mujer de la limpieza ya había contado a todo el mundo que cuando entró a arreglar el despacho del director de finanzas encontró la puerta abierta de par en par, las luces encendidas, la ventana del jardín rota, el sillón tirado en el suelo y nadie en el despacho.

A las diez y pico irrumpió en el Varietés madame Rimski. Sollozaba, se retorcía las manos. Vasili Stepánovich, apuradísimo, no sabía qué aconsejarle. A las diez y media aparecieron las milicias. Y la primera pregunta —muy razonable— fue:

—¿Qué ocurre, ciudadanos? ¿Qué ha pasado?

El grupo se apartó, dejando a Vasili Stepánovich, pálido y nervioso, frente a los milicianos. Se vio obligado a contar francamente lo ocurrido, es decir, que el consejo de adminis-

tración del Varietés, representado por el director general, el
director de finanzas y el administrador, había desaparecido
en pleno y no se sabía dónde estaba, que el presentador del
programa había sido llevado a un manicomio después de la
sesión de noche del día anterior, y que, en resumen, la sesión
había sido un verdadero escándalo.

A la esposa de Rimski, que seguía sollozando, procura-
ron calmarla en lo posible y la mandaron a casa. Les interesó
mucho lo que contaba la mujer de la limpieza del estado en
el que encontró el despacho de Rimski. Pidieron a los empleados que ocuparan sus puestos y se dedicaran a sus obli-
gaciones. Poco después llegaron al edificio del Varietés los
funcionarios de la Instrucción Judicial, con un perro color
ceniza, de orejas afiladas, musculoso y con unos ojos extraordinariamente inteligentes. Entre los empleados del Varietés
se corrió enseguida la voz de que el perro era nada menos que
el famoso Asderrombo. Y realmente era él. Su comportamiento sorprendió a todos. En cuanto entró en el despacho
del director de finanzas, se puso a gruñir, enseñando sus ate-
rradores colmillos amarillentos, luego se tumbó en el suelo y,
con una expresión de angustia y de rabia al mismo tiempo,
avanzó arrastrándose hasta la ventana rota. Venciendo su
miedo, saltó a la repisa de la ventana y, levantando su afilado
morro, se puso a aullar con furia. No quería bajarse de la ventana, gruñía, se estremecía, con ganas de tirarse a la calle.

Le sacaron del despacho y le dejaron en el vestíbulo, de
allí salió por la puerta principal y llevó a los que le seguían a la
parada de taxis. Y allí perdió, al parecer, la pista que iba olfa-
teando. Después se lo llevaron.

El equipo de la Instrucción Judicial se instaló en el despacho de Varenuja y, uno a uno, fueron llamados todos los testigos de los sucesos de la sesión del día anterior. Hay que señalar que la investigación se encontraba a cada paso con
dificultades imprevistas. Se perdía el hilo.

¿Hubo carteles? Sí, pero por la noche los taparon con
otros nuevos y ahora no quedaba ni uno. ¿De dónde llegó ese
mago? ¡Quién lo sabe! ¿Quiere decir que existía un contrato?

—Es de suponer —respondía nervioso Vasili Stepánovich.

—Si se firmó, ¿tenía que haber pasado por las manos del contable?

—Sin duda alguna —contestó Vasili Stepánovich, cada vez más nervioso.

—Entonces, ¿dónde está?

—No lo sé —repuso el contable, poniéndose pálido.

Efectivamente, no había ni rastro del contrato en los archivos de contabilidad, ni en el despacho del director de finanzas, ni en el de Lijodéyev, ni en el de Varenuja.

¿Cómo se llamaba el mago? Vasili Stepánovich no lo sabía, el día anterior no había estado en el teatro. Los acomodadores tampoco lo sabían. La cajera, después de mucho arrugar la frente y de pensar un buen rato, acabó por decir:

—Vo..., creo que Voland...

¿O puede que no fuera Voland? Puede que no. Puede que fuera Faland.

Resultó que en el Departamento de Extranjeros no tenían ninguna noticia de Voland ni de Faland, el mago.

Kárpov, el ordenanza, dijo que el mago se había hospedado en casa de Lijodéyev. Inmediatamente fueron a la casa. No había ningún mago. No estaba tampoco Lijodéyev. Ni Grunia, la criada; nadie sabía dónde se había metido. Ni el presidente de la comunidad de vecinos, Nikanor Ivánovich. Tampoco Prólezhnev.

La conclusión era increíble: había desaparecido el Consejo de Administración, había tenido lugar una sesión escandalosa el día anterior y no se sabía quién la había organizado e instigado.

A todo esto, pasaba el tiempo, se aproximaba el mediodía y tenían que abrir las taquillas. Pero, claro, ¡esto ni pensarlo! Se apresuraron a colgar en la puerta del Varietés un gran trozo de cartón que decía: «Hoy no hay espectáculo». Empezó a cundir la agitación en la cola, desde la cabeza, pero, pasado el primer momento de bastante consternación, se fue dispersando poco a poco, y una hora después no quedaba en la Sadóvaya el menor rastro de tal cola.

El equipo de la Instrucción partió para seguir su trabajo en otro sitio, y todos los empleados, menos unos cuantos ordenanzas, quedaron libres. Se cerraron las puertas del Varietés.

El contable Vasili Stepánovich tenía dos asuntos urgentes que resolver. En primer lugar, ir a la Comisión de Espectáculos y Diversiones del género ligero con el informe sobre los acontecimientos del día anterior; tenía que pasar después por la sección administrativa de la Comisión de Espectáculos para entregar la recaudación: veintiún mil setecientos once rublos.

Vasili Stepánovich, empleado diligente y minucioso, empaquetó el dinero en papel de periódico, lo ató con una cuerda, lo metió en la cartera y, como conociera bien las instrucciones, se dirigió no al autobús o tranvía, naturalmente, sino a la parada de taxis.

En cuanto los tres taxistas que había en la parada vieron acercarse a un hombre con una cartera repleta, arrancaron delante de sus narices, dirigiéndole miradas furibundas.

Sorprendido por aquella reacción, el contable se quedó parado un buen rato, tratando de entender lo que pasaba.

A los tres minutos se acercó otro coche, y en cuanto el conductor vio al probable pasajero, cambió de cara.

—¿Está libre? —preguntó, tosiendo, Vasili Stepánovich.

—Enseñe el dinero —respondió el conductor, muy hosco, sin mirar siquiera al contable.

Vasili Stepánovich, cada vez más extrañado, apretó con el brazo la opulenta cartera y sacó del bolsillo un billete de diez rublos.

—No le llevo —dijo categóricamente el chófer.

—¡Usted perdone!... —empezó el contable, pero el otro le interrumpió:

—¿Tiene billetes de tres?

El contable, desorientado por completo, sacó del bolsillo dos billetes de tres rublos y se los enseñó al chófer.

—¡Suba! —gritó el hombre, dando un golpe tan fuerte en la banderita del contador que por poco lo rompe—. Vamos.

—¿Qué pasa, no tiene cambio? —preguntó tímidamente el contable.

—¡Tengo el bolsillo lleno de cambio! —gritó el chófer, y en el espejo se reflejaron sus ojos congestionados—. Es la tercera vez que me pasa hoy. Y a los demás también: que un hijo de perra me da un billete de diez rublos, le devuelvo el cambio: cuatro cincuenta. Se va el muy cerdo. A los cinco minutos miro y en vez del billete de diez rublos, ¡una etiqueta de botella! —el chófer pronunció varias palabras irreproducibles—. Otro, en la Zúbovskaya. Diez rublos. Le doy tres de cambio. Se va. Cojo la cartera y sale de allí una abeja y, ¡zas!, se me hinca en el dedo. ¡Qué...! —de nuevo el chófer dijo algo irreproducible—. Y del billete de diez rublos, ¡ni rastro! Ayer, en este Varietés —palabras irreproducibles—, un desgraciado prestidigitador dio una sesión con billetes de diez rublos —palabras irreproducibles—...

El contable, mudo, se encogió como si fuera la primera vez que oía la palabra Varietés y pensó: ¡Qué cosas!

Al llegar al sitio adonde iba, pagó debidamente al chófer, entró en el edificio y se dirigió por el pasillo hacia el despacho del director. Se dio cuenta de que había acudido en mal momento. En la oficina de la Comisión de Espectáculos reinaba el más completo alboroto: junto al contable pasó corriendo una mujer ordenanza, con el pañuelo caído y los ojos desorbitados.

—¡Nada, nada! ¡Nada, hijos míos! —gritaba, dirigiéndose a alguien—. La chaqueta y el pantalón están, pero dentro, ¡nada!

Desapareció detrás de una puerta y se oyó ruido de platos rotos. De la habitación del secretario salió el jefe de la primera sección, que conocía al contable, pero que estaba en un estado tal que no le reconoció y desapareció sin dejar huella.

El contable, sorprendido por todo lo que veía, llegó hasta la secretaría, que precedía al despacho del presidente de la Comisión. Se quedó perplejo.

A través de la puerta llegaba una voz temible, que, sin duda, era la voz de Prójor Petróvich, el presidente de la Comisión. ¿Estará echando una bronca?, pensó el asustado contable, y, al volver la cabeza, vio algo peor: echada en un sillón de cuero, con la cabeza apoyada en el respaldo, las piernas estiradas casi hasta el centro del despacho, lloraba amargamente, con un pañuelo mojado en la mano, la secretaria particular de Prójor Petróvich, la bella Ana Richárdovna.

Tenía la barbilla manchada de rojo de labios, y de las pestañas salían ríos de pintura negra que corrían por sus mejillas de melocotón.

Al ver que alguien entraba, Ana Richárdovna se levantó bruscamente, se lanzó hacia el contable, le agarró por las solapas de la chaqueta y empezó a sacudirle, gritando:

—¡Gracias a Dios! ¡Por fin, uno que es valiente! ¡Todos han escapado, todos me han traicionado! Vamos, vamos a verle, que no sé qué hacer —y arrastró al contable hasta el despacho sin dejar de sollozar.

Una vez dentro del despacho, el contable empezó por perder la cartera y en la cabeza se le embarullaron todas las ideas. Hay que reconocer que era muy natural, que había motivos para ello.

Detrás de una mesa enorme, sobre la que se veía un voluminoso tintero, estaba sentado un traje vacío, escribiendo en un papel con una pluma que no mojaba en tinta. Llevaba corbata, y del bolsillo del traje asomaba una pluma estilográfica, pero de la camisa no emergía ni cabeza ni cuello, ni asomaban las manos por las mangas. El traje estaba concentrado en el trabajo y parecía no darse cuenta del barullo que le rodeaba. Al oír que alguien entraba, el traje se apoyó en el respaldo del sillón y por encima del cuello sonó la voz de Prójor Petróvich, que tan bien conocía el contable:

—¿Qué sucede? ¿No ha visto el cartel de la puerta? No recibo a nadie.

La bella secretaria dio un grito y exclamó, retorciéndose las manos:

—¿No lo ve? ¿Se ha dado cuenta? ¡No está! ¡No está! ¡Que me lo devuelvan!

Alguien se asomó al despacho y salió corriendo y gritando. El contable se dio cuenta de que le temblaban las piernas y se sentó en el borde de una silla, sin olvidarse de coger la cartera del suelo. Ana Richárdovna, saltando a su alrededor, le gritó, tirándole de la chaqueta:

—¡Siempre, siempre le hacía callar cuando se ponía a blasfemar! ¡Y ya ve en qué ha terminado! —la hermosa secretaria corrió hacia la mesa y con voz suave y musical, un poco gangosa a causa del llanto, exclamó:

—¡Prosha! ¿Dónde está?

—¿A quién llama «Prosha»? —preguntó el traje con arrogancia, estirándose más en su sillón.

—¡No reconoce! ¡No me reconoce a mí! ¿Lo ve usted?... —sollozó la secretaria.

—¡Prohibido llorar en mi despacho! —dijo, ya indignado, el irascible traje a rayas y se acercó con la manga un montón de papeles en blanco, con la evidente intención de redactar varias disposiciones.

—¡No!, ¡no puedo ver esto!, ¡no puedo! —gritó Ana Richárdovna, y salió corriendo a la secretaría, y detrás de ella, como una bala, el contable—. Figúrese que estaba yo aquí —contó Ana Richárdovna, temblando de emoción y agarrándose de nuevo a la manga del contable—, y en esto entra un gato. Un gato negro, grandísimo, como un hipopótamo. Yo, naturalmente, le grito «¡zape!». Se sale fuera y en su lugar entra un tipo también gordo, con cara de gato, diciéndome: «¿Qué es esto, ciudadana? ¿Qué modo es este de tratar a las visitas diciéndoles "zape"?», y, ¡zas!, que se mete en el despacho de Prójor Petróvich. Yo, como es natural, le seguí, gritando: «¿Está loco?». Y ese descarado que va y se sienta frente a Prójor Petróvich en un sillón. Bueno, el otro... es un hombre buenísimo, pero nervioso. No lo niego, se irritó. Es nervioso, trabaja como un buey; se irritó: «¿Qué es eso de colarse sin permiso?». Y ese descarado, imagínese, bien arrellanado en el sillón, le dice sonriente: «He venido a hablar con usted de un asunto». Prójor Petróvich seguía irritado: «¡Oiga usted! ¡Estoy ocupado!», le dice. Y el otro le contesta: «No está haciendo nada». Y entonces, claro está, a Prójor Petróvich se le acabó la paciencia y gritó: «Pero bueno, ¿qué es esto? ¡Salga de aquí inmediatamente o el diablo me lleve!». Y el otro, que se sonríe y contesta: «¿El diablo me lleve? Facilísimo». Y ¡paf! Antes de que yo pudiera gritar, desapareció el de la cara de gato y... el tra..., el traje... ¡Eeeh! —aulló Ana Richárdovna, abriendo la boca, que ya había perdido su delimitación natural.

Ahogándose con las lágrimas, recuperó la respiración y empezó a hablar de cosas incomprensibles.

—¡Escribe, escribe, escribe! ¡Es para volverse loca! ¡Habla por teléfono! ¡El traje! ¡Todos han huido como conejos!

El contable, de pie, temblaba. Pero le salvó el destino. En la secretaría aparecieron las milicias, representadas por dos hombres de andares pausados y seguros. La bella secretaria, al verles, se puso a llorar con más fuerza, mientras señalaba con la mano la puerta del despacho.

—No lloremos, ciudadana —dijo en tono apacible uno de ellos, y el contable, comprendiendo que allí ya no tenía nada que hacer, salió apresuradamente de la secretaría. Un minuto después ya estaba al aire libre. En la cabeza tenía algo parecido a una corriente de aire que zumbaba como en una chimenea, y en medio del zumbido oía fragmentos del relato del acomodador sobre el gato de la sesión de magia. «¡Ajá! ¿No será este nuestro gatito?»

En vista de que en la Comisión de Espectáculos no había sacado nada en limpio, el diligente Vasili Stepánovich decidió ir a la sucursal de la calle Vagánkovskaya, haciendo a pie el camino para serenarse un poco.

La sucursal de la Comisión de Espectáculos estaba situada en un edificio deteriorado por el tiempo, al fondo de un patio. Era famoso por las columnas de pórfido que adornaban el vestíbulo. Pero aquel día no eran las conocidas columnas lo que llamaba la atención de los visitantes, sino lo que estaba sucediendo debajo de ellas.

Un grupo de visitantes permanecía inmóvil junto a una señorita que lloraba sin consuelo, sentada tras una mesa en la que había montones de gacetillas de espectáculos, que ella vendía. En aquel momento no ofrecía ninguna de sus gacetas al público, y a las preguntas compasivas respondía solo moviendo la cabeza. Al mismo tiempo, de todos los departamentos de la sucursal, arriba, abajo, izquierda y derecha, sonaban como locos los timbres de por lo menos veinte teléfonos.

Por fin, la señorita dejó de llorar, se estremeció y dio un grito histérico:

—¡Otra vez! —y empezó a cantar con voz temblorosa de soprano:

Glorioso es el mar sagrado del Baikal...

Apareció en la escalera un ordenanza, amenazó a alguien con el puño y acompañó a la señorita con una triste y débil voz de barítono:

Glorioso es el barco —barril de salmones...

Se unieron a la del ordenanza varias voces lejanas, y el coro empezó a crecer hasta que la canción sonó en todos los rincones de la sucursal. En el despacho número 6, en la sección de contabilidad y control, destacaba una voz fuerte, algo ronca:

Viento del norte, levanta la ola...

Gritaba el ordenanza de la escalera. A la señorita le corrían las lágrimas por la cara, trataba de apretar los dientes, pero la boca se le abría involuntariamente y seguía cantando una octava más alta que el ordenanza:

El mozo no va muy lejos...

A los silenciosos visitantes de la sucursal les sorprendía, sobre todo, que aquel coro esparcido por todo el edificio, cantara en verdadera armonía, como si tuvieran los ojos puestos en la batuta de un invisible director de orquesta.

Los transeúntes se paraban en la calle, admirados por la animación que reinaba en la sucursal.

Cantaron la primera estrofa y luego se callaron, como obedeciendo órdenes de un director. El ordenanza masculló una blasfemia y desapareció.

Se abrió la puerta de la calle y entró un ciudadano con abrigo, por debajo del cual asomaba una bata blanca. Le acompañaba un miliciano.

—¡Doctor, le ruego que haga algo! —gritó la señorita con verdadero ataque de histerismo.

En la escalera apareció corriendo el secretario de la sucursal, azoradísimo y, al parecer, muerto de vergüenza. Tartamudeó:

—Mire usted, doctor, es un caso de hipnosis general y es necesario... —no pudo concluir, se le atragantaron las palabras y empezó a cantar con voz de tenor: «Shilka y Nerchinsk...»

—¡Imbécil! —tuvo tiempo de gritar la joven, pero no pudo explicar a quién dirigía el insulto, porque, sin proponérselo, siguió canturreando lo de «Shilka y Nerchinsk...»

—¡Domínese! ¡Deje de cantar! —interpeló el doctor al secretario.

Era evidente que el secretario se esforzaba por dejar de cantar, pero en vano, y, acompañado por el coro, llevó a los oídos de los transeúntes la noticia de que «el voraz animal no le rozó en la selva y la bala del tirador no le alcanzó».

Acabada la estrofa, la señorita fue la primera en recibir una dosis de valeriana; luego, el doctor siguió apresuradamente al secretario para suministrarla a los demás.

—Perdone usted, ciudadana —se dirigió Vasili Stepánovich a la joven—. ¿No ha pasado por aquí un gato negro?

—¡Qué gato ni qué narices! —gritó la joven, indignada—. Lo que sí tenemos en la sucursal es un burro —y añadió—: No me importa que me oiga, se lo contaré a usted todo —y se lo contó.

El director de la sucursal, «que había sido la ruina de los espectáculos del género ligero» (según palabras de la joven), tenía la manía de organizar clubes para diversas actividades.

—¡Todo para despistar a la dirección! —gritaba la joven.

En un año había tenido tiempo de crear los siguientes

clubes: de estudio de Lérmontov, de ajedrez y damas, de ping-pong y equitación. Cuando llegó el verano, amenazó con la creación del club de remo en agua dulce y de alpinismo. Y hoy llega el director a la hora de comer...

—... trayendo del brazo a ese hijo de mala madre —contaba la joven—, que no sabemos de dónde habrá salido, uno con pantalones a cuadros, unos impertinentes rotos y una jeta..., ¡completamente imposible!...

Se presentó a los que estaban comiendo en el comedor de la sucursal como destacado especialista en la organización de masas corales.

Los futuros alpinistas cambiaron de expresión, pero el director les animó y el especialista estuvo bromeando con ellos, asegurándoles bajo juramento que el canto ocupaba poquísimo tiempo y era una fuente inagotable de posibilidades.

Los primeros en apoyar la idea fueron, naturalmente, Fánov y Kosarchuk, los pelotilleros más conocidos de la sucursal, declarándose dispuestos a apuntarse. El resto de los empleados comprendiendo que era imposible evadirse, tuvieron que inscribirse también en el nuevo club. Decidieron que la mejor hora sería la de comer, porque el resto de las horas libres las tenían ya ocupadas con Lérmontov y con el ajedrez. El director, para dar ejemplo, anunció que tenía voz de tenor, y lo que siguió fue una escena de pesadilla. El especialista en corales, el tipo de los cuadros, rompió a gritar:

—¡*Do-mi-sol-do*!

Sacó a los más tímidos de detrás y de los armarios, donde se habían escondido para no cantar, dijo a Kosarchuk que tenía un oído perfecto, suplicó, gimoteando, que dieran una satisfacción al viejo chantre y dio unos golpes con el diapasón pidiendo que cantaran «Glorioso mar...».

Cantaron. Y muy bien. El hombre de los cuadros conocía su oficio, desde luego. Entonaron la primera estrofa y el chantre se excusó diciendo: «Perdonen un momento...», y desapareció. Esperaban, naturalmente, que volviera enseguida. Pero transcurrieron diez minutos y aún no había vuelto. Los empleados de la sucursal estaban contentísimos creyendo que había huido.

Pero, de pronto, sin saber por qué, rompieron a cantar la segunda estrofa. Kosarchuk, que puede que no tuviera un oído perfecto, pero que era, sin duda, un tenor bastante agradable, les arrastró a todos. Acabada la estrofa, el chantre no había vuelto aún. Se marcharon cada cual a su sitio, pero no habían tenido tiempo de sentarse cuando empezaron a cantar de nuevo, involuntariamente, sin querer. Intentaban callarse. ¡Imposible! Callaban tres minutos y de nuevo rompían a cantar; se volvían a callar, ¡y a cantar otra vez!

Se dieron cuenta de que lo que sucedía era bastante raro. El director, avergonzado, se encerró en su despacho.

La joven interrumpió su relato: la valeriana no había causado efecto.

Pasado un cuarto de hora llegaron tres camiones a la verja de la sucursal y cargaron todo el personal de la casa, encabezado por el director.

Salió a la calle el primer camión. Pasada la sacudida, los empleados, de pie en la caja del camión, enlazados por los hombros unos con otros, abrieron la boca y la calle entera retumbó al ritmo de la canción popular. Les siguió el segundo camión y después el otro. Siguieron cantando. Los transeúntes, ocupados en sus propios asuntos, les miraban distraídamente, sin la menor sorpresa, pensando que era un grupo de excursionistas que marchaba fuera de la ciudad. Sí, salían de la ciudad, pero no iban de excursión, sino al sanatorio del profesor Stravinski.

Había pasado una media hora cuando el contable, fuera de sí por completo, llegó al departamento de finanzas con la intención de deshacerse, por fin, del dinero del Estado.

Como había tenido ya experiencias bastante extrañas, empezó mirando con mucha cautela la sala rectangular en la que, tras unas ventanas de cristales escarchados con letreros dorados, estaban los funcionarios. No había ningún indicio de desorden o alboroto. Todo estaba en silencio, como corresponde a una institución respetable.

Vasili Stepánovich introdujo la cabeza por una ventanilla en la que se leía: «Ingresos», saludó a un empleado que conocía y pidió con amabilidad un vale de entrada.

—¿Para qué lo quiere? —preguntó el empleado de la ventanilla.

—Quiero ingresar una cantidad. Soy del Varietés.

—Un momento —contestó el empleado y cerró con una rejilla el hueco del cristal.

¡Qué extraño!, pensó el contable. Su sorpresa era muy natural. Era la primera vez en su vida que le pasaba una cosa así. Todo el mundo sabe lo complicado que es sacar dinero, pueden surgir dificultades. Pero en sus treinta años de experiencia como contable nunca había observado ninguna dificultad para ingresar dinero, bien fuera de un particular o de una persona jurídica.

Por fin quitaron la redecilla y el contable se aproximó de nuevo a la ventanilla.

—¿Cuánto es? —preguntó el empleado.

—Veintiún mil setecientos once rublos.

—¡Vaya! —dijo con cierta ironía el de la ventanilla, y le alargó al contable un papel verde.

El contable conocía bien los trámites, llenó el papel en un momento y desató la cuerda del paquete. Desempaquetó su envoltorio y sus ojos expresaron un doloroso asombro. Murmuró algo.

Delante de sus narices aparecieron billetes de banco extranjeros: había paquetes de dólares canadienses, libras esterlinas, florines holandeses, latos de Lituania, coronas estonianas...

—¡Este es uno de los granujas del Varietés! —sonó una voz terrible encima del contable. Y Vasili Stepánovich quedó detenido.

18

Visitas desafortunadas

Mientras el diligente contable corría en un taxi para llegar al despacho del traje que escribía, del convoy número nueve, de primera clase, del tren de Kíev que acababa de llegar a Moscú, descendía un pasajero de aspecto respetable, con un maletín de fibra en la mano. Era Maximiliano Andréyevich Poplavski, economista de planificación, residente en Kíev, en la calle que antiguamente se llamaba calle del Instituto. Era el tío del difunto Berlioz, que se había trasladado a Moscú porque la noche anterior había recibido un telegrama en los siguientes términos: «Me acaba atropellar tranvía estanques del patriarca entierro viernes tres tarde no faltes berlioz».

Maximiliano Andréyevich estaba considerado como uno de los hombres más inteligentes de Kíev. La consideración era muy justa. Pero un telegrama así podría desconcertar a cualquiera, por muy inteligente que fuera. Si un hombre telegrafía diciendo que le ha atropellado un tranvía, quiere decir que está vivo. Entonces, ¿a qué viene el entierro? O está muy mal y siente que su muerte está próxima. Es posible, pero tanta precisión es muy extraña: ¿cómo sabe que le van a enterrar el viernes a las tres de la tarde? Desde luego, el telegrama era muy raro.

Pero las personas inteligentes son inteligentes precisamente para resolver problemas difíciles. Era muy sencillo. La palabra «me» pertenecía a otro telegrama, sin duda alguna debería decir «a Berlioz», que es, por error, la palabra que figura al final. Con esta corrección el telegrama tenía sentido, aunque, naturalmente, un sentido trágico.

Maximiliano Andréyevich solo esperó, para emprender rápidamente viaje a Moscú, que a su mujer se le pasara el ataque de dolor que sufría.

Tenemos que descubrir un secreto de Maximiliano Andréyevich. Indiscutiblemente le daba pena que el sobrino de su mujer hubiera perecido en la flor de la vida. Pero él era un hombre de negocios y pensaba cuerdamente que no había ninguna necesidad de hacer acto de presencia en el entierro. A pesar de eso, tenía mucha prisa en ir a Moscú. ¿Cuál era la razón? El piso. Un piso en Moscú es una cosa muy importante. Por incomprensible que parezca, a Maximiliano Andréyevich no le gustaba Kíev, y estaba tan obsesionado con el traslado a Moscú que empezó a padecer insomnios.

No le producía ninguna alegría el hecho de que el Dniéper se desbordase en primavera, cuando el agua, cubriendo las islas de la orilla baja, se unía con la línea del horizonte. No le alegraba tampoco la magnífica vista que se divisaba desde el pedestal del monumento al príncipe Vladímir. No le hacían ninguna gracia las manchas de sol que jugaban sobre los caminitos de ladrillo, en la colina Vladímirskaya. No le interesaba nada, lo único que quería era trasladarse a Moscú.

Los anuncios que pusiera en los periódicos para cambiar el piso de la calle Institútskaya en Kíev por un piso más pequeño en Moscú no daban ningún resultado. No le solían hacer ofertas, y si alguna vez lo hacían, eran siempre proposiciones abusivas.

El telegrama conmovió profundamente a Maximiliano Andréyevich. Era una ocasión única y sería pecado desperdiciarla. Los hombres de negocios saben muy bien que oportunidades así no se repiten.

En resumen, que, a pesar de las dificultades, había que arreglárselas para heredar el piso del sobrino. Sí, iba a ser difícil, muy difícil; pero, costase lo que costase, se superarían las dificultades. El experto Maximiliano Andréyevich sabía que el primer paso imprescindible era inscribirse como inquilino, aunque fuera provisionalmente, en las tres habitaciones de su difunto sobrino.

El viernes por la tarde, Maximiliano Andréyevich atravesaba la puerta de la oficina de la comunidad de vecinos del inmueble número trescientos dos bis de la calle Sadóvaya, de Moscú.

En una habitación estrecha, en la que, colgado en una pared, había un viejo cartel que mostraba en varios cuadros el modo de devolver la vida a los que se ahogasen en un río, detrás de una mesa de madera estaba sentado un hombre sin afeitar, de edad indefinida y mirada inquieta.

—¿Podría ver al presidente de la comunidad de vecinos? —inquirió cortés el economista planificador, quitándose el sombrero y dejando el maletín sobre una silla desocupada.

Esta pregunta, que parecía tan normal, desagradó sobremanera al hombre que estaba sentado detrás de la mesa. Cambió de expresión y, desviando la mirada, asustado, murmuró de modo ininteligible que el presidente no estaba.

—¿Estará en su casa? —preguntó Poplavski—. Tengo que hablar con él de un asunto urgente.

La respuesta del hombre fue algo incoherente, pero se podía deducir que el presidente tampoco estaba en su casa.

—¿Y cuándo estará?

El hombre no contestó nada y se puso a mirar por la ventana con gesto triste.

Ah, bueno, dijo para sí el clarividente Poplavski, y preguntó por el secretario.

El hombre extraño se puso rojo del esfuerzo y contestó, ininteligiblemente también, que el secretario tampoco estaba..., que no sabía cuándo volvería y que estaba... enfermo.

¡Ah!, bien, se dijo Poplavski.

—Pero habrá alguien encargado de la comunidad, ¿no?

—Yo —respondió el hombre con voz débil.

—Verá usted —habló Poplavski con aire autoritario—, soy el único heredero del difunto Berlioz, mi sobrino, que, como usted sabrá, murió en Los Estanques del Patriarca, y me creo en el derecho, según la ley, de recibir la herencia, que consiste en nuestro apartamento número cincuenta.

—No estoy al corriente, camarada —le interrumpió, angustiado, el hombre.

—Usted perdone —dijo Poplavski con voz sonora—, como miembro del comité es su deber...

Entró entonces un ciudadano en la habitación y el que estaba sentado detrás de la mesa palideció nada más verle.

—¿Piatnazhko, miembro del comité? —preguntó el que acababa de entrar.

—Soy yo —apenas se oyó la respuesta.

El que acababa de entrar se acercó y le dijo algo al oído al de la mesa, el cual, muy contrariado, se levantó de su asiento. A los pocos segundos Poplavski estaba solo en la habitación.

¡Qué complicación! ¡Mira que todos al mismo tiempo!, pensó con despecho Poplavski, cruzando el patio de asfalto y dirigiéndose apresurado al apartamento número cincuenta.

Le abrieron la puerta nada más llamar y Maximiliano Andréyevich entró en el oscuro vestíbulo. Se sorprendió un poco, porque no se sabía quién le había abierto la puerta: en el vestíbulo no había nadie, solo un enorme gato negro sentado en una silla.

Maximiliano Andréyevich tosió y avanzó varios pasos: se abrió la puerta del despacho y en el vestíbulo entró Koróviev. Maximiliano Andréyevich hizo una inclinación cortés y digna al mismo tiempo, y dijo:

—Me llamo Poplavski. Soy el tío...

Antes de que pudiera acabar la frase, Koróviev sacó un pañuelo sucio del bolsillo, se tapó la cara con él y se echó a llorar.

—... del difunto Berlioz.

—¡Claro! —interrumpió Koróviev, descubriéndose la cara—. ¡En cuanto le vi pensé que era usted! —y, estremecido por el llanto, exclamó—: ¡Qué desgracia! Pero qué cosas pasan, ¿eh?

—¿Le atropelló un tranvía? —susurró Poplavski.

—¡Un atropello mortal! —se lamentó Koróviev, y las lágrimas corrieron torrenciales bajo los impertinentes—. ¡Mortal! Lo presencié. Figúrese, ¡zas!, y la cabeza fuera. La pierna derecha, ¡zas!, ¡por la mitad! La izquierda, ¡zas!, ¡por la mitad! ¡Ya ve a lo que conducen los tranvías! —y, al parecer, sin poder contenerse más, Koróviev ocultó la nariz en la pared, junto a un espejo, sacudido por los sollozos.

El tío de Berlioz estaba sinceramente sorprendido por la actitud del desconocido. Y luego dicen que ya no hay gente de buen corazón, pensó, notando que le empezaban a picar los ojos. Pero al mismo tiempo una nube desagradable le cubrió el alma y una idea le picó como una serpiente: ¿no se habrá inscrito este hombre tan bueno en el piso del difunto? No sería la primera vez que ocurría una cosa así.

—Perdón, ¿era usted amigo de mi querido Misha? —preguntó el economista, enjugándose con una manga el ojo izquierdo, seco, y con el derecho, estudiando a Koróviev, conmovido por aquella tristeza. Pero el llanto era tan desesperado que no se le podía entender nada, excepto la repetida frase de «¡zas, y por la mitad!». Harto de llorar, Koróviev se apartó, por fin, de la pared.

—No, ¡no puedo más! Voy a tomarme trescientas gotas de valeriana de éter... —y volviendo hacia Poplavski su cara llorosa, añadió—: Los tranvías, ¿eh?

—Perdón, pero ¿ha sido usted quien me ha enviado el telegrama? —preguntó Maximiliano Andréyevich, obsesionado con la idea de averiguar quién era aquel extraño plañidero.

—Fue él —respondió Koróviev, señalando al gato.

Poplavski, con los ojos como platos, pensó que no había oído bien.

—No; no puedo, no tengo fuerzas —siguió Koróviev, sorbiendo con la nariz—; en cuanto me acuerdo de la rueda pasándole sobre la pierna, ¡la rueda sola pesará unos doscientos sesenta kilos!..., ¡zas!... Me voy a la cama, a ver si consigo olvidar con el sueño.

El gato se movió, saltó de la silla, se levantó sobre las patas traseras, puso las manos en jarras, abrió el hocico y dijo:

—Yo he mandado el telegrama. ¿Qué pasa?

Maximiliano Andréyevich sintió que se mareaba, se le aflojaron los brazos y las piernas, dejó caer la cartera y se sentó frente al gato.

—Me parece que lo he dicho bien claro —dijo el gato muy serio—. ¿Qué pasa?

Poplavski no contestó.

—¡Su pasaporte! —chilló el gato, y alargó una pata peluda.

Poplavski no entendía nada, solo veía dos chispas ardiendo en los ojos del gato.

Sacó del bolsillo el pasaporte como si fuera un puñal. El gato cogió de la mesita del espejo unas gafas de montura gruesa, de color negro, y se las colocó sobre el hocico. Así resultaba mucho más impresionante todavía. Y le arrebató a Poplavski el pasaporte que este sostenía con mano temblorosa.

Es curioso, no sé si me desmayo o no..., pensaba el economista. Llegaban desde lejos los sollozos de Koróviev y el vestíbulo se llenó de olor a éter, valeriana y algo más, algo asqueroso y nauseabundo.

—¿En qué comisaría le dieron el pasaporte? —preguntó el gato, examinando una página del documento.

No recibió respuesta alguna.

—¿En la cuatrocientos, dice? —se dijo el gato a sí mismo, pasando la pata por el pasaporte, que sostenía al revés—. ¡Naturalmente! Conozco bien esa comisaría; dan pasaportes a cualquiera. Yo, desde luego, nunca hubiera dado un pasaporte a un tipo como usted. ¡Por nada del mundo! Con solo verle la cara se lo habría negado —y el gato, muy enfadado, tiró el pasaporte al suelo—. Se suprime su presencia en el entierro —continuó el gato en tono oficial—. Haga el favor de volver al lugar de su residencia habitual —y gritó, asomándose a una puerta—: ¡Asaselo!

A su llamada acudió un sujeto pequeñito, algo cojo, con un mono negro muy ceñido y un cuchillo metido en el cinturón de cuero; pelirrojo, con un colmillo amarillento asomado por la boca y una nube en el ojo izquierdo.

Poplavski sintió que le faltaba aire, se levantó de la silla y retrocedió, apretándose el corazón.

—¡Asaselo, acompáñale! —ordenó el gato, y salió del vestíbulo.

—¡Poplavski! —dijo este con voz gangosa—, espero que ya esté todo claro.

Poplavski asintió con la cabeza.

—Vuelve a Kíev inmediatamente —seguía Asaselo—. Quédate allí sin decir ni pío, y de lo del piso de Moscú, ¡ni soñarlo! ¿Te enteras?

El tipo pequeñajo, que atemorizaba verdaderamente a Poplavski con su colmillo, su cuchillo y su ojo desviado, solo le llegaba al hombro al economista, pero actuaba de manera enérgica, precisa y organizada.

En primer lugar, levantó el pasaporte del suelo y se lo dio a Maximiliano Andréyevich, que lo cogió con la mano muerta. Luego, el llamado Asaselo cogió la maleta con una mano, abrió la puerta con la otra, y, tomando al tío de Berlioz por el brazo, le condujo al descansillo de la escalera. Poplavski se apoyó en la pared. Asaselo abrió la maleta sin servirse de una llave, sacó un enorme pollo asado, al que le faltaba una pata, y que estaba envuelto en un grasiento papel de periódico, y lo dejó en el descansillo. Luego sacó dos mudas de ropa, una correa para afilar la navaja de afeitar, un libro y un estuche, y lo tiró todo, excepto el pollo, por el hueco de la escalera. Hizo lo mismo con la maleta vacía. Se oyó un ruido, y por el ruido se notó que había saltado la tapa de la maleta.

Después, el bandido pelirrojo, con el pollo cogido por la pata, le propinó a Poplavski en plena cara un golpe tan terrible que saltó el cuerpo del pollo y Asaselo se quedó con la pata en la mano. «Todo era confusión en la casa de los Oblonski», como dijo muy bien el famoso escritor León Tolstói. Lo mismo habría dicho en este caso. ¡Pues sí! Todo era confusión ante los ojos de Poplavski. Ante sus ojos se cruzó una chispa prolongada, sustituida luego por una fúnebre serpiente, que por un instante ensombreció el alegre día de mayo, y Poplavski bajó rodando las escaleras con el pasaporte en la mano.

Al llegar al primer descansillo rompió una ventana con el

pie y se quedó sentado en un peldaño. El pollo sin patas pasó a su lado, saltando, y cayó por el hueco de la escalera. Arriba, Asaselo se comió la pata en un momento y se guardó el hueso en el bolsillo del mono. Luego entró en el piso y cerró la puerta dando un buen portazo.

Se oyeron los pasos cautelosos de alguien que subía por la escalera.

Poplavski bajó otro tramo y se sentó en un banco de madera para recobrar la respiración.

Un hombre pequeño y ya de edad, con cara tristísima, vestido con un traje pasado de moda y un sombrero de paja dura, con cinta verde, se paró junto a Poplavski.

—Ciudadano, ¿le importaría decirme —preguntó con tristeza el hombre del sombrero de paja— dónde está el apartamento número cincuenta?

—Arriba —respondió con brusquedad Poplavski.

—Se lo agradezco mucho —dijo el hombre con la misma tristeza y siguió subiendo. Poplavski se levantó y bajó corriendo.

Podríamos pensar ¿a qué otro sitio sino a las milicias podría dirigirse con tantas prisas Maximiliano Andréyevich, para denunciar a los bandidos que habían sido capaces de aquel espantoso acto de violencia en pleno día? Pues no, de ninguna manera, de eso podemos estar seguros. Entrar en las milicias diciendo que un gato con gafas acababa de leer su pasaporte y que luego un hombre con un cuchillo en la mano... No, ciudadanos, Maximiliano Andréyevich era un hombre inteligente de verdad.

Ya al pie de la escalera descubrió junto a la puerta de salida una puertecita que conducía a un cuchitril. El cristal de la puerta estaba roto. Poplavski guardó el pasaporte en el bolsillo y miró alrededor, esperando encontrar allí las cosas que Asaselo tiró por el hueco de la escalera. Pero no había ni rastro de ellas. Poplavski se asombró de lo poco que le importaban en aquel momento. Le preocupaba otra idea más interesante y sugestiva: quería ver qué le iba a pasar en el maldito apartamento al hombre que acababa de subir. Si le había preguntado dónde estaba el piso, quería decir que era la primera vez que iba allí. Es decir, iba a caer en las garras de aquella pandilla que se había instalado en el apartamento número cincuenta. Algo le decía a Poplavski que el hombrecillo saldría muy pronto del apartamento. Como es natural, Maximiliano Andréyevich ya no pensaba ir al entierro de su sobrino y tenía tiempo de sobra antes de coger el tren de Kíev. El economista volvió a mirar en derredor y se metió en el cuchitril.

Arriba se oyó el golpe de una puerta. Ha entrado..., pensó Poplavski con el corazón encogido. Hacía frío en aquel cuchitril, olía a ratones y a botas. Maximiliano Andréyevich se sentó en un madero y decidió esperar. Tenía una posición estratégica: veía la puerta de salida del sexto portal.

Pero tuvo que esperar mucho más tiempo de lo que pensaba. Y, mientras, la escalera estaba desierta. Por fin, se oyó una puerta en el quinto piso.

Poplavski estaba inmóvil. ¡Sí, eran sus pasos! Está bajando... Se abrió la puerta del cuarto piso. Cesaron los pasos. Una voz de mujer. La voz del hombre triste, sí, era su voz... Dijo algo así como «Déjame, por Dios»... La oreja de Poplavski asomó por el cristal roto. Percibió la risa de una mujer. Unos pasos que bajaban decididos y rápidos.

Vio la espalda de una mujer que salió al patio con una bolsa verde de hule. De nuevo sonaron los pasos. ¡Qué raro! ¡Vuelve al piso! ¿No será uno de la pandilla? Sí, vuelve. Arriba han abierto la puerta. Bueno, vamos a esperar...

Pero esta vez no tuvo que esperar tanto tiempo. El ruido de la puerta. Pasos. Cesaron los pasos. Un grito desgarrador. El maullido de un gato. Los pasos apresurados, seguidos, ¡bajan, bajan!

Poplavski fue premiado. El hombre triste pasó casi volando, sin sombrero, con la cara completamente desencajada, arañada la calva y el pantalón mojado. Murmuraba algo, se santiguaba. Empezó a forcejear con la puerta, sin saber, en medio de su terror, hacia dónde se abría; por fin consiguió averiguarlo y salió corriendo al patio soleado.

Ya no había duda. No pensaba en el difunto sobrino, ni

en el piso, se estremecía recordando el peligro a que se había expuesto. Maximiliano Andréyevich corrió al patio, diciendo entre dientes: «¡Ahora lo comprendo todo!». A los pocos minutos un trolebús se llevaba al economista planificador camino de la estación de Kíev.

Mientras el economista estaba en el cuchitril, al hombrecillo le sucedió algo muy desagradable.

Trabajaba en el bar del Varietés y se llamaba Andréi Fókich Sókov. Cuando se estaba llevando a cabo la investigación en el Varietés, Andréi Fókich se mantenía apartado de todos. Notaron que estaba aún más triste que de costumbre y había preguntado a Kárpov el domicilio del mago.

Como decíamos, el barman se separó del economista, llegó al quinto piso y llamó al timbre del apartamento número cincuenta.

Le abrieron enseguida; el barman se estremeció, retrocedió y no se decidió a entrar, lo que se explica perfectamente. Le abrió una joven que por todo vestido llevaba un coquetón delantal con puntillas y una cofia blanca a la cabeza. ¡Ah!, y unos zapatitos dorados. Tenía un cuerpo perfecto y su único defecto físico era una cicatriz roja en el cuello.

—Bueno, pase, ya que ha llamado —dijo la joven, mirándole con sus provocativos ojos verdes.

Andréi Fókich abrió la boca, parpadeó y entró en el vestíbulo, quitándose el sombrero. En ese momento sonó el teléfono. La desvergonzada doncella cogió el auricular y poniendo el pie en una silla, dijo:

—¡Dígame!

El barman no sabía dónde mirar, se removió inquieto, pensando: ¡Vaya doncella que tiene el extranjero! ¡Qué asco! Y para evitar aquella sensación de repugnancia se puso a mirar alrededor.

El vestíbulo, grande y mal iluminado, estaba lleno de objetos y ropas extrañas. En el respaldo de una silla, por ejemplo, había una capa de luto, forrada de una tela color rojo fuego; tirada con descuido sobre la mesa del espejo, una espada larga con un resplandeciente mango de oro. En un rincón, como si se tratara de paraguas y bastones, otras tres espadas con sendos mangos de plata. Colgadas de los cuernos de un venado, unas boinas con plumas de águila.

—Sí —decía la doncella al teléfono—. ¿Cómo? ¿El barón Maigel? Dígame. Sí. El señor artista está en casa. Sí, estará encantado de saludarle. Sí, invitados... ¿Con frac o chaqueta negra? ¿Cómo? Hacia las doce de la noche. —Al terminar la conversación, la doncella colgó el auricular y se dirigió al barman—: ¿Qué desea?

—Tengo que ver al señor artista.

—¿Cómo? ¿A él personalmente?

—Sí, a él —contestó el hombre triste.

—Voy a preguntárselo —dijo la doncella, al parecer no muy segura, y abriendo la puerta del despacho del difunto Berlioz, comunicó:

—Caballero, aquí hay un hombrecillo que desea ver a *messere*.

—Que pase —se oyó la voz cascada de Koróviev.

—Pase al salón —dijo la joven y muy natural, como si su modo de vestir fuera normal, abrió la puerta del salón y abandonó el vestíbulo.

Al entrar en la habitación que le habían indicado, el barman olvidó el asunto que le había llevado allí: tal fue su sorpresa al ver la decoración de la estancia. A través de los grandes cristales de colores, una fantasía de la joyera, desaparecida sin dejar rastro alguno, entraba una luz extraña, parecida a la de las iglesias. A pesar de ser un caluroso día de verano estaba encendida la vieja chimenea y, sin embargo, no hacía nada de calor, todo lo contrario, el que entraba sentía un ambiente de humedad de sótano.

Delante de la chimenea, sentado en una piel de tigre, un enorme gato negro miraba el fuego con expresión apacible. Había una mesa que hizo estremecerse al piadoso barman: estaba cubierta de brocado de iglesia. Sobre este extraño mantel se alineaba toda una serie de botellas, gordas, enmohecidas y polvorientas. Entre las botellas brillaba una fuente que se veía enseguida que era de oro. Junto a la chimenea, un hombre pequeño, pelirrojo, con un cuchillo en el cinto, asaba unos trozos de carne pinchados en un largo sable de acero, el jugo goteaba sobre el fuego y el humo ascendía por el tiro de la chimenea.

No solo olía a carne asada, sino a un perfume fortísimo y a incienso. El barman, que ya sabía lo de la muerte de Berlioz y conocía su domicilio, pensó por un momento si no habrían celebrado un funeral, pero enseguida desechó por absurda la idea.

De pronto el sorprendido barman oyó una voz baja y gruesa:

—¿En qué puedo servirle?

Y descubrió, en la sombra, al que estaba buscando.

El nigromante estaba recostado en un sofá muy grande, rodeado de almohadones. Al barman le pareció que el artista iba vestido todo de negro, con camisa y zapatos puntiagudos del mismo color.

—Yo soy —dijo el barman, en tono amargo— el encargado del bar del teatro Varietés...

El artista alargó una mano, brillaron las piedras en sus dedos, y obligó al barman a que callara. Habló él, muy exaltado:

—¡No, no! ¡Ni una palabra más! ¡Nunca, de ningún modo! ¡No pienso probar nada en su bar! Mi respetable caballero, precisamente ayer pasé junto a su barra y no puedo olvidar ni el esturión ni el queso de oveja. ¡Querido amigo! El queso de oveja nunca es verde, alguien le ha engañado. Suele ser blanco. ¿Y el té? ¡Si parece agua de fregar! He visto con mis propios ojos cómo una muchacha, de aspecto poco limpio, echaba agua sin hervir en su enorme samovar mientras seguían sirviendo el té. ¡No, amigo, eso es inadmisible!

—Usted perdone —habló Andréi Fókich, sorprendido por el inesperado ataque—, no he venido a hablar de eso y el esturión no tiene nada que ver...

—¡Pero cómo que no tiene nada que ver! ¡Si estaba pasado!

—Me lo mandaron medio fresco —dijo el barman.

—Oiga, amigo, eso es una tontería.

—¿Qué es una tontería?

—Lo de medio fresco. ¡Es una bobada! No hay término medio, o está fresco o está podrido.

—Usted perdone —empezó de nuevo el barman, sin saber cómo atajar la insistencia del artista.

—No puedo perdonarle —decía el otro con firmeza.

—Se trata de otra cosa —repuso el barman muy contrariado.

—¿De otra cosa? —se sorprendió el mago extranjero—. ¿Y por qué otra cosa iba a acudir a mí? Si no me equivoco, solo he conocido a una persona que tuviera algo que ver con la profesión de usted, una cantinera, pero fue hace muchos años, cuando usted todavía no había nacido. De todos modos, encantado. ¡Asaselo! ¡Una banqueta para el señor encargado del bar!

El que estaba asando la carne se volvió, asustando al barman con su colmillo, y le alargó una banqueta de roble. No había ningún otro lugar donde sentarse en la habitación.

El barman habló:

—Muchas gracias —y se sentó en la banqueta. La pata de atrás se rompió ruidosamente y el barman se dio un buen golpe en el trasero. Al caer arrastró otra banqueta que estaba delante de él, y se le derramó sobre el pantalón una copa de vino tinto.

El artista exclamó:

—¡Ay! ¿No se ha hecho daño?

Asaselo ayudó a levantarse al barman y le dio otro asiento. El barman rechazó con voz doliente la proposición del dueño de que se quitara el pantalón para secarlo al fuego, y muy incómodo con su ropa mojada, se sentó receloso en otra banqueta.

—Me gustan los asientos bajos —habló el artista—, la caída tiene siempre menos importancia. Bien, estábamos hablando del esturión. Mi querido amigo, ¡tiene que ser fresco, fresco, fresco! Ese debe ser el lema de cualquier barman. ¿Quiere probar esto?

A la luz rojiza de la chimenea brilló un sable, y Asaselo

puso un trozo de carne ardiendo en un platito de oro, la roció con jugo de limón y dio al barman un tenedor de dos dientes.

—Muchas gracias... es que...

—Pruébelo, pruébelo, por favor.

El barman cogió el trozo de carne por compromiso: enseguida se dio cuenta de que lo que estaba masticando era muy fresco y, algo más importante, extraordinariamente sabroso. Pero de pronto, mientras saboreaba la carne jugosa y aromática, estuvo a punto de atragantarse y caerse de nuevo. Del cuarto de al lado salió volando un pájaro grande y oscuro, que rozó con su ala la calva del barman. Cuando se posó en la repisa de la chimenea junto al reloj, resultó ser una lechuza. ¡Dios mío!, pensó Andréi Fókich, que era nervioso como todos los camareros, ¡Vaya pisito!

—¿Una copa de vino? ¿Blanco o tinto? ¿De qué país lo prefiere a esta hora del día?

—Gracias... no bebo...

—¡Hace mal! ¿No le gustaría jugar una partida de dados? ¿O le gustan otros juegos? ¿El dominó, las cartas?

—No juego a nada —respondió el barman ya cansado.

—¡Pues hace mal! —concluyó el dueño—. Digan lo que digan, siempre hay algo malo escondido en los hombres que huyen del vino, de las cartas, de las mujeres hermosas o de una buena conversación. Esos hombres o están gravemente enfermos, o tienen un odio secreto a los que les rodean. Claro que hay excepciones. Entre la gente que se ha sentado conmigo a la mesa en una fiesta, ¡había a veces verdaderos sinvergüenzas!... Muy bien, estoy dispuesto a escucharle.

—Ayer estuvo usted haciendo unos trucos...

—¿Yo? —exclamó el mago sorprendido—. ¡Por favor, qué cosas tiene! ¡Si eso no me va nada!

—Usted perdone —dijo anonadado el barman—. Pero... la sesión de magia negra...

—¡Ah, sí, ya comprendo! Mi querido amigo, le voy a descubrir un secreto. No soy artista. Tenía ganas de ver a los moscovitas en masa y lo más cómodo era hacerlo en un teatro. Por eso mi séquito —indicó con la cabeza al gato— organizó la sesión, yo no hice más que observar a los moscovitas sentado en mi sillón. Pero no cambie de cara y dígame: ¿y qué le ha hecho acudir a mí que tenga que ver con la sesión?

—Con su permiso, entre otras cosas, volaron algunos papelitos del techo... —el barman bajó el tono de voz y miró alrededor, avergonzado— y todos los recogieron. Llega un joven al bar, me entrega un billete de diez rublos, y yo le devuelvo ocho cincuenta... después otro...

—¿También joven?

—No, de edad. Luego otro más, y otro... Yo les daba el cambio. Y hoy me puse a hacer caja y tenía unos recortes de papeles en vez del dinero. Han estafado al bar una cantidad de ciento nueve rublos.

—¡Ay, ay! —exclamó el artista—, ¿pero es cierto que creyeron que era dinero auténtico? No puedo ni suponer que lo hayan hecho conscientemente.

El barman le dirigió una mirada turbia y angustiada, pero no dijo ni una palabra.

—¿No serán unos cuantos granujas? —preguntó el mago preocupado—. ¿Es que hay granujas en Moscú?

La respuesta del barman fue nada más que una sonrisa, lo que hizo disipar todas las dudas: sí, en Moscú hay granujas.

—¡Qué bajeza! —se indignó Voland—. Usted es un hombre pobre... ¿verdad que es pobre?

El barman hundió la cabeza entre los hombros y quedó claro que era un hombre pobre.

—¿Qué tiene ahorrado?

El tono de la pregunta era bastante compasivo, pero no era lo que se puede llamar una pregunta hecha con delicadeza. El barman se quedó cortado.

—Doscientos cuarenta y nueve mil rublos en cinco cajas de ahorro —contestó de otra habitación una voz cascada— y en su casa, debajo de los baldosines, dos mil rublos en oro.

El barman parecía haberse pegado al taburete.

—Bueno, en realidad, eso no es mucho —dijo Voland con aire condescendiente—, aunque tampoco lo va a necesitar. ¿Cuándo piensa morirse?

El barman se indignó.

—Eso no lo sabe nadie y además, a nadie le importa —respondió.

—Vamos, ¡que nadie lo sabe! —se oyó desde el despacho la misma odiosa voz—. ¡Ni que fuera el binomio de Newton! Morirá dentro de nueve meses, en febrero del año que viene, de cáncer de hígado, en la habitación número cuatro del hospital clínico.

El barman estaba amarillo.

—Nueve meses —dijo Voland pensativo—, doscientos cuarenta y nueve mil... resulta aproximadamente veintisiete mil al mes... no es mucho, pero viviendo modestamente tiene bastante... además, el oro...

—No podrá utilizar su oro —intervino la misma voz de antes, que le helaba la sangre al barman—. En cuanto muera Andréi Fókich derrumbarán inmediatamente la casa y el oro irá a parar al Banco del Estado.

—Por cierto, no le aconsejo que se hospitalice —continuaba el artista—. ¿Qué sentido tiene morirse en un cuarto al son de los gemidos y suspiros de enfermos incurables? ¿No sería mejor que diera un banquete con esos veintisiete mil rublos y que se tomara un veneno para trasladarse al otro mundo al ritmo de instrumentos de cuerda, rodeado de bellas mujeres embriagadas y de amigos alegres?

El barman permanecía inmóvil, avejentado de repente. Unas sombras oscuras le rodeaban los ojos, le caían los carrillos y le colgaba la mandíbula.

—¡Pero me parece que estamos soñando! —exclamó el dueño— ¡Vayamos al grano! Enséñeme sus recortes de papel.

El barman, nervioso, sacó del bolsillo el paquete, lo abrió y se quedó pasmado: el papel de periódico envolvía billetes de diez rublos.

—Querido amigo, usted está realmente enfermo —dijo Voland, encogiéndose de hombros.

El barman, con una sonrisa de loco, se levantó del taburete.

—Yyy... —dijo, tartamudeando— y si otra vez... se vuelve eso...

—Hum... —el artista se quedó pensativo—. Entonces vuelva por aquí. Encantados de verle siempre que quiera, he tenido mucho gusto en conocerle...

Koróviev salió del despacho, le agarró la mano al barman y sacudiéndola, pidió a Andréi Fókich que saludara a todos, pero absolutamente a todos.

Sin llegar a entender lo que estaba sucediendo, el barman salió al vestíbulo.

—¡Guela, acompáñale! —gritaba Koróviev.

¡Y de nuevo apareció en el vestíbulo la pelirroja desnuda! El barman se lanzó a la puerta, articuló un «adiós» y salió como borracho.

Dio varios pasos, luego se paró, se sentó en un peldaño, sacó el paquete y comprobó que los billetes seguían allí.

Del piso de al lado salió una mujer con una bolsa verde. Al ver al hombre, sentado en la escalera, mirando embobado sus billetes de diez rublos, la mujer se sonrió y dijo, pensativa:

—Pero qué casa tenemos... Este también bebido, desde por la mañana... ¡Otra vez han roto un cristal de la escalera!

Miró fijamente al barman y añadió:

—Oiga, ciudadano, ¡pero si está forrado de dinero! Anda, ¿por qué no lo repartes conmigo?

—¡Déjame, por Dios! —se asustó el barman y guardó apresuradamente el dinero.

La mujer se echó a reír.

—¡Vete al cuerno, roñoso! ¡Si era una broma! —y bajó por la escalera.

El barman se incorporó lentamente, levantó la mano para ponerse bien el sombrero y se percató de que no lo tenía. Prefería no volver, pero le daba lástima quedarse sin sombrero. Después de dudar un poco, volvió y llamó a la puerta.

—¿Qué más quiere? —le preguntó la condenada Guela.

—Me dejé el sombrero... —susurró el barman, señalando su calva. Guela se volvió de espaldas. El barman cerró los ojos y escupió mentalmente. Cuando los abrió, Guela le daba un sombrero y una espada con empuñadura de color oscuro.

—No es mía... —susurró el barman rechazando con la mano la espada y poniéndose apresuradamente el sombrero.

—¿Cómo? ¿Pero había venido sin espada? —se extrañó Guela.

El barman refunfuñó algo y fue bajando las escaleras. Sentía una molestia en la cabeza, como si tuviera demasiado calor. Asustado, se quitó el sombrero: tenía en las manos una boina de terciopelo con una vieja pluma de gallo. El barman se santiguó. La boina dio un maullido, se convirtió en un gatito negro y, saltando de nuevo a la cabeza de Andréi Fókich, hincó las garras en su calva. Andréi gritó desesperado y bajó corriendo. El gato cayó al suelo y subió muy deprisa la escalera.

El barman salió al aire libre y corrió hacia la puerta de la verja, abandonando para siempre la dichosa casa número trescientos dos bis.

Sabemos perfectamente qué le ocurrió después. Cuando salió a la calle, echó una mirada recelosa alrededor, como buscando algo. En un santiamén se encontró en la otra acera, en una farmacia.

—Dígame, por favor... —La mujer que estaba detrás del mostrador, exclamó—: ¡Ciudadano, si tiene toda la cabeza arañada!

Le vendaron la cabeza y se enteró de que los mejores especialistas en enfermedades del hígado eran Bernadski y Kusmín; preguntó cuál de los dos vivía más cerca y se alegró mucho de saber que Kusmín vivía casi en el patio de al lado, en un pequeño chalet blanco. A los dos minutos estaba en el chalet.

La casa era antigua y muy acogedora. Más tarde el barman se acordaría de que primero encontró a una criada viejecita, que quiso cogerle el sombrero, pero, en vista de que no lo llevaba, la viejecita se fue, masticando con la boca vacía.

En su lugar, bajo un arco junto a un espejo, apareció una mujer de edad, que le dijo que podría coger número para el día 19. El barman buscó un áncora de salvación. Miró, como desfalleciéndose, detrás del arco, donde estaba sin duda el vestíbulo, en el que había tres hombres esperando, y susurró:

—Estoy enfermo de muerte...

La mujer miró extrañada la cabeza vendada del barman, vaciló y pronunció:

—Bueno... —y le dejó traspasar el arco.

Se abrió la puerta de enfrente y brillaron unos impertinentes de oro.

La mujer de la bata dijo:

—Ciudadanos, este enfermo tiene que pasar sin guardar cola.

El barman no tuvo tiempo de reaccionar. Estaba en el gabinete del profesor Kusmín. Era una habitación rectangular que no tenía nada de terrible, de solemne o de médico.

—¿Qué tiene? —preguntó el profesor Kusmín con tono agradable, mirando con cierta inquietud el vendaje de la cabeza.

—Acabo de enterarme por una persona digna de crédito —habló el barman, con la mirada extraviada puesta en un grupo fotográfico tras un cristal— que en febrero del año que viene moriré de cáncer de hígado. Le ruego que lo detenga.

El profesor Kusmín se echó hacia atrás, apoyándose en el alto respaldo de un sillón gótico de cuero.

—Perdone, pero no le comprendo... ¿Qué le pasa? ¿Ha visto a un médico? ¿Por qué tiene la cabeza vendada?

—¡Qué médico ni qué narices! Si llega a ver usted a ese médico... —respondió el barman, y le rechinaron los dientes—. No se preocupe por la cabeza, no tiene importancia. ¡Que se vaya al diablo la cabeza!... ¡Cáncer de hígado! ¡Le pido que lo detenga!

—Pero, por favor, ¿quién se lo ha dicho?

—¡Créale! —pidió el barman acalorado—. ¡El sí que sabe!

—¡No entiendo nada! —dijo el profesor encogiéndose de hombros y separándose de la mesa con el sillón—. ¿Cómo puede saber cuándo se va a morir usted? ¿Sobre todo si no es médico?

—En la habitación número cuatro —contestó el barman. Entonces el profesor miró a su paciente con detención, se

fijó en la cabeza, en el pantalón mojado y pensó: Lo que faltaba, un loco... Luego preguntó:

—¿Bebe vodka?

—Nunca lo he probado —respondió el barman.

Al cabo de un minuto estaba desnudo, tumbado en una
camilla fría cubierta de hule. El profesor le palpaba el vientre.
Es necesario decir que el barman se animó bastante. El profesor afirmó categóricamente que, por lo menos de momento,
no había ningún síntoma de cáncer, pero que como insistía
tanto, si tenía miedo porque le hubiera asustado un charlatán,
debería hacerse los análisis necesarios.

El profesor escribió unos papeles, explicándole dónde tenía que ir y qué tendría que llevar. Además, le dio una carta
para el profesor neurólogo Buré, porque tenía los nervios
deshechos.

—¿Qué le debo, profesor? —preguntó con voz suave y
temblorosa el barman, sacando su gruesa cartera.

—Lo que usted quiera —respondió el profesor seco
y cortado.

El barman sacó treinta rublos, los puso en la mesa y luego, con una habilidad inesperada, casi felina, colocó sobre los
billetes de diez rublos un paquete alargado envuelto en periódico.

—¿Qué es esto? —preguntó Kusmín, retorciéndose el bigote.

—No se niegue, ciudadano profesor —susurró el barman—, ¡le ruego que me detenga el cáncer!

—Guárdese su oro —dijo el profesor orgulloso de sí mismo—. Más vale que vigile sus nervios. Mañana mismo lleve
orina para el análisis, no beba mucho té y no tome nada de
sal.

—¿Ni siguiera en la sopa? —preguntó el barman.

—En nada de lo que coma —ordenó el profesor.

—¡Ay! —exclamó el barman con amargura, mirando en-
ternecido al profesor, cogiendo las monedas y retrocediendo
hacia la puerta.

Aquella tarde el profesor no tuvo que atender a muchos

enfermos y al oscurecer se marchó el último. Mientras se quitaba la bata, el profesor echó una mirada al lugar donde el barman dejara los billetes y se encontró con que en vez de los rublos había tres etiquetas de vino Abrau-Dursó.

—¡Diablos! —murmuró Kusmín, arrastrando la bata por el suelo y tocando los papeles—. ¡Además de esquizofrénico es un estafador! Lo que no entiendo es para qué me necesitaría a mí. ¿No será el papel para el análisis de orina? ¡Ah!... ¡Seguro que ha robado un abrigo! —Y el profesor echó a correr al vestíbulo, con la bata colgándole de una manga—. ¡Xenia Nikítishna! —gritó con voz estridente, ya en la puerta del vestíbulo—. ¡Mire a ver si están todos los abrigos!

Los abrigos estaban en su sitio. Pero cuando el profesor volvió a su despacho, después de haber conseguido quitarse la bata, se quedó como clavado en el suelo, fijos los ojos en la mesa. En el mismo sitio en que aparecieran las etiquetas, había ahora un gatito negro huérfano, con aspecto tristón, maullando sobre un platito de leche.

—Pero... bueno, ¿qué es esto? —y Kusmín sintió frío en la nuca.

Al oír el grito débil y suplicante del profesor, Xenia Nikítishna llegó corriendo y le tranquilizó enseguida, explicándole que algún enfermo se habría dejado el gatito y que esas cosas pasaban a menudo en casa de los profesores.

—Vivirán modestamente —explicaba Xenia Nikítishna— y nosotros, claro...

Se pusieron a pensar quién podría haberlo hecho. La sospecha recayó en una viejecita que tenía una úlcera de estómago.

—Seguro que ha sido ella —decía la mujer—. Habrá pensado: yo me voy a morir y me da pena del pobre gatito.

—¡Usted perdone! —gritó Kusmín—. ¿Y la leche? ¿También la ha traído? ¿Con el platito?

—La habrá traído en una botella y la habrá echado en el platito aquí —explicó Xenia Nikítishna.

—De acuerdo, llévese el gato y el platito —dijo Kusmín, acompañándola hacia la puerta. Cuando volvió, la situación había cambiado.

Cuando estaba colgando la bata en un clavo oyó risas en el patio. Se asomó a la ventana y se quedó anonadado. Una señora en combinación cruzaba el patio a todo correr. El profesor incluso sabía su nombre: María Alexándrovna. Un chico se reía a carcajadas.

—Pero, ¿qué es eso? —dijo Kusmín con desprecio.

En la habitación de al lado, que era el cuarto de la hija del profesor, un gramófono empezó a tocar el foxtrot *Aleluya*. Al mismo tiempo el profesor oyó a sus espaldas el gorgojeo de un gorrión. Se volvió. Sobre su mesa saltaba un gorrión bastante grande.

Hum... ¡tranquilo!, se dijo el profesor. Ha entrado cuando yo me aparté de la ventana. ¡No es nada extraño!, se dijo mientras pensaba que sí era extraño, sobre todo por parte del gorrión. Le miró fijamente, dándose cuenta de que no era un gorrión corriente. El pajarito cojeaba de la pata izquierda, la arrastraba haciendo piruetas, obedeciendo a un compás, es decir, bailaba el foxtrot al son del gramófono, como un borracho junto a una barra, se burlaba del profesor como podía, mirándole descaradamente.

La mano de Kusmín se posó en el teléfono; se disponía a llamar a Buré, su compañero de curso, para preguntarle qué significaba este tipo de apariciones en forma de gorriones, a los sesenta años, con acompañamiento de mareos.

Entretanto, el pajarito se sentó sobre un tintero, que era un regalo, hizo sus necesidades (¡no es broma!), revoloteó después, se paró un instante en el aire, y tomando impulso, pegó con el pico, como si fuera de acero, en el cristal de una fotografía que representaba a la promoción entera de la universidad del año 94, rompió el cristal y salió por la ventana.

El profesor cambió de intención, y en vez de marcar el número del profesor Buré, llamó al puesto de sanguijuelas, diciendo que el profesor Kusmín necesitaba que le mandaran urgentemente a casa unas sanguijuelas. Cuando colgó el auricular y se volvió hacia la mesa, se le escapó un alarido. Una mujer vestida de enfermera, con una bolsa en la que se leía «Sanguijuelas», estaba sentada en la mesa. El profesor, mirándole a la boca, dio un grito: tenía boca de hombre, torcida, hasta las orejas, con un colmillo saliente. Los ojos de la enfermera eran los de un cadáver.

—Vengo a recoger el dinerito —dijo la enfermera con voz de bajo—, no va a estar rodando por aquí. —Agarró las etiquetas con una pata de pájaro y empezó a esfumarse en el aire.

Pasaron dos horas. El profesor Kusmín estaba sentado en la cama de su dormitorio, con las sanguijuelas colgándole de las sienes, de detrás de las orejas y del cuello. Sentado a los pies de la cama en un edredón de seda, el profesor Buré, con su bigote blanco, miraba a Kusmín compasivamente y le decía que todo había sido una tontería. A través de la ventana se veía la noche.

No sabemos qué otras cosas extraordinarias sucedieron en Moscú aquella noche y, desde luego, no vamos a intentar averiguarlo, porque, además, ha llegado el momento de pasar a la segunda parte de esta verídica historia. ¡Sígueme, lector!

LIBRO SEGUNDO

19

Margarita

¡Adelante, lector! ¿Quién te ha dicho que no puede haber amor verdadero, fiel y eterno en el mundo, que no existe? ¡Que le corten la lengua repugnante a ese mentiroso!

¡Sígueme, lector, a mí, y solo a mí, yo te mostraré ese amor!

¡No! Se equivocaba el maestro cuando en el sanatorio a esa hora de la noche, pasadas las doce, le decía a Ivánushka que ella le habría olvidado. Imposible. Ella no le había olvidado, naturalmente.

Pero en primer lugar vamos a descubrir el secreto que el maestro no quiso contar a Iván. Su amada se llamaba Margarita Nikoláyevna. Y todo lo que de ella contó el pobre maestro era la pura verdad. Había hecho una descripción muy justa de su amada. Era inteligente y hermosa y aún añadiríamos algo más: con toda seguridad muchas mujeres lo hubieran dado todo con tal de cambiar su vida por la de Margarita Nikoláyevna. Era una mujer de treinta años, sin hijos, casada con un gran especialista que había hecho un descubrimiento de importancia nacional. Su marido era joven, apuesto, bueno y honrado y quería a su mujer con locura. Margarita Nikoláyevna y su marido ocupaban toda la planta alta de un precioso chalet con jardín en una bocacalle de Arbat. ¡Qué sitio tan maravilloso! Cualquiera que lo desee, puede comprobarlo visitando el jardín. Que se dirija a mí y le daré las señas, le enseñaré el camino, porque el chalet existe todavía...

A Margarita Nikoláyevna no le faltaba el dinero. Podía satisfacer todos sus caprichos. Entre los amigos de su marido había personas interesantes. Margarita Nikoláyevna no conocía los horrores de la vida en un piso colectivo. En resumen... ¿era feliz? ¡Ni un solo momento! Desde que se casó a los diecinueve años y se encontró en el chalet, no tuvo un solo día feliz. ¡Dioses, dioses míos! ¿Qué le hacía falta a esta mujer? ¿Qué necesitaba esta mujer que siempre tenía en sus ojos un fuego extraño? ¿Qué necesitaba esta bruja, un poco bizca, que un día de primavera se puso unas mimosas de adorno? No lo sé. Seguramente, dijo la verdad; le necesitaba a él, al maestro, ni el palacete gótico, ni el jardín para ella sola, ni el dinero. Le quería, era verdad que le quería.

A mí, que soy el narrador de esta verdad, pero ajeno a su historia al fin y al cabo, a mí, incluso a mí, se me encoge el corazón cuando pienso en lo que sufriría Margarita al volver al día siguiente a casa del maestro (afortunadamente sin haber hablado con su marido, que no había vuelto el día prometido) y enterarse de que el maestro no estaba allí. Hizo todo lo posible por indagar, pero, naturalmente, no pudo averiguar nada. Volvió al chalet y continuó su vida en el lugar de antes.

Pero cuando desapareció la nieve sucia de las aceras y las calzadas, y entró por las ventanas el viento inquieto y húmedo de la primavera, el sufrimiento de Margarita Nikoláyevna fue más insoportable aún que en el invierno. Lloraba muchas veces a escondidas, con amargura; no sabía si amaba a un hombre vivo o muerto ya. Y cuantos más días desesperados transcurrían, más se aferraba a la idea de que estaba unida a un muerto.

Tenía que olvidarle o morir ella también. No podía seguir viviendo así. ¡Era imposible! Olvidarle —costara lo que costara—, ¡olvidarle! Pero lo peor era que no le olvidaba.

—¡Sí, sí, aquella equivocación! —decía Margarita, sentada junto a la chimenea mirando al fuego, encendido como recuerdo de otro fuego que ardía un día que él escribía sobre Poncio Pilatos—. ¿Por qué me iría aquella noche? ¿Para qué? ¡Qué locura hice! Volví al día siguiente como le prometí, pero ya era tarde. Sí, volví, como el pobre Leví Mateo, ¡demasiado tarde!

Estas palabras eran inútiles, porque, en realidad, ¿qué habría cambiado si se hubiera quedado con el maestro aquella noche? ¿Se podría haber salvado acaso? ¡Qué absurdo!, diríamos nosotros, pero no lo hacemos ante una mujer roída por la desesperación. El mismo día en que una ola de escándalo, provocada por la aparición del nigromante, sacudía Moscú, el viernes que el tío de Berlioz fue enviado a Kíev, que detuvieron al contable y pasaron tantas otras cosas más, absurdas e incomprensibles, Margarita se despertó en su dormitorio casi al mediodía. La habitación tenía una ventana que daba a la torre del palacete. En contra de lo que solía sucederle, esta vez Margarita no se echó a llorar al despertarse, porque tenía el presentimiento de que, por fin, algo iba a ocurrir. Cuando se dio cuenta de su corazonada, empezó a acariciar la idea, a fomentarla en su alma, temiendo que, de otro modo, la abandonara.

—Tengo fe —susurraba Margarita solemnemente—, ¡tengo fe! ¡Algo va a pasar! No puede dejar de suceder, porque si no, ¿por qué tengo que sufrir este dolor hasta el final de mis días? Confieso que he vivido una doble vida oculta a los demás, pero el castigo no puede ser tan cruel... Algo tiene que suceder inevitablemente, porque es imposible que esto dure siempre. Además estoy segura de que mi sueño ha sido profético, lo juraría...

Así hablaba Margarita Nikoláyevna, mirando las cortinas rojas inundadas de sol, mientras se vestía apresuradamente y peinaba su pelo rizado delante de un espejo de tres caras.

Aquella noche Margarita había tenido un sueño extraordinario. Durante su invierno de tortura no había soñado jamás con el maestro. De noche la abandonaba y sufría solo por el día. Y aquella noche lo había visto.

Había soñado con un lugar desconocido: triste, desesperante, con un cielo oscuro de primavera temprana. Aquel cielo gris, como despedazado, y bajo el cielo una bandada de grajos silenciosos. Un puentecillo tortuoso cruzaba un río turbio, primaveral. Unos árboles desnudos, tristes y pobres.

Un álamo solitario, y más lejos, entre los árboles, tras un huerto, una choza de madera, que podía ser una cocina o un baño público, ¡quién sabe! Todo parecía muerto, helaba la sangre en las venas y daban unas ganas tremendas de ahorcarse en ese mismo álamo junto al puente. Ni una brisa, ni un movimiento de las nubes, ni un alma, ¡Qué lugar más espantoso para un hombre vivo!

Y figúrense que de pronto se abría la puerta de la choza y aparecía él. Bastante lejos, pero se le distinguía bien. Andrajoso, vestido de una manera muy extraña. Despeinado y sin afeitar. Con los ojos enfermos, inquietos. Le hacía señas con la mano, llamándola. Ahogándose en aquel aire inhabitable, Margarita corría hacia él por la tierra desigual, cuando se despertó.

Esto puede significar dos cosas, pensaba Margarita: o está muerto y me llama, entonces es que ha venido a buscarme y pronto voy a morirme, o está vivo y el sueño es que quiere que le recuerde. Dice que pronto nos veremos... Sí, sí, ¡nos vamos a ver muy pronto!

Margarita se vistió, excitada todavía; trataba de convencerse de que, en realidad, todo se estaba arreglando muy bien y había que saber aprovechar los momentos propicios. Su marido se había ido en comisión de servicio por tres días. Durante tres días Margarita estaría completamente sola, nadie podría impedirle pensar en lo que quisiera y soñar con lo que le gustase. Las cinco habitaciones de la planta alta del palacete, que causarían la envidia a miles de personas de Moscú, estaban a su disposición.

Sin embargo, al sentirse libre por tres días en su precioso piso, Margarita eligió un lugar, que no era el mejor, ni mucho menos. Después de tomar el té, fue a una habitación oscura, sin ventanas, donde, en dos grandes armarios, se guardaban las maletas y toda clase de trastos. Se puso en cuclillas, abrió el cajón de abajo de un armario y, levantando un montón de retales de seda, sacó su único tesoro. Tenía en sus manos un viejo álbum de piel marrón, en el que había una fotografía del maestro, la libreta de la caja de ahorros con el ingreso de diez mil rublos a su nombre, unos pétalos secos de rosa colocados entre papel de seda y una parte de un cuaderno en folio, escrito a máquina y con el borde inferior quemado.

Regresó a su dormitorio con el tesoro, colocó la foto en el espejo de tres caras, se sentó delante y así permaneció cerca de una hora, sosteniendo en las rodillas el quemado cuaderno, pasando las páginas y releyendo aquello, que ahora, quemado, no tenía principio ni fin: «... la oscuridad que llegaba del mar Mediterráneo cubrió la ciudad, odiada por el procurador. Desaparecieron los puentes colgantes que unían el templo y la terrible torre Antonia bajó del cielo el abismo, sumergiendo a los dioses alados del circo, el palacio Hasmoneo con sus aspilleras, bazares, caravanas, bocacalles, estanques. Desapareció Jershalaím, la gran ciudad, como si nunca hubiera existido...».

Margarita quería seguir leyendo, pero no había nada más, solo unos flecos desiguales ennegrecidos.

Enjugándose las lágrimas, apartó el cuaderno, apoyó los codos en la mesa del espejo y se quedó mirando la foto, reflejada en el cristal. Poco a poco se le fueron secando las lágrimas. Margarita recogió cuidadosamente su tesoro y a los pocos minutos ya estaba todo enterrado bajo los trapos de seda. Sonó el candado en la habitación oscura.

Margarita Nikoláyevna estaba ya en el vestíbulo, poniéndose el abrigo para ir a dar un paseo. Natasha, su bella criada, preguntó qué tenía que hacer de segundo plato, y al oír que lo que quisiera, para distraerse, entabló conversación con su dueña, diciendo Dios sabe qué: que si el día anterior un prestidigitador había estado haciendo trucos en el teatro, que todos se quedaron con la boca abierta, que repartía gratis perfumes extranjeros y medias, y después, cuando terminó la sesión y el público salió a la calle, ¡zas!: todos estaban desnudos. Margarita Nikoláyevna se derrumbó en una silla que había debajo del espejo, y se echó a reír.

—¡Natasha!, pero ¿no le da vergüenza? —decía Margarita Nikoláyevna—. Es usted una chica inteligente, ha leído mucho... ¡Cuentan en las colas esos disparates y usted los repite!

Natasha se puso colorada y repuso, con mucho calor, que no era ninguna mentira, que ella misma había visto con sus propios ojos en la tienda de comestibles de Arbat a una ciudadana que llegó con zapatos y, cuando se acercó a la caja a pagar, los zapatos desaparecieron y se quedó solo con las medias. ¡Con los ojos desorbitados y un agujero en el talón! Los zapatos eran mágicos, zapatos de la función.

—¿Así se quedó?

—¡Así mismo! —exclamó Natasha, poniéndose más colorada porque no la creían—. Sí, y ayer tarde las milicias se llevaron a unas cien personas. Unas ciudadanas que habían estado en la función y corrían por la Tverskaya en paños menores.

—Seguro que son cosas de Daria —dijo Margarita Nikoláyevna—, siempre me ha parecido que es una mentirosa.

La divertida conversación terminó con una agradable sorpresa para Natasha. Margarita Nikoláyevna se fue a su dormitorio y salió de allí con un par de medias y un frasco de colonia y, diciendo que también ella quería hacer un truco, se los regaló a Natasha, pidiéndole tan solo una cosa: que no anduviera por Arbat en medias y que no hiciera caso de Daria. La dueña y su sirvienta se dieron un beso y se separaron.

Margarita se acomodó en el asiento de un trolebús que pasaba por Arbat, pensando en sus cosas, prestando atención de vez en cuando a lo que decían los ciudadanos que iban delante de ella.

Los dos, mirando hacia atrás con temor de que alguien les oyera, discutían en voz baja algo absurdo. Uno de ellos, que iba junto a la ventanilla, enorme, rollizo, con unos ojillos de cerdo muy vivos, susurraba a su vecino pequeñito que tuvieron que tapar el ataúd con una tela negra...

—¡Pero si no puede ser! —decía el pequeño, asombrado—. ¡Si es algo inaudito!... ¿Y qué hizo Zheldíbin?

En medio del monótono ruido del trolebús se oyeron unas palabras que venían desde la ventana.

—Investigación criminal... un escándalo... ¡como místico!...

Margarita Nikoláyevna, uniendo los trozos de conversación, pudo componer algo más o menos coherente. Los ciudadanos hablaban de que habían robado del ataúd la cabeza de un difunto (quién era, no lo nombraban). Por eso Zheldíbin estaba tan preocupado. Y estos dos que cuchicheaban en el trolebús tenían algo que ver con el maltratado difunto.

—¿Crees que nos dará tiempo de pasar a recoger las flores? —se inquietaba el pequeño—. ¿A qué hora es la incineración? ¿A las dos?

Por fin Margarita Nikoláyevna se cansó de escuchar las misteriosas incoherencias sobre una cabeza robada y se alegró de llegar a su parada.

Unos minutos más y Margarita Nikoláyevna estaba sentada en un banco bajo la muralla del Kremlin, mirando a la plaza Manézhnaya.

El sol muy fuerte la obligaba a entornar los ojos: recordaba su sueño, recordaba cómo hacía un año, el mismo día y a la misma hora, estaba sentada con él en aquel banco y, como ahora, su bolso negro estaba junto a ella en el banco. Esta vez él no estaba a su lado, pero mentalmente Margarita Nikoláyevna hablaba con él: «Si estás deportado, ¿por qué no haces saber de ti? Los otros lo hacen. ¿Es que ya no me quieres? No sé por qué, pero no lo creo. Entonces, o estás deportado o te has muerto. Si es así, te pido que me dejes, que me des libertad para vivir, para respirar este aire». Y ella misma contestaba por él: «Eres libre... ¿Acaso te retengo?». Ella replicaba: «Eso no es una respuesta. Vete de mi memoria, solo entonces seré libre...».

La gente pasaba junto a Margarita Nikoláyevna. Un hombre se quedó mirando a la elegante mujer, atraído por su belleza y por su soledad. Tosió y se sentó en el borde del mismo banco en el que estaba Margarita.

Por fin se atrevió a hablar:

—Decididamente, hoy hace buen día...

Pero Margarita le echó una mirada tan sombría que el hombre se levantó y se fue.

«He aquí un ejemplo —decía Margarita al que era su dueño—: ¿Por qué habré echado a ese hombre? Me aburro, y en ese don Juan no había nada malo, aparte del "decididamente", tan ridículo... ¿Por qué estoy sola como una lechuza al pie de la muralla? ¿Por qué estoy apartada de la vida?»

Se sentía triste y alicaída. Y de pronto, igual que cuando se despertó, una ola de esperanza y emoción se levantó en su pecho. «Sí, ¡algo va a pasar!» Sintió otra vez el golpe de su corazonada y comprendió que se trataba de una onda sonora. Entre el ruido de la ciudad se oía, cada vez con más claridad, el retumbar de unos tambores y trompetas, algo desafinados, que se aproximaba poco a poco.

Primero apareció un miliciano a caballo, que avanzaba a paso lento junto a la reja del parque; le seguían tres milicianos a pie. Luego venía un camión con los músicos, y detrás un coche funerario nuevo, abierto, con un ataúd cubierto de coronas y cuatro personas en las esquinas: tres hombres y una mujer. A pesar de la distancia, Margarita pudo ver que la gente que acompañaba al difunto en su último viaje parecía desconcertada, sobre todo la ciudadana que iba detrás. Daba la impresión que los carrillos gruesos de la ciudadana estaban hinchados por un secreto emocionante y sus ojos abotargados lanzaban chispitas. Faltaba poco para que guiñara el ojo hacia el difunto, diciendo: «¿Han visto algo semejante? ¡Es increíble!». Las trescientas personas que avanzaban a paso lento detrás del coche tenían la misma expresión de desconcierto.

Margarita seguía con los ojos el cortejo, escuchando el triste ruido, cada vez más débil, de los tambores que repetían el mismo sonido: «Bums, bums, bums». Pensaba: ¡Qué entierro tan extraño... y qué tristeza en ese «bums»! Creo que sería capaz de venderle mi alma al diablo por saber si está vivo o muerto... Me gustaría saber a quién van a enterrar.

—A Mijaíl Alexándrovich Berlioz —se oyó a su lado una voz de hombre, algo nasal—, al presidente de Massolit.

Margarita Nikoláyevna, sorprendida, se volvió y se encontró con que en su banco había un ciudadano; seguramente se habría sentado aprovechando que ella estaba absorta con la procesión, y por aquella distracción había hecho su última pregunta en voz alta.

Entretanto, la procesión se detuvo, seguramente parada por los semáforos.

—Pues sí —continuaba el ciudadano desconocido—, qué ánimo tan asombroso tiene esa gente. Llevan al difunto y están pensando dónde estará su cabeza.

—¿Qué cabeza? —preguntó Margarita, examinando a su inesperado interlocutor. Era pequeño, pelirrojo, le sobresalía un colmillo, vestía una camisa almidonada, un traje a rayas de buena tela, zapatos de charol y un sombrero hongo. La corbata era de colores vivos. Y lo extraño era que en el bolsillo, donde los hombres suelen llevar un pañuelo o una pluma estilográfica, este llevaba un hueso de pollo roído.

—Pues sí, señora —explicó el pelirrojo—, esta mañana en la sala de Griboyédov, han robado del ataúd la cabeza del difunto.

—Pero ¿cómo es posible? —preguntó Margarita involuntariamente, recordando la conversación que oyera en el trolebús.

—¡El diablo lo sabrá! —dijo el pelirrojo con desenfado—. Aunque me parece que habría que preguntárselo a Popota. ¡Qué manera de birlar la cabeza! ¡Da gusto! ¡Qué escándalo! Lo importante es que nadie sabe para qué puede servir la cabeza.

A pesar de lo ocupada que estaba Margarita Nikoláyevna con lo suyo, no pudo menos de asombrarse al oír las extrañas mentiras en boca del desconocido ciudadano.

—¡Cómo! —exclamó ella—. ¿Qué Berlioz? ¿No será el del periódico?...

—Ese es, precisamente...

—Entonces, ¿los que siguen el ataúd son literatos?

—¡Naturalmente!

—¿Los conoce de vista?

—A todos —respondió el pelirrojo.

—Dígame —habló Margarita, con voz sorda—, ¿no está entre ellos el crítico Latunski?

—Pero ¿cómo iba a faltar? —contestó el pelirrojo—. Es el del extremo en la cuarta fila.

—¿El rubio? —preguntó Margarita entornando los ojos.

—Color ceniza... ¿No ve que ha levantado los ojos al cielo?

—¿El que parece un cura?

—¡El mismo!...

Margarita no preguntó más y se quedó mirando a Latunski.

—Y usted, por lo que veo —dijo sonriente el pelirrojo—, odia a ese Latunski. ¿No es así?

—No es al único que odio —contestó Margarita entre dientes—, pero no me parece un tema de conversación interesante.

La procesión continuó su camino, seguida de coches vacíos.

—Tiene razón, Margarita Nikoláyevna, no tiene nada de interesante.

Margarita se sorprendió.

—¿Es que me conoce?

Por toda respuesta, el pelirrojo se quitó el sombrero e hizo un gesto de saludo.

¡Qué pinta de bandido tiene este tipo!, pensó Margarita, mirando fijamente a su casual interlocutor.

—Yo no le conozco a usted —dijo Margarita secamente.

—¿Cómo me va a conocer? Sin embargo, me han enviado para hablar con usted de cierto asunto —Margarita palideció y se echó hacia atrás.

—En lugar de contar esas tonterías de la cabeza cortada —dijo Margarita— tenía que haber empezado por ahí. ¿Viene a detenerme?

—¡De ninguna manera! —exclamó el pelirrojo—. ¡Pero qué cosas tiene! No he hecho más que hablarle y ya piensa que la voy a detener. Vengo a tratar con usted un asunto.

—No comprendo. ¿De qué me habla?

El pelirrojo miró alrededor y dijo misteriosamente:

—Me han enviado a invitarla a usted para esta noche.

—Usted está loco. ¿A qué me invita?

—A casa de un extranjero muy ilustre —dijo el pelirrojo con aire significativo, entornando un ojo.

Margarita se enfureció.

—¡Lo único que faltaba, una nueva especie de alcahuete callejero! —dijo incorporándose, dispuesta a marcharse, pero la detuvieron las palabras del pelirrojo:

—La oscuridad que llegaba del mar Mediterráneo cubrió la ciudad, odiada por el procurador. Desaparecieron los puentes colgantes que unían el templo y la terrible torre Antonia... Desapareció Jershalaím, la gran ciudad, como si nunca hubiera existido... ¡Por mí, también usted puede desaparecer con su cuaderno quemado y la rosa disecada! ¡Quédese en ese banco sola, pidiéndole que le dé libertad para respirar, que se vaya de su memoria!

Margarita, muy pálida, volvió. El pelirrojo la miraba con los ojos entornados.

—No comprendo nada —dijo Margarita Nikoláyevna con voz débil—. Lo de las hojas, podía haberlo leído, espiado... ¿Pero cómo se ha enterado de lo que yo pensaba? —Y añadió con una expresión de dolor—: Dígame, ¿quién es usted? ¿A qué organización pertenece?

—Qué lata... —murmuró el pelirrojo, y habló fuerte—: Si ya le he dicho que no pertenezco a ninguna organización. Siéntese, por favor.

Margarita le obedeció sin una sola objeción, pero al sentarse le preguntó de nuevo:

—¿Quién es usted?

—Bueno, me llamo Asaselo; pero eso no le dice nada.

—Dígame, ¿cómo supo lo de las hojas y lo que yo pensaba?

—Eso no se lo digo.

—¿Pero usted sabe algo de él? —susurró Margarita, suplicante.

—Pongamos que sí.

—Se lo ruego, dígame solo una cosa: ¿vive? ¡No me haga sufrir!

—Bueno, sí, está vivo —dijo Asaselo de mala gana.

—¡Dios mío!

—Por favor, sin emociones ni gritos —dijo Asaselo, frunciendo el entrecejo.

—Perdóneme —murmuraba Margarita, dócil ya—, siento haberle irritado. Pero reconozca que cuando a una mujer la invitan en la calle a ir a una casa... No tengo prejuicios, se lo aseguro... —Margarita sonrió tristemente—, pero yo nunca veo a ningún extranjero y no tengo ningunas ganas de conocerlos. Además, mi marido... Mi tragedia es que vivo con un hombre al que no quiero, pero considero indigno estropearle su vida... Él no me ha hecho más que el bien...

Se veía que este discurso incoherente estaba aburriendo a Asaselo, que dijo con severidad:

—Por favor, cállese un minuto.

Margarita le obedeció.

—La estoy invitando a casa de un extranjero que no puede hacerle ningún daño. Además, nadie sabrá de su visita. Eso se lo garantizo yo.

—¿Y para qué me necesita? —preguntó tímidamente Margarita.

—Lo sabrá más tarde.

—Ya entiendo... Tengo que entregarme a él —dijo Margarita pensativa.

Asaselo sonrió con aire de superioridad y contestó:

—Cualquier mujer en el mundo soñaría con esto. Pero no tengo más remedio que defraudarla. No es eso.

—Pero ¿quién es ese extranjero? —exclamó Margarita turbada, en un tono de voz tan alto que se volvieron los que pasaban junto al banco—. ¿Y qué interés puedo tener en ir a verle?

Asaselo se inclinó hacia ella y susurró con aire significativo:

—Tiene mucho interés..., puede aprovechar la ocasión...

—¿Cómo? —exclamó Margarita con los ojos redondos—. Si no me equivoco, está usted insinuando que puedo saber algo de él.

Asaselo asintió con la cabeza en silencio.

—¡Vamos! —exclamó Margarita con fuerza, agarrando a Asaselo de la mano—. ¡Vamos a donde sea!

Asaselo se apoyó en el respaldo del banco, tapando con su espalda un nombre grabado con navaja, «Niura», y añadió con una expresión irónica:

—¡Qué gente más difícil son las mujeres! —se metió las manos en los bolsillos y estiró las piernas—. ¿Por qué me habrán mandado a mí para resolver este problema? Podía haber venido Popota, que tiene mucho encanto...

Margarita habló con una sonrisa amarga y contrariada:

—Por favor, déjese de mixtificaciones y no me haga sufrir con sus misterios. Se está aprovechando de que soy una persona desgraciada... Me estoy metiendo en algo muy extraño, ¡pero le juro que ha sido nada más que porque usted me ha interesado hablándome de él! Estoy mareada con todas esas complicaciones...

—¡No dramatice! —repuso Asaselo con una mueca—. Trate de ponerse en mi lugar. Dar una paliza al administrador, echar al tipo del piso, pegar un tiro, u otra tontería por el estilo, todo esto es especialidad mía. ¡Pero hablar con mujeres enamoradas, eso sí que no! Estoy tratando de convencerla hace más de media hora. Entonces, ¿qué? ¿Se viene?

—Sí —repuso sencillamente Margarita Nikoláyevna.

—Entonces, haga el favor de coger esto —dijo Asaselo sacando una cajita redonda de oro del bolsillo y dándosela a Margarita—. Escóndala, que nos están mirando. Le servirá. Margarita Nikoláyevna, de tanto sufrir ha envejecido usted bastante en este medio año. —Margarita se puso colorada, pero no contestó. Asaselo continuó—: Esta noche, a las nueve y media, haga el favor de desnudarse y untarse la cara y el cuerpo con esta crema. Después puede hacer lo que quiera, pero no se aparte del teléfono. Yo la llamaré a las diez y le daré instrucciones. Usted no tendrá que ocuparse de nada, la llevarán a donde haga falta, sin ninguna molestia para usted. ¿Está claro?

Margarita tardó en contestar. Luego dijo:

—Está claro. Esto es de oro puro, se ve por el peso. Veo que me están sobornando para complicarme en una historia turbia y luego tendré que pagarlo...

—Pero ¿qué dice? —murmuró Asaselo, indignado—. ¿Otra vez?

—No, espere...

—¡Devuélvame la crema!

Margarita agarró la caja con todas sus fuerzas.

—No, no, espere... Sé perfectamente a lo que voy. Lo hago todo por él, porque ya no me queda ninguna esperanza. Pero quiero decirle que si yo muero, ¡usted tendrá la culpa! ¡Se avergonzará de ello! ¡Muero por amor! —y dándose un golpe en el pecho Margarita miró hacia el sol.

—¡Devuélvala! —gritaba Asaselo—. ¡Devuélvala, y al diablo todo! ¡Que manden a Popota!

—¡Oh, no! —exclamó Margarita, sorprendiendo a los transeúntes—. ¡Estoy dispuesta a todo, estoy dispuesta a hacer esa comedia de la crema, estoy dispuesta a irme al diablo! ¡No se la doy!

—¡Vaya! —vociferó de pronto Asaselo con los ojos desorbitados, señalando algo detrás de la verja del jardín.

Margarita miró hacia donde le había indicado Asaselo, pero no descubrió nada de particular. Cuando volvió a mirar a Asaselo, como pidiendo una explicación por el absurdo «vaya», no había nadie que se lo pudiera explicar. El misterioso interlocutor de Margarita Nikoláyevna había desaparecido.

La mujer metió la mano en el bolso, donde acababa de guardar la cajita, y se convenció de que seguía allí. Sin pensar en nada, Margarita salió corriendo del jardín Alexándrovski.

20

La crema de Asaselo

A través de las ramas de un arce se veía la luna llena en el cielo limpio de la noche. Las manchas de luz que filtraban los tilos y las acacias dibujaban figuras complicadas. La ventana de tres hojas, abierta, pero con la cortina echada, brillaba con rabiosa luz eléctrica. En el dormitorio de Margarita Nikoláyevna todas las luces estaban encendidas, mostrando el gran desorden que reinaba en la habitación.

En la cama, encima de la manta, había blusas, medias y ropa interior; en el suelo, junto a una cajetilla de tabaco aplastada, más ropa amontonada en el barullo. En la mesilla de noche, un par de zapatos; junto a una taza de café sin terminar, un cenicero con una colilla humeante. En el respaldo de una silla, un vestido de noche negro. La habitación olía a perfume. Y de algún otro sitio penetraba el olor a plancha caliente.

Margarita Nikoláyevna estaba sentada ante el espejo, con un albornoz echado sobre su cuerpo desnudo y unos zapatos de ante negro. Delante de ella, junto a la cajita que le había dado Asaselo, estaba el reloj con pulsera de oro. Margarita no apartaba de él la mirada.

A veces le parecía que el reloj se había estropeado, que las agujas ya no se movían. Pero sí, se movían, muy despacio, como pegándose, y por fin la aguja larga marcó los veintinueve minutos. A Margarita le palpitaba tan fuerte el corazón que no pudo coger la cajita. Por fin consiguió dominarse, la abrió y dentro vio una crema amarillenta. Le pareció que olía a fango de pantano. Cogió un poco de crema con la punta de los dedos y se la puso en la mano. El olor a hierbas de pantano y a bosque se hizo penetrante. Empezó a frotarse con la crema la frente y las mejillas.

La crema se esparcía con facilidad, y a Margarita le pareció que se evaporaba inmediatamente. Se friccionó varias veces, se miró en el espejo y dejó caer la caja encima del reloj. La esfera se agrietó enseguida. Cerró los ojos, luego se miró otra vez y rió desaforadamente.

Sus cejas, depiladas como dos hilitos, se habían espesado y le arqueaban suavemente los ojos, más verdes que nunca. Una fina arruga que le atravesaba verticalmente la frente, aparecida en octubre, cuando perdió al maestro, desapareció sin dejar huella. Desaparecieron también las sombras amarillas de las sienes y una red de arrugas, apenas visibles, junto a la comisura externa de los ojos. Un color rosa uniforme le cubría la piel de las mejillas, tenía la frente blanca y limpia y había desaparecido el rizado de peluquería.

La Margarita de treinta años veía reflejada en el espejo a una mujer morena, de unos veinte años, con el pelo ondulado.

Dejó de reír, se quitó de un golpe el albornoz, cogió una cantidad bastante regular de la crema ligera y grasienta y empezó a frotarse el cuerpo con enérgicos ademanes. Se puso toda color rosa, como iluminada por dentro. Luego, como si le hubieran sacado una aguja del cerebro, se calmó el dolor en una sien, que le había durado toda la tarde, desde la conversación en el jardín Alexándrovski; se le fortalecieron los músculos de las extremidades y el cuerpo se tornó ingrávido.

Dio un salto y se quedó en el aire, encima de la alfombra; luego notó que algo tiraba de ella hacia el suelo y se bajó.

—¡Qué crema! ¡Pero qué crema! —gritó Margarita, cayendo en un sillón.

El efecto de las fricciones no fue solo físico. Ahora bullía la alegría en cada célula de su cuerpo, la sentía en forma de pequeñas burbujas que le pinchaban. Se sentía libre, completamente. Vio con claridad que había sucedido justamente aquello que presintiera por la mañana, y que dejaría el palacete y su antigua vida para siempre.

Del recuerdo de su antigua vida se desprendía un pensamiento: tenía un último deber que cumplir antes de comenzar aquello nuevo y extraordinario que parecía que la elevaba, llevándosela al aire libre. Corrió desnuda, volando a veces, al despacho de su marido, encendió la luz y se precipitó al escritorio. En una hoja de papel, que arrancó de un cuaderno, escribió deprisa, sin tachaduras, unas palabras a lápiz:

> Perdóname y olvídame lo antes que puedas. Me voy para siempre. Será difícil que me busques. Me han vencido el dolor y la desgracia y me he convertido en bruja. Me voy, ya es hora.
>
> MARGARITA

Margarita voló a su dormitorio, sentía alivio en su alma. Natasha la seguía corriendo, con un montón de ropa. Y todos aquellos objetos, perchas de madera con vestidos, pañuelos de encaje, unos zapatos azules de raso, un cinturón, todo aquello cayó al suelo y Natasha se sacudió las manos libres.

—¿Qué tal estoy? —preguntó Margarita con voz ronca.

—¿Pero qué ha hecho? —decía Natasha, retrocediendo hacia la puerta—. ¿Cómo lo ha conseguido, Margarita Nikoláyevna?

—¡Ha sido la crema, la crema! —contestó Margarita, señalando la reluciente cajita de oro y dando vueltas frente al espejo.

Olvidando la ropa tirada por el suelo, Natasha corrió hacia el tocador y se quedó mirando los restos de crema con los ojos encendidos por la envidia. Sus labios se movían en silencio. Se volvió hacia Margarita Nikoláyevna y pronunció con beatitud:

—¡Qué cutis! ¡Pero qué cutis, Margarita Nikoláyevna! ¡Si parece que reluce!

Volvió en sí y corrió hacia los trajes tirados, los levantó para quitarles el polvo.

—¡Déjelo! —gritaba Margarita—. ¡Al diablo! ¡Déjelo todo! O no, lléveselo de recuerdo. ¡Llévese todo lo que haya en esta habitación!

Natasha, como si de repente se hubiera vuelto loca, se le quedó mirando, se colgó a su cuello y gritó dándole besos:

—¡Si parece de raso! ¡Si reluce! ¡De raso! ¡Y las cejas!

—Coja todos los trajes, los perfumes y lléveselo todo a su baúl, escóndalo —gritaba Margarita—, pero no se lleve las joyas, porque podrían acusarla de robo.

Natasha agarró todo lo que encontró a mano: vestidos, zapatos, medias y ropa interior y salió del dormitorio.

En aquel momento entró por la ventana abierta y siguió volando un vals virtuoso y atronador; se oyó el ruido de un coche que se acercaba a la puerta del jardín.

—¡Ahora llamará Asaselo! —exclamó Margarita, mientras escuchaba el vals, que rodaba por la calle—. ¡Me llamará! ¡Y el extranjero no es peligroso, ahora me doy cuenta de que no es peligroso!

Se oyó el coche que se alejaba del jardín. Sonó la verja y se oyeron pasos en las losas del camino.

Es Nikolái Ivánovich, conozco su modo de andar, pensó Margarita. Tengo que hacer algo original y divertido para despedirme.

Margarita descorrió la cortina de un tirón y se sentó de perfil en el antepecho de la ventana, abrazándose las rodillas. La luz de la luna le lamía el costado derecho. Margarita levantó la cabeza hacia la luna y puso cara pensativa y poética. Sonaron otros dos pasos y cesaron de pronto. Margarita contempló la luna un momento, suspiró para que hiciera bonito y volvió la cabeza hacia el jardín; efectivamente, allí estaba Nikolái Ivánovich, su vecino de la planta baja del palacete. La luz de la luna caía de plano sobre Nikolái Ivánovich. Estaba en un banco y se notaba desde luego que acababa de sentarse. Tenía los impertinentes algo torcidos y apretaba la cartera en las manos.

—¡Hola, Nikolái Ivánovich! —habló Margarita con voz triste—. ¡Buenas noches! ¿Vuelve de alguna reunión?

Nikolái Ivánovich no contestó.

—Y yo —siguió Margarita, asomándose un poco más por la ventana— estoy sola, como ve, aburrida, mirando a la luna y escuchando el vals...

Margarita se pasó la mano izquierda por la sien, arreglándose el cabello, y dijo con enfado:

—¡Me parece poco correcto, Nikolái Ivánovich! ¡Al fin y al cabo soy una mujer! Es una grosería no contestar cuando le estoy hablando.

A la luz de la luna destacaba hasta el último botón del chaleco de Nikolái Ivánovich, hasta el último pelo de su barba clara y puntiaguda; sonrió con expresión enajenada, se levantó del banco, y al parecer, muy azorado, en vez de quitarse el sombrero, hizo un gesto con la cartera y dobló las piernas, como si pensara ponerse a bailar.

—¡Ah, qué hombre más aburrido es usted, Nikolái Ivánovich! —siguió Margarita—. ¡Le diré que estoy tan harta de usted, que no soy capaz de expresarlo siquiera! ¡Me alegro de poder perderle de vista! ¡Váyase al diablo!

El teléfono rompió a sonar en el dormitorio, a espaldas de Margarita. Saltó del antepecho de la ventana y, olvidando a Nikolái Ivánovich, cogió el auricular.

—Habla Asaselo.

—¡Querido, querido Asaselo! —exclamó Margarita.

—Ya es la hora. Salga volando —habló Asaselo. Se notaba, por su tono de voz que le había gustado el arrebato alegre y sincero de Margarita—. Cuando pase sobre la puerta del jardín grite: «¡Invisible!». Luego vuele sobre la ciudad, para acostumbrarse, y después hacia el sur, fuera de la ciudad, al río. ¡La están esperando!

Margarita colgó el auricular. En el cuarto de al lado se oyó el paso de alguien que cojeaba y como si algún objeto de madera golpease la puerta. Margarita la abrió y entró bailando en el dormitorio la escoba con las cerdas para arriba. El palo redoblaba en el suelo, daba patadas e intentaba salir por la ventana como fuera. Margarita dio un grito de alegría y se montó en la escoba. Solo entonces le pasó por la cabeza la idea de que con todo aquel lío había olvidado vestirse. Siempre galopando sobre la escoba se acercó a la cama y cogió lo primero que encontró a mano: una combinación azul. Moviéndola como si fuera un estandarte, echó a volar por la ventana. El vals sonó con más potencia.

Margarita se deslizó desde la ventana hacia abajo y vio a Nikolái Ivánovich.

Estaba como petrificado en el banco, verdaderamente perplejo, escuchando los gritos y los ruidos que procedían del dormitorio iluminado del piso de arriba.

—¡Adiós, Nikolái Ivánovich! —gritó Margarita, bailando frente a él.

Él suspiró y empezó a resbalarse por el banco, trató de agarrarse con las manos y dejó caer al suelo su cartera.

—¡Adiós! ¡Para siempre! ¡Me voy! —gritaba Margarita dominando la música del vals. Y dándose cuenta de que la combinación no le servía para nada, la arrojó a la cabeza de Nikolái Ivánovich, con una risa sarcástica. El hombre, cegado, cayó del banco sobre los ladrillos del camino.

Margarita se volvió para mirar por última vez el palacete en el que había sufrido tanto tiempo y vio en la iluminada ventana la cara de Natasha, con los ojos desorbitados por el asombro.

—¡Adiós, Natasha! —gritó Margarita, y levantó el cepillo—. ¡Invisible! ¡Invisible! —gritó con fuerza, y dejó atrás la verja, pasando entre las ramas de los arces, que le dieron en la cara. Estaba en la calle. El vals, completamente enloquecido, la seguía.

21

El vuelo

¡Invisible y libre! ¡Invisible y libre!... Después de pasar por su calle, Margarita se encontró en otra, que la cortaba perpendicularmente. Cruzó deprisa esta calle larga, remendada y tortuosa, con la puerta inclinada de una droguería, en la que vendían petróleo por litros y un insecticida, y comprendió que, incluso siendo completamente libre e invisible, también en el placer había que conservar la razón. Milagrosamente consiguió frenar un poco y no se mató, estrellándose contra un poste de una esquina, viejo y torcido. Dio un viraje y apretó con fuerza la escoba, voló más despacio, evitando los cables eléctricos y los rótulos, que colgaban atravesando las aceras.

La tercera bocacalle salía a Arbat. Margarita ya se había acostumbrado al dominio de la escoba, notó que obedecía al menor movimiento de sus brazos y piernas y que al volar sobre la ciudad tenía que ir muy atenta y no alborotar demasiado. Además, ya en su calle había observado que los transeúntes no la veían. Nadie levantaba la cabeza, nadie gritaba «¡Mira!, ¡mira!», ni se echaba hacia un lado, ni chillaba, ni se desmayaba, ni reía enloquecido.

Margarita volaba en silencio, con lentitud y no a mucha altura, a la de un segundo piso, aproximadamente. Pero a pesar de ello, al llegar a Arbat, con sus luces deslumbrantes, se desvió un poco y se dio en el hombro contra un disco iluminado con una flecha. Margarita se enfadó. Detuvo la obediente escoba, se apartó a un lado y luego, lanzándose sobre el disco, lo rompió en pedazos con el mango de la escoba. Los cristales cayeron con el consiguiente estrépito, los transeúntes se apartaron hacia un lado, se oyeron silbidos, pero Margarita, consumada su inútil travesura, se echó a reír.

En Arbat hay que tener más cuidado, pensó Margarita, está todo enredadísimo y no hay quien lo entienda.

Siguió volando, sorteando los cables. Debajo de ella pasaban capotas de los trolebuses, de los autobuses y de los coches; y desde allí arriba tenía la impresión de que por las aceras corrían ríos de gorras. De los ríos nacían unos riachuelos que desembocaban en las encendidas fauces de las tiendas nocturnas.

¡Qué aglomeración!, pensó Margarita con enfado. Si no hay dónde moverse.

Margarita cruzó la calle de Arbat, ascendió hasta la altura de un cuarto piso y, rozando los brillantes tubos de luz del teatro, pasó a una callecita estrecha de casas altas. Estaban abiertas todas las ventanas y de todas salía música de aparatos de radio. Margarita se asomó a una de ellas. Era una cocina. Dos hornillos de petróleo aullaban sobre el fogón, y junto a ellos discutían dos mujeres con cucharas en la mano.

—Le diré, Pelagueya Petrovna, que hay que apagar la luz al salir del retrete —decía una de ellas, que estaba delante de una cacerola con algo de comer, evaporándose—; si no, presentaremos una denuncia para que la desalojen.

—¡Como si usted no hubiese roto un plato nunca! —replicaba la otra.

—Las dos han roto platos muchas veces —dijo Margarita con voz sonora, adentrándose un poco en la cocina.

Las dos contrincantes se volvieron hacia la ventana, estaban inmóviles, con las sucias cucharas en la mano. Margarita estiró una mano con cuidado, e introduciéndola entre las dos mujeres, dio vuelta a las llaves de los hornillos y los apagó. Las mujeres dieron un grito y se quedaron boquiabiertas. Pero Margarita ya no tenía nada más que hacer en la cocina y salió a la calle.

Le llamó la atención un suntuoso edificio de ocho pisos, al parecer recién construido, que estaba al final de la calle. Empezó a descender, y al aterrizar se fijó en la fachada, revestida de mármol negro; las puertas eran grandes, y a través de los cristales se veía una gorra con galón dorado y los botones del conserje. Sobre la puerta había un letrero, también dorado, que decía: «Casa del Dramlit».

Margarita se quedó mirando el letrero, tratando de descifrar el significado de aquella palabra: «Dramlit». Con la escoba bajo el brazo, Margarita entró en el portal, empujando con la puerta al sorprendido conserje y vio en la pared, junto al ascensor, una gran tabla negra, con unos letreros blancos que indicaban los nombres de los inquilinos y los números de sus pisos. Al ver el letrero de arriba que decía «Casa de dramaturgos y literatos», Margarita lanzó un grito furioso y ahogado. Se elevó en el aire y empezó a leer con ávido interés los apellidos: Jústov, Dvubratski, Kvant, Beskúndnikov, Latunski...

—¡Latunski! —gritó Margarita—. ¡Latunski!, pero si es él... ¡el que hundió al maestro!

El conserje, asombrado, con los ojos fuera de las órbitas, dio un respingo, se quedó mirando la tabla, tratando de entender aquel milagro. ¿Cómo es que la lista de inquilinos había gritado?

Mientras tanto, Margarita subía velozmente por la escalera, repitiendo con entusiasmo:

—Latunski, ochenta y cuatro... Latunski, ochenta y cuatro...

A la izquierda, el ochenta y dos; a la derecha, ochenta y tres; más arriba, a la izquierda, ochenta y cuatro. ¡Era allí! Y una placa: «O. Latunski».

Margarita descendió de la escoba de un salto y sus recalentados talones percibieron con delicia el frío del suelo de piedra. Margarita llamó una vez y otra. Nadie abría. Apretó con más fuerza el botón del timbre y oyó el alboroto que se armaba en la casa de Latunski. Sí, el que vivía en el piso ochenta y cuatro tendría que estar agradecido el resto de sus días al difunto Berlioz porque el presidente de Massolit había sido atropellado por un tranvía y la reunión funeral estaba convocada precisamente para aquella tarde. El crítico Latunski había nacido bajo una estrella afortunada que le evitó el encuentro con Margarita, convertida en bruja precisamente el mismo viernes.

En vista de que nadie abría la puerta, Margarita descendió volando a toda velocidad; contando los pisos en su camino descendente, salió a la calle y miró hacia arriba, calculando qué piso sería el de Latunski. No cabía duda, eran aquellas cinco ventanas oscuras de la esquina del edificio, en el octavo piso. Margarita se elevó de nuevo y a los pocos segundos entraba por la ventana en un cuarto oscuro en el que solo había un estrecho caminito plateado por la luna. Tomó corriendo este caminito y encontró la llave de la luz. En un instante quedó iluminado todo el piso. Dejó la escoba en un rincón. Al cerciorarse de que en la casa no había nadie, Margarita abrió la puerta de la escalera para ver la placa. Había acertado. Era el lugar buscado por ella.

Cuentan que, todavía hoy, el crítico Latunski palidece al recordar aquella espantosa tarde y aún pronuncia el nombre de Berlioz con adoración. Nadie sabe qué oscuro y repugnante crimen podría haberse cometido aquella tarde: al volver de la cocina, Margarita llevaba en la mano un pesado martillo.

La invisible voladora trataba de convencerse y de contenerse, pero le temblaban las manos de impaciencia. Apuntando con tino, Margarita golpeó las teclas del piano y en toda la casa retumbó un alarido quejumbroso. El instrumento de Bekker, que no tenía la culpa de nada, gritó desaforadamente. Se hundieron sus teclas y volaron las chapitas de marfil. El instrumento aullaba, resonaba y gemía. La tabla superior barnizada se rompió de un martillazo, sonando como el disparo de un revólver. Margarita, sofocada, rompía y aplastaba las cuerdas. Por fin, muerta de cansancio, se derrumbó en un sillón para recobrar la respiración.

De la cocina y del baño llegaba el zumbido alarmante del agua. Parece que el agua ya está llegando al suelo..., pensó Margarita, y dijo en voz alta: «No hay tiempo que perder».

De la cocina llegaba al vestíbulo un verdadero torrente. Chapoteando en el agua con sus pies descalzos, Margarita llevaba cubos de agua al despacho del crítico. Rompió con el martillo las puertas de las librerías del despacho y corrió al dormitorio. Rompió el armario de luna, sacó un traje del crítico y lo metió en la bañera. Volcó un tintero lleno encima de la pomposa cama de matrimonio.

Todos estos estropicios que hacía le causaban gran satisfacción, pero le seguía pareciendo que no eran suficientes. Por eso se puso a destrozar todo lo que le venía entre manos. Rompía los tiestos de ficus que estaban en la habitación del piano. Sin terminar de hacerlo, volvía al dormitorio y con un cuchillo de cocina deshacía las sábanas, destrozaba las fotografías enmarcadas. No sentía cansancio, pero estaba chorreando sudor.

En el piso número ochenta y dos, debajo del de Latunski, a la criada del dramaturgo Kvant, que estaba tomando el té en la cocina, le extrañó el ruido de pasos que llegaba de arriba. Levantó los ojos al techo: estaba cambiando de color, ya no era blanco, sino grisáceo y azulado. La mancha se agrandó ante sus ojos y de pronto aparecieron unas gotas.

Esto la dejó inmovilizada de sorpresa, hasta que del techo empezó a caer una verdadera lluvia que golpeaba en el suelo. Se incorporó y puso debajo de la gotera una palangana, pero no sirvió de nada, porque la lluvia abarcaba una superficie cada vez mayor, caía sobre la cocina de gas y sobre la mesa llena de cacharros. Dio un grito y corrió a la escalera. Sonó el timbre en el piso de Latunski.

—Bueno, ya empezamos... Es hora de irse —dijo Margarita, y se montó en la escoba. Por el ojo de la cerradura entraba una voz de mujer.

—¡Abran! ¡Abran! ¡Dusia, ábreme! ¡Que se ha salido el agua! ¡Estamos inundados!

Margarita se elevó un metro en el aire y dio un golpe en la araña de cristal. Estallaron las dos bombillas y volaron por toda la casa los colgantes. Cesaron los gritos en la cerradura y por la escalera se oyó ruido de pasos. Margarita salió volando por la ventana; desde fuera dio un ligero golpe en el cristal.

La ventana protestó y por la pared cubierta de mármol cayó una lluvia de cristales. Margarita se acercó a otra ventana. Abajo, lejos de ella, corría la gente, y uno de los dos coches que estaban junto a la acera se puso en marcha ruidosamente.

Al terminar con las ventanas de Latunski, Margarita voló hacia el piso vecino. Los golpes se hicieron más frecuentes y la bocacalle se llenó de ruidos estrepitosos. Del primer portal salió corriendo el portero, miró hacia arriba; se quedó unos instantes indeciso, sin saber qué hacer, luego cogió un silbato y silbó como un loco. Margarita, animada por el silbido, rompió con gusto especial el último cristal del piso octavo; luego bajó al séptimo y siguió destrozando cristales.

El conserje, harto de estar matando las horas detrás de las puertas de cristal, ponía en el silbido toda su alma, siguiendo los movimientos de Margarita, como acompañándola. Durante las pausas, mientras Margarita volaba de una ventana a otra, el portero cogía aire, y con cada golpe de Margarita inflaba los carrillos y su silbido llegaba hasta el cielo.

Sus esfuerzos, unidos a los de la enfurecida Margarita, dieron buen resultado. En la casa reinaba el pánico. Se abrían las ventanas que quedaban enteras, se asomaban cabezas que volvían a esconderse inmediatamente. Por el contrario, las ventanas abiertas se cerraban. En las ventanas de las casas de enfrente aparecían sobre un fondo iluminado siluetas oscuras de hombres que trataban de comprender por qué en la nueva casa del Dramlit se rompían los cristales sin razón alguna.

En la calle, la gente corría hacia la casa del Dramlit, y por todas las escaleras interiores subían y bajaban hombres sin orden ni concierto. La muchacha de Kvant gritaba a todos los que corrían por la escalera que su casa estaba inundada; pronto se unió a ella la muchacha de Jústov, del piso número ochenta, debajo del de Kvant. En casa de Jústov caía el agua en la cocina y en el cuarto de baño.

En casa de Kvant se derrumbó una capa bastante considerable del cielo raso, rompiendo todos los cacharros sucios, y enseguida empezó a caer un verdadero chaparrón; el agua caía a cántaros a través del chillado descompuesto. Se oía gritar en la escalera.

Al pasar junto a la penúltima ventana del cuarto piso, Margarita miró al interior. Un hombre aterrorizado se había puesto una careta antigás. Margarita dio un golpe en la ventana con el martillo y el hombre se asustó y desapareció.

Inesperadamente, se calmó el terrible caos. Margarita se deslizó hasta el tercer piso y echó una mirada por la última ventana, tapada con una leve cortina. En la habitación brillaba una luz débil bajo una pantalla. Un niño de unos cuatro años, sentado en una cuna con barrotes a los lados, escuchaba asustado los ruidos de la casa. No había personas mayores en la habitación; por lo visto habían salido.

—Están rompiendo los cristales —dijo el niño, y llamó—: ¡Mamá!

Nadie le respondió.

—¡Mamá, tengo miedo!

Margarita corrió la cortina y entró por la ventana.

—Tengo miedo —repitió el chico, temblando ya.

—No tengas miedo, pequeño —le dijo Margarita, tratando de suavizar su terrible voz enronquecida por el aire—, son los chicos, que han roto unos cristales.

—¿Con un tirador?

—Sí, con un tirador —afirmó Margarita—. Duerme tranquilo.

—Ha sido Sítnik —dijo el niño—, él tiene un tirador.

—¡Claro que ha sido él!

El chico miró a un lado con aire malicioso y preguntó:

—Y tú, ¿dónde estás?

—No estoy —contestó Margarita—, estás soñando.

—Eso es lo que pienso —dijo el chico.

—Acuéstate —le ordenó Margarita—; pon una mano debajo de la cara y seguirás soñando conmigo.

—Bueno, a ver si te veo —asintió el chico, y se tumbó con la mano bajo la mejilla.

—Te voy a contar un cuento —habló Margarita, y puso su mano ardiente sobre la cabeza del niño, con el pelo recién cortado—. Érase una vez una mujer... No tenía hijos y no era feliz. Se pasó mucho tiempo llorando y luego se enfadó... —Margarita dejó de hablar y retiró la mano: el niño se había dormido.

Margarita puso con cuidado el martillo en la ventana y salió volando. Había un gran alboroto junto a la casa. Por la acera asfaltada, cubierta de cristales rotos, corría gente, iban gritando algo. Se veían algunos milicianos. Sonó una campana, y por la calle de Arbat apareció un coche rojo de bomberos con su escalera.

Pero todo aquello había dejado de interesar a Margarita. Con cuidado, para no rozar ningún cable, empuñó la escoba y enseguida ascendió por encima de la infortunada casa. La callecita pareció inclinarse y se hundió hacia un lado. En su lugar, bajo los pies de Margarita, apareció una serie de tejados, cortados por caminos relucientes. Se fueron apartando hacia la izquierda y las cadenas de luces formaron una gran mancha continua.

Margarita dio otro impulso a su vuelo y pareció que la tierra se había tragado los tejados; en su lugar se veía ahora un lago de temblorosas luces eléctricas. De repente, el lago se levantó vertical y apareció sobre la cabeza de Margarita; debajo brillaba la luna. Margarita comprendió que iba cabeza abajo. Recuperó la posición normal y vio que el lago había desaparecido, dejando en su lugar un resplandor rosa en el horizonte. Desapareció a su vez este resplandor y Margarita vio que estaba a solas con la luna, que volaba hacia la izquierda, por encima de ella. Hacía tiempo que se había despeinado y el aire bañaba su cuerpo con un silbido.

Al ver que dos hileras de luces distanciadas, que se habían unido en dos líneas continuas de fuego, desaparecieron inmediatamente, Margarita se dio cuenta de que volaba a una velocidad enorme y le extrañó no tener sensación alguna de vértigo.

Habían pasado varios segundos cuando abajo, muy lejos, en medio de la oscuridad de la tierra, se encendió un resplandor de luces eléctricas que se acercaba a Margarita vertiginosamente, pero se convirtió enseguida en un torbellino y desapareció. A los pocos segundos se repitió el mismo fenómeno.

—¡Ciudades! ¡Ciudades! —gritó Margarita.

Después, unas dos o tres veces vio unas espadas opacas en fundas negras y abiertas. Comprendió que eran ríos.

Levantaba la cabeza hacia la izquierda, contemplando la luna que volaba hacia Moscú, rápida y siempre en el mismo sitio. En su superficie se dibujaba algo oscuro y misterioso: un dragón o un caballo jorobado, con el afilado hocico mirando a la ciudad abandonada.

A Margarita se le ocurrió que no tenía por qué meterle tantas prisas a su escoba, que con eso perdía la posibilidad de admirar el paisaje y disfrutar del vuelo. Algo le decía que los que la esperaban se habían armado de paciencia y que ella podía evitar con toda tranquilidad aquella velocidad y la altura mareante.

Margarita inclinó la escoba con las cerdas para abajo, haciendo que se levantara el mango, y, aminorando la velocidad, se acercó a la tierra. Este resbalar, como en un trineo, le acusó una gran satisfacción. La tierra se le acercó y en su espesor, informe hasta aquel momento, se dibujaron los secretos y las maravillas de la tierra en una noche de luna. La tierra estaba cada vez más cerca, y Margarita ya sentía el olor de los bosques verdes. Volaba sobre la niebla de un valle cubierto de rocío, luego sobre un lago. Las ranas cantaban a coro, y a lo lejos, encogiéndole el corazón, se oyó el ruido de un tren. Pronto lo vio. Avanzaba despacio, como una oruga, despidiendo chispas. Dejándolo atrás, Margarita voló sobre otro espejo de agua en el que pasó otra luna. Bajó todavía más y siguió su vuelo casi rozando con los talones las copas de unos pinos enormes.

Oyó tras ella un fuerte ruido de algo cortando el aire que casi la alcanzaba. Poco a poco, a aquel ruido que recordaba al de una bala se unió una risa de mujer a muchas leguas de distancia. Margarita se volvió. Se le acercaba un objeto oscuro y de forma complicada.

Cuando llegó más cerca, Margarita empezó a distinguir

una figura que volaba sobre algo extraño; por fin lo vio con claridad: era Natasha, que aminoraba la velocidad y alcanzaba ya a Margarita.

Estaba completamente desnuda, el pelo suelto flotando en el aire, montada sobre un cerdo gordo que sujetaba con las patas delanteras unas carteras y que con las traseras pateaba en el aire rabiosamente. A un lado del cerdo, unos impertinentes, caídos de su nariz, y que, seguramente, iban sujetos a una cuerda, brillaban y se apagaban a la luz de la luna. Un sombrero le tapaba los ojos, casi constantemente. Margarita, después de mirarle con atención, reconoció en el cerdo a Nikolái Ivánovich, y su risa resonó en el bosque, uniéndose a la de Natasha.

—¡Natasha! —gritó Margarita con voz estridente—. ¿Te has dado la crema?

—Cielo mío —contestó Natasha, despertando el adormecido bosque de pinos con sus gritos—. ¡Mi reina de Francia, también le puse crema a él en la calva!

—¡Princesa! —vociferó lloroso el cerdo, galopando con su jinete a cuestas.

—¡Margarita Nikoláyevna! ¡Cielo! —gritaba Natasha, galopando junto a Margarita—. Le confieso que he cogido la crema. ¡También nosotras queremos vivir y volar! ¡Perdóneme, señora mía, pero no volveré por nada del mundo! ¡Qué estupendo, Margarita Nikoláyevna!... Me ha pedido que me case con él —Natasha señaló con el dedo al cuello del cerdo, que resoplaba muy molesto—, ¡que me case! ¿Cómo me llamabas, eh? —gritaba, inclinándose sobre su oreja.

—Diosa —gimió él—. No puedo volar tan deprisa. Puedo perder unos documentos muy importantes. ¡Protesto, Natalia Prokófievna!

—¡Vete al diablo con tus papeles! —gritó Natasha, riendo con desenfado.

—¿Qué dice, Natalia Prokófievna? ¡Que nos pueden oír! —gritaba el cerdo suplicante.

Siempre volando al lado de Margarita, Natasha contó entre risas lo que había sucedido en el palacete después que ella sobrevoló la puerta del jardín.

Contó Natasha que se olvidó de los regalos y que enseguida se desnudó, se untó con la crema, y cuando reía eufórica frente al espejo, maravillada de su propia belleza, se abrió la puerta y apareció Nikolái Ivánovich. Estaba emocionado, llevaba en las manos la combinación azul de Margarita Nikoláyevna, la cartera y el sombrero. Al ver a Natasha, Nikolái Ivánovich se quedó pasmado, y cuando pudo dominarse un poco, anunció, rojo como un cangrejo, que se había visto en el deber de recoger la combinación y llevarla personalmente...

—¡Qué cosas decía el muy sinvergüenza! —gritaba Natasha riendo—. ¡Hay que ver lo que me propuso! ¡Y el dinero que me prometió! Decía que Claudia Petrovna no se enteraría de nada. ¿No dirás que miento? —interpeló Natasha al cerdo, que se limitaba a volver la cabeza avergonzado.

Entre otras travesuras, a Natasha se le había ocurrido ponerle en la calva a Nikolái Ivánovich un poco de crema. Se quedó asombrada. La cara del respetable vecino de la planta baja se transformó en un hocico de cerdo y en los pies y en las manos le salieron pezuñas. Nikolái Ivánovich se vio en el espejo y dio un grito salvaje, desesperado, pero era demasiado tarde. A los pocos segundos cabalgaba por el aire a las quimbambas, fuera de Moscú, llorando de pena.

—Exijo que me devuelvan mi apariencia habitual —gruñía con voz ronca el cerdo, en una mezcla de súplica y exasperación—. ¡Margarita Nikoláyevna, pare a su criada, es su deber!

—¡Ah! ¿Conque ahora me llamas criada? ¿Criada? —gritó Natasha, pellizcándole la oreja al cerdo—. Antes era una diosa. ¿Cómo me llamabas, di?

—¡Venus! ¡Venus! —contestó compungido el cerdo, volando sobre un riachuelo que se retorcía entre piedras, y rozando con las pezuñas las ramas de un avellano.

—¡Venus! ¡Venus! —gritaba Natasha triunfante, poniéndose una mano en la cintura y extendiendo la otra hacia la luna—. ¡Margarita! ¡Reina! ¡Pida que me dejen bruja! Usted lo puede hacer, usted que tiene el poder en sus manos.

Margarita respondió:

—Lo haré, te lo prometo.

—¡Gracias! —exclamó Natasha, y de pronto se puso a gritar con voz aguda y angustiada—: ¡Deprisa! ¡Más deprisa! ¡Adelante!

Apretó con los talones los flancos del cerdo, rebajados por la vertiginosa carrera, él dio un tremendo salto, hendió el aire y al segundo Natasha estaba ya muy lejos, convertida en un punto negro; pronto desapareció por completo y se apagó el ruido de su vuelo.

Margarita siguió volando, despacio, sobre una región desierta y desconocida de montes cubiertos de grandes piedras redondeadas, entre inmensos pinos, que no sobrevolaba ya: pasaba entre sus troncos, plateados por la luna. La precedía, ligera, su propia sombra, porque, ahora, la luna la seguía.

Margarita sentía la proximidad del agua y comprendía que su objetivo estaba cerca. Los pinos se separaron y se acercó a un precipicio. En el fondo, entre sombras, corría el río. La niebla colgaba de los arbustos del tajo; la otra orilla era baja y plana. Bajo un grupo solitario de árboles frondosos brillaba la luz de una hoguera y se movían unas figuritas. Le pareció que de allí salía un zumbido de música alegre. Más allá, hasta donde llegaba la vista en el valle plateado, no se veían rastros de casas ni de gente.

Margarita bajó al precipicio y se encontró junto al río. Después de su carrera por el aire le atraía el agua. Apartó una rama, echó a correr y se tiró al río de cabeza. Su cuerpo ligero se clavó en el agua como una flecha y el agua subió casi hasta la luna. Estaba tibia como en una bañera, y al salir a la superficie, Margarita se recreó mucho tiempo nadando en plena soledad, de noche, en aquel río.

Junto a ella no había nadie, pero un poco más lejos, detrás de unos arbustos, se oía ruido de agua y resoplidos: alguien se estaba bañando.

Margarita salió corriendo a la orilla. Su cuerpo ardía después del baño. No se sentía cansada y bailaba alegremente en la hierba húmeda.

De pronto dejó de bailar y escuchó con atención. Se acercaron los resoplidos, y de los salgueros surgió un hombre gordo, desnudo, con un sombrero de copa de seda negra echado para atrás. Sus pies estaban cubiertos de barro y parecía que el bañista llevaba botas negras. A juzgar por su respiración dificultosa y el hipo que le sacudía, estaba bastante borracho, lo que también confirmaba el olor a coñac que de pronto empezó a despedir el río.

Al encontrarse con Margarita, el gordo se quedó mirándola fijamente y luego vociferó alegre:

—¿Qué es esto? ¿Pero eres tú? ¡Clodina, pero si eres tú, la viuda siempre alegre! ¿También estás aquí? —y se acercó a saludarla.

Margarita dio un paso atrás y contestó con dignidad:

—¡Vete al diablo! ¿Qué Clodina ni qué nada? Mira con quién hablas —y después de un instante de silencio terminó su retahíla con una cadena de palabrotas irreproducibles. Esto tuvo el mismo efecto que una jarra de agua fría.

—¡Ay! —exclamó el gordo estremeciéndose—. ¡Perdóneme por lo que más quiera, mi querida reina Margot! Me he confundido. ¡La culpa la tiene el maldito coñac! —El gordo se puso de rodillas, se quitó el sombrero y, haciendo una reverencia, empezó a balbucir, mezclando frases rusas y francesas. Decía algo de la boda sangrienta de su amigo Guessar en París, del coñac y de que estaba abrumado por la triste equivocación.

—A ver si te pones el pantalón, hijo de perra —dijo Margarita, ablandándose.

Al ver que Margarita ya no estaba enfadada, el gordo sonrió aliviado y le contó con entusiasmo que se había quedado sin pantalones porque se los había dejado, por falta de memoria, en el río Yeniséi, donde acababa de bañarse, pero que inmediatamente iría a buscarlos, ya que el río estaba a dos pasos. Después de pedir ayuda y protección empezó a retroceder hasta que se resbaló y se cayó de espaldas al agua. Pero incluso al caerse conservó en su rostro, bordeado por unas patillas, la expresión de entusiasmo y devoción.

Margarita silbó con fuerza, montó en la escoba que pasaba a su lado y se trasladó a la otra orilla. La sombra del monte no llegaba al valle y la luna bañaba toda la orilla.

Cuando Margarita pisó la hierba húmeda, la música bajo los sauces sonó más fuerte y unas chispas saltaron alegremente de la hoguera. Debajo de las ramas de los sauces, cubiertas de borlas suaves y delicadas, iluminadas por la luz de la luna, dos filas de ranas de cabeza enorme, hinchándose como si fueran de goma, tocaban una animada marcha con flautas de madera. Ante los músicos colgaban de unas ramas de sauce unos trozos de madera podrida, relucientes, iluminando las notas; en las caras de las ranas se reflejaba el resplandor de la hoguera.

La marcha era en honor de Margarita. Le habían organizado un recibimiento realmente solemne. Transparentes sirenas abandonaron su corro junto al río para cumplimentarla, sacudiendo unas algas, y desde la orilla verdosa y desierta volaron lejos sus lánguidos saludos de bienvenida. Unas brujas desnudas aparecieron corriendo desde los sauces y formaron haciendo reverencias palaciegas. Un hombre con patas de cabra se acercó presuroso, se inclinó respetuosamente sobre la mano de Margarita, extendió en la hierba una tela de seda, preguntó por el baño de la reina e invitó a Margarita a que se tumbara a descansar.

Así lo hizo. El de las patas de cabra le ofreció una copa de champán; Margarita lo bebió, y enseguida sintió calor en el corazón. Preguntó qué había sido de Natasha, y le respondieron que, después de bañarse, había vuelto a Moscú, montada en su cerdo, para anunciar la llegada de Margarita y para ayudar a prepararle el traje.

Durante la breve estancia de Margarita bajo los sauces hubo otro episodio: se oyó un silbido y un cuerpo negro cayó al agua. A los pocos segundos ante Margarita apareció el mismo gordo con patillas que se le había presentado tan desafortunadamente en la otra orilla. Al parecer, había tenido tiempo de volver al Yeniséi, porque iba vestido de frac, pero estaba mojado de pies a cabeza. Por segunda vez el coñac le había hecho una mala jugada: al aterrizar fue a caer justamente en el agua. A pesar de este triste percance, no había perdido su sonrisa, y Margarita, entre risas, permitió que le besara la mano.

La ceremonia de bienvenida tocaba a su fin. Las sirenas terminaron su danza a la luz de la luna y se esfumaron en ella. El de las patas de cabra preguntó respetuosamente a Margarita cómo había llegado hasta el río. Le extrañó que se hubiera servido de una escoba:

—¡Oh!, ¿pero por qué? ¡Si es tan incómodo! —en un instante hizo un teléfono sospechoso con dos ramitas y ordenó que enviaran inmediatamente un coche, que, efectivamente, apareció al momento. Un coche negro, abierto, que se dejó caer sobre la isla, pero en el pescante se sentaba un conductor poco corriente: un grajo negro, con una larga nariz, que llevaba gorra de hule y unos guantes de manopla. La isla se iba quedando desierta. Las brujas se esfumaron volando en el resplandor de la luna. La hoguera se apagaba y los carbones se cubrían de ceniza gris.

El de las patas de cabra ayudó a Margarita a subir al coche y ella se sentó en el cómodo asiento de atrás. El coche despegó ruidosamente y se elevó casi hasta la luna. Desapareció el río y la isla con él. Margarita volaba hacia Moscú.

22

A la luz de las velas

El ruido monótono del coche volando por encima de la tierra adormecía a Margarita. La luz de la luna despedía un calor suave. Cerró los ojos y puso la cara al viento. Pensaba con tristeza en la orilla del río abandonado, sintiendo que nunca más volvería a verle. Pensaba en los acontecimientos mágicos de aquella tarde y empezaba a comprender a quién iba a conocer por la noche, pero no sentía miedo. La esperanza de conseguir que volvieran los días felices le infundía valor. Pero no tuvo mucho tiempo de soñar con su felicidad. No sabía si debido a que el grajo era un buen conductor o a que el coche era rápido, pero el hecho fue que enseguida apareció ante sus ojos, sustituyendo la oscuridad del bosque, el trémulo lago de luces de Moscú. El negro pájaro conductor destornilló una rueda en pleno vuelo y aterrizó en un cementerio desierto del barrio Dorogomílovo.

Junto a una losa hizo bajar a Margarita, que no preguntaba nada, y le entregó su escoba; luego puso en marcha el coche, apuntando a un barranco que estaba detrás del cementerio. El coche cayó allí con estrépito y pereció. El grajo hizo un respetuoso saludo con la mano, montó en la rueda y salió volando.

Y enseguida apareció por detrás de un mausoleo una capa negra. Brilló un colmillo a la luz de la luna y Margarita reconoció a Asaselo. Asaselo la invitó con un gesto a montarse en la escoba y montó él en un largo florete; se elevaron en el aire y, sin ser vistos por nadie, descendieron a los pocos segundos junto a la casa número trescientos dos bis de la Sadóvaya.

Cuando atravesaban el portón, llevando bajo el brazo el estoque y la escoba, Margarita se fijó en un hombre con gorra y botas altas que parecía muy impaciente; seguramente estaba esperando a alguien. A pesar de que los pasos de Margarita y Asaselo eran muy ligeros, el hombre solitario los percibió, y se estremeció asustado, sin saber de dónde provenían.

Junto al sexto portal se encontraron con otro hombre que se parecía sorprendentemente al primero. Se repitió lo que acababa de ocurrir; ruido de pasos..., el hombre se volvió asustado y frunció el entrecejo. Cuando la puerta se abrió y se cerró, echó a correr detrás de los transeúntes invisibles, se asomó al portal, pero, como era de esperar, no vio a nadie.

Otro hombre, igual que el primero y el segundo, estaba de guardia en el descansillo de la escalera del tercer piso. Fumaba un tabaco muy fuerte y a Margarita le dio un ataque de tos al pasar junto a él. El fumador se levantó del banco como si le hubieran pinchado, mirando alrededor inquieto, se acercó a la barandilla de la escalera y miró hacia abajo. Margarita y su acompañante ya estaban ante la puerta del piso número cincuenta.

No tuvieron que llamar a la puerta. Asaselo la abrió silenciosamente con su propia llave.

La primera sorpresa que recibió Margarita fue la oscuridad en la que se encontró. El vestíbulo estaba oscuro como una cueva; Margarita, temiendo tropezar, se agarró involuntariamente a la capa de Asaselo. Arriba, lejos, apareció la pequeña luz de un candil que se aproximaba hacia ellos. Asaselo le quitó a Margarita la escoba, que desapareció en la oscuridad sin hacer el menor ruido.

Empezaron a subir por una escalera ancha, que a Margarita se le hizo interminable. No podía comprender cómo en un piso corriente de Moscú podía caber una escalera tan extraordinaria, invisible e interminable. Terminó la subida y Margarita comprendió que estaban en el descansillo de la escalera. La luz estaba allí y Margarita vio la cara iluminada de un hombre alto, de negro, que sostenía en la mano el candil. Todos los que habían tenido la desgracia de encontrarse con él en aquellos días le hubieran reconocido incluso a la débil luz del candil. Era Koróviev, alias Fagot.

Su aspecto había cambiado bastante. La llama vacilante ya no se reflejaba en los impertinentes rotos, inservibles desde hacía tiempo, sino en un monóculo, también roto. En su cara insolente se destacaba el bigotito rizado, y su negra vitola tenía fácil explicación: iba vestido de frac. Solo el pecho iba de blanco.

El mago, el chantre, el hechicero, el intérprete, o lo que fuera; bueno, Koróviev hizo una reverencia y, con el candil, un gesto invitando a Margarita a seguirle. Asaselo desapareció.

¡Qué tarde más asombrosa!, pensaba Margarita; me esperaba cualquier cosa menos esto. ¿Les habrán cortado la luz? Pero lo más raro de todo es la extensión de este lugar... ¿Cómo ha podido meterse todo esto en un piso de Moscú? ¡Es sencillamente incomprensible!

A pesar de la luz tan débil que daba el candil de Koróviev, Margarita comprendió que se encontraba en una sala enorme, con una columnata que a primera vista parecía interminable. Koróviev se paró junto a un pequeño sofá, dejó su candil en un pedestal; con un gesto invitó a Margarita a sentarse y él mismo se colocó a su lado en una postura pintoresca, apoyándose en el pedestal.

—Permítame que me presente —habló Koróviev—: soy Koróviev. ¿Le extraña que no haya luz? Habrá pensado que estamos haciendo economías. ¡Nada de eso! ¡Que el primer verdugo de los que un poco más tarde tengan el honor de besar su rodilla me corte la cabeza en este pedestal si es así! Lo que sucede es que a *messere* no le gusta la luz eléctrica y no la daremos hasta el último momento. Entonces, créame, no se notará la falta de luz. Incluso sería preferible que hubiera algo menos.

A Margarita le agradó Koróviev y su verborrea logró tranquilizarla.

—No, no —contestó Margarita—, lo que más sorprende

es cómo han hecho para meter todo esto —hizo un gesto con la mano, indicando la amplitud del salón.

Koróviev sonrió con cierta dulzura y unas sombras se movieron en las arrugas de su nariz.

—¿Esto? ¡Sencillísimo! —contestó—. Quien conozca bien la quinta dimensión puede ampliar cualquier local todo lo que quiera y sin ningún esfuerzo, y además, le diré, estimada señora, que hasta unos límites incalculables. Yo, personalmente —siguió Koróviev—, he conocido a gente que no tenía ni la menor idea sobre la quinta dimensión, ni sobre nada, y que hacía verdaderos milagros en eso de agrandar sus viviendas. Por ejemplo, me han hablado de un ciudadano que recibió un piso de tres habitaciones y, sin conocer la quinta dimensión ni demás trucos, la convirtió en un piso de cuatro, dividiendo con un tabique una de las habitaciones. Después cambió este piso por dos separados en distintos barrios de Moscú: uno de tres y otro de dos habitaciones. Convendrá usted conmigo en que ya eran cinco habitaciones. Uno de ellos lo cambió por dos pisos de dos y, como fácilmente comprenderá, se hizo dueño de seis habitaciones, aunque completamente dispersas en Moscú. Cuando se disponía a efectuar el último canje, y el más brillante, insertando un anuncio para cambiar seis habitaciones en distintos barrios por un piso de cinco, sus actividades, y por razones ajenas a su voluntad, quedaron paralizadas. Puede que ahora tenga alguna habitación, pero me atrevo a asegurar que no será en Moscú. Ya ve usted, ¡qué lagarto, y luego me habla de la quinta dimensión!

Aunque Margarita no había dicho ni un palabra sobre la quinta dimensión y el que lo decía todo era Koróviev, se echó a reír con desenfado por la historia sobre las andanzas del industrioso adquirente de pisos. Koróviev siguió hablando.

—Bueno, vamos al grano, Margarita Nikoláyevna. Usted es una mujer muy inteligente y ya habrá comprendido quién es nuestro señor.

A Margarita le dio un vuelco el corazón y asintió con la cabeza.

—Muy bien —decía Koróviev—, no nos gustan las reticencias ni los misterios. *Messere* ofrece todos los años una fiesta. Se llama el Baile del Plenilunio Primaveral, o de Los Cien Reyes. ¡Cuánta gente! —Koróviev se llevó la mano a un carrillo, como si le doliera una muela—. Bueno, usted misma lo va a ver. Y como usted comprenderá, *messere* está soltero. Se necesita una dama —Koróviev separó los brazos—; reconozca que sin dama...

Margarita escuchaba a Koróviev no perdiendo una palabra. Sentía frío debajo del corazón y la esperanza de ser feliz la mareaba.

—La tradición —siguió Koróviev— es que la dama de la fiesta tiene que llamarse Margarita, en primer lugar, y además tiene que ser oriunda del país. Le contaré que nosotros viajamos siempre y ahora estamos en Moscú. Hemos encontrado ciento veinte Margaritas en Moscú y, no sé si me va a creer —Koróviev se dio una palmada en el muslo—, ¡ninguna nos servía! Y, por fin, la propicia fortuna...

Koróviev sonrió expresivamente, inclinándose, y Margarita volvió a sentir frío en el corazón.

—Bien, sin rodeos —exclamó Koróviev—. ¿No se negará a desempeñar este papel?

—No me negaré —respondió Margarita con firmeza.

—Naturalmente —dijo Koróviev, y levantando el candil añadió—: sígame, por favor.

Atravesaron unas columnas y llegaron, por fin, a otra sala, en la que olía a limón y se oían ruidos; algo rozó la cabeza de Margarita. Ella se estremeció.

—No se asuste —la tranquilizó con dulzura Koróviev, cogiéndola del brazo—, no son más que trucos de Popota. Me atrevo a darle un consejo, Margarita Nikoláyevna: nunca tenga miedo de nada. No es razonable. El baile va a ser muy grande, no quiero ocultárselo. Veremos a personas que en sus tiempos tuvieron en sus manos un poder enorme. Pero cuando pienso qué insignificantes son sus posibilidades en comparación con las de aquel, al séquito del que tengo el honor de pertenecer, me dan ganas de reír, o, a veces, de llorar... Además, usted también tiene sangre real.

—¿Por qué dice que tengo sangre real? —susurró Margarita asustada, arrimándose a Koróviev.

—Majestad —cotorreaba Koróviev muy juguetón—, los problemas de la sangre son los más complicados de este mundo. Si preguntáramos a algunas bisabuelas, especialmente a las que tuvieron reputación de más decentes, se descubrirían unos secretos sorprendentes, Margarita Nikoláyevna. Recuerde usted unas cartas barajadas de la manera más increíble. Hay ciertas cosas en las que las barreras sociales y las fronteras no tienen ninguna importancia. Por ejemplo: una de las reinas de Francia, que vivió en el siglo XVI, se hubiera sorprendido muchísimo si alguien le hubiera dicho que yo acompañaría a su encantadora tataratataratataratataranieta por una sala de baile en Moscú... ¡Ya hemos llegado!

Koróviev apagó de un soplo el candil, que enseguida desapareció de sus manos, y Margarita vio una franja de luz debajo de una puerta. Koróviev dio en esta un golpecito. Margarita estaba tan nerviosa que le empezaron a chasquear los dientes y sintió escalofríos en la espalda.

La puerta se abrió. La habitación era bastante pequeña. Margarita vio una cama ancha, de roble, con sábanas y almohadas sucias y arrugadas. Delante de la cama había una mesa, también de roble, con las patas labradas, y sobre ella un candelabro con los brazos en forma de patas de ave, con sus garras. En estas siete patas de oro ardían gruesas velas de cera. Había también sobre la mesa un tablero de ajedrez, con figuras admirablemente trabajadas. Sobre una pequeña alfombra muy raída, una banqueta. En otra mesa, un cáliz de oro y otro candelabro, este con los brazos en forma de serpientes. En la habitación olía a cera y azufre. Las sombras de las velas se cruzaban en el suelo.

Entre los presentes, Margarita reconoció a Asaselo, de pie junto a un tablero de la cama y vestido de frac. Con este atuendo no recordaba al bandido que se le apareciera a Margarita en el jardín Alexándrovski. Ahora, al verla, hizo una reverencia muy galante.

Sentada en el suelo, sobre la alfombra, preparando una

mezcla en una cacerola, una bruja desnuda, que no era otra que Guela, la que tanto escandalizara al respetable barman del Varietés y la misma a la que felizmente espantara el gallo la madrugada siguiente a la famosa sesión.

En esta habitación había además un enorme gato negro sentado en un alto taburete, frente al tablero de ajedrez, y con el caballo del ajedrez en su pata derecha.

Guela se incorporó e hizo una reverencia a Margarita. El gato hizo lo mismo saltando del taburete y, al arrastrar su pata derecha trasera en una reverencia, dejó caer el caballo y se metió debajo de la cama para buscarlo.

Esto es lo que pudo ver la aterrorizada Margarita en medio de la sombra siniestra de las velas. El que más atraía su mirada era precisamente aquel al que pocos días antes trataba de convencer el pobre Iván en Los Estanques del Patriarca de la no existencia del diablo. El que no existía estaba sentado en la cama.

Dos ojos se clavaron en la cara de Margarita. El derecho, con una chispa dorada en el fondo, atravesaba a cualquiera y llegaba a lo más recóndito de su alma; el izquierdo —negro y vacío— como angosta entrada a una mina de carbón, como la boca de un pozo de oscuridad y sombras sin fondo. Voland tenía la cara torcida, caída la comisura derecha de los labios; la frente, alta y con entradas, estaba surcada por dos profundas arrugas paralelas a las cejas en punta, y tenía la piel de la cara quemada, como para siempre, por el sol.

Voland, recostado cómodamente en la cama, llevaba solamente una larga camisa de dormir, sucia y con un remiendo en el hombro. Estaba sentado sobre una pierna y tenía la otra estirada sobre una banqueta. Guela le frotaba la rodilla de la pierna estirada, oscura, con una pomada humeante.

Margarita pudo ver en el pecho descubierto y sin vello de Voland un escarabajo bien cincelado, en una piedra oscura, que colgaba de una cadenita de oro. En la parte posterior del escarabajo había una inscripción. Junto a Voland, sobre sólido pie, un extraño globo terrestre que parecía real, con una mitad iluminada por el sol.

Permanecieron en silencio unos segundos. Me está estudiando, pensó Margarita, y con un gran esfuerzo de voluntad trató de evitar el temblor de sus piernas.

Por fin Voland rompió a hablar y resplandeció su ojo brillante:

—Mis respetos, reina; le ruego disculpe mi atuendo de casa.

Voland hablaba con voz baja, hasta ronca a veces.

Cogió de la cama una larga espada y, agachándose, hurgó con ella debajo de la cama.

—¡Sal de ahí! La partida se da por terminada. Ha llegado una invitada.

—De ninguna manera —silbó como un apuntador Koróviev, preocupado.

—De ninguna manera... —repitió Margarita.

—*Messere...* —le dijo Koróviev al oído.

—De ninguna manera, *messere* —repitió Margarita, dominándose, con una voz muy baja, pero inteligible, y añadió sonriente—: Le ruego que no interrumpa su partida. Creo que cualquier revista de ajedrez pagaría una gran suma si pudiera publicar esta partida.

Asaselo emitió un sonido aprobatorio. Voland, con la vista fija en Margarita, le hizo una seña para que se acercara, y dijo para sus adentros:

—Tiene razón Koróviev. ¡Cómo se cruza la sangre! ¡La sangre!

Margarita dio unos pasos hacia él, sin sentir el suelo bajo sus pies descalzos. Voland le puso en el hombro una mano pesada, como de piedra, pero ardiente como el fuego, la atrajo hacia sí y la hizo sentarse a su lado.

—Bien, si es usted tan encantadoramente amable —pronunció—, y que conste que yo no esperaba menos, vamos a dejarnos de cumplidos —se inclinó de nuevo hacia el borde de la cama y gritó—: ¿Cuándo acabará esta payasada? ¡Sal de ahí, condenado Hans!

—No encuentro el caballo —respondió el gato con voz ahogada y falsa—. No sé dónde se ha metido y lo único que encuentro es una rana.

—Pero ¿crees que estás en una caseta de feria? —preguntó Voland, fingiendo severidad—. ¡Debajo de la cama no había ninguna rana! ¡Deja esos trucos baratos para el Varietés! ¡Si no sales ahora mismo te damos por vencido, maldito desertor!

—¡De ningún modo, *messere*! —vociferó el gato, y al instante salió de debajo de la cama con el caballo en la pata.

—Le presento a... —empezó Voland, pero se interrumpió—. ¡No puedo soportar a este payaso! ¡Mire en lo que se ha convertido debajo de la cama!

El gato, lleno de polvo, sosteniéndose sobre sus patas traseras, hacía reverencias a Margarita. Le había surgido en el cuello una pajarita blanca de frac y, colgados sobre el pecho con un cordón de cuero, unos prismáticos nacarados, de señora. Y tenía los bigotes empolvados de purpurina.

—¿Pero qué es esto? —exclamó Voland—. ¿A qué viene la purpurina? ¿Y para qué diablos quieres el lazo si no llevas pantalones?

—Los gatos no usan pantalones, *messere* —respondió muy digno el gato—. ¿No querrá que me ponga botas? El gato con botas existe solo en los cuentos, *messere*. Pero, ¿ha visto usted alguna vez que alguien vaya a un baile sin corbata? ¡No estoy dispuesto a hacer el ridículo y arriesgarme a que me echen del baile! Cada uno se arregla como puede. Lo dicho también se refiere a los prismáticos, *messere*.

—¿Y el bigote?

—No comprendo —replicó el gato secamente—. Asaselo y Koróviev, al afeitarse, se han puesto polvos blancos. ¿Es que son mejores que los de purpurina? Me he empolvado el bigote, nada más. Otra cosa sería si me hubiera afeitado. Un gato afeitado es algo realmente inadmisible, estoy dispuesto a afirmarlo así tantas veces como sea necesario. Aunque tengo la impresión —le tembló la voz, estaba ofendido— de que todos esos reparos que me están poniendo no son casuales, ni mucho menos, y de que estoy ante un problema serio: me expongo a no ir al baile. ¿No es así, *messere*?

Y el gato, furioso por ofensa tal, pareció que iba a explotar de un momento a otro.

—¡Ah, bandido! —exclamó Voland moviendo la cabeza—; siempre que su juego está en peligro empieza a hablar como un sacamuelas, como el último charlatán en un puente. Siéntate inmediatamente y déjate de astucias verbales.

—Me sentaré —contestó sentándose el gato—, pero no tengo más remedio que replicar a su última observación. Mis palabras de ninguna manera representan una astucia verbal, como usted ha dicho en presencia de la dama, sino una cadena de perfectos silogismos, que serían apreciados en su verdadero valor por Sexto Empírico, Marciano Capela y, a lo mejor, por el propio Aristóteles.

—Jaque al rey —dijo Voland.

—Muy bien, muy bien —respondió el gato, y se quedó mirando el tablero de ajedrez a través de sus prismáticos.

—Como decía —Voland se dirigió a Margarita—, le presento a mi séquito, *donna*. Este que hace el tonto es el gato Hipopótamo. A Asaselo y a Koróviev ya los conoce. Le recomiendo a mi criada Guela: es rápida, comprensiva y no existe favor que ella no pueda hacer.

La bella Guela sonrió, volviendo hacia Margarita sus ojos verdosos, sin dejar de ponerle la pomada a Voland en la rodilla.

—Eso es todo —terminó Voland, y contrajo la cara, porque Guela le había hecho demasiada presión en la rodilla—. Como verá, la sociedad es pequeña, variada y sin pretensiones —dejó de hablar y empezó a girar el globo, hecho de tal manera que los mares azules se movían y el casquete de nieve sobre los polos parecía un auténtico gorro de nieve y de hielo.

Entretanto, en el tablero de ajedrez reinaba una gran confusión. El rey del manto blanco andaba por su casilla alzando los brazos de desesperación. Tres peones blancos, con alabardas, miraban desconcertados al alfil que movía su espada indicando hacia delante, donde había dos jinetes negros de Voland, montados en unos caballos excitados que rascaban la tierra.

Margarita estaba admirada. Le sorprendía que las figuras estuvieran vivas.

El gato, apartando los prismáticos de sus ojos, dio un leve

empujón al rey en la espalda. Este, desesperado, se tapó la cara con las manos.

—Mal asunto, querido Popota —dijo Koróviev con voz venenosa.

—La situación es difícil, pero no como para perder las esperanzas —contestó Popota—; es más: estoy seguro de la victoria. Lo que hace falta es analizar bien la situación.

Pero el análisis resultó algo extraño: empezó a hacer muecas y a guiñar el ojo a su rey.

—No hay remedio —seguía Koróviev.

—¡Ay! —exclamó Popota—. ¡Se han escapado los loros, ya lo decía yo!

Efectivamente, a lo lejos se oyó un ruido de alas. Koróviev y Asaselo salieron corriendo de la habitación.

—¡Estoy harto del jaleo que os traéis con el baile! —gruñó Voland sin apartar la mirada del globo.

En cuanto desaparecieron Koróviev y Asaselo, las muecas de Popota tomaron unas proporciones desmesuradas. Por fin, el rey blanco comprendió qué esperaban de él. Arrojó su manto y salió corriendo del tablero. El alfil se echó el manto del rey sobre los hombros y ocupó su casilla.

Volvieron Koróviev y Asaselo.

—Como siempre es una mentira —dijo Asaselo mirando de reojo a Popota.

—¿Qué me dices? Pues me pareció oírlos —contestó el gato.

—Bueno, esto dura demasiado —dijo Voland—. Jaque al rey.

—*Messere* —respondió el gato con una preocupación fingida—, me parece que está muy cansado. ¡No hay jaque!

—El rey está en la G-2 —repuso Voland sin mirar al tablero.

—¡*Messere*, qué horror! —aulló el gato poniendo cara de susto—, el rey no está en la G-2.

—¿Qué pasa? —preguntó Voland sorprendido, y miró al tablero, donde el alfil con el manto de rey volvía la cabeza tapándose la cara.

—Eres un granuja —dijo Voland pensativo.

—¡*Messere!* ¡De nuevo recurro a la lógica! —habló el gato, llevándose las patas al pecho—. Si un jugador anuncia jaque al rey y el rey no está en el tablero, el jaque no puede ser reconocido.

—¿Te rindes o no? —gritó Voland furioso.

—Permítame que lo piense —pidió el gato con docilidad. Apoyó los codos en la mesa, se tapó los oídos con las patas y se puso a pensar. Estuvo pensando mucho rato y, al fin, dijo—: me rindo.

—Que maten a este ser obstinado —susurró Asaselo.

—Me rindo —repitió el gato—, pero exclusivamente porque no puedo jugar en este ambiente de envidia e intrigas.

Se incorporó y las figuras de ajedrez se metieron en un cajón.

—Guela, ya es hora —dijo Voland, y Guela desapareció de la habitación—. Tengo un dolor de piernas y encima este baile...

—Permítame a mí —pidió Margarita en voz baja.

Voland la miró fijamente y le acercó su rodilla.

Una masa caliente como la lava le quemó las manos, pero Margarita, sin cambiar de expresión, empezó a friccionar la rodilla de Voland tratando de no hacerle daño.

—Mis favoritos dicen que tengo reuma —decía Voland, sin apartar la mirada de Margarita—, pero tengo mis sospechas que es un recuerdo de una bruja encantadora que conocí en el año 1571 en el monte Brocken, en la Cátedra del Diablo.

—¿Será posible? —preguntó Margarita.

—No tiene ninguna importancia. Dentro de unos trescientos años no quedará nada. Me han recomendado muchas medicinas, pero prefiero las antiguas, las de mi abuela. ¡Qué hierbas tan sorprendentes me ha dejado mi abuela, esa vieja odiosa! A propósito, ¿usted no padece de nada? ¿A lo mejor tiene alguna pena, algo que la atormenta?

—No, *messere*, no tengo nada de eso —contestó la inteligente Margarita—; sobre todo ahora, estando con usted, me encuentro perfectamente.

—La sangre es una gran cosa —dijo Voland sin que viniera a cuento, y añadió—: veo que le interesa mi globo.

—¡Oh, sí! Nunca había visto cosa igual.

—Es algo realmente bueno. Le confieso que no me gustan las noticias por radio. Siempre las lanzan señoritas que pronuncian confusamente los nombres geográficos. Además, una de cada tres suele ser tartamuda, parece que las eligen a propósito. Mi globo es mucho más práctico, sobre todo para mí, que necesito conocer los acontecimientos al detalle. Por ejemplo, ¿ve usted ese trozo de tierra, bañado por el océano? Mire, se está incendiando. Es que ha empezado una guerra. Si se acerca más, verá los detalles.

Margarita se inclinó sobre el globo, el cuadradito de tierra se agrandó, se cubrió de colores y pareció convertirse en un mapa en relieve. Luego vio la cinta del río con un pueblo a un lado. Una casa, del tamaño de un guisante, fue creciendo hasta alcanzar el tamaño de una caja de cerillas. De pronto, silenciosamente, el tejado de la casa voló con una nube de humo negro, las paredes se derrumbaron y de la casa solo quedó un montículo que despedía una oscura humareda. Acercándose más, Margarita pudo ver una figura de mujer en el suelo y, junto a ella, un niño con los brazos abiertos en un charco de sangre.

—Se acabó —dijo Voland, sonriendo—, no ha tenido tiempo de pecar. El trabajo de Abadonna[1] es perfecto.

—No me gustaría estar en el lado contrario al que esté Abadonna —dijo Margarita—. ¿De qué lado está?

—Cuanto más hablo con usted —respondió Voland con amabilidad—, más me convenzo de que usted es muy inteligente. La voy a tranquilizar. Es sorprendentemente imparcial y apoya a las dos partes contrincantes en la misma medida. Por consiguiente, el resultado es siempre el mismo para ambas partes. ¡Abadonna! —dijo Voland con voz baja, y de la pared salió un hombre delgado con unas gafas oscuras que

1. En uno de los libros sobre el doctor Fausto, junto con Lucifer, rey de los infiernos, y del virrey Belial, figura Abaddón, gran ministro y consejero del diablo. (*N. de la T.*)

impresionaron profundamente a Margarita, tanto que dio un grito y escondió la cara en el hombro de Voland—. ¡Por favor! —gritó Voland—, ¡qué nerviosa es la gente de ahora! —y le dio a Margarita una palmada en la espalda que resonó en todo su cuerpo—. ¿No ve que lleva gafas? Además, no ha ocurrido, ni nunca ocurrirá, que Abadonna aparezca delante de alguien antes de tiempo. Al fin y al cabo estoy aquí yo. ¡Y usted es mi invitada! Quería presentárselo, nada más.

Abadonna estaba inmóvil.

—¿Podría quitarse las gafas un segundo? —preguntó Margarita, arrimándose a Voland y estremeciéndose, pero ahora de curiosidad.

—Eso es imposible —dijo Voland seriamente. Hizo un gesto a Abadonna y este desapareció.

—¿Qué quieres, Asaselo?

—*Messere* —respondió Asaselo—, con su permiso tengo que decirle que hay aquí dos forasteros: una hermosa mujer que lloriquea y pide que la lleven con su señora, y su cerdo, con perdón.

—¡Pero qué manera tan extraña de comportarse tienen las bellezas!

—¡Es Natasha! —exclamó Margarita.

—Bueno, déjala con su señora. Y el cerdo con los cocineros.

—¿Matarle? —exclamó Margarita asustada—. Por favor, *messere*, es Nikolái Ivánovich, mi vecino de abajo. Es una equivocación, ella le dio un poco de crema...

—Pero qué cosas tiene —dijo Voland—. ¿Quién lo va a matar y para qué? Que se quede un rato con los cocineros y nada más. ¡No querrá que le deje ir al baile!

—Pues sí... —añadió Asaselo, y comunicó—: ya va a ser medianoche, *messere*.

—Ah, muy bien —Voland se dirigió a Margarita—: le doy las gracias de antemano. No se preocupe y no tema nada. No beba más que agua, si no se encontrará débil y no podrá resistirlo. ¡Es la hora!

Margarita se levantó de la alfombra y en la puerta apareció Koróviev.

23

El Gran Baile de Satanás

Era casi medianoche y tuvieron que apresurarse. Margarita apenas veía lo que ocurría a su alrededor. Se le grabaron en la memoria las velas y una piscina de colores. Cuando se encontró de pie en el fondo de la piscina, Guela y Natasha, que estaban ayudando, le echaron encima un líquido caliente, espeso y rojo. Margarita sintió en sus labios un sabor salado y comprendió que la estaban bañando en sangre. La capa sangrienta fue sustituida por otra: espesa, transparente y rosácea. A Margarita le produjo cierto mareo el aceite de rosas. Luego la tumbaron en un lecho de cristal de roca y le dieron fricciones con grandes hojas verdes y brillantes.

Entró el gato, que también se puso a ayudar. Se sentó en cuclillas a los pies de Margarita y empezó a frotarle los talones como si estuviera en la calle de limpiabotas.

Margarita no recuerda quién le hizo unos zapatos de los pétalos de una rosa pálida, ni cómo se abrocharon ellos mismos con engarces de oro. Una fuerza la levantó y la colocó frente a un espejo. En su cabello brilló una corona de diamantes de reina. Apareció Koróviev y le colgó en el cuello la pesada efigie de un caniche negro, que colgaba de una voluminosa cadena en un marquito ovalado. Este adorno le resultó muy molesto a la reina. La cadena empezó a rozarle el cuello y la imagen la obligaba a encorvarse. Pero hubo algo que fue como un premio para Margarita por las molestias que le causaban la cadena y el caniche: el respeto con que empezaron a tratarla Koróviev y Popota.

—¡Qué se le va a hacer! —murmuraba Koróviev en la puerta de la habitación de la piscina—. ¡No hay más remedio! ¡Es necesario!... Permítame, majestad, que le dé el último consejo. Entre los invitados habrá gente muy diferente, ¡y tan diferente!, pero, mi reina Margot, no debe mostrar preferencia por nadie. Si alguien no le gusta..., estoy seguro de que a usted no se le notará en la cara, pero ¡no puedo ni pensarlo! ¡Lo notarían inmediatamente! Tiene que llegar a quererle, reina. Así, la dama del baile será pagada con creces. Otra cosa más: no deje a nadie sin una sonrisa, aunque solo sea una sonrisita, si no le da tiempo a decir nada, aunque solo haga un movimiento con la cabeza. Bastará con lo que se le ocurra, cualquier cosa, menos la falta de atención, eso les haría desvanecerse...

Margarita, acompañada por Koróviev y Popota, dio un paso de la habitación con piscina a la oscuridad absoluta.

—Yo, yo —susurraba el gato—, ¡yo daré la señal!

—¡Anda! —le respondió Koróviev en la oscuridad.

—¡¡¡El baile!!! —chilló el gato con voz estridente, y Margarita dio un grito y cerró los ojos. El baile cayó en forma de luz y, con ella, sonido y olor. Margarita, conducida por el brazo de Koróviev, se encontró en un bosque tropical. Unos loros verdes, con las pechugas rojas, gritaban: «¡Encantado!». Pero el bosque se desvaneció pronto y su calor, semejante al del baño, fue sustituido por el frescor de una sala de baile con columnas de una piedra amarilla y reluciente. La sala, como el bosque, estaba completamente desierta. Solo junto a las columnas había unos negros desnudos con turbantes plateados. En sus rostros apareció un color parduzco y turbio de emoción cuando entró Margarita con su séquito, en el que surgió, de pronto, Asaselo. Koróviev soltó la mano de Margarita y susurró:

—Hacia los tulipanes, directamente.

Ante sus ojos se alzó un muro de tulipanes y Margarita vio detrás de sí inmensidad de luces con pantallas, que iluminaban las pecheras blancas y los hombros negros de los de frac. Entonces comprendió de dónde procedía la música de baile. Le cayó encima el estruendo de las trompetas y una oleada de violines la bañó como si fuera sangre. Una orquesta de unos ciento cincuenta músicos interpretaba una polonesa.

Un hombre de frac que estaba de pie delante de la orquesta palideció al ver a Margarita, sonrió y con un gesto levantó a todos los músicos. La orquesta, en pie, sin interrumpir la música ni un segundo, seguía envolviendo a Margarita con el sonido. El director se volvió de espaldas a los músicos e hizo una profunda reverencia, abriendo los brazos. Margarita, sonriente, le hizo un gesto de saludo con la mano.

—No es bastante —susurró Koróviev—, no podrá dormir en toda la noche. Dígale: «Le felicito, rey de los valses».

Margarita lo gritó así y se sorprendió al darse cuenta de que su voz, llena como el son de una campana, se elevó sobre el ruido de la orquesta. El hombre se estremeció de alegría, se llevó al pecho su mano izquierda y continuó dirigiendo con su batuta blanca.

—Aún es poco —susurró Koróviev—; mire a la izquierda, a los primeros violines y salúdelos, para que cada uno crea que usted le ha reconocido personalmente. Son virtuosos de fama mundial. ¡Ese..., el del primer atril, es Vietan!... Así, muy bien... Y ahora ¡adelante!

—¿Quién es el director? —preguntó Margarita cuando se iba volando.

—¡Johann Strauss! —gritó el gato—. ¡Que me cuelguen de una liana en un bosque tropical si ha habido en otro baile una orquesta como esta! ¡La he traído yo! Fíjese, nadie se ha negado ni se ha puesto enfermo.

En la sala siguiente no había columnas, sino auténticos muros de rosas blancas, rojas y color marfil a un lado, y al otro lado una pared de camelias japonesas de flor doble. Entre las paredes había fuentes y el champán hervía burbujeante en tres piscinas. La primera era color lila, transparente; la otra de rubíes, y la tercera de cristal de roca. Corrían entre las piscinas unos negros con turbantes rojos, que con unos cacillos de plata llenaban los cálices planos. En la pared rosa había un hueco en el que se alzaba un escenario, y en él un hombre acalorado, vestido con frac rojo de cola de golondrina. Delante de él tocaba el jazz con una fuerza insoportable. Cuando el director vio a Margarita se inclinó enseguida hasta que tocó el suelo con las manos, luego se irguió y gritó con voz penetrante:

—¡Aleluya!

Se dio una palmada en una rodilla, luego en la otra, cruzó las manos, le arrebató al último músico un platillo y dio un golpe en la columna.

Al salir Margarita vio al virtuoso que tocaba la batería luchando con la polonesa, que le soplaba a ella en la espalda, pegándole a los músicos en la cabeza con el platillo y ellos inclinándose en plena parodia.

Por fin salieron a una plazoleta, donde, pensó Margarita, en plena oscuridad les había recibido Koróviev con su lamparilla. Ahora, la luz que salía de unas parras de cristal cegaba los ojos. Colocaron a Margarita en un sitial y encontró bajo su mano izquierda una pequeña columna de amatista.

—Aquí podrá apoyar la mano cuando se sienta muy cansada —susurró Koróviev.

Un negro puso a los pies de Margarita un almohadón que tenía bordado un caniche dorado, y, obedeciendo a las manos de alguien, Margarita, doblando la pierna, apoyó un pie.

Margarita trató de mirar alrededor. Koróviev y Asaselo estaban a su lado en actitud de ceremonia. Junto a Asaselo había tres jóvenes que le recordaban vagamente a Abadonna. Sentía frío en la espalda. Margarita miró hacia atrás; de una pared de mármol salía un vino efervescente que caía en una piscina de hielo. Sentía junto a su pierna izquierda algo caliente y peludo. Era Popota.

Margarita estaba en lo alto de una grandiosa escalera alfombrada. Abajo, tan lejos que le parecía que estaba mirando por unos prismáticos vueltos del revés, vio una vasta entrada con una chimenea inmensa: por su boca enorme y fría podría entrar con facilidad un camión de cinco toneladas. El portal y la escalera, tan fuertemente iluminados que hacían daño a la vista, estaban desiertos. A lo lejos se oía el sonido de las trompetas. Permanecieron inmóviles cerca de un minuto.

—¿Y los invitados? —preguntó Margarita a Koróviev.

—Ya llegarán, majestad, ya llegarán. Ya verá como invitados no faltan. Le confieso que hubiera preferido estar cortando leña a tener que recibirlos en esta plazoleta.

—¡Cortar leña! —interrumpió el gato parlanchín—. Yo estaría dispuesto a hacer de cobrador en un tranvía, y esto sí que es el peor trabajo del mundo.

—Majestad, todo tiene que estar preparado de antemano —explicó Koróviev, y su ojo brillaba a través del monóculo roto—. No hay nada peor que el primer invitado que llega y no sabe qué hacer, y el ogro de su esposa se pone a regañarle por haber llegado antes que nadie. Estos bailes hay que tirarlos a la basura, majestad.

—Directamente a la basura —asintió el gato.

—Faltan diez segundos para medianoche —dijo Koróviev—; ya va a empezar.

Aquellos diez segundos le parecieron a Margarita interminables. Por lo visto, ya habían transcurrido, pero no pasó nada. De pronto algo explotó en la chimenea y de allí salió una horca de la que colgaba un cadáver medio descompuesto. El cadáver se soltó de la cuerda, chocó contra el suelo y apareció un hombre guapísimo, moreno, vestido de frac y con zapatos de charol. De la chimenea salió un ataúd casi desarmado, se despegó la tapadera y cayó otro cadáver. El apuesto varón se acercó de un salto al cadáver y, doblando el brazo, lo ofreció muy galantemente. El segundo cadáver era una mujer muy nerviosa, con zapatos negros y plumas negras en la cabeza. Los dos, el hombre y la mujer, empezaron a subir apresuradamente las escaleras.

—¡Los primeros! —exclamó Koróviev—. El señor Jaques con su esposa. Majestad, le voy a presentar a uno de los hombres más interesantes. Un conocido falsificador de moneda, traidor al Estado, pero bastante buen alquimista. Se hizo famoso —le susurró Koróviev al oído— envenenando a la amante del rey. Y eso no lo hace cualquiera. ¡Fíjese qué guapo es!

Margarita, pálida, con la boca abierta, vio cómo desaparecían abajo, por una salida del portal, la horca y el ataúd.

—¡Escándalo! —vociferó el gato en la cara del señor Jaques, que ya había subido las escaleras.

En aquel momento surgió de la chimenea un esqueleto decapitado al que le faltaba un brazo. Pegó contra el suelo y se convirtió en un hombre de frac.

La esposa del señor Jaques, prosternándose ante Margarita y pálida de emoción, le besó la rodilla.

—Majestad... —balbuceaba la esposa del señor Jaques.

—¡La reina está encantada! —gritaba Koróviev.

—Majestad... —dijo en voz baja el apuesto caballero, el señor Jaques.

—¡Encantados! —aullaba el gato.

Ya los jóvenes acompañantes de Asaselo, con sonrisas exánimes, pero cariñosas, apartaban al señor Jaques y a su esposa hacia las copas de champaña que ofrecían los negros. Por la escalera subía apresuradamente un hombre solitario vestido de frac.

—El conde Roberto —susurró Koróviev— sigue estando interesante. Fíjese, majestad, qué curioso: el caso contrario al anterior, este era amante de la reina y envenenó a su mujer.

—Encantados, conde —exclamó Popota.

De la chimenea salieron, uno detrás de otro, tres ataúdes que explotaron y se desclavaron en el camino; saltó alguien con capa negra; el siguiente que salió del oscuro hueco le clavó un puñal en la espalda. Se oyó un grito ahogado. Surgió corriendo de la chimenea un cadáver casi descompuesto.

Margarita cerró los ojos, una mano le acercó a la nariz un frasco de sales blancas. Le pareció que era la mano de Natasha.

La escalera empezó a poblarse de gente. Ahora, en todos los peldaños, había hombres de frac y mujeres desnudas, que desde lejos parecían todos iguales. Pero las mujeres se distinguían por el color de las plumas y de los zapatos.

Una de ellas, cojeando del pie izquierdo, se acercaba a Margarita; llevaba una extraña bota de madera. Tenía aspecto monjil, los ojos puestos en el suelo, delgada, muy modesta y con una ancha cinta color verde en el cuello.

—¿Quién es esa..., la de verde? —preguntó maquinalmente Margarita.

—Es una dama encantadora y muy respetable —susurró Koróviev—, la señora Tofana. Era muy conocida entre las jóvenes y bellas napolitanas y también entre los habitantes de Palermo, sobre todo entre las que estaban hartas de sus maridos. Eso ocurre a veces, majestad, que una se cansa del marido...

—Sí —dijo Margarita con voz sorda, sonriendo al mismo tiempo a dos hombres que se habían inclinado para besarle la mano y la rodilla.

—Bueno, como decía —susurraba Koróviev, arreglándoselas para gritar al mismo tiempo—. ¡Duque! ¿Una copa de champán? Encantado... Pues bien, la señora Tofana se daba cuenta de la situación de esas pobres mujeres y les vendía unos frascos con un líquido. La mujer echaba el líquido en la sopa del esposo, él se la comía, le daba las gracias por sus atenciones y se sentía perfectamente. Sí, pero a las pocas horas empezaba a tener una sed tremenda, luego se acostaba y al día siguiente la bella napolitana, que había preparado la sopa a su esposo, estaba tan libre como el viento en primavera.

—¿Y qué tiene en el pie? —preguntaba Margarita sin cansarse de alargar su mano a los invitados que habían adelantado a la señora Tofana—, ¿qué es eso verde que lleva en el cuello? ¿Es que lo tiene arrugado?

—Encantado, príncipe —gritaba Koróviev, susurrando al mismo tiempo a Margarita—; tiene un cuello precioso, pero le pasó una cosa muy desagradable en la cárcel. En el pie lleva un cepo y la cinta es por lo siguiente: cuando se enteraron de que quinientos esposos mal elegidos habían abandonado Nápoles y Palermo para siempre, los carceleros, en un arrebato, ahogaron a la señora Tofana.

—Qué felicidad, mi encantadora reina, haber tenido el honor... —murmuraba Tofana con aire monjil, intentando ponerse de rodillas; pero el cepo se lo impedía. Koróviev y Popota le ayudaron a levantarse.

Por la escalera subía ahora un verdadero torrente. Margarita dejó de ver lo que ocurría en la entrada. Levantaba y bajaba la mano mecánicamente y sonreía a todos los invitados con la misma sonrisa. Llenaba el aire un ruido monótono y de las salas de baile, abandonadas por Margarita, llegaba la música como el sonido del mar.

—Esa es una mujer muy aburrida —Koróviev hablaba alto, sabiendo que nadie le iba a oír en medio del ruido de voces—; le encantan los bailes y sueña con poder protestar por su pañuelo.

Margarita dio con aquella de quien hablaba Koróviev. Era una mujer de unos veinte años, con una figura extraordinaria, pero tenía los ojos inquietos e insistentes.

—¿Qué pañuelo? —preguntó Margarita.

—Hace ya treinta años que un ayuda de cámara —explicó Koróviev— se encarga de dejarle en su mesilla todas las noches un pañuelo. Se despierta y el pañuelo está allí. Lo quema en una estufa, lo tira al río, pero en vano.

—¿Y qué pañuelo es ese? —susurraba Margarita, levantando y bajando la mano.

—Es un pañuelo con un ribete azul. Es que cuando estuvo sirviendo en un café, el dueño la llamó un día al almacén y a los nueve meses tuvo un hijo; se lo llevó al bosque y le metió el pañuelo en la boca. Luego lo enterró. En el juicio declaró que no tenía con qué alimentar al hijo.

—¿Y dónde está el dueño del café? —preguntó Margarita.

—Majestad —rechinó de pronto el gato desde abajo—, permítame que le haga una pregunta: ¿qué tiene que ver el dueño del café? ¡Él no ahogó en el bosque a ningún niño!

Sin dejar de sonreír y de saludar con la mano derecha, Margarita agarró la oreja de Popota con la mano izquierda, clavándole sus uñas afiladas. Susurró:

—Granuja, si te permites otra vez intervenir en la conversación...

Popota pegó un grito que desentonaba con el ambiente de la fiesta y contestó:

—Majestad..., que se me va a hinchar la oreja... ¿Para qué estropear el baile con una oreja hinchada? Hablaba desde el punto de vista jurídico... Me callo, puede considerarme un pez y no un gato, ¡pero suelte mi oreja!

Margarita soltó la oreja.

Los ojos insistentes y sombríos estaban ya ante Margarita.

—Me siento feliz, señora reina, de haber sido invitada al Gran Baile del Plenilunio Primaveral.

—Me alegro de verla —contestó Margarita—, me alegro mucho. ¿Le gusta el champán?

—Pero ¿qué hace, majestad? —gritó Koróviev con voz desesperada, pero apenas audible—. ¡Se va a formar un atasco!

—Me gusta... —dijo la mujer con voz suplicante, y de pronto empezó a repetir—: ¡Frida, Frida, Frida! ¡Me llamo Frida, oh, señora!

—Emborráchese esta noche, Frida, y no piense en nada.

Frida extendió los brazos hacia Margarita, pero Koróviev y Popota la agarraron de las manos con destreza y pronto se perdió entre la multitud.

Una verdadera marea humana venía de abajo, como queriendo tomar por asalto la plazoleta en la que se encontraba Margarita. Los cuerpos desnudos de mujeres se mezclaban con los hombres en frac.

Margarita veía cuerpos blancos, morenos, color café y completamente negros. En los cabellos rojos, negros, castaños y rubios como el lino, brillaban despidiendo chispas las piedras preciosas. Parecía que alguien había rociado a los hombres con gotitas de luz; eran los relucientes gemelos de brillantes. Continuamente Margarita sentía el contacto de unos labios en su rodilla, a cada instante alargaba la mano para que se la besaran. Su cara se había convertido en una máscara inmóvil y sonriente.

—Encantado —decía Koróviev con voz monótona—, estamos encantados..., la reina está encantada...

—La reina está encantada —repetía con voz gangosa Asaselo.

—¡Encantado! —exclamaba el gato.

—La marquesa... —murmuraba Koróviev— ha envenenado a su padre, a dos hermanos y a dos hermanas, por la herencia... ¡La reina está encantada!... La señora Mínkina... ¡Qué guapa está! Algo nerviosa. ¿Por qué tendría que quemarle la cara a su doncella con las tenazas de rizar el pelo? Es natural que la hubieran asesinado... ¡La reina está encantada!... Majestad, un momento de atención: el emperador Rodolfo, mago y alquimista... Otro alquimista ahorcado... ¡Ah, aquí está ella! ¡Qué prostíbulo tan estupendo tenía en Estrasburgo!... ¡Estamos encantados!... Una modista moscovita que todos queremos por su inagotable fantasía... Tenía una casa de modas y se inventó una cosa muy graciosa: hizo dos agujeritos redondos en la pared...

—¿Y las señoras no lo sabían?

—Lo sabían todas, majestad —contestó Koróviev—. ¡Encantado!... Este chico de veinte años, desde pequeño, había tenido extrañas inclinaciones, era un soñador. Una joven se enamoró de él y él la vendió a un prostíbulo...

Abajo afluía un río. Su manantial —la enorme chimenea— seguía alimentándolo. Así pasó una hora y luego otra. Margarita empezó a notar que la cadena le pesaba más.

Le pasaba algo extraño con la mano. Antes de levantarla, Margarita hacía una mueca. Las curiosas observaciones de Koróviev dejaron de interesarla. Ya no distinguía las caras asiáticas, blancas o negras; el aire empezó a vibrar y a espesarse.

Un dolor agudo, como de una aguja, le atravesó la mano derecha. Apretando los dientes, apoyó el codo en la columna. Del salón llegaba un ruido, parecido al roce de unas alas en una pared; por lo visto, había una verdadera multitud bailando. Margarita tuvo la sensación de que incluso los suelos de mármol, de mosaicos y de cristal de aquella extraña estancia, vibraban rítmicamente.

Ni Cayo César Calígula, ni Mesalina llegaron a interesar a Margarita; tampoco ninguno de los reyes, duques, caballeros, suicidas, envenenadoras, ahorcados, alcahuetas, carceleros, tahúres, verdugos, delatores, traidores, dementes, detectives o corruptores.

Todos sus nombres se mezclaban en su cabeza, las caras se fundieron en una enorme torta y un solo rostro se le había fijado en la memoria, atormentándola; una cara cubierta por una barba color fuego, la cara de Maluta Skurátov.[1]

A Margarita se le doblaban las piernas, temía que iba a echarse a llorar de un momento a otro. Lo que más le molestaba era su rodilla derecha, la que le besaban. La tenía hinchada, con la piel azulada, a pesar de que Natasha había aparecido varias veces para frotarle la rodilla con una esponja empapada en algo aromático.

Habían pasado casi tres horas; Margarita miró hacia abajo con ojos completamente desesperados y se estremeció de alegría: el torrente de invitados empezaba a amainar.

—Todas las reglas del baile se repiten, majestad —susurró Koróviev—; ahora la ola de invitados empezará a disminuir. Le juro que son los últimos minutos de sufrimiento. Allí tiene un grupo de juerguistas de Brocken. Siempre llegan los últimos. Dos vampiros borrachos... ¿No hay nadie más? Ahí viene otro..., otros dos.

Por la escalera subían los dos últimos invitados.

—Este parece ser nuevo —dijo Koróviev, mirando a través del monóculo—. Ah, ya sé quién es. Una vez Asaselo le fue a ver mientras estaba tomando una copa de coñac y le aconsejó la manera de deshacerse de un hombre cuyas revelaciones temía muchísimo. Ordenó a un amigo que trabajaba para él que salpicara las paredes del despacho con veneno...

—¿Cómo se llama?

—No lo sé —contestó Koróviev—, hay que preguntárselo a Asaselo.

—¿Quién es el que está con él?

—Es su fiel amigo. ¡Encantado! —gritó Koróviev a los dos últimos invitados.

---

1. G. L. Belski (?-1572), apodado Maluta Skurátov, famoso por su crueldad, fue jefe de las fuerzas encargadas de la represión de los boyardos durante el reinado de Iván el Terrible. (N. de la T.)

La escalera estaba desierta. Esperaron un poco por si venía alguien. Pero de la chimenea ya no salió nadie más.

En un minuto, y sin comprender cómo había sucedido, Margarita se encontró de nuevo en la habitación de la piscina. Lloraba de dolor en la mano y en la pierna, y se derrumbó en el suelo. Pero Guela y Natasha, consolándola, la llevaron al baño de sangre, volvieron a darle masaje y Margarita revivió.

—Un poco más, reina Margot —susurraba Koróviev, que había aparecido a su lado—; hay que hacer un último recorrido por las salas para que los honorables huéspedes no se sientan abandonados.

Y Margarita salió volando de la habitación de la piscina. En el mismo tablado donde estuviera tocando la orquesta del rey de los valses, ahora se enfurecía un jazz de monos. Dirigía la orquesta un enorme gorila con patillas despeinadas, bailando pesadamente y sujetando una trompeta. Una hilera de orangutanes soplaban en trompetas brillantes, sosteniendo sobre los hombros alegres chimpancés con armónicas. Dos cinocéfalos con melenas de león tocaban el piano, pero, entre el estruendo de los saxofones, el chillido de los violines y el tronar de los tambores en las patas de los gibones, mandriles y macacos, el piano no se oía. Numerosísimas parejas, como fundidas, asombraban por la destreza y precisión de movimiento, girando en una dirección; avanzaban como una pared por el suelo de espejos, amenazando barrer todo lo que encontraran por delante. Unas mariposas vivaces y aterciopeladas volaban sobre el tropel de los danzantes; caían flores del techo. Se apagó la electricidad; se encendieron en los capiteles de las columnas millares de luciérnagas y en el aire flotaron fuegos fatuos.

Margarita se encontró después en una enorme piscina rodeada de una columnata. De la boca de un monumental Neptuno negro surgía un gran chorro rosa. Subía de la piscina un olor mareante a champán. Había gran animación. Las señoras, risueñas, entregaban sus bolsos a los caballeros o a los negros —que corrían con sábanas en las manos—, y, gritando, se tiraban de cabeza al champán. Se levantaban columnas de espuma. El fondo de cristal de la piscina estaba iluminado por una luz que atravesaba el espesor del vino, y se veían con claridad los cuerpos plateados de los nadadores. Salían de la piscina completamente borrachos. Volaban las carcajadas bajo las columnas y resonaban como el jazz.

De todo aquello se le quedó grabada una cara; era una cara de persona completamente ebria, con ojos de loco, pero suplicantes, y se acordó de una palabra: «Frida».

Margarita se mareó por el olor a vino, y ya estaba dispuesta a marcharse, cuando el gato negro organizó en la piscina un número que la detuvo.

Popota había estado haciendo algo junto a la boca de Neptuno y la masa de champán, toda revuelta, desapareció de la piscina, levantando mucho ruido. En lugar del líquido rosa y burbujeante, de la boca de Neptuno surgió un chorro color amarillo oscuro. Las damas gritaron como locas: «¡Coñac!», y echaron a correr de los bordes de la piscina hacia las columnas. A los pocos segundos la piscina estaba llena, y el gato, dando tres volteretas en el aire, cayó al coñac. Salió resoplando, con la pajarita hecha un trapo, sin resto de purpurina en el bigote y sin los prismáticos. Los únicos que se decidieron a seguir el ejemplo de Popota fueron la ingeniosa modista y su acompañante, un desconocido mulato joven. Los dos se tiraron al coñac, pero en ese momento Koróviev cogió a Margarita del brazo y abandonaron a los bañistas.

A Margarita le pareció ver unos estanques enormes de piedra llenos de ostras.

Después voló por encima de un suelo de cristal, a través del cual se veían hornos infernales ardiendo, con diabólicos cocineros vestidos de blanco, que se agitaban entre los fuegos.

Luego, ya sin entender nada, vio unos sótanos oscuros, iluminados con candiles, donde unos jóvenes servían carne preparada en piedras caldeadas y donde todos bebían a su salud de unas jarras. Luego unos osos blancos que tocaban la armónica y bailaban en un escenario. Una salamandra prestidigitadora que no ardía en el fuego... Y por segunda vez se quedó sin fuerzas.

—La última salida —susurró Koróviev preocupado—, ¡y estaremos libres!

Acompañada por Koróviev, Margarita se encontró de nuevo en la sala de baile, pero allí ya no bailaban: un tumulto incalculable de invitados se aglomeraba entre las columnas, liberando el centro de la sala. Margarita no recordaba quién le ayudó a subirse a un pedestal que apareció de pronto en medio del espacio libre de la sala. Desde allí arriba oyó el toque de medianoche, que, según sus cálculos, había pasado hacía tiempo. Con la última señal del reloj invisible cayó el silencio sobre la multitud.

Margarita vio a Voland. Le rodeaban Abadonna, Asaselo y otros parecidos a Abadonna: negros y jóvenes. Margarita se dio cuenta de que delante de ella había otro pedestal preparado para Voland. Pero no lo utilizó. Se sorprendió Margarita de que Voland hubiera aparecido en aquella última gran sala, en el baile, vestido de la misma manera que cuando estaba en el dormitorio. Llevaba la misma camisa zurcida en el hombro y unas zapatillas viejas. En la mano, una espada desnuda, pero la utilizaba como bastón, apoyándose en ella.

Llegó hasta su pedestal cojeando, se paró y enseguida apareció Asaselo con una fuente en las manos; Margarita vio en la fuente la cabeza cortada de un hombre, con los dientes rotos. La sala seguía en silencio; solo lo interrumpió un timbre lejano, inexplicable en aquellas circunstancias, que recordaba uno de esos timbres que se oyen en la entrada principal de una casa.

—Mijaíl Alexándrovich —interpeló Voland en voz baja a la cabeza.

El muerto levantó los párpados y Margarita vio, estremecida, unos ojos vivos, llenos de sentido y de dolor.

—Todo se ha cumplido, ¿no es verdad? —siguió Voland, mirando a los ojos de la cabeza—. La cabeza la cortó una mujer, la reunión no tuvo lugar, y yo estoy viviendo en su casa. Es un hecho. Y un hecho es la cosa más convincente de este mundo. Pero ahora lo que nos interesa es el futuro y no este hecho consumado. Usted fue siempre un propagandista ardiente de la teoría que dice que, al cortarle la cabeza, acaba la vida del hombre, se convierte en ceniza y desaparece en la nada. Me alegra poder comunicarle en presencia de mis amigos, aunque ellos sirvan de prueba de una teoría muy distinta, que esa teoría es muy seria e inteligente, aunque todas las teorías tienen un valor semejante...

»Entre ellas hay una que dice que cada uno recibirá en razón de su fe. ¡Que así sea! Usted se va al no ser y me será grato brindar por el ser con el cáliz en el que usted se va a convertir.

Voland levantó la espada. La piel de la cabeza tomó un color oscuro, se encogió, empezó a caer a trozos, desaparecieron los ojos y Margarita pudo ver en la fuente una calavera amarillenta sobre un pie de oro, con ojos de esmeralda y dientes de perlas. La calavera tenía una tapa con bisagras. Se abrió.

—Ahora mismo, *messere* —dijo Koróviev ante la mirada interrogante de Voland—, ahora mismo aparecerá ante sus ojos. Oigo en este silencio sepulcral el chirriar de sus zapatos de charol y el sonido de la copa, que ha dejado en la mesa después de beber champán por última vez en su vida. Aquí está.

Alguien entraba en la sala, dirigiéndose a Voland. No se distinguía físicamente del resto de los invitados, excepto en una cosa: este se tambaleaba de emoción, cosa que se notaba desde lejos. En sus mejillas ardían unas manchas rojas y sus ojos expresaban un verdadero pánico. El invitado estaba perplejo. Era natural: le había sorprendido todo, especialmente el traje de Voland.

Pero fue recibido con todos los honores.

—¡Ah, mi querido barón Maigel! —se dirigió Voland al invitado con una sonrisa cariñosa.

Al interpelado parecía que se le iban a salir los ojos de las órbitas.

—Tengo el gusto de presentarles —dijo Voland a los invitados— al respetable barón Maigel, funcionario de la Comisión de Espectáculos y encargado de acompañar a los extranjeros por los monumentos históricos de Moscú.

Margarita contuvo la respiración, porque le había conocido. Se había encontrado con él varias veces en los teatros y restaurantes de Moscú. Pero, pensó Margarita, ¿este también ha muerto? Se aclaró todo enseguida:

—El entrañable barón —siguió Voland con una sonrisa alegre— fue tan amable que al enterarse de mi llegada a Moscú me telefoneó inmediatamente, proponiendo su ayuda como experto en lugares interesantes de la ciudad. Como es natural, he sentido una gran satisfacción al poder invitarlo.

Margarita vio que Asaselo pasaba a Koróviev la fuente con la calavera.

—Por cierto, barón —dijo Voland en tono íntimo, bajando la voz—, corren rumores sobre su extraordinario afán de saber. Dicen que ese afán, unido a su locuacidad, no menos desarrollada, está empezando a llamar la atención general. Las malas lenguas ya han pronunciado la palabra espía y confidente. Más aún: hay ciertas opiniones de que todo esto le va a llevar a un final muy triste antes de un mes. Y precisamente para evitarle esa espera angustiosa, hemos decidido venir en su ayuda, aprovechando la circunstancia de que usted se haya invitado a mi fiesta con el fin de pescar todo lo que vea y oiga.

El barón se puso todavía más pálido que Abadonna, que era por naturaleza de una palidez excepcional; después sucedió algo extraño. Abadonna se colocó junto al barón y se quitó las gafas un instante. Y algo como de fuego brilló en las manos de Asaselo, se oyó un ruido parecido a una palmada, el barón empezó a perder pie y de su pecho brotó un chorro de sangre roja, cubriendo la camisa almidonada y el chaleco. Koróviev puso el cáliz bajo el chorro y se lo ofreció lleno a Voland. Mientras tanto, el cuerpo exánime del barón yacía en el suelo.

—¡A su salud, señores! —dijo Voland, y, levantando el cáliz, se lo llevó a los labios.

Se produjo la metamorfosis. Desaparecieron la camisa zurcida y las zapatillas usadas. Voland vestía de negro y llevaba una espada de acero en la cadera. Se acercó rápidamente a Margarita, le ofreció el cáliz y le dijo en tono imperativo:

—¡Bebe!

Margarita sintió un fuerte mareo, se tambaleó, pero el cáliz estaba ya junto a sus labios; unas voces, no sabía de quién, le susurraron al oído:

—No tenga miedo, majestad... No tema, majestad, que hace mucho que la sangre empapa la tierra. Y allí donde se ha vertido, crecen racimos de uvas.

Margarita, sin abrir los ojos, dio un sorbo, una corriente dulce le subió por las venas y sintió un timbre en sus oídos. Le pareció que cantaban gallos con voces ensordecedoras y que en algún sitio interpretaban una marcha. La multitud de invitados empezó a cambiar de aspecto: los hombres de frac y las mujeres se convirtieron en cadáveres. La putrefacción inundó la sala ante los ojos de Margarita y flotó un olor a sepultura. Se derrumbaron las columnas, se apagaron las luces y desaparecieron las fuentes, las camelias y los tulipanes. Y todo quedó como antes: el modesto salón de la joyera y la puerta entreabierta que dejaba ver una franja de luz. Margarita entró por esa puerta.

24

La liberación del maestro

En el dormitorio de Voland todo estaba como antes del baile. Voland, en camisa, estaba sentado en la cama, pero ahora Guela no le frotaba la pierna, sino que ponía la mesa del ajedrez para la cena. Koróviev y Asaselo, ya sin el frac, se sentaron a la mesa, y junto a ellos, naturalmente, se colocó el gato, que no quiso despojarse de su corbata, aunque la corbata era ya un trapo sucio. Margarita, tambaleándose, se acercó a la mesa y se apoyó en ella. Voland la llamó con un gesto, como lo hiciera antes, y le pidió que se sentara:

—Bueno, ¿la marearon mucho? —preguntó Voland.

—¡Oh!, no, *messere* —apenas se oyó la respuesta de Margarita.

—*Noblesse oblige* —indicó el gato, y le sirvió a Margarita un líquido transparente en un vaso pequeño.

—¿Es vodka? —preguntó Margarita con voz débil.

El gato, indignado, dio un respingo en la silla.

—Por favor, majestad —dijo ofendido—, ¿cree usted que yo sería capaz de servir a una dama una copa de vodka? ¡Eso es alcohol puro!

Margarita sonrió e intentó apartar el vaso.

—Beba sin miedo —dijo Voland.

Margarita cogió el vaso inmediatamente.

—Siéntate, Guela —ordenó Voland, y explicó a Margarita—: La noche de plenilunio es una noche de fiesta, y siempre ceno en compañía de mis favoritos y de mis criados. Bien,

¿cómo se encuentra? ¿Cómo ha resultado esta fiesta tan agotadora?

—¡Estupenda! —cotilleó Koróviev—. ¡Todos han quedado encantados, enamorados, aplastados! ¡Qué tacto, qué habilidad, qué encanto y qué *charme*!

Voland levantó la copa sin decir una palabra y brindó con Margarita. Ella bebió resignada, pensando que sería el fin. Pero no ocurrió nada malo. Un calor vivo le recorrió el vientre, algo le golpeó suavemente en la nuca, le volvieron las fuerzas, como después de un sueño profundo y tonificador, y sintió además un hambre canina. Al acordarse de que no había comido desde la mañana anterior, sintió todavía más hambre... Atacó el caviar con avidez.

Popota cortó una rodaja de piña, le puso sal y pimienta, se la tomó y después se zampó una copa de vodka con tanta desenvoltura que todos aplaudieron.

Cuando Margarita se bebió la segunda copa, las velas de los candelabros dieron más luz y en la chimenea ardió el fuego con más fuerza. Margarita no tenía la sensación de haber bebido. Mordiendo la carne con sus dientes blancos, saboreaba el jugo, pero sin dejar de mirar a Popota, que untaba de mostaza una ostra.

—Lo que te falta es ponerle un poco de uva encima —dijo Guela en voz baja, dándole un codazo al gato.

—Le ruego que no me dé lecciones —contestó el gato—, ¡con la cantidad de mesas que he recorrido!

—Ah, pero qué gusto de estar cenando así, en familia, junto al fuego... —rechinaba la voz de Koróviev.

—No, Fagot —replicaba el gato—, el baile también tiene su encanto, su importancia.

—No tiene nada de eso, ni encanto ni importancia —replicó Voland—. Además, los rugidos de los tigres del bar y de aquellos osos absurdos por poco me dan dolor de cabeza.

—Como usted diga —dijo el gato—; si sostiene que el baile no tiene ninguna importancia, estoy dispuesto a opinar lo mismo.

—¡Oye, tú! —dijo Voland.

—Es una broma —respondió el gato con humildad—, además, voy a decir que frían a los tigres.

—Los tigres no se comen —replicó Guela.

—¿Usted cree? Pues escúcheme —dijo el gato, y, entornando los ojos de gusto, contó cómo durante diecinueve días estuvo errando por un desierto y lo único que comía era carne de tigre. Todos escucharon con mucha atención la interesante narración, y, cuando Popota terminó, exclamaron a coro:

—¡Mentira!

—Y lo mejor de esta historia es —dijo Voland— que es mentira desde la primera palabra a la última.

—¿Ah, sí? ¿Conque es mentira? —exclamó el gato, y todos esperaban que iba a protestar, pero él dijo con voz sorda—: Ya nos juzgará la historia.

—Dígame, por favor —se dirigió Margarita a Asaselo, reanimada con el vodka—, ¿no es verdad que usted le pegó un tiro al ex barón?

—Naturalmente —contestó Asaselo—. ¿Cómo no iba a hacerlo? Había que pegarle un tiro, era necesario.

—¡Me asusté tanto! —exclamó Margarita—. ¡Fue tan inesperado!

—No era nada inesperado —replicó Asaselo, pero Koróviev se echó las manos a la cabeza:

—¿Cómo no se iba a asustar? ¡Si a mí me temblaron las piernas! ¡Paf! ¡Ras! ¡Y el barón al suelo!

—Por poco me da un ataque de nervios —añadió el gato, relamiendo una cuchara con caviar.

—Hay una cosa que no llego a entender —dijo Margarita, y las luces temblorosas se reflejaban en sus ojos—: ¿No se oían afuera los ruidos y la música del baile?

—Claro que no, majestad —explicó Koróviev—; hay que hacerlo de tal manera que no se oiga. Hay que tener mucho cuidado.

—Sí, sí... Es que el hombre de la escalera..., cuando pasamos Asaselo y yo... y el otro junto al portal..., me parece que estaba vigilando el piso...

—¡Cierto! —gritó Koróviev—. ¡Es cierto, querida Margarita! ¡Ha confirmado mis sospechas! Sí, estaban vigilando nuestro piso. Primero pensé que era un sabio distraído o un enamorado sufriendo en la escalera. ¡Pero no! ¡Algo me hizo dudar! ¡Sí, estaban vigilando el piso! ¡Y el otro, el del portal, también!

—¿Y si vienen a detenernos? —preguntó Margarita.

—Pues claro que vendrán, mi encantadora reina, ¡cómo no! —contestó Koróviev—. Me dice el corazón que vendrán. No ahora, claro está, pero eso no faltará. Aunque me temo que no habrá nada interesante.

—¡Cómo me puse cuando se cayó el barón! —dijo Margarita, que, por lo visto, seguía pensando en el asesinato que había visto por primera vez en su vida—. Seguramente usted tira muy bien...

—Pues no lo hago mal —respondió Asaselo.

—¿Y a cuántos pasos? —Margarita hizo una pregunta poco clara.

—Depende de dónde se tire —respondió Asaselo razonable—; una cosa es dar con un martillo en la ventana del crítico Latunski y otra cosa darle en el corazón.

—¡En el corazón! —exclamó Margarita, apretándose el suyo—. ¡En el corazón! —repitió con voz sorda.

—¿Quién es ese crítico Latunski? —preguntó Voland, mirando fijamente a Margarita.

Asaselo, Koróviev y Popota bajaron la vista avergonzados y Margarita respondió sonrojándose:

—Es un crítico. Hoy he destruido su piso.

—¡Vamos! ¿Y por qué?

—*Messere* —explicó Margarita—, ha causado la ruina de un maestro.

—¿Por qué tuvo que tomarse esa molestia usted misma? —preguntó Voland.

—¿Me permite, *messere*? —exclamó contento el gato, levantándose de un salto.

—Anda, quédate ahí —rezongó Asaselo, poniéndose de pie—, ahora voy yo...

—¡No! —gritó Margarita—. ¡No, se lo ruego *messere*, no lo haga!

—Como usted quiera —contestó Voland y Asaselo volvió a sentarse.

—¿De qué estábamos hablando, mi querida reina Margot? —dijo Koróviev—. Ah, sí, el corazón... Da en el corazón —Koróviev señaló con un dedo largo hacia Asaselo—, donde quiera: en cualquier aurícula o ventrículo del corazón.

Margarita tardó en entender, y cuando lo hizo exclamó sorprendida:

—¡Pero si no se ven!

—¡Querida! —seguía Asaselo—. Eso es lo interesante, que estén ocultos. ¡Ahí está el quid del asunto! ¡En un objeto visible puede dar cualquiera!

Koróviev sacó de un cajón el siete de picas y se lo dio a Margarita, pidiéndole que marcara una de las figuras. Margarita marcó la del ángulo superior derecho. Guela escondió la carta bajo la almohada, gritando:

—¡Ya está!

Asaselo, que estaba sentado de espaldas a la almohada, sacó del bolsillo del pantalón una pistola negra automática, apoyó el cañón en su hombro y sin volverse hacia la cama disparó, asustando a Margarita, pero fue un susto entusiasta. Sacaron la carta de debajo de la almohada, estaba agujereada precisamente en la figura que Margarita había marcado.

—No me gustaría encontrarme con usted cuando tenga la pistola en la mano —dijo Margarita, mirando con coquetería a Asaselo. Tenía verdadera debilidad por la gente que hacía algo a la perfección.

—Mi preciosa reina —habló Koróviev—, ¡no recomendaría a nadie que se lo encontrara, aunque no lleve pistola! Le doy mi palabra de honor de chantre y de solista que nadie iría a felicitar al que se lo encontrara.

El gato, que había estado muy taciturno durante el experimento de la pistola, anunció de pronto:

—Me comprometo a batir el récord del siete.

Por toda contestación, Asaselo emitió un rugido ininteligible. Pero el gato se obstinó y exigió dos pistolas. Asaselo sacó otra pistola del bolsillo trasero del pantalón, y, torciendo la boca con desprecio, alargó las dos pistolas al gato fanfarrón.

Hicieron dos señales en la carta. El gato estuvo preparándose mucho tiempo de espaldas a la almohada. Margarita se tapó los oídos con las manos, mirando a una lechuza que dormitaba en la repisa de la chimenea. El gato disparó con las dos pistolas. Guela dio un grito, la lechuza muerta se cayó de la chimenea y se paró el reloj destrozado. Guela, con la mano ensangrentada, agarró al gato por la piel, este le agarró por los pelos, y los dos, formando una bola, rodaron por el suelo. Una copa cayó de la mesa y se rompió.

—¡Que se lleven a esta loca! —gritaba el gato, defendiéndose de Guela, que se había montado encima de él. Separaron a los dos contrincantes, Koróviev sopló en el dedo de Guela, que se curó inmediatamente.

—No puedo disparar cuando me están atosigando —dijo el gato, tratando de pegarse un enorme mechón de pelo arrancado de la espalda.

—Apuesto a que lo ha hecho adrede —dijo Voland, sonriendo a Margarita—. Tira bastante bien.

El gato y Guela se reconciliaron, dándose un beso. Sacaron la carta de debajo de la almohada. La única señal atravesada era la de Asaselo.

—Imposible —afirmó el gato, mirando la carta al trasluz de las velas.

La alegre cena continuaba. Se corrían las velas de los candelabros, la chimenea expandía por la habitación oleadas de calor seco y oloroso. Después de cenar, Margarita se sentía inmersa en una sensación de bienestar. Miraba cómo las volutas de humo violeta del puro de Asaselo flotaban en dirección a la chimenea y el gato las cazaba con la punta de la espada. No tenía ningún deseo de marcharse, aunque, según sus cálculos, ya era tarde. En efecto, eran cerca de las seis de la mañana.

Aprovechando una pausa, Margarita se dirigió con voz tímida a Voland:

—Me parece que... ya es hora de marcharme...; es tarde...

—¿Y qué prisa tiene? —preguntó Voland amablemente, pero en un tono un poco seco. Los demás no dijeron nada, fingiéndose absortos en los anillos de humo.

—Sí, ya es hora —dijo Margarita, azorada por todo aquello, y se volvió buscando una capa o un mantón. Se avergonzó de pronto de su desnudez. Se levantó de la mesa.

Voland, sin decir nada, cogió de la cama su bata usada y sucia; Koróviev se la echó a Margarita por los hombros.

—Gracias, *messere* —dijo Margarita con voz apenas audible, y dirigió a Voland una mirada interrogante. Él respondió con una sonrisa amable e indiferente.

Una oscura congoja envolvió el corazón de Margarita. Se sentía engañada. Por lo visto, nadie pensaba darle ningún premio por su cortesía en el baile ni nadie la retenía. Además, se daba perfecta cuenta de que ahora no tenía adónde ir. La idea de volver a su palacete la llenaba de desesperación. ¿Y si ella misma pidiera algo, como se lo había aconsejado Asaselo cuando la convenció en el jardín Alexándrovski? ¡No, por nada del mundo!, se dijo a sí misma.

—Adiós, *messere* —pronunció en voz alta, pensando: En cuanto salga de aquí, iré a tirarme al río.

—Siéntese —le ordenó Voland.

Margarita cambió de cara y se sentó.

—¿No quiere decirme algo de despedida?

—Nada, *messere* —respondió Margarita con dignidad—, solo que siempre que lo necesiten estoy dispuesta a hacer todo lo que deseen. No me he cansado nada y lo he pasado muy bien en el baile. Si hubiera durado más tiempo, estaría dispuesta a ofrecer mi rodilla a miles de ahorcados y asesinos para que la besaran. —Margarita veía a Voland como a través de una nube; los ojos se le estaban llenado de lágrimas.

—¡Tiene razón! ¡Así se hace! —gritó Voland con voz sonora y terrible—. ¡Así se hace!

—¡Así se hace! —repitió como el eco su séquito.

—La hemos puesto a prueba —dijo Voland—. ¡Nunca pida nada a nadie! Nunca y, sobre todo, nada a los que son más fuertes que usted. Ya se lo propondrán y se lo darán. Siéntese, mujer orgullosa.

Voland le quitó de un tirón la pesada bata y Margarita se encontró de nuevo sentada en la cama junto a él.

—Bien, Margot —dijo Voland, suavizando su voz—, ¿qué quiere por haber sido hoy la dama de mi baile? ¿Qué quiere por haber estado desnuda toda la noche? ¿En cuánto valora su rodilla? ¿Y los perjuicios que le han causado mis invitados, que acaba de llamar asesinos? ¡Dígalo! Dígalo sin ningún reparo, porque esta vez se lo he propuesto yo mismo.

Margarita sentía el fuerte palpitar de su corazón; suspiró y se puso a pensar.

—¡Bueno, adelante! —la animaba Voland—. ¡Despierte su fantasía, espoléela! Solo presenciar el asesinato de ese sinvergüenza que era el barón merece un premio, sobre todo siendo mujer. ¿Ya?

A Margarita se le cortó la respiración, y ya estaba dispuesta a decir aquellas palabras secretas e íntimas cuando, de pronto, palideció, apretó los labios y desorbitó los ojos.

«¡Frida, Frida, Frida!», le gritó en los oídos una voz insistente, una voz suplicante. «Me llamo Frida.» Y Margarita habló, tropezando en cada palabra:

—¿Entonces... puedo pedirle... una cosa?

—Exigirla, exigirla, mi *donna* —decía Voland con sonrisa de complicidad—; puede exigir una cosa.

Ah, ¡con qué habilidad subrayó Voland, repitiendo las palabras de Margarita, lo de «una cosa»!

Margarita suspiró y dijo:

—Quiero que dejen de ponerle a Frida el pañuelo con el que ahogó a su hijo.

El gato levantó los ojos hacia el cielo, suspiró ruidosamente, pero no dijo nada.

Voland contestó sonriente:

—Teniendo en cuenta que está excluida la posibilidad de que usted haya sido sobornada por esa imbécil de Frida —sería incompatible con su dignidad real—, estoy que no sé qué hacer. Lo único que me queda es reunir muchos trapos y tapar con ellos las rendijas de mi dormitorio.

—¿De qué habla, *messere*? —se sorprendió Margarita al oír estas palabras, poco comprensibles.

—Estoy completamente de acuerdo, *messere* —intervino el gato en la conversación—, con trapos, precisamente con trapos —y el gato, irritado, dio un golpe en la mesa con una pata.

—Hablo de la misericordia —explicó Voland, sin apartar de Margarita su ojo ardiente—. A veces penetra inesperada y pérfida por las rendijas más pequeñas. Por eso hablo de los trapos...

—¡Y yo también hablo de eso! —exclamó el gato, y se apartó por si acaso de Margarita, tapándose las orejas puntiagudas cubiertas de una pomada rosa.

—¡Fuera! —les dijo Voland.

—No he tomado café —contestó el gato—, ¿cómo quiere que me vaya? ¿No dirá, *messere*, que en una noche de fiesta los invitados se dividen en dos categorías? Una de primera y otros, como decía ese triste y roñoso barman, de segunda.

—Calla —le ordenó Voland, y, volviéndose hacia Margarita, le preguntó—: Según tengo entendido, es usted una persona de una bondad excepcional, ¿no es así? ¿No es una persona de gran moralidad?

—No —dijo Margarita con fuerza—; sé que le puedo hablar con toda franqueza y le diré que soy una persona frívola. He intercedido por Frida solamente porque cometí la imprudencia de infundirle esperanzas. Está esperando, *messere*, cree en mi poder. Y si queda defraudada, mi situación va a ser espantosa. No tendré tranquilidad en toda mi vida. No hay nada que hacer, si las cosas se han puesto así.

—Bien —dijo Voland—, está claro.

—Entonces, ¿usted lo hará? —preguntó Margarita en voz baja.

—De ninguna manera —contestó Voland—. Verá usted, mi querida reina: aquí hay un malentendido. Cada departamento tiene que ocuparse de sus asuntos. No le niego que nuestras posibilidades son bastante grandes, mucho mayores de lo que piensan algunos hombres poco perspicaces...

—Desde luego, mucho mayores —intervino el gato sin poder contenerse, pues, al parecer, estaba muy orgulloso de aquellas posibilidades.

—¡Cállate, cuernos! —le dijo Voland, y continuó su explicación—: ¿Qué objeto tendría hacerlo si lo puede hacer otro, digamos, departamento? Por tanto, yo no pienso hacer nada, lo hará usted misma.

—¿Es que se cumplirá si yo lo hago?

Asaselo le dirigió con su ojo bizco una mirada irónica, sacudió su cabeza pelirroja sin que le viera nadie y dio un resoplido.

—Ande, hágalo, ¡qué suplicio! —murmuraba Voland, y giró el globo, estudiando en él algún detalle; por lo que se veía, al mismo tiempo que hablaba con Margarita estaba ocupándose de otro asunto.

—Bueno, Frida... —sopló Koróviev.

—¡Frida! —gritó Margarita con voz penetrante.

Se abrió la puerta y entró una mujer desnuda, despeinada, pero sin rastros ya de embriaguez, con ojos frenéticos, y extendió los brazos hacia Margarita. Esta dijo con aire majestuoso:

—Estás perdonada. No te darán más el pañuelo.

Frida profirió un grito y cayó en cruz boca abajo ante Margarita. Voland hizo un gesto y Frida desapareció.

—Se lo agradezco mucho; ¡adiós! —dijo Margarita, levantándose.

—Bien, Popota —habló Voland—, en una noche de fiesta no vamos a aprovecharnos de la acción de una persona que es poco práctica —se volvió hacia Margarita—. Como yo no he hecho nada, esto no cuenta. ¿Qué quiere?, pero para usted misma.

Hubo un silencio, que fue interrumpido por Koróviev, quien le susurró a Margarita al oído:

—Mi *donna* de diamantes, ¡esta vez le aconsejo que sea más razonable! Porque la suerte se le puede escapar de las manos.

—Quiero que ahora mismo, en este instante, me devuelvan a mi amado maestro —dijo Margarita, desfigurada la cara por un gesto convulso.

En la habitación entró un fuerte viento, descendió la llama de las velas en los candelabros, se descorrió la pesada cortina, se abrió la ventana y, muy lejos, en lo alto, apareció la luna llena, pero no era una luna de mañana, sino de medianoche. Desde la ventana hasta el suelo se extendió como un pañuelo verdoso de luz nocturna y en él apareció el visitante de Ivánushka, el llamado maestro. Iba vestido con la indumentaria del hospital: bata, zapatillas y el gorrito negro, del que nunca se separaba. Un tic le desfiguraba la cara, sin afeitar; miraba a las luces de las velas con ojos locos de espanto, y a su alrededor hervía el torrente de luna.

Margarita le reconoció enseguida, levantó las manos, exhaló una queja y corrió hacia él. Le besaba en la frente, en la boca, arrimaba la cara a su carrillo sin afeitar y le corrían abundantes las lágrimas tanto tiempo contenidas. Solo decía una palabra, repitiéndola sin sentido:

—Tú..., tú..., tú...

El maestro la apartó y le dijo con voz sorda:

—No llores, Margot, no me hagas sufrir, que estoy muy enfermo —se agarró con la mano al antepecho de la ventana, como si quisiera saltar y escaparse, y, mirando a los que se sentaban en la habitación, gritó—: ¡Tengo miedo, Margot! Otra vez las alucinaciones...

A Margarita le ahogaban los sollozos; susurraba, atragantándose a cada palabra:

—No, no, no..., no tengas miedo de nada...; estoy contigo..., estoy contigo...

Koróviev le acercó una silla al maestro con tanta habilidad que este no se dio cuenta. Margarita se arrodilló y, abrazándose al enfermo, se calmó. En su emoción no había notado que, de pronto, ya no estaba desnuda: tenía sobre su cuerpo una capa de seda negra. El enfermo bajó la cabeza y se quedó mirando al suelo con ojos sombríos.

—Pues sí —dijo Voland después de una pausa—, lo han cambiado mucho.

Voland ordenó a Koróviev:

—Anda, caballero, dale algo de beber al hombre.

Margarita suplicaba al maestro con voz temblorosa:

—¡Bébelo, por favor! ¿Tienes miedo? ¡Créeme que te ayudarán!

El enfermo cogió el vaso y bebió el contenido, pero le tembló la mano y el vaso cayó al suelo, rompiéndose a sus pies.

—¡Eso es señal de buena suerte! —susurró Koróviev a Margarita—. Mire, ya vuelve en sí.

Efectivamente, la mirada del enfermo ya no era tan empavorecida, tan inquieta.

—Pero ¿eres tú, Margot? —preguntó el visitante.

—No lo dudes, soy yo —contestó Margarita.

—¡Más! —ordenó Voland.

Vaciado el segundo vaso, la mirada del maestro se tornó viva y expresiva.

—Bueno, esto ya me gusta más —dijo Voland, mirándole fijamente—. Hablemos. ¿Quién es usted?

—Ahora no soy nadie —respondió el maestro, y una sonrisa le torció la boca.

—¿De dónde viene?

—De la Casa del dolor. Soy enfermo mental —contestó el recién llegado.

Margarita no pudo soportar aquellas palabras y se echó a llorar. Luego exclamó, secándose los ojos:

—¡Qué palabras tan horribles! ¡Horribles! Le prevengo, *messere*, que es el maestro. ¡Sálvelo, que se lo merece!

—¿Sabe usted con quién está hablando en este momento? —preguntó Voland—, ¿sabe dónde se encuentra?

—Lo sé —contestó el maestro—. Ese chico, Iván Desamparado, fue mi compañero del sanatorio. Me habló de usted.

—Ah, sí, desde luego —dijo Voland—. Tuve el placer de conocer a ese joven en Los Estanques del Patriarca. Por poco me vuelve loco demostrándome que yo no existo. Pero ¿usted cree que soy realmente yo?

—No me queda otro remedio que creerlo —dijo el maestro—, aunque me sentiría mucho más tranquilo si pensara que usted es fruto de una alucinación. Y usted perdone —añadió el maestro, violento.

—Bien, si cree que se sentiría más tranquilo, piénselo así —dijo Voland con amabilidad.

—¡Pero no! —dijo Margarita, asustada, sacudiendo al maestro por el hombro—. ¡Qué dices! ¡Si es él realmente!

Esta vez intervino también el gato:

—Yo sí que parezco una alucinación. Fíjese en mi perfil a la luz de la luna.

El gato se metió en el reguero de luna y quiso añadir algo más, pero le pidieron que se callara. Entonces dijo:

—Bueno, bueno, me callaré. Seré una alucinación silenciosa —y no dijo más.

—Dígame, ¿por qué Margarita le llama maestro? —preguntó Voland.

El maestro sonrió:

—Es una debilidad disculpable. Tiene una opinión demasiado alta de la novela que he escrito.

—¿De qué trata su novela?

—Es sobre Poncio Pilatos.

Las lengüetas de las velas se tambalearon, bailaron, saltó la vajilla en la mesa: la risa de Voland sonó como un trueno, pero no asustó ni sorprendió a nadie con ella.

Popota rompió a aplaudir.

—¿Cómo? ¿Sobre qué? ¿Sobre quién? —dijo Voland, dejando de reír—. ¡Es fantástico! Déjeme verla —Voland extendió la mano con la palma vuelta hacia arriba.

—Desgraciadamente, no puedo hacerlo —contestó el maestro—, porque la quemé en la chimenea.

—Usted perdone, pero no le creo —respondió Voland—, es imposible, los manuscritos no arden —se volvió hacia Popota y dijo—: Anda, Popota, dame la novela.

El gato saltó de la silla y todos pudieron ver que estaba sentado sobre un montón de papeles. Haciendo una reverencia, le dio a Voland los primeros del montón. Margarita se puso a temblar y a gritar, tan emocionada que se le saltaron las lágrimas:

—¡Aquí está el manuscrito! ¡Aquí está!

Corrió hacia Voland y gritó entusiasmada:

—¡Es omnipotente! ¡Omnipotente!

Voland cogió el ejemplar que le había dado el gato, le dio la vuelta, lo puso a un lado y se quedó mirando al maestro sin decir una palabra, muy serio. Pero el maestro, angustiado y muy inquieto, nadie sabía por qué, se levantó de la silla y, dirigiéndose a la luna lejana, empezó a murmurar, estremeciéndose:

—Tampoco de noche, a la luz de la luna, tengo paz... ¿Por qué me han molestado? Oh, dioses, dioses...

Margarita le cogió por la bata del sanatorio, se arrimó a él y se puso a murmurar, acongojada, entre lágrimas:

—Dios mío, ¿por qué no le hará efecto la medicina?

—No importa, no importa —susurraba Koróviev, agitándose junto al maestro—, no se preocupe, no se preocupe... Otro vasito, yo también le acompaño...

Y el vaso guiñó el ojo, brilló a la luz de la luna y ayudó. Sentaron al maestro en una silla y su cara recobró la expresión serena.

—Ahora está claro —dijo Voland, señalando el manuscrito.

—Tiene toda la razón —intervino el gato, olvidando que había prometido ser una alucinación silenciosa—. Ahora la idea principal de esta obra está clarísima. ¿Qué me dices, Asaselo?

—Digo que habría que ahogarte en un río —contestó Asaselo con voz gangosa.

—Ten piedad de mí, Asaselo —le respondió el gato—, y no le sugieras esta idea a mi señor. Créeme, me aparecería a ti todas las noches vestido con el mismo ropaje lunar que lleva el pobre maestro y te llamaría para que me siguieras. ¿Cómo te sentirías entonces, oh, Asaselo?

—Bueno, Margarita —habló de nuevo Voland—, diga todo lo que necesitan.

A Margarita se le iluminaron los ojos, y le murmuró con tono suplicante a Voland:

—Permítame que le diga algo al oído.

Voland asintió con la cabeza y Margarita, acercándose al oído del maestro, le susurró algo. Se oyó su respuesta:

—No, ya es tarde. No deseo en esta vida sino tenerte a ti. Pero te repito que me dejes, lo vas a pasar muy mal conmigo.

—No te dejaré —contestó Margarita, y se dirigió a Voland—. Le pido que volvamos a nuestro piso del sótano de la callecita de Arbat, que se encienda la lámpara y que todo vuelva a ser como antes.

El maestro se echó a reír, y, abrazando la cabeza de Margarita, ya con el pelo lacio, dijo:

—¡No haga caso de esta pobre mujer, *messere*! En este piso hace ya mucho que vive otro hombre, y las cosas no vuelven nunca a ser lo que antes fueron —apretó la mejilla contra la cabeza de Margarita y susurró, abrazándola—: Pobre, pobre...

—¿Dice que nunca vuelven a ser lo que fueron? —dijo Voland—. Tiene razón. Pero vamos a intentarlo —y llamó—: ¡Asaselo!

En el mismo momento se desplomó del techo un ciudadano desconcertado, al borde de la locura; estaba en paños menores, pero llevaba gorra y una maleta en la mano.

—¿Mogarich? —preguntó Asaselo al caído del cielo.

—Aloísio Mogarich —contestó este, temblando.

—¿No fue usted quien al leer el artículo de Latunski sobre la novela de este hombre escribió una denuncia?

El ciudadano recién aparecido se puso azul y derramó un torrente de lágrimas de arrepentimiento.

—¿Quería trasladarse a sus habitaciones? —preguntó Asaselo con voz gangosa, pero llena de ternura.

En la habitación se oyó el maullido de un gato furioso y Margarita hincó las uñas en la cara de Aloísio, gritando:

—¡Para que sepas lo que es una bruja!

Hubo un momento de gran confusión.

—¿Qué haces? —gritó el maestro con dolor—. Margot, ¡qué vergüenza!

—¡Protesto! ¡No es ninguna vergüenza! —vociferó el gato.

Separaron a Margarita de Aloísio.

—Puse el baño —vociferaba Mogarich, tintineando con los dientes y del susto se puso a decir sandeces—, solo el blanqueado..., la caparrosa...

—Me parece muy bien lo del baño —aprobó Asaselo—, él necesita tomar baños —y gritó—: ¡Fuera!

Mogarich se dio la vuelta y salió cabeza abajo por la ventana.

El maestro murmuraba, con los ojos redondos:

—¡Esto es todavía más de lo que contaba Iván! —miró alrededor, impresionado, y, por fin, dijo al gato—: Usted perdone, fuiste tú..., fue usted... —se cortó sin saber cómo hablarle—: ¿Es usted el mismo gato que se subió al tranvía?

—Sí, yo mismo —afirmó el gato, halagado, y añadió—: Es un verdadero placer oírle hablar con tanta delicadeza dirigiéndose a un gato. No sé por qué, pero a los gatos se les suele «tutear», aunque no hayamos autorizado para hacerlo.

—Me parece que usted no es muy gato... —dijo el maestro, indeciso—. Se van a dar cuenta en el sanatorio de que falto —añadió tímidamente, dirigiéndose a Voland.

—¿Por qué se van a dar cuenta? —le tranquilizó Koróviev, y en sus manos aparecieron unos libros y unos papeles—. ¿Es su historia clínica?

—Sí...

Koróviev echó la historia clínica a la chimenea.

—Si no existe el documento, no existe la persona —dijo Koróviev con satisfacción—. ¿Y este es el libro de registro de su casa?

—Sí...

—¿Quién está empadronado? ¿Aloísio Mogarich? —Koróviev sopló en una página del registro—. ¡Zas! Y ya no está; además, les ruego que olviden su existencia. Y si se extraña el dueño, dígale que ha soñado con Aloísio. ¿Mogarich? ¿Qué Mogarich? ¡No hubo tal Mogarich! —el libro encuadernado se evaporó de las manos de Koróviev—. Ya está en la mesa del casero.

—Tiene razón —dijo el maestro, sorprendido por el trabajo tan limpio de Koróviev—, si no existe el documento, no existe la persona. Yo, por ejemplo, no tengo ningún documento.

—¡Perdón! —exclamó Koróviev—. Eso es una alucinación, aquí tiene su documento —y se lo dio al maestro. Luego levantó los ojos al cielo y susurró con dulzura a Margarita—: Y esto son sus cosas, Margarita Nikoláyevna —y Koróviev le entregó a Margarita el cuaderno con los bordes quemados, la rosa seca, la foto y, con especial cuidado, la libreta de la caja de ahorros—; diez mil, justo lo que ha ingresado, Margarita Nikoláyevna. No queremos nada ajeno.

—Antes me quedaría sin patas que tocar nada ajeno —exclamó el gato, inflado, mientras bailaba sobre la maleta para encerrar en ella todos los ejemplares de la desdichada novela.

—También sus documentos —seguía Koróviev, entregándoselos a Margarita; luego, volviéndose a Voland, añadió respetuoso—: ¡Eso es todo, *messere*!

—No, todavía falta algo —respondió Voland, levantando la cabeza del globo—, ¿dónde quiere, mi querida *donna*, que meta su séquito? Yo, personalmente, no lo necesito para nada.

Por la puerta abierta entró corriendo Natasha y gritó:

—¡Que sea muy feliz, Margarita Nikoláyevna! —saludó con la cabeza al maestro y se dirigió de nuevo a Margarita—: Yo lo sabía todo.

—Las criadas siempre lo saben todo —dijo el gato, levantando la pata con aire significativo—; quien piense que son ciegas, se equivoca.

—¿Qué quieres, Natasha? —preguntó Margarita—. Vuelve al palacete.

—Margarita Nikoláyevna, cielo —suplicó Natasha, poniéndose de rodillas—, pídale —miró de reojo a Voland— que me deje de bruja. ¡No quiero volver al chalet! ¡No quiero casarme con un ingeniero o con un técnico! El señor Jaques, en el baile de ayer, me hizo una proposición —Natasha abrió el pañuelo y enseñó unas monedas de oro.

Margarita dirigió a Voland una mirada interrogadora.

Voland inclinó la cabeza. Entonces Natasha se le echó a Margarita al cuello, le dio vanos besos ruidosos y, con un grito triunfante, salió volando por la ventana.

En su lugar apareció Nikolái Ivánovich. Había recobrado su aspecto normal anterior, el humano, pero estaba muy hosco, incluso irritado.

—A este le dejaré que se marche con una alegría especial —dijo Voland, mirando a Nikolái Ivánovich con repugnancia—, con muchísimo gusto; aquí sobra.

—Solicito que se me entregue un certificado —habló Nikolái Ivánovich, mirando alrededor espantado, pero con una voz muy insistente— acreditando dónde he pasado la noche anterior.

—¿Con qué objeto? —preguntó el gato severamente.

—Con el objeto de presentárselo a mi esposa —dijo Nikolái Ivánovich con seguridad.

—No solemos dar certificados —contestó el gato, frunciendo el entrecejo—, pero bueno, siendo para usted, haremos una excepción.

Nikolái Ivánovich no tuvo tiempo de reaccionar, antes de que la desnuda Guela se sentara a una máquina de escribir y el gato le dictara.

—Se certifica que el portador de la presente, Nikolái Ivánovich, ha pasado la mencionada noche en el Baile de Satanás, siendo solicitados sus servicios en calidad de medio de transporte... Guela, pon entre paréntesis: «cerdo». Firma: Hipopótamo.

—¿Y la fecha? —habló Nikolái Ivánovich.

—No ponemos fechas, con fecha el papel pierde el valor —contestó el gato, echando una firma. Luego sacó un sello, sopló al sello con todas las de la ley, plantó en el papel la palabra «pagado» y entregó el documento a Nikolái Ivánovich. Después de esto Nikolái Ivánovich desapareció sin dejar huella; en su lugar apareció un hombre inesperado.

—¿Y este quién es? —preguntó Voland con asco, escondiendo los ojos de la luz de las velas.

Varenuja bajó la cabeza, suspiró y dijo en voz baja:

—Permítame que me marche, no puedo ser vampiro. La otra vez con Guela por poco liquido a Rimski. Y es que no soy sanguinario. ¡Déjeme marchar!

—Pero ¿qué es esto? —preguntó Voland, arrugando la cara—. ¿Qué Rimski? ¿Qué quieren decir todas estas tonterías?

—Por favor, no se preocupe, *messere* —respondió Asaselo y se dirigió hacia Varenuja—: No se dicen groserías por teléfono. Tampoco se miente por teléfono. ¿Está claro? ¿Lo volverá a hacer?

Con la alegría, todo se mezcló en la cabeza de Varenuja, su cara empezó a relucir, y sin darse cuenta de lo que decía, balbuceó:

—Les juro por... quiero decir... su ma... enseguida después de comer... —Varenuja se apretaba las manos contra el pecho, suplicando a Asaselo con la mirada.

—Bueno, ¡vete a casa! —dijo este, y Varenuja se disipó en el aire.

—Ahora, déjenme solo con ellos —ordenó Voland señalando al maestro y Margarita.

La orden de Voland fue cumplida al instante. Después de un silencio, se dirigió al maestro:

—Entonces, ¿al sótano de Arbat? ¿Y quién va a escribir? ¿Y los sueños?, ¿la inspiración?

—No tengo más sueños e inspiraciones —contestó el maestro—, ya no me interesa nada a mi alrededor, salvo ella —y puso la mano sobre la cabeza de Margarita—. Estoy roto, aburrido y quiero volver al sótano.

—¿Y su novela? ¿Y Pilatos?

—Odio mi novela —contestó el maestro.

—Te ruego —pidió Margarita con voz quejumbrosa—, que no digas eso. ¿Por qué me haces sufrir? Si sabes muy bien que he puesto toda mi vida en tu obra —Margarita añadió dirigiéndose a Voland—: No le haga caso, *messere*.

—¿Pero no tiene que describir siempre a alguien? —decía Voland—. Si ya ha agotado a ese procurador, puede describir, pongamos por caso, a Aloísio.

El maestro sonrió:

—Eso no me lo publicará Lapshénikova, además, es un tema poco interesante.

—Entonces, ¿de qué van a vivir? Serán muy pobres.

—No me importa —contestó el maestro, abrazando a Margarita—. Ella se volverá razonable y me abandonará.

—No creo —dijo Voland entre dientes, y prosiguió—: Entonces ¿el hombre que ha creado la historia de Poncio Pilatos se va a un sótano para colocarse frente a una lámpara, resignándose a la miseria?

Margarita se apartó del maestro y dijo, muy acalorada:

—Hice todo lo que pude: le propuse al oído algo muy atrayente, pero se negó.

—Ya sé lo que le propuso al oído —replicó Voland—, pero eso no es muy atrayente —se volvió al maestro sonriendo—. Le diré que su novela le traerá una sorpresa.

—Eso es muy triste.

—No, no es nada triste —dijo Voland—. No tiene nada que temer. Bien, Margarita Nikoláyevna, todo está hecho. ¿Tiene algo que reprocharme?

—¡Por favor, *messere*, qué cosas tiene!

—Entonces tenga esto como recuerdo —dijo Voland y sacó de debajo de la almohada una herradura de oro cubierta de diamantes.

—No, no, por favor, ¡cómo quiere que lo admita!

—¿Quiere discutir conmigo? —preguntó Voland sonriendo.

Como Margarita no tenía bolsillos en su capa, envolvió la herradura en una servilleta, haciendo un nudo. Algo llamó su atención. Miró por la ventana a la luna reluciente y dijo:

—No llego a entenderlo... ¿cómo es posible que sea medianoche, cuando hace mucho que tenía que haber llegado la mañana?

—Siempre es agradable detener el tiempo en una medianoche de fiesta —contestó Voland—. ¡Les deseo mucha suerte!

Margarita extendió las dos manos hacia Voland con gesto

de súplica, pero no se atrevió a acercarse y exclamó en voz baja:

—¡Adiós! ¡Adiós!

—Hasta la vista —dijo Voland.

Margarita con su capa negra, y el maestro con la bata del sanatorio, se dirigieron al vestíbulo del piso de la joyera, iluminado por una vela, donde les esperaba el séquito de Voland. Cuando salieron del vestíbulo, Guela llevaba la maleta con la novela y el pequeño equipaje de Margarita; el gato le ayudaba.

Junto a la puerta del piso, Koróviev hizo una reverencia y desapareció; los demás fueron a acompañarles por la escalera. Estaba desierta. Al pasar por el descansillo del tercer piso se oyó un golpe suave, pero nadie se fijó en ello. Ya estaban junto a la misma puerta del sexto portal. Asaselo sopló hacia arriba y cuando salieron al patio, donde no había entrado la luz, vieron a un hombre con botas y gorra dormido junto a la puerta, y un gran coche negro con las luces apagadas. En el parabrisas se adivinaba la silueta del grajo.

Iban ya a subir al coche, cuando Margarita exclamó preocupada:

—¡Dios mío, he perdido la herradura!

—Suban al coche —dijo Asaselo—, y espérenme. Ahora mismo vuelvo, cuando aclare este asunto —y desapareció en el portal.

Lo que había sucedido era lo siguiente: antes de la aparición de Margarita, el maestro y sus acompañantes, había salido al descansillo del piso número cuarenta y ocho, que estaba debajo del de la joyera, una mujer escuálida con una zafra y una bolsa en las manos. Era Anushka, la misma que el miércoles había vertido aceite junto al torniquete para desgracia de Berlioz.

En Moscú nadie sabía y, seguramente nunca sabrá, a qué se dedicaba aquella mujer y con qué medios vivía. Lo único que se sabía era que se la podía ver todos los días con la zafra, o la bolsa y la zafra, en el puesto de petróleo o en el mercado, en la puerta de la casa o en la escalera y sobre todo, en la cocina del piso número cuarenta y ocho, donde ella vivía. Ahora, se sabía que bastaba que estuviera o que apareciera en algún sitio para que se armara un escándalo. Además, se la conocía por el apodo de la Peste.

Anushka, la Peste, se solía levantar muy temprano. Esta vez se levantó prontísimo, sobre la una de la madrugada. La llave giró en la cerradura, se abrió la puerta y Anushka asomó la nariz, luego salió toda entera, dio un portazo y ya estaba dispuesta a encaminarse, nadie sabía adónde, cuando en el piso de arriba se oyó el golpe de la puerta, alguien rodó por las escaleras, chocó con Anushka, que salió despedida hacia un lado con tal fuerza que se dio un golpe en la nuca.

—¿Adónde, diablos, vas en calzoncillos? —chilló Anushka, llevándose la mano a la nuca.

Un hombre en paños menores, con gorra y una maleta en la mano, le contestó con los ojos cerrados y con voz soñolienta y turbada:

—El calentador... la caparrosa... solo blanquearlo —y gritó, echándose a llorar—: ¡Fuera!

Subió corriendo las escaleras hacia la ventana con el cristal roto y salió volando, patas arriba. Anushka se olvidó de su nuca, abrió la boca y también se dirigió hacia la ventana. Apoyó el vientre en el antepecho y asomó la cabeza, esperando ver sobre el asfalto, iluminado por un farol, al hombre de la maleta, muerto. Pero en el asfalto del patio no había absolutamente nada.

Se podía suponer que el extraño y soñoliento personaje había salido volando de la casa, como un pájaro, sin dejar huella. Anushka se santiguó y pensó: Vaya un piso número cincuenta... Por algo dice la gente... ¡Menudo pisito...!

No tuvo tiempo de concluir sus pensamientos, se oyó otro portazo en el piso de arriba y alguien corrió por la escalera. Anushka, pegada a la pared, pudo ver a un ciudadano con barba y un aspecto bastante respetable, pero con una cara que se parecía algo a la de un cerdo, que pasó junto a ella y, como el anterior, abandonó la casa por la ventana, sin pensar en estrellarse contra el asfalto. Anushka ya se había olvidado del objetivo de su salida, se quedó en la escalera, suspirando, santiguándose y hablando a solas.

Otro, ya el tercero, sin barba, con la cara redonda, vestido con una camisa, salió al poco rato del piso de arriba y, como los anteriores, voló por la ventana.

Haciendo honor a la verdad, hay que decir que Anushka era muy curiosa, por eso se quedó esperando por si había algún otro milagro. De nuevo se abrió la puerta de arriba y se oyó bajar a un grupo de gente, sin correr, como anda todo el mundo. Anushka abandonó la ventana, bajó corriendo hasta su puerta, la abrió rápidamente, se escondió detrás de ella, y por una rendija brilló un ojo loco de curiosidad.

Un hombre con pinta de enfermo, extraño, pálido, con las barbas sin afeitar, con gorrito negro y bata, bajaba por la escalera con pasos inseguros. Le llevaba del brazo cuidadosamente, una señorita vestida con un hábito negro, eso le pareció a Anushka a oscuras. La señorita o estaba descalza o tenía unos zapatos transparentes, seguramente extranjeros, hechos tiras. Además ¡la señorita estaba desnuda! Sí, sí, ¡no llevaba nada bajo el hábito negro! «Pero ¡qué pisito!» Todo cantaba en el interior de Anushka al pensar en lo que diría a las vecinas al día siguiente.

Detrás de la señorita del traje extraño iba otra completamente desnuda, con un maletín en la mano, y junto al maletín merodeaba un enorme gato negro. Anushka por poco pegó un chillido, frotándose los ojos.

Cerraba la procesión un extranjero pequeñajo, cojo, con un ojo torcido, sin chaqueta, pero con un chaleco blanco de frac y corbata. Todo este grupo desfiló junto a Anushka y siguió bajando. Algo se cayó por el camino.

Al oír que los pasos cesaban, Anushka salió de su casa como una serpiente, dejó la zafra junto a la puerta, se echó al suelo y empezó a buscar. Algo pesado, envuelto en una servilleta, apareció en sus manos. Cuando abrió el paquete, a poco se le salen los ojos. Anushka se acercó la joya. En su mirada se encendió un fuego felino. Y un torbellino se formó en su cabeza: ¡No sé nada ni he visto nada!... ¿Al sobrino? ¿O lo sierro en trozos?... Las piedrecitas se pueden sacar y se llevan una por una: una a la Petrovka, otra a la Smolénskaya... ¡Ni sé nada, ni he visto nada!

Se guardó su tesoro en los senos, agarró la zafra y ya se disponía a meterse en su piso, aplazando el viaje a la ciudad, cuando creció ante sus ojos el tipo de la pechera blanca, sin chaqueta, y murmuró:

—¡Dame la herradura y la servilleta!

—¿Qué herradura ni qué servilleta? —preguntó Anushka haciéndose de nuevas con bastante arte—. No sé nada de ninguna servilleta. ¿Qué le pasa, ciudadano, está borracho?

El ciudadano, con unas manos duras y frías como el pasamanos de un autobús, sin decir nada más, le apretó el cuello de tal manera, que cortó todo acceso de aire a sus pulmones. La zafra cayó al suelo. Después de haberla tenido algún tiempo sin aire, el extranjero sin chaqueta apartó sus dedos del cuello de Anushka. Ella tragó un poco de aire y dijo con una sonrisa:

—Ah, ¿la herradura? ¡Ahora mismo! ¿Es suya? Es que la vi en la servilleta y la recogí, por si alguien se la llevaba, ya sabe usted qué cosas pasan...

Al recibir la herradura y la servilleta el hombre hizo varias reverencias, le estrechó enérgicamente la mano y, con acento extranjero, se lo agradeció con verdadero entusiasmo:

—Le estoy profundamente agradecido, madame. Esta herradura es un recuerdo muy querido para mí. Y permítame que por el favor de guardármela le dé doscientos rublos. —Sacó inmediatamente el dinero del bolsillo del chaleco y se lo entregó a Anushka.

Ella, con una sonrisa desmesurada, no hacía más que exclamar:

—¡Ay!, ¡tantas gracias! *Merci! Merci!*

El espléndido extranjero bajó toda la escalera de una zancada, pero antes de largarse definitivamente, gritó desde abajo, sin ningún acento ya:

—¡Oye, tú! ¡Vieja asquerosa! ¡Cuando encuentres algo llévalo a las milicias y no te lo metas en el bolsillo!

Con un extraño zumbido y embarullada la cabeza por aquella serie de sucesos en la escalera, Anushka siguió gritando maquinalmente durante bastante rato:

—*Merci! Merci! Merci!*... —El extranjero hacía mucho que no estaba allí.

Tampoco estaba el coche en el patio. Asaselo le devolvió a Margarita el regalo de Voland, se despidió de ella, preguntándole si estaba cómoda. Guela le dio varios besos ruidosos, el gato le besó la mano y saludaron al maestro, que parecía exánime en un rincón del coche. Luego hicieron una señal al grajo, y se disiparon en el aire, sin molestarse en subir las escaleras. El grajo encendió las luces del coche y salió del patio, pasando junto a otro hombre profundamente dormido. Las luces del coche desaparecieron entre otras muchas de la ruidosa Sadóvaya, que nunca dormía.

Una hora después, en el sótano de una pequeña casa de Arbat, en la habitación pequeña, que estaba igual que antes de la terrible noche del otoño anterior, y junto a una mesa cubierta de terciopelo, con una lámpara y un florero de muguetes, estaba Margarita, llorando de felicidad y por todo lo que había sufrido. Tenía frente a ella el cuaderno, desfigurado por el fuego, y un montón de cuadernos intactos. La casa estaba en silencio. En el cuarto de al lado dormía el maestro profundamente, tapado con la bata del sanatorio. Su respiración era silenciosa y tranquila.

Harta ya de llorar, Margarita cogió un ejemplar que no había visto el fuego y buscó la parte que releía antes del encuentro con Asaselo bajo las murallas del Kremlin. No tenía sueño. Acariciaba el cuaderno como se acaricia a un gato favorito, le daba vueltas, lo miraba por todos los lados, se paraba en la primera página, luego abría el final. De pronto le atravesó la espantosa idea de que todo había sido arte de magia, que iban a desaparecer los cuadernos, que se encontraría en su dormitorio del palacete y al despertar iría a ahogarse al río. Pero este fue el último pensamiento aterrorizado, el eco de sus largos días de sufrimiento. Nada desaparecía, el omni-potente Voland era realmente omnipotente, y siempre que quisiera podría estar así, pasando las hojas, estudiándolas, be-sándolas y releer la frase: «La oscuridad que llegaba del mar Mediterráneo cubrió la ciudad, odiada por el procurador...».

25

Cómo el procurador intentó salvar a Judas de Kerioth

La oscuridad que llegaba del mar Mediterráneo cubrió la ciudad, odiada por el procurador. Desaparecieron los puentes colgantes que unían el templo y la terrible torre Antonia, descendió un abismo del cielo que cubrió los dioses alados del circo, el palacio Hasmoneo con sus aspilleras, bazares, caravanas, callejuelas, estanques... Desapareció Jershalaím, la gran ciudad, como si nunca hubiera existido. Todo se lo había tragado la oscuridad, y en Jershalaím y sus alrededores no quedaba ser viviente que no se hubiera asustado. Una extraña nube había llegado del mar al atardecer del día catorce del mes primaveral Nisán.

Cubrió con su panza el monte Calvario, donde los verdugos se apresuraban a matar a los condenados, se echó sobre el templo de Jershalaím, se arrastró en forma de espumosos torrentes desde el monte hasta cubrir la Ciudad Baja. Entraba por las ventanas, empujaba a las gentes de las torcidas callejuelas a sus casas. No tenía prisa en soltar el agua que llevaba acumulada, pero sí la luz. Cuando el vaho negro y humeante se deshacía en fuego, se alzaba de la oscuridad el bloque inmenso del templo, cubierto de escamas brillantes. Pero al instante se apagaba, y el templo volvía a sumergirse en un oscuro abismo. Aparecía y desaparecía, se hundía, y a cada hundimiento seguía un estruendo de catástrofe.

Temblorosos resplandores sacaban de la oscuridad al palacio de Herodes el Grande, frente al templo, en el monte del oeste. Impresionantes estatuas de oro, decapitadas, volaban levantando los brazos al cielo. Pero el fuego celestial se escondía y los pesados golpes de los truenos arrojaban a la oscuridad los ídolos dorados.

El chaparrón empezó de repente, cuando ya la tormenta se había convertido en huracán. Allí, junto a un banco de mármol del jardín, donde a una hora próxima al mediodía estuvieran conversando el procurador y el gran sacerdote, un golpe semejante al de un disparo de cañón había roto un ciprés como si se tratara de un bastón. El balcón bajo las columnas se llenaba de rosas arrancadas, hojas de magnolio, pequeñas ramas y arena, mezcladas con el agua y el granizo. El huracán desgarraba el jardín.

En ese momento solo había un hombre bajo las columnas: el procurador.

Ya no se sentaba en el sillón. Estaba recostado en un triclinio, junto a una mesa baja repleta de manjares y jarras de vino. Había otro lecho vacío al otro lado de la mesa. A los pies del procurador había un charco rojo, como de sangre, y pedazos de una jarra rota. El criado, que antes de la tormenta estuvo poniendo la mesa para el procurador, se había azorado bajo su mirada, temiendo haberle disgustado por alguna razón. El procurador se enfadó, rompió el jarrón contra el suelo de mosaico y le dijo:

—¿Por qué no miras a la cara cuando sirves? ¿Es que has robado algo?

La cara del africano adquirió un tono grisáceo, en sus ojos apareció un terror animal, empezó a temblar y poco faltó para que rompiera otro jarrón, pero la ira del procurador desapareció con la misma rapidez con que había venido. El africano corrió a recoger los restos del jarrón y a limpiar el charco, pero el procurador le despidió con un gesto, y el esclavo salió corriendo. El charco había quedado ahí.

Durante el huracán el africano se había escondido junto a un nicho en el que había una estatua de mujer blanca y desnuda, con la cabeza inclinada. Tenía miedo de que el procurador le viera y de no acudir a tiempo a su llamada.

El procurador, recostado en el triclinio en la penumbra de la tormenta, se servía vino en un cáliz, bebía con sorbos largos, tocaba el pan de vez en cuando, lo desmenuzaba, comía pequeños trozos, chupaba las ostras, masticaba el limón y bebía de nuevo.

Si el ruido del agua no hubiera sido continuo, si no hubieran existido los truenos que amenazaban con aplastar el tejado del palacio, ni los golpes del granizo sobre los peldaños del balcón, se habría oído murmurar al procurador hablando consigo mismo. Si el temblor inestable del fuego celestial se hubiera convertido en luz continua, un observador habría visto que la cara del procurador, con los ojos hinchados por el insomnio y el vino, expresaba impaciencia; que no miraba solo a las dos rosas blancas ahogadas en el charco rojo, sino que, una y otra vez, volvía la cabeza hacia el jardín, como quien espera a alguien con ansiedad.

Algo después, el manto de agua empezó a clarear ante los ojos del procurador. El huracán, a pesar de su fuerza, cedía lentamente. Ya no rechinaban las ramas, no se alzaban los resplandores, y los truenos eran menos frecuentes. El cielo de Jershalaím ya no estaba cubierto por una manta violeta de bordes blancos, sino por una vulgar nube gris, de retaguardia. La tormenta marchaba hacia el mar Muerto.

Ahora se podía distinguir el ruido de la lluvia, el del agua, que caía por la gárgola directamente sobre los peldaños de la escalera, por la que bajara de día el procurador para anunciar la sentencia en la plaza. Se oía la fuente, ahogada hasta ahora. Clareaba. En medio del manto gris que corría hacia el este, aparecieron ventanas azules.

Desde lejos, cubriendo el ruido de la lluvia, débil ya, llegaron a los oídos del procurador sonidos de trompetas y de cientos de pezuñas. El procurador se movió al oírlos y se animó su expresión. El ala volvía del Calvario. A juzgar por lo que se oía, pasaba por la plaza donde la sentencia había sido pronunciada.

Por fin, el procurador escuchó los esperados pasos por la escalera que conducía a la terraza superior del jardín, delante del mismo balcón. El procurador estiró el cuello y sus ojos brillaron de alegría.

Entre dos leones de mármol apareció primero una cabeza con capuchón y luego un hombre empapado, con la capa pegada al cuerpo. Era el mismo que cambiara algunas palabras con el procurador en el cuarto oscuro del palacio antes de la sentencia y que durante la ejecución estuvo sentado en un banco de tres patas jugando con una ramita.

Sin evitar los charcos, el hombre atravesó la terraza del jardín, pisó el suelo de mosaicos del balcón y alzando la mano dijo con voz fuerte y agradable:

—¡Salud y alegría, procurador! —El hombre hablaba en latín.

—¡Dioses! —exclamó Pilatos—. ¡Si está completamente empapado! ¿Qué le ha parecido el huracán? ¿Eh? Le ruego que pase enseguida a mis habitaciones. Cámbiese.

El recién llegado se echó hacia atrás el capuchón, descubriendo la cabeza totalmente mojada, con el pelo pegado a la frente. Con amable sonrisa se negó a cambiarse, asegurando que la lluvia no podía hacerle ningún mal.

—No quiero ni escucharle —respondió Pilatos, y dio una palmada. Así llamó a los criados, que se habían escondido, y les ordenó que se ocuparan del recién llegado y que sirvieran enseguida el plato caliente.

Para secarse el pelo, cambiarse de traje y de calzado y arreglarse, el hombre necesitó muy poco tiempo y pronto apareció en el balcón peinado, vestido con un manto rojo de militar y sandalias secas.

El sol volvió a Jershalaím antes de desaparecer definitivamente en el mar Mediterráneo; enviaba rayos de despedida a la ciudad, odiada por el procurador, cubriendo de luz dorada los peldaños del balcón. La fuente revivió y se puso a cantar con toda su fuerza. Las palomas salieron a la arena, arrullaban saltando por encima de las ramas rotas, picoteando en la arena mojada. Los criados limpiaron el charco rojo y recogieron los restos del jarrón. En la mesa humeaba la carne.

—Estoy dispuesto a escuchar las órdenes del procurador —dijo el hombre acercándose a la mesa.

—Pues no oirá nada hasta que se haya sentado y beba algo —respondió Pilatos con amabilidad, señalando el otro triclinio.

El hombre se recostó. El criado le sirvió un cáliz de vino rojo y espeso.

Otro criado, inclinándose servicial sobre el hombro de Pilatos, llenó la copa del procurador. Pilatos les despidió con un gesto.

Mientras el hombre bebía y comía, el procurador, sorbiendo el vino, miraba a su huésped con los ojos entornados. El visitante de Pilatos era de edad mediana, tenía cara redonda, agradable y limpia, y nariz carnosa. Su pelo era de un color indefinido: ahora, cuando se secaba, parecía más claro. Sería difícil averiguar su nacionalidad. Lo que definía más su persona era la expresión de bondad, aunque turbada de vez en cuando por sus ojos, mejor dicho, por la manera de mirar a su interlocutor. Tenía los ojos pequeños y los párpados algo extraños, como hinchados. Cuando los entornaba, su mirada era pícara y benevolente. El huésped de Pilatos debía de tener sentido del humor, pero de vez en cuando lo desterraba completamente de su mirada. Entonces abría mucho los ojos y miraba fijamente a su interlocutor, como tratando de descubrir una mancha invisible en la nariz de aquel. Esto duraba solo un instante, porque volvía a entornar los ojos y de nuevo se traslucía su espíritu pícaro y bondadoso.

El recién llegado no rechazó la segunda copa de vino, sorbió varias ostras sin ocultar su placer, probó la verdura cocida y tomó un trozo de carne. Luego elogió el vino:

—Es una parra excelente, procurador, pero ¿no es Falerno?

—Es Cécubo, de treinta años —respondió el procurador con amabilidad.

El huésped se apretó la mano contra el corazón negándose a tomar nada más, porque, según decía, ya había comido bastante. Pilatos llenó su cáliz y el huésped hizo lo mismo.

Los dos comensales echaron un poco de vino en la fuente con carne y el procurador pronunció en voz alta, levantando su copa:

—¡A nuestra salud! ¡A la tuya, César, padre de los romanos!...

Después apuraron el vino y los africanos recogieron la mesa, quitando los manjares y dejando la fruta y los jarrones. De nuevo el procurador despidió a los criados con un movimiento de la mano y quedó solo con su invitado bajo la columnata.

—Bien —dijo Pilatos en voz baja—, ¿cómo están los ánimos en la ciudad?

Instintivamente volvió los ojos hacia abajo, allí donde terminaban de arder columnatas y tejados planos, dorados por los últimos rayos del sol, detrás de las terrazas del jardín.

—Me parece, procurador —respondió el huésped—, que ahora no hay razón para preocuparse.

—Entonces, ¿se puede estar seguro de que no hay peligro de disturbios?

—Se puede estar seguro —respondió el huésped mirando al procurador con simpatía— de una sola cosa en el mundo: del poder del gran César.

—¡Que los dioses le den una vida muy larga! —se unió Pilatos—, ¡y una paz completa! —estuvo callado un rato y luego siguió—: ¿Cree usted que se puede marchar el ejército?

—Me parece que la cohorte de la legión Fulminante se puede marchar —contestó el huésped y añadió—: Estaría bien que desfilara por la ciudad como despedida.

—Buena idea —aprobó el procurador—. Pasado mañana dejaré que se vaya y me iré yo también, y le juro por el festín de los doce dioses, le juro por los lares, ¡que daría mucho por poder hacerlo hoy mismo!

—¿Al procurador no le gusta Jershalaím? —preguntó el hombre amablemente.

—¡Por favor! —exclamó el procurador, sonriendo—. En la tierra no hay otro lugar más desesperante. No hablo ya del clima, me enfermo cada vez que vengo aquí. Eso es lo de menos... ¡Pero las fiestas!... ¡Los magos, hechiceros, brujos, estas manadas de peregrinos!... ¡Fanáticos, son unos fanáticos! ¿Y qué me dice del Mesías que de pronto se les ocurrió esperar este año? Se está expuesto a presenciar matanza tras matanza... Tener que trasladar a los soldados constantemente, leyendo denuncias y quejas, la mitad de las cuales van dirigidas contra uno mismo. Reconozca que es aburrido. Oh, ¡si no fuera por el servicio del emperador!

—Sí, las fiestas aquí son difíciles —asintió el huésped.

—Deseo con toda mi alma que terminen lo antes posible —añadió Pilatos con energía—. Por fin podré volver a Cesarea. No sé si me creerá, pero esta construcción de pesadilla de Herodes —el procurador hizo un gesto con la mano hacia la columnata, dejando claro que hablaba del palacio— ¡me está volviendo loco! No puedo dormir. ¡El mundo no conoce otra arquitectura tan extraña como esta!... Bueno, volvamos a nuestros asuntos. Ante todo, ¿no le preocupa ese maldito Bar-Rabbán?

Entonces el huésped dirigió una de sus miradas especiales a la mejilla del procurador. Pero este miraba al infinito con expresión aburrida, la cara arrugada de asco, observando aquella parte de la ciudad que estaba a sus pies, apagándose en el anochecer. También se apagó la mirada del huésped y se bajaron sus párpados.

—Es de suponer que Bar sea ahora tan inofensivo como un cordero —dijo el huésped, y su cara redonda se cubrió de arrugas—, le resultaría difícil manifestarse.

—¿Es demasiado conocido?

—El procurador, como siempre, comprende el problema hasta el fondo.

—En todo caso —dijo el procurador y levantó su dedo largo, con una piedra negra de sortija—, es necesario...

—¡Oh!, el procurador puede estar seguro de que mientras yo esté en Judea, Bar no podrá dar un paso sin que le sigan.

—Así estoy tranquilo. En realidad, como siempre que usted se encuentra aquí.

—¡El procurador es demasiado benévolo!

—Y ahora le ruego que me informe sobre la ejecución —dijo el procurador.

—¿Y qué le interesa al procurador en particular?

—¿No hubo por parte de la masa intentos de expresar su indignación? Claro está, que esto es lo más importante.

—No hubo ninguno —contestó el huésped.

—Muy bien. ¿Se cercioró usted mismo de que habían muerto?

—El procurador puede estar seguro de ello.

—Dígame... ¿les dieron la bebida antes de colgarlos en los postes?

—Sí. Pero él —el huésped cerró los ojos— se negó a tomarla.

—¿Cuál de ellos? —preguntó Pilatos.

—¡Usted perdone, hegémono! —exclamó el huésped—, ¿no le he nombrado? ¡Ga-Nozri!

—¡Demente! —dijo Pilatos haciendo una extraña mueca. Empezó a temblarle una vena bajo su ojo izquierdo—. ¡Morir de quemaduras de sol! ¿Por qué rechazar lo que permite la ley? ¿Con qué palabra se negó?

—Dijo —respondió el hombre, cerrando los ojos de nuevo— que lo agradecía y no culpaba a nadie de su muerte.

—¿A quién? —preguntó con voz sorda.

—Eso no lo dijo, hegémono...

—¿No intentó predicar algo en presencia de los soldados?

—No, hegémono, esta vez no estuvo demasiado hablador. Lo único que dijo fue que entre todos los defectos del hombre el que le parecía más grande era la cobardía.

—¿Por qué lo dijo? —el huésped oyó de repente una voz cascada.

—No quedó claro. Toda su actitud era extraña, como siempre.

—¿Qué era lo extraño?

—Intentaba mirar a los ojos de cada uno de los que le rodeaban y no dejaba de sonreír, desconcertado.

—¿Nada más?

—Nada más.

El procurador dio un golpe con el cáliz al servirse más vino. Lo bebió de un trago y dijo:

—El problema es el siguiente: aunque no podamos descubrir, por lo menos por ahora, a sus admiradores o seguidores, no hay garantía de que no existan.

El huésped le escuchaba atentamente, con la cabeza baja.

—Por eso, para evitar toda clase de sorpresas —seguía el procurador— le ruego que se recojan los cuerpos de los tres ejecutados y que se entierren en secreto, para que no se vuelva a hablar de ellos.

—Está claro, hegémono —dijo el huésped poniéndose de pie—: En vista de la dificultad y responsabilidad de la tarea, permita que me vaya enseguida.

—No, siéntese un momento —dijo Pilatos, deteniéndole con un gesto—, hay dos cosas más. En primer lugar, teniendo en cuenta sus enormes méritos en el delicado trabajo de jefe del servicio secreto del procurador de Judea, me veo en la obligación de hacerlo saber en Roma.

El huésped se sonrojó, se puso en pie e hizo una reverencia, diciendo:

—Solo cumplo mi deber al servicio del emperador.

—Me gustaría pedirle una cosa —seguía el hegémono—, que si le proponen el traslado y el ascenso, que lo rechace y se quede aquí. No me gustaría tener que prescindir de usted de ningún modo. Podrán premiarle de otra manera.

—Es una gran satisfacción servir a sus órdenes, hegémono...

—Me alegro mucho. Bien, la segunda cuestión. Se refiere a... este, cómo se llama... Judas de Kerioth.

De nuevo el huésped miró al procurador de manera especial, aunque solo por unos instantes.

—Dicen —seguía el procurador bajando la voz— que ha recibido dinero por haber acogido con tanta hospitalidad a ese loco.

—Lo recibirá —corrigió por lo bajo el jefe del servicio secreto.

—¿Es grande la suma?

—Eso nadie lo puede saber.

—¿Ni siquiera usted? —dijo el hegémono, elogiándole con su asombro.

—Desgraciadamente, yo tampoco —respondió el huésped con serenidad—. Lo único que sé es que va a recibir el dinero esta noche. Hoy le llamaron al palacio de Caifás.

—¡Ah! ¡El avaro viejo de Kerioth! —dijo el procurador sonriendo—. ¿No es viejo?

—El procurador nunca se equivoca, pero esta vez sí —respondió el huésped con amabilidad—. El hombre de Kerioth es joven.

—¿Qué me dice? ¿Podría describirlo? ¿Es un fanático?

—¡Oh, no, procurador!

—Bien, ¿algo más?

—Es muy guapo.

—¿Qué más? ¿Tiene alguna pasión?

—Es muy difícil conocer bien a todos los de esta enorme ciudad...

—¡No, no, Afranio! No subestime sus méritos.

—Tiene una pasión, procurador —el huésped hizo una pausa corta—: el dinero.

—¿Qué hace?

Afranio levantó los ojos hacia el techo, se quedó pensando y luego contestó:

—Trabaja en una tienda de cambio de un pariente suyo.

—Ah, bien, bien... —el procurador se calló, miró alrededor para convencerse de que en el balcón no había nadie y luego dijo en voz baja—: Me han informado de que le van a matar esta noche.

El huésped miró fijamente al procurador y mantuvo la mirada unos instantes, después contestó:

—Procurador, usted tiene una opinión muy buena de mí. Me parece que no merezco su informe a Roma. Yo no he tenido noticias de eso.

—Usted se merece el premio más grande —respondió el procurador—, pero la noticia existe.

—Permítame una pregunta: ¿de dónde proviene?

—Permítame que no se lo diga por ahora. Además, la noticia es poco clara y dudosa. Pero yo debo preverlo todo. Así es mi trabajo. Y lo que más me inclina a creerlo es mi presentimiento que nunca me ha fallado. El rumor es que uno de los amigos secretos de Ga-Nozri, indignado por la monstruosa traición de ese cambista, se ha puesto de acuerdo con sus cómplices para matarlo esta noche, y el dinero del soborno, mandárselo al gran sacerdote con estas palabras: «Devuelvo el dinero maldito».

El jefe del servicio secreto ya no miraba inquisitivamente al hegémono y le seguía escuchando con los ojos entornados. Pilatos decía:

—¿Cree usted que le gustará al gran sacerdote recibir este regalo en la noche de fiesta?

—No solo no le gustará —respondió el huésped, sonriendo—, sino que me parece que se va a armar un gran escándalo.

—Soy de la misma opinión. Por eso le ruego que se ocupe de este asunto, es decir, que tome todas las precauciones para proteger a Judas de Kerioth.

—La orden del hegémono será cumplida —contestó Afranio—, pero tranquilícese: el plan de los malhechores es muy difícil de realizar. Figúrese —el huésped miró alrededor mientras hablaba—, espiarlo, matarlo, además enterarse de cuánto dinero había recibido y arreglárselas para devolverlo a Caifás, y ¿todo en una noche?

—De todos modos le van a matar esta noche —repitió Pilatos, obstinado—. Le digo que tengo un presentimiento. Y no se ha dado el caso que me haya fallado —cambió de cara y se frotó las manos con un gesto rápido.

—A sus órdenes —contestó el huésped con resignación. Se puso en pie y preguntó con severidad—: Entonces, ¿le van a matar, hegémono?

—Sí —respondió Pilatos—, tengo todas mis esperanzas puestas en su sorprendente eficacia.

El huésped se arregló el pesado cinturón bajo la capa y dijo:

—Salud y alegría.

—¡Ah, sí! —exclamó Pilatos en voz baja—, se me había olvidado por completo. ¡Le debo dinero!

El huésped se sorprendió.

—Por favor, usted no me debe nada.

—¿Cómo que nada? ¿Se acuerda que el día de mi llegada a Jershalaím había un montón de mendigos... y que quise darles algo de dinero y como no llevaba encima se lo pedí a usted?

—Procurador, ¡si eso no es nada!

—Eso tampoco se debe olvidar —Pilatos se volvió, cogió su toga que estaba detrás de él, sacó de debajo un pequeño saco de cuero y se lo extendió al huésped.

Este, al recibirlo, hizo una reverencia y lo guardó debajo de la capa.

—Espero el informe sobre el entierro —dijo Pilatos—, y sobre el asunto de Judas de Kerioth esta misma noche. La guardia recibirá órdenes de despertarme en cuanto usted llegue. Le espero.

—A sus órdenes —dijo el jefe del servicio secreto y se fue del balcón. Se oyó crujir la arena mojada bajo sus pies, luego sus pisadas por el mármol entre los leones. Después desaparecieron sus piernas, el cuerpo y, por fin, el capuchón. Solo entonces el procurador se dio cuenta de que el sol se había puesto y había llegado el crepúsculo.

26

El entierro

Quizá fuera el crepúsculo la razón del cambio repentino que
había experimentado el físico del procurador. En un momento había envejecido, estaba más encorvado y parecía intranquilo. Una vez se volvió y, mirando el sillón vacío con el
manto echado sobre el respaldo, se estremeció. La noche de
fiesta se acercaba. Las sombras nocturnas empezaban su juego y, seguramente, al cansado procurador le pareció ver a alguien sentado en el sillón. Cedió a su miedo, revolvió el manto, lo dejó donde estaba y empezó a dar pasos rápidos por el
balcón, frotándose las manos. Se acercó a la mesa para coger
el cáliz y se detuvo contemplando con mirada inexpresiva el
suelo de mosaico, como si tratara de leer algo escrito... Era la
segunda vez en el día que le aquejaba una fuerte depresión.
Con las manos en la sien, en la que solo quedaba un recuerdo
vago y molesto de aquel tremendo dolor que sintiera por la
mañana, el procurador se esforzaba en comprender el porqué
de su sufrimiento. Y lo entendió enseguida, pero trató de en-
gañarse a sí mismo. Estaba claro que por la mañana había dejado escapar algo irrevocablemente y ahora trataba de arre-
glarlo con actos insignificantes, y sobre todo, demasiado
tardíos. El procurador trataba de convencerse de que lo que
estaba haciendo ahora, esta noche, no tenía menos importancia que la sentencia de la mañana. Pero la realidad es que le
costaba mucho creérselo. Se volvió bruscamente y silbó. Le
respondió un ladrido sordo que resonó en el atardecer, y un

perrazo gris, con las orejas de punta, saltó del jardín al balcón. El perro llevaba un collar con remaches de chapa dorados.

—Bangá, Bangá —gritó el procurador casi sin voz.

El perro se levantó sobre las patas traseras y apoyó las delanteras en los hombros de su amo. Faltó muy poco para que le tirara al suelo; le lamió un carrillo. El procurador se sentó en un sillón. Bangá, jadeante y con la lengua fuera, se echó a sus pies. Sus ojos estaban llenos de alegría, la tormenta había terminado y eso era lo único que temía el intrépido perro. Se encontraba, además, con el hombre al que quería, respetaba y veía como al más fuerte del mundo, el dueño de todos los hombres, gracias al cual se creía un ser privilegiado, superior y especial. Pero tumbado a sus pies, sin mirarle siquiera, con los ojos puestos en el jardín semi a oscuras, el perro se dio cuenta enseguida de la apurada situación en que se encontraba su amo. Por eso cambió de postura. Se levantó, se acercó al procurador y le puso la cabeza y las patas en las rodillas, ensuciándole el manto con arena mojada. Seguramente quería demostrar así su deseo de consuelo y su disposición a enfrentarse con la desgracia al lado de su señor. Trataba de expresar esta actitud en su modo de mirar al procurador y con sus orejas, levantadas y alertas. Así recibieron la noche de fiesta en el balcón, el hombre y el perro, dos seres que se querían.

Mientras tanto, el huésped del procurador estaba muy ocupado. Después de abandonar la terraza delante del balcón, bajó por una escalera a la terraza siguiente, torció a la derecha y salió hacia el cuartel situado dentro del palacio, donde estaban instaladas las dos centurias que habían llegado a Jershalaím con el procurador con motivo de la fiesta. También estaba acuartelada aquí la guardia secreta, bajo el mando del huésped de Pilatos, quien apenas se detuvo en el cuartel; no estaría allí más de diez minutos, pero enseguida salieron del patio tres carros cargados de herramientas de zapadores y una cuba con agua, y acompañando a los carros, quince hombres a caballo con capas grises.

Atravesaron la puerta trasera del palacio, se dirigían al

oeste. Pasando junto al muro de la ciudad, cogieron el camino de Bethleen y por él fueron hacia el norte, hasta el cruce que había junto a la Puerta de Hebrón. Tomaron entonces el camino de Jaffa, por el que pasara de día la procesión de los condenados a muerte. Había oscurecido y en el horizonte apareció la luna.

Poco después, el huésped del procurador, con una túnica usada, también abandonó el palacio a caballo. El huésped no salió de Jershalaím, se dirigió a algún sitio dentro de la ciudad. Pronto se le pudo ver muy cerca de la fortificación Antonia, que estaba al norte, junto al gran templo. Tampoco se detuvo mucho tiempo en el fuerte y le vieron después en la Ciudad Baja, por sus calles torcidas y enredadas. Llegó hasta allí montado en una mula.

El hombre conocía bien la ciudad y no tuvo dificultad para encontrar la calle que buscaba. Llevaba el nombre de calle Griega por la procedencia de los dueños de las pequeñas tiendas que había en ella. Y precisamente junto a una de estas tiendas, en la que vendían alfombras, detuvo el hombre su mula, se apeó y la ató a una anilla de la puerta. La tienda estaba cerrada. Junto a la entrada había una verja, por donde el hombre penetró en un patio cuadrangular rodeado de cobertizos. Dobló una esquina del patio, se acercó a la terraza de una vivienda cubierta de hiedra y echó una mirada alrededor. La casa y los cobertizos estaban a oscuras: todavía no habían encendido las luces. El hombre llamó en voz baja:

—¡Nisa!

Rechinó una puerta, y en la penumbra de la noche apareció en la terraza una mujer joven, sin velo. Se inclinó sobre la barandilla con aspecto intranquilo, para averiguar quién era el que llamaba. Al reconocer al hombre le sonrió e hizo un gesto amistoso con la mano.

—¿Estás sola? —preguntó Afranio en griego.

—Sí —susurró la mujer desde la terraza—, mi marido ha marchado a Cesarea esta mañana —la mujer miró hacia la puerta y añadió—: pero la criada está en casa —e hizo un gesto indicándole que pasara.

Afranio volvió a mirar alrededor y subió por los peldaños de piedra. Luego los dos desaparecieron en el interior. Afranio no estuvo allí más de cinco minutos. Abandonó la casa y la terraza cubriéndose el rostro con la capucha y salió a la calle. Poco a poco iban apareciendo las luces de los candiles en las casas. Fuera, el barullo de vísperas de fiesta era grande todavía, y Afranio, montado en la mula, se confundió enseguida con la muchedumbre de transeúntes y jinetes. Nadie sabe adónde se dirigió después.

Cuando se quedó sola la mujer a la que Afranio llamara Nisa, se cambió rápidamente de ropa. No encendió el candil, ni llamó a la criada, a pesar de lo difícil que resultaba encontrar algo en una habitación a oscuras. En cuanto estuvo preparada, con la cabeza cubierta por un velo negro, se le oyó decir:

—Si acaso alguien llegara a preguntar por mí, di que me he ido a ver a Enanta.

Se oyó el gruñido de la criada en la oscuridad:

—¿Enanta? ¡Esta Enanta...! Tu marido te ha prohibido que vayas a verla. ¡Esa Enanta es una alcahueta! ¡Se lo voy a decir a tu marido!

—¡Anda, cállate ya! —respondió Nisa, y salió de la casa. Sus sandalias resonaron en las baldosas de piedra del patio. La criada cerró gruñendo la puerta de la terraza.

Al mismo tiempo, en otra calleja de la Ciudad Baja, una callejuela retorcida que bajaba hacia una de las piscinas con grandes escaleras, de la verja de una casa miserable, cuya parte ciega daba a la calle y las ventanas al patio, salió un hombre joven, con la barba cuidadosamente recortada, un kefi blanco cayéndole sobre los hombros, un taled recién estrenado, azul celeste, con borlas en el bajo, y unas sandalias que le crujían al andar. Tenía nariz aguileña; era muy guapo. Estaba arreglado para la gran fiesta y andaba con pasos enérgicos, dejando atrás a los transeúntes que se apresuraban por llegar a la mesa festiva, y observaba cómo se iban encendiendo las ventanas, una a una. Se dirigía al palacio del gran sacerdote Caifás, situado al pie del monte del Templo, por el camino que pasaba junto al bazar.

A los pocos minutos entraba en el patio de Caifás, abandonándolo un rato después.

En el palacio se habían encendido ya los candiles y las antorchas y había empezado el alegre alboroto de la fiesta. El joven siguió andando muy enérgico y contento, apresurándose por volver a la Ciudad Baja. En la esquina de la calle con la plaza del bazar, en medio del bullicio de las gentes, le adelantó una mujer de andares ligeros, como bailando. Llevaba un velo negro que le cubría los ojos. Al pasar junto al apuesto joven, la mujer levantó el velo y le miró, pero no solo no se detuvo, sino que apretó el paso, como si quisiera escapar del que había adelantado.

El joven se fijó en la mujer, y al reconocerla se estremeció. Se detuvo sorprendido, contemplando su espalda, y enseguida corrió a su alcance. Poco faltó para que empujase al suelo a un hombre con un jarrón; alcanzó a la mujer y la llamó, jadeante de emoción:

—¡Nisa!

La mujer se volvió, entornó los ojos, y con expresión de frío despecho le contestó en griego, muy seca:

—¡Ah! ¿Eres tú, Judas? No te había conocido. Mejor para ti. Dicen que si alguien no te reconoce, es que vas a ser rico...

Emocionado hasta el extremo de que el corazón le empezó a saltar como un pájaro en una red, Judas preguntó con voz entrecortada, en un susurro para que no le oyeran los transeúntes:

—¿Adónde vas, Nisa?

—¿Y para qué lo quieres saber? —respondió Nisa aminorando el paso, con mirada arrogante.

La voz sonó con notas infantiles. Desconcertada.

—Pero si... habíamos quedado... Pensaba ir a buscarte, me habías dicho que estarías en casa toda la tarde...

—¡Ay, no! —contestó Nisa, haciendo un mohín con el labio inferior.

A Judas le pareció que aquella cara tan bonita, la más bonita que él había visto en su vida, era todavía más bella.

—Me aburría. Es fiesta, ¿qué quieres que haga? ¿Quedarme para escuchar tus suspiros en la terraza? ¿Encima con el miedo de que la criada se lo pueda contar a él? No, he decidido irme a las afueras para escuchar el canto de los ruiseñores.

—¿Cómo a las afueras? —preguntó Judas, completamente desconcertado—. ¿Sola?

—Pues claro —contestó Nisa.

—Déjame que te acompañe —pidió Judas con la respiración entrecortada. En su cabeza se habían mezclado todos los pensamientos. Se olvidó de todo en el mundo y miró suplicante a los ojos azules de Nisa, que ahora parecían negros.

Nisa no dijo nada y siguió andando.

—Nisa, ¿por qué te callas? —preguntó Judas con voz de queja, tratando de seguir el paso de la mujer.

—¿Y no me aburriré contigo? —dijo Nisa parándose.

Judas estaba cada vez más confuso.

—Bueno —se apiadó por fin Nisa—, vamos.

—¿Adónde?

—Espera... Entremos en este patio para ponernos de acuerdo, tengo miedo a que me vea alguien conocido y le diga a mi marido que estaba con mi amante en la calle.

Nisa y Judas desaparecieron del bazar. Hablaban en la puerta de una casa.

—Ve al Huerto de los Olivos —susurraba Nisa, tapándose los ojos con el velo y de espaldas a un hombre que pasaba por la puerta con un cubo en la mano—, a Gethsemaní, al otro lado del Kidrón, ¿me oyes?

—Sí, sí...

—Iré delante, pero no me sigas, sepárate de mí —decía Nisa—. Yo iré delante... Cuando cruces el río..., ¿sabes dónde está la cueva?

—Sí, lo sé...

—Cuando pases la almazara de la aceituna, tuerce hacia la cueva. Estaré allí. Pero no se te ocurra seguirme ahora, ten paciencia y espera —con estas palabras Nisa abandonó la puerta, como si no hubiera estado hablando con Judas.

Este pensaba, entre otras cosas, qué explicación daría a su

familia para justificar su ausencia en la mesa festiva. Trató de inventar una mentira; pero, por el estado de emoción en que se encontraba, no se le ocurrió nada y atravesó despacio la puerta.

Cambió de rumbo; ya no tenía prisa por llegar a la Ciudad Baja. Se dirigió de nuevo hacia el palacio de Caifás. Ya era fiesta en la ciudad. Judas veía a su alrededor las ventanas llenas de luz, y llegaban conversaciones hasta sus oídos.

En la carretera, los últimos transeúntes apresuraban sus burros, gritándoles y arreándoles. A Judas le llevaban los pies. No se fijó en la torre Antonia, cubierta de musgo, que pasaba junto a él; no oyó el estruendo de las trompetas en la fortaleza y no reparó tampoco en la patrulla romana a caballo y con antorchas, que había iluminado su camino con luz alarmante.

Cuando dejó atrás la torre, Judas se volvió y vio en lo alto, sobre el templo, dos enormes candelabros de cinco brazos. Pero no pudo distinguirlos con claridad. Le pareció que se habían encendido sobre Jershalaím diez candiles de tamaño sorprendente, haciendo la competencia al candil que dominaba Jershalaím: la luna.

A Judas ya no le interesaba nada. Tenía prisa por llegar a la puerta de Gethsemaní y abandonar la ciudad cuanto antes. A veces, entre espaldas y rostros de los transeúntes, le parecía ver una figura danzante que le servía de guía. Pero se equivocaba. Sabía que Nisa le había adelantado considerablemente. Corrió junto a los tenderetes de los cambistas y por fin se encontró ante la Puerta de Gethsemaní. Allí tuvo que detenerse, consumiéndose de impaciencia. Entraban unos camellos en la ciudad y les seguía la patrulla militar siria, que Judas maldijo para sus adentros...

Pero todo se acaba, y el impaciente Judas ya estaba fuera de la ciudad. A su izquierda vio un pequeño cementerio y varias tiendas a rayas de peregrinos. Después de cruzar el camino polvoriento, iluminado por la luna, Judas se dirigió al torrente del Kidrón con la intención de pasar a la otra orilla. El agua murmuraba a sus pies. Saltando de una piedra a otra alcanzó, por fin, la orilla de Gethsemaní y se convenció con alegría de que el camino hasta el huerto estaba desierto. La puerta medio destruida del Huerto de los Olivos no quedaba lejos.

Después del aire cargado de la ciudad, le sorprendió el olor mareante de la noche de primavera. A través de la valla del huerto llegaba una ráfaga de olor a mirtos y acacias de los valles de Gethsemaní.

Nadie guardaba la puerta, nadie la vigilaba, y a los pocos minutos Judas ya corría entre la sombra misteriosa de los grandes y frondosos olivos. El camino era cuesta arriba. Judas subía sofocado. De vez en cuando salía de la sombra a unos claros bañados por la luna, que le recordaban las alfombras que viera en la tienda del celoso marido de Nisa.

Pronto apareció a su izquierda la almazara, con una pesada rueda de piedra y un montón de barriles. En el huerto no había nadie: los trabajos habían terminado al ponerse el sol y ahora solo sonaban y vibraban coros de ruiseñores.

Su objetivo estaba cerca. Sabía que a la derecha, en medio de la oscuridad, se oiría el susurro del agua cayendo en la cueva. Así sucedió. Refrescaba. Detuvo el paso y gritó con voz no muy fuerte:

—¡Nisa!

Pero en lugar de Nisa, del tronco grueso de un olivo se despegó una figura de hombre bajo y ancho, que saltó al camino. Algo brilló en su mano y se apagó enseguida.

Con un grito débil, Judas retrocedió, pero otro hombre le cerró el paso.

El primero, que estaba delante, le preguntó:

—¿Cuánto dinero has recibido? ¡Dilo, si quieres seguir con vida!

—¡Treinta tetradracmas! ¡Treinta tetradracmas! ¡Todo lo que me dieron lo tengo aquí! ¡Aquí está! ¡Podéis cogerlo, pero no me matéis!

El hombre que tenía delante le arrebató la bolsa. Y en el mismo instante sobre la espalda de Judas voló un cuchillo y se hincó bajo el omoplato del enamorado. Judas cayó de bru-

ces, alzando las manos con los puños apretados. El hombre
que estaba delante le recibió con su cuchillo, clavándoselo en
el corazón hasta el mango.

—Ni... sa... —pronunció Judas, no con su voz alta, limpia
y joven, sino con una voz sorda, de reproche; y no se oyó
nada más. Su cuerpo cayó con tanta fuerza, que la tierra pareció vibrar.

En el camino surgió una tercera figura. Un hombre con
manto y capuchón.

—No pierdan el tiempo —ordenó. Los asesinos envol-
vieron con rapidez la bolsa y la nota, que les dio este hombre,
en una pieza de cuero y la ataron con una cuerda. Uno de los
asesinos se guardó el paquete en el pecho y los dos echaron a
correr en direcciones distintas. La oscuridad se los tragó bajo
los olivos. El hombre del capuchón se puso en cuclillas junto
al muerto y le miró la cara. En la penumbra le pareció blanca
como la cal, hermosa y espiritual.

A los pocos segundos no quedaba un ser vivo en el camino. El cuerpo exánime tenía los brazos abiertos. El pie izquierdo estaba dentro de una mancha de luna que permitía
distinguir las correas de su sandalia. El Huerto de Gethsemaní retumbaba con el canto de los ruiseñores.

¿Qué hicieron los dos asesinos de Judas? Nadie lo sabe,
pero sí sabemos lo que hizo el hombre de la capucha. Después de abandonar el camino, se metió entre los olivos, dirigiéndose hacia el sur. Trepó la valla del huerto por la parte
más alejada de la puerta principal, por el extremo sur, donde
habían caído unas piedras. Pronto estaba en la orilla del Kidrón. Entró en el agua y anduvo por el río hasta que percibió
la silueta de dos caballos y a un hombre junto a ellos. Los caballos también estaban en el agua, que corría bañándoles las
pezuñas. El palafrenero montó un caballo y el hombre de la
capucha el otro, y los dos echaron a andar por el río. Se oía
crujir las piedras bajo las pezuñas de los caballos. Salieron del
agua a la orilla de Jershalaím y fueron a paso lento junto a los
muros de la ciudad. El palafrenero se separó, adelantándose,
y se perdió de vista. El hombre de la capucha paró su caballo,

se bajó en el camino desierto y, quitándose la capa, la volvió del revés, sacó de debajo un yelmo plano sin plumaje y se cubrió la cabeza con él. Ahora subió al caballo un hombre con clámide militar negra y una espada corta sobre la cadera. Estiró las riendas y el nervioso caballo trotó sacudiendo al jinete. El camino no era largo: el jinete se acercaba a la Puerta Sur de Jershalaím.

El fuego de las antorchas bailaba y saltaba bajo el arco de la puerta. Los centinelas de la segunda centuria de la legión Fulminante estaban sentados en bancos de piedra jugando a los dados. Al ver al militar a caballo, los soldados se incorporaron de un salto. El militar les saludó con la mano y entró en la ciudad.

La ciudad estaba inundada de luces de fiesta. En las ventanas bailaba el fuego de los candiles, y por todas partes, formando un coro discorde, sonaban las oraciones. El jinete miraba de vez en cuando a través de las ventanas que daban a la calle. Dentro de las casas, la gente rodeaba la mesa, en la que había carne de cordero y cálices de vino entre platos de hierbas amargas. Silbando por lo bajo una canción, el jinete avanzaba sin prisas, a trote lento, por las calles desiertas de la Ciudad Baja, dirigiéndose hacia la torre Antonia, mirando los candelabros de cinco brazos, nunca vistos, que ardían sobre el templo, o a la luna que colgaba por encima de los candelabros.

El palacio de Herodes el Grande no participaba en la celebración de la noche de Pascua. En las estancias auxiliares del palacio, orientadas hacia el sur, donde se habían instalado los oficiales de la cohorte romana y el legado de la legión, había luces, se sentía movimiento y vida. Pero la parte delantera, la principal, donde se alojaba el único e involuntario huésped del palacio —el procurador—, con sus columnatas y estatuas doradas, parecía cegada por la luna llena. Aquí, en el interior del palacio, reinaban la oscuridad y el silencio.

Y el procurador, como él dijera a Afranio, no quiso entrar en el palacio. Ordenó que le hicieran la cama en el balcón, donde había comido y donde por la mañana había tenido lugar el interrogatorio. El procurador se acostó en el triclinio, pero no tenía sueño. La luna desnuda colgaba en lo alto del cielo limpio, y el procurador no dejó de mirarla durante varias horas.

Por fin, el sueño se apoderó del hegémono cuando era casi medianoche. El procurador bostezó, se desabrochó y se quitó la toga; se liberó del cinturón que llevaba sobre la camisa, con un cuchillo ancho, de acero, envainado, y lo dejó en el sillón junto al lecho; luego se quitó las sandalias y se tumbó.

Bangá escaló enseguida el triclinio y se acostó junto a él, cabeza con cabeza, y el procurador, pasándole una mano al perro por el cuello, cerró los ojos. Solo entonces durmió el perro.

El lecho estaba en la oscuridad, guardado de la luna por una columna, pero de los peldaños de la entrada hasta la cama se extendía un haz de luna. Cuando el procurador perdió el contacto con la realidad que le rodeaba, empezó a andar por el camino de luz, hacia la luna.

Se echó a reír, feliz por lo extraordinario que todo resultaba en el camino azul y transparente. Le acompañaban Bangá y el filósofo errante. Discutían de algo importante y complicado y ninguno de los dos era capaz de convencer al otro. No estaban de acuerdo en nada, lo que hacía que la discusión fuera interminable, pero mucho más interesante. Por supuesto, la ejecución no había sido más que un malentendido, el filósofo que inventara aquella absurda teoría de que todos los hombres eran buenos estaba a su lado, luego estaba vivo. Y, naturalmente, daba horror pensar que se podía ejecutar a un hombre así. ¡No hubo tal ejecución! ¡No la hubo! Ahí radicaba el encanto del viaje hacia arriba, subiendo a la luna.

Tenía mucho tiempo por delante, la tormenta no empezaría hasta la noche, y la cobardía, sin duda alguna, era uno de los mayores defectos del hombre. Así decía Joshuá Ga-Nozri. No, filósofo, no estoy de acuerdo. ¡Es el mayor defecto!

El que hoy era procurador de Judea, el antiguo tribuno de la legión, no fue cobarde, por ejemplo, cuando a los furiosos germanos les faltó poco para devorar al gigante Matarratas, en el valle de las Doncellas. Pero, ¡por favor, filósofo!,

¿cómo puede pensar usted, que es inteligente, que el procurador de Judea iba a perder su puesto por un hombre que ha cometido un delito contra el César?

—Sí, sí... —gemía y sollozaba Pilatos en sueños.

Claro que lo perdería. Por la mañana no lo hubiera hecho así; pero, ahora, por la noche, después de haberlo meditado bien, estaba dispuesto a ello. Haría lo que fuera necesario para librar de la ejecución al médico demente y soñador que no era culpable de nada.

—Así siempre estaremos juntos —decía el harapiento filósofo, el vagabundo, que no se sabía por qué había aparecido en el camino del jinete de la Lanza de Oro—, ¡cuando salga uno, saldrá el otro! ¡Cuando se acuerden de mí, te recordarán a ti! A mí, hijo de padres desconocidos, y a ti, hijo del rey astrólogo y de la hermosa Pila, hija de un molinero.

—Sí, por favor, no me olvides. Recuérdame a mí, al hijo del astrólogo —pedía Pilatos. Y como viera el consentimiento del mendigo de En-Sarid, que asentía con la cabeza, caminando a su lado, el cruel procurador de Judea reía y lloraba de alegría, en sueños.

Esto era muy bonito, pero hizo que el despertar del procurador fuera angustioso. Bangá lanzó un gruñido a la luna y el camino resbaladizo, como untado de aceite, se hundió bajo el procurador. Abrió los ojos, recordó que la ejecución había existido, y después, con gesto acostumbrado, agarró el collar de Bangá. Buscó la luna con sus ojos enfermos y la vio, plateada, que se había desplazado. Un resplandor desagradable y alarmante interrumpía la luz de la luna y jugaba en el balcón ante sus propios ojos.

En las manos del centurión Matarratas ardía una antorcha despidiendo hollín. El hombre miraba con miedo y enfado al animal agazapado para saltar.

—Quieto, Bangá —dijo el procurador con voz enfermiza, y tosió. Continuó hablando, cubriéndose la cara con la mano—. ¡Ni una noche de luna tengo tranquilidad!... Oh, dioses... Usted, Marco, también tiene un mal puesto. Mutila a los soldados...

Marco miraba al procurador con gran sorpresa; este se recobró. Para suavizar las innecesarias palabras que había dicho medio en sueños, el procurador añadió:

—No se ofenda, centurión. Le repito que mi situación es todavía peor. ¿Qué quería?

—Ha venido el jefe del servicio secreto.

—Que pase, que pase —ordenó el procurador, tosiendo para aclararse la voz y buscando las sandalias con los pies descalzos. El reflejo del fuego bailó en las columnas y las cáligas del centurión resonaron en el mosaico. El centurión salió al jardín.

—Ni con luna tengo tranquilidad —se dijo el procurador y le rechinaron los dientes.

Ahora en lugar del centurión apareció en el balcón el hombre de la capucha.

—Quieto, Bangá —dijo el procurador en voz baja y apretó con suavidad la nuca del perro.

Antes de decir nada, Afranio miró alrededor, como tenía por costumbre, y se fue a la sombra; cuando se convenció de que, además de Bangá, en el balcón no había nadie, empezó a hablar en voz baja.

—Procurador, solicito que me lleve a los tribunales. Usted tenía razón. No he sabido salvar a Judas de Kerioth, lo han matado. Solicito un juicio y la dimisión.

Afranio tuvo la sensación de que le estaban contemplando cuatro ojos: de perro y de lobo.

Sacó de debajo de su clámide una bolsa manchada de sangre, doblemente sellada.

—Este saco con dinero lo arrojaron los asesinos en casa del gran sacerdote. La mancha es de sangre de Judas de Kerioth.

—¿Cuánto dinero hay dentro? —preguntó Pilatos inclinándose sobre el saquito.

—Treinta tetradracmas.

El procurador se sonrió y dijo:

—Es poco.

Afranio estaba callado.

—¿Dónde está el cadáver?

—No lo sé —respondió con digna tranquilidad el hombre que nunca se separaba de su capuchón—. Esta mañana iniciaremos la investigación.

El procurador se estremeció y dejó la correa de la sandalia que no conseguía abrochar.

—¿Está seguro de que ha muerto?

La respuesta que recibió el procurador fue muy seca:

—Procurador, trabajo en Judea desde hace quince años. Empecé con Valerio Grato. No necesito ver el cadáver de un hombre para saber que está muerto. Le comunico que al hombre que llamaban Judas de Kerioth lo han matado hace unas horas.

—Perdóneme, Afranio —contestó Pilatos—, todavía no estoy del todo despierto, y por eso lo dije. Duermo mal —el procurador sonrió—. En mis sueños siempre veo un rayo de luna. Fíjese, qué curioso, es como si yo estuviera paseando por ese rayo... Bien, me gustaría saber qué piensa de este asunto. ¿Dónde piensa buscarlo? Siéntese.

El jefe del servicio secreto hizo una reverencia, acercó el sillón al triclinio y se sentó, haciendo sonar su espada.

—Pienso buscarle por la almazara, en el Huerto de Gethsemaní.

—Bien, bien. ¿Y por qué allí precisamente?

—Hegémono, creo que a Judas lo han matado, no en la ciudad, pero tampoco lejos de aquí: en las afueras de Jershalaím.

—Le tengo por un gran experto en su oficio. No sé cómo irán las cosas en Roma, pero en las provincias no hay otro como usted. Pero explíqueme, ¿en qué se basa para creerlo así?

—No puedo admitir en absoluto —decía Afranio en voz baja— que Judas cayera en manos de sospechosos dentro de la ciudad. No se puede matar a nadie en la calle sin ser descubierto, luego tienen que haber conseguido llevarle a algún escondite. Pero nuestro servicio ha hecho un registro en la Ciudad Baja, y de estar allí estoy seguro que lo hubieran encontrado. No está en la ciudad, se lo garantizo. Y si le hubieran matado en algún otro lugar lejos de la ciudad, no hubieran podido llevar tan pronto el dinero al palacio. Le han matado cerca de la ciudad. Han sabido hacerle salir de Jershalaím.

—¡No comprendo cómo han podido hacerlo!

—Sí, procurador, eso es lo más difícil del caso y no sé si lograré averiguarlo.

—¡Es realmente misterioso! Una tarde de fiesta un hombre creyente que sale de la ciudad, no se sabe por qué, abandonando así la comida de Pascua, y muere. ¿Quién y cómo ha podido conseguir que saliera? ¿No habrá sido una mujer? —preguntó el procurador de pronto, como si tuviera una inspiración.

Afranio contestó tranquilo y convincente:

—De ninguna manera, procurador. Esa posibilidad está excluida. Discurriendo con lógica, ¿quiénes estaban interesados en la muerte de Judas? Unos fantasiosos vagabundos, un grupo de gente que, ante todo, no incluía ni una mujer. Procurador, para casarse se necesita dinero. Para traer un hombre al mundo, también. Pero para matar a un hombre con ayuda de una mujer se necesita mucho dinero. Y ningún vagabundo puede conseguirlo. En este caso no ha intervenido ninguna mujer, procurador. Le diré algo más, interpretar así el crimen no es sino llevarnos a una pista falsa, confundirnos en la investigación y desconcertarme a mí.

—Tiene usted toda la razón, Afranio —decía Pilatos—, y lo que yo decía no era más que una suposición.

—Desgraciadamente es equivocada, procurador.

—Pero, entonces, ¿qué? —exclamó el procurador, mirando a Afranio con ansiedad.

—Creo que se trata de dinero.

—¡Magnífica idea! ¿Pero quién y por qué podía ofrecerle dinero de noche y fuera de la ciudad?

—No, procurador, no se trata de eso. Tengo una teoría y, de no confirmarse, es probable que no sea capaz de encontrar otra explicación. —Afranio se inclinó hacia el procurador y terminó en voz baja—: Judas quería esconder el dinero en algún sitio apartado, que solo él conociera.

—Es una teoría muy acertada. Debe de ser así como sucedió. Ahora lo comprendo: le hizo salir de la ciudad su propio objetivo, no la gente. Sí, debió de ser así.

—Eso creo. Judas era un hombre desconfiado y quería guardar su dinero de la gente.

—Sí, usted dijo en Gethsemaní... Confieso que no llego a entender por qué piensa buscarlo precisamente allí.

—¡Oh!, procurador, es de lo más sencillo. A nadie se le ocurre esconder el dinero en caminos o sitios vacíos y abiertos. Judas no estuvo en el camino de Hebrón, ni en el de Betania. Tenía que ir a un sitio protegido, con árboles. Está clarísimo. Y cerca de Jershalaím no hay otro lugar que reúna esas condiciones más que Gethsemaní. No pudo haberse marchado muy lejos.

—Me ha convencido por completo. Entonces, ¿qué hacemos ahora?

—Voy a buscar inmediatamente a los asesinos que espiaron a Judas cuando salía de la ciudad, y mientras, quiero presentarme a los tribunales.

—¿Por qué?

—Esta tarde mi servicio le ha dejado salir del bazar, después de abandonar el palacio de Caifás. No puedo explicarme cómo ha sucedido. No me había pasado una cosa así en toda mi vida. Estuvo bajo vigilancia inmediatamente después de nuestra conversación. Pero se nos escapó en el bazar después de hacer un extraño viraje y desapareció por completo.

—Bien. Pero no veo la necesidad de llevarle a los tribunales. Usted ha hecho todo lo posible y nadie en el mundo —el procurador sonrió— hubiera podido hacer más. Castigue a los guardias que dejaron escapar a Judas. Pero le advierto que no me gustaría que la sanción fuera severa. Al fin y al cabo, hemos hecho todo lo que estaba en nuestras manos para salvar a ese farsante. ¡Ah, sí! Casi me olvidaba preguntarle, ¿y cómo se arreglaron para tirar el dinero en casa de Caifás?

—Mire usted, procurador... Eso no es demasiado difícil.

Los vengadores se acercaron por la parte trasera del palacio de Caifás, por allí el patio da a una callejuela. Tiraron el paquete por encima del muro.

—¿Con una nota?

—Sí, exactamente como usted lo había imaginado, procurador. A propósito... —Afranio arrancó los lacres del paquete y enseñó su interior al procurador.

—¡Por favor, Afranio, pero qué hace! ¡Si los lacres serán del templo, seguramente!

—No debe preocuparse por eso, procurador —respondió Afranio, cerrando el paquete.

—¿Es que tiene usted todos los lacres? —preguntó Pilatos, riéndose.

—No podía ser de otra manera, procurador —contestó Afranio sin sonreír, muy severo.

—¡Me imagino la que se armaría en casa de Caifás!

—Sí, produjo una gran agitación. Me llamaron inmediatamente.

Hasta en la penumbra se podía distinguir el brillo de los ojos de Pilatos.

—Muy interesante...

—¿Me permite una objeción, procurador? No es nada interesante. Este asunto es larguísimo y agotador. Cuando pregunté en el palacio de Caifás si habían pagado dinero a alguien, denegaron rotundamente.

—¿Ah, sí? Bueno, si dicen que no lo han pagado, será que no lo han pagado. Más difícil será encontrar a los asesinos.

—Así es, procurador.

—Afranio, se me ocurre una cosa. ¿No se habrá suicidado?

—¡Oh, no, procurador! —contestó Afranio, retrocediendo asombrado—. Usted perdone, pero es completamente imposible.

—En esta ciudad todo es posible. Apostaría que en la ciudad empezarán a correr rumores sobre eso muy pronto.

Afranio miró al procurador de aquel modo especial como él solía hacerlo. Se quedó pensativo y luego contestó:

—Es posible, procurador.

Al parecer, Pilatos no podía dejar el asunto del asesinato del hombre de Kerioth, aunque ahora ya estaba todo claro. Dijo con aire un tanto soñador:

—Me gustaría haber visto cómo le mataron.

—Le han matado con verdadero arte, procurador —contestó Afranio, mirándole con cierta ironía.

—¿Y usted cómo lo sabe?

—Tenga la bondad de fijarse en la bolsa, procurador —respondió Afranio—. Estoy seguro de que la sangre de Judas brotaría como un torrente. He tenido ocasión de ver muchos muertos, procurador.

—Entonces, ¿ya no volverá a levantarse nunca?

—No, procurador, se levantará —contestó Afranio con sonrisa filosófica— cuando suene sobre él la trompeta del Mesías que aquí esperan. Pero no se levantará antes de eso.

—Es suficiente, Afranio; este asunto está claro. Pasemos al entierro.

—Los ejecutados ya están enterrados, procurador.

—¡Oh!, Afranio, sería un verdadero crimen llevarlo a usted a los tribunales. Se merece la distinción más alta. ¿Cómo lo hicieron?

Afranio se lo contó. Mientras él mismo estaba ocupado con el asunto de Judas, un destacamento de la guardia secreta, dirigido por su ayudante, llegó al monte al anochecer. No encontraron uno de los cuerpos. Pilatos se estremeció y dijo con voz ronca:

—¡Ah, debía haberlo previsto!...

—No se preocupe, procurador —dijo Afranio, y siguió su relato—: Recogieron los cuerpos de Dismás y Gestás, que tenían los ojos comidos por aves de rapiña, e inmediatamente se lanzaron a buscar el tercer cuerpo. Lo encontraron muy pronto. Un hombre...

—Leví Mateo —dijo Pilatos más bien afirmando que interrogando.

—Sí, procurador... Leví Mateo se escondía en una cueva en la ladera norte del Calvario, esperando que llegara la noche. El cuerpo desnudo de Joshuá Ga-Nozri estaba con él. Cuando la guardia entró en la cueva con una antorcha, Leví se llenó de ira y desesperación. Gritaba que no había cometido ningún crimen y que, según la ley, cualquiera tenía derecho a enterrar a un delincuente ejecutado si así lo deseaba. Leví Mateo decía que no quería separarse del cuerpo. Estaba muy alterado, gritaba algo incoherente, pedía o amenazaba y maldecía...

—¿Tuvieron que detenerle? —preguntó Pilatos con aire sombrío.

—No, procurador —respondió Afranio tranquilizador—. Consiguieron calmar al exaltado demente asegurándole que el cuerpo sería enterrado. Cuando lo comprendió, Leví pareció sosegarse, pero dijo que no pensaba marcharse y que deseaba participar en el entierro. Que no se iría aunque le amenazáramos con la muerte y hasta ofreció, con este fin, un cuchillo de cortar pan que llevaba encima.

—¿Le echaron? —preguntó Pilatos con voz ahogada.

—No, procurador. Mi ayudante permitió que tomara parte en el entierro.

—¿Cuál de sus ayudantes dirigía la operación? —preguntó Pilatos.

—Tolmai —contestó Afranio, y añadió intranquilo—: A lo mejor, ha cometido alguna equivocación...

—Siga —dijo Pilatos—, no hubo equivocación. Y además, empiezo a sentirme algo desconcertado: estoy tratando, por lo visto, con un hombre que nunca se equivoca. Y ese hombre es usted.

—Llevaron a Leví Mateo en el carro con los cuerpos de los ejecutados, y a las dos horas llegaron a un desfiladero desierto, al norte de Jershalaím. Los guardias, trabajando por turnos, cavaron una fosa profunda en una hora y en ella enterraron a los tres ejecutados.

—¿Desnudos?

—No, procurador. Habían llevado expresamente unas túnicas. A cada uno de los enterrados le pusieron un anillo en el dedo. A Joshuá con un corte, a Dismás con dos y a Gestás con tres. La fosa fue cerrada y tapada con piedras. Tolmai conoce el signo distintivo.

—¡Ah, si yo lo hubiera previsto! —dijo Pilatos con una mueca de disgusto—. Tendría que ver a ese Leví Mateo.

—Está aquí, procurador.

Pilatos, con los ojos muy abiertos, miraba a Afranio fijamente. Luego dijo:

—Le agradezco todo lo que ha hecho en este asunto. Le ruego que mañana haga venir a Tolmai y comuníquele que estoy contento con él, y a usted, Afranio —el procurador sacó del bolsillo del cinturón que tenía en la mesa una sortija y se la dio al jefe del servicio secreto—, le ruego que admita esto como recuerdo.

Afranio hizo una reverencia, diciendo:

—Es un gran honor para mí, procurador.

—Quiero que se premie a los miembros de la guardia que llevaron a cabo el entierro. Y que se imponga una amonestación a los que dejaron matar a Judas. Que venga inmediatamente Leví Mateo. Quiero averiguar algunos detalles sobre el caso de Joshuá.

—A sus órdenes, procurador —respondió Afranio, y empezó a retroceder, haciendo reverencias. Pilatos dio una palmada y gritó:

—¡Que venga alguien! ¡Un candil a la columnata!

El jefe del servicio secreto bajaba ya al jardín cuando los criados, con luces en la mano, aparecieron a espaldas de Pilatos. En la mesa, frente al procurador, había tres candiles, y la noche de luna se replegó del jardín enseguida, como si Afranio se la hubiera llevado. Entró en el balcón un hombre desconocido, pequeño y delgado, junto al gigante centurión, que se retiró, desapareciendo en el jardín al encontrarse con la mirada del procurador.

El procurador, algo asustado y con expresión de ansiedad en los ojos, estudiaba al recién llegado. Así se mira a aquel del que se ha oído hablar mucho, se ha pensado en él y por fin aparece.

El hombre debía de tener unos cuarenta años. Era muy

moreno, iba desharrapado, cubierto de barro seco y miraba de reojo, como un lobo. Tenía un aspecto lamentable y recordaba, sobre todo, a los mendigos que abundan en las terrazas del templo o en los bazares de la sucia y ruidosa Ciudad Baja.

No duró mucho el silencio; la extraña actitud del hombre lo interrumpió. Cambió de cara, se tambaleó y de no haberse agarrado a la mesa se hubiera caído.

—¿Qué te pasa? —preguntó Pilatos.

—Nada —contestó Leví Mateo, e hizo un gesto como si estuviera tragando. Su cuello chupado, desnudo y gris se hinchó por un instante.

—Contesta, ¿qué te pasa? —repitió Pilatos.

—Estoy cansado —dijo Leví mirando al suelo con aire sombrío.

—Siéntate —dijo Pilatos indicándole el sillón.

Leví miró desconfiado al procurador, fue hacia el sillón, miró de reojo, asustado, los brazos dorados del sillón y se sentó, pero no en él, sino en el suelo, al lado.

—Dime, ¿por qué no te has sentado en el sillón? —preguntó Pilatos.

—Estoy sucio y lo mancharía —dijo Leví mirando al suelo.

—Ahora te darán de comer.

—No quiero comer.

—¿Por qué mientes? —preguntó Pilatos en voz baja—. No has comido en todo un día, o puede ser que desde hace más tiempo. Pero muy bien, no comas. Te he llamado para que me enseñes el cuchillo que tienes.

—Los soldados me lo han quitado antes de traerme aquí —contestó Leví, y añadió con aire lúgubre—: devuélvamelo. Tengo que dárselo a su dueño, lo he robado.

—¿Para qué?

—Para cortar las cuerdas —respondió Leví.

—¡Marco! —gritó el procurador, y el centurión apareció bajo las columnas—. Que traigan su cuchillo.

Dirigiéndose de nuevo a Leví, Pilatos le preguntó:

—¿A quién robaste el cuchillo?

—En el puesto de pan que hay junto a la Puerta de Hebrón, al entrar en la ciudad, a la izquierda.

Pilatos observó la hoja del cuchillo, pasó un dedo para ver si estaba afilado y dijo:

—No te preocupes, devolverás el cuchillo. Y, ahora, enséñame la carta que llevas encima, donde tienes apuntadas las palabras de Joshuá.

Leví miró a Pilatos con odio y sonrió con una expresión tan hostil que su cara se desfiguró por completo.

—¿Me la quieres quitar?

—No te he dicho dámela, sino enséñamela.

Leví metió la mano por la camisa y sacó un rollo de pergamino. Pilatos lo cogió, lo desenrolló, colocándolo entre las luces, y empezó a estudiar los signos poco legibles. Era difícil descifrar aquellas líneas mal hechas y Pilatos arrugaba la cara, se inclinaba sobre el pergamino y pasaba el dedo por lo escrito. Consiguió entender que se trataba de una cadena de frases sin hilación alguna; fechas, compras anotadas y trozos poéticos. Algo pudo leer: «...la muerte no existe... ayer comimos brevas dulces de primavera...».

Haciendo muecas por el esfuerzo, Pilatos leía fijando la vista: «...veremos el agua limpia del río de la vida... la humanidad mirará al sol a través de un cristal transparente...». Aquí Pilatos se estremeció. En las últimas líneas del pergamino pudo leer: «...el defecto mayor... la cobardía...».

Pilatos enrolló el pergamino y con un gesto brusco se lo entregó a Leví.

—Toma —dijo, y después de un silencio añadió—: Veo que eres un hombre letrado y no tienes por qué andar solo, vestido como un mendigo, sin casa. En Cesarea tengo una gran biblioteca, soy muy rico y quiero que trabajes para mí. Tu trabajo sería examinar y guardar los papiros y tendrías suficiente para comer y vestir.

Leví se levantó y contestó:

—No, no quiero.

—¿Por qué? —preguntó el procurador cambiando de cara—. ¿Te soy desagradable..., me tienes miedo?

La misma sonrisa hostil desfiguró el rostro de Leví. Dijo:

—No, porque tú me tendrás miedo. No te será fácil mirarme a la cara después de haberlo matado.

—Cállate —contestó Pilatos—, acepta este dinero.

Leví movió la cabeza, rechazándolo, y el procurador siguió hablando:

—Sé que te crees discípulo de Joshuá, pero no has asimilado nada de lo que él te enseñó. Porque si fuera así, hubieras aceptado algo de mí. Ten en cuenta que él dijo antes de morir que no culpaba a nadie. —Pilatos levantó un dedo con aire significativo. Su cara se convulsionaba con un tic—. Es seguro que hubiera aceptado algo. Eres cruel y él no lo era. ¿Adónde vas a ir?

De pronto Leví se acercó a la mesa, se apoyó en ella con las dos manos y mirando al procurador, con los ojos ardientes, dijo:

—Quiero decirte, procurador, que voy a matar a un hombre en Jershalaím. Quiero decírtelo para que sepas que todavía habrá sangre.

—Ya sé que la habrá —respondió Pilatos—, no me has sorprendido con tus palabras. Naturalmente, ¿querrás matarme a mí?

—No conseguiría matarte —contestó Leví con una sonrisa, enseñando los dientes—, no soy tan tonto como para pensar en eso. Pero voy a matar a Judas de Kerioth y dedicaré a ello el resto de mi vida.

Los ojos del procurador se llenaron de placer y, haciendo un gesto con el dedo, para que Leví Mateo se acercara, le dijo:

—Eso ya no puedes hacerlo, no te molestes. Esta noche ya han matado a Judas.

Leví dio un salto, apartándose de la mesa, y mirando alrededor con los ojos enloquecidos, gritó:

—¿Quién lo ha hecho?

—No seas celoso —sonrió Pilatos, y se frotó las manos—; me temo que tenía otros admiradores aparte de ti.

—¿Quién lo ha hecho? —repitió Leví en un susurro.

Pilatos le contestó:

—Lo he hecho yo.

Leví abrió la boca y se quedó mirando al procurador, que dijo en voz baja:

—Desde luego, no ha sido mucho, pero lo hice yo —y añadió—: bueno, y ahora ¿aceptarás algo?

Leví se quedó pensativo, se ablandó y dijo:

—Ordena que me den un trozo de pergamino limpio.

Pasó una hora. Leví ya no estaba en el palacio. Solo el ruido suave de los pasos de los centinelas en el jardín interrumpía el silencio del amanecer. La luna palidecía, y en el otro extremo del cielo apareció la mancha blanca de una estrella. Hacía tiempo que se habían apagado los candiles. El procurador estaba acostado. Dormía con una mano bajo la mejilla y respiraba silenciosamente. A su lado dormía Bangá.

Así recibió el amanecer del quince del mes Nisán el quinto procurador de Judea, Poncio Pilatos.

27

El final del piso número cincuenta

Cuando Margarita llegó a las últimas líneas del capítulo, «Así recibió el amanecer del quince del mes Nisán el quinto procurador de Judea, Poncio Pilatos», llegó la mañana.

Desde las ramas de los salgueros y tilos llegaba la conversación matinal, animada y alegre, de los gorriones.

Margarita se levantó del sillón, se estiró y solo entonces sintió que le dolía todo el cuerpo y que tenía sueño.

Es curioso, pero el alma de Margarita estaba tranquila. No tenía las ideas desordenadas, no le había trastornado la noche, pasada de una manera tan extraordinaria. No le preocupaba la idea de haber asistido al Baile de Satanás, ni el milagro de que el maestro estuviera de nuevo con ella; tampoco la novela, reaparecida de entre las cenizas, ni que él se encontrara en el piso de donde habían echado al soplón Mogarich. En resumen: el encuentro con Voland no le había producido ningún trastorno psíquico. Todo era así, porque así tenía que ser.

Entró en el otro cuarto, se convenció de que el maestro dormía un sueño tranquilo y profundo, apagó la luz de la mesa, innecesaria ya, y se acostó en un diván que había enfrente, cubierto con una vieja sábana rota. Se durmió enseguida y esta vez no soñó nada. Las dos habitaciones del sótano estaban en silencio, también la pequeña casa y la perdida callecita.

Pero mientras tanto, es decir, al amanecer del sábado,

toda una planta de una organización moscovita estaba en vela. La luz de las ventanas que daban a un patio asfaltado, que todas las mañanas limpiaban unos coches especiales con cepillos, se mezclaba con la luz del sol naciente.

La Instrucción Judicial encargada del caso Voland ocupaba una planta entera, y las lámparas estaban encendidas en diez despachos.

En realidad el caso era ya evidente como tal, desde el día anterior —el viernes—, cuando el Varietés tuvo que cerrarse como consecuencia de la desaparición del Consejo de Administración y otros escándalos ocurridos la víspera, durante la famosa sesión de magia negra. Y lo que sucedía era que continuamente, sin interrupción, llegaba más y más material de investigación a este departamento de guardia.

Y ahora la Instrucción encargada de este extraño caso, que tenía un matiz claramente diabólico, con una mezcla de trucos hipnóticos y crímenes evidentes como agravante, tenía que ligar todos los sucesos diversos y enredados que habían ocurrido en distintas partes de Moscú.

El primero en visitar aquella planta en vela, reluciente de electricidad, fue Arcadio Apolónovich Sempleyárov, presidente de la Comisión Acústica de Espectáculos.

El viernes después de comer, en su piso del puente Kámeni, sonó el teléfono, y una voz de hombre pidió que avisaran a Arcadio Apolónovich. Su esposa contestó con hostilidad que Arcadio Apolónovich se encontraba mal, que se había acostado y no podía hablar por teléfono. Pero no tuvo más remedio que hacerlo. Cuando la esposa de Sempleyárov preguntó quién deseaba hablarle, le contestaron con pocas palabras.

—Ahora..., ahora mismo, espere un segundo... —balbuceó la arrogante esposa del presidente de la Comisión Acústica, y, como una bala, corrió al dormitorio para levantar a Arcadio Apolónovich del lecho, en el que yacía atormentado por el recuerdo de la sesión del día anterior y el escándalo que acompañó la expulsión de la sobrina de Sarátov.

Arcadio Apolónovich no tardó un segundo, tampoco un

minuto, sino un cuarto de minuto en llegar al aparato, con un pie descalzo y en paños menores. Pronunció con voz entrecortada:

—Sí, soy yo... Dígame...

Su esposa olvidó todos los repugnantes atentados contra la fidelidad que se habían descubierto en la conducta del pobre Arcadio Apolónovich. Asomaba su cara asustada por la puerta del pasillo y agitaba en el aire la otra zapatilla diciendo:

—Ponte la zapatilla, que te vas a enfriar.

Pero Arcadio Apolónovich la rechazaba con el pie descalzo, ponía ojos furiosos y seguía murmurando por teléfono:

—Sí, sí..., cómo no..., ya comprendo; ahora mismo voy...

Arcadio Apolónovich pasó toda la tarde en el lugar donde se llevaba la investigación.

La conversación fue muy penosa, desagradable, porque tuvo que contar con toda franqueza no solo lo referente a la repugnante sesión y la pelea en el palco, sino que también, de paso, se vio obligado a hablar de Militsa Andréyevna Pokobatko, la de la calle Yelójovskaya, de la sobrina de Sarátov y de muchas cosas, y el hablar de ello causó a Arcadio Apolónovich unos sufrimientos inenarrables.

Desde luego, las declaraciones de Arcadio Apolónovich significaron un considerable avance en la investigación, puesto que se trataba de un intelectual, un hombre culto, que había sido testigo presencial —un testigo digno y cualificado— de la indignante sesión. Describió a la perfección al misterioso mago del antifaz y a los dos truhanes que tenía por ayudantes y recordó inmediatamente que el apellido del nigromante era Voland.

La confrontación de las declaraciones de Arcadio Apolónovich con las de otros testigos, entre los que había varias señoras, víctimas de la sesión (la señora de la ropa interior violeta, que sorprendiera a Rimski, y tantas otras, por desgracia), y la del ordenanza Kárpov, al que había enviado al piso número cincuenta de la Sadóvaya, resultó ser la clave para orientar la búsqueda del responsable de aquellos extraños sucesos.

Visitaron más de una vez el piso número cincuenta. Y no se conformaron con examinarlo minuciosamente, sino que además comprobaron las paredes a base de golpes, controlaron los tiros de la chimenea y buscaron escondites. Pero todas estas medidas no condujeron a nada y no se pudo encontrar a nadie en la casa, aunque era evidente que alguien tenía que haber, en contra de la opinión de todas aquellas personas que, por razones diversas, estaban obligadas a saber todo lo relacionado con los artistas extranjeros que llegaban a Moscú, y que afirmaban con seguridad y categóricamente que no había y no podía haber en la ciudad ningún nigromante llamado Voland.

Su entrada no estaba registrada en ningún sitio. Nadie había visto su pasaporte, documentos o contrato y nadie, absolutamente nadie, sabía nada de él. El jefe de la Sección de Programación de la Comisión de Espectáculos, Kitáitsev, juraba y perjuraba que el desaparecido Stiopa Lijodéyev no le había mandado para su aprobación ningún programa de actuación del tal Voland y que tampoco le había comunicado su llegada. Por lo tanto, Kitáitsev ni sabía, ni podía comprender cómo pudo permitir Lijodéyev semejante actuación en el Varietés. Cuando le dijeron que Arcadio Apolónovich había visto personalmente al mago en el escenario, Kitáitsev se limitaba a alzar los brazos y levantar los ojos al cielo. Se podía asegurar, porque se veía en sus ojos, que era limpio como el agua de un manantial.

Y de Prójor Petróvich, presidente de la Comisión Central de Espectáculos...

Por cierto, regresó a su traje enseguida después de la llegada de los milicianos al despacho, con la consiguiente alegría de Ana Richárdovna y el asombro de las milicias que habían acudido para nada.

Es curioso también que al volver a su despacho, dentro del traje gris a rayas, Prójor Petróvich aprobara todas las disposiciones que había hecho el traje durante su corta ausencia.

Y como decía, el mismo Prójor Petróvich tampoco sabía nada acerca de ningún Voland.

Resultaba completamente increíble: miles de espectadores, todo el personal del Varietés, un hombre tan responsable como Arcadio Apolónovich Sempleyárov, habían visto al mago y a sus malditos ayudantes, y ahora no había modo alguno de localizarlos. No era posible que se los hubiera tragado la tierra o, como decían algunos, que no hubieran estado nunca en Moscú. Si admitieran lo primero, no quedaba la menor duda de que la tierra también se había tragado a toda la dirección del Varietés. Si era cierto lo segundo, entonces resultaba que la administración del desdichado teatro, después dc organizar un escándalo inaudito (acuérdense de la ventana rota en el despacho y de la actitud del perro Asderrombo), había desaparecido de Moscú sin dejar rastro.

Hay que reconocer los méritos del jefe de la Instrucción Judicial. El desaparecido Rimski fue encontrado con una rapidez sorprendente. Bastó confrontar la actitud de Asderrombo en la parada de taxis junto al cine, con algunos datos de tiempo, como la hora en que acabó la sesión y cuándo pudo desaparecer Rimski, para que inmediatamente fuera enviado un telegrama a Leningrado. Al cabo de una hora llegó la respuesta. Era la tarde del viernes. Rimski había sido descubierto en la habitación cuatrocientos doce, en el cuarto piso del hotel Astoria, junto a la habitación donde se alojaba el encargado del repertorio de un teatro moscovita; en esa suite, en la que, como todos sabemos, hay muebles de un tono gris azulado con dorados y un cuarto de baño espléndido.

Rimski, encontrado en el armario ropero de la habitación del hotel, fue interrogado en el mismo Leningrado. A Moscú llegó un telegrama comunicando que el director de finanzas Rimski se encontraba en un estado de completa irresponsabilidad, que no daba o no quería dar ninguna respuesta coherente y que pedía únicamente que le escondieran en un cuarto blindado y pusieran guardia armada. Llegó un telegrama de Moscú con la orden de que Rimski fuera escoltado hasta la capital, y el viernes por la noche, Rimski, acompañado, emprendió el viaje en tren.

También en la tarde del viernes tuvieron noticias de Lijodéyev. Habían pedido informes por telegrama a todas las ciudades. Se recibió respuesta de Yalta; Lijodéyev había estado allí, pero ya había salido en avión para Moscú.

Del que no apareció ni siquiera una pista fue de Varenuja. El administrador del teatro, al que conocía absolutamente todo el mundo en Moscú, había desaparecido como si se le hubiera tragado la tierra.

Y, mientras tanto, hubo que ocuparse de otros sucesos que habían ocurrido en Moscú, fuera del teatro Varietés. Hubo que aclarar el extraordinario caso de los funcionarios que cantaban «Glorioso es el mar...» (por cierto, que el profesor Stravinski consiguió volverles a la normalidad al cabo de dos horas, a base de inyecciones intramusculares), también fue necesario esclarecer el asunto del extraño dinero que unas personas entregaban a otras, o a organizaciones, así como el de aquellos que habían sido víctimas de estos enredos.

Naturalmente, de todos los acontecimientos el más desagradable, el más escandaloso y el de peor solución era el del robo de la cabeza del difunto literato Berlioz, desaparecida en pleno día del ataúd, expuesta en un salón de Griboyédov.

La Instrucción estaba a cargo de doce personas que recogían, como con una aguja, los malditos puntos de aquel caso esparcido por todo Moscú.

Un miembro de la Instrucción Judicial se presentó en el sanatorio del profesor Stravinski solicitando la lista de los enfermos ingresados durante los últimos tres días. Localizaron así a Nikanor Ivánovich Bosói y al desafortunado presentador de la cabeza arrancada. Estos dos, sin embargo, no suscitaron mayor interés, pero se podía sacar como conclusión que los dos habían sido víctimas de la pandilla que encabezaba el misterioso mago. Quien le pareció realmente interesante al juez de Instrucción fue Iván Nikoláyevich Desamparado.

El viernes por la tarde se abrió la puerta de la habitación número ciento diecisiete, en la que se alojaba Iván, y entró un hombre joven, de cara redonda, tranquilo y delicado en su trato, que no tenía aspecto de juez de Instrucción, pero que era, sin embargo, uno de los mejores de Moscú. Vio en la cama a un hombre pálido y desmejorado, había en sus ojos indiferencia por cuanto le rodeaba, parecía contemplar algo que estaba muy lejos o quizá estuviera absorto en sus propios pensamientos. El juez de Instrucción, en tono bastante cariñoso, le dijo que estaba allí para hablar de lo acontecido en Los Estanques del Patriarca.

Oh, ¡qué feliz se hubiera sentido Iván si el juez hubiera aparecido antes, en la noche del mismo miércoles al jueves, cuando Iván exigía con tanta pasión y violencia que escucharan su relato sobre lo sucedido en Los Estanques del Patriarca! Ahora ya se había realizado su sueño de ayudar a dar caza al consejero, no tenía que correr en busca de nadie; habían ido a verle precisamente para escuchar su narración sobre lo ocurrido en la tarde del miércoles.

Pero desgraciadamente Ivánushka había cambiado por completo durante los días que sucedieron al de la muerte de Berlioz. Estaba dispuesto a responder con amabilidad a todas las preguntas que le hiciera el juez de Instrucción, pero en su mirada y en su tono se notaba la indiferencia. Al poeta ya no le interesaba el asunto de Berlioz.

Antes de que llegara el juez, Ivánushka estaba acostado, dormía. Ante sus ojos se sucedían una serie de visiones. Veía una ciudad desconocida, incomprensible, inexistente, en la que había enormes bloques de mármol rodeados de columnatas, con un sol brillante sobre las terrazas, con la torre Antonia, negra, imponente, un palacio que se elevaba sobre la colina del oeste, hundido casi hasta el tejado en el verde de un jardín tropical, unas estatuas de bronce encendidas a la luz del sol poniente. Veía desfilar junto a las murallas de la antigua ciudad a las centurias romanas en sus corazas.

En su sueño aparecía frente a Iván un hombre inmóvil en un sillón, con la cara afeitada, amarillenta, de expresión nerviosa, con un manto blanco forrado de rojo, que miraba con odio hacia el jardín frondoso y ajeno. Veía Iván un monte desarbolado con los postes cruzados, vacíos.

Lo sucedido en Los Estanques del Patriarca ya no le interesaba.

—Dígame, Iván Nikoláyevich, ¿estaba usted lejos del torniquete cuando Berlioz cayó bajo el tranvía?

En los labios de Iván apareció una leve sonrisa de indiferencia.

—Estaba lejos.

—¿Y el tipo de la chaquetilla a cuadros estaba junto al torniquete?

—No, estaba sentado en un banco cerca de allí.

—¿Está usted seguro de que no se había acercado al torniquete en el momento que Berlioz caía bajo el tranvía?

—Sí. Estoy seguro. No se había acercado. Estaba sentado.

Estas fueron las últimas preguntas del juez. Después de hacerlas, se levantó, estrechó la mano de Ivánushka, deseándole que se mejorase lo antes posible, y expresó la esperanza de poder leer sus poemas muy pronto.

—No —contestó Iván en voz baja—, no volveré a escribir poemas.

El juez sonrió con amabilidad, afirmando su convencimiento de que el poeta se encontraba en un estado de depresión, pero que pronto saldría de ella.

—No —replicó Iván, sin detenerse en el juez, mirando a lo lejos, al cielo que se apagaba—, no se me pasará nunca. Mis poemas eran malos, ahora lo he comprendido.

El juez de Instrucción dejó a Ivánushka. Había recibido una información bastante importante. Siguiendo el hilo de los acontecimientos desde el final hasta el principio, había logrado, por fin, llegar al punto de partida de todos los sucesos. Al juez no le cabía duda de que todo había empezado con el crimen en Los Estanques. Claro está, que ni Ivánushka ni el tipo de los cuadros habían empujado al tranvía al pobre presidente de Massolit; se podría decir que físicamente nadie había contribuido al atropello. Pero el juez estaba seguro de que Berlioz cayó (o se arrojó) al tranvía bajo los efectos de hipnosis.

Sí, habían recogido bastante material y se sabía a quién y dónde había que pescar. Lo malo era que no había modo de pescar a nadie.

Hay que repetir que no cabía la menor duda de que el tres veces maldito piso número cincuenta estuviera habitado. Cogían el teléfono de vez en cuando y contestaba una voz crujiente y gangosa; otras veces abrían la ventana e incluso se oía la música de un gramófono. Estuvieron en el piso a distintas horas del día. Dieron una pasada con una red, examinando hasta el último rincón. En la casa, que estaba bajo vigilancia desde hacía tiempo, se vigilaba no solo la puerta principal, sino también la entrada de servicio. Es más, había centinelas en el tejado, junto a las chimeneas. Sin embargo, cuando iban al piso no encontraban absolutamente a nadie. El piso número cincuenta estaba haciendo de las suyas y no había manera de evitarlo.

Así estaban las cosas hasta la noche del viernes al sábado. A las doce en punto el barón Maigel, vestido de etiqueta y con zapatos de charol, se dirigió con aire majestuoso al piso número cincuenta en calidad de invitado. Se oyó cómo le dejaron entrar. A los diez minutos entraron en el piso sin llamar, pero no encontraron a los inquilinos, y lo que fue realmente una sorpresa, es que tampoco quedaba ni rastro del barón Maigel.

Como decíamos, esta situación duró hasta el amanecer del sábado. Entonces aparecieron otros datos muy interesantes. En el aeropuerto de Moscú aterrizó un avión de pasajeros de seis plazas, procedente de Crimea. Entre otros, descendió un viajero de aspecto extraño. Era un ciudadano joven, sucio y con barba de tres días; los ojos colorados y asustados, sin equipaje y vestido de una manera bastante original. Llevaba un gorro de piel de cordero, una capa de fieltro por encima de la camisa de dormir y unas zapatillas azules, relucientes y, por lo visto, recién compradas. En cuanto bajó de la escalera del avión se le acercaron. Estaban esperándole, y al poco tiempo el inolvidable director del Varietés, Stepán Bogdánovich Lijodéyev, compareció ante la Instrucción. Añadió algunos nuevos datos. Se supo que Voland penetró en el Varietés haciéndose pasar por artista, hipnotizando a Stiopa Lijodéyev, y luego se las arregló para enviar a Stiopa al quinto infierno fuera de Moscú. En resumen: se había acumulado cantidad de datos, pero esto no implicaba ninguna esperanza; al contrario, la situación empeoró porque se hizo evidente que se trataba de una persona que se valía de trucos, tales como los que tuvo que sufrir Stepán Bogdánovich, y eso quería decir que no iba a ser nada fácil pescarlo. A propósito, Lijodéyev fue recluido en una celda bien segura, a petición propia. Ante la Instrucción compareció también Varenuja, que había sido detenido en su propio piso, al que había regresado después de una misteriosa ausencia de dos días.

A pesar de la promesa hecha a Asaselo de no volver a mentir, Varenuja empezó su relato con una mentira, precisamente. Pero por esto no se le debe juzgar severamente, porque Asaselo le prohibió mentir y decir groserías por teléfono, y ahora el administrador hablaba sin la ayuda de este aparato. Iván Savélievich declaró con mirada vaga que se emborrachó la tarde del jueves, mientras estaba solo en su despacho del Varietés; luego fue, ¿adónde?, no se acordaba; en otro sitio estuvo bebiendo *starka*,[1] ¿dónde?, no se acordaba; se quedó después junto a una valla, ¿dónde?, tampoco se acordaba. Solo después de advertirle que con su estúpida y absurda actitud interrumpía el trabajo de la Instrucción Judicial en un caso importante y que, naturalmente, tendría que dar cuenta de ello, Varenuja balbució, sollozando, con voz temblona y mirando alrededor, que mentía porque tenía miedo, temía la venganza de la pandilla de Voland; que ya había estado en sus manos y por eso pedía, rogaba y deseaba ardientemente que se le recluyera en una celda blindada.

—¡Cuernos! ¡Qué perra han cogido con la cámara blindada! —gruñó uno de los encargados de la Instrucción.

—Les han asustado mucho esos canallas —dijo el juez, que había estado con Ivánushka.

Tranquilizaron como pudieron a Varenuja, le dijeron que le protegerían sin necesidad de celda y entonces se descubrió que no había bebido *starka* debajo de una valla, sino que le

1. Una variedad de vodka. *(N. de la T.)*

habían pegado dos tipos: uno pelirrojo, con un colmillo que le sobresalía de la boca, y otro regordete...

—¿Parecido a un gato?

—Sí, sí —susurró el administrador, muerto de miedo, sin parar de mirar a su alrededor.

Siguió contando con detalle cómo había pasado cerca de dos días en el piso número cincuenta en calidad de vampiro informador, que por poco había causado la muerte del director de finanzas Rimski...

En ese mismo momento, en el tren de Leningrado llegaba Rimski.

Pero este viejo de pelo blanco, desquiciado, temblando de miedo, en el que apenas se podía reconocer al director de finanzas, no quería decir la verdad de ningún modo y se mantuvo muy firme. Rimski aseguraba que no había visto de noche en su despacho a la tal Guela, ni tampoco a Varenuja, que simplemente se había encontrado mal y en su inconsciencia había marchado a Leningrado.

Ni que decir tiene que el director de finanzas terminó sus declaraciones solicitando que le recluyeran en una celda blindada.

Anushka fue detenida cuando trataba de largarle un billete de diez dólares a la cajera de una tienda de Arbat. Lo que contó Anushka sobre los hombres que salían volando por la ventana de la casa de la Sadóvaya, y sobre la herradura que, según decía, había recibido para llevársela a las milicias, fue escuchado con mucha atención.

—¿La herradura era realmente de oro con brillantes? —preguntaban a Anushka.

—¡No sabré yo cómo son los brillantes! —contestaba.

—¿Pero le dio billetes de diez rublos?

—¡No sabré yo cómo son los billetes de diez rublos! —contestaba Anushka.

—¿Y cómo entonces se convirtieron en dólares?

—¡Qué sé yo, qué dólares ni qué nada, no vi ningunos dólares! —contestaba Anushka con voz aguda—. ¡Estoy en mi derecho! ¡Me dieron un premio y con eso compro percal!

—y siguió diciendo incongruencias: que ella no respondía por la administración de una casa que había instalado en el quinto piso al diablo, que no le dejaba vivir.

El juez le hizo un gesto con la pluma para que se callara, porque estaban ya todos bastante hartos de ella; le firmó un pase de salida en un papelito verde, y con la consiguiente alegría de los allí presentes, Anushka desapareció.

Luego desfiló por allí un gran número de personas, Nikolái Ivánovich entre ellas, detenido exclusivamente por la estupidez de su celosa esposa, que al amanecer comunicó a las milicias que su marido había desaparecido. Nikolái Ivánovich no sorprendió demasiado a la Instrucción al dejar sobre la mesa el burlesco certificado diciendo que había pasado la noche en el Baile de Satanás. Nikolái Ivánovich se apartó un poco de la realidad al contar cómo había llevado volando a la criada de Margarita Nikoláyevna, desnuda, a bañarse en el río en el quinto infierno y cómo, antes de eso, había aparecido en la ventana la misma Margarita Nikoláyevna, también desnuda. No vio la necesidad de señalar cómo se había presentado en el dormitorio con la combinación en la mano. Según su relato, Natasha salió volando por la ventana, lo montó y le llevó fuera de Moscú...

—Cediendo a la coacción me vi obligado a obedecer —contaba Nikolái Ivánovich, y acabó su historia solicitando que no se dijera nada de aquello a su esposa. Así se le prometió.

Las declaraciones de Nikolái Ivánovich hicieron posible constatar que Margarita Nikoláyevna, igual que su criada Natasha, había desaparecido sin dejar huella. Se tomaron las medidas oportunas para encontrarlas.

Así, pues, aquella mañana del sábado se distinguió porque la investigación no cesó ni un momento. Mientras tanto, en la ciudad nacían y se expandían rumores completamente inverosímiles, en los que una parte ínfima de verdad se decoraba con abundantes mentiras. Se decía que en el Varietés había habido una sesión de magia y que después los dos mil espectadores habían salido a la calle tal como les habían parido sus madres; que en la calle Sadóvaya se había descubierto una tipografía de papeles de tipo mágico; que una pandilla había raptado a cinco directores del campo del espectáculo, pero que las milicias la habían encontrado inmediatamente, y muchas cosas más, que no merece la pena contar.

Se aproximaba la hora de comer y en el lugar donde se llevaba a cabo la Instrucción sonó el teléfono. Comunicaban de la Sadóvaya que el maldito piso había dado señales de vida. Dijeron que se habían abierto las ventanas desde dentro, que se oía cantar y tocar el piano y que habían visto, sentado en la ventana, a un gato negro que disfrutaba del sol.

Eran cerca de las cuatro de una tarde calurosa. Un grupo grande de hombres vestidos de paisano se bajaron de tres coches antes de llegar a la casa número trescientos dos bis de la calle Sadóvaya. El grupo se dividió en dos más pequeños, y uno de ellos se dirigió por el patio directamente al sexto portal, mientras que el otro abrió una portezuela que corrientemente estaba condenada y entró por la escalera de servicio. Los dos grupos subían al piso número cincuenta por distintas escaleras.

Mientras tanto, Asaselo y Koróviev —este sin frac, con su traje de diario— estaban en el comedor terminando el desayuno. Voland, como de costumbre, estaba en el dormitorio; nadie sabía dónde estaba el gato. Pero a juzgar por el ruido de cacerolas que venía de la cocina, Popota debía de estar precisamente allí haciendo el ganso, como siempre.

—¿Qué son esos pasos en la escalera? —preguntó Koróviev, jugando con la cucharilla en la taza de café.

—Es que vienen a detenernos —contestó Asaselo, y se tomó una copita de coñac.

—Ah... Bueno, bueno... —dijo Koróviev.

Los que subían las escaleras ya se encontraban en el descansillo del tercer piso. Dos fontaneros hurgaban en el fuelle de la calefacción. Los hombres cambiaron expresivas miradas con los fontaneros.

—Todos están en casa —susurró uno de los fontaneros, dando martillazos en un tubo.

Entonces el que iba delante sacó sin más una pistola Mauser negra, y el que iba a su lado unas ganzúas. Hay que explicar que los que se dirigían al piso número cincuenta iban perfectamente equipados. Dos de ellos llevaban en los bolsillos unas redes de seda fina, que se desenvolvían con facilidad. Otro tenía un lazo y otro máscaras de gasa y ampollas de cloroformo.

La puerta principal del piso número cincuenta fue abierta en un segundo y todos se encontraron en el vestíbulo; el portazo de la puerta de la cocina indicó que el segundo grupo había llegado al mismo tiempo por la entrada de servicio.

Esta vez el éxito, aunque no fuera definitivo, era evidente. Los hombres se repartieron inmediatamente por todas las habitaciones, y aunque no encontraron a nadie, en el comedor recién abandonado descubrieron los restos del desayuno, y en el salón, sobre el estante de la chimenea, junto a un jarrón de cristal, un enorme gato negro. Tenía en sus patas un hornillo de petróleo.

Los hombres se quedaron bastante rato contemplando al gato en silencio absoluto.

—Hum..., pues es verdad, está estupendo... —susurró uno de ellos.

—No molesto, no toco a nadie, estoy arreglando el hornillo —dijo el gato, mirándoles con ojeriza—, y también creo es mi deber advertirles que el gato es un animal antiguo e intocable.

—Qué trabajo más limpio —murmuró uno.

Y otro dijo en voz alta y clara:

—Por favor, gato intocable y ventrílocuo, ¡venga acá!

La red se abrió y voló en el aire, pero ante el asombro de los presentes, al que la tiró le falló la puntería y no cazó más que el jarrón, que se rompió inmediatamente con estrépito.

—¡Bis! —vociferó el gato—. ¡Hurra! —y poniendo el hornillo a un lado, sacó por detrás de la espalda una Browning. Apuntó seguidamente al que estaba más cerca, pero antes de que el gato tuviera tiempo de disparar, en las manos del hombre explotó el fuego y, al mismo tiempo del disparo de la

Mauser, el gato dio en el suelo, dejando caer su pistola y tirando el hornillo.

—Este es el fin —dijo el gato con voz débil, tumbado en una lánguida postura en un charco de sangre—; apártense de mí un segundo, quiero despedirme de la tierra. Oh, mi amigo Asaselo —gimió el gato desangrándose—, ¿dónde estás? —el gato levantó sus ojos desvanecidos hacia la puerta del comedor—. No acudiste en mi ayuda en el momento de un combate desigual; abandonaste al pobre Popota, prefiriendo una copa de coñac (muy bueno, eso sí). Pues bien, que mi muerte caiga sobre tu conciencia, y yo, en mi testamento, te dejo mi Browning...

—La red..., la red... —se oyó una voz nerviosa alrededor del gato, pero la red, el diablo sabrá por qué, se enganchó en el bolsillo de alguien y no quiso salir.

—Lo único que puede salvar a un gato mortalmente herido —pronunció el gato— es un trago de gasolina —y aprovechando el momento de confusión, se pegó al orificio del hornillo y dio varios tragos. Inmediatamente se cortó la sangre que chorreaba por debajo de la pata izquierda delantera. El gato se puso en pie de un salto, vivo y lleno de energía, agarró el hornillo bajo el brazo, voló a la chimenea y de allí, rompiendo el empapelado, subió por la pared. A los dos segundos estaba muy alto, encaramado en una galería metálica.

Varias manos agarraron la cortina y la arrancaron con la galería; el sol llenó la habitación, que estaba a media luz. Pero ni el gato, repuesto por una pillería, ni el hornillo cayeron abajo. El gato, sin separarse del hornillo, se las arregló para saltar a la araña que colgaba en el centro de la habitación.

—¡Una escalera! —gritaron abajo.

—Les desafío —chilló el gato, columpiándose por encima de sus cabezas en la araña. De nuevo apareció en sus patas la pistola y colocó el hornillo entre dos brazos de la araña. Volando como un péndulo, apuntó a los que estaban abajo y abrió fuego. Un estruendo sacudió la casa. Cayeron trozos de cristal de la araña, aparecieron estrellas de grietas en el espejo de la chimenea, llovió el polvo de estuco; por el suelo saltaron cartuchos usados, explotaron los cristales de las ventanas y el hornillo atravesado empezó a escupir gasolina.

Pero el tiroteo no duró mucho rato y poco a poco fue disminuyendo. Resultó ser inofensivo para el gato y para sus perseguidores. Nadie resultó muerto, ni siquiera herido. Todos, incluyendo el gato, estaban ilesos. Uno de los hombres, para convencerse definitivamente, soltó cinco balazos en la cabeza del dichoso animal, a lo que el gato respondió alegremente disparando todo el cargador, y lo mismo, no pasó nada. El gato se columpiaba en la araña cada vez con menos impulso, soplando en el cañón de su pistola y escupiendo en su pata.

En la cara de los que estaban abajo, en completo silencio, se dibujaba una expresión de total asombro. Era el único caso, o uno entre pocos, de un tiroteo ineficaz. Podían suponer que la Browning del gato era de juguete, pero no se podía decir lo mismo de las Mauser de la brigada. Y la primera herida del gato, no quedaba la menor duda, había sido simplemente un truco, un simulacro indecente, lo mismo que la bebida de gasolina.

Intentaron pescar al gato de nuevo. Echaron el lazo, que se enganchó en una de las velas, y la araña se vino abajo. Su caída pareció sacudir todo el edificio, pero no tuvo otro efecto.

Cayó una lluvia de cristales y el gato voló por el aire y se instaló cerca del techo, en la parte superior del marco dorado del espejo de la chimenea. No tenía la menor intención de escaparse; al contrario, como se encontraba relativamente fuera de peligro, empezó otro discurso:

—No puedo comprender —decía desde arriba— las razones de este trato tan violento...

Pero fue interrumpido al principio de su discurso por una voz baja y profunda que no se sabía de dónde provenía:

—¿Qué ocurre en esta casa? No me dejan trabajar...

Otra voz, desagradable y gangosa, respondió:

—Pues claro, es Popota, ¡porras!

Y otra, tintineante, dijo:

—¡*Messere!* Es sábado. Se pone el sol. Ya es hora.

—Ustedes perdonen, pero no puedo seguir la conversación —dijo el gato desde el espejo—. Ya es hora —y tiró su pistola, rompiendo dos cristales de la ventana. Luego salpicó el suelo con gasolina, que ardió sin que nadie la encendiera, produciendo una ola de fuego que subió hasta el techo.

Todo empezó a arder con una rapidez nunca vista, cosa que no suele suceder ni cuando se trata de gasolina. Humearon los papeles de las paredes, ardió la cortina, tirada en el suelo, y empezaron a carbonizarse los marcos de las ventanas rotas. El gato se encogió, maulló, saltó del espejo a la repisa de la ventana y desapareció con su hornillo. Fuera se oyeron disparos.

Un hombre, sentado en la escalera metálica de incendios, a la altura de las ventanas de la joyera, disparó al gato cuando este volaba de una ventana a otra, dirigiéndose al tubo de desagüe de la esquina.

Por este tubo el gato se encaramó al tejado. Allí también, sin efecto alguno desgraciadamente, le dispararon los guardias, que vigilaban las chimeneas, y el gato se esfumó a la luz del sol poniente que bañaba toda la ciudad.

A todo esto en el piso se encendió el parquet bajo los pies de la brigada, y entre las llamas, en el mismo sitio que estuvo echado el gato fingiendo una grave herida, apareció, espesándose más y más, el cadáver del barón Maigel, con la barbilla subida y los ojos de cristal. No hubo posibilidad de sacarlo de allí.

Saltando por los humeantes recuadros del parquet, dándose palmadas en los hombros y el pecho que echaban humo, los que estaban en el salón retrocedían al dormitorio y al vestíbulo. Los que se encontraban en el comedor y en el dormitorio corrieron por el pasillo. También llegaron los de la cocina, metiéndose en el vestíbulo. El salón ya estaba en llamas, lleno de humo. Alguien tuvo tiempo de marcar el número de los bomberos y gritó en el aparato:

—Sadóvaya, trescientos dos bis.

Era imposible quedarse por más tiempo. El fuego saltó al vestíbulo; se hizo difícil respirar.

En cuanto se escaparon por las ventanas rotas del piso encantado las primeras nubes de humo, en el patio se oyeron gritos enloquecidos:

—¡Fuego! ¡Fuego! ¡Un incendio!

En distintos pisos de la casa la gente empezó a gritar por teléfono:

—¡Sadóvaya! ¡Sadóvaya, trescientos dos bis!

Mientras en la Sadóvaya se oían las alarmantes campanadas de los alargados coches rojos que corrían por Moscú a gran velocidad, encogiendo los corazones, la gente que se agitaba en el patio pudo ver cómo de las ventanas del quinto piso salieron volando, en medio de la humareda, tres siluetas oscuras, que parecían de hombre, y una silueta de mujer desnuda.

28

Últimas andanzas de Koróviev y Popota

No podríamos asegurar si las siluetas aparecieron realmente o si fueron fruto del terror que se había apoderado de los inquilinos de la desafortunada casa. Si verdaderamente fueron ellos, nadie sabe adónde se dirigieron, tampoco se separaron; pero un cuarto de hora después que empezara el incendio en la Sadóvaya, junto a las puertas de luna del Torgsin,[1] en el mercado Smolenski, apareció un ciudadano largo, con un traje a cuadros, acompañado de un gran gato negro.

Escurriéndose hábilmente entre los transeúntes, el ciudadano abrió la puerta de entrada de la tienda. Pero un portero enclenque, huesudo y con aire hostil, les cerró el paso, diciendo irritado:

—¡Con gato no se puede!

—Usted perdone —sonó la voz cascada del largo, que se llevó una mano nudosa a la oreja como si fuera sordo—, ¿con gatos, dice usted? ¿Y dónde está el gato?

Al portero se le salían los ojos de las órbitas. No era para menos: efectivamente, no había ningún gato. Por encima del hombro del ciudadano asomaba un tipo regordete que tenía cierto aire de gato y llevaba una gorra agujereada y un hornillo de petróleo en las manos.

Intentaba entrar en la tienda.

1. Nombre de la asociación de proveedores, en cuyos almacenes el comercio se efectúa exclusivamente con divisas. *(N. de la T.)*

Algo le desagradó al portero misántropo en la pareja de visitantes.

—Aquí se compra solo con divisas —articuló con voz ronca. Miraba irritado por debajo de las cejas pobladas y pardas, como carcomidas por la polilla.

—Querido —dijo el larguirucho, brillándole un ojo detrás de los impertinentes rotos—, ¿y cómo sabe usted que yo no las tengo? ¿Juzga por mi traje? ¡No lo haga nunca, queridísimo guarda! Puede meter la pata a base de bien. Lea otra vez la historia del famoso califa Harun al-Rasid. Pero ahora, dejando la historia para mejor ocasión, quiero advertirle que voy a dar una queja de usted al director. Le contaré unas cuantas cosas y me temo que usted tendrá que abandonar su puesto entre estas relucientes lunas.

—Si yo tuviera el hornillo lleno de divisas, ¿qué? —intervino acalorado el felino regordete, metiéndose en la tienda de mala manera.

Detrás, la gente empezaba a impacientarse. El portero, dirigiendo una mirada de odio y desconfianza a la extraña pareja, se apartó, y nuestros amigos se encontraron en la tienda. Después de echar una ojeada, Koróviev anunció con voz tan fuerte que se oyó hasta en el último rincón:

—¡Vaya tienda estupenda! ¡Una tienda pero que muy buena!

El público se volvió sorprendido, pero Koróviev tenía toda la razón:

En los estantes se veían montones de piezas de percal con estampados muy variados. Detrás se amontonaban muselinas, calicós y paños para frac. Se perdían en el infinito verdaderas pilas de cajas de zapatos y había varias ciudadanas sentadas en pequeños banquitos, con un pie en un zapato viejo y gastado y pisoteando la alfombra con el otro, dentro de un zapato nuevo y brillante. Del interior salían canciones y música de gramófono.

Pero Koróviev y Popota dejaron atrás todas estas maravillas y se encaminaron directamente a aquella parte de la tienda donde se unían las secciones gastronómica y de confitería. Allí había sitio de sobra.

Las ciudadanas con boinas y pañuelos no se amontonaban, como en la sección de percales.

Junto al mostrador, hablando con aire imperativo, había un hombre pequeño, completamente cuadrado, con la cara afeitada hasta parecer azul, con gafas de concha, sombrero nuevo sin arrugar y sin manchas de agua en la cinta, con un abrigo color lila y guantes naranja de cabritilla. Atendía al cliente un dependiente con bata blanca, limpia, y gorrito azul.

Con un cuchillo muy afilado, que recordaba al que robara Leví Mateo, el dependiente limpiaba un salmón rosa, grasiento y lloroso, con la piel plateada, parecida a la de una serpiente.

—Este departamento es soberbio también —reconoció solemnemente Koróviev—, y el extranjero parece simpático —y señaló con aire benevolente la espalda color lila.

—No, Fagot, no —respondió Popota pensativo—, te equivocas, amigo mío: me parece que le falta algo en la cara a este *gentleman* lila.

La espalda color lila se estremeció, pero debió de ser una casualidad, porque ¿cómo podía entender el extranjero lo que decían en ruso Koróviev y su acompañante?

—¿Es... bien? —preguntaba severamente el comprador.

—¡Fenomenal! —contestaba el dependiente, hurgando con el cuchillo en la piel del salmón, con aire coqueto.

—Bueno gusta, malo no gusta —decía el extranjero exigente.

—¡Cómo no! —exclamaba el dependiente con entusiasmo.

Nuestros amigos se alejaron del extranjero, del salmón y se acercaron al mostrador de la confitería.

—Hace calor —se dirigió Koróviev a una vendedora jovencita con los carrillos rojos, pero no obtuvo respuesta—. ¿A cuánto están las mandarinas? —le preguntó.

—A treinta kopeks el kilo —contestó la dependienta.

—Pobre bolsillo —dijo Koróviev suspirando—, ¡ay, ay! —se quedó pensativo, y luego invitó a su amigo—: come, Popota.

El gordo se colocó el hornillo bajo el brazo, agarró una mandarina de la cúspide de la pirámide, la devoró con piel y todo y cogió otra.

Un pánico de muerte se apoderó de la vendedora.

—¡Está loco! —exclamó, perdiendo el color—. ¡Deme el cheque! ¡El cheque! —y dejó caer las pinzas de los caramelos.

—Guapa, cielo, cariño —decía Koróviev, recostándose sobre el mostrador y guiñando un ojo a la vendedora—, no llevamos divisas encima, ¿qué se le va a hacer? ¡Le juro que la próxima vez, no más tarde del lunes, le devolveremos todo con dinero limpio! Somos de aquí cerca, de la Sadóvaya, donde el incendio...

Popota iba ya por la tercera mandarina cuando metió la pata en la complicada construcción de barras de chocolate, sacó una de abajo, lo que hizo que todo se derrumbara, y se la tragó con la envoltura dorada.

Los dependientes de la sección de pescado se habían quedado de piedra, con los cuchillos en la mano. El extranjero vestido de color lila se volvió hacia los dos sujetos. Popota estaba equivocado: no es que le faltara algo en la cara, más bien al contrario, le colgaban los carrillos y tenía la mirada evasiva.

Con la cara completamente amarilla la vendedora gritó en plena congoja, y su voz se oyó en toda la tienda:

—¡Palósich! ¡Palósich!

Acudió en masa la gente del departamento de percales. Popota abandonó la tentadora confitería y metió la mano en un barril en el que se leía: «Arenques escogidos de Kerch»; sacó un par de arenques, se los tragó y escupió las colas.

—¡Palósich! —se repitió el grito desesperado. De la sección de pescado llegó el rugido de un vendedor con perilla:

—¡Parásito! ¿Qué estás haciendo?

Pável Iósifovich se apresuraba al campo de batalla. Era un hombre de buena presencia, con bata blanca de cirujano y un lápiz que le asomaba en un bolsillo. Seguramente Pável Iósifovich era un hombre de experiencia. Cuando vio a Popota con el tercer arenque en la boca hizo una rápida valoración, se hizo cargo de la situación enseguida y, sin entablar discusión alguna con los sinvergüenzas, ordenó, alargando los brazos hacia la calle:

—¡Silba!

Atravesando las puertas de luna, el portero salió corriendo hacia la esquina del mercado Smolenski e inició un silbido siniestro. La gente empezó a rodear a los bandidos. Entonces intervino Koróviev:

—¡Ciudadanos! —gritó con voz fina y temblorosa—. Pero ¿qué es esto? ¿Eh? ¡Permítanme que haga esta pregunta! Este pobre hombre —Koróviev aumentó el temblor de su voz y señaló a Popota, que inmediatamente puso una cara llorosa—, este pobre hombre está todo el día arreglando hornillos. Tiene hambre... y ¿de dónde quieren que saque divisas?

Pável Iósifovich, que solía ser tranquilo y sereno, al oír aquello, gritó con severidad:

—¡Oye tú, haz el favor de callarte! —y de nuevo estiró la mano hacia afuera, impaciente. Los trinos junto a la puerta sonaron con más alegría.

Pero Koróviev, sin dejarse cohibir lo más mínimo por la intervención de Pável Iósifovich, prosiguió:

—¿De dónde? —preguntó a todos los presentes—. ¡Está extenuado, tiene hambre y sed, tiene calor! Y el pobrecito prueba una mandarina. ¡Si no vale más de tres kopeks! Y esos ya están silbando como ruiseñores de los bosques en primavera, molestando a las milicias, distrayéndoles de su trabajo. Pero este ¡sí que puede! —y Koróviev señaló hacia el gordo color lila, que enseguida expresó inquietud en su rostro—. ¿Quién es? ¿Eh? ¿De dónde ha venido? ¿Para qué? Qué, ¿le echábamos de menos? ¿Acaso le hemos invitado? Claro —decía el ex chantre a grito pelado con sonrisa sarcástica—, como ven, lleva un abrigo lila muy elegante, está todo hinchado de salmón, está repleto de divisas. ¿Y uno de los nuestros, eh? ¡Qué amargura, qué amargura! —aulló Koróviev, como si estuviera en una boda a la antigua.[2]

2. Alusión a una antigua costumbre rusa. En las bodas, los invitados solían gritar: «¡Amargo!», para que los novios «endulzaran» el vino dándose un beso. *(N. de la T.)*

Este discurso estúpido, falto de tacto y, por lo visto, pernicioso políticamente, hizo que Pável Iósifovich se estremeciera de indignación; pero, aunque parezca extraño, a juzgar por los ojos del público, había encontrado el apoyo de mucha gente. Cuando Popota, llevándose a los ojos una manga sucia, exclamó con aire trágico:

—¡Gracias, fiel amigo, has defendido a la víctima! —ocurrió un milagro.

Un viejecito silencioso y de lo más decente, vestido con modestia, pero limpio; un viejecito que estaba comprando tres pasteles de almendra en la confitería, se transformó repentinamente. Sus ojos despedían un fuego de lucha; se puso rojo, tiró el paquete de pasteles al suelo y gritó con voz fina e infantil:

—¡Es verdad! —agarró la bandeja, tirando los restos de la torre Eiffel de chocolate, destruida por Popota, y la agitó en el aire; con la mano izquierda quitó el sombrero del extranjero y con la derecha le atizó un golpe en la cabeza medio calva. Se oyó un ruido semejante al que hace una lámina de hierro al caer de un camión. El gordo se puso pálido, cayó de espaldas y se sentó en el barril de los arenques de Kerch, levantando un verdadero surtidor de salmuera. Entonces sucedió otro milagro. El tipo color lila gritó en ruso, al caerse en el barril, sin el menor asomo de acento extranjero—: ¡Me están matando! ¡Milicias! ¡Me están matando los bandidos! —aprendió, por lo visto, el idioma hasta entonces desconocido, como resultado de la conmoción.

Se cortó el silbido del portero y entre el tumulto de emocionados compradores aparecieron, aproximándose, los cascos de dos milicianos. Pero el pérfido Popota, igual que se echa agua en el banco de un baño público, roció el mostrador de la confitería con la gasolina de su hornillo y esta se encendió enseguida. El fuego se alzó y se extendió a lo largo del mostrador, comiéndose las bonitas cintas de papel en las cestas de fruta. Las dependientas corrieron pegando gritos, y enseguida se incendiaron las cortinas de lino de las ventanas y en el suelo ardió la gasolina.

El público, con locos alaridos, se echó hacia atrás en la confitería, aplastando a Pável Iósifovich, innecesario ya. De detrás del mostrador de la sección de pescados los vendedores salieron en fila india, con los afilados cuchillos en la mano, y se dirigieron corriendo hacia la salida de servicio.

Una vez que se hubo liberado del barril, el ciudadano color lila, cubierto por completo de grasa de arenque, pasó por encima del salmón del mostrador y siguió a los vendedores. Sonaron y cayeron los cristales de la puerta; la gente los rompía para salvarse. Los dos sinvergüenzas, Koróviev y el glotón de Popota, desaparecieron. ¿Por dónde? Nadie lo sabe. Más tarde, los testigos presenciales del incendio en el Torgsin contaban que los dos bandidos volaron hacia el techo y allí explotaron, como dos globos de niño. Claro, que fuera precisamente así, se puede poner en duda, pero como no lo sabemos seguro, no decimos nada.

Lo que sí sabemos es que un minuto después de lo sucedido en el mercado Smolenski, Popota y Koróviev estaban en la acera del bulevar, en frente de la casa de la tía de Griboyédov. Koróviev, pasando ante la reja, dijo:

—¡Bah! ¡Si es la casa de los escritores! Sabes qué te digo, que he oído muchas cosas buenas y favorables sobre esta casa. Fíjate en ella, amigo mío. Es agradable pensar que bajo este tejado se ocultan y están madurando infinidad de talentos.

—Como las piñas en los invernaderos —dijo Popota, subiéndose sobre la base de hormigón de la reja, para ver mejor la casa color crema con columnas.

—Eso es —asintió Koróviev, compartiendo la idea de su amigo inseparable—. Y qué emoción tan dulce envuelve el corazón cuando piensas que en esta casa madura el futuro autor de *Don Quijote* o del *Fausto*, o ¿quién sabe?, de *Almas muertas*. ¿Eh?

—Da miedo pensarlo.

—Pues sí —seguía Koróviev—, se pueden esperar cosas sorprendentes de los invernaderos de esta casa, que ha reunido bajo su techo a varios ascetas, decididos a consagrar su vida al servicio de Melpómenes, Polihimnia y Talía. ¿Te imaginas el jaleo que se va a organizar cuando uno de ellos ofrezca al público de lectores *El revisor* o, en último caso, *Eugenio Oneguin*?

—Pues podía pasar —asintió de nuevo Popota.

—Sí —continuaba Koróviev, levantando un dedo con aire preocupado—. ¡Pero!... ¡Pero, digo yo y repito el «pero»!... ¡Si a estas delicadas plantas de invernadero no les ataca algún microbio, no se les pican las raíces, si no se pudren! ¡Porque esto ocurre con las piñas! ¡Y tanto que ocurre!

—Por cierto —se interesó Popota, metiendo su cabeza redonda entre las rejas— ¿qué están haciendo en esa terraza?

—Están comiendo —replicó Koróviev—. Además, mi querido amigo, en esta casa hay un restaurante que no está mal y es bastante barato. Y a propósito, como todo turista que se prepara a emprender un viaje largo, siento deseos de tomar algo y beberme una gran jarra de cerveza helada.

—Yo también —contestó Popota, y los dos sinvergüenzas se dirigieron por el caminito asfaltado bajo los tilos hacia la terraza del restaurante, que no presentía la desgracia.

Una ciudadana pálida y aburrida, con calcetines blancos y boina del mismo color con un rabito, se sentaba en una silla vienesa a la entrada en la terraza, en una esquina donde había un hueco en el verde de la reja cubierta de plantas trepadoras. Delante de ella, en una simple mesa de cocina, había un libro gordo, parecido a un libro de cuentas, en el que la ciudadana apuntaba con objetivo desconocido a todos los que entraban.

Y precisamente esa ciudadana paró a Koróviev y a Popota.

—Los carnets, por favor —dijo ella mirando sorprendida los impertinentes de Koróviev y el hornillo de Popota y su codo roto.

—Mil perdones, pero, ¿qué carnets? —preguntó Koróviev, extrañado.

—¿Son ustedes escritores? —preguntó a su vez la ciudadana.

—Naturalmente —contestó Koróviev con dignidad.

—¡Sus carnets! —repitió la ciudadana.

—Mi encanto... —empezó dulcemente Koróviev.

—No soy ningún encanto —le interrumpió la ciudadana.

—¡Ah! ¡Qué pena! —dijo Koróviev con desilusión y continuó—: Bien, si usted no desea ser encanto, lo que hubiera sido muy agradable, puede no serlo. Dígame, ¿es que para convencerse de que Dostoievski es un escritor, es necesario pedirle su carnet? Coja cinco páginas cualesquiera de alguna de sus novelas y se convencerá sin necesidad de carnet de que es escritor. ¡Y me sospecho que nunca tuvo carnet! ¿Qué crees? —Koróviev se dirigió a Popota.

—Apuesto a que no lo tenía —contestó Popota, dejando el hornillo en la mesa junto al libro y secándose con la mano el sudor de su frente, manchada de hollín.

—Usted no es Dostoyevski —dijo la ciudadana, desconcertada, dirigiéndose a Koróviev.

—¿Quién sabe?, ¿quién sabe? —contestó él.

—Dostoievski ha muerto —dijo la ciudadana, pero no muy convencida.

—¡Protesto! —exclamó Popota con calor—. ¡Dostoievski es inmortal!

—Sus carnets, ciudadanos —dijo la ciudadana.

—¡Esto tiene gracia! —no cedía Koróviev—. El escritor no se conoce por su carnet, sino por lo que escribe. ¿Cómo puede saber usted qué ideas artísticas bullen en mi cabeza? ¿O en esta? —y señaló la cabeza de Popota, que hasta se quitó la gorra para que la ciudadana pudiera verla mejor.

—Dejen pasar, ciudadanos —dijo la mujer nerviosa ya.

Koróviev y Popota se apartaron para dejar paso a un escritor vestido de gris, con camisa blanca, veraniega, sin corbata; con el cuello de la camisa abierto sobre el cuello de la chaqueta. Llevaba un periódico bajo el brazo. El escritor saludó amablemente a la ciudadana; al pasar escribió en el libro, previamente abierto, un garabato y se dirigió a la terraza.

—No, no será para nosotros —habló con tristeza Koróviev— la jarra helada de cerveza, con la que hemos soñado tanto, nosotros, pobres vagabundos. Nuestra situación es triste y difícil y no sé cómo salir de ella.

Popota se limitó a abrir los brazos con amargura y colocó la gorra en su cabeza redonda, cubierta de pelo espeso que recordaba mucho la piel de un gato.

En ese momento una voz muy suave, pero autoritaria, sonó encima de la ciudadana.

—Déjeles pasar, Sofía Pávlovna.

La ciudadana del libro de registro se sorprendió. Entre el verde de la verja surgió el pecho blanco de frac y la barba en forma de puñal del filibustero. Miraba amistosamente a los dos tipos dudosos y harapientos e incluso les hacía gestos de invitación.

La autoridad de Archibaldo Archibáldovich era algo palpable en el restaurante que él dirigía y Sofía Pávlovna preguntó con docilidad a Koróviev:

—¿Cómo se llama usted?

—Panáyev —respondió él con finura. La ciudadana apuntó el apellido y echó una mirada interrogante a Popota.

—Skabichevski[3] —dijo él, señalando al hornillo, Dios sabe por qué. Sofía Pávlovna lo apuntó también y acercó el libro a los visitantes para que firmaran. Koróviev puso «Skabichevski» enfrente del apellido «Panáyev» y Popota escribió «Panáyev» enfrente de «Skabichevski».

Archibaldo Archibáldovich, sorprendiendo a Sofía Pávlovna con una sonrisa seductora, conducía a los huéspedes a la mejor mesa, donde había una sombra tupida y donde el sol jugaba alegremente por uno de los huecos de la verja con trepadora verde. Mientras, Sofía Pávlovna, parpadeando de asombro, estuvo largo rato estudiando las extrañas inscripciones que habían dejado los inesperados visitantes.

Archibaldo Archibáldovich sorprendió más aún a los camareros que a Sofía Pávlovna. Apartó personalmente la silla de la mesa, invitando a Koróviev a que se sentara, guiñó el ojo a uno, susurró algo a otro, y dos camareros empezaron a correr alrededor de los visitantes; uno de ellos puso el hornillo en el suelo, junto a las botas descoloridas de Popota.

3. Literatos rusos del siglo XIX. (N. de la T.)

Inmediatamente desapareció de la mesa el viejo mantel con manchas amarillas y en el aire voló un mantel blanco como un albornoz de beduino, crujiente de tanto almidón que tenía. Archibaldo Archibáldovich murmuraba al oído a Koróviev en voz baja pero muy expresiva:

—¿A qué les invito? Tengo lomo de esturión especial... lo conseguí del congreso de arquitectos...

—Bueno... hum... un aperitivo... hum... —pronunció Koróviev con benevolencia, instalado en la silla cómodamente.

—Ya comprendo —contestó Archibaldo Archibáldovich con aire de complicidad, cerrando los ojos.

Al ver cómo el jefe del restaurante trataba a los visitantes bastante sospechosos, los camareros dejaron sus dudas y se tomaron el trabajo en serio. Uno de ellos acercó una cerilla a Popota, que había sacado del bolsillo una colilla y se la había metido en la boca, se acercó corriendo otro, colocando junto a los cubiertos piezas de finísimo cristal color verde. Copas de licor, de vino y de agua, en las que sabe tan bien el agua mineral, estando bajo el toldo... Diremos, adelantándonos, que esta vez también se bebió agua mineral bajo el toldo de la inolvidable terraza de Griboyédov.

—Puedo invitarles a filetes de perdices —murmuraba Archibaldo Archibáldovich con voz musical. El huésped de los impertinentes rotos aprobaba enteramente todas las propuestas del comandante del bergantín y le miraba con benevolencia a través del inútil cristal.

El literato Petrakov Sujovéi, que comía con su esposa en la mesa de al lado, y se terminaba un escalope de cerdo, era observador, nota característica de todos los escritores, se dio cuenta de los especiales cuidados de Archibaldo Archibáldovich hacia los visitantes y se sorprendió mucho. Su esposa, señora muy respetable, llegó a tener celos de Koróviev y dio unos golpecitos con la cucharilla para indicar que se estaban retrasando. ¿No era el momento de servir el helado? ¿Qué pasaba?

Pero Archibaldo Archibáldovich, dirigiéndole una sonrisa encantadora, mandó a un camarero, mientras él mismo no abandonaba a sus queridos huéspedes. ¡Ah, qué inteligente era Archibaldo Archibáldovich! ¡Y seguro que no era menos observador que los mismos escritores! Sabía lo de la sesión del Varietés y los sucesos de aquellos días; había oído las palabras «el de cuadros» y «el gato» y se las grabó en la memoria, no como otros. Archibaldo Archibáldovich supo enseguida quiénes era sus visitantes. Y al comprenderlo, decidió no quedar mal con ellos. ¡Pero Sofía Pávlovna! ¡Qué ocurrencia, cerrarles el paso a la terraza! Por otra parte, ¡qué se podía esperar de ella!

La señora de Petrakov, hincando con arrogancia la cucharilla en el helado derretido, miraba con ojos enfadados cómo la mesa de los dos payasos desharrapados se cubría de manjares por arte de magia. Hojas de lechuga lavada hasta sacarle brillo salían de una fuente con caviar fresco... un instante y apareció una mesa especial con un cubo plateado empañado de frío...

Solo en el momento que se hubo convencido de que todo se estaba haciendo como era debido y que en las manos del camarero apareció una sartén cubierta, en la que algo chirriaba, Archibaldo Archibáldovich se permitió abandonar a los misteriosos visitantes, susurrándoles previamente:

—¡Con permiso! ¡Un minutito! ¡Voy a ver los filetes!

Se apartó de la mesa y desapareció por una puerta interior del restaurante. Si algún observador hubiera podido vigilar a Archibaldo Archibáldovich, lo que hizo a continuación le hubiera parecido algo extraño.

El jefe del restaurante no se dirigió a la cocina para vigilar los filetes, sino al almacén del restaurante. Lo abrió con su llave, cerró la puerta al entrar, sacó de una nevera con hielo dos pesados lomos de esturión, con mucho cuidado de no mancharse los puños los envolvió en un papel de periódico, ató el paquete cuidadosamente con una cuerda y lo puso a un lado. Luego fue a la habitación contigua para comprobar si estaba su sombrero y su abrigo de entretiempo forrado de seda, y solamente entonces se encaminó a la cocina, donde el cocinero estaba preparando con esmero los filetes prometidos por el pirata.

Tenemos que aclarar que no había nada de extraño e incomprensible en las operaciones de Archibaldo Archibáldovich, y que las podría encontrar raras solo un observador superficial. Su actitud era el resultado lógico de todo lo anterior. Conociendo los últimos acontecimientos y, sobre todo, con el olfato tan fenomenal que tenía, Archibaldo Archibáldovich, el jefe del restaurante de Griboyédov, pensó que la comida de los dos visitantes sería, aunque abundante y lujosa, muy breve. Y su olfato, que nunca le había fallado, tampoco lo hizo esta vez.

Cuando Koróviev y Popota brindaban por segunda vez con copas de un vodka espléndido, de doble purificación, apareció en la terraza el cronista Boba Kandalupski, sudoroso y excitado; era conocido en Moscú por su asombrosa omnisciencia. Se sentó enseguida con los Petrakov. Dejando en la mesa su cartera repleta, Boba metió sus labios en la oreja de Petrakov y empezó a susurrarle algo sugestivo. Madame Petrakova, muerta de curiosidad, acercó su oído a los labios grasientos y gruesos de Boba. Este de vez en cuando miraba furtivamente alrededor, pero seguía hablando sin parar y se podían oír algunas cosas sueltas, como:

—¡Palabra de honor! ¡En la Sadóvaya, en la Sadóvaya!...
—Boba bajó la voz todavía más— ¡No les cogen las balas!...
balas... balas... gasolina... incendio... balas...

—¡Habría que aclarar quiénes son los mentirosos que difunden estos rumores repugnantes! —decía madame Petrakova indignada, con voz algo más fuerte de lo que hubiera preferido Boba—. ¡Nada, nada, así sucederá, ya les meterán en cintura! ¡Qué mentiras más peligrosas!

—¡Pero, por qué mentiras, Antonida Porfírievna! —exclamó Boba, disgustado por la duda de la esposa del escritor, y siguió murmurando—: ¡Les digo que no les cogen las balas!... Y ahora el incendio... ellos por el aire... ¡por el aire! —Boba cuchicheaba sin sospechar que los protagonistas de su historia estaban sentados a su lado, regocijándose con su cuchicheo.

Aunque pronto el regocijo se terminó. Salieron a la terraza de la puerta interior del restaurante tres hombres con las cinturas muy ceñidas por cinturones de cuero, con polainas y pistolas en mano. El primero gritó con voz sonora y terrible:

—¡Quietos! —y los tres abrieron fuego, disparando sobre las cabezas de Koróviev y Popota. Estos dos se disiparon inmediatamente y en el hornillo explotó un fuego que fue a dar directamente en el toldo. El fuego, saliendo de allí, subió hasta el mismo tejado de la casa de Griboyédov. Las carpetas con papeles, que estaban en la ventana del segundo piso, ardieron enseguida, luego se prendió la cortina, y el fuego, haciendo ruido, como si alguien estuviera soplando para que creciera, entró en la casa de la tía de Griboyédov.

Por los caminos asfaltados que llevaban a la reja de hierro fundido del jardín, la misma por la que entrara Ivánushka el miércoles por la noche como primer mensajero incomprendido de la desgracia, unos segundos después corrían escritores que habían dejado su comida a medias, Sofía Pávlovna, Petrakova y Petrakov.

Archibaldo Archibáldovich, que había salido a tiempo por la puerta lateral, sin correr y sin muestras de impaciencia, como un capitán que es el último en abandonar su bergantín en llamas, estaba de pie, muy tranquilo, vestido con su abrigo de entretiempo forrado de seda y con dos lomos de esturión bajo el brazo.

29

El destino del maestro y Margarita está resuelto

Se ponía el sol. En la terraza de piedra de uno de los edificios más bonitos de Moscú, construido hace unos ciento cincuenta años, en lo alto, dominando toda la ciudad, estaban Voland y Asaselo. No se veían desde la calle, porque permanecían ocultos a las miradas innecesarias por unos jarrones de yeso con flores, también de yeso. Pero ellos veían la ciudad casi hasta sus límites.

Voland se sentaba en un taburete plegable, iba vestido con su hábito negro. Su espada, ancha y larga, estaba clavada verticalmente entre dos losas de la terraza, haciendo de reloj de sol. La sombra de la espada se alargaba lenta pero firme, acercándose a los zapatos negros de Satanás. Con su barbilla azulada apoyada en el puño, encorvado en el taburete, sentado sobre su pierna, Voland miraba, sin desviar la vista del enorme conjunto de palacios, edificios gigantescos y pequeñas casuchas destinadas al derribo.

Asaselo había abandonado su atuendo moderno: chaqueta, sombrero hongo, zapatos de charol y, como Voland, vestía de negro; estaba inmóvil junto a su señor y, al igual que él, no apartaba la vista de la ciudad.

Voland habló:

—Qué ciudad más interesante, ¿verdad?

Asaselo se movió y contestó con respeto:

—*Messere*, me gusta más Roma.

—Bueno, eso es cuestión de gustos —dijo Voland.

Al poco rato se oyó de nuevo su voz:

—¿Y ese fuego en el bulevar?

—Está ardiendo Griboyédov —contestó Asaselo.

—Es de suponer que la pareja inseparable de Koróviev y Popota haya estado allí.

—No cabe la menor duda, *messere*.

De nuevo reinó el silencio y los dos que estaban en la terraza vieron cómo en las ventanas que daban al occidente, en los pisos altos de las casas, se encendía un sol cegador. El ojo de Voland despedía el mismo fuego que aquellas ventanas, aunque él estuviera de espaldas al poniente.

De pronto algo llamó la atención de Voland en la torre redonda del tejado, a sus espaldas. Un hombre de barba negra, sombrío, vestido con túnica y sandalias hechas por él, harapiento y manchado de arcilla, surgió de la pared.

—¡Vaya! —exclamó Voland mirándole con cierta burla—. ¡Lo que menos me esperaba es verte aquí! ¿Qué te trae, huésped inesperado?

—He venido a verte, espíritu del mal y dueño de las sombras —contestó el recién llegado, mirando a Voland de reojo, con aire hostil.

—Si has venido a verme, ¿por qué, entonces, no me saludas ex recaudador de contribuciones? —habló Voland con severidad.

—Porque no quiero que sigas con salud —contestó insolente el recién llegado.

—Pues tendrás que conformarte con ello —repuso Voland y una sonrisa desfiguró su boca—, casi no has tenido tiempo de aparecer en el tejado y ya has dicho una necedad, y te diré en qué consiste: en tu tono. Has pronunciado las palabras como si no reconocieras la existencia del mal y de las sombras. Por qué no eres un poco amable y te detienes a pensar en lo siguiente: ¿qué haría tu bien si no existiera el mal y qué aspecto tendría la tierra si desaparecieran las sombras? Los hombres y los objetos producen sombras. Esta es la sombra de mi espada. También hay sombras de árboles y seres vivos. ¿No querrás raspar toda la tierra, arrancar los árboles y todo lo vivo para gozar de la luz desnuda? Eres un necio.

—No quiero discutir contigo, viejo sofista —respondió Leví Mateo.

—Es que no puedes discutir conmigo por la razón que ya he mencionado: eres necio —dijo Voland, y preguntó—: Bueno, dime rápido, no me canses, ¿para qué has venido?

—Él me ha mandado.

—¿Y qué recado traes, esclavo?

—No soy esclavo —contestó Leví Mateo, cada vez más enfurecido—, soy su discípulo.

—Como siempre, hablamos en idiomas distintos —respondió Voland—, pero las cosas de que hablamos no cambian por eso. ¿Bueno?

—Ha leído la obra del maestro —habló Leví Mateo—, pide que te lleves al maestro y le des la paz. ¿Te cuesta trabajo hacerlo, espíritu del mal?

—A mí no me cuesta trabajo hacer nada —contestó Voland— y tú lo sabes muy bien —permaneció callado y luego añadió—: ¿Y por qué no os lo lleváis vosotros al mundo?

—No se merece el mundo, se merece la tranquilidad —dijo Leví con voz triste.

—Puedes decir que todo será hecho —contestó Voland, se le encendió el ojo y añadió—: y déjame inmediatamente.

—Pide que también se lleven a la que le quería y sufrió tanto por él —Leví por primera vez habló a Voland con voz suplicante.

—Si no fuera por ti nunca se nos hubiera ocurrido. Vete.

Leví Mateo desapareció; Voland llamó a Asaselo, diciéndole:

—Vete a verlos y arréglalo todo.

Asaselo abandonó la terraza y Voland se quedó solo.

Pero su soledad no duró mucho rato. En las losas de la terraza se oyeron ruidos de pasos y voces animadas y ante los ojos de Voland aparecieron Koróviev y Popota. El regordete ya no tenía su hornillo, iba cargado de otros objetos. Llevaba bajo el brazo un pequeño paisaje en marco dorado, le colgaba una bata de cocinero medio quemada, y en la otra mano llevaba un salmón entero con piel y cola. Los dos despedían olor a quemado, el morro de Popota estaba sucio de hollín y la gorra estaba muy chamuscada.

—¡Saludos, *messere*! —gritó la pareja incansable y Popota agitó el salmón.

—¡Qué pinta! —dijo Voland.

—¡Figúrese, *messere*! —gritó Popota excitado y contento—, ¡me han tomado por un ladrón!

—A juzgar por los objetos que traes —contestó Voland mirando el cuadro—, eso es lo que eres.

—Querrá creer, *messere*... —empezó Popota con voz zalamera.

—No, no te creo —le cortó Voland.

—*Messere*, le juro que a base de heroicos esfuerzos he intentado salvar todo lo que me fuera posible y esto es lo único que pude conseguir.

—Prefiero que me digas por qué se incendió Griboyédov —preguntó Voland.

Los dos, Koróviev y Popota, separaron los brazos, levantaron los ojos al cielo y Popota exclamó:

—¡No lo llego a entender! Estábamos tan tranquilos, en silencio, tomando unas cosas...

—Y de pronto ¡pum!, ¡pum! —intervino Koróviev—. ¡Que empiezan a disparar! Locos de miedo, Popota y yo corrimos al bulevar y los perseguidores detrás; y nosotros hacia el monumento a Timiriásev.

—Pero el sentido del deber —entró Popota— venció nuestro miedo vergonzoso y volvimos.

—Ah, ¿volvisteis? —dijo Voland—. Claro, entonces es cuando el edificio quedó reducido a cenizas.

—¡A cenizas! —afirmó Koróviev con amargura—, literalmente a cenizas, *messere*, según su justa expresión. ¡No quedaron más que cenizas!

—Yo me dirigí —contaba Popota— a la sala de reuniones, la de las columnas, *messere*, esperando sacar algo valioso. Ah, *messere*, mi mujer, si la tuviera, ¡habría estado veinte veces a dos pasos de ser viuda! Pero, felizmente, *messere*, estoy soltero y le diré con franqueza que soy feliz así. ¡Oh!, *messere*, ¿acaso se puede cambiar la libertad de soltero por un yugo oneroso?

—¡Ya estamos diciendo tonterías! —indicó Voland.

—Le oigo y prosigo —contestó el gato—, pues sí, aquí está el paisajito. No fue posible sacar otra cosa de la sala, porque el fuego me quemaba la cara. Corrí a la despensa, salvé un salmón. Corrí a la cocina, salvé una bata. Considero, *messere*, que he hecho todo lo que pude y no comprendo la razón de la expresión escéptica de su cara.

—¿Y qué hacía Koróviev mientras tú estabas robando? —preguntó Voland.

—Estuve ayudando a los bomberos, *messere* —respondió Koróviev señalándose los pantalones rotos.

—Si eso es verdad, estoy seguro que habrá que construir un edificio nuevo.

—Será construido, *messere* —contestó Koróviev—, me atrevo a asegurárselo.

—Bueno, lo único que queda es desear que sea mejor que el anterior —dijo Voland.

—Así será, *messere* —afirmó Koróviev.

—Puede creerme —añadió el gato—, soy un verdadero profeta.

—A pesar de todo, hemos llegado —comunicó Koróviev— y estamos esperando sus órdenes.

Voland se levantó del taburete, se acercó a la balaustrada y se quedó largo rato inmóvil, sin decir una palabra, de espaldas a su séquito, mirando a la ciudad. Luego se apartó del borde de la terraza, se sentó en el taburete y dijo:

—No habrá órdenes, habéis hecho todo lo posible y ya no necesito más vuestros servicios. Podéis descansar. Ahora va a llegar la tormenta y emprenderemos el camino.

—Muy bien, *messere* —contestaron los dos payasos y desaparecieron detrás de una torre redonda que estaba en el centro de la terraza.

La tormenta, de la que hablaba Voland, se estaba formando en el horizonte. Una nube negra se levantó en el oeste y cortó medio sol. Luego lo cubrió por completo. En la terraza se notó fresco. Al poco rato todo estaba a oscuras.

Esta oscuridad llegada del oeste cubrió la enorme ciudad. Desaparecieron los puentes, los palacios. Desapareció todo, como si nunca hubiera existido. Un hilo de fuego atravesó el cielo. Luego, un golpe sacudió la ciudad. Se repitió y empezó la tormenta. En las tinieblas ya no se veía a Voland.

30

¡Ha llegado la hora!

—¿Sabes? —decía Margarita—, ayer, mientras tú dormías, estuve leyendo lo de la oscuridad que llegaba del mar Mediterráneo... y esos ídolos, ¡oh!, ¡esos ídolos de oro! No sé por qué no me dejan en paz. Me parece que va a llover. ¿No notas que está refrescando?

—Todo esto me gusta mucho, es muy bonito —contestaba el maestro fumando y rompiendo las volutas de humo con la mano—, y los ídolos, eso no tiene importancia... pero qué pasará después, ¡eso sí que no lo veo claro!

Esta conversación tenía lugar al mismo tiempo que en la terraza donde estaba Voland aparecía Leví Mateo. La ventana del sótano estaba abierta, y si alguien se hubiera asomado al pasar, se habría sorprendido seguramente por el aspecto tan extraño que ofrecía la pareja. Margarita llevaba una capa negra sobre su cuerpo desnudo y el maestro la ropa del sanatorio. Margarita no tenía absolutamente nada que ponerse porque todas sus cosas habían quedado en el palacete, y aunque estaba muy cerca, no quería ni pensar en ir a buscarlas. Y el maestro, que tenía todos sus trajes en el armario, como si nunca se hubiera ausentado, sencillamente no tenía ganas de vestirse, y estaba hablando con Margarita, diciéndole que en cualquier momento iba a empezar algo extraño y absurdo. Por primera vez desde aquel otoño estaba afeitado; en el sanatorio le recortaban la barbita con una maquinilla.

La habitación también tenía un aspecto extraño y era difícil entender algo en medio de aquel caos. Los manuscritos estaban sobre la alfombra y en el sofá. En el sillón había un libro abierto. La mesa redonda estaba puesta para la comida y entre los platos había varias botellas. De dónde habían salido aquellos comestibles y bebidas, era algo que no sabían ni Margarita ni el maestro. Al despertarse se encontraron con todo en la mesa.

Durmieron hasta el atardecer del sábado y los dos se sentían completamente repuestos, lo único que les recordaba las aventuras del día anterior era un ligero dolor en la sien izquierda. En lo psíquico, habían cambiado considerablemente. Cualquiera que escuchara la conversación en el piso del sótano lo hubiera notado. Pero no había nadie que pudiera escucharles. La ventaja de aquel patio era que siempre estaba desierto. Los tilos y el salguero, que cada día se ponían más verdes, despedían un olor primaveral que el vientecillo traía por la ventana.

—¡Diablos! —exclamó el maestro de pronto—. Cuando me pongo a pensarlo... —apagó el cigarrillo en el cenicero y se apretó la cabeza con las manos—, escucha, tú que eres una persona inteligente y no has estado loca... dime, ¿estás segura de que ayer estuvimos con Satanás?

—Estoy completamente segura —contestó Margarita.

—Claro, claro —dijo el maestro irónicamente—, ahora tenemos en vez de un loco, dos: el marido y la mujer —alzó los brazos hacia el cielo y gritó—: ¡El diablo sabe qué es todo esto, el diablo, el diablo!

Como toda contestación, Margarita se derrumbó en el sofá, se echó a reír, moviendo sus pies descalzos y luego exclamó:

—¡Ay, no puedo! ¡Ay, que no puedo!... ¡Mira la pinta que tienes!

El maestro, azorado, contemplaba sus calzoncillos del sanatorio. Margarita se puso seria.

—Sin querer acabas de decir la verdad —dijo ella—, ¡el diablo sabe qué es esto y el diablo, créeme, lo arreglará todo! —se le encendieron los ojos, se levantó de un salto y se puso a bailar exclamando—: ¡Qué feliz me siento, qué feliz, qué feliz por haber hecho un trato con el diablo! ¡Oh!, ¡el diablo, el diablo! ¡Amor mío, no tendrás más remedio que vivir con una bruja! —Corrió hacia el maestro, le besó en los labios, en la nariz y en las mejillas. Los mechones negros despeinados saltaban en la cabeza del maestro; los carrillos y la frente le ardían bajo los besos.

—Realmente, pareces una bruja.

—No lo niego —contestó Margarita—, soy bruja y me alegro mucho de ello.

—De acuerdo —decía el maestro—, si eres bruja, pues muy bien, es bonito y elegante. Entonces a mí me han raptado de la clínica... ¡Tampoco está mal! Me han traído aquí, vamos a admitirlo. Hasta podemos suponer que nadie notará nuestra ausencia... Pero, dime, por lo que más quieras, ¿cómo y de qué vamos a vivir?, ¡lo digo pensando en ti, créeme!

En ese momento, en la ventana aparecieron unos zapatos de puntera chata y la parte baja de unos pantalones a rayas. Luego, los pantalones se doblaron por la rodilla y un pesado trasero ocultó la luz del día.

—Aloísio, ¿estás en casa? —preguntó alguien desde fuera, por encima de los pantalones.

—Ves, ya empiezan —dijo el maestro.

—¿Aloísio? —preguntó Margarita, acercándose a la ventana—, le detuvieron ayer. ¿Quién pregunta por él?, ¿quién es usted? —Nada más decirlo, las rodillas y el trasero desaparecieron de la ventana. Se oyó el golpe de la verja y todo volvió a la normalidad. Margarita se dejó caer en el sofá, riendo hasta saltársele las lágrimas. Cuando se calmó, su cara cambió completamente. Empezó a hablar, muy seria, y al hacerlo, se deslizó del sofá y se arrastró hasta las rodillas del maestro y, mirándole a los ojos, se puso a acariciarle el pelo.

—¡Cuánto has sufrido, cuánto has sufrido, pobrecito mío! Yo sola lo sé. Mira, ¡tienes hilos blancos en el pelo y una arruga eterna junto a la boca! ¡No pienses en nada, amor mío! Ya has tenido que pensar demasiado, ahora lo haré yo por ti. ¡Te aseguro que todo irá bien, maravillosamente bien!

—No tengo miedo de nada, Margot —contestó el maestro y levantó la cabeza. A Margarita le pareció que estaba igual que cuando escribía aquello que no vio nunca, pero que estaba seguro que había existido—, y no tengo miedo porque ya he pasado por todo. Me han asustado tanto que ya no me pueden asustar con nada. Pero me da pena de ti, Margarita, esto es, por eso lo repito tanto. ¡Despiértate!, ¿por qué vas a destruir tu vida junto a un enfermo sin dinero? ¡Vuelve a tu casa! Me das pena y por eso te lo digo.

—¡Ah! Tú, tú... —susurraba Margarita, moviendo su cabeza despeinada—; ¡pobre de ti, desconfiado!... Por ti estuve temblando desnuda la noche pasada, por ti he perdido mi naturaleza y la he cambiado por otra nueva; y varios meses he estado en un cuarto oscuro, pensando tan solo en la tormenta sobre Jershalaím, me he quedado sin ojos de tanto llorar, y ahora, cuando nos ha caído la felicidad, ¡tú me echas! ¡Muy bien, me iré; me voy a ir, pero quiero que sepas que eres un hombre cruel! ¡Te han dejado sin alma!

El corazón del maestro se llenó de amarga ternura y, sin saber por qué, se echó a llorar escondiendo la cara en el pelo de Margarita. Ella lloraba y seguía hablando y sus dedos acariciaban las sienes del maestro.

—Estos hilos... Delante de mis ojos esta cabeza se está cubriendo de nieve... ¡Mi cabeza, que tanto ha sufrido! ¡Mira qué ojos tienes!, ¡llenos de desierto...; y tus hombros, teniendo que soportar ese peso..., te han desfigurado, desfigurado...! —las palabras de Margarita se hacían incoherentes, se estremecía del llanto.

El maestro se enjugó los ojos, levantó a Margarita de las rodillas, se incorporó él también y dijo con firmeza:

—¡Basta! Me has hecho avergonzarme. Nunca me permitiré la cobardía, ni volveré a hablar de esto, puedes estar segura. Sé que los dos somos víctimas de una enfermedad mental, a lo mejor te la he transmitido yo... Muy bien, la llevaremos los dos.

Margarita acercó los labios al oído del maestro y susurró:

—¡Te juro por tu vida, te juro por el hijo del astrólogo, tan bien logrado por tu intuición, que todo irá bien!

—Bueno, bueno —contestó el maestro, y añadió, echándose a reír—: Claro, cuando a uno le han robado todo, como a nosotros, ¡trata de buscar salvación en una fuerza extraterrestre! Muy bien, estoy dispuesto a buscarla en eso.

—Así, así me gusta; eres el de antes, te ríes —contestaba Margarita—; vete al diablo con tus frases complicadas. Extraterrestre o no, ¿qué importa? ¡Tengo hambre! —y llevó al maestro de la mano hacia la mesa.

—No estoy seguro de que esta comida no se hunda o no salga volando por la ventana —decía él, sosegado.

—Ya verás como no vuela.

En ese mismo instante en la ventana se oyó una voz nasal:

—La paz esté con vosotros.

El maestro se estremeció, y Margarita, acostumbrada ya a todo lo extraordinario, exclamó:

—¡Si es Asaselo! ¡Ay! ¡Qué estupendo! —y corrió hacia la puerta, susurrando al maestro—: ¡Ya ves, no nos dejan!

—Por lo menos, ciérrate la capa —gritó el maestro.

—Si es igual —contestó Margarita desde el pasillo.

Asaselo ya estaba haciendo reverencias. Saludaba al maestro, le brillaba su ojo extraño. Margarita decía:

—¡Qué alegría! ¡En mi vida he tenido una alegría tan grande! Perdone que esté desnuda, Asaselo, por favor.

Asaselo le dijo que no se preocupara y aseguró que había visto no solo a mujeres desnudas, sino que incluso las había visto sin piel. Dejó en un rincón, junto a la chimenea, un paquete envuelto en una tela de brocado oscuro y se sentó a la mesa.

Margarita sirvió coñac a Asaselo y él lo tomó con gusto. El maestro, sin quitarle ojo, se daba pellizcos en la mano por debajo de la mesa. Pero los pellizcos no ayudaban. Asaselo no se disipaba en el aire y, a decir verdad, no había ninguna necesidad de que lo hiciera. No había nada tremendo en el pequeño hombre pelirrojo, aparte del ojo con la nube, pero eso puede ocurrir sin magia alguna, y también su ropa era algo extraña: una capa o una sotana; pero esto, pensándolo bien, se encuentra a veces. El coñac lo tomaba como es debido, apurando la copa hasta el final y sin comer nada. Este coñac le produjo al maestro un zumbido en la cabeza y se puso a pensar: No, Margarita tiene razón... Claro que este es un mensajero del diablo. Si yo mismo estuve anteanoche convenciendo a Iván que él se había encontrado en Los Estanques al mismo Satanás, ahora me asusto de esta idea y empiezo a hablar de hipnotizadores y alucinaciones... ¡Qué hipnosis, ni qué nada!

Se fijó en Asaselo y se convenció de que en sus ojos había algo forzado, como una idea sin expresar. No es una simple visita, seguro que trae algún recado, pensaba el maestro.

No se equivocaba en su sospecha. Asaselo, después de beberse la tercera copa de coñac, que no le hacía ningún efecto, dijo:

—¡Demonio, qué sótano más acogedor! Pero yo me pregunto: ¿qué se puede hacer en este sótano?

—Lo mismo digo yo —dijo el maestro riéndose.

—¿Qué pasa, Asaselo? Me siento intranquila —preguntó Margarita.

—¡Por favor! —exclamó Asaselo—. No pensaba inquietarla lo más mínimo. ¡Ah, sí!, por poco se me olvida... *Messere* les manda recuerdos y me ha pedido que le invite de su parte a dar un pequeño paseo, si desea usted venir, naturalmente... ¿Qué me dice?

Margarita le dio una patada al maestro por debajo de la mesa.

—Con mucho gusto —dijo el maestro, examinando a Asaselo.

Asaselo siguió hablando:

—Esperamos que Margarita Nikoláyevna nos acompañe.

—¡Pues cómo no! —dijo Margarita, y su pie pasó de nuevo por el del maestro.

—¡Qué fantástico! —exclamó Asaselo—. ¡Así me gusta! ¡A la primera! ¡No como en el jardín Alexándrovski!

—¡Por favor, Asaselo, no me lo recuerde! Era tan tonta... Aunque me parece que no se me debe juzgar con mucha severidad: ¡una no se encuentra todos los días con el diablo!

—Claro —afirmó Asaselo—, si fuera todos los días, ¡qué agradable!

—A mí también me gusta la velocidad —decía Margarita excitada—, me gustan la velocidad y la desnudez... Como el disparo de una Mauser, ¡si supieras cómo dispara! —exclamó Margarita volviéndose hacia el maestro—. Una carta debajo de la almohada y atraviesa cualquier figura... —el coñac empezaba a subírsele a la cabeza y le ardían los ojos.

—¡Ay, me había olvidado de otra cosa! —gritó Asaselo, dándose una palmada en la frente—. ¡Con tantas cosas que tengo que hacer! *Messere* les manda un regalo —se dirigió al maestro—: una botella de vino. Y por cierto, es el mismo vino que bebió el procurador de Judea: vino de Falerno.

Como era de esperar, esto tan exótico llamó la atención del maestro y Margarita. Asaselo sacó de un fúnebre brocado un jarrón cubierto de moho. Olieron el vino, llenaron las copas, miraron a través de la luz de la ventana, que empezaba a oscurecerse antes de la tormenta.

—¡A la salud de Voland! —exclamó Margarita, levantando su copa.

Los tres acercaron los labios a la copa y tomaron un trago. En el mismo instante el cielo que anunciaba la tormenta empezó a oscurecerse en los ojos del maestro y comprendió que era el fin. Llegó a ver cómo Margarita, con una palidez de muerta, extendía los brazos hacia él con gesto indefenso, su cabeza dio contra la mesa y empezó a deslizarse al suelo. El maestro tuvo tiempo de gritar:

—¡La has envenenado! —agarró un cuchillo, pero su mano sin fuerzas resbaló del mantel; todo lo que le rodeaba se tiñó de negro y desapareció. Se cayó de espaldas, y al caerse se abrió la sien con la tabla del escritorio.

Cuando los envenenados yacían inmóviles, Asaselo empezó a actuar. Primero saltó por la ventana y en un segundo se encontró en el palacete de Margarita Nikoláyevna. Asaselo, siempre preciso y cumplidor, quería comprobar si todo había salido bien. Todo estaba en orden. Asaselo vio cómo una mujer con aire sombrío, que estaba esperando la vuelta de su marido, salió de su dormitorio. De pronto palideció, y llevándose la mano al pecho, gritó desolada:

—Natasha... Alguien que me ayude...

Y cayó en el suelo del salón sin llegar al despacho.

—Muy bien —dijo Asaselo. Un segundo después volvía junto a los dos amantes derribados. Margarita estaba con la cara escondida en la alfombra. Con sus manos de hierro, Asaselo la volvió hacia sí como a una muñeca y la miró fijamente. Ante sus ojos se transformaba la cara de la envenenada. A la luz del crepúsculo de la tormenta se veía cómo habían desaparecido su estrabismo pasajero de bruja, la dureza y crueldad de los rasgos. Su rostro se hizo suave y dulce, desapareció el gesto fiero, y Margarita adquirió una expresión femenina de sufrimiento. Entonces Asaselo le abrió la boca y le echó varias gotas del mismo vino con el que la había envenenado.

Margarita suspiró, empezó a incorporarse sin la ayuda de Asaselo, se sonrió y preguntó con voz débil:

—Pero ¿por qué, Asaselo? ¿Qué ha hecho conmigo?

Vio al maestro echado en el suelo, se estremeció y murmuró:

—Nunca lo hubiera esperado... ¡Asesino!

—Pero no, no, —contestó Asaselo—, ahora se levanta. ¡Por qué será usted tan nerviosa!

Tan convincente era la voz del demonio pelirrojo, que Margarita le creyó enseguida. Se incorporó de un salto, llena de vitalidad, y ayudó a darle vino al maestro, que al abrir los ojos, con una mirada sombría, repitió con odio:

—¡La has envenenado!

—¡Ah!, el insulto siempre es el agradecimiento por una obra buena —contestó Asaselo—. ¿Está usted ciego? ¡Recobre la vista!

Entonces el maestro se levantó, miró alrededor con ojos vivos y claros y preguntó:

—¿Y qué significa esto?

—Esto significa —respondió Asaselo— que ya es la hora. ¿Oye los truenos? Está oscureciendo. Los caballos rascan la tierra, tiembla el pequeño jardín. Despídanse deprisa.

—¡Ah!, ya comprendo —dijo el maestro—, usted nos ha matado y estamos muertos. Ahora comprendo todo.

—Por favor —contestó Asaselo, ¿es usted el que habla? Su amiga le llama maestro; si usted piensa, ¿cómo puede estar muerto? ¿Es que para sentirse vivo hay que estar en el sótano, vestido con la camisa y los calzoncillos del sanatorio? ¡Me hace gracia!

—Comprendo lo que dice —exclamó el maestro—, ¡no siga más!, ¡tiene toda la razón!

—¡El gran Voland! —se unió a él Margarita—. ¡El gran Voland! ¡Lo ha inventado mucho mejor que yo! Pero la novela, la novela —gritaba al maestro—. ¡Llévatela a donde vayas!

—No hace falta —contestó el maestro—, mc la sé de memoria.

—Pero ¿no se te olvidará ni una palabra? —preguntaba Margarita, abrazando al maestro y limpiando la sangre de su frente.

—No te preocupes. Ahora nunca me podré olvidar de nada.

—Entonces, ¡fuego! —exclamó Asaselo—. El fuego con el que empezó todo y con el que vamos a concluir.

—¡Fuego! —gritó Margarita con voz terrible.

La ventana dio un golpe y el viento tiró la cortina hacia un lado. Se oyó un trueno corto y alegre. Asaselo metió su mano con garras en la chimenea, sacó un carboncillo humeante y encendió el mantel. Luego, hizo lo mismo con un montón de periódicos que estaban encima del sofá, los manuscritos y la cortina.

El maestro, ya embriagado por la cabalgata que le esperaba, cogió de la estantería un libro y lo arrojó al mantel en llamas y el libro se prendió.

—¡Que arda la vida pasada!

—¡Que arda el sufrimiento! —gritaba Margarita.

La habitación se movía entre las llamaradas, y envueltos en humo, los tres salieron corriendo por la puerta, subieron por la escalera de piedra y se encontraron en el patio. Lo primero que vieron fue la cocinera del dueño de la casa, sentada en el suelo. Junto a ella había unas patatas desparramadas y varias botellas. El estado de la cocinera se comprendía perfectamente. Tres caballos negros relinchaban junto a una caseta y se estremecían, levantando tierra. Margarita montó la primera, luego Asaselo, y el maestro el último. La cocinera gimió, levantó la mano para hacer el signo de la cruz, pero Asaselo le gritó desde el caballo con voz fiera:

—¡Que te corto el brazo! —silbó, y los caballos, rompiendo las ramas de los tilos, salieron volando y se elevaron en una nube negra. Entonces empezó a salir humo de la ventana del sótano. Se oyó el grito débil y lastimoso de la cocinera.

—¡Fuego!...

Los caballos ya volaban por encima de los tejados de Moscú.

—Quiero despedirme de la ciudad —gritó el maestro a Asaselo, que iba por delante. Un trueno se comió las palabras últimas del maestro. Asaselo asintió con la cabeza y fue a paso de galope. Al encuentro del jinete se precipitaba una nube que todavía no había empezado a gotear.

Volaban por encima del bulevar, veían las figuras de la gente que corría para ocultarse de la lluvia. Caían las primeras gotas. Pasaron encima de una humareda —era todo lo que quedaba de la casa de Griboyédov—. La ciudad quedó atrás sumida en la oscuridad. Se encendían los relámpagos. El verde del campo sustituyó los tejados. Entonces empezó a llover; los jinetes se convirtieron en tres enormes burbujas en el agua.

Margarita ya conocía la sensación del vuelo, pero el maestro se sorprendió de la rapidez con que llegaron a su objetivo, al lugar donde se encontraba aquel del que quería despedirse, porque no tenía a nadie más a quien decir adiós. Reconoció enseguida, a través del velo de la lluvia, el edificio del sanatorio de Stravinski, el río y el pinar en la otra orilla. Bajaron en el claro de un bosquecillo cerca del sanatorio.

—Les espero aquí —gritó Asaselo, poniendo las manos

en forma de altavoz, iluminado por los relámpagos y desapareciendo en la penumbra gris—. Despídanse, ¡pero rápido!

El maestro y Margarita bajaron de los caballos y volaron a través del jardín del sanatorio como dos sombras de agua. Al instante, el maestro descorría con familiaridad la reja de la habitación número ciento diecisiete. Margarita le seguía. Entraron en el cuarto de Ivánushka, invisibles e inadvertidos en medio del ruido y el aullido de la tormenta. El maestro se acercó a la cama.

Ivánushka estaba inmóvil observando la tormenta, como lo hiciera el primer día de su estancia en la casa de reposo. Esta vez no lloraba. Cuando descubrió la silueta oscura que se había introducido por el balcón, se incorporó, extendió los brazos y exclamó, contento:

—¡Ah!, ¡es usted! ¡Le esperaba, le esperaba hace mucho! ¡Por fin está aquí, vecino mío!

El maestro respondió:

—Estoy aquí, pero desgraciadamente no puedo seguir siendo vecino suyo.

—Lo sabía, ya me lo había imaginado —contestó Iván en voz baja, y luego preguntó—: ¿Se lo ha encontrado?

—Sí —dijo el maestro—, he venido a despedirme, porque usted era el único con el que he hablado últimamente.

A Ivánushka se le iluminó la cara, y dijo:

—Qué alegría que haya venido hasta aquí. Cumpliré mi palabra, ya no pienso escribir más versos. Ahora me interesa otra cosa —Ivánushka sonrió y miró con ojos enloquecidos más allá del maestro—, quiero escribir otra cosa.

El maestro se emocionó al oír estas palabras y se sentó al borde de la cama de Iván.

—Eso me parece muy bien. Usted escribirá la continuación.

Los ojos de Ivánushka se encendieron:

—Pero cómo, ¿no lo va a hacer usted mismo? —Agachó la cabeza pensativo—. ¡Ah! sí, ¡qué preguntas hago! —Ivánushka miraba al suelo asustado.

—Sí —dijo el maestro, y su voz le pareció a Iván sorda y

desconocida—. No escribiré más sobre él. Me dedicaré a otras cosas.

Un silbido lejano cortó el ruido de la tormenta.

—¿Ha oído? —preguntó el maestro.

—Es la tormenta...

—No; me están llamando, ya es hora —explicó el maestro, levantándose de la cama.

—¡Espere un poco! ¡Solo una palabra! —pidió Iván—. ¿La encontró? ¿Le ha sido fiel?

—Aquí está —contestó el maestro señalando a la pared. De la blanca pared se separó la figura oscura de Margarita, que se acercó a la cama. Miró con lástima al joven acostado.

—Pobre, pobre... —susurraba sin voz, inclinándose sobre la cama.

—Qué guapa —dijo Iván sin envidia, pero tristemente, con una especie de ternura infantil—. Mira, qué bien les ha salido todo. Pero lo mío ha sido distinto —se quedó pensando y añadió—: A lo mejor, así tiene que ser...

—Sí, sí —susurró Margarita, y se inclinó sobre la cama—. Le voy a dar un beso y ya verá cómo todo se resuelve... Créame, ya lo he visto todo, lo sé...

El joven rodeó con sus brazos el cuello de la mujer y ella le dio un beso.

—Adiós, discípulo —apenas se oyó la voz del maestro y empezó a desvanecerse en el aire. Desapareció junto con Margarita. La reja del balcón se cerró.

Ivánushka sintió un gran desasosiego. Se incorporó en la cama, miró alrededor angustiado, gimió, se puso a hablar a solas y terminó por levantarse. La tormenta era cada vez más fuerte y, por lo visto, le había trastornado. También le inquietaba el ruido de pasos y voces ensordecidas detrás de la puerta, que podía distinguir porque sus oídos estaban ya acostumbrados al silencio. Se estremeció y llamó nervioso:

—¡Praskovia Fédorovna!

Ella entraba ya en la habitación mirándole con ojos preocupados e interrogantes.

—¿Qué? ¿Qué le sucede? —preguntó—. ¿Le altera la

tormenta? Tranquilícese, no es nada; ahora llamaré al médico y le ayudará...

—No, Praskovia Fédorovna, no llame al médico —dijo Ivánushka, mirando a la pared y no a la mujer—. No me pasa nada especial. Ya me conozco, no se preocupe. Dígame, por favor —preguntó en tono cariñoso—, ¿qué ocurre en el cuarto de al lado, en el ciento dieciocho?

—¿En la dieciocho? —repitió Praskovia Fédorovna, desviando la mirada—. Pues nada, no pasa nada —pero su voz era falsa, e Ivánushka lo notó enseguida.

—¡Ay! ¡Praskovia Fédorovna! Usted siempre dice la verdad... ¿Tiene miedo de que me exalte? No, le prometo que no sucederá. Dígame la verdad. Además, se oye todo a través de la pared.

—Acaba de fallecer su vecino —susurró Praskovia Fédorovna, sin poder evitar su franqueza bondadosa. Miraba asustada a Ivánushka, iluminada por un relámpago. Pero Ivánushka no reaccionó como ella esperaba. Levantó el dedo con ademán significativo y dijo:

—¡Ya lo sabía yo! Le aseguro, Praskovia Fédorovna, que ahora ha muerto otra persona en la ciudad. Además, sé quién es —Ivánushka sonrió misterioso—. ¡Una mujer!

31

En los montes del Gorrión

La tormenta se disipó sin dejar rastro y un arco multicolor, cruzando todo el cielo de la ciudad, bebía agua del río Moscova. En lo alto de un monte, en medio de los bosques, se veían tres siluetas oscuras: Voland, Koróviev y Popota, montando negros corceles, contemplaban la ciudad a la otra orilla del río. El sol quebrado se reflejaba en miles de ventanas y en las torres de alajú del monasterio Dévichi.

Se oyó un ruido en el aire, y Asaselo, con el maestro y Margarita, que volaban tras su capa negra llena de viento, bajaron hacia el grupo de gente que les estaba esperando.

—Tuvimos que molestarles —dijo Voland después de una pausa, dirigiéndose a Margarita y al maestro—, espero que no me lo reprochen. No creo que se arrepientan. Bien —dijo al maestro—, despídanse de la ciudad. Ha llegado la hora.
—Voland indicó con su mano enguantada los soles innumerables que fundían los cristales a la otra orilla, donde la niebla, el humo y el vapor cubrían la ciudad, calentada durante el día.

El maestro saltó del caballo, abandonó a los demás y corrió hacia el precipicio. Arrastraba por el suelo su capa negra. Se quedó mirando la ciudad. Por un momento una gran tristeza le oprimió el corazón, pero pronto empezó a sentir una dulce ansiedad, una emoción de gitano nómada.

—¡Para siempre!... Esto hay que comprenderlo —susurró el maestro, pasándose la lengua por sus labios resecos y partidos. Prestó atención a todo lo que sucedía en su alma...

Después de la emoción sentía una profunda y encarnizada ofensa. Pero no fue un sentimiento duradero; le sucedió una indiferencia orgullosa; por último, experimentó un presentimiento de la paz eterna.

El grupo de jinetes esperaba al maestro en silencio. Miraban la negra figura al borde del precipicio, que gesticulaba, levantaba la cabeza como queriendo atravesar con la vista toda la ciudad, ver más allá de sus límites, y luego apoyaba la barbilla en el pecho, estudiando la hierba pisoteada y mustia bajo sus pies.

El aburrido Popota interrumpió el silencio.

—Permítame, maître, que silbe antes de emprender la marcha.

—Puedes asustar a la dama —contestó Voland—, y además ya has hecho bastantes trastadas por hoy.

—Ay, no, *messere* —intervino Margarita, sentada en el sillín como una amazona, con una mano en la cintura y arrastrando la larga cola por el suelo—. Permítale que silbe. Siento una gran tristeza antes del viaje. ¿No le parece, *messere*, que es lo más natural, incluso sabiendo que al final del camino está la felicidad? Que nos haga reír, porque me temo que esto va a terminar con lágrimas y no me gustaría que emprendiéramos así el camino.

Voland le hizo una seña a Popota; este se animó mucho, saltó del caballo, se metió los dedos en la boca, hinchó los carrillos y silbó. Margarita sintió un terrible zumbido en los oídos. Su caballo se encabritó, de los árboles empezaron a caer ramas secas, toda una manada de urracas y gorriones echó a volar, un remolino de polvo avanzó hacia el río y todos vieron que en un barco que pasaba junto al muelle varios pasajeros perdieron sus gorras, que cayeron al agua.

El maestro se estremeció; pero siguió de espaldas, gesticulando aún más, levantando los brazos hacia el cielo, como si estuviera amenazando a la ciudad. Popota miró alrededor, orgulloso.

—Has silbado, no lo niego —dijo Koróviev en tono condescendiente—, has silbado. Pero, como soy imparcial, te diré que el silbido te ha salido bastante regular.

—Es que no soy chantre —contestó Popota, inflado y digno, e inesperadamente guiñó un ojo a Margarita.

—Voy a intentar yo, para recordar los buenos tiempos —dijo Koróviev. Se frotó las manos y se sopló los dedos.

—Oye, ten cuidado —se oyó la voz severa de Voland desde su caballo—, sin causar destrozos.

—Créame, *messere* —respondió Koróviev, llevándose la mano al pecho—, es una broma, nada más que una broma... —De pronto se irguió como si fuera de goma, formó con los dedos de la mano derecha una figura complicada, se enrolló como un tornillo y, desenrollándose de golpe, pegó un silbido.

Margarita no lo oyó, pero sí lo notó al salir disparada unos veinte metros con su caballo excitado. Un roble quedó arrancado de raíz y la tierra se cubrió de grietas hasta el mismo río. Un enorme trozo de orilla, con el muelle y un restaurante, cayó al agua.

El agua del río hirvió, subió y precipitó a la orilla de enfrente el barco con los pasajeros sanos y salvos. Un pájaro, muerto por el silbido de Fagot, cayó a los pies del caballo relinchante de Margarita.

El silbido asustó al maestro. Se echó las manos a la cabeza y corrió hacia el grupo de gente que le esperaba.

—¿Qué? —preguntó Voland desde su caballo—. ¿Se ha despedido?

—Sí —contestó el maestro ya calmado, dirigiéndole una mirada recta y valiente.

Entonces rodó por las montañas una voz terrible de trompeta, la voz de Voland:

—¡Es la hora! —le respondió el silbido agudo y la risa de Popota.

Arrancaron los caballos, y los jinetes, subiendo por el aire, emprendieron la marcha. Margarita sentía a su caballo rabioso roer y tirar de la embocadura. La capa de Voland se alzó sobre toda la cabalgata, cubriendo el cielo del atardecer. Cuando por un instante el velo negro se apartó hacia un lado, Margarita volvió la cabeza y pudo ver que no solo ya no había torres de colores, sino que hacía mucho que había desaparecido también la ciudad.

32

El perdón y el amparo eterno

¡Dioses, dioses míos! ¡Qué triste es la tierra al atardecer!
¡Qué misteriosa la niebla sobre los pantanos! El que haya
errado mucho entre estas nieblas, el que haya volado por encima de esta tierra, llevando un peso superior a sus fuerzas, lo
sabe muy bien. Lo sabe el cansado. Y sin ninguna pena abandona las nieblas de la tierra, sus pantanos y ríos, y se entrega
con el corazón aliviado en manos de la muerte, sabiendo que
solo ella puede tranquilizarle.

Los mágicos caballos negros llevaban despacio a sus jinetes; y la noche, inevitable, les iba alcanzando. Al sentirla a sus
espaldas, incluso el incansable Popota permanecía en silencio, volaba serio y callado, con la cola erizada, agarrando la
silla con sus patas.

La noche cubría con su pañuelo negro los bosques y los
prados, la noche encendía luces tristes abajo, en la lejanía, pero
eran luces que ya no interesaban y no importaban al maestro
y a Margarita, eran luces ajenas. La noche adelantaba la cabalgata,
chorreaba desde arriba, vertiendo repentinamente unas manchas blancas de estrellas en el cielo entristecido.

La noche se espesaba, volaba junto a ellos, les tiraba de las
capas, y arrancándolas de sus hombros, descubría los engaños. Cuando Margarita, bañada por el viento fresco, abrió los
ojos, vio cómo cambiaba el aspecto de los que volaban hacia
su fin. Y cuando desde el bosque surgió a su encuentro una
luna llena y roja, todos los engaños desaparecieron, cayendo

a los pantanos, y las vestiduras pasajeras de sortilegio se hundieron en la niebla.

En el que volaba junto a Voland, a la derecha de Margarita, sería difícil reconocer ahora a Koróviev-Fagot, el intérprete impostor del consejero misterioso que nunca había necesitado traducción. En lugar de aquel, que vestido con ropa destrozada de circo había abandonado los montes bajo el nombre de Koróviev-Fagot, cabalgaba, haciendo sonar las cadenas de oro de las riendas, un caballero color violeta oscuro, con cara lúgubre y taciturna. Con la barbilla hincada en el pecho, no miraba la luna, no se fijaba en la tierra, pensaba en algo suyo, avanzando junto a Voland.

—¿Por qué ha cambiado tanto? —preguntó Margarita a Voland con una voz tan baja, que se confundía con el silbido del viento.

—Una vez este caballero gastó una broma poco feliz —contestó Voland volviendo hacia Margarita su rostro con el ojo lleno de luz suave—. Compuso un juego de palabras, hablando de la luz y las tinieblas, que no era muy apropiado. Por eso tuvo que seguir gastando bromas mucho más tiempo de lo que esperaba. Pero esta noche se liquidan todas las cuentas. El caballero ha pagado y saldado la suya.

La noche arrancó la bonita cola de Popota y los mechones de su piel sembraban los pantanos. El gato que entretenía al príncipe de las tinieblas resultó ser un adolescente delgado, un demonio paje, el mejor bufón que nunca existiera en el mundo. Ahora se había apaciguado y volaba en silencio, con su rostro joven iluminado por la luz de la luna.

El último de la fila era Asaselo. Brillaba el acero de su armadura. La luna también había transformado su cara. Desapareció por completo el colmillo absurdo y espantoso, y los ojos torcidos se volvieron iguales, vacíos y negros; la cara blanca y fría.

Ahora ofrecía su verdadero aspecto de demonio del desierto, demonio asesino.

Margarita no se veía a sí misma, pero pudo observar cómo había cambiado el maestro. A la luz de la luna su cabello era blanco, formando en la nuca una trenza que flotaba en el aire. Cuando el viento levantaba la capa, descubriendo las piernas del maestro, Margarita veía cómo se encendían y apagaban las estrellas de sus espuelas. Igual que el joven demonio, el maestro volaba sin apartar la mirada de la luna, sonriéndole, como si fuera algo conocido y querido, y murmuraba entre dientes, según la costumbre que adquiriera en la habitación número ciento dieciocho.

El mismo Voland también había recobrado su aspecto verdadero. Margarita no podría decir de qué estaban hechas las riendas del caballo; pensaba que podrían ser cadenas de luna, y el caballo, simplemente una masa de tinieblas; su crin, una nube, y las espuelas del jinete, manchas blancas de estrellas.

Así volaron en silencio largo rato, hasta que empezó a transformarse el paisaje bajo sus pies.

Los bosques tristes se hundieron en la oscuridad de la tierra, tragándose las cuchillas opacas de los ríos. Abajo aparecieron grandes piedras iluminadas, y entre ellas, huecos negros, donde no penetraba la luz de la luna.

Voland detuvo el caballo en una cumbre pedregosa, plana y triste, y los jinetes avanzaron a paso lento, escuchando cómo las herraduras de los caballos aplastaban el sílice y las rocas. La luna bañaba la planicie con luz fuerte y verdosa. Margarita descubrió un sillón y la figura blanca de un hombre sentado. El hombre parecía sordo o demasiado absorto en sus pensamientos. No oía el temblor de la tierra bajo el peso de los caballos, y los jinetes se le fueron acercando sin atraer su atención.

La luna ayudaba a Margarita, alumbrando mejor que cualquier luz eléctrica, y la mujer pudo ver cómo aquel hombre sentado extendía sus brazos y clavaba sus ojos ciegos en el disco de la luna. Ahora Margarita veía que junto al pesado sillón de piedra yacía un perro oscuro, enorme, con las orejas afiladas, que miraba con inquietud a la luna igual que su dueño. A los pies del hombre había un jarrón hecho pedazos y un charco rojo oscuro, que nunca se secaba.

Los jinetes detuvieron los caballos.

—Su novela ha sido leída —habló Voland, volviéndose hacia el maestro—, y solamente han dicho que por desgracia no está terminada. Yo quería enseñarle a su héroe. Lleva cerca de dos mil años sentado en esta plazoleta, durmiendo, pero cuando hay luna llena, como puede ver, sufre terribles insomnios. También sufre su fiel guardián, el perro. Si es verdad que la cobardía es el peor vicio, el perro no es culpable. Lo único que temía este valiente perro era la tormenta. Pero el que ama, tiene que compartir el destino de aquel a quien ama.

—¿Qué dice? —preguntó Margarita, y una sombra de compasión cubrió su rostro tranquilo.

—Dice siempre lo mismo —respondió Voland—. Dice que ni siquiera con la luna descansa y que no le gusta su trabajo. Eso dice siempre que no está dormido, y cuando duerme ve lo mismo: un camino de luna por el que quiere irse para hablar con el detenido Ga-Nozri, porque, según dice, no acabó de hablar con él entonces, hace mucho tiempo, el día catorce del mes primaveral Nisán. Pero nunca consigue salir a ese camino y nadie se le acerca. Entonces ¿qué puede hacer? Habla consigo mismo. Bueno, naturalmente, a veces necesita alguna variante, y muchas veces añade a sus palabras sobre la luna que lo que más odia en este mundo es su inmortalidad y su fama inaudita. Asegura que cambiaría encantado su suerte por la del vagabundo harapiento Leví Mateo.

—Doce mil lunas por una, hace tanto tiempo, ¿no es demasiado? —preguntó Margarita.

—¿Qué? ¿Se repite la historia de Frida? —dijo Voland—. No, Margarita, esta vez no se moleste. Todo será como tiene que ser, así está hecho el mundo.

—¡Suéltelo! —gritó de pronto Margarita con voz estridente, como gritaba cuando era bruja. Una piedra se desprendió con el grito y empezó a rodar por los resaltos, cubriendo las montañas con un ruido estrepitoso. Pero Margarita no podría decir qué había provocado aquel ruido: si la caída o la risa de Satanás. Voland se reía mientras miraba a Margarita.

—No grite en las montañas, él está acostumbrado a los desprendimientos y no le molestan. Usted no tiene que pedir por él, Margarita, porque ya lo hizo aquel con el que tanto quiere hablar. —Entonces Voland se volvió al maestro—: Bien, ¡ahora puede terminar su novela con una frase!

El maestro parecía esperarlo, mientras estaba inmóvil mirando al procurador. Puso las manos en forma de altavoz y gritó; el eco saltó por las montañas desiertas y peladas:

—¡Libre!, ¡libre! ¡Te está esperando!

Las montañas convirtieron la voz del maestro en truenos, que las destruyeron. Los malditos muros de roca se derribaron. Sobre el abismo negro, que se había tragado los muros, se iluminó una ciudad inmensa donde unos ídolos dorados y relucientes dominaban el frondoso jardín, crecido durante muchos miles de lunas. El camino de luna, esperado por el procurador, se extendió hacia el jardín, y el perro de orejas afiladas echó a correr por el camino el primero. El hombre de manto blanco forrado de rojo sangre se levantó de su sillón y gritó algo con voz ronca y cortada. No se podía comprender si lloraba o reía, ni qué había dicho. Se le vio correr por el sendero de luna, siguiendo a su fiel guardián.

—¿Y yo?... ¿También le sigo? —preguntó el maestro intranquilo, cogiendo las riendas.

—No —contestó Voland—, ¿para qué seguir las huellas de lo que ya ha acabado?

—Entonces, ¿hacia allá? —preguntó el maestro, volviéndose atrás, donde había surgido la ciudad recién abandonada con las torres de alajú del monasterio, con el sol hecho pedazos en los cristales.

—Tampoco —respondió Voland, y su voz se espesó y flotó por las rocas—: ¡Romántico maestro! Aquel con el que tanto ansía hablar el héroe inventado por usted ha leído su novela. —Voland se volvió hacia Margarita—: ¡Margarita Nikoláyevna! No puedo dudar de que usted haya intentado conseguir para el maestro el mejor futuro, pero le aseguro que lo que yo les quiero ofrecer y lo que ha pedido para usted Joshuá ¡es mucho mejor! ·

»Déjelos solos —decía Voland, inclinándose hacia el maestro y señalando al procurador, que se alejaba—. No vamos a molestarles. Puede que lleguen a un acuerdo.

Voland agitó la mano en dirección de Jershalaím y la ciudad se apagó.

—Tampoco allí —Voland señaló hacia atrás—. ¿Qué van a hacer en el sótano? —se apagó el sol quebrado en los cristales—. ¿Para qué? —seguía Voland con voz convincente y suave—. ¡Oh, tres veces romántico maestro! ¿No dirá que no le gustaría pasear con su amada bajo los cerezos en flor y por las tardes escuchar música de Schubert? ¿No le gustaría, como Fausto, estar sobre una retorta con la esperanza de crear un nuevo homúnculo? ¡Allí irá usted! Allí le espera una casa con un viejo criado, las velas ya están encendidas y pronto se apagarán, porque enseguida llegará el amanecer. ¡Por ese camino, maestro, por ese camino! ¡Adiós, ya es hora de que me marche!

—¡Adiós! —contestaron a la vez el maestro y Margarita.

Entonces el negro Voland, sin escoger camino, se precipitó al vacío, seguido de su séquito. Todo desapareció: las rocas, la plazoleta, el camino de luna y Jershalaím. También desaparecieron los caballos negros. El maestro y Margarita vieron el prometido amanecer, que sustituyó la luna de medianoche. El maestro y su amiga iban, con el resplandor de los primeros rayos de la mañana, por un puentecillo de piedra musgosa que atravesaba un arroyo. El puente quedó detrás de los fieles amantes, que recorrían ya un camino de arena.

—Escucha el silencio —decía Margarita al maestro, y la arena susurraba bajo sus pies—, escucha y disfruta del silencio. Mira, ahí delante está tu casa eterna, que te han dado en premio. Ya veo la ventana veneciana y una parra que sube hasta el tejado. Esta es tu casa, tu casa eterna. Sé que por la tarde te irán a ver aquellos a quienes tú quieres, quienes te interesan y no te molestan nunca. Tocarán música y cantarán para ti y ya verás qué luz hay en la habitación cuando arden las velas.

»Dormirás con tu gorro mugriento de siempre, te dormirás con una sonrisa en los labios. El sueño te hará más fuerte y serás muy sabio. Y ya no podrás echarme. Yo guardaré tu sueño.

Así hablaba Margarita, yendo con el maestro hacia su casa eterna, y al maestro le parecía que las palabras de Margarita fluían como el arroyo que habían dejado atrás, y su memoria, intranquila, como pinchada con agujas, empezó a apagarse. Alguien dejaba libre al maestro, igual que él acababa de liberar a su héroe creado, que había desaparecido en el abismo, que se había ido irrevocablemente, el hijo del rey astrólogo, perdonado en la noche del sábado al domingo, el cruel quinto procurador de Judea, el jinete Poncio Pilatos.

Epílogo

Pero ¿qué había pasado en Moscú desde aquella tarde del sábado en que Voland abandonó la capital durante la puesta del sol, desapareciendo con su séquito por los montes del Gorrión?

Ni que decir tiene que durante mucho tiempo toda la capital estuvo impregnada por un pesado murmullo de rumores increíbles, que se propagaron con gran rapidez a los lugares más apartados de las provincias. No merece la pena repetirlos.

El que escribe estas líneas verídicas oyó personalmente en un tren que se dirigía a Feodosia el relato de cómo en Moscú dos mil personas habían salido del teatro completamente desnudas, en el sentido literal de la palabra, y con esa pinta tuvieron que irse a sus casas en taxis.

El susurro «el diablo» se oía en las colas de las lecherías, tranvías, tiendas, pisos, cocinas, trenes de destino próximo y lejano, estaciones y apeaderos, casas de campo y playas.

La gente más instruida y culta, como es lógico, no participaba en los comentarios sobre el diablo que había visitado la ciudad, sino que se reía de ellos y trataba de hacer entrar en razón a los narradores. Pero ahí estaban los hechos y no era posible ignorarlos sin dar alguna explicación. Alguien había estado en la capital. Las cenizas que quedaron de Griboyédov lo demostraron con demasiada evidencia. Y había muchas más cosas. La gente culta se puso del lado de la Instrucción Judicial: todo había sido obra de una pandilla de hipnotizadores y ventrílocuos que eran verdaderos artistas.

Se habían tomado urgentes y enérgicas medidas para la captura de la banda, en Moscú y en sus afueras, pero, desgraciadamente, no dieron ningún resultado. El que se decía Voland y todos sus compañeros habían desaparecido de Moscú y no se manifestaban de ninguna manera. Como es natural, se extendió la sospecha de que se habían escapado al extranjero, pero tampoco se hicieron ver allí.

La investigación de este asunto duró mucho tiempo. Realmente, era tremendo. Aparte de los cuatro edificios quemados y los cientos de personas que se volvieron locas, hubo muertos. Podemos hablar con seguridad de dos: Berlioz y el desafortunado funcionario de la oficina de guías para extranjeros, el ex barón Maigel. Ellos sí que estaban muertos. Los huesos carbonizados del segundo fueron encontrados en el apartamento número cincuenta de la calle Sadóvaya después de que se apagara el incendio. Sí, hubo víctimas y estas víctimas justificaban una investigación. Hubo víctimas incluso después de la desaparición de Voland, y que fueron, aunque sea penoso reconocerlo, los gatos negros.

Unos cien animales, fieles, leales y útiles al hombre, fueron fusilados y exterminados por otros medios en distintos puntos del país. En varias ciudades más de una docena de gatos, y algunos bastante mutilados, fueron entregados a las milicias. Así, en Armavir, uno de estos inocentes animales fue conducido por un ciudadano a las milicias con las patas delanteras atadas.

El ciudadano acechó al gato en el momento en que el animal con aire furtivo (¿qué se le va a hacer, si los gatos siempre tienen ese aire? No es porque sean viciosos, sino porque tienen miedo de que algún ser más fuerte que ellos, un perro o un hombre, les haga daño o les perjudique. Las dos cosas son muy fáciles de hacer, pero les aseguro que esto no honra a nadie, ¡absolutamente a nadie!), sí, como decía, con aire furtivo el gato se disponía a esconderse entre unas hojas.

Abalanzándose sobre el gato y quitándose la corbata para

atarlo, el ciudadano murmuraba con voz venenosa y amenazadora:

—¡Ah! ¿Conque ha venido a vernos a Armavir, señor hipnotizador? ¡Pues aquí nadie le tiene miedo! ¡Y no se haga el mudo! ¡Ya sabemos qué clase de bicho es usted!

El ciudadano llevó al pobre animal a las milicias, arrastrándole por sus patas delanteras, atadas con una corbata verde, con ligeros puntapiés, consiguiendo que anduviese sobre las patas de atrás.

—¡Deje de hacer el tonto! —gritaba el ciudadano, acompañado por unos chiquillos que silbaban—. ¡No va a conseguir nada! ¡Haga el favor de andar como es debido!

El gato negro ponía en blanco sus ojos de mártir. La naturaleza le había privado del don de la palabra y no podía demostrar su inocencia. El pobre animal debe su salvación a las milicias, en primer lugar, y luego, a su dueña, una respetable anciana viuda. En cuanto el gato estuvo en presencia de las milicias, se comprobó que el ciudadano despedía un fuerte olor a alcohol, lo que hizo dudar inmediatamente de sus declaraciones.

Mientras tanto, la viejecita, que supo por sus vecinos que su gato había sido detenido, corrió a las milicias y llegó a tiempo. Habló del gato con las consideraciones más favorables, explicó que hacía cinco años que le conocía, que desde que era pequeño respondía de él como de sí misma; demostró que nunca había sido culpado de nada malo y que nunca estuvo en Moscú. Había nacido en Armavir, allí creció y aprendió a cazar ratones.

El gato fue devuelto a su dueña, aunque después de haber sufrido y experimentado lo que es la equivocación y la calumnia.

Además de los gatos, algunos hombres tuvieron ciertas complicaciones de poca importancia. Resultaron detenidos en un plazo muy breve: en Leningrado, el ciudadano Volmar, y Volper, en Sarátov; en Kíev y Járkov, tres Volodin; en Kazán, Voloj, y en Penza, lo que ya es realmente absurdo, el candidato a doctor en ciencias químicas Vetchinkévich. Era un hombre moreno y muy alto.

En distintos lugares fueron detenidos nueve Korovin, cuatro Korovkin y dos Karaváyev.

En la estación de Bélgorod sacaron atado del tren de Sebastopol a un ciudadano al que se le había ocurrido distraer a sus compañeros de viaje con juegos de manos.

En Yaroslav, a la hora de comer, apareció un ciudadano en un restaurante con un hornillo de petróleo que acababa de arreglar. Abandonando su puesto en el guardarropa, dos conserjes salieron corriendo seguidos de todos los empleados y clientes. Mientras tanto, a la cajera le había desaparecido toda la ganancia de un modo incomprensible.

Pasaron muchas cosas más, y sería imposible recordarlas.

Otras vez tenemos que ser justos con la Instrucción. Todo fue organizado no solo para pescar a los delincuentes, sino también para explicar lo sucedido. No se puede negar que las explicaciones fueron razonables e irrefutables.

Representantes de la Instrucción y psiquiatras experimentados demostraron que los miembros de la banda de delincuentes eran, o al menos uno de ellos (las sospechas recaían principalmente sobre Koróviev), hipnotizadores con una fuerza nunca vista, que podían hacerse ver en otro lugar del que estaban realmente, en situaciones ficticias y tergiversadas. Además, podían, sin dificultad alguna, sugestionar a cualquiera que se encontraran, convenciéndole de que algunas personas u objetos estaban donde no habían estado nunca, y al contrario, alejaban del campo visual los objetos o personas que realmente se encontraran allí.

Estas explicaciones esclarecían absolutamente todo, incluso lo que más preocupaba a los ciudadanos: la incomprensible invulnerabilidad del gato, que había sido el blanco de muchos tiros durante el intento de captura.

Naturalmente, nunca había habido ningún gato en la araña y nadie había pensado responder con tiros, todos dispararon al aire, mientras que Koróviev, convenciéndoles de que el gato estaba haciendo barbaridades, permanecía detrás de los que disparaban, haciendo muecas y regocijándose de su enorme poder de sugestión, utilizado con fines criminales.

Él mismo, como era lógico, incendió el piso, vertiendo la gasolina.

Claro está, que Stiopa no había ido a Yalta (esto sería imposible hasta para Koróviev) y no había mandado ningún telegrama. Después de haberse desmayado en la casa de la joyera, asustado por el truco de Koróviev, que le había enseñado un gato con una seta en un tenedor, se quedó allí hasta el momento en que Koróviev, burlándose de él, le pusiera un sombrero de fieltro y le mandara al aeropuerto de Moscú, tras haber sugestionado a los representantes de la Instrucción Criminal de que Stiopa iba a salir del avión procedente de Sebastopol.

Y a pesar de que la Instrucción Criminal de Yalta aseguraba que había recibido al descalzo Stiopa y había enviado telegramas a Moscú, en el archivo no se encontró ni una copia de aquellos telegramas, lo que condujo a la conclusión, triste, pero indiscutible, de que la panda de hipnotizadores tenía la propiedad de sugestionar a distancias enormes y no solo a individuos aislados, sino a grupos enteros de gente.

En estas condiciones, los delincuentes podían volver loco incluso a un hombre con una constitución psíquica de lo más fuerte. No vale la pena hablar de pequeñeces como la baraja en el bolsillo del hombre del patio de butacas, o los trajes de señora desaparecidos, o la boina que maullaba y cosas por el estilo. Todo esto lo puede hacer cualquier hipnotizador mediocre, en cualquier escenario, incluido el truco facilón de la cabeza del presentador. El gato que habla, ¡eso ya es una tontería! Para mostrar al público un gato de este tipo basta con dominar las bases del arte ventrílocuo y nadie podría dudar de que el arte de Koróviev iba mucho más allá de esas primicias.

Claro, lo importante no era la baraja ni las cartas falsas en la cartera de Nikanor Ivánovich. ¡Eso son tonterías! Fue Koróviev quien volvió loco al pobre poeta Iván Desamparado, haciéndole ver en sus sueños dolorosos el antiguo Jershalaím y el Calvario, quemado por el sol, sin una gota de agua, con sus tres hombres colgados en postes. Fueron él y su pandilla quienes hicieron desaparecer de Moscú a Margarita Nikolá-yevna y a su criada Natasha. Por cierto: este asunto suscitó un interés especial por parte de la Instrucción. Había que aclarar si las mujeres fueron raptadas por la banda de asesinos incendiarios o si se fugaron con ellos por su propia voluntad. Basándose en las declaraciones absurdas y confusas de Niko-lái Ivánovich, y teniendo en cuenta la nota extraña e incomprensible que Margarita Nikoláyevna dejara a su marido, donde decía que se convertía en bruja; añadiendo a esto la desaparición de Natasha, que había dejado toda su ropa, la Instrucción llegó a la conclusión de que la dueña de la casa y su criada fueron hipnotizadas, al igual que mucha más gente, y raptadas por la pandilla. Surgió la idea, seguramente bastante acertada, de que los delincuentes se sintieron atraídos por la belleza de las mujeres.

Lo único que la Instrucción no había conseguido descifrar fue la razón por la que habían raptado del sanatorio psiquiátrico al enfermo mental que decía ser el maestro. No hubo manera de averiguarlo, como tampoco el apellido del enfermo raptado. Desapareció para siempre como el hombre muerto del número ciento dieciocho del primer bloque.

Así, pues, casi todo quedó aclarado y el trabajo de la Instrucción terminó, como todo termina en este mundo.

Pasaron varios años y los ciudadanos empezaron a olvidar a Voland, a Koróviev y a los demás. Ocurrieron muchas cosas que cambiaron la vida de los que habían sufrido por culpa de Voland y su comparsa, y aunque fueron cambios pequeños e insignificantes, hay que mencionarlos.

Por ejemplo, Georges Bengalski, después de haber pasado tres meses en el sanatorio, tuvo que abandonar su puesto en el Varietés, precisamente cuando había más trabajo, pues el público acudía en masa a las taquillas: el recuerdo de la magia negra y la revelación de sus trucos resultó ser muy duradero. Bengalski abandonó el Varietés porque comprendía que sería demasiado penoso aparecer todas las noches ante dos mil personas, ser inevitablemente reconocido y someterse a las preguntas burlonas sobre cómo se estaba mejor: con cabeza o sin ella.

Además, el presentador había perdido gran parte de su alegría, tan indispensable en su profesión. Le había quedado un trastorno desagradable y molesto: cada plenilunio de primavera sentía gran desasosiego, se echaba las manos al cuello y miraba alrededor angustiado. Estos ataques terminaban pasándosele, pero no le permitían dedicarse a su antiguo trabajo y el presentador se retiró a vivir en paz, valiéndose de sus ahorros, que, según sus modestos cálculos, debían durarle unos quince años.

Se fue y nunca más se encontró con Varenuja, que gozaba de gran popularidad y de la simpatía general, gracias a su amabilidad, excepcional incluso entre los administradores de teatro. Los aficionados a los vales le llamaban padre bienhechor. A cualquier hora el que llamara al Varietés oía una voz suave, pero triste: «Dígame», y a la pregunta de cuándo se podía hablar con Varenuja, la misma voz le contestaba: «Servidor». Pero, ¡cómo sufría Iván Savélievich con su propia amabilidad!

Stiopa Lijodéyev no volvió a tener la ocasión de tratar con el Varietés. Nada más salir del sanatorio, en el que pasó ocho días, le trasladaron a Rostov, donde recibió el puesto de director de una gran tienda de comestibles. Corren rumores de que ha dejado de beber vino de Oporto y no bebe nada más que vodka, macerada en yemas de grosella, lo que le ha convertido en un hombre robusto. Dicen que se ha vuelto callado y evita a las mujeres.

El alejamiento de Lijodéyev del Varietés, ansiado durante muchos años, no le causó a Rimski tanta alegría como pensara. Después del sanatorio y la estancia en Kislovodsk, Rimski, viejecito, con la cabeza temblorosa, presentó la solicitud para dimitir de su cargo en el Varietés. Es curioso que esta solicitud la llevó al teatro la esposa de Rimski. El mismo Grigori Danílovich no se encontraba con fuerzas para ir a la casa donde había visto un cristal roto bañado de luna y un brazo largo, que se acercaba al cerrojo de abajo.

Al dejar el Varietés, Rimski entró en un teatro infantil de muñecos en el barrio de Samoskvorechie. En ese teatro ya no tuvo que enfrentarse con el respetable Arcadio Apolónovich Sempleyárov sobre los problemas acústicos. Este había sido trasladado rápidamente a Briansk y nombrado director de un centro de preparación de setas. Ahora los moscovitas comen setas saladas y en vinagre, y no se cansan de celebrarlas y de alegrarse del traslado. Ya es cosa pasada, y podemos decir que no le iba a Arcadio Apolónovich eso de la acústica y que, a pesar de todos sus esfuerzos por mejorarla, quedó como estaba.

Entre las personas que rompieron con el teatro, aparte Arcadio Apolónovich, estaba Nikanor Ivánovich Bosói, aunque su única relación con el teatro fuera su pasión por las entradas gratuitas. Nikanor Ivánovich no solo ya no va a ningún teatro, pagando o sin pagar, sino que cambia de cara al oír cualquier conversación teatral. Odia todavía con más fuerza al poeta Pushkin y al brillante actor Savva Potápovich Kurolésov. A este último lo odia hasta tal punto que el año pasado, al ver en el periódico una nota enmarcada en negro anunciando que Savva Potápovich, en la flor de su vida artística, había sufrido un ataque, Nikanor Ivánovich se puso tan congestionado que por poco le sigue a Savva Potápovich, y exclamó: «¡Le está bien empleado!». Más aún, aquella misma tarde Nikanor Ivánovich, impresionado por la muerte del conocido actor, que le trajo muchos recuerdos penosos, se fue solo, acompañado por la luna llena que iluminaba la Sadóvaya, y cogió una terrible borrachera. Cada copa prolongaba la maldita cadena de figuras odiosas, y ante sus ojos se sucedían Dunchil Serguéi Gerárdovich, la bella Ida Herculánovna, el pelirrojo dueño de gansos de lucha y el sincero Nikolái Kanavkin.

¿Y qué les pasó a ellos? ¡Por favor! No les pasó absolutamente nada y era imposible que les pasara algo, porque nunca habían existido, al igual que el simpático presentador de revistas, como el mismo teatro y la tía de Porojóvnikov, vieja y avara, que guardaba divisas, pudriéndose en el sótano. Tampoco habían existido las trompetas de oro y los descarados cocineros. Todos ellos no habían sido más que un sueño de

Nikanor Ivánovich, provocado por el asqueroso Koróviev. Savva Potápovich, el actor, era el único real, que se mezcló en el sueño solo porque se le había grabado en la memoria a Nikanor Ivánovich gracias a sus frecuentes actuaciones por radio. Él existió, pero los otros no.

Entonces ¿a lo mejor tampoco existió Aloísio Mogarich? No solo existió, sino que sigue existiendo y ocupa el puesto que dejó Rimski, es decir, el de director de finanzas del Varietés.

Cuando volvió en sí a las veinticuatro horas de su visita a Voland, en un tren cerca de Viatka, se dio cuenta de que se había ido de Moscú en un momento de demencia, olvidando ponerse los pantalones y habiendo robado un libro de registro de inquilinos. Mediante el pago al encargado del tren de una suma enorme, le compró unos pantalones viejos y mugrientos y se volvió a Moscú. Desgraciadamente no pudo encontrar su antigua casa. Pero Aloísio era un hombre muy emprendedor. A las dos semanas ya tenía una preciosa habitación en la calle Briusov y a los pocos meses estaba instalado en el despacho de Rimski. Igual que antes Rimski había sufrido por culpa de Stiopa, ahora Varenuja sufría por Aloísio. Varenuja solo sueña con que se lleven a Aloísio lo más lejos posible, porque, como dice a veces a sus amigos más íntimos, «no hay otro canalla tan grande como Aloísio y de él se puede esperar cualquier cosa».

Puede que el administrador no sea imparcial; nadie ha visto a Aloísio hacer nada malo, ni siquiera hacer algo, aparte del nombramiento de un nuevo barman en lugar de Sókov: Andréi Fókich murió de cirrosis en la clínica del primer Instituto de Medicina, a los nueve meses de la aparición de Voland en Moscú...

Pues sí, pasaron varios años y los verídicos sucesos relatados en este libro se fueron olvidando, apagándose poco a poco en la memoria. Pero eso no les sucedió a todos.

Cada primavera, en cuanto llega la luna llena de fiesta, bajo los tilos de Los Estanques del Patriarca aparece al atardecer un hombre de unos treinta años. Tiene el pelo rojizo, ojos verdes y va vestido modestamente. Es un colaborador del Instituto de Historia y Filosofía, el profesor Iván Nikoláyevich Ponirev.

Al encontrarse bajo los tilos siempre se sienta en el mismo banco, donde estuvo aquella tarde con Berlioz, hace tiempo olvidado por todos, cuando este vio por última vez la luna rompiéndose en pedazos. Ahora está entera, blanca al comienzo de la tarde y luego dorada, con un caballo-dragón, y pasa por encima del que antes fue poeta.

Iván Nikoláyevich ya sabe y comprende todo. Sabe que en su juventud fue víctima de una panda de hipnotizadores, que luego estuvo en tratamiento y consiguieron curarle. Pero sabe también que hay ciertas cosas que no es capaz de dominar. No puede dominar esta luna llena de primavera. En cuanto el astro empieza a aproximarse, en cuanto empieza a crecer, llenándose de oro, Iván Nikoláyevich se siente desasosegado, nervioso, pierde el apetito y el sueño y espera que madure la luna llena. Nadie le puede retener en su casa. Sale al atardecer y se va a Los Estanques del Patriarca.

Sentado en el banco, Iván Nikoláyevich habla consigo mismo abiertamente, fuma, mira a la luna y al conocido torniquete.

Así pasa una o dos horas. Luego se levanta de su sitio y, siempre por el mismo camino, atravesando la calle Spiridónovka, con los ojos vacíos y sin ver nada, se va a las bocacalles de Arbat.

Pasa por el puesto de petróleo, dobla junto a un farol de gas, viejo y torcido, y se acerca a una verja, tras la que hay un hermoso jardín, todavía sin verde, y en él, un palacete gótico, con una torre con ventana de tres hojas, iluminada por la luna.

El profesor no sabe qué es lo que le trae hacia este palacete, ni quién lo habita, pero sabe que no puede luchar contra sí mismo las noches de luna llena. Y también sabe que detrás de la reja, en el jardín, siempre verá lo mismo.

Verá sentado en un banco a un hombre de edad, con barbita e impertinentes y un cierto aire de cerdo. Iván Nikoláyevich siempre encuentra al hombre del palacete en la misma actitud soñadora, con los ojos puestos en la luna. Iván Nikoláyevich ya sabe que después de admirar un rato la luna, el hombre bajará la vista hacia la ventana de la torre, mirando como si esperara que se abriera de un momento a otro y en ella fuera a aparecer algo extraordinario.

Lo que sigue, Iván Nikoláyevich ya lo conoce de memoria. Hay que esconderse bien detrás de la reja, porque el hombre empezará a mirar alrededor con ojos angustiados, tratando de localizar algo con la vista en el aire; luego, alzando los brazos, exclamará con dulce dolor y seguirá murmurando:

—¡Venus! ¡Venus!... ¡Qué imbécil he sido!

—¡Dioses míos! —susurrará Iván Nikoláyevich, escondiéndose detrás de la reja y sin apartar la vista del misterioso desconocido—. Otra víctima de la luna... Otra víctima como yo.

Y el hombre del jardín seguirá hablando:

—¡Qué imbécil! ¿Por qué? ¿Por qué no me habré ido con ella? ¿De qué te asustaste, burro? ¡Pedir un certificado! ¡Pues ahora aguántate, viejo cretino!...

Esto continuará hasta que en la parte oscura del palacete se abra de golpe una ventana, aparezca algo blanquecino y se oiga una desagradable voz de mujer:

—Nikolái Ivánovich, ¿dónde está? ¡Qué fantasías tiene! ¿Quiere pescar la malaria? ¡Venga a tomar el té!

Entonces el hombre despertará y dirá con voz falsa:

—¡Quería tomar el aire un poco, cielo mío! ¡Hace una noche estupenda!

Se levantará del banco, amenazará con el puño la ventana que se cierra y se irá a casa de mala gana.

—¡Miente, miente! Oh dioses, ¡cómo miente! —murmura Iván Nikoláyevich, alejándose de la reja—. No es el aire el que le atrae al jardín, algo ve en estas noches primaverales de luna llena, algo ve en la misma luna y en lo alto del palacete. ¡Cuánto daría yo por conocer su secreto, por saber quién es aquella Venus que ha perdido y ahora busca en el aire, alzando los brazos!

El profesor vuelve a su casa completamente enfermo. Su mujer hace que no se da cuenta de su estado y le mete prisas para que se acueste. Pero ella no se acuesta: se queda sentada, leyendo junto a una lámpara, mirándole con amargura. Sabe que al amanecer Iván Nikoláyevich se despertará con un grito de dolor, empezará a agitarse, llorando. Por eso ella tiene preparada bajo la lámpara una jeringuilla en alcohol y una ampolla llena de líquido color té.

La pobre mujer, atada al hombre gravemente enfermo, ya puede dormirse. Después de la inyección, Iván Nikoláyevich dormirá hasta la mañana con expresión feliz, soñando con algo que ella desconoce, algo precioso y elevado.

Lo que despierta al sabio y le hace exhalar el grito de dolor en las noches de luna llena de primavera es siempre lo mismo. Ve al extraño verdugo sin nariz que, dando un salto con un aullido, clava su lanza en el corazón a Gestás, que está atado a un poste y ha perdido la razón. Pero lo más terrible no es el verdugo, sino la luz irreal del sueño que viene de una nube y que cae sobre la tierra, como sucede solo durante las catástrofes universales.

Después de la inyección todo esto se transforma. Un ancho camino de luna se extiende, desde la cama a la ventana, y un hombre con manto blanco, forrado de rojo sangre, camina hacia la luna. Junto a él va un joven vestido con una túnica rota y con la cara desfigurada. Los dos hablan acaloradamente, discuten, quieren llegar a un acuerdo.

—¡Dioses, dioses! —dice el del manto, volviendo su rostro arrogante al joven—. ¡Qué ejecución más vulgar! Pero dime, por favor —y su expresión se vuelve suplicante—, no la hubo, ¿verdad? Te ruego, dímelo, ¿no fue así?

—Claro que no —dice el hombre con voz ronca—, lo has soñado.

—¿Puedes jurarlo? —pregunta el del manto con aire servil.

—¡Lo juro! —dice su acompañante, y sus ojos sonríen.

—¡No quiero nada más! —grita el hombre del manto con voz cascada, y sube hacia la luna, llevándose a su interlocutor.

Les sigue un enorme perro de orejas puntiagudas, tranquilo y majestuoso.

Entonces el rayo de luna empieza a revolverse y se convierte en un río que se desborda. La luna reina y juega, la luna baila y hace travesuras. Del torrente se forma una mujer de una belleza sorprendente, que conduce de la mano hacia Iván a un hombre con barbas, que mira alrededor asustado. Iván Nikoláyevich le reconoce enseguida. Es el número ciento dieciocho, su visitante nocturno. En su sueño Iván Nikoláyevich le extiende las manos y pregunta con ansia:

—Entonces, ¿así terminó?

—Así terminó, mi discípulo —contesta el del número ciento dieciocho. La mujer se acerca a Iván y le dice:

—Así terminó. Todo terminó como todo termina... Le daré un beso en la frente y todo saldrá bien...

Se inclina hacia Iván y le da un beso en la frente. El quiere acercarse a ella, le mira a los ojos, pero ella retrocede, retrocede y se va con el hombre hacia la luna...

La luna se enfurece, derrama torrentes de luz sobre Iván, salpica todo, la habitación se inunda de luz, la luz tiembla, sube, cubre la cama... Iván Nikoláyevich duerme feliz.

Por la mañana se despierta tranquilo y despejado. Su memoria dolida se calma y hasta la siguiente luna llena nadie hará sufrir al profesor: ni el asesino sin nariz de Gestás, ni el quinto procurador de Judea, el cruel jinete Poncio Pilatos.